KB058696

BEFORE I GO TO SLEEP

BEFORE I GO TO SLEEP

내가 잠들기 전에

S. J. 왓슨 지음 | 김하락 옮김

RHK
알에이치코리아

MEDIA REVIEW

"너무나도 뛰어난 스릴러. 마지막 페이지를 끝낼 때까지 내 온 신경을 곤두세우며 읽었다."
_데니스 루헤인

"지금껏 읽었던 데뷔작 중 단연 최고다."
_테스 게리첸

"가장 무서운 질문을 던지는 무시무시한 소설. 스스로를 잃어버렸을 때, 나에게 남은 것은 무엇인가?"
_발 맥더미드

"한여름, 극한의 서스펜스를 안겨줄 작품."
_뉴욕 타임스

"진실과 거짓이 뒤섞인 기억이 왓슨에 의해 절대 잊혀지지 않을 뛰어난 소설로 탄생했다. 매력적인 내러티브와 상상 이상의 클라이맥스가 압권이다.
_퍼블리셔스 위클리

"고차원적인 콘셉트를 바탕으로 쓴 심리학 스릴러. 기가 막힌 아이디어로 홀륭한 스토리를 실패 없이 만들어냈다."
_데일리 메일

"재밌고 인상적인 데뷔작이다. 왓슨은 현명하고 설득력 있는 소재를 선택했고, 이것은 도덕적인 풍자를 유도하기도 한다. 당신이 이 소설을 좋아하게 되리라는 사실을 잊지 말 것.

_인디펜던스

"완벽하게 사로잡으면서도 읽는 내내 불안하게 만든다."

_존 더그데일, 선데이 타임스

"너무나도 뛰어나다. 읽기를 방해할 정도로 현란한 구조를 자랑하는 소설. 의심할 여지 없이 문학성까지 뛰어난 스릴러."

_존 오코넬, 가디언

"올해 가장 빛나는 작가다. 인생, 삶, 상실이라는 큰 테마를 거칠게 다루지만 페이지를 넘길수록 그 유려함에 빠져드는 소설이다."

_헬렌 데이비스, 선데이 타임스

"복잡하면서도 강렬한 최면에 빠지는 듯한 이야기로 왓슨은 성공적으로 데뷔했다. 왓슨은 독자들이 이 엄청난 책을 다 읽은 후에도 광적인 클라이맥스에 홀리도록 이야기를 몰고간다."

_커커스 리뷰

작가노트   이 책은 몇몇 기억 상실증 환자의 삶에서 일부 영감을 받아 쓴 것이다. 특히 헨리 구스타프 몰라이슨과 클라이브 웨어링의 삶에서 영감을 많이 받았다. 클라이브 웨어링의 이야기는 그의 아내 데보라 웨어링의 《영원한 오늘: 사랑의 추억과 기억 상실증》에 나와 있다. 그러나 이 책에 나오는 사건은 모두 허구이다.

Contents

어머니와 니컬러스에게 이 책을 바친다.

"나는 내일 태어나며,
오늘을 살고,
어제 죽었다."

-파르비츠 오브시아

Part 1

오늘

침실이 왠지 낯설다. 나는 여기가 어딘지도 모르고, 어떻게 해서 여기에 와 있는지도 모른다. 나는 어떻게 집으로 가야하는 지도 모른다.

나는 이곳에서 밤을 보냈다. 나는 여자 목소리에 잠을 깼다. 처음에는 여자가 내 옆에 누워 있으리라고 생각했지만 곧 알람 소리에 잠을 깼다 는 것을 알았다. 눈을 떠보니 나 혼자 있었다. 낯선 방이었다.

눈이 어둠에 익숙해지자 나는 주위를 둘러본다. 드레싱 가운이 옷장 문 뒤에 떨어져 있다. 나보다 나이 많은 여자에게 어울릴 법한 옷이다. 짙은색 바지들이 화장대 의자 뒤에 가지런히 개켜져 있다. 누구 바지인 지 모르겠다. 자명종이 복잡하게 생겼지만 나는 소리를 멈출 것 같은 버튼을 찾는다. 소리가 멎는다.

뒤에서 거친 숨소리가 들린다. 혼자가 아니구나. 나는 몸을 돌린다. 맨살과 검은 머리카락이 보인다. 흰 머리카락이 듬성듬성 섞여 있다. 사 내다. 왼팔이 이불 밖으로 나와 있다. 약지에 금반지가 끼워져 있다. 나는 신음을 삼킨다. '나이 든 유부남이구나. 그렇다면 유부남과 관계를 맺었단 말인가, 그것도 이 사내가 아내와 곧잘 살을 섞었을 그의 집 침대에서.' 나는 도로 눕는다. '부끄럽기 짝이 없어.'

그의 아내는 어디 있을까? 불쑥 나타나지는 않을까? 그녀가 방 한쪽에서 날 보고 갈보니 대가리가 아홉 달린 메두사니 하며 소리 지르는 것만 같다. 정말 그녀가 나타나면 뭐라고 둘러댈까? 변명이라도 할 수 있을지 모르겠다. 침대에 누워 있는 사내는 곯아떨어져 있다. 몸을 뒤척이며 여전히 코를 골아댄다.

나는 잠자코 누워 있다. 여느 때 같으면 이런 상황에 어떻게 대처할지 잘 알 텐데, 오늘은 그렇지 않다. 파티가 있었거나 바나 나이트클럽에 간 게 분명했다. 녹초가 되었을 게 뻔하다. 얼마나 진을 뺐는지 아무것도 기억나지 않았다. 머리카락이 등까지 흘러내려 오는 사내, 결혼반지 낀 사내와 그의 집에 가는 것도 몰랐으니….

나는 이불을 다소곳이 밀어내고 침대 가에 앉는다. 목욕부터 해야 할 텐데…. 나는 슬리퍼 신는 것도 잊은 채 맨발로 걸음을 옮긴다. 유부남과 살을 섞은 것은 사실이지만 다른 여자의 신을 신을 수는 없으니…. 아차, 알몸이구나. 아직 10대인 이 남자의 아들 방에 불쑥 들어가면 어쩌지…. 후유, 욕실 문이 살짝 열려 있다. 나는 안으로 들어가서 문을 잠근다.

변기에 앉아 볼일을 보고 물을 내린 다음, 손을 씻으려고 몸을 돌린다. 비누를 쥐려고 손을 뻗는다. 아니, 이럴 수가? 처음에는 뭐가 뭔지 몰랐으나 금세 알아차린다. 비누를 쥔 손이 내 손 같지 않다. 손의 살갗은 쭈글쭈글하고 손가락은 통통하다. 손톱은 생살을 파고들 만큼 길고, 손가락에는 내가 방금 빠져나온 침대에 누워 있는 사내와 마찬가지로 평범한 결혼 금반지가 끼워져 있다.

손을 멍하니 바라보다가 움직여본다. 비누를 쥐고 있는 손가락이 움직인다. 숨이 턱 막힌다. 비누가 세면기에 툭 떨어진다. 나는 거울을 바라본다.

거울 속 얼굴은 내 얼굴이 아니다. 머리카락이 많이 빠져 있고, 원래 내 머리카락보다 짧다. 볼살과 턱밑 살은 축 늘어지고, 입술은 얇고, 입은 한쪽이 처져 있다. 나는 소리쳤으나 외마디 비명은 튀어나오지 않고 말 없는 헐떡임만 새어 나온다. 나는 눈을 유심히 본다. 눈가에 주름살이 있기는 해도 내 눈이다. 거울 속의 사람은 나이기는 하지만 스무 살이나 더 늙어 보인다. 어쩌면 스물다섯 살, 아니 그보다 훨씬 나이 들어 보인다.

그럴 리가 없다. 나는 고개를 절레절레 흔들다가 세면기 가장자리를 움켜쥔다. 가슴속에서 또 비명이 터져 나오려고 한다. 이번엔 질식할 듯한 헐떡임이 튀어나온다. 나는 거울에서 한 발짝 물러난다. 사진을 본 것이다. 내 바로 앞에 있는 벽과 거울에 테이프로 붙여놓은 사진들이다. 누른 테이프로 붙여놓은 사진들은 습기에 젖어 있고 구겨져 있다. 메모지가 붙어 있는 것도 있다.

나는 아무거나 하나 고른다. '크리스틴'이라고 적혀 있고, 화살표가 나―새로운 나, 옛날의 나―를 가리키고 있다. 사진 속의 나는 어떤 사내랑 부두의 벤치에 나란히 앉아 있다. 둘은 손을 잡은 채 카메라를 향해 웃고 있다. 사내는 잘생기고 매력이 넘친다. 자세히 보니 같이 잔 사람, 침대에 놔두고 온 사람이다. 사진 밑에는 '벤'이라고 적혀 있고, 그 옆에는 '당신 남편'이라고 적혀 있다.

나는 숨을 헐떡이며 사진을 벽에서 떼어낸다. '아니야. 아니야! 그럴 리가 없어….' 나는 다른 사진들을 유심히 바라본다. 모두 내 사진과 그 사람 사진이다. 내가 야한 옷을 입고 선물 포장지를 뜯는 사진도 있고,

근사한 재킷 차림으로 폭포 앞에서 포즈를 취하고 있는 두 사람 발치에
서 강아지가 코를 킁킁거리고 있는 사진도 있다. 내가 옆방 침실에서
본 드레싱 가운 차림으로 그 사람 옆에 앉아서 오렌지 주스를 홀짝이고
있는 사진도 있다.

나는 계속 뒷걸음질 친다. 차가운 타일이 등에 느껴질 때까지. 문득
어렴풋한 기억이 떠오른다. 흐릿한 기억, 잡히지 않는 기억이다. 잡으려
고 하면 미풍에 날아가는 재처럼 날아가버린다. 내 인생에도 뭐라고 말
할 수 없는 그런 시절, 과거가 있었구나. 그리고 지금 현재가 있다. 과거
와 현재 사이에는 나를 이곳에, 그 사람에게, 이 집에 데리고 온 기나긴
침묵의 공허밖에 없다.

나는 침실로 돌아간다. 손에는 여전히 사진이 들려 있다. 눈뜰 때 옆
에 있던 사내와 내가 나온 사진이다. 나는 사진을 들고 본다.

"어떻게 된 거예요?" 눈물이 얼굴에 흘러내린다. 사내는 눈을 반쯤 감
은 채 침대에 앉아 있다. "당신 누구예요?"

"당신 남편이야." 그의 얼굴에 졸음이 묻어 있기는 하지만 귀찮은 기
색은 보이지 않는다. 내 알몸은 거들떠보지도 않는다. "결혼한 지 여러
해 됐어."

"무슨 소리예요?" 뛰쳐나가고 싶지만 갈 곳이 없다. "결혼한 지 여러
해 됐다고요? 무슨 소리예요?"

그는 일어서더니 "자." 하면서 드레싱 가운을 건네주고는 내가 입기
를 기다린다. 헐렁한 파자마 바지와 흰 조끼 차림이다. 그를 보니 아버
지가 생각난다.

"우린 1985년에 결혼했어. 22년 전이지. 당신은….."

"뭐라고요?"

얼굴에서 피가 빠져나가는 것 같다. 방이 빙빙 돌기 시작한다. 집 어디에선가 시계가 째깍거린다. 망치 소리처럼 크게 들린다.

"하지만…?" 그는 내게 한 걸음 다가선다. "어떻게…?"

"크리스틴. 당신은 이제 마흔일곱 살이야."

그는 부드럽게 말한다. 나는 슬픈 미소를 지어 보이는 이 낯선 사람을 본다. 그의 말을 믿고 싶지 않다. 아니, 듣고 싶지도 않다.

"당신은 사고를 당했어. 끔찍한 사고였어. 머리를 다쳐서 기억에 문제가 생겼어." 그는 또 말한다.

"그게 뭔데요?" 지난 25년간 분명히 그런 일은 없지 않았냐는 뜻이었다. "뭐냐고요?"

그는 두려움에 떠는 짐승한테 다가들듯이 한 걸음 더 다가온다.

"전부 다야. 20대 초반에 시작된 것도 있고, 그보다 일찍 시작된 것도 있어."

머리가 핑 돈다. 연대와 나이 때문에 윙윙거리며 돈다. 나는 묻고 싶지 않지만 그냥 넘어가면 안 된다는 것을 안다.

"언제… 언제 사고를 당했죠?"

그는 연민과 두려움이 뒤섞인 얼굴로 나를 바라본다.

"당신이 스물아홉 살 때….."

나는 눈을 감는다. 내 머리는 그의 말을 거부하려고 하지만 나는 맞는 말도 있음을 안다. 울음이 터져 나오려고 한다. 그때 이 사내, '벤'이 내가 서 있는 문간에 다가온다. 그가 내 옆에 있음을 느낀다. 그가 팔로 내 허리를 감싸 안아도 가만히 있고, 나를 끌어당겨도 잠자코 있다. 그가 나를 껴안는다. 우리는 함께 몸을 부드럽게 흔든다. 왠지 낯익은 동작 같다. 기분이 한결 나아진다.

우리는 1~2분 동안 아무 말도 없다. 이윽고 그가 말한다.

"크리스틴, 사랑해."

나는 사랑한다고 말해야 한다는 것을 알지만 아무 말도 하지 않는다. 어떻게 사랑할 수 있을까? 낯선 사람인데. 그에 대해 아는 게 없다. 하나도 없다. 나는 알고 싶은 게 많다. 어떻게 여기에 와 있는지, 어떻게 살아남았는지. 하지만 어떻게 물어야 할지 모른다.

"무서워요." 잠시 후 내가 말한다.

"그럴 테지. 알고 있어. 하지만 걱정 마, 크리스. 내가 돌봐줄게. 늘 돌봐줄게. 당신은 나을 거야. 날 믿어."

그가 방을 보여주겠다고 한다. 나는 마음이 한결 가라앉는다. 그가 준허름한 티셔츠와 팬티를 잽싸게 입고 나서 겉옷을 걸친다. 우리는 층계참으로 걸어간다.

"욕실은 봤지." 그가 욕실 옆방 문을 열면서 말한다. "여긴 서재야."

나는 안을 들여다본다. 유리 덮인 책상이 하나 있고, 그 위에 컴퓨터 같은 것이 놓여 있다. 매우 작아서 꼭 장난감처럼 보이지만 컴퓨터가 틀림없다고 생각한다. 책상 옆에는 짙은 회색의 서류함이 있고, 위에는 벽걸이형 플래너가 있다. 하나같이 깔끔하게 정돈되어 있다.

"난 가끔 여기서 일해."

문을 살짝 닫으며 그가 말한다. 우리는 층계참을 지난다. 그가 다른 문을 연다. 침대 하나, 화장대 하나, 옷장이 몇 개 있다. 내가 잠을 깬 방과 비슷한 방이다.

"당신은 이 방에서 자기도 했어. 마음 내킬 때는 말이야. 하지만 대개는 혼자 일어나는 걸 좋아하지 않았어. 어디에 와 있는지 모르면 소스라치게 놀라기도 했어."

나는 고개를 끄덕인다. 새 아파트를 둘러보는 세입자 같은 기분이다.

"아래층에 가보자."

나는 그를 따라 내려간다. 그는 거실을 보여준다. 갈색 소파와 이에 어울리는 의자들이 있다. 벽에 붙은 평면 스크린도 있다. 텔레비전이 틀림없다. 이어서 주방을 보여준다. 하나같이 생소하다. 나는 아무것도 느끼지 못한다.

"저 뒤에는 정원이 있어."

나는 주방 유리문을 통해 밖을 내다본다. 동이 트고 있다. 밤하늘이 잉크빛으로 바뀌고 있다. 작은 정원 저쪽 끝에 있는 헛간과 나무 한 그루가 눈에 들어온다. 여기가 어딘지 도대체 감이 잡히지 않는다.

"여기가 어디죠?"

그는 내 뒤에 서 있다. 유리문에 두 사람 모습이 비친다. 나와 남편이다. 둘 다 중년이다.

"북 런던의 크라우치 엔드야."

나는 한 걸음 뒤로 물러난다. 공포가 밀려온다. "이런, 어디 사는지도 모르네."

그가 내 손을 잡는다. "걱정 마. 나을 거야."

나는 몸을 돌려 그를 본다. 어떻게 하면 나을지 말해주기를 기다리면서. 하지만 그는 말해주지 않는다.

"커피 타줄까?"

나는 잠시 그를 원망하다가 말한다. "네." 그가 주전자에 물을 채운다. "블랙으로요. 설탕 넣지 말고."

"알고 있어." 그는 웃으면서 말한다. "토스트도 줄까?"

나는 고개를 끄덕인다. 그는 나에 대해 많이 알고 있는 게 틀림없다. 나보다 나를 더 많이 알고 있다. 하지만 여전히 하룻밤 섹스 뒤의 아침 같은 느낌이 든다. 모르는 사람과 그의 집에서 아침을 먹다니. 언제 이 집을 빠져나가 우리 집에 갈 수 있을까?

그럴 리가 없다. 여기가 우리 집일 거야.

"앉아야겠어요."

그는 나를 쳐다본다. "거실에 가서 앉지. 곧 가져갈게."

나는 고개를 끄덕이고는 주방을 나간다.

잠시 후 벤이 뒤따라 들어와 책을 건넨다.

"스크랩북이야. 도움이 될지 누가 알아?"

나는 책을 받아 든다. 낡은 가죽 제본 같지만 사실은 합성수지로 제본되어 있다. 토막 난 나비매듭에 묶인 빨간 리본으로 촘촘히 매듭지어져 있다.

"금방 돌아올게." 벤은 방을 나간다.

나는 소파에 앉는다. 무릎 위의 스크랩북이 묵직하게 느껴진다. 그걸 보고 있자니 슬쩍 가져가고 싶은 생각이 든다. 여기 있는 건 모두 내 거야. 남편이 준 거야.

나는 나비매듭을 풀고 아무 페이지나 펼친다. 나와 벤의 사진이 있다. 지금보다 훨씬 젊어 보인다.

나는 스크랩북을 덮고 나서 매듭진 곳을 쥐고 책장을 넘긴다. '매일 이 짓을 해야 되는구나.'

그건 상상도 할 수 없는 일이다. 한순간 나는 뭔가 잘못되었다고 생각한다. 하지만 그럴 리가 없다. 증거가 있으니. 위층 거울에, 책을 쥐고 있는 손의 주름에. 나는 오늘 아침 눈떴을 때의 그 사람이 아니야.

'그 사람은 누구일까?' 나는 생각한다. 낯선 사람의 침대에서 일어나 빠져나갈 궁리만 하는 사람이 나인 걸까? 눈을 감는다. 물에 떠 있는 것 같은 기분이다. 줄도 잡고 있지 않다. 실종될 위험이 있다.

나 자신을 단단히 붙들어 매어야 한다. 나는 눈을 감고 든든한 것을 생각해보지만 아무것도 찾지 못한다. 참으로 많은 해를 잃어버렸구나.

숨을 깊이 들이쉰다. 이 책을 보면 내가 누군지 알 수 있을 거야. 하지만 펼쳐보고 싶은 마음이 없다. 아직은 아니다. 과거를 깡그리 백지로 남겨둔 채 잠시 여기 앉아 있고 싶다. 아무 생각 없이 가능성과 사실 사이에서 균형을 잡은 채 그냥 앉아 있고 싶다. 내 과거, 내가 성취한 것과 성취하지 못한 것을 알게 될까 봐 두렵다.

벤이 돌아와 접시를 내놓는다. 토스트, 커피 두 잔, 우유 한 잔.

"충분하지?"

나는 고개를 끄덕인다.

벤이 내 옆에 앉는다. 깔끔하게 면도를 하고 바지와 셔츠 차림에 넥타이까지 매고 있다. 더는 아버지처럼 보이지 않는다. 은행이나 사무실에서 근무하는 사람처럼 보인다. '나쁘지는 않군.' 나는 이렇게 생각하다가 바로 떨쳐버린다.

"매일 이렇게 먹어요?"

벤이 접시에 토스트 한 조각을 놓고 버터를 바른다.

"이만하면 됐지. 더 먹으려고?"

나는 고개를 가로젓고는 토스트를 한 입 베어 문다.

"깨어 있을 때는 기억을 제대로 하는 것 같은데 잠들면 거의 다 사라진단 말이야. 커피 맛 괜찮지?"

나는 고개를 끄덕인다. 벤이 내 손에서 책을 빼앗아 간다.

"이건 스크랩북이야." 그는 책을 펼치면서 말한다. "몇 년 전에 불이 나서 옛날 사진과 물건들이 많이 불타 없어졌어. 그래도 몇 장은 남아 있어." 그는 첫 페이지를 가리킨다. "이건 당신 학위 증서야. 졸업식 날 찍은 사진도 있어."

나는 그가 가리키는 곳을 본다. 사진 속의 나는 노란 술이 달린 펠트 모자에 검은 가운 차림으로 눈을 가늘게 뜨고 있다. 내 옆에는 넥타이를 맨 정장 차림의 사내가 내 어깨에 팔을 두른 채 서 있다.

"이게 당신이에요?"

벤이 빙긋이 웃는다. "그럼. 당신하고 같이 졸업하지는 못했지. 그때 난 대학원에서 화학을 공부하고 있었어."

나는 그를 쳐다본다. 사진이 흐릿하지만, 세월이 사진 속의 사내를 지금 내 옆에 앉아 있는 사람으로 바꾸어놓았다는 것을 짐작할 수 있다.

"우리 언제 결혼했죠?"

그는 몸을 돌려 내 얼굴을 빤히 보더니 내 손을 그의 손에 가져간다. 그의 손이 거친 것을 알고 깜짝 놀란다. 젊었을 때는 보드라웠는데.

"당신이 박사 학위를 받은 이듬해였어. 우린 몇 년간 데이트했지. 그때 당신은, 아니 우리 둘 다 당신이 공부를 끝낼 때까지 기다리자고 했어."

그럴 듯한 말이기는 한데 왠지 나를 돌아보게 만든다. 그와 결혼하고 싶어 안달했단 말인가.

그는 내 마음을 읽고 있기라도 하듯 말한다.

"우린 무척 사랑했어. 지금도 그렇고."

나는 무슨 말을 해야 할지 몰라 그저 미소를 짓는다. 그는 커피를 쭉 들이켜고 나서 무릎에 놓인 책을 보더니 몇 페이지 넘긴다.

"당신은 영문학을 공부했어. 그리고 졸업하고 나서 직장을 몇 군데 옮겼어. 당신이 무슨 일을 하고 싶어 했는지 알고는 있었는지 궁금해. 나는 대학을 졸업하고 교사 양성 코스를 밟았어. 몇 년간 참 힘들었지만 마침내 교사가 됐고, 지금 이 자리에 오게 된 거야."

나는 거실을 둘러본다. 세련되고 아늑한 게 중산층 거실답다. 숲의 경치를 담은 사진 액자가 벽난로 위 벽에 걸려 있고, 벽난로 위 시계 옆에는 작은 도기 입상(立像)이 있다. 이런 장식물 고르는 걸 내가 도와주었단 말인가?

"근처 중학교에서 교편을 잡고 있는데 주임 교사야."

벤은 무덤덤하게 말한다.

"나는요?"

이렇게 묻기는 했지만 답은 들으나 마나 뻔하다. 그는 내 손을 꼭 쥔다.

"당신은 직장을 그만두어야 했어. 사고를 당한 후로는 아무것도 못해." 그는 내가 얼마나 실의에 빠졌는지 잘 알고 있는 모양이다. "일 안해도 돼. 보조금이 나오니까. 그럭저럭 살 만해."

나는 눈을 감고 손을 이마에 얹는다. 그의 말이 너무 부담스럽다. 이제 그 입을 좀 다물어주었으면 좋겠다. 더는 참을 수 없을 것 같다. 뭐라고 더 말하면 감정이 폭발하고 말 것 같다.

'그럼 난 하루 종일 뭘 하고 지내지?' 나는 물어보고 싶지만 그가 대답할까 두려워 입을 다물고 있다.

그는 토스트를 다 먹고 접시를 도로 주방에 갖다 놓는다. 되돌아올 때는 외투를 걸치고 있다.

"출근해야 돼."

나는 온몸에 긴장감이 팽팽히 감도는 것을 느낀다.

"걱정 마. 곧 좋아질 거야. 꼭 전화할게. 오늘도 여느 날과 다름없다는 걸 명심해. 당신은 나을 거야."

"저어…." 나는 말을 꺼내다 만다.

"가봐야 돼. 미안. 가기 전에 당신에게 필요한 것들을 보여줄게."

그는 주방으로 가서 찬장에 들어 있는 것들을 보여주고, 내가 점심 때 먹을 냉장고 안의 음식도 보여준다. 끈에 묶인 검정 마커 펜과 그 옆에 걸린 마커 보드를 가리킨다.

"당신에게 전할 메시지를 여기에 남길 때도 있어."

그가 대문자로 반듯하게 써놓은 금요일이라는 단어가 보인다. 그 밑에는 '세탁? 산보? (전화 받기!) TV?'라고 적혀 있다. '점심'이라는 단어 밑에는 냉장고에 연어 좀 남아 있음이라는 말이 적혀 있고 '샐러드?'라는 단어도 적혀 있다. 맨 밑에는 '6시에는 귀가함'이라고 적혀 있다.

"당신 다이어리도 있어. 백에 들어 있어. 다이어리 끝에는 중요한 전화번호와 당신이 길을 잃어버릴 경우에 대비한 주소가 있어. 휴대전화 번호도 있고…."

"무슨 전화라고요?"

"휴대전화. 무선전화기야. 어디서든 사용할 수 있어. 집 밖에서도 사용할 수 있고 아무데서나 사용할 수 있어. 그것도 백에 들어 있어. 외출할 때는 꼭 가지고 가."

"알았어요."

"그럼 됐어." 그는 문간에서 찌그러진 가죽 손가방을 집어 든다. "이제 갈게."

"네." 나는 달리 무슨 말을 해야 할지 모른다. 학교에서 돌아와 부모가 일하러 가고 없는, 집에 혼자 있는 아이 같다는 생각이 든다. '다른 건 손대면 안 돼. 약은 꼭 먹고.' 그가 이렇게 말하는 것 같다.

그는 내가 서 있는 곳으로 와서 내 뺨에 키스를 한다. 나는 제지하지도 않고 답례 키스를 해주지도 않는다. 그는 현관 쪽으로 몸을 돌린다. 문을 열려다가 말고 다시 몸을 돌린다.

"아참. 깜빡할 뻔했어!"

왠지 좀 들뜬 목소리 같다. 그는 목소리가 자연스럽게 들리도록 애쓴다. 무슨 말을 할지 잠시 궁리하고 있는 것이 분명하다.

이제 내가 두려워한 만큼 목소리가 부자연스럽지는 않다. "오늘 저녁 외출하자. 주말인 데다가 결혼기념일이기도 하니까. 예약해둘게. 좋지?"

나는 고개를 끄덕인다. "좋아요."

그는 미소 짓는다. 안도한 표정이다. "뭐 원하는 거 없어?" 그는 문 쪽으로 몸을 돌려서 문을 연다. "있다가 전화할게. 컨디션이 어떤지 잘 봐."

"알았어요. 어서 가세요."

"사랑해, 크리스틴. 이 말 잊지 마."

그는 문을 닫는다. 나는 몸을 돌려 집 안으로 다시 들어간다.

아침나절. 나는 안락의자에 앉아 있다. 설거지를 끝내고 그릇을 식기 건조대에 가지런히 쌓아놓았다. 빨래는 세탁기에 넣어두었다. 나는 줄곧 바빴다.

지금 나는 허전하다. 벤의 말이 맞다. 난 기억을 못 한다. 아무것도 기억 못 한다. 이 집에 있는 것 가운데 전에 본 것은 하나도 없다. 사진도, 거울 주위에 있는 것들도, 내 앞 스크랩북에 있는 것도 기억나지 않는다. 그 당시를 기억나게 해주는 것들인데도. 오늘 아침 우리가 같이 있었던 것을 빼고는 벤과 같이 있었던 순간이 하나도 기억나지 않는다. 내 마음은 텅 빈 것 같다.

나는 눈을 감고 무엇인가에 집중하려고 애쓴다. 아무것이든 좋다. 어제. 지난 크리스마스. 어떤 크리스마스. 내 결혼식. 아무것도 기억나지 않는다. 나는 일어나서 방들을 찬찬히 살펴본다. 마치 유령처럼 돌아다니며 벽, 테이블, 가구 뒷면을 손으로 쓸어본다. 그렇다고 실제로 만지는 것은 아니다. '어쩌다 이렇게 되었을까?' 나는 카펫, 무늬 양탄자, 벽난로 위의 도자기 입상, 주방 선반의 장식용 접시를 바라본다. 이게 다 내 것이라고 말하려고 애쓴다. 모두 내 거다. 내 집. 내 남편. 내 인생. 하지만 이것들은 내 것이 아니다. 나의 일부가 아니다. 나는 침실 옷장 문을 열고 옷들을 본다. 처음 보는 옷, 내가 만난 적이 없는 여자의 빈껍데기 같은 옷이 가지런히 걸려 있다. 나는 어떤 여자의 집을 살펴보고 있다. 이 여자의 샤워 젤과 샴푸를 썼고, 이 여자의 드레싱 가운을 벗었고, 이 여자의 슬리퍼를 신고 있다. 이 여자는 내 안에 숨어 있다. 유령 같은 존재라 만질 수도 없다. 오늘 아침 나는 뒤범벅이 되어 있는 타이츠, 스타킹, 니커스(무릎 부분을 매는 헐거운 스포츠용 반바지-옮긴이)를 헤집고 죄짓는 심정으로 속옷을 골랐다. 사용하지 않는 것들을 정돈해놓은 것처럼 보이는 서랍 뒤쪽에 있는 속옷, 레이스가 달린 실크 속옷을 발견했을 때는 들킬세라 숨을 죽였다. 나는 브래지어에 잘 어울릴 것 같은 자줏빛 팬티를 잽싸게 입고 타이츠를 신은 후, 바지와 블라우스를 입었다.

나는 옷을 다 입고 나서 화장대 앞에 앉아 내 얼굴을 살펴보고 내 모습을 찬찬히 뜯어보았다. 이마의 주름과 눈 밑 주름이 눈에 들어왔다. 나는 씩 웃으며 이를 보았다. 입가에도 주름이 보였고, 눈가에도 잔주름이 보였다. 피부의 부스럼도 눈에 띄었고, 말끔히 지워지지 않은 흉터 같은 이마의 검버섯도 눈에 띄었다. 나는 화장품을 발견하고는 얼굴에 좀 찍어 발랐다. 파우더도 바르고 블러셔도 발랐다. 어떤 여자가 떠올랐다. 어머니였다. 워페인트(warpaint, 야만인이 출전 전에 얼굴이나 몸에 바르는 물감-옮긴이)라는 블러셔를 바르던 어머니가 기억났다. 오늘 아침 립스틱을 칠하고 마스카라로 눈썹 화장을 할 때 그 말이 참 적절하다고 생각했다. 마치 출전하러 가는 기분이었다. 내게 곧 전투가 닥칠 것만 같은 기분이었다.

나를 학교에 보내는 것, 화장하는 것, 그 밖에 어머니가 하던 일을 생각해내려고 애썼다. 아무것도 생각나지 않았다. 여러 해 동안 망각된 기억이라는 작은 섬들 사이의 거대한 틈만 보였다. 지금 나는 주방에서 찬장을 연다. 파스타 봉지, 아보리오(알갱이가 잔 이탈리아산 쌀—옮긴이)라는 상표가 붙은 봉지, 강낭콩이 든 깡통이 보인다. 처음 보는 것들이다. 치즈를 바른 토스트, 봉지에 넣어 삶은 생선, 콘드비프(소금물에 절인 쇠고기—옮긴이)를 넣은 샌드위치를 먹은 기억이 난다. 나는 병아리콩이라는 상표가 붙은 깡통과 쿠스쿠스(야채와 양고기를 넣고 찐 경단. 북아프리카 요리—옮긴이)라고 적힌 봉지를 꺼낸다. 조리법은커녕 이런 것들이 무엇인지도 모른다. 이런 것도 못 하는 아내가 용케도 붙어 있구나.

나는 벤이 출근하기 전에 보여준 말끔한 마커 보드를 쳐다본다. 칙칙한 회색이다. 갈겨썼다가 지웠다가 또 쓴 모양인지 희미한 글자들이 남아 있다. 돌아가서 이 글자들을 해독하면 내 과거를 알 수 있지 않을까? 하지만 그게 가능하다 해도 부질없는 짓임을 깨닫는다. 사야 할 채소나 해야 할 일이 적힌 메시지나 리스트일 게 빤하니까.

'이런 것이 정녕 나의 삶인가? 이게 나의 전부일까?' 나는 펜을 들어 마커 보드에 몇 자 적는다. '오늘 저녁 외출을 위해 백이나 챙길까?' 나만 알고 다른 사람은 알아듣지도 못할 말이다.

무슨 소리가 들린다. 백에서 나는 소리다. 나는 백을 열고 안에 든 것들을 소파에 쏟는다. 지갑, 화장지, 펜, 립스틱, 콤팩트 파우더, 커피 두 잔을 마신 영수증, 앞면에 꽃무늬가 있고 등에 연필이 꽂혀 있는 손바닥만 한 정사각형 다이어리.

벤이 말한 전화기임에 틀림없다고 생각되는 것이 눈에 띈다. 키패드가 붙어 있는 작은 플라스틱 전화기이다. 흡사 장난감 같다. 전화벨이 울리고 액정 화면이 번쩍인다. 맞는 버튼이길 바라며 그걸 누른다.

"여보세요?"

벤이 아닌 다른 사람의 목소리가 들린다. "여보세요. 크리스틴입니까?"

나는 대답하고 싶지 않다. 내가 서 있는 견고한 땅이 유사(流砂)로 바뀐 것 같은 느낌이 든다.

"크리스틴? 크리스틴 맞습니까?"

누굴까? 내가 누군지, 내가 어디에 있는지 아는 사람이 누굴까? 나는 아무나 그 사람이 될 수 있음을 깨닫는다. 공포가 밀려드는 것을 느낀다. 손가락이 통화 중지 버튼 위를 맴돈다.

"크리스틴? 접니다. 닥터 내시입니다. 여보세요."

처음 듣는 이름이다. "누구시라고요?"

목소리의 톤이 달라진다. 안도한 것일까?

"닥터 내시입니다. 주치의도 모르십니까?"

내 주치의란다. 또 다시 공포가 밀려든다.

"주치의라고요?" 나는 아프지 않다고 말하고 싶지만 이마저 할 줄 모른다. 머리가 빙빙 돌기 시작하는 것 같다.

"예. 걱정 안 해도 됩니다. 당신 기억에 대한 문제점을 살펴봤는데 아무 이상 없습니다."

나는 그가 말한 시제에 주목한다. 현재 완료형이었다. 그러니 이 사람은 내가 모르는 사람이다.

"무슨 문제점 말이에요?"

"당신 기억이 호전되도록 노력했습니다. 당신 기억 문제를 일으킨 원인이 정확히 무엇인지 알아내려고 노력했고, 또 이 문제와 관련해 우리가 할 수 있는 일이 무엇인지 생각해봤습니다."

그럴 듯한 말이다. 하지만 나는 엉뚱한 생각을 한다. 벤은 왜 오늘 아침 출근하기 전에 주치의 얘기를 안 했을까?

"어떻게 했는데요? 우리가 무엇을 했지요?"

"우린 지난 몇 달간 계속 만났습니다. 일주일에 두 번씩. 제가 가기도 하고 당신이 오기도 했습니다."

그런 것 같지 않다. 전혀 기억나지 않는 이를 정기적으로 만났다니….
'난 당신을 만난 적이 없어요. 딴 사람인 모양이네요.' 이렇게 말하고
싶다.

나는 아무 말도 하지 않는다. 오늘 아침에 같이 잠자리에서 일어난
사람에 대해서도 같은 말을 할 수 있겠지. 그런데 그가 내 남편이란다.

"기억 안 나는데요."

그의 목소리가 부드러워진다. "걱정 마십시오. 알고 있습니다."

그의 말이 맞다면 그도 다른 사람과 마찬가지로 그것을 알고 있는 게
틀림없다. 그는 다음번 약속 날짜가 바로 오늘이라고 말한다.

"오늘이라고요?" 나는 오늘 아침 벤이 한 말을 되짚어본다. 주방 마커
보드에 적힌 해야 할 일도 되짚어본다. "하지만 남편은 아무 말도 없었
는데요." 나는 같이 잠자리에서 일어난 사내를 남편이라고 한 것이 처
음임을 깨닫는다.

잠시 침묵이 흐른다. 이윽고 닥터 내시가 말한다. "당신이 저를 만난
다는 사실을 벤이 알고 있는지 모르겠군요."

나는 그가 남편 이름을 알고 있다는 것을 알아차리고 이렇게 말한다.
"말도 안 돼요. 남편이 어떻게 모를 수 있겠어요? 나한테 말해줬을걸요!"

이번엔 한숨 소리가 들린다. "제 말을 믿어야 합니다. 만나면 다 설명
해 드리겠습니다. 잘 돼가고 있습니다."

만난다고? 터무니없는 말이다. 벤을 놔두고 혼자 외출하는 것, 내가
어디에 있고 누구와 같이 있는지 벤이 모른다는 것은 생각만 해도 아찔
하다.

"죄송하지만 못 가요."

"크리스틴. 중요한 일입니다. 다이어리를 보면 내 말이 맞다는 걸 알
겁니다. 다이어리 있죠? 백에 들어 있을 겁니다."

나는 소파에 떨어져 있는 꽃무늬 다이어리를 집어 든다. 표지에 누런 글자로 인쇄된 연도를 보고 진저리를 친다. 2007년이라고 되어 있다. 실제 연도보다 20년이나 뒤다.

"네."

"오늘 날짜를 보세요. 11월 30일. 약속한 거 보이지요?"

나는 왜 하필 11월이람, 하루만 있으면 12월인데 하면서 오늘 날짜가 나올 때까지 화장지처럼 얇은 다이어리 종이를 넘긴다. 다이어리 양쪽 면 사이에 종이가 한 장 끼워져 있다. 종이에는 내가 알지 못하는 필체로 '11월 30일, 닥터 내시와 예약'이라고 적혀 있고 그 밑에는 '벤에게 말하지 말 것'이라고 적혀 있다.

다른 날들은 공란이다. 생일도, 밤에 외출하는 날도, 파티 날짜도 표시되어 있지 않다. 이게 진짜 내 삶이란 말인가?

"아 네, 있어요."

그는 데리러 가겠다고 말한다. 내가 사는 곳을 알고 있으니 한 시간 후에 도착할 거라고 말한다.

"하지만 남편이…."

"걱정할 것 없습니다. 당신 남편이 퇴근하기 한참 전에 집으로 올 겁니다. 제 말을 믿어야 합니다."

벽난로 위의 시계가 울린다. 나는 시계를 흘끗 본다. 구식 시계다. 나무 케이스에 큰 바늘이 달려 있고 가장자리에는 로마 숫자가 표시되어 있다. 시곗바늘이 11시 30분을 가리키고 있다. 그 옆에는 태엽을 감는 은색 키가 놓여 있다. 벤이 매일 저녁 태엽을 감을 때 쓰는 것인 모양이다. 워낙 오래된 거라 꼭 골동품 같다. 이런 시계를 어떻게 구했을까? 시계에는 아무런 사연도 없을 것이다. 적어도 우리 두 사람과 관계있는 사연은 없을 것이다. 우리 두 사람이 상점이나 시장에서 본 것 중에 어느 한 사람의 마음에 든 물건에 지나지 않을 것이다. 벤이 사자고 했겠지. 내가 이걸 좋아하지 않는다는 것은 아니까.

닥터 내시를 만나리라. 그리고 오늘 밤 벤이 귀가하면 그 사실을 말해주리라. 이 사실을 벤에게 계속 숨길 순 없어. 벤에게 전적으로 의지하고 있는 한 그렇게 할 순 없어.

이상하게도 닥터 내시의 목소리에는 어딘지 낯익은 구석이 있다. 벤과 달리 닥터 내시는 생판 모르는 사람 같이 여겨지지 않는다. 남편보다 닥터 내시를 만난 적이 있다고 믿는 것이 더 쉽다는 생각이 든다.

'잘 돼간다'라고 말했는데 뭐가 잘 돼간다는 뜻인지 알아야 해.

"그럼, 오세요."

닥터 내시는 도착하자 커피를 한잔하러 가자고 한다.

"목마르지요? 사무실까지 곧장 차를 몰고 갈 필요는 없습니다. 오늘은 정말 당신과 얘기를 나누고 싶었으니까요."

나는 고개를 끄덕이며 좋다고 말한다. 나는 그가 도착했을 때 침대에 있었다. 그가 차를 세우고 잠그는 것을 보았고, 머리를 가다듬고 재킷 매무새를 바로잡고 나서 서류 가방 드는 것을 보았다. 그가 차에서 짐을 내리는 인부에게 고개를 끄덕일 때 나는 생각했다. '그가 아니야.' 그는 길을 따라 집으로 들어왔다. 앳돼 보였다. 의사 치고는 너무 젊었다. 나는 그가 어떤 옷을 입고 나타나기를 바랐는지 모른다. 그가 입고 있는 옷은 스포츠 재킷도 아니고, 회색 코르덴 바지도 아니었다.

"길 끝나는 곳에 공원이 있습니다. 카페도 있을 겁니다. 가실 거죠?"

우리는 같이 걷는다. 살을 에듯이 춥다. 나는 스카프를 목에 단단히 두른다. 벤이 백에 넣어준 휴대전화가 있어서 기쁘고, 닥터 내시가 차를 몰고 어디론가 가자고 하지 않아서 또한 기쁘다. 나는 한편으로 이 사람을 믿으면서도 다른 한편으로는 모르는 사람이라고 생각한다.

나는 어른이긴 하되 망가진 어른이다. 이 사람이 나를 어딘가로 데리고 가기는 쉬운 일일 터이다. 나는 그가 무엇을 원하는지 아직도 모른다. 나는 망가지기 쉽다.

우리는 막다른 길과 맞은편 공원으로 갈라진 큰길에 이르러 건너기를 기다리고 있다. 침묵이 우리 두 사람을 짓누르고 있다. 그가 앉기를 기다려 물어보려고 했던 말이 불쑥 튀어나온다.

"당신 무슨 의사죠? 무슨 일을 하나요? 나를 어떻게 찾았죠?"

"신경 심리과 전문의입니다."

그는 나를 쳐다보더니 이렇게 말하고는 미소 짓는다. 만날 때마다 똑같은 질문을 하는 것은 아닐까?

"뇌 손상 전문가로 새로운 획기적 뇌 영상 치료 기법에 관심이 많습니다. 오랫동안 기억 과정과 기능을 연구했습니다. 이 주제를 다룬 문헌을 보다가 당신을 알게 됐고, 그래서 당신의 병력을 철저하게 추적했습니다. 그다지 어려운 일은 아니었습니다."

커브길을 돌아 나온 차가 우리 쪽으로 다가오고 있다.

"문헌이라니요?"

"당신 같은 사례를 연구한 문헌이 좀 있습니다. 그중 한 사례를 이용해 당신을 치료했습니다."

차가 지나가서 우리는 길을 건넌다. 왠지 초조하고 긴장된다. '뇌질환. 병력 추적.' 나는 숨을 들이쉬고 마음을 느긋하게 가지려고 애쓴다. 하지만 부질없는 짓이다. 내 안에는 내가 둘 있다. 하나는 침착하고 공손하며 어떤 행동이 적절한지 구별할 줄 아는 마흔일곱 살 여자고, 다른 하나는 비명을 질러대는 20대 여자다. 어느 것이 진짜 내 모습인지 헷갈린다. 들리는 소리라고는 멀리서 지나가는 차 소리와 공원에서 노는 아이들 소리뿐이다. 첫 번째 모습이 진짜 나일 거야.

나는 길을 다 건너자 걸음을 멈추고 말한다. "이봐요, 뭐가 어떻게 돌아가는 거예요? 오늘 아침 나는 한 번도 본 적은 없지만 분명히 내가 살고 있는 곳에서 눈을 떴어요. 나는 한 번도 본 적이 없는데, 오래전에 자기와 결혼했다고 하는 사내가 옆에 누워 있었어요. 내가 나 자신을 아는 것보다 당신이 나를 더 많이 알고 있다는 생각이 들어요."

그는 천천히 고개를 끄덕이고 말한다. "당신은 기억 상실증에 걸렸습니다." 그러고는 손으로 내 팔을 잡는다. "당신은 오래전에 기억 상실증에 걸렸습니다. 새 기억을 보존하지 못합니다. 그래서 어른이 된 후 일어난 일을 대개 기억하지 못합니다. 매일 눈뜰 때 자신을 젊은 여자라고 착각합니다. 어떤 때는 어린아이라고 생각하기도 합니다."

의사인 그의 입에서 나온 말은 생각보다 끔찍하다.

"그게 사실이에요?"

"유감스럽지만 사실입니다. 집에서 본 그 남자는 당신 남편 벤입니다. 당신이 1990년 무렵 기억 상실증에 걸린 후로 그는 줄곧 당신을 돌봐 왔어요."

나는 고개를 끄덕인다.

"더 걸을까요?"

나는 좋다고 말한다. 우리는 공원으로 걸어간다. 공원 가장자리를 따라 길이 나 있고, 멀지 않은 곳에 어린이 놀이터가 있다. 그 옆 매점에서 사람들이 따끈따끈한 음료수를 들고 나온다. 우리는 매점으로 간다. 나는 볼품없는 포마이카 테이블에 앉고 닥터 내시는 음료수를 주문한다.

그는 진한 커피가 가득 든 플라스틱 컵 두 개를 가지고 돌아온다. 내 것은 검은 컵이고, 그의 것은 흰 컵이다. 그는 테이블에 놓인 설탕 통을 들고 커피에 설탕을 탄다. 내게는 권하지 않는다. 이 모습을 보자 우리가 전에 만난 적이 있다는 생각이 든다. 그는 나를 쳐다보며 어떻게 이마를 다쳤냐고 묻는다.

"뭐라고요?" 나는 이렇게 말하고는 곧 아침에 본 멍을 기억해낸다. 화장을 한다고 했지만 그걸 다 가리지 못한 모양이다. "이거 말이에요? 잘 모르겠어요. 실은 별거 아니에요. 아프지도 않고."

그는 커피를 저으면서 고개만 끄덕일 뿐 대답이 없다.

"이것 때문에 남편이 집에서 나를 돌보는 건가요?"

그는 나를 쳐다본다. "네. 하지만 늘 그랬던 것은 아닙니다. 당신 상태는 처음에는 하루 종일 보살펴야 할 만큼 심했습니다. 벤이 혼자서 당신을 돌볼 수 있다고 생각한 것은 최근의 일입니다."

그렇다면 내가 어떤 순간을 기억할 때는 증세가 호전된 때인 셈이다. 증세가 심한 때를 기억하지 못하는 것만으로도 기쁘다.

"남편이 날 무척 사랑하는 것 같군요." 나는 의사한테 말한다기보다 스스로에게 말한다.

그는 고개를 끄덕인다. 침묵이 흐른다. 우리 둘은 커피를 홀짝홀짝 마신다. "아마 그럴 겁니다."

나는 미소를 지으며 내려다본다. 뜨거운 커피를 쥐고 있는 손을, 누런 결혼반지를, 짧은 손톱을, 다소곳이 꼬고 있는 다리를. 나는 내 몸을 인식하지 못한다.

"남편은 어째서 내가 당신을 만나는 걸 모르죠?"

그는 한숨을 푹 쉬며 눈을 감는다. "솔직히 말씀드리자면." 그는 두 손을 꼭 잡은 채 내 쪽으로 몸을 기울인다. "절 만나는 것을 벤에게 말하지 말아달라고 부탁했었습니다."

공포가 메아리인 양 몸 안을 스쳐 지나간다. 그런데도 그가 신뢰할 수 없는 사람처럼 보이지는 않는다.

"계속 말해보세요." 나는 그가 나를 도와줄 수 있다고 믿고 싶다.

"의사, 정신 요법가, 심리학자를 비롯한 몇몇 사람이 당신을 치료하고자 당신과 벤을 만난 적이 있습니다. 벤은 당신을 이들 전문가에게 맡기기를 언제나 매우 꺼렸습니다. 온갖 방법을 써도 상태가 악화되기만 할 뿐 다 쓸데없는 짓이었다고 하면서 말입니다. 물론 당신과 그 자신을 더 번거롭게 하지 않기를 바란 것입니다."

그랬구나. 그는 내게 희망을 심어주려고 하지 않는다.

"그래서 남편 몰래 만나자고 한 거예요?"

"그렇습니다. 제가 할 수 있는 일을 설명해주려고 벤에게 좀 만나자고 했지만 거절당했습니다. 그래서 벤 몰래 만나자고 한 겁니다. 당신이 저를 만나야 할 이유와 제가 당신에게 해줄 수 있는 일을 설명해주려고 말입니다. 첫 번째 만남 이후, 당신이 벤에게 말해주냐 않냐는 전적으로 당신에게 달려 있다고 말했습니다. 말해주지 않기로 하면 당신에게 전화해 약속 날짜를 알려주겠다고 했습니다."

"난 말하지 않기로 했어요."

"예. 잘하셨습니다. 당신은 증세가 호전된 뒤에 벤에게 말하겠다고 했습니다. 그게 더 낫다고 본 겁니다."

"우리는요?"

"무슨 말입니까?"

"잘 돼가고 있어요?"

그는 커피를 몇 모금 더 마시고 컵을 도로 테이블에 내려놓는다.

"전 그렇게 봅니다. 얼마만큼 나아졌는지 정확히 말하기는 좀 어렵습니다만 지난 몇 주 사이에 당신 기억이 많이 되살아난 것처럼 보입니다. 우리가 알기로는 대부분이 처음 살아난 기억들입니다. 그전에는 거의 기억하지 못하던 것을 더 자주 기억해낸다는 것은 의미심장한 일입니다. 예를 들면 눈뜬 후 결혼한 몸이라는 것을 기억해낼 때도 있습니다. 그리고….” 그는 잠시 말을 끊는다.

“그리고요?”

“음, 당신은 독립을 원하는 것 같습니다.”

“독립이라고요?”

“그렇습니다. 당신은 이전처럼 벤에게 의지하지 않습니다. 저한테도 의지하지 않고요.”

맞아. 이게 바로 그가 말하는 호전이라는 거야. 독립. 나는 샤프롱(사교 행사 때 젊은 미혼 여성을 보살펴주는 나이 든 여인 - 옮긴이) 없이도 가게나 도서관에 갈 수 있다. 하지만 남편 앞에서 자랑할 만큼 좋아지지는 않았고, 내가 겪은 일들의 기억을 불러낼 만큼 좋아지지도 않았다.

“그게 다예요?”

“그건 중요합니다. 과소평가해서는 안 됩니다, 크리스틴.”

나는 잠자코 있다. 커피를 한 모금 마시고 나서 카페를 둘러본다. 텅텅 비어 있다. 뒤편 작은 주방에서 소리가 난다. 커피 주전자에서 물 끓는 소리가 간간이 들린다. 멀리서 뛰놀고 있는 아이들 소리도 들린다. 집에서 무척 가까운 곳인데도 한 번도 와본 기억이 없다는 게 믿기지가 않는다.

“몇 주간 만났다고 했는데. 만나서 뭘 했지요?”

“이전에 만난 기억이 납니까? 하나라도 납니까?”

“아니요. 하나도 안 나요. 내가 알기론 오늘 당신을 처음 만난걸요.”

“외람된 말이지만, 말씀드린 것처럼 당신은 간혹 기억이 섬광처럼 되살아날 때가 있습니다. 어떤 날은 다른 날보다 더 많이 기억하는 것 같습니다.”

“모르겠어요. 당신을 만난 기억도 없고, 어제 일이나 그저께 일도 기억나지 않아요. 작년 일도 마찬가지고요. 하지만 여러 해 전 일은 기억나는 것도 있어요. 어린 시절 일도, 어머니도 기억나고. 대학 시절 일이랑 제일 친한 친구 이름도 기억나요. 다른 것들은 깡그리 잊어버렸는데 이런 옛일들이 어떻게 기억나는지 이해가 안 돼요."

그는 고개를 끄덕인다. 분명히 이전에도 이런 말을 들은 적이 있는 모양이다. 어쩌면 내가 매주 같은 질문을 했을지도 모른다. 어쩌면 똑같은 대화를 주고받았을지도 모른다.

"기억은 복잡한 겁니다. 1분쯤 사실과 정보를 저장할 수 있는 단기 기억 창고도 있지만 장기 기억 창고도 있습니다. 장기 기억 창고는 엄청난 양의 정보를 저장할 수 있고, 또 장기간 보관할 수 있습니다. 지금 우리는 뇌의 몇몇 부위가 뇌 전역에 퍼져 있는 뇌신경 연결 고리와 함께 이 두 가지 기능을 컨트롤하는 것 같다는 사실을 알고 있습니다. 일시적인 단기 기억을 취하고, 나중에 다시 불러내기 위해 이를 장기 기억으로 암호화하는 일을 맡은 뇌의 부위도 있습니다."

그는 거침없이 말한다. 마치 견고한 땅에 서 있는 것 같다. 나도 한때는 저러했으리라고 생각한다. 아니 확신한다.

"기억 상실증에는 크게 두 가지 유형이 있습니다. 일반적으로 기억 상실증 환자는 과거의 일들을 불러내지 못하는데, 최근에 있었던 일은 그 정도가 더 심합니다. 예컨대 자동차 사고를 당해서 기억 상실증에 걸린 사람은 그 사고나 사고가 나기 며칠 전 일, 혹은 몇 주 전 일을 기억하지 못할 수도 있지만 사고가 나기 6개월 전 일은 죄다 기억하기도 합니다."

나는 고개를 끄덕인다. "다른 하나는요?"

"다른 하나는 더욱 희귀한 유형입니다. 기억을 단기 저장고에서 장기 저장고로 옮기지 못하는 경우도 더러 있습니다. 이런 사람은 순간을 삽니다. 직전 일만 기억하는데, 그것도 잠시밖에 기억하지 못합니다."

그는 말을 멈춘다, 내가 무슨 말을 하기를 기다리는 것처럼. 마치 차례를 정해놓은 것 같기도 하고, 이 대화를 가끔 연습한 것 같기도 하다.

"난 두 가지 모두에 해당되나요? 내가 가진 기억을 잃어버렸기도 하고, 새 기억을 형성하지도 못한다는 말이에요?"

그는 헛기침을 한다. "불행히도 그렇습니다. 흔한 일은 아니지만 얼마든지 있을 수 있는 일입니다. 당신의 경우 특이한 점은 바로 기억 상실의 유형입니다. 어린 시절 이후에 일어난 일은 대부분 일관되게 기억하지 못하지만, 어떤 면에서는 새 기억들을 형성하는 것 같습니다. 이런 케이스는 저도 처음 봅니다. 제가 이 방을 나가서 2분 후에 돌아오면 진행성 기억 상실에 걸린 사람은 대개 저를 만난 사실을 전혀 기억하지 못합니다. 그런데 당신은 스물네 시간까지는 기억하다가 그다음에 잃어버리는 것 같습니다. 이건 아주 보기 드문 일입니다. 솔직히 말해서 기억 작동 방식을 감안할 때 이건 별 의미가 없습니다. 이것은 당신이 기억을 단기 저장고에서 장기 저장고로 완벽하게 옮길 수 있다는 것을 의미합니다. 당신이 왜 그걸 보관하지 못하는지 모르겠습니다."

나는 산산조각 난 삶을 살고 있을지도 모른다. 하지만 이 조각은 적어도 독립 비슷한 것을 유지할 만큼 큰 것이다. 내가 운이 좋다는 말이리라.

"왜 그렇게 되었어요? 무엇 때문에 그렇게 되었어요?"

그는 아무 말도 없다. 방은 조용하다. 공기는 잠잠하고 끈적끈적한 것 같다. 그가 말할 때 단어들이 벽에 부딪쳐 튕겨 나오는 듯하다.

"기억 장애를 일으키는 원인은 병, 트라우마, 약물 복용 등 다양합니다. 이것은 장기 기억이든 단기 기억이든 마찬가지입니다. 장애의 정확한 성질은 영향을 받은 뇌 부위에 따라 다른 것 같습니다."

"그렇군요. 내 경우는 원인이 뭐죠?"

그는 잠시 나를 바라본다. "벤은 뭐라고 했나요?"

나는 침실에서 벤과 나눈 대화를 곰곰 되짚어본다. 벤은 '사고' 때문이라고 했다. '끔찍한 사고' 때문이라고.

"사실 그는 아무 말도 안 해줬어요. 어쨌든 자세한 얘기는 안 해줬어요. 그저 내가 사고를 당했다고만 했어요."

"알겠습니다." 그는 이렇게 말하고는 테이블 밑에 놓인 가방을 더듬어 찾는다. "당신의 기억 상실증은 트라우마 때문에 생긴 겁니다. 적어도 어느 정도는 그렇습니다."

그는 가방을 열고 책을 한 권 꺼낸다. 그저 기록을 살펴보는 줄 알았는데 뜻밖에도 테이블 너머 내게로 내민다.

"보세요. 가져도 됩니다. 이게 모든 걸 설명해줄 겁니다. 당신을 이 꼴로 만든 원인은 말할 것도 없고 다른 것들까지 말입니다."

나는 책을 받아든다. 갈색 가죽 장정이다. 탄력 있는 밴드로 봉해놓았다. 나는 밴드를 뜯어내고 아무 페이지나 펼친다. 두꺼운 종이에 희미한 줄들이 그어져 있고, 여백은 붉은색이다. 페이지마다 글자가 빼곡히 적혀 있다.

"이게 뭐예요?"

"일기입니다. 지난 몇 주 동안 당신이 쓴 겁니다."

나는 충격을 받는다. "일기라고요?" 그가 왜 이걸 가지고 있을까?

"그렇습니다. 최근에 우리가 한 일을 적어놓은 것입니다. 당신에게 쓰라고 부탁했지요. 당신 기억이 정확히 어떻게 작용하는지 알기 위해 우리는 여러 가지 시도를 했습니다. 우리가 한 일을 당신이 기록하는 게 도움이 될지도 모른다고 생각했습니다."

나는 내 앞에 있는 일기를 바라본다. "내가 이걸 썼단 말이에요?"

"내키는 대로 거기에 적으라고 했습니다. 기억 상실증 환자는 많이들

이렇게 합니다. 대개는 너무 단편적인 기억들이라 생각만큼 도움이 되지는 않습니다만, 하루 일을 전부 기억해낸 경우도 있습니다. 당신이 매일 저녁 조금이나마 기록해두지 않은 이유를 모르겠습니다. 그렇게 하는 것이 당신이 어느 날에서 그다음 날까지 기억의 끈을 유지하는 데 도움이 되리라고 생각했습니다. 저는 기억이 근육, 곧 운동으로 강화되는 근육 비슷한 것일지도 모른다고 생각하거든요."

"그럼 우리가 만날 때마다 이걸 읽었단 말이에요?"

"아닙니다. 당신은 몰래 이걸 썼습니다."

"아니 어떻게요? 벤이 나더러 적으라고 했나요?"

그는 고개를 가로젓는다. "제가 몰래 적으라고 했습니다. 당신은 이걸 집에 감춰두었습니다. 이걸 어디에 감춰두었는지 말해달라고 계속 전화했었습니다."

"매일 말이에요?"

"예. 거의 매일."

"벤에게는 말하지 않았나요?"

그는 잠시 뜸을 들이다가 말한다. "예. 벤은 이걸 읽은 적이 없습니다."

왜 안 읽었을까? 남편에게 보여주고 싶지 않은 내용이라도 들어 있다는 말인가?

"당신은 읽었지요?"

"저번에 만났을 때 당신이 제게 주면서 때가 되었다고 읽어보라고 했습니다."

나는 일기를 바라본다. 왠지 설렌다. 일기. 비록 최근의 것에만 해당하지만 잃어버린 과거를 되찾아줄 연결 고리이다.

"이걸 다 읽었나요?"

"예. 거의 다 읽었습니다. 어쨌든 중요한 건 다 읽었다고 생각합니다."

그는 입을 다물고 목덜미를 긁으면서 눈길을 딴 데로 돌린다. 이럴 수가. 일기에 무슨 내용이 적혀 있을까? 그는 커피 잔을 마저 비우고 나서 말한다.

"전 보여달라고 강요하지 않았어요. 이 점을 알아주었으면 합니다."

나는 고개를 끄덕이고 나서 소리 없이 커피를 마저 마신다. 그러고는 일기장을 넘긴다. 앞표지 안쪽에 날짜들이 적혀 있다.

"이건 뭐죠?"

"우리가 만난 날짜입니다. 만나기로 한 날짜도 적혀 있습니다. 우리는 만날 때마다 날짜를 조정했습니다. 저는 전화로 당신에게 날짜를 상기시켜준 후, 일기를 보라고 했습니다."

오늘 내 다이어리에 끼어 있는 노란 메모지를 본 기억이 난다.

"오늘은요?"

"오늘은 제가 일기를 가지고 있는 바람에 메모지에 적었습니다."

나는 고개를 끄덕이고 나서 일기를 끝까지 쭉 훑어본다. 알지 못하는 글씨가 빼곡히 적혀 있다. 페이지마다 가득하다. 날과 날이 이어진다.

어떻게 짬을 냈을까? 주방의 마커 보드가 생각난다. 답은 분명하다. 달리 할 일이 없었던 것이다.

나는 일기를 도로 테이블에 올려놓는다. 청바지에 티셔츠 차림의 젊은이가 들어오더니 우리 쪽을 힐끗 쳐다본다. 주문을 하고는 테이블에 앉아 신문을 본다. 젊은이는 내게 다시 눈길을 주지 않는다. 내 안에 있는 스무 살의 내가 당황한다. 나는 마치 보이지 않는 존재 같다.

"이제 나설까요?" 내가 말한다.

우리는 온 길을 되돌아간다. 하늘엔 구름이 잔뜩 끼어 있고, 대기에는 엷은 안개가 걸려 있다. 발밑의 땅은 진득진득하게 느껴진다. 마치 유사 위를 걷는 것 같다. 놀이터에는 회전목마가 보인다. 회전목마는 탄 사람이 없어도 천천히 돌고 있다.

"우린 으레 여기서 만나지 않나요?" 우리가 도로에 이르렀을 때 내가 말한다. "이곳 카페에서 말이에요."

"아닙니다. 보통은 제 사무실에서 만납니다. 우린 훈련을 하고 테스트를 합니다."

"그럼 오늘은 왜 여기 왔죠?"

"실은 당신 일기를 되돌려주고 싶었기 때문입니다. 안 받으려고 할까 봐 걱정했습니다."

"이것 때문에 왔단 말인가요?"

"어떤 점에서는 그렇습니다."

우리는 도로를 건너 내가 벤과 함께 살고 있는 집으로 걸어간다. 내 시의 차가 보인다. 주차해놓은 곳에 그대로 있다. 창밖의 작은 정원, 짧은 길, 깔끔한 화단도 보인다. 이곳이 내가 사는 집이라는 사실이 아직도 믿기지 않는다.

"들어가실 거예요? 한 잔 더 하시겠어요?"

그는 고개를 가로젓는다. "아니, 됐습니다. 가봐야 합니다. 줄리와 저녁에 약속이 있습니다."

그는 서서 잠시 나를 바라본다. 깔끔하게 가르마를 탄 짧은 머리카락이 눈에 들어온다. 풀오버의 가로선과 충돌하는 셔츠의 세로선이 눈에 띈다. 그가 오늘 아침 눈떴을 때의 나보다 단 몇 살 위라는 것을 새삼 깨닫는다.

"줄리는 부인인가요?"

그는 미소를 지으며 고개를 가로젓는다. "아니, 여자 친구입니다. 실은 약혼녀예요. 우린 약혼했습니다. 제가 걸핏하면 잊어버려서 그렇지."

나는 그에게 미소를 지어 보인다. 이런 것을 하나하나 다 기억해야 하나 보다. 이런 시시콜콜한 것들을 내 전 인생이 담겨 있는 이 일기에 적어두어야 하나 보다.

"축하드려요." 그는 고맙다고 한다.

나는 좀 더 질문을 하고 좀 더 관심을 보이고 싶다. 하지만 그럴 만한 것이 거의 없다. 지금 그가 말한 것은 내일 눈뜰 무렵이면 다 잊어버릴 것이다. 오늘이야말로 내가 가진 전부이다.

"잘 있어요, 크리스틴." 그는 떠나려고 몸을 돌린다. 그러고는 다시 뒤돌아본다. "일기에 제 전화번호가 적혀 있습니다. 앞표지에 있습니다. 또 만나고 싶으면 전화 주십시오. 제 말은 치료를 계속하고 싶으면 전화하라는 뜻입니다. 알겠지요?"

"싶으면요?" 나는 일기를 기억하고 있다. 연필로 적어놓은 연말 전의 약속 날짜도 기억하고 있다. "만날 날짜를 잡아놓았다고 생각하는데요?"

"일기를 보면 아실 겁니다. 분명히 말씀드리지만 거기에 다 나와 있습니다."

"알았어요."

나는 그를 믿고 있다는 것을 깨닫는다. 왠지 기쁘다. 남편 외에도 의지할 사람이 있어서 기쁘다.

"크리스틴, 문제는 당신한테 달려 있습니다. 편할 때 언제든지 전화 주세요."

"그럴게요."

그는 손을 흔들고는 차에 올라탄다. 그러고는 어깨를 한 번 매만지고 나서 도로에 진입한 후 사라진다.

나는 커피를 끓여 거실로 가지고 간다. 밖에서는 경적 소리, 무거운 드릴로 구멍 뚫는 소리, 간간이 터져 나오는 웃음소리가 들린다. 웃음소리는 내가 안락의자에 앉자 잦아든다. 햇살이 얇은 레이스 커튼을 헤치고 부드럽게 비쳐 든다. 팔과 허벅지에 약한 온기가 느껴진다. 나는 백에서 일기를 꺼낸다.

왠지 초조하다. 나는 일기 내용을 모른다. 어떤 충격적인 내용, 깜짝 놀랄 만한 내용, 수수께끼 같은 내용이 담겨 있을까? 커피 테이블 위의 스크랩북이 눈에 들어온다. 거기에는 내 과거가 담겨 있다. 비록 벤이 선택한 과거이지만. 내가 가지고 있는 일기는 다른 내용을 담고 있을까? 나는 일기를 펼친다.

첫 페이지에는 줄이 그어져 있지 않다. 가운데에 검은 잉크로 내 이름이 적혀 있다. '크리스틴 루카스'. 이름 밑에 '사적(私的)!' 또는 '손대지 말 것!'이라고 적어놓지 않은 게 신기하다.

무엇인가 덧붙여져 있다. 예기치 않은 말, 끔찍한 말이 덧붙여져 있다. 오늘 본 것 중에서 가장 끔찍하다. 내 이름 밑에 세 단어가 있다. 파란 잉크로 쓴 글자, 대문자로 쓴 글자다.

벤을 믿지 마라.

하지만 내가 할 수 있는 일이 없다. 나는 페이지를 넘긴다.

나는 내 과거 이야기를 읽기 시작한다.

Part 2

크리스틴 루카스의 일기

11월 9일 금요일

내 이름은 크리스틴 루카스. 나이는 마흔일곱. 기억 상실증 환자다. 나는 실크 잠옷 차림으로 낯선 침대에 앉아 내 이야기를 쓰고 있다. 잠옷은 아래층에 있는 사내, 자칭 내 남편이라고 하는 벤이라는 사내가 나의 마흔여섯 번째 생일 기념으로 사준 것이 틀림없다. 방은 쥐 죽은 듯이 조용하고 빛이라곤 침대용 테이블 위의 램프에서 내비치는 부드러운 주황색 빛뿐이다. 빛의 연못에 둥둥 떠다니는 듯한 느낌이 든다.

나는 침실 문을 잠가놓고 혼자서 몰래 글을 쓰고 있다. 남편은 거실에 있다. 그가 몸을 앞으로 구부리거나 일어설 때 소파에서 가벼운 한숨 소리가 난다. 이따금 숨죽인 기침 소리도 들린다. 남편이 위층에 올라오는 소리가 들리면 나는 일기를 감춘다. 침대 밑이나 베개 밑에 둔다. 일기에 무엇을 쓰고 있는지는 남편이 몰랐으면 한다. 이 일기를 어떻게 손에 넣었는지도 말하고 싶지 않다.

나는 침대용 테이블 위의 시계를 본다. 11시가 다 되어간다. 재빨리

47

마저 써야 한다. 소리가 나지 않도록 조절해놓은 텔레비전의 소리, 벤이 방을 가로질러 올 때 마루청이 삐걱거리는 소리, 전등 스위치를 켜는 소리가 곧 들릴 거라고 상상한다. 그는 주방으로 가서 샌드위치를 만들까, 물 한 잔을 따를까? 아니면 곧장 침대로 올까? 알 수 없다. 나는 그의 취향을 모른다. 내 취향도 모른다.

기억을 못 하기 때문이다. 벤도, 오늘 오후에 만난 의사도 오늘 밤 내가 잘 때 오늘 안 것 모두가 조용히 지워질 거라고 한다. 오늘 내가 한 행동이 전부 사라질 거라고 한다. 나는 내일도 오늘 아침에 일어난 것처럼 일어날 것이다. 여전히 어린아이라고 생각하면서. 평생 선택해야 할 것들이 내 앞에 있다고 생각하면서.

나는 또 내가 틀렸다는 것을 발견할 것이다. 나의 선택은 이미 이루어졌다. 나의 반평생은 이미 지나갔다.

의사 이름은 내시였다. 그는 오늘 아침 우리 집에 와서 나를 태우고 자기 사무실에 데리고 갔다. 그의 질문에 나는 이전에 그를 만난 적이 없다고 대답했다. 그는 씩 웃고는—기분 나쁜 웃음은 아니다—책상 위에 놓인 컴퓨터를 켰다.

그는 내게 비디오를 보여주었다. 우리 두 사람이 나오는 비디오였다. 우리는 옷차림은 다르지만 같은 사무실, 같은 의자에 앉아 있다. 화면 속의 그는 내게 연필을 건네주며 보이는 것을 종이에 그리라고 한다. 거울을 통해 보는 것이어서 모든 것이 반대로 보인다. 나는 물체를 식별하기 어렵다는 것을 알았다. 거울을 들여다보니 보이는 것이라고는 주름진 손가락과 왼손에 있는 반짝이는 결혼반지뿐이었다.

다 그리고 나자 그는 흡족해하는 듯했다.

"지난번보다 빨리 그렸군요." 화면 속의 그가 말했다. 그러고는 그것은 무엇인가 깊숙이 가라앉아 있다는 것을 의미한다고 덧붙였다.

나는 치료받은 사실 자체는 기억하지 못해도 몇 주간 치료받은 효과
는 기억하고 있다. 나는 미소를 지었다. 하지만 행복해 보이는 웃음은
아니었다. 비디오가 끝났다.

닥터 내시가 컴퓨터를 껐다. 그는 우리가 지난 몇 주 동안 만났었다
고 말하고, 내 일화 기억(개인의 경험, 즉 자전적 사건에 대한 기억으로 사건
이 일어난 시간, 장소, 상황 등의 맥락을 함께 포함한다 – 옮긴이)이 크게 손상
되었다고 말했다. 이것은 내가 경험한 일들을 기억할 수 없다는 뜻이라
고 했고, 또 이것은 대개 신경에 문제가 있기 때문이라고 했다. 말하자
면 구조적 문제나 화학적 문제라는 것이었다. 그렇지 않으면 호르몬의
불균형 때문이라고 했다. 이는 매우 희귀한 것이다. 내 병은 유독 정도
가 심한 것처럼 보인다. 얼마나 심하냐고 묻자 그는 언젠가 어린 시절
외에는 아무것도 기억하지 못할 것이라고 했다. 나는 오늘 아침을 생각
했다. 오늘 아침에 일어날 때도 어른일 때의 기억은 하나도 없었다.

"언젠가라뇨?"

그는 대답하지 않았다. 그 침묵은 그가 진정으로 말하려고 하는 것을
내게 말해주고 있었다.

'대부분의 날들'이라는 뜻이었다.

그는 지속성 기억 상실증은 약물이든 최면이든 치료법이 있는데 이
런 치료법은 거의 써봤다고 했다. "특이하게도 당신의 경우에는 자신의
노력 여하에 달려 있습니다, 크리스틴."

나는 그에게 내가 대부분의 기억 상실증 환자와 다른 이유를 물었다.

"당신의 경우, 기억을 영원히 잃어버렸다는 것을 보여주지는 않습니
다. 당신은 몇 시간 동안은 사건들을 불러낼 수 있습니다. 정확히 말하
자면 자러 가기 전까지입니다. 기억 상실증 환자는 대개 몇 초 후면 새

기억을 잃어버립니다만…."

"그래서요?"

그는 갈색 노트를 책상 너머 내게로 내밀었다.

"당신이 치료받은 것, 당신의 감정, 당신에게 일어난 어떤 인상이나 기억을 기록하는 데 쓸모가 있을 겁니다. 여기에 기록하세요."

빈 노트였다.

'이것도 치료법인가? 일기 쓰는 것이? 나는 사건들을 기억하고 싶지 기록하고 싶지는 않아.'

그는 내가 실망한 것을 눈치챈 모양이었다. "기억을 기록하면 더 잘 기억하게 될지도 모릅니다. 그 효과가 누적될 수도 있습니다."

나는 잠시 입을 다물고 있었다. 어떤 선택을 해야 하나? 일기를 쓸 것 인가? 그냥 앞으로도 지금처럼 지낼 것인가?

"좋아요. 쓸게요."

"앞표지에 제 전화번호가 적힌 거 아시죠? 심란할 때 전화 주세요."

나는 그렇게 하겠노라고 대답했다. 한참 침묵이 흘렀다. 이윽고 그가 말했다.

"당신 어린 시절에 대해서 우리는 최근에 모종의 훌륭한 작업을 수행 해왔습니다. 사진도 봤습니다. 이와 같은 것들 말입니다."

나는 아무 말도 하지 않았다. 그는 자기 앞에 놓인 서류철에서 사진을 꺼냈다. "오늘은 이 사진을 봐주었으면 합니다. 이걸 알아보겠니까?"

집 사진이었다. 처음에는 모르는 집처럼 느껴졌다. 현관문으로 연결 된 낡은 계단을 보니 비로소 생각이 났다. 내가 자란 집이었다. 오늘 아 침에 내가 눈을 뜬 집이라는 생각이 들었다. 조금 달라 보였으나 어쨌 든 그 집이 틀림없었다. 나는 간신히 감정을 억눌렀다.

"어릴 때 살았던 집이에요."

그는 고개를 끄덕이며 어린 시절의 기억은 대부분 손상되지 않았다고 말했다. 그는 집 안을 설명해보라고 말했다.

나는 기억나는 대로 말했다. 현관문을 열면 바로 거실이었다. 집 뒤편에 작은 주방이 있었다. 방문객들은 우리 집과 옆집을 가르는 골목길을 이용해 집 뒤편에 있는 주방으로 바로 갔다.

"위층은 기억나는 게 없습니까?"

"침대가 두 개 있었어요. 하나는 앞쪽에 다른 하나는 뒤쪽에. 욕실과 화장실은 주방을 지나 맨 뒤쪽에 있었어요. 벽돌 두 줄로 된 벽과 골이 진 플라스틱 지붕으로, 집의 다른 부분과 연결된 점을 빼면 독립된 공간이었어요."

"또 다른 것은요?"

나는 그가 무엇을 원하는지 몰랐다. "잘 모르겠어요."

그는 자질구레한 일들이 기억나는지 물었다. 문득 어떤 생각이 났다.

"어머니는 '설탕'이라는 글자가 적힌 단지를 식품 저장실에 보관했어요. 거기에 돈을 넣어 맨 위 선반에 숨겨뒀어요. 잼도 있었어요. 어머니가 손수 만든 것이었어요. 우리는 드라이브를 가서 숲 속에서 딸기를 따곤 했어요. 어딘지는 기억나지 않아요. 세 사람이 숲 속 깊숙이 걸어 들어가서 블랙베리를 땄어요. 가방에 가득 담아 오면 어머니가 삶아서 잼을 만들곤 했어요."

"됐습니다." 그는 고개를 끄덕이며 말했다. "잘하셨습니다!" 그는 자기 앞에 놓인 서류철에 무엇인가 적었다. "이것들은 기억납니까?"

그는 사진 두 장을 더 보여주었다. 하나는 여자 사진이었다. 잠시 후 나는 그녀가 어머니임을 알았다. 다른 하나는 내 사진이었다. 나는 기억나는 대로 그에게 말해주었다. 내가 대답을 마치자 그는 사진을 치웠다.

"좋아요. 평소보다 어린 시절을 더 많이 기억하시는군요. 사진 덕분이라고 생각합니다만." 그는 잠시 말을 끊었다. "다음에는 사진을 좀 더 보여주고 싶습니다."

나는 좋다고 대답했다. 그는 어디서 이 사진들을 구했을까? 나도 모르는 내 인생에 대해 그는 얼마나 많이 알고 있을까?

"이거 내가 가져도 돼요? 옛날 우리 집 사진 말이에요."

그는 미소를 지었다. "그럼요!"

나는 사진을 노트에 끼워 넣었다.

그는 나를 차에 태워 집에 데려다주었다. 우리가 만난 사실을 벤이 모르고 있다는 말은 이미 들었다. 그는 내가 쓰고 있는 일기 이야기를 벤에게 말해야 할지 말아야 할지 신중히 생각해야 한다고 말했다.

"부담이 될지도 모릅니다. 쓰고 싶지 않은 것도 있을 겁니다만, 쓰고 싶은 것은 뭐든지 쓸 수 있다고 느끼는 것이 매우 중요하다고 봅니다. 벤은 당신이 치료받기로 했다는 사실을 알면 또다시 불행해질지도 모릅니다." 그는 잠시 말을 끊었다. "그 사실을 숨겨야 할지도 모릅니다."

"어떻게 하면 일기를 쓸 수 있을까요?"

그는 대답이 없었다. 어떤 생각이 머릿속에 떠올랐다.

"말해 주시겠어요?"

그는 그러겠다고 말했다. "일기를 어디 둘지부터 말해주셔야 합니다."

차가 어떤 집 앞에 멈추었다. 그가 차를 세우자마자 나는 우리 집임을 깨달았다.

"옷장에요. 옷장 안에서도 뒤편에 둘게요." 나는 오늘 아침 옷을 입을 때 본 것들을 떠올렸다. "그 안에 구두 상자가 있어요. 거기 안에 넣어놓을게요."

"좋은 생각입니다. 오늘 밤에 일기를 써야 합니다. 잠들기 전에 말입니다. 안 그러면 내일 그 노트는 비어 있을 겁니다. 그게 무엇인지도 모를 겁니다."

나는 알았다고, 그렇게 하겠다고 말하고는 차에서 내렸다.

"잘 들어가요, 크리스틴."

지금 나는 남편을 기다리며 침대에 앉아 있다. 나는 내가 자란 집의 사진을 본다. 아주 흔한 집, 평범하고 낯익은 집이다.

'어떻게 그 집에서 이 집으로 왔을까? 무슨 일이 있었을까? 내 이야기는 어떤 것일까?'

거실 시계가 울린다. 한밤중이다. 벤이 계단을 올라오고 있다. 나는 구두 상자에 일기를 감춘다. 내가 닥터 내시에게 숨겨놓겠다고 한 곳이다. 내일 그가 전화하면 더 써야겠다.

11월 10일 토요일

    나는 정오에 이 글을 쓴다. 벤은 아래층에서 책을 읽고 있다. 그는 내가 쉬고 있다고 생각한다. 나는 피곤하지만 쉬고 있지는 않다. 내게는 시간이 없다. 잊어버리기 전에 이것을 적어두어야 한다. 일기를 써야만 한다.

    나는 시계를 보고 시간을 적어둔다. 벤은 오후에 산책이나 하자고 했다. 이제 한 시간 남짓 남았다.

    오늘 아침 나는 내가 누군지 모른 채 눈을 떴다. 잠에서 완전히 깨면 침대용 테이블의 하드에지(기하학적 도형과 선명한 윤곽의 추상 회화—옮긴이)풍 무늬와 노란 램프가 눈에 들어올 것이고 방 한구석에 있는 박스 모양의 옷장도, 희미한 이끼 무늬의 부드러운 벽지도 눈에 들어올 것이다. 아래층에서 어머니가 베이컨을 요리하는 소리도, 정원에서 아버지가 울타리 가지를 치면서 부는 휘파람 소리도 들릴 것이다. 잠을 잔 침대에 나 혼자 있었으면 한다. 한쪽 귀가 찢어진 박제 토끼 외에는 아무것도 없었으면 한다.

내가 틀렸다. 처음에는 '부모님 방에 있다'고 생각했으나 곧 아무것도 알지 못한다는 것을 깨달았다. 침실은 정말 낯설었다. 나는 다시 침대에 눕는다. '뭔가 잘못됐어. 정말, 정말 잘못됐어.'

아래층에 내려갔을 때 나는 거울 주위에 사진이 있는 것을 보았다. 나는 어린아이가 아니라는 것, 10대 아이가 아니라는 것을 알았다. 요리하는 사람, 라디오 소리에 맞추어 휘파람을 불고 있는 사람이 아버지도, 룸메이트도, 남자 친구도 아닌 남편이라는 것을 알았다.

나는 주방 밖에서 머뭇거렸다. 무서웠다. 마치 그를 처음 만나는 듯이. 그는 어떻게 생겼을까? 사진에서 본 것처럼 생겼을까? 사진과는 딴판일까? 나이도 더 많고 몸집도 더 뚱뚱하고 머리도 더 벗겨졌을까? 목소리는 어떨까? 몸짓은 어떨까? 나는 어떻게 결혼했을까?

감이 전혀 잡히지 않았다. 어떤 여자—어머니일까?—가 나더러 조신하라고 말한다. '어서 결혼해야지'라고 말한다.

나는 문을 밀어젖혔다. 벤은 등을 보인 채 프라이팬에서 지글지글 소리를 내는 베이컨, 꼬챙이에 꿴 베이컨을 주걱으로 부지런히 뒤집고 있었다. 내가 들어오는 소리를 듣지 못한 것 같았다.

"벤?"

벤이 얼른 몸을 돌렸다. "크리스틴, 괜찮아?"

나는 어떻게 대답해야 할지 몰랐다. "네, 그런 것 같아요."

그는 안도하는 표정으로 미소 지었다. 나도 따라서 미소 지었다. 그는 위층의 사진 속 모습보다 더 늙어 보였다. 주름살도 더 많고, 머리카락도 희끗희끗하고, 관자놀이도 좀 들어갔다. 이것은 그의 매력을 감소시키기는커녕 더욱 돋보이게 했다. 턱은 나이 든 사람답게 억세었고, 두 눈은 장난기를 발하고 있었다. 아버지가 늙었을 때의 모습과 좀 닮았다

55

는 것을 알았다. 내 꼴은 이보다 더 못할 거야. 훨씬 더 못할 거야.

"사진 봤어?"

나는 고개를 끄덕였다.

"걱정 마. 내가 모든 걸 설명해줄 테니. 와서 앉지 그래?" 그는 현관 쪽을 가리켰다. "식당은 저기야. 곧 갈 테니 이것부터 받아."

그는 후추 빻는 기계를 내게 건넸다. 나는 식당으로 갔다. 몇 분 후 그는 접시 두 개를 가지고 들어왔다. 얇은 베이컨 조각이 기름에 떠다니고 있고, 접시 한쪽 옆에는 구운 계란과 빵이 있었다. 내가 먹는 동안 그는 내가 어떻게 목숨을 건졌는지 얘기했다.

그는 오늘이 토요일이라고 했다. 그는 주중에는 일을 한다. 그는 교사다. 그는 내 백에 든 전화기 이야기를 하고, 주방 벽에 붙은 마커 보드 이야기를 했다. 그는 똘똘 말아서 벽난로 위 시계 뒤에 감춘 비상금 20파운드짜리 지폐 두 장과, 내 삶의 조각들을 일별할 수 있는 스크랩북을 보여주었다. 그는 둘이서 함께 관리하자고 말했다. 나는 그를 믿는지 확신이 서지 않았다. 하지만 믿어야만 했다.

우리는 식사를 마쳤다. 나는 그가 설거지하는 것을 도와주었다.

"괜찮다면 조금 있다 산책이나 할까?" 내가 좋다고 하자 그는 기뻐하는 것 같았다. "그럼 난 신문이나 좀 볼게."

나는 위층으로 올라갔다. 이제 혼자였다. 머리가 빙빙 돌았다. 가득차 있으면서 동시에 텅 비어 있었다. 아무것도 이해할 수 없다고 느꼈다. 진짜처럼 보이는 게 없었다. 나는 내가 있는 집, 내 집이라고 알고 있는 집을 새삼 새로운 눈으로 보았다. 한순간 달아나고 싶었다. 나는 자신을 진정시켜야 했다.

나는 내가 잤던 침대 가에 앉았다. 살아남아야 해. 말끔히 해결해야 해. 바삐 설쳐야 해. 나는 베개를 집어 들고 통통하게 부풀렸다. 그때 무슨 소리가 울리기 시작했다.

무슨 소린지 알 수 없었지만 나직이 계속 울렸다. 소리가 아니라 진동이었다. 백은 발치에 있었다. 백을 집어 들고서야 소리가 거기서 나는 것 같다는 것을 알았다. 벤이 내 전화기 얘기를 한 것이 기억났다.

전화기를 보니 불이 들어와 있었고, '닥터 내시한테서 전화 왔습니다'라고 적혀 있었다. 나는 전화기를 한참 노려보았다. 내 안 깊숙한 곳 또는 기억의 가장자리에 있는 그 무엇은 무슨 전화인지 정확히 알고 있었다. 나는 전화를 받았다.

남자 목소리가 들렸다. "여보세요? 크리스틴입니까?"

나는 그렇다고 했다.

"주치의입니다. 통화 가능합니까? 옆에 벤이 있습니까?"

"없어요. 그는…. 무슨 일로 전화했죠?"

그는 자기 이름을 밝히고 몇 주간 같이 일했다고 했다.

"당신 기억 문제로요."

내가 대답을 않자 그가 말했다.

"저를 믿어주시기 바랍니다. 침실 옷장 안을 봐줬으면 합니다."

그는 잠시 말을 끊었다가 또 말했다.

"옷장 바닥에 있는 구두 상자 안을 한번 보세요. 노트가 있을 겁니다."

나는 방구석에 있는 옷장을 바라보았다.

"어쩜 그렇게 잘 알아요?"

"당신이 말해줬습니다. 어제 만났을 때 당신은 일기를 쓰겠다고 했고, 거기에 일기를 감춰두겠다고 했습니다."

'전 당신을 믿지 않아요.' 나는 이렇게 말하고 싶었지만 무례한 말인 것 같기도 하고, 다 맞는 말인 것 같지도 않았다.

"찾고 있습니까?" 내가 그렇다고 하자 그가 덧붙였다. "지금 찾아봐요. 벤에게는 아무 말도 하지 말고. 어서 찾아봐요."

나는 전화를 끊지 않은 채 옷장으로 갔다. 그의 말이 맞았다. 옷장 바닥에 구두 상자가 있었고, 그 안에는 화장지에 싸인 노트가 있었다.

"찾았습니까?" 닥터 내시가 말했다. 나는 노트를 꺼내 화장지를 벗겼다. 갈색 가죽 노트였다. 비싼 것처럼 보였다.

"크리스틴?"

"네, 찾았어요."

"좋아요. 기록되어 있습니까?"

나는 1페이지를 펼쳐보았다. 기록되어 있었다. '내 이름은 크리스틴 루카스.' 이렇게 시작되어 있었다. '나이는 47세. 기억 상실증 환자다.' 나는 초조하면서도 흥분되었다. 읽어보고 싶어졌다.

"네."

"잘하셨습니다." 그는 내일 다시 연락하겠다며 전화를 끊었다.

열린 옷장 바닥에 웅크린 채 나는 꼼짝도 하지 않았다. 이불은 개키지도 않은 채 그대로 있었다. 나는 일기를 읽기 시작했다.

처음에 나는 실망했다. 내가 써놓은 것이 하나도 기억나지 않는 것이다. 닥터 내시도, 그가 나를 데리고 간 사무실도, 우리가 했다고 하는 수수께끼 놀이도 기억나지 않았다. 그의 목소리를 방금 들었음에도 그의 모습이 떠오르지 않았고, 그와 함께 있는 내 모습도 떠오르지 않았다. 내용이 꼭 소설 같았다. 그때, 책의 뒷부분 두 페이지 사이에 끼어 있는 사진이 눈에 들어왔다. 내가 자란 집, 오늘 아침 눈떴을 때의 바로 그 집 사진이었다. 그것은 진짜였다. 그것은 나의 증거였다. 나는 닥터 내시를 만났었고, 그는 내 과거의 조각인 이 사진을 내게 주었다.

나는 눈을 감았다. 어제 나는 내가 살던 옛집과 설탕 단지, 블랙베리를 따던 일을 설명했었다. 그 기억들이 아직 남아 있었나? 더 많은 기억들을 불러낼 수 있었을까? 나는 어머니와 아버지를 생각했고 다른 것도 떠올려보려고 했다. 이미지들이 조용히 형성되었다. 흐릿한 오렌지색 카펫. 황록색 꽃병. 거친 카펫. 가운데에 똑딱단추가 있고 가슴 부위에 핑크빛 오리가 붙어 있는 노란 어린이용 잠옷. 감청색 플라스틱 카 시트. 빛바랜 핑크빛 유아용 변기.

색깔과 모양 그 어느 것도 실물과 거리가 멀었다. '부모님이 보고 싶어.' 바로 그때 부모님이 죽었다는 사실을 알고 있음을 비로소 깨달았다.

나는 한숨을 푹 쉬며 이불을 개키지도 않은 침대 가에 앉았다. 펜이 일기 사이에 끼워져 있었다. 나는 계속 쓰려고 거의 무의식적으로 펜을 꺼냈다. 그러고는 펜을 일기에 댄 채 눈을 감고 정신을 집중했다.

바로 그때 머리를 스치는 것이 있었다. 부모님이 죽었다는 것을 깨닫는 게 다른 이들에게는 어떤 반응을 불러일으키는지 모르지만, 내 경우에는 기나긴 깊은 잠에서 갑자기 깨어난 것처럼 느껴졌다. 기억이 살아났다. 그것도 서서히 살아나지 않고 갑자기 살아났다. 그것은 커다란 충격이었다. 전기 스파크가 이는 듯했다. 갑자기 나는 내 앞에 빈 일기가 놓인 침실에 앉아 있지 않고, 딴 곳에 앉아 있었다. 잃어버렸다고 생각한 과거로 돌아가 있었다. 나는 모든 것을 만지고 느끼고 맛볼 수 있었다. 나는 기억하고 있다는 것을 알았다.

나는 내가 자란 집으로 돌아가 있는 자신을 보았다. 나는 열서너 살난 아이다. 쓰고 있는 이야기를 마저 쓰려고 애쓴다. 식탁 위에 있는 메모지가 눈에 들어온다. '우린 외출할 거야. 테드 아저씨가 6시에 널 태우러 올 거야'라고 적혀 있다. 나는 샌드위치와 음료수를 먹고 노트를 가지고 앉는다. 로이스 부인은 내 이야기가 '강렬한 인상을 준다'고 했다. 부인은 내가 이 이야기를 가지고 작가로 데뷔할 거라고 생각한다.

하지만 나는 무엇을 써야할지 생각도 나지 않고 집중도 되지 않는다. 나는 말 없는 분노에 사로잡힌다. 그건 그들 잘못이다. '그들은 어디 있지? 무엇을 하고 있는 거지? 왜 나를 초대하지 않는 걸까?' 나는 메모지를 똘똘 말아 내팽개친다.

환영이 사라졌다. 하지만 또 다른 환영이 바로 나타났다. 더욱 강렬하고 더욱 진짜 같은 환영이다. 아버지가 우리를 차에 태우고 집으로 가고 있다. 나는 차 뒷자리에 앉아서 머리 옆 차창의 한 점을 뚫어져라 바라본다. 죽은 파리다. 한 점 티끌이다. 나는 말할 수 없다. 하지만 무엇을 말하려고 하는지도 모른 채 말한다.

"언제 저한테 얘기해줬어요?" 아무도 대답하지 않는다. "엄마는요?"

"크리스틴." 엄마가 말한다. "가만있어."

"아빠는요? 언제 말해줬어요?" 대답이 없다. "아빠도 죽어요?" 내 눈은 여전히 창문의 한 점에 고정되어 있다. "아빠? 아빠도 죽어요?"

아빠는 어깨 너머로 나를 보며 웃는다.

"그럼. 하지만 아직은 아니란다, 얘야. 아직은 아니야. 꼬부랑 할아버지가 되어야 죽는단다. 손자들을 주렁주렁 보고 나서 말이야."

나는 아빠가 거짓말하고 있다는 것을 안다.

"우린 이것과 맞서 싸울 거란다, 기필코." 아빠가 말한다.

숨이 턱 막힌다. 나는 눈을 떴다. 환영이 갑자기 사라졌다. 나는 침실, 오늘 아침 일어난 그 침실에 앉아 있었다. 하지만 한동안 다른 침실처럼 보였다. 매우 갑갑하고 무미건조하고 죽은 듯한 침실이었다. 마치 햇빛에 바랜 정물화를 보고 있는 것 같았다. 마치 과거의 반향이 현재의 모든 생명을 짓눌러버린 것 같았다.

나는 손에 들린 일기를 내려다보았다. 펜이 손가락에서 빠져나가 백지에 푸르스름한 선을 그으면서 바닥에 떨어졌다. 심장이 뛰었다. 나는 무엇인가를 기억해냈다. 무엇인가 대단하고 중요한 것을. 그것은 사라지지 않았다. 나는 바닥의 펜을 주워 들고 쓰기 시작했다.

나는 거기서 끝낼 참이다. 눈을 감고 환영들을 불러내려고 하자 환영들이 떠오른다. 나 자신. 부모님. 차를 타고 집으로 가는 것. 환영들은 아직 거기에 있다. 시간이 지나면서 흐릿해진 탓인지 덜 생생하기는 해도 아직도 거기에 있다. 흐릿한 것일지라도 기록해둘 수 있어서 기쁘다. 나는 그것이 결국에는 사라질 것임을 알고 있다. 하지만 적어도 지금은 다 사라지지 않았다.

벤이 신문을 다 읽은 모양이다. 그는 위층으로 소리를 질러 외출 준비가 끝났냐고 물었다. 나는 준비되었다고 말했다. 나는 일기를 옷장에 감추고 재킷과 부츠를 찾는다. 나중에 더 써야지. 만약 기억이 난다면.

　　　◎ ◎ ◎

그것은 몇 시간 전에 쓴 것이었다. 우리는 오후 내내 돌아다니다가 지금은 집에 돌아와 있다. 벤은 주방에서 저녁에 먹을 생선 요리를 하고 있다. 라디오를 틀어놓은 채. 재즈 음악이 이 글을 쓰고 있는 침실에 흘러들어 온다. 나는 위층에 올라가 오후에 본 것들을 기록하고 싶어 안달이 나서 식사하자는 말도 하지 않았다. 다행히 벤은 개의치 않는 것 같았다.

"좀 누워 있어. 식사하려면 45분은 있어야 해." 그의 말에 나는 고개를 끄덕였다. "식사 준비가 끝나면 부를게."

나는 시계를 본다. 빨리 쓰면 시간은 충분할 것 같았다.

우리는 1시가 조금 안 되어 집을 나섰다. 멀리 가지는 않고 나지막한 건물 옆에 차를 세웠다. 폐가인 듯했다. 창틀에 회색 비둘기 한 마리가 앉아 있었다. 문은 골 철판으로 막아놓았다.

"저건 야외 수영장이야." 벤이 차에서 내리며 말했다. "여름에는 개장해. 좀 걸을까?"

콘크리트 보도가 구불구불 언덕 꼭대기까지 이어져 있었다. 우리는 말없이 걸었다. 텅 빈 축구장에 앉아서 우는 까마귀의 찢어질 듯한 울음소리, 멀리서 구슬프게 짖는 개 울음소리, 아이들이 떠드는 소리, 도시의 소음이 이따금 들렸다. 나는 아버지를 생각하고, 아버지의 죽음을 생각했다. 적어도 그 죽음에 대해 조금은 기억하고 있다는 생각이 들었다. 혼자 조깅하는 사람이 트랙을 돌고 있었다. 나는 그녀를 잠시 바라보았다. 우리는 높은 울타리를 넘어 언덕 꼭대기로 올라갔다. 거기에도 사람들이 있었다. 한 소년이 연을 날리고 있고, 그 뒤에는 소년의 아버지가 서 있었다. 한 소녀가 저만치서 강아지를 데리고 걸어가고 있었다.

"여기가 팔러먼트 힐(Parliament Hill, 런던 중심부에서 북서쪽으로 약 6킬로미터 떨어진 곳에 위치한 언덕. 런던 시내 전체를 내려다볼 수 있다-옮긴이)이야." 벤이 말했다. "가끔 오는 곳이야."

나는 잠자코 있었다. 나지막한 구름 아래로 시내가 아무렇게나 뻗어 있었다. 평화로워 보였다. 얼어붙어 있는 듯했다. 생각보다 작았다. 시내를 가로질러 멀리 낮은 언덕들에 이르는 길들이 모두 보였다. 우뚝 솟은 텔레콤 타워도 보였고, 세인트 폴 대성당의 돔과 배터시 발전소도 보였다. 내가 알고 있는 모습 그대로였지만 왠지 희미하게 보였다. 조금 생소한 명소들도 있었다. 팻 시거 모양의 유리 빌딩도 보이고, 멀리 자이언트 휠(놀이 공원에서 볼 수 있는 관람차-옮긴이)도 보였다. 경치는 내 얼굴처럼 낯익으면서도 나를 당황스럽게 만들었다.

"나도 와본 곳 같아요."

"그럼. 와본 곳이지. 우린 이곳에 가끔 들렀어. 그때마다 경치가 달랐어."

우리는 계속 걸었다. 혼자든 둘이든 벤치는 대개 사람들이 차지하고 있었다. 우리는 언덕 꼭대기를 지나 첫 번째 벤치에 가서 앉았다. 케첩 냄새와 맥아 식초 냄새가 났다. 반쯤 먹다 만 버거가 벤치 밑 마분지 상자에 들어 있었다.

벤은 조심스럽게 상자를 집어서 쓰레기통에 넣고는 되돌아와서 내 옆에 앉았다. 그는 여기저기 명소를 가리켰다.

"저건 캐너리 워프(Canary Wharf, 영국 런던 템스 강변 도크랜드 지역에 들어선 신도시의 고층 건물 – 옮긴이)야." 벤은 멀리서도 엄청나게 높아 보이는 빌딩들을 손으로 가리키며 말했다. "아마 90년대 초에 지었을걸. 저것처럼 모두 사무실이야."

90년대. 내가 산 기억이 없는 10년이란 세월을 압축된 단어로 들으니 묘한 기분이 들었다. 나는 분명히 많은 것을 잃어버렸다. 음악도, 영화도, 책도, 뉴스도 잃어버렸다. 재해도, 비극도, 전쟁도 마찬가지였다. 내가 하루하루 헤매며 잊고 지내는 사이에 나라가 산산조각 나버렸는지도 모른다.

내 인생도 대부분 산산조각 나버렸다. 매일같이 보면서도 나는 너무나 많은 경치를 인식하지 못한다.

"벤? 우리 이야기도 해줘요."

"우리라니? 무슨 말이야?"

나는 벤을 바라보았다. 찬바람이 언덕으로 불어 올라와 내 얼굴을 매섭게 후려쳤다. 멀리서 개 짖는 소리가 들렸다. 나는 말을 얼마나 많이 해야 할지 몰랐다. 그는 내가 그에 대해 아무것도 기억하지 못한다는 것을 알고 있다.

"미안해요. 나 자신과 당신에 대해서 아무것도 몰라요. 우리가 어떻게 만났고 언제 결혼했는지도 몰라요. 아무것도 몰라요."

그는 미소를 짓더니 내 쪽으로 바짝 다가앉았다. 우리 두 사람 몸이 붙었다. 그는 팔을 내 어깨에 얹었다. 나는 움찔했다. 그가 낯선 사람이 아니라 내 남편이라는 것이 기억났다.

"뭘 알고 싶어?"

"몰라요. 우린 어떻게 만났죠?"

"음, 대학 다닐 때였어. 당신은 막 박사 과정을 시작했어. 기억나?"

나는 고개를 가로저었다. "하나도 안 나요. 내가 뭘 공부했죠?"

"영문학을 공부했어."

어떤 모습이 번쩍 떠올랐다. 빠르고도 선명하게. 20세기 초기 문학과 페미니스트 이론을 다룬 논문을 쓰겠다는 막연한 생각으로 도서관에 처박혀 있는 나 자신을 보았다. 사실 그것은 소설을 공부하는 내가 응당 해야 할 일이었다. 어머니가 이해하기는 어렵겠지만 적어도 정당한 일처럼 보였다. 그 모습이 잠시 어른거렸다. 만질 수 있을 것처럼 생생했다. 그때 벤이 말을 꺼내는 바람에 그 모습이 사라졌다.

"나는 학위를 준비하고 있었어. 전공은 화학이었어. 나는 어디서든 당신을 봤어. 도서관에서도, 바에서도. 당신의 미모에 늘 감탄을 금치 못했지만 한 번도 말을 걸지 못했어."

나는 웃었다. "정말이에요?" 내가 소심했다는 생각은 하지 않았다.

"당신은 늘 자신에 차 있고 치열하게 공부하는 것 같았어. 책에 파묻혀 읽기도 하고 메모를 하면서 몇 시간이나 앉아 있곤 했어. 커피 같은 것을 홀짝이면서 말이야. 그렇게 예쁠 수가 없었어. 당신이 내게 관심을 가지리라고는 꿈에도 생각하지 못했어. 그러던 어느 날, 우연히 도서관에서 당신 옆에 앉게 됐어. 당신은 고의로 커피를 엎질렀어. 커피가 온통 내 책에 쏟아졌지. 당신은 진심으로 사과했어. 그건 중요한 문제가 아닌데도 말이야. 커피를 다 닦아낸 후 내가 커피를 한 잔 사겠다고 하자, 당신은 미안하다며 당연히 자기가 사야 한다고 했어. 그래서 내가 좋다고 했어. 우린 커피를 마시러 갔고. 그렇게 된 거야."

나는 그 모습을 떠올리려고 애썼다. 도서관에서 고리타분한 논문에 둘러싸인 채 웃고 있는 젊은 시절의 우리 두 사람을 기억해내려고 안간힘을 썼다. 아무리 해도 모습이 떠오르지 않았다. 나는 찌르는 듯한 슬픔을 느꼈다. 나는 연인들이 어떻게 처음 만났는지 얘기하기를 좋아한다고, 누가 먼저 말을 걸었고 무슨 말을 했는지 얘기하기를 좋아한다고 생각했다. 하지만 우리 두 사람에 대한 기억은 없다. 바람이 어린 소년의 연 꼬리를 채찍질해댔다. 죽어가는 사람의 목에서 나는 소리 같았다.

"그래서 어떻게 됐어요?"

"그야 데이트를 했지. 얼마나 자주 만났다고. 기억 안 나? 나도 학위를 받고 당신도 박사 학위를 받았어. 그리고 우린 결혼했어."

"그래요? 누가 먼저 청혼했지요?"

"그야 나지."

"어디서요? 청혼 이야기 해줘요."

"우린 사랑에 푹 빠졌어." 그는 아득히 먼 곳을 보며 말했다. "우린 늘 붙어 지냈어. 당신은 어떤 사람 집에서 살았는데, 그 집에는 거의 붙어 있지 않고 대부분의 시간을 나와 함께 보냈어. 함께 사는 것, 결혼하는 것이 더 낫다고 할 만큼 말이야. 그래서 어느 해 밸런타인데이에 당신한테 비누 하나를 선물했어. 당신이 좋아하는 엄청 비싼 비누였지. 셀로판 포장지를 뜯어내고 약혼반지를 비누 속에 눌러 넣은 다음, 다시 포장해서 당신에게 줬어. 그날 저녁 당신은 반지를 발견하고는 결혼을 승낙했지."

나는 혼자 씩 웃었다. 얼토당토않은 이야기 같았다. 비누 속에 반지를 눌러 넣다니. 내가 그 비누를 사용하지 않아 몇 주 동안 반지를 발견하지 못할 가능성도 얼마든지 있었다. 하지만 그의 말은 로맨틱한 이야기였다.

"내가 누구 집에서 살았는데요?"

"이런. 정말 기억이 안 나는 모양이네. 친구 집이야. 하여튼 우린 이듬해에 결혼했어. 처가에서 가까운 맨체스터의 한 교회에서 했어. 참 화창한 날이었어. 당시 내가 교생 실습을 받고 있어서 우린 돈이 많지 않았어. 하지만 근사한 결혼식이었어. 해가 환히 빛나고 모두들 행복했어. 우린 이탈리아로 신혼여행을 갔지. 그곳 호수는 환상적이었어."

나는 교회, 웨딩드레스, 호텔 방에서 내다본 경치를 떠올려보려고 애썼으나 하나도 떠오르지 않았다.

"하나도 기억 안 나요. 미안해요."

그는 고개를 돌리고 먼 곳을 응시했다. 내가 그의 얼굴을 보지 못하도록. "괜찮아. 난 이해해."

"스크랩북에 사진이 별로 없어요. 결혼식 때 찍은 우리 사진은 하나도 없어요."

"불났었잖아. 예전에 살던 집에."

"불이요?"

"응. 집이 거의 다 타버려서 많은 걸 잃었어."

나는 한숨을 쉬었다. 과거의 내 기억이랑 기록을 모두 잃어버리다니 너무한 것 같았다.

"그때 무슨 일이 있었어요?"

"그때라니?"

"네, 그때요. 그때 무슨 일이 있었어요? 결혼식 끝나고 신혼여행을 갔다 온 후에 말이에요."

"이사 갔어. 우린 둘 다 매우 행복했어."

"그러고는요?"

그는 한숨을 쉬기만 하고 아무 말도 없었다.

'그럴 리가 없어. 그게 내 인생의 전부일 리가 없어. 나의 전부일 리가 없어. 결혼식, 신혼여행. 결혼 생활.' 난 달리 무얼 기대하고 있었을까? 그 밖에 무엇이 있을 수 있었을까?

문득 답이 떠올랐다. 아이. 아기. 나는 내 삶에서, 우리 가정에서 아이가 빠진 것 같다는 느낌이 들었다. 벽난로 위에는 아들 사진도, 딸 사진도 없었다. 뻣뻣하게 포즈를 잡은 화이트워터 래프팅(white-water rafting, 급류에서 뗏목 타기 — 옮긴이) 사진과 학위 증서뿐이었다. 손자 사진도 없었다. 나는 아이가 없었구나.

나는 실망감을 느꼈다. 충족되지 않은 욕구가 의식의 표면 바로 밑 잠재의식 속에서 타올랐다. 아침에 눈뜰 때 내가 몇 살인지도 모르기는 하지만, 나의 일부는 내가 아이를 가지고 싶어 했다는 것을 알고 있었을 것이다. 하지만 내게는 아이가 없었다.

문득 어머니가 떠올랐다. 어머니는 내게 생체 시계 이야기를 해주면서 그것을 폭탄 같은 것이라고 했다. "인생에서 네가 원하는 것들을 부지런히 챙겨야 한다. 언젠가 너는 나을 것이고 그다음에는…." 어머니는 이렇게 말했다.

나는 어머니의 말뜻을 알아들었다. 꽝! 내 야심은 사라질 것이다. 내가 원하는 것은 아이를 갖는 것뿐이었다. "내가 아이를 가졌듯이 너도 가질 거야. 누구나 가질 수 있어." 어머니는 이렇게 말했다.

하지만 내게는 아이가 없었다. 그 대신 다른 일이 일어났다. 나는 남편을 보았다.

"벤? 그러고는요?"

그는 나를 보며 내 손을 꼭 쥐었다. "당신이 기억을 잃어버렸어."

내 기억. 결국 모든 것이 기억 문제로 귀결되었다. 언제나.

나는 시내를 내려다보았다. 하늘에 낮게 걸린 해가 구름을 헤치고 약한 빛을 발해 풀밭에 긴 그림자를 던지고 있었다. 나는 곧 어두워지리라는 것을 알았다. 마침내 해가 지고 하늘에 달이 뜰 것이다. 다른 날도 끝날 것이다. 또 다른 잃어버린 날도.

"우린 아이를 가진 적이 없어요." 이 말은 질문이 아니었다.

그는 대답은 않고 나를 물끄러미 바라보았다. 그는 내 손을 잡고 비볐다. 마치 추위를 쫓으려는 듯이.

"그래. 그래. 우린 아이를 가지지 못했어."

슬픔이 그의 얼굴에 아로새겨졌다. 그 자신을 위한 슬픔인지, 나를 위한 슬픔인지 분간할 수 없었다. 나는 그가 내 손을 잡고 비비도록 내버려두었다. 감정이 혼란스럽기는 해도 이 사람과 같이 있으면 안전하다는 것을 알았다. 그가 친절하고 사려 깊고 인내심이 있다는 것을 알았다. 내 처지는 지금도 끔찍하지만 더 나빠질지도 모를 일이었다.

"왜요?"

그는 괴로운 표정으로 잠자코 나를 바라보기만 했다. 고통과 실망이 담긴 얼굴이었다.

"어쩌다 그렇게 됐어요, 벤? 어쩌다 내가 이 꼴이 됐어요?"

나는 그가 긴장하고 있음을 느꼈다.

"꼭 알고 싶어?"

나는 저만치서 세발자전거를 타고 있는 여자아이를 유심히 보았다. 나는 내가 이런 질문을 하는 것도, 그가 내게 이런 설명을 해주는 것도 처음일 리가 없다는 것을 알았다. 어쩌면 매일 물었을 것이다.

"네." 나는 이번은 다르다는 것을 알았다. 이번에는 그의 말을 기록해

둘 테다.

그는 숨을 깊이 들이쉬었다.

"몹시 추운 12월 어느 날이었어. 낮에 당신은 직장에 있었어. 그다지 멀지 않은 집으로 퇴근하는 길이었어. 목격자는 한 사람도 없었어. 당신이 길을 무단 횡단했는지 당신을 친 차가 인도로 뛰어들었는지 우린 몰라. 어쨌든 당신은 보닛 위로 튕겨 올라갔어. 당신은 크게 다쳤어. 두 다리가 부러지고 한쪽 팔과 쇄골도 부러졌어."

그는 말을 멈추었다. 나는 도시의 심장 박동 소리를 들을 수 있었다. 아주 조용히 뛰고 있었다. 멀리서 차가 지나가는 소리도 들렸고, 머리 위로 비행기가 지나가는 소리도 들렸고, 바람이 나무 사이를 쏴쏴 지나가는 소리도 들렸다. 벤은 내 손을 꼭 쥐었다.

"머리부터 땅에 부딪힌 게 틀림없다고 해. 그래서 당신이 기억을 잃게 된 거야."

나는 눈을 감았다. 사고에 대해서는 아무것도 생각나지 않았다. 그래서 화가 나지도 않았고, 당황하지도 않았다. 그 대신 잔잔한 회한, 공허, 기억의 호수 표면을 가로지르는 잔물결이 밀려들었다.

그는 내 손을 꼭 쥐었다. 나는 다른 손을 그의 손 위에 얹었다. 차갑고 딱딱한 결혼반지가 느껴졌다.

"살아난 것만 해도 천만다행이야."

나는 한기가 도는 것을 느꼈다. "운전자는 어떻게 됐어요?"

"달아났어. 뺑소니 사고야. 우린 누가 당신을 치었는지 몰라."

"그런 사람도 있어요? 사람을 치어놓고 그냥 차를 몰고 가버리는 사람도 있어요?"

그는 아무 말도 없었다. 내가 무얼 기대했는지 모른다. 닥터 내시를 만났다는 기록을 읽은 기억이 났다. 닥터 내시는 '신경에 이상이 생겼다'라고 했다. '신경 구조에 이상이 생기거나 화학적으로 뭐가 잘못되거나, 호르몬 균형이 깨졌다'라고 했다. 나는 그의 말이 어떤 질병을 의미한다고 생각했다. 방금 말한 것들. '그 가운데 하나일 거야.'

누가 나를 이 꼴로 만들었다는 것과 이를 피할 수도 있었다는 것을 알면 더욱 참담해질 거라는 생각이 들었다. 그날 저녁 내가 다른 길로 집에 갔다면, 나를 친 운전자가 다른 길로 갔다면 사고는 결코 일어나지 않았을 것이다. 나는 지금도 정상일 테고. 지금쯤 할머니가 되어 있을지도 모르고.

"왜죠? 왜 그런 짓을 하죠?"

벤이 대답할 수 있는 질문이 아니었다. 당연히 벤은 아무 말도 없었다. 우리는 손을 꼭 잡은 채 잠시 말없이 앉아 있었다. 날이 어두워졌다. 도시가 환해졌다. 빌딩들이 불을 밝혔다. '곧 겨울이 될 거야. 벌써 11월 초니까 머지않아 12월이 될 거고, 그러면 크리스마스도 곧 올 거야.' 그때까지 어떻게 기다리지. 하루하루 똑같은 날들을 어떻게 살아가지.

"그만 갈까? 집에 돌아갈까?"

나는 대답하지 않았다.

"차에 치인 날 전 어디 있었어요? 뭘 하고 있었어요?"

"퇴근해서 집으로 가는 길이었어."

"무슨 일을 하고 있었는데요?"

"잠시 비서로 일하고 있었어. 변호사 개인 비서 말이야."

"하지만 왜…"

"집세를 내려면 어쩔 수 없었어. 그땐 집세가 만만치 않았거든."

그건 내가 원하는 답이 아니었다. 내가 하고 싶은 말은 이거였다. '내가 박사 학위를 받았다고 했으니 어쨌든 그것과 관련된 일을 했어야지, 어떻게 그 따위 일을 하고 있었을까?'

"근데 왜 내가 그런 일을 한 거죠?"

"그 일밖에 할 수 있는 게 없었어. 힘든 시기였지."

나는 이전에 느꼈던 감정이 기억났다.

"내가 글을 썼나요? 책을 썼나요?"

그는 고개를 가로저었다. "안 썼어."

그럼 한때 꿈이었던 모양이구나. 어쩌면 쓰다가 말았을지도 모르고. 내가 그에게 물으려고 할 때 하늘이 환해졌다. 잠시 후 커다란 굉음이 들렸다. 나는 깜짝 놀라서 하늘을 쳐다보았다. 먼 하늘에서 불꽃이 번쩍번쩍 튀다가 비가 되어 도시로 떨어지고 있었다.

"저게 뭐죠?"

"불꽃놀이야. 이번 주에 본파이어 나이트(Bonfire Night, 11월 5일 밤. 영국에서는 이때 1605년의 의사당 폭파 계획을 기념해 모닥불을 밝히고 불꽃놀이를 한다―옮긴이)가 있는 모양이구나."

잠시 후 또다시 불꽃이 하늘을 환하게 밝히고 커다란 굉음이 들렸다.

"불꽃놀이 대회가 열린 모양이군. 구경 갈까?"

나는 고개를 끄덕였다. 해롭지 않을 것 같았다. 나의 일부는 일기가 있는 집으로 얼른 달려가서 벤이 한 말을 기록하고 싶어 했지만, 다른 일부는 여기 남아서 그의 말을 더 듣고 싶어 하고 있었다.

"네. 가요."

그는 씩 웃으며 팔로 내 어깨를 감쌌다. 하늘이 잠시 어두워졌다. 이어서 불꽃이 쉭쉭 공중으로 날아가 잠시 허공에 걸려 있는가 싶더니 오렌지 빛 불똥을 펑펑 쏟아놓았다. 아름다운 광경이었다.

"우린 언제나 불꽃놀이 구경을 가. 큰 행사 중 하나야. 하지만 오늘 밤인 줄은 몰랐어." 그는 턱을 내 목에 비볐다. "굉장하지?"

"네." 나는 시내를 내려다보았다. 공중에서 형형색색의 불똥이 쏟아져 내리고 있었다. "근사해요. 끝까지 다 봐요."

그는 한숨을 푹 쉬었다. 우리 두 사람이 내뿜는 숨에 코앞 공기가 뿌옇게 보였다. 두 사람의 숨이 서로 섞였다. 우리는 말없이 앉아서 불꽃에 시시각각 달라지는 하늘을 보고 있었다. 시내의 정원에서 붉은색, 오렌지색, 푸른색, 자주색 연기가 맹렬하게 솟아올랐다. 밤공기는 연기로 자욱했고, 매캐한 냄새가 났다. 나는 입술을 핥았다. 유황 맛이 났다. 문득 또 다른 기억이 떠올랐다.

바늘로 찌르듯이 강렬한 기억이었다. 소리도 매우 컸고 색깔도 몹시 선명했다. 나는 관찰자가 아니라 지금도 그 기억의 한가운데에 있는 사람처럼 느껴졌다. 나는 뒤로 자빠질 것 같아 벤의 손을 잡았다.

나는 어떤 여자와 함께 구경을 하고 있었다. 머리카락이 붉은 여자였다. 우리는 옥상에서 저 멀리 불꽃을 보고 있다. 발밑의 방에서 리드미컬한 음악 소리가 들려온다. 찬바람이 불어와 머리 위를 떠도는 매운 연기를 날려 보낸다. 얇은 옷만 입고 있는데도 나는 따뜻하다고 느낀다. 손가락에 끼고 있는 마리화나와 술 때문에 머리에서 윙윙 소리가 난다. 발밑에 자갈이 느껴진다. 신을 벗어서 이 여자의 침실 아래층에 둔 기억이 난다. 여자가 나를 바라보자 나도 마주 본다. 나는 활기차고 몹시 행복하다고 느낀다.

"크리시. 환각제 있어?" 여자가 마리화나를 든 채 말한다.

나는 무슨 뚱딴지같은 소리냐고 말한다.

그녀는 웃는다. "시치미 떼긴! 탭. 트립, 애시드(셋 다 환각제를 말한다—옮긴이)도 몰라? 나이지가 몇 개 줬을 텐데. 그런다고 했어."

"몰라."

"한번 해봐! 끝내줘!"

나는 씩 웃고는 마리화나를 한껏 빨아들인다. 따분하지 않다는 것을 보여주기라도 하듯이. 우리 둘은 따분하게 지내지 않기로 약속했었다.

"생각 없어. 난 그런 거 못 해. 마리화나와 맥주만 있으면 돼. 알았지?"

"알았어."

그녀는 이렇게 말하고 나서 난간을 돌아본다. 그녀가 나한테 화를 내고 있지는 않지만 실망한 것을 알 수 있다. 혼자 환각제를 흡입하려는 걸까?

헷갈린다. 내게는 이런 친구가 없었다. 나에 대해 모든 것을 알고 있는 친구, 나를 신뢰하는 친구, 때로는 내가 나 자신을 믿는 것보다 나를 더 믿어주는 친구를 가진 적이 없었다. 나는 지금 그녀를 바라보고 있다. 붉은 머리카락이 바람에 나부낀다. 마리화나 끝 부분이 어둠 속에서 빛을 발하고 있다. 그녀는 이런 생활 방식으로도 행복할까? 이런 말을 하기에는 너무 이를까?

"저것 봐!" 그녀는 통형(筒形) 꽃불이 터진 곳을 가리키며 말한다. "진짜 아름답지?"

나는 동의한다는 뜻으로 웃는다. 우리는 말없이 몇 분간 서 있었다, 마리화나를 주고받기만 하면서. 이윽고 그녀가 마리화나 꽁초를 내게 내민다. 내가 거절하자 그녀는 꽁초를 아스팔트에 던지고 부츠로 막 짓밟는다.

"아래층으로 가자." 그녀가 내 팔을 낚아채며 말한다. "소개해줄 사람이 있어."

나는 싫다고 하면서도 따라나선다. 우리는 계단을 가볍게 밟으며 내려간다. "네 길을 방해하는 가시 같은 존재가 되고 싶진 않아."

"그만해!" 그녀는 총총걸음으로 계단을 내려가면서 말한다. "앨런을 사랑했잖아!"

"사랑했지! 크리스티안이라는 사내와 사랑에 빠졌다고 말할 때까지는 말이야."

"알고 있어." 그녀는 웃는다. "앨런이 널 보자고 할 줄은 생각도 못했어. 이번은 달라. 그를 사랑하게 될 거야. 보나마나 뻔해. 인사나 해. 강요하지는 않을게."

"알았어." 나는 문을 밀쳐 연다. 우리는 파티장으로 들어간다.

널찍한 방이다. 벽은 콘크리트로 되어 있고, 천장에는 백열전구들이 걸려 있다. 우리는 주방 쪽으로 가서 맥주를 한 잔 마시며 창 쪽에 있는 나이트클럽을 발견한다.

"그 사내 어디 있어?"

그녀는 내 말을 듣고 있지 않다. 술과 마리화나 기운 탓에 내 머리가 빙빙 도는 것 같다. 나는 몸을 흔들어대기 시작한다. 방 안은 사람들로 발 디딜 틈이 없다. 대부분 검은 옷차림이다. '학생들이 난리네.'

누군가 다가와서 우리 앞에 선다. 아는 사람이다. 키이스다. 다른 파티장에서 만난 적이 있는 사람이다. 그때 어느 침실에서 키스까지 주고받았다. 하지만 지금 그는 거실 벽에 걸려 있는 내 친구의 그림을 가리키며 그녀와 말하고 있다. 나를 무시하는 건지 만난 기억이 없는 건지 알 수 없다. 둘 중 하나겠지. 멍청한 녀석. 나는 맥주를 마저 마신다.

"한 잔 더 할래?"

"좋지." 내 친구가 말한다. "내가 키이스와 노닥거리는 동안 그 녀석을 상대할래? 내가 소개해줄게. 오케이?"

나는 웃는다. "좋아." 나는 주방으로 걸어간다.

그때 큰 소리가 들린다. "크리스틴! 크리스! 준비됐어?"

나는 당황했다. 낯익은 목소리였던 것이다. 나는 눈을 떴다. 바깥에, 팔러먼트 힐 위의 밤공기 속에 있음을 알고 깜짝 놀랐다. 벤이 나를 부르고 있었고 내 앞의 불꽃이 하늘을 핏빛으로 바꾸어놓고 있었다.

"당신은 눈을 감고 있었어. 무슨 일 있어? 무슨 일이야?"

"아무것도 아니에요." 나는 머리가 어질어질하고 숨도 제대로 쉬기 어려웠다. 나는 남편한테서 몸을 돌려 불꽃놀이를 구경하는 척했다. "미안해요. 아무 일도 아니에요. 난 괜찮아요. 괜찮아요."

"떨고 있군. 추워? 집에 가고 싶어?"

나는 춥다는 것을 알았다. 집에 돌아가고 싶었다. 방금 본 것을 기록해두고 싶었다.

"네. 당신은 가고 싶지 않아요?"

집으로 돌아가는 길에 나는 불꽃놀이 구경 중에 보았던 환영을 다시 생각해보았다. 워낙 선명하고 강렬한 환영이라 적지 않게 충격을 받았었다. 그 환영은 나를 데리고 가서 그 안에 끌어넣었다. 마치 내가 환영과 함께 다시 사는 것 같았다. 나는 하나하나 다 느꼈고, 다 맛보았다. 서늘한 공기와 거품 이는 맥주. 목구멍 저 안쪽에서 타오르는 듯하던 마리화나. 혀에 느껴지던 키이스의 따뜻한 침. 하나같이 현실처럼 느껴졌다. 환영이 사라지고 눈을 떴을 때의 삶보다 더 생생했다.

나는 환영 속 장면이 정확히 언제의 일인지 알지 못했다. 대학 시절이나 졸업 직후의 일이겠지. 내가 참석한 파티가 어른들의 파티라고 생각했으나 사실은 젊은이들의 파티였다. 책임감 따위는 없었다. 걱정할 것 없이 미친 듯이 즐기기만 하면 되는 파티였다.

그녀는 나한테 소중한 사람이었다. 가장 친한 친구, '영원한' 친구라고 생각했다. 하지만 그녀와 같이 있으면 안전하다고 느꼈을 때도 그녀가 누군지 몰랐다.

지금도 그녀와 가까운 사이가 아닐까 하고 나는 잠시 생각했다. 그래서 차를 타고 가면서 벤에게 그 이야기를 하려고 했다. 그는 잠자코 있었다. 불행해 보이지는 않았으나 심란해 보였다. 내가 본 환영 이야기를 그에게 모두 할까 하고 한순간 마음먹기도 했지만, 결국은 말하지 않기로 했다. 그 대신 내 친구들은 누구이며 언제 만났었는지 그에게 물어보았다.

"친구는 좀 있었어. 당신은 인기가 아주 많았어."

"절친한 친구도 있었어요? 유달리 친한 친구 말이에요."

그는 나를 흘낏 쳐다보았다. "없었어. 있었던 것 같지 않아. 유달리 친한 친구는 없었어."

"확실해요?"

"그럼. 확실하고말고."

그는 다시 얼굴을 길 쪽으로 돌렸다. 비가 오기 시작했다. 가게에서 나오는 불빛과 가게 위 네온사인에서 나오는 불빛이 길에 비쳤다. 묻고 싶은 것이 너무 많다고 생각하면서도 나는 아무 말도 하지 않았다. 몇 분 뒤에는 때가 너무 늦어버렸다. 우리는 집에 도착했다. 그는 요리를 시작했다. 묻기에는 때가 너무 늦어버렸다.

◉ ◉ ◉

내가 다 기록하자마자 벤이 내려와서 식사를 하라고 했다. 그는 상을 다 차리고 나서 화이트 와인 두 잔을 따랐다. 나는 배도 고프지 않았을 뿐더러 생선 요리도 식어 있어서 내 몫을 다 남겼다. 벤이 요리했으므로 나는 설거지를 하겠다고 했다. 나는 접시들을 옮기고 싱크대에 뜨거운 물을 채웠다. 머릿속에는 조금 있다가 양해를 구하고 위층으로 올라가 일기를 읽고, 더 기록해야겠다는 생각뿐이었다. 하지만 그렇게 할 수 없었다. 방에 틀어박혀 혼자만 있으면 의심을 살 테니까. 그래서 우리는 텔레비전 앞에서 저녁 시간을 보냈다.

나는 편안한 마음으로 쉴 수 없었다. 일기를 생각하며 벽난로 위 시곗바늘이 9시, 10시, 10시 30분을 가리키는 것을 보았다. 이윽고 시곗바늘이 11시에 다가가자 오늘 밤에는 시간을 내기 틀렸다는 것을 깨닫고 이렇게 말했다.

"자러 가야겠어요. 참 긴 하루였어요."

그는 고개를 숙이면서 웃어 보였다. "알았어, 여보. 나도 곧 갈게."

나는 고개를 끄덕이며 알았다고 했다. 하지만 방을 나설 때 소름이 확 끼쳐오는 것을 느꼈다. '이 사람이 내 남편이라니. 내가 이 사람과 결혼했다니.' 이 사람과 잠자리에 드는 것이 왠지 잘못된 것처럼 느껴졌다. 이전에도 그렇게 했는지는 기억나지 않았다. 앞으로 어떻게 해야 할지도 몰랐다.

나는 화장실에서 볼일을 보고 양치질을 했다. 거울에 붙어 있는 사진이나 그 옆에 붙어 있는 사진은 보지도 않았다. 나는 침실에 들어갔다. 베개 위에 깔끔하게 개켜져 있는 잠옷이 눈에 띄었다. 나는 옷을 벗기 시작했다. 그가 오기 전에 준비를 다 하고 이불 속에 들어가 있고 싶었다. 자는 척할 수도 있다는 뜬금없는 생각도 잠시 했다.

나는 풀오버를 벗고 거울 속의 내 모습을 보았다. 오늘 아침에 착용한 얇은 자줏빛 브래지어가 보였다. 문득 희미한 어린 시절의 내 모습이 스쳐 지나갔다. 나는 브래지어를 안 했는데 어머니는 왜 하고 있느냐고 묻자, 어머니는 언젠가 너도 할 거라고 말했었다. 나는 브래지어를 하고 싶었다. 이제 그날이 왔다. 그날은 서서히 오지 않고 순식간에 왔다. 이제 내가 소녀가 아니고 여자라는 것은 얼굴과 손의 주름살보다 더 분명한 사실이었다. 부드럽고 말랑말랑한 젖가슴이 이를 잘 말해주고 있었다.

나는 잠옷을 머리 위로 올렸다가 흘러내리게 한 다음, 손을 뒤로 뻗어 브래지어 후크를 풀었다. 가슴이 축 처졌다는 느낌이 들었다. 지퍼를 내리고 바지를 벗었다. 더는, 적어도 오늘 밤에는, 내 몸을 뜯어보고 싶지 않았다. 그래서 오늘 아침에 입었던 타이츠와 팬티를 바로 벗었다. 나는 이불 속으로 미끄러져 들어가 눈을 감고는 모로 돌아누웠다.

아래층에서 시계 울리는 소리가 들렸다. 잠시 후 벤이 침실로 들어왔다. 나는 꼼짝도 하지 않았다. 그가 옷을 벗는 소리가 들렸다. 그가 침대가에 앉자 침대가 한쪽으로 기우는 것 같았다. 그는 잠시 죽은 듯이 앉아 있었다. 잠시 후 묵직한 그의 손이 내 입술에 느껴졌다.

"크리스틴?" 그는 속삭이듯 말했다. "아직 안 자?"

나는 안 잔다고 나직이 말했다.

"오늘 만난 친구 기억나?"

나는 눈을 뜬 채 똑바로 누워 있었다. 실팍진 등과 어깨 위로 흘러내린 멋진 머리카락이 보였다.

"네."

그는 나를 바라보았다. "뭐가 기억나?"

나는 들릴락 말락 한 소리로 말했다. "파티요. 우린 학생 같았어요."

그때 그가 일어나서 침대 안으로 들어왔다. 알몸이었다. 페니스가 시커먼 음모를 헤치고 나와 덜렁거렸다. 나는 킥킥 웃음이 나오려는 것을 간신히 억눌렀다. 나는 남자 성기를 본 기억이 나지 않았다. 책에서도 본 기억이 나지 않았다. 그런데도 낯설지 않았다. 나는 누구누구와 관계를 가졌을까? 어떤 경험을 했을까? 나는 무심결에 눈길을 돌렸다.

"당신은 전에도 파티를 기억해냈어." 그는 이불을 잡아당기며 말했다. "용케 기억해내곤 해. 어떤 기억은 정기적으로 떠오르는 모양이야."

나는 한숨을 쉬었다. '그러니 새삼스러운 일도 아니고 호들갑 떨 일도 아니야.' 그는 이렇게 말하는 것 같았다. 그는 내 옆에 누워 이불을 끌어당겨 우리 두 사람을 덮었다. 그는 불을 끄지 않았다.

"내가 가끔 기억해내요?"

"그럼. 어떤 건 거의 매일 기억해내는걸."

"같은 것들을요?"

그는 팔꿈치로 얼굴을 괸 채 나를 바라보았다. "가끔은 그랬어. 아니, 언제나 그랬어. 그러니 놀랄 것 없어."

나는 그의 얼굴을 외면하고 천장을 바라보았다. "내가 당신은 기억하던가요?"

그는 나를 빤히 쳐다보며 말했다. "아니." 그는 내 손을 쥐더니 꼭 잡았다. "그래도 괜찮아. 난 당신을 사랑해. 그걸로 충분해."

"난 당신한테 무거운 짐인 게 분명해요."

그는 손을 옮겨 내 팔을 쓰다듬기 시작했다. 정전기가 일었다. 나는 흠칫했다.

"천만에. 전혀 그렇지 않아. 난 당신을 사랑해."

그는 내 몸을 휘감더니 입술에 키스를 했다.

나는 눈을 감았다. 혼란스러웠다. 그는 섹스를 원했나? 우린 매일 밤 이 짓을 했지만 그는 나에게 낯선 사람이었다. 결혼 후부터 줄곧 이 짓을 해왔지만 내 몸이 그를 안 지가 하루도 안 된다는 것을 나는 머리로는 알고 있었다.

"난 몹시 피곤해요, 벤."

그는 목소리를 낮추어 속삭였다. "알고 있어, 여보." 그는 내게 부드럽게 키스했다. 뺨에도, 입술에도, 눈에도. "알고 있어." 그의 손이 이불 속으로 들어갔다. 내 안에서 불안, 아니 공포가 밀려오는 것을 느꼈다.

"벤. 미안해요." 나는 그의 손을 잡고 못 내려오게 막았다. 나는 대들기라도 하듯 그의 손을 뿌리치고 싶은 충동을 억누르고 어루만져주었다. "피곤해요. 오늘 밤은 안 돼요. 알았죠?"

그는 잠자코 있다가 손을 빼내 허리에 두었다. 실망하는 빛이 역력했다. 나는 무슨 말을 해야 할지 몰랐다. 나의 일부는 사과해야 한다고 생각했지만, 더 큰 부분은 잘못한 것이 없다고 말했다. 우리는 손을 대지 않은 채 말없이 침대에 누워 있었다. 이런 일이 얼마나 자주 있었을까? 내가 원하든 않든 간에, 내가 그에게 봉사하고 싶어 하든 않든 간에 그는 섹스를 하려고 얼마나 자주 침대에 왔을까? 내가 응하지 않으면 늘 이 모양으로 어색한 침묵이 흘렀을 게 아닌가?

"잘 자, 여보."

몇 분 후에야 나는 긴장이 풀렸다. 나는 그가 부드럽게 코 고는 것을 기다렸다가 침대를 빠져나와 손님용 예비 침실에 앉아 이 글을 쓴다.

나는 그를 기억해내고 싶었다. 딱 한 번만이라도.

11월 12일 월요일

시계가 4시를 알린다. 어두워지기 시작한다. 벤이 금방 집에 오지는 않겠지만 내가 앉아서 글을 쓰고 있는 중에 올지도 모른다. 나는 그가 오는지 차 소리에 귀를 기울인다. 내 발 옆 바닥에 구두 상자가 있다. 일기를 싸둔 화장지가 구두 상자 밖으로 흘러나와 있다. 그가 오면 일기를 옷장에 넣고 쉬고 있는 참이라고 말할 테다. 정직하지 못한 짓이지만 그렇다고 비난받을 짓도 아니다. 일기 내용을 비밀에 부치려고 한다고 해서 나쁠 것도 없다. 나는 내가 본 것, 내가 안 것을 기록해야 한다. 그렇다고 아무나―누구나―읽게 하고 싶다는 말은 아니다.

나는 오늘 닥터 내시를 만났다. 우리는 책상을 마주하고 앉아 있었다. 내시 옆에는 서류함이 있고, 그 위에는 뇌 모형이 놓여 있었다. 가운데를 깔끔하게 잘라놓은 게 마치 오렌지를 자른 듯했다. 그는 어떻게 지냈는지 물었다.

"그렇고 그런 것 같아요."

그건 참 대답하기 곤란한 질문이었다. 내가 명확하게 기억할 수 있는 시간은 아침에 일어난 후 몇 시간뿐이었다. 나는 남편을 만났다. 처음 만나는 것이 아님을 알고 있으면서도 마치 처음 만나는 듯이. 그러고는 의사의 전화를 받았다. 의사는 일기에 대해 물었다. 점심시간이 지나서 의사는 나를 차에 태우고 그의 사무실에 데리고 갔다.

"일기를 썼어요. 토요일에 당신 전화를 받고 나서."

그는 기뻐하는 듯했다. "도움이 되는 것 같습니까?"

"그런 것 같아요."

나는 기억나는 대로 그에게 말했다. 파티에서 본 여자의 모습, 아버지의 병에 대해 얘기했다. 내가 말하는 동안 그는 메모를 했다.

"그런 것들을 지금도 기억하십니까? 아니면 오늘 아침 일어났을 때만 기억했습니까?"

나는 망설였다. 사실은 기억하지 못했던 것이다. 적어도 일부밖에 기억하지 못했던 것이다. 오늘 아침 나는 토요일 일기를 읽었다. 남편이랑 아침 식사를 함께 한 것, 팔러먼트 힐로 바람 쐬러 간 것이 적혀 있었다. 그것은 허구만큼 비현실적인 것, 나하고 아무 상관없는 것처럼 느껴졌다. 나는 그걸 머릿속에 집어넣으려고 같은 부분을 읽고 또 읽고 있는 자신을 발견했다. 알고 보니 한 시간 넘게 그 짓을 했다.

나는 벤이 말해준 것들을 읽었다. 우리가 어떻게 만나 결혼했는지, 어떻게 살았는지를. 나는 읽으면서 아무것도 느끼지 못했다. 하지만 다른 것들, 그녀와 내 친구는 기억났다. 불꽃놀이 파티, 그녀와 옥상에 있었던 것, 키이스라는 사내를 만난 것 등 구체적인 것은 기억나지 않았다. 하지만 그녀에 대한 기억은 오늘 아침에도 여전히 남아 있었다. 나는 그것을 머릿속에 넣어두고 이해하려고 토요일 일기를 읽고 또 읽었다.

더 자세한 것들이 떠올랐다. 그녀의 물결치는 붉은 머리카락. 그녀가 좋아한 검은 옷들. 장식용 단추가 달린 벨트. 새빨간 립스틱. 차갑기 짝이 없는 것처럼 보이던 마리화나 피우는 모습. 우리가 만난 밤도 기억났고, 핀볼 기계와 양철 주크박스(동전 투입식 음반 연주 장치 - 옮긴이)에서 나는 요란한 소리와 자욱한 담배 연기로 숨 막힐 듯한 방도 기억났다. 그녀는 내가 청하자 담뱃불을 빌려주었고, 자신을 소개하며 자기와 그 친구들을 좋아하냐고 물었다. 우리는 보드카와 라거 맥주를 마셨다. 나중에 내가 먹은 것을 거의 다 변기에 토했을 때, 그녀는 내 머리를 잡아주었다.

"이제 우린 분명히 친구가 다 됐어!" 내가 몸을 간신히 일으켰을 때 그녀는 웃으며 말했었다. "나 같으면 다른 사람을 위해서라도 토하진 않았을 거야."

나는 고맙다고 말하고 나서 왜 그랬는지는 모르지만 방금 한 행동을 변명하려는 듯이 아버지가 돌아가셨다고 말했다.

"그만해⋯." 그 여자는 말했다. 멍하게 취한 상태에서 안됐다는 듯이 내뱉은 첫마디임에 틀림없었다. 그녀는 나를 자기 방으로 데리고 갔다. 우리는 토스트를 먹고 블랙커피를 마셨다. 그러고는 녹음기를 틀어놓고 음악을 들으며 밤새도록 인생에 대해 얘기했다.

그녀는 침대 끝 벽에 그림을 걸어놓고 스케치북을 방에 아무렇게나 놔두었다.

"미술가니?" 내가 물었다.

그녀는 고개를 끄덕이며 말했다. "그러니 내가 이 대학에 있지." 그녀가 미술 공부를 하고 있다고 말한 것이 기억났다. "물론 선생질은 때려치울 거야. 그래도 꿈은 가져야겠지?" 나는 웃었다. "넌 뭘 공부하는데?"

나는 영어 공부를 한다고 했다.

"와! 그럼 소설 쓸 생각이니 강의 할 생각이니?" 그녀는 웃으며 말했다. 하지만 나는 내려오기 전에 방에서 하던 일을 입 밖에 내지 않았다. 그냥 모른다고만 했다.

"나도 너와 비슷한 처지야." 그녀는 또 웃으며 말했다. "그럼 건배나 하자!"

우리가 블랙커피로 건배를 할 때 나는 몇 달 만에 처음으로 일이 제대로 풀릴지도 모른다는 생각이 들었다.

나는 이런 것들을 모두 기억했다. 잃어버린 기억을 찾으려고 애쓰고 기억을 되살려줄지도 모르는 구체적 사실들을 찾아내려고 애쓰다가 기진맥진해 버렸음에도 나는 기억을 찾으려고 애썼다. 하지만 남편과 같이 산 것에 대한 기억들은? 사라지고 없었다. 이런 단어들을 읽어도 남아 있는 작은 기억조차 떠오르지 않았다. 팔러먼트 힐에 바람을 쐬러 간 일도 없었던 것 같았고, 그가 거기서 얘기해준 일들도 없었던 것 같았다.

"어떤 것들은 아직 기억해요." 나는 닥터 내시에게 말했다. "훨씬 젊었을 때의 일들과 내가 어제 기억해낸 것들 말이에요. 이것들은 여전히 머릿속에 있어요. 더 자세한 것들도 기억할 수 있어요. 하지만 어제 있었던 일은 하나도 기억 안 나요. 일기에 적어둔 장면들을 그림으로 구성해볼 수는 있지만 그게 기억이 아니라는 것을 알고 있어요. 상상에 지나지 않는다는 것을 알고 있어요."

그는 고개를 끄덕였다. "어제 일 가운데 기억나는 것이 있습니까? 아무리 작은 거라도? 말하자면 어제 저녁에 있었던 일이라도?"

나는 잠자리에서 있었던 일을 생각했다. 죄책감이 밀려들었다. 벤이 살갑게 대해주었는데도 몸을 허락하지 않은 것은 비난받을 짓이었다.

"아니, 하나도 기억 안 나요." 나는 거짓말을 했다.

나를 품에 안고 사랑해주는 것 외에 벤이 달리 무엇을 해줄 수 있었을까? 꽃? 초콜릿? 마치 첫 경험 때처럼 섹스를 원할 때마다 달콤한 전희를 해야만 할까? 나는 유혹의 길이 그에게 막혀 있었음을 깨달았다. 그는 음악에 맞춰 춤추었던 결혼식 때의 그 첫 노래마저 부를 수 없고, 처음 외식했을 때 맛본 그 음식도 즐길 수 없다. 내가 그것들을 기억하지 못하니까. 어쨌든 내가 그의 아내인만큼, 섹스를 원할 때마다 마치 처음 만난 날처럼 그가 나를 유혹할 필요는 없었다.

그가 나랑 관계를 원할 때 나도 그랑 관계를 하고 싶어 하는 때가 있기는 할까? 눈떴을 때 살고 싶다는 욕구를 자연스럽게 느낀 적이 있기는 할까?

"벤도 기억나지 않아요. 오늘 아침의 그가 누구였는지 몰라요."

그는 고개를 끄덕였다. "알고 싶습니까?"

나는 하마터면 웃을 뻔했다. "그럼요! 과거를 기억하고 싶어요. 내가 누구며 누구랑 결혼했는지 알고 싶단 말이에요. 그 말이 그 말이긴 하지만요."

"그럴 테지요." 그는 말없이 두 팔꿈치를 책상에 괴고 두 손을 얼굴 앞에서 깍지 끼었다. 무슨 말을 할지, 어떻게 할지 골똘히 생각하는 것 같았다. "당신 말은 아주 고무적입니다. 기억을 다 잃어버리지는 않았다는 뜻입니다. 문제는 저장이 아니라 불러내는 것입니다."

나는 잠시 생각에 잠겼다. "기억은 저장되어 있는데 그걸 불러내지 못한다는 말이에요?"

그는 미소를 지었다. "원하신다면 그렇게 봐도 됩니다."

나는 좌절감을 느꼈다. 몹시 알고 싶었다. "그럼 어떻게 하면 더 많이 기억해낼 수 있죠?"

그는 몸을 숙이고 앞에 놓인 서류를 보았다. "지난주 당신한테 일기를 준 날, 어릴 때 살던 집 사진을 보여준 걸 기록했습니까?"

"네."

"처음에 사진을 보여주지 않고 당신이 살던 곳에 대해 물었을 때보다 사진을 보고 난 후에 훨씬 더 많이 기억하는 것 같았습니다." 그는 잠시 말을 끊었다. "그건 당연합니다. 당신이 기억하지 못하는 시절의 사진을 보여주면 어떻게 되는지 보고 싶습니다. 그때도 무엇인가를 기억해내는지 알고 싶습니다."

나는 이 길이 어디에 이르는지 몰라서 망설였다. 하지만 내가 받아들여야만 하는 길이라는 것은 분명했다.

"알았어요."

"좋습니다. 오늘도 사진 한 장을 볼 겁니다." 그는 앞에 놓인 서류 더미 밑에서 사진 한 장을 꺼내더니 책상을 돌아 나와 내 옆에 앉았다. "보시기 전에 당신 결혼식에 대해 무엇인가 기억나는 게 있습니까?"

나는 잠시 생각했다. 아무것도 기억나지 않는다는 것을 이미 알고 있으면서도. 내가 알기로는 오늘 아침에 함께 잠자리에서 일어난 그 사내와의 결혼에 대해서 아무것도 기억나지 않았다.

"아니요. 전혀 기억나지 않습니다."

"틀림없습니까?"

나는 고개를 끄덕였다. "네."

그는 책상 위의 사진을 나한테 내밀었다. "당신은 이곳에서 결혼했습니다." 그는 사진을 톡톡 치며 말했다. 교회 사진이었다. 지붕도 낮고 첨탑도 작은 조그마한 교회였다. 처음 보는 교회였다.

"기억나는 거 없습니까?"

나는 눈을 감고 마음을 비우려고 했다. 물. 내 친구. 흰 타일과 검은 타일로 된 바닥. 그 외에는 아무것도 기억나지 않았다.

"네. 이것도 본 기억이 없어요."

그는 실망한 듯했다. "확실합니까?"

나는 또 눈을 감았다. 깜깜했다. 나는 결혼식 날을 생각해내려고 애썼다. 정장 차림의 벤과 웨딩드레스 차림의 내가 교회 앞 풀밭에 서 있는 모습을 상상하려고 애썼다. 하지만 아무것도 떠오르지 않았다. 하나도 기억나지 않았다. 슬픔이 왈칵 치밀었다. 여느 신부처럼 나도 결혼 준비를 하느라 몇 주를 분주히 보냈을 것이다. 드레스를 고르고, 내 몸에 맞게 손질하는 것을 초조히 기다리며 미용사를 구하고, 신부 화장을 생각하느라…. 그날 메뉴에 신경 쓰고 찬송가와 꽃을 고르고 그날이 생애 최고의 날이 될 거라고 생각하는 나 자신을 상상해보았다. 이제는 그랬는지 아닌지 알 길이 없다. 죄다 내 기억에서 사라져버렸다. 흔적이 깡그리 지워졌다. 모든 것이 내가 결혼한 그 사내와 따로 놀았다.

"네. 아무것도 기억 안 나요."

그는 사진을 치웠다. "치료 초기 기록에 따르면 당신은 맨체스터에서 결혼했습니다. 세인트 마크 교회에서 말입니다. 사진은 최근에 찍은 것입니다. 제가 입수할 수 있는 유일한 것입니다만, 그때와 거의 똑같아 보인다는 생각이 듭니다."

"우리 결혼식 사진은 없어요." 그것은 질문이자 단언이었다.

"아니요. 없어진 겁니다. 당신 집에 불이 났을 때였겠지요."

나는 고개를 끄덕였다. 그의 말을 들으니 화재가 진짜 있었던 것처럼 느껴졌다. 그가 의사라는 사실이, 벤은 사진을 가지고 있지 않다는 그의 말에 권위를 부여하는 것 같았다.

"내가 언제 결혼했죠?"

"80년대 중반일 겁니다."

"내가 사고를 당하기 전이군요…."

닥터 내시는 심기가 불편한 것처럼 보였다. 내 기억을 앗아간 그 사고에 대해 그에게 말한 적이 있을까?

"무엇 때문에 기억 상실증에 걸렸는지 압니까?"

"네. 며칠 전에 벤에게 물었더니 모든 걸 얘기해줬어요. 일기에 다 적어놓았어요."

그는 고개를 끄덕였다. "그걸 어떻게 생각하십니까?"

나는 잠시 생각했다. "모르겠어요."

사실은 기억이 전혀 나지 않았고, 따라서 실제로 있었던 일 같지도 않았다. 내가 가진 것은 모두 사고의 결과들이었다. 사고가 내게 남긴 것이었다.

"나를 이 꼴로 만든 사람을 미워해야 한다는 생각이 들어요. 무엇보다도 그놈은 잡히지 않았고 나를 이 꼴로 만들어놓고도 처벌받지 않았어요. 내 인생을 망쳐 놓았는데도요. 그런데 참으로 이상한 것은 사실 그놈을 생각하지도 않고 또 생각할 수도 없고 어떤 놈인지 상상도 안 된다는 것이에요. 존재하지 않는 것 같은 생각이 들어요."

그는 실망한 듯이 보였다. "그렇게 생각합니까? 인생을 망쳤다고 생각합니까?"

"네." 나는 잠시 후 말했다. "네. 그렇게 생각해요. 그놈은 말이 없어요. 그렇죠?"

나는 그가 무슨 행동을 할지, 무슨 말을 할지 모른다. 나의 일부는 내가 얼마나 잘못 생각하고 있는지, 내 인생이 살 만한 가치가 있다고, 그가 말해주기를 원한다고 생각한다. 하지만 그는 그렇게 하지 않았다. 나를 똑바로 쳐다보기만 했다. 나는 그의 눈이 얼마나 특이한지 알았다. 회색이 감도는 파란 눈이었다.

"죄송합니다. 크리스틴. 죄송해요. 하지만 최선을 다하고 있습니다. 당신을 도와줄 수 있다고 생각합니다. 실제로 그렇게 할 수 있고요. 제 말을 믿어야 합니다."

"믿어요. 믿고말고요."

그는 우리 사이의 책상에 놓여 있는 내 손 위에 그의 손을 얹었다. 묵직하고 따뜻했다. 그는 내 손을 꼭 쥐었다. 한순간 나는 그 때문에 그리고 나 때문에 당황했다. 그러고는 그의 얼굴을 들여다보았다. 슬픔이 역력했다. 그의 행동이 늙은 여자를 달래려는 젊은 남자의 행동임을 나는 알아차렸다. 그 이상은 아니었다.

"실례지만. 화장실에 좀 가야겠어요."

내가 돌아오니 그는 커피 두 잔을 따라놓고 있었다. 우리는 책상을 마주하고 앉아서 커피를 홀짝홀짝 마셨다. 그는 나와 눈이 마주치는 걸 꺼리는 것 같았다. 책상 위의 신문을 뒤적이며 어색한 분위기를 피하고 있었다. 처음에 나는 그가 내 손을 꼭 쥔 것에 무안해한다고 생각했다.

그는 나를 쳐다보며 말했다. "크리스틴, 부탁이 있습니다. 실은 두 가지입니다."

나는 고개를 끄덕였다.

"하나는 당신이 겪은 일을 글로 쓰고 싶다는 겁니다. 당신의 병력은 이 분야에서도 꽤 특이합니다. 자세한 내용을 과학계에 널리 알리면 매우 유익할 것 같습니다. 괜찮습니까?"

나는 사무실 선반에 아무렇게나 잔뜩 쌓여 있는 잡지를 바라보았다. 이렇게 해서 경력을 쌓으려는 걸까? 아니면 확고부동한 것으로 만들려는 걸까? '그렇게 하기 위해 내가 여기 와 있는 걸까?' 나는 내 이야기를 이용하지 않는 것이 좋겠다고 말할까 잠시 생각하다가 결국 고개를 끄덕이며 말했다.

"네. 괜찮아요."

그는 미소 지었다. "잘 생각하셨습니다. 감사합니다."

그가 고개를 들더니 말했다. "크리스틴, 질문이 하나 있습니다. 사실은 모종의 아이디어라고 하는 편이 낫겠습니다만. 제가 시도해보고 싶은 것입니다. 괜찮겠습니까?"

"무슨 생각을 하고 있는데요?" 나는 초조했다. 하지만 그가 결국은 심중을 털어놓으리라는 것에 안도했다.

"당신은 벤과 결혼한 후 런던 동부에 있는 집에서 줄곧 벤과 같이 살았습니다."

그는 잠시 말을 끊었다. 어머니의 목소리임에 틀림없는 목소리는 어디에서도 들리지 않았다. '죄에 빠져 살고 있구나.' 쯧쯧. 어머니가 고개를 내젓는 것이 모든 것을 말해주었다.

"그리고 1~2년 후에 이사 갔습니다. 당신은 입원할 때까지 여기서 꽤 오래 살았습니다." 그는 또 말을 끊었다. "지금 살고 있는 집과 아주 가깝습니다."

나는 그가 무슨 말을 하려는지 감을 잡았다.

"지금 일어나서 집에 가는 길에 그 집에 한번 가봤으면 합니다. 어떻게 생각합니까?"

어떻게 생각하느냐고? 나는 어떻게 대답해야 할지 몰랐다. 대답할 수 없는 질문이나 마찬가지였다. 나는 옛집에 들르는 것이 분별 있는 행동이고 막연하게나마 내게 유익할지도 모른다는 것을 알았다. 그런데도 여전히 망설였다. 갑자기 내 과거가 위태로워지는 것 같았다. 들르는 게 현명하지 않을지도 모르는 곳이었다.

"잘 모르겠어요."

"당신은 그 집에서 몇 년 살았습니다."

"알아요. 하지만…."

"가서 보기만 하면 됩니다. 안에는 들어가지 않아도 됩니다."

"안에 들어간다고요? 세상에…."

"우리는 지금 거기 살고 있는 부부에게 편지를 썼습니다. 전화 통화도 했습니다. 도움이 될지 모르겠지만 당신이 한번 들르면 더할 나위 없이 기쁠 거라고 하네요."

"하지만…."

그는 연신 웃었다. "도움이 될 거라고 생각합니다, 크리스틴."

나는 따라가는 수밖에 없었다.

가는 도중에 나는 일기를 쓰려고 했으나 의외로 빨리 도착해서 집 밖에 차를 세울 때는 지난번 기록 끝 부분도 다 읽지 못했다. 나는 일기를 덮고 집을 쳐다보았다. 그날 아침에 떠나온 집, 지금 살고 있다고 기억하고 있는 집과 비슷한 집이었다. 붉은 벽돌, 목조부에 꼼꼼히 칠해진 페인트, 우리 집 것과 똑같은 베이 창, 잘 손질된 정원. 지붕 창문을 보니 우리 집에 없는 다락이 있을 것 같았다. 그래서인지 우리 집보다 좀 커 보였다. 이 집을 버리고 몇 킬로미터 떨어지지 않은 거의 똑같은 집으로 이사 간 이유를 도무지 알 수 없었다. 얼마 안 있어 나는 기억이 떠오르는 것을 깨달았다. 사고가 나기 전, 우리가 여느 사람처럼 정상적인 생활을 하던 행복한 시절에 대한 기억이었다. 나는 그런 것들을 기억하지 못할지라도 벤은 기억할 터였다. 나 없이 이 집에 산다는 것이 견디기 어려운 모양이었다.

이 집을 보니 과거의 기억들이 되살아날 것 같다는 생각이 문득 강하게 들었다.

"들어가보고 싶어요."

나는 이 대목에서 기록을 멈췄다. 마저 쓰고 싶지만 워낙 중요한 내용이어서 부리나케 써낼 수 없었다. 또 벤이 곧 귀가할 터였다. 이미 귀가가 늦은 편이다. 하늘은 어둡고, 길에는 사람들이 퇴근해서 집 문을 닫는 소리가 울려댄다. 집 밖의 차들이 속도를 늦춘다. 그중 한 차에 벤이 타고 있을 것이다. 벤은 곧 집에 올 것이다. 그만 쓰고 일기를 옷장 속에 감쪽같이 감춰두는 게 좋을 것이다.

나중에 계속 써야겠다.

●●●

구두 상자 뚜껑을 닫고 있을 때 벤이 열쇠를 돌리는 소리가 들렸다. 그는 집에 들어오면서 나를 불렀다. 나는 곧 내려가겠다고 말했다. 옷장을 들여다보고 있지 않았던 것처럼 가장해야 할 이유가 없었음에도 나는 옷장 문을 살그머니 닫고 남편을 마중 나갔다.

나는 저녁 내내 안절부절못했다. 일기가 자꾸만 마음에 걸렸다. 식사할 때는 설거지 전에 일기를 쓰리라고 생각했다. 설거지할 때는 머리가 아프다고 둘러대고 설거지를 끝내면 바로 쓰리라고 생각했다. 다행히 설거지를 끝냈을 때 벤은 할 일이 좀 있다면서 자기 방으로 가버렸다. 나는 안도의 숨을 쉬며 자러 가겠다고 말했다.

나는 지금 침실에 있다. 벤이 톡톡 자판을 두드리는 소리가 들린다. 왠지 여유롭게 들린다. 나는 벤이 오기 전에 쓴 대목을 읽었다. 오늘 오후 내가 한때 살았던 집 밖에 앉아 있던 내 모습을 이제 다시 그릴 수 있다. 다시 내 이야기를 기록할 수 있다.

내가 기다리고 있던 일은 주방에서 일어났다.

아만다라는 여자가 계속 울리는 현관 벨소리에 문을 열고는 닥터 내시와 악수를 하고 연민과 매력이 뒤섞인 표정으로 나한테 인사를 했다.

"크리스틴이죠?" 그녀는 머리를 다소곳이 숙이고 매니큐어 칠한 손을 내밀면서 말했다. "들어오세요!"

우리가 들어가자 그녀는 문을 닫았다. 크림색 블라우스 차림에 금으로 된 액세서리를 달고 있었다. 그녀는 자신을 소개하고 나서 말했다. "마음껏 머물러도 돼요. 필요하면 얼마든지 있어도 돼요. 아셨죠?"

나는 고개를 끄덕이고는 집을 둘러보았다. 우리는 카펫이 깔린 밝은 현관에 서 있었다. 유리창을 뚫고 들어온 햇살이 꽃병에 내리쬐고 있었다. 어색하고 긴 침묵이 흘렀다.

"아담한 집이에요." 이윽고 아만다가 말했다. 한순간 닥터 내시와 나는 집을 사러 온 사람이고 그녀는 거래를 성사시키고 싶어 하는 부동산 중개인 같다는 생각이 들었다. "이 집을 산 지 10년쯤 됐어요. 무척 마음에 들어요. 무엇보다 집이 밝아요. 거실을 보시겠어요?"

우리는 그녀를 따라 거실에 들어갔다. 널찍하고 고상함이 느껴지는 거실이었다. 나는 아무것도 못 느꼈다. 낯익다는 진부한 느낌도 들지 않았다. 여느 도시, 여느 집에서 볼 수 있는 방이었다.

"둘러보게 해주셔서 감사합니다." 닥터 내시가 말했다.

"원, 별말씀을요." 그녀는 특이한 코맹맹이 소리로 말했다. 나는 그녀가 말 타는 모습, 꽃 가꾸는 모습을 그려보았다.

"이사 온 후 집을 손 좀 봤습니까?" 내시가 물었다.

"네. 조금 손봤어요. 어떻게 아셨죠?"

나는 모래투성이인 마루청, 흰 벽들, 크림색 소파, 벽에 걸려 있는 복사판 현대 미술품을 보았다. 나는 오늘 아침에 나온 집을 생각했다. 그 집과 다른 점이 별로 없었다.

"이사 올 때의 이 집 모습이 기억납니까?" 닥터 내시가 말했다.

그녀는 한숨을 쉬었다. "어렴풋이요. 카펫이 깔려 있었어요. 담갈색 같았어요. 줄무늬 벽지도 기억나요."

나는 그녀가 묘사한 것과 같은 방을 떠올려보려고 애를 썼다. 아무것도 떠오르지 않았다.

"벽난로도 있었어요. 필요 없다고 생각해서 치워버렸지만. 모양이 아주 독특했어요."

"크리스틴?" 닥터 내시가 말했다. "기억나는 게 없습니까?" 나는 고개를 내저었다. "다른 곳도 둘러보았으면 합니까?"

우리는 위층으로 올라갔다. 침실 두 개가 있었다.

"자일스는 집에서 일할 때가 많아요." 우리가 집 정면으로 나 있는 침실에 들어가자 그녀가 말했다. 책상과 서류함, 책이 방을 거의 다 차지하고 있었다.

"이 집에 산 사람들은 분명 이곳을 침실로 사용했을 거예요."

그녀는 이렇게 말하고 나서 나를 바라보았다. 내가 아무 대꾸도 하지 않자 또 말했다.

"다른 방보다 좀 커요. 하지만 자일스는 여기서 잠을 자지 않아요. 차 소리 때문에요." 그녀는 잠시 말을 끊었다. "그이는 건축가예요."

나는 아무 말도 하지 않았다.

"정말 우연의 일치예요." 그녀는 계속 말했다. "우리한테 집을 판 사람도 건축가였어요. 집을 둘러볼 때 그 사람을 만났는데 두 사람 죽이 딱 맞았어요. 덕분에 몇 천 달러는 깎은 걸로 알고 있어요."

그녀는 또 말을 끊었다. 집을 잘 샀다는 말이라도 듣고 싶은 걸까?

"자일스는 독립해서 일하고 있어요."

'교사가 아니라 건축가라고?' 이 사람들은 벤한테서 집을 산 사람이 아니었다. 난 유리 덮인 책상이 아니라 침대가 있는 방, 줄무늬 선반과

94

흰 벽이 아니라 카펫과 가늘고 긴 선반이 있는 방을 상상하려고 애썼다.

닥터 내시가 나를 쳐다보았다. "기억나는 게 없습니까?"

나는 고개를 가로저었다. "예. 하나도 안 나요. 기억나는 게 없어요."

우리는 다른 침실과 욕실을 둘러보았다. 아무것도 기억나지 않았다. 그래서 아래층 주방으로 내려갔다.

"차 한잔하시겠어요?" 아만다가 말했다. "가지고 오기만 하면 돼요. 준비는 다 해놨어요."

"아니, 괜찮아요." 내가 말했다. 주방은 거친 하드에지풍이었다. 주방 기구는 온통 크롬색과 흰색이었고, 조리대마저 콘크리트로 되어 있었다. 색깔이 있는 것이라곤 라임색 그릇뿐이었다. "곧 갈 건데요."

"아, 네." 아만다가 말했다. 들뜬 표정이 사라지고 실망한 표정이 역력했다. 문득 죄지은 듯한 기분이 들었다. 그녀는 내가 이 집을 둘러보는 것만으로 기적적으로 병을 고칠 수 있기를 바라는 게 분명했다.

"물 한 잔 주시겠어요?"

그녀의 표정이 금세 밝아졌다. "그럼요! 얼른 가지고 올게요!" 그녀는 컵을 건네주었다. 컵을 받아든 나는 비로소 알아차렸다.

아만다와 닥터 내시가 둘 다 보이지 않았다. 나 혼자뿐이었다. 조리대 위 타원형 접시에는 물기가 번득이는 날생선이 놓여 있었다. 목소리가 들렸다. 남자 목소리였다. 벤의 목소리겠지 하고 생각했지만 더 젊은 사람 목소리 같기도 했다.

"화이트 와인으로 할까? 레드 와인으로 할까?" 그 목소리가 말했다.

나는 몸을 돌렸다. 그가 주방으로 오고 있었다. 벽지 색만 다를 뿐 닥터 내시랑 아만다랑 같이 서 있었던 주방과 같은 주방이었다. 벤은 양손에 와인을 한 병씩 들고 있었다. 좀 더 마르고 흰 머리도 적고 콧수염을 기르긴 했지만, 바로 그 벤이었다. 그는 알몸이었다. 반쯤 발기한 페니스가 걸음을 옮길 때마다 우스꽝스럽게 까딱거렸다. 나는 화들짝 놀랐지만 웃고 있었다.

"화이트 와인이 좋지?"

그는 나를 따라 웃으면서 와인 병 두 개를 테이블에 놓은 후 나한테 오더니 날 껴안았다. 나는 눈을 감았다. 입이 저절로 벌어졌다. 우리는 서로 혀를 주고받았다. 그의 페니스가 내 그곳을 지그시 누르는 게 느껴졌다. 나는 그곳으로 손을 가져갔다. 그와 키스를 하면서도 나는 생각했다. '이걸, 이 느낌을 잊으면 안 돼. 이 느낌을 일기에 적어야 해. 이게 바로 내가 쓰고 싶은 거야.'

나는 그의 품에 파고들었다. 그의 손이 미친 듯이 드레스를 헤집고 지퍼를 더듬어 찾았다.

"안 돼! 안…." 말로는 안 된다며 제지하면서도 나는 이전의 그 누구보다도 그를 더 강렬하게 원하고 있음을 느꼈다. "위층으로. 어서요."

우리는 옷이 흘러내려도 아랑곳하지 않고 주방을 빠져나가 회색 카펫과 파란 무늬 벽지가 있는 침실로 올라갔다. 가면서 나는 줄곧 생각했다. '옳지. 다음 소설에는 이걸 써야지. 내가 원하는 느낌은 바로 이거야.'

나는 비틀거렸다. 유리 깨지는 소리가 들렸다. 눈앞의 환영이 사라졌다. 나타날 때처럼 홀연히 사라졌다. 마치 필름이 다 풀려 화면의 이미지가 깜빡거리는 하얀 빛과 공중에 떠도는 먼지 그림자로 대체되는 것과 같았다. 나는 눈을 떴다.

나는 여전히 주방에 서 있었다. 내 앞에는 닥터 내시가, 조금 떨어진 곳에는 아만다가 서 있었다. 둘 다 걱정스러운 표정으로 나를 보고 있었다. 나는 잔을 떨어뜨렸다는 것을 알았다.

"크리스틴. 크리스틴, 괜찮습니까?"

나는 대답하지 않았다. 나는 무엇을 느꼈는지 몰랐다. 내가 알기로는 처음으로 남편을 기억해냈다.

나는 눈을 감고 환영을 다시 떠올리려고 애썼다. 생선, 와인, 남편, 콧수염, 까딱거리는 페니스를 떠올리려고 애썼다. 하지만 아무것도 떠오르지 않았다. 기억은 사라졌다. 마치 존재하지 않은 것처럼, 현재에 의해 불타버린 것처럼 증발했다.

"네. 괜찮아요. 전…."

"무슨 일이에요? 괜찮아요?" 아만다가 말했다.

"무엇인가 기억났어요." 아만다가 급히 손을 입으로 가져가고 얼굴이 기쁜 표정으로 바뀌는 것이 보였다.

"정말이에요? 놀라운 일이에요! 뭘, 뭘 기억해냈어요?"

"가만…." 닥터 내시가 말했다. 그는 앞으로 다가와 내 팔을 잡았다. 부서진 유리를 밟는 소리가 발밑에서 났다.

"남편이요. 남편이 기억났어요…."

아만다가 시큰둥한 표정을 지었다. '그게 다예요?'하고 말하는 듯했다.

"닥터 내시? 벤을 기억해냈어요." 나는 몸을 떨기 시작했다.

"좋습니다. 좋아요! 잘하셨습니다!"

그들은 나를 거실로 데리고 갔다. 나는 소파에 앉아 있었다. 아만다가 뜨거운 차 한 잔과 접시에 담긴 비스킷을 내놓았다. '그녀는 이해하지 못할 거야. 이해할 수 없을 거야. 나는 벤을 기억해냈어. 젊은 시절의 나를 기억해냈어. 우리 둘 다를 기억해냈어. 나는 우리가 사랑했다는 것을 알아. 이제는 사랑한다는 남편의 말을 기다리지 않아도 돼. 이것은 중요해. 내가 알고 있는 그 어떤 것보다 중요해.'

나는 집으로 가는 내내 흥분에 싸여 있었다. 나는 외부 세계, 이상하고 신비하며 낯선 세계를 보았다. 그 세계에서 두려움이 아니라 가능성을 보았다. 닥터 내시는 일이 잘 풀려가고 있는 것 같다고 말했다. 그는 들떠 있는 것 같았다. '이건 좋은 현상입니다. 좋은 일입니다.' 그는 연신 이렇게 말했다. 나는 나한테 좋다는 말인지, 내시한테 좋다는 말인지, 그의 경력에 좋다는 말인지 알지 못했다. 그가 정밀 검사를 해보고 싶다고 했을 때 나는 선뜻 동의했다. 내시는 자기 여자 친구 거라고 하면서 내게 휴대전화도 주었다. 벤이 준 것과는 다른 휴대전화 같았다. 그것보다 작았다. 덮개를 열면 키패드와 액정 화면이 나오는 것이었다. 그는 '남는 전화기입니다. 이걸로 언제든지 전화해도 됩니다. 언제든지라는 게 중요합니다. 가지고 다니세요. 일기 있는 곳을 알려줄 때 이 전화번호로 전화하겠습니다'라고 말했다. 몇 시간 전에 있었던 일이었다. 이제야 나는 그가 벤 몰래 나한테 전화하려고 전화기를 주었다는 것을 깨달았다. 그는 이런 말도 했다. '며칠 전에 전화했더니 벤이 받았습니다. 정말 난감했습니다. 이 전화기를 갖고 있으면 그런 일은 없을 겁니다.' 나는 냉큼 전화기를 받았다.

나는 벤을 기억해냈다. 그가 나를 사랑한다는 것을 기억해냈다. 그는 곧 귀가할 것이다. 이따가 잠자리에 들면 어젯밤에 못 한 것을 벌충해야겠다. 나는 살아 있음을 느낀다. 가능성으로 머리가 윙윙 울린다.

11월 13일 화요일

오후다. 조금 있으면 직장에서 밤샘을 한 벤이 귀가할 것이다. 나는 일기를 펴 들고 앉아 있다. 닥터 내시라는 사람이 점심 때 전화로 일기를 어디 두었냐고 물었다. 전화가 왔을 때 나는 거실에 앉아 있었다. 처음에는 그가 나를 안다는 것을 믿지 않았다.

"옷장 안의 구두 상자를 보십시오. 일기가 있을 겁니다."

나는 그의 말을 믿지 않았다. 그는 내가 살펴보는 동안 전화를 끊지 않았다. 그의 말이 옳았다. 일기가 있었다. 그것도 화장지에 둘둘 싸여 있었다. 나는 조심스럽게 일기를 꺼내고 닥터 내시의 전화를 끊은 다음, 옷장 옆에서 무릎을 꿇은 채 일기를 읽었다. 한 단어도 빠뜨리지 않고.

나는 왠지 초조했다. 일기는 보면 안 되는 것, 위험한 것으로 느껴졌다. 몰래 숨겨뒀기 때문일지도 몰랐다. 나는 시간을 확인하고 일기를 몇 번 훑어보고는 밖에서 나는 차 멈추는 소리에 재빨리 일기를 덮고 다시 구두 상자에 넣었다. 지금 나는 평온하다. 만(灣)이 보이는 침실 창가에서 이 글을 쓰고 있다. 아무튼 이곳은 내가 자주 앉는 곳인 양 편안하게 느껴진다. 길도 저 멀리까지 보인다. 한 쪽에는 높은 나무가 줄지어 있고 그 너머로 공원이 얼핏 보이고, 다른 쪽에는 집들이 다닥다닥 붙어 있고 사람들이 붐비는 길도 보인다. 벤 모르게 일기를 숨겨놓기는 했지만 벤이 발견한다 해도 별일은 일어나지 않으리라. 그는 내 남편이고 나는 그를 믿으니까.

나는 어제 집에 오는 길에 느낀 감정을 묘사한 흥미진진한 대목을 다시 읽었다. 그 감정은 사라지고 없다. 지금 나는 마음이 흡족하고 평온하다. 차들이 뜸하게 지나간다. 이따금 사람들도 지나간다. 휘파람을 불며 가는 남자도 있고, 아이를 데리고 공원에 갔다가 돌아오는 젊은 엄마도 있다. 저 멀리로 히드로 공항에 착륙하는 비행기도 간간이 보인다. 하긴 소리가 들리지 않아 움직이는 것 같지도 않지만.

사방은 대체로 고요하다. 맞은편 집은 비어 있고, 길은 재수 없는 개가 이따금 짖는 소리가 들릴 뿐 조용하다. 문 닫는 소리, 으레 듣는 인사말, 자동차의 시동을 거는 소리가 뒤섞인 아침의 소란도 그쳤다. 이 세상에 나 혼자뿐인 것 같다.

비가 오기 시작한다. 내 얼굴 앞 창문에 후드득후드득 떨어진 굵은 빗방울이 잠시 창문에 매달려 있다가 다른 빗방울과 합쳐져 천천히 흘러내린다. 나는 손을 차가운 창에 댄다.

나는 그 밖의 세계와 이토록 격리되어 있다.

나는 남편과 함께 살았던 집을 찾아간 대목을 읽었다. 이 글을 쓴 게 정말 어제였을까? 이 이야기는 나와 무관한 것처럼 느껴진다. 나는 내가 기억해낸 그날에 대한 기록도 읽었다. 우리가 오래전에 공동으로 구매한 집에서 남편과 나눈 키스에 대한 기록도 읽었다. 눈을 감으면 다시 그것을 볼 수 있다. 그 모습은 처음에는 초점도 없이 흐릿하다가, 이어서 어렴풋이 보이고, 마침내 아주 선명하게 나타난다. 남편과 나는 서로 옷을 찢어발기고 있다. 벤은 나를 꼭 껴안고 있고, 그의 키스는 점점 집요해지고 더욱 뜨거워진다. 둘 다 생선도 먹지 않고 와인도 마시지 않았다는 것과 사랑을 나누고 난 후 오랫동안 침대에 있었다는 것이 기억난다. 다리가 휘감겨 있고 내 머리가 그의 가슴에 묻혀 있으며, 그가 손으로 내 머리카락을 쓰다듬고 있고 내 배 위의 정액이 말라가고 있었다는 것이 기억난다. 우리는 말이 없었다. 행복이 구름처럼 우리를 둘러싸고 있었다.

"사랑해."

그가 나직이 속삭였다. 이런 말을 처음 하는 사람 같았다. 많이 했다 하더라도 나한테는 처음 듣는 말처럼 느껴졌다. 금지된 말, 위험한 말이었다.

나는 그를 쳐다보았다. 텁수룩한 턱수염, 입술, 그 위의 콧날을 바라보았다.

"나도 당신을 사랑해요."

나는 행여 이 말들이 흩어질세라 그의 가슴에 속삭였다. 그는 나를 꼭 껴안고 부드럽게 키스했다. 정수리에, 이마에 키스를 했다. 내가 눈을 감자 눈꺼풀에도 키스를 하고 입술로 살살 문질러댔다. 나는 안전하고 편안하다고 느꼈다. 그에게 기대어 있으니 이곳이 내가 존재하는 유일한 곳처럼 느껴졌다. 내가 존재하고자 한 유일한 곳이었다. 우리는 껴안은 채 말없이 한동안 누워 있었다. 두 몸이 한 덩어리가 되고 숨도 같이 쉬었다. 침묵이 이 순간을 영원히 지속시킬 것처럼 느껴졌다. 그래도 충분하지 않을 것이었다.

벤이 마법을 깼다.

"가봐야 해."

나는 눈을 뜨고 그의 손을 잡았다. 따듯하고 부드럽게 느껴졌다. 나는 그의 손을 입에 가져가 키스를 했다. 유리처럼 느껴지기도 하고 흙처럼 느껴지기도 했다. 든든함이 느껴졌다.

"벌써요?"

그는 또 내게 키스했다. "응. 당신이 생각한 것보다 시간이 많이 지났어. 기차 놓치게 생겼어."

내 몸이 떨어지는 것이 느껴졌다. 떨어지는 것은 생각도 할 수 없는 것, 참을 수 없는 것이라고 여겨졌다. "좀 더 있으면 안 돼요? 다음 차 타면 안 돼요?"

그는 웃었다. "안 돼. 크리스. 잘 알면서."

나는 그에게 또 키스를 했다. "알아요. 알고 있어요."

그가 떠난 후 나는 샤워를 했다. 느긋하게 몸에 비누칠을 하고 피부에 닿는 물의 감촉을 느꼈다. 마치 새로운 감각인 것처럼. 나는 향수를 뿌리고 잠옷과 가운을 입고 아래층으로 내려가서 주방에 들어갔다.

주방은 어두웠다. 나는 불을 켰다. 내 앞 테이블 위에는 백지가 꽂혀 있는 타자기가 있고, 그 옆에는 엎어놓은 서류 뭉치가 있었다. 나는 타자기 앞에 앉아서 타자를 치기 시작했다. '2장.'

그러고는 멈추었다. 무엇을 써야 할지, 어떻게 실마리를 풀어나가야 할지 생각나지 않았다. 나는 자판에 손가락을 얹은 채 한숨을 쉬었다. 마음이 평온하게 느껴졌다. 자판은 차갑고 매끄러웠으며 손가락 끝 크기에 딱 맞았다. 나는 눈을 감고 다시 타자를 치기 시작했다.

열 손가락이 자판 위에서 신들린 듯이 춤을 추었다. 눈을 뜨고 보니 달랑 한 문장이었다.

'리지는 자기가 무엇을 했는지도 몰랐고, 그걸 피하는 방법도 몰랐다.'

나는 그 문장을 보았다. 꼼짝도 하지 않고 종이 위에 있었다.

쓰레기야. 나는 화가 치밀었다. 더 잘 쓸 수 있다는 것을 알았다. 두

해 전 여름에도 그렇게 했었다. 그때는 내 마음속에 있던 단어가 튀어나와 색종이 뿌리듯 종이에 내 이야기를 막 뿌렸었다. 그런데 지금은? 뭔가 잘못됐다. 언어가 굳어버려 말을 듣지 않았다. 너무 주무른 반죽처럼 딱딱했다.

나는 연필로 그 문장에 줄을 쫙 그었다. 그러자 한결 후련해졌다. 하지만 곧 또 막혀버렸다. 어떻게 풀어나가야 할지 몰랐다.

나는 일어나 벤이 테이블에 놓아둔 담뱃갑에서 담배 한 개비를 꺼내 불을 붙였다. 담배 연기를 폐 깊숙이 빨아들여 한참 머금고 있다가 다시 내뿜었다. 이게 마리화나면 좋을 텐데…. 다음에는 어디서 이걸 구할 수 있을까? 나는 물이 섞이지 않은 보드카를 커다란 위스키 잔에 붓고는 한 모금 마셨다. 술이 효력을 발휘하리라. '작가의 고질병. 어쩌다가 이 따위 고리타분한 작가가 되어버렸나?'

지난번. 지난번에는 어떻게 했더라? 나는 담배를 문 채 주방 벽을 따라 놓인 책장에 가서 맨 위 선반의 책을 한 권 꺼냈다. '여기에 분명히 실마리가 있을 거야.'

나는 보드카를 내려놓고 책을 손에 펴들었다. 그러고는 문드러지기 쉬운 책인 양 표지에 손가락 끝을 살짝 대고 살살 문질렀다. 표지에는 '아침 새들에게. 크리스틴 루카스 지음'이라고 쓰여 있었다. 나는 표지를 열고 페이지들을 획획 넘겼다.

환영들이 사라졌다. 나는 눈을 동그랗게 떴다. 내가 있는 방이 칙칙한 회색으로 보였고, 내 숨결이 빨라졌다. 사실일까? 내가 소설을 썼다는 것이? 내 소설이 출간되었단 말인가? 나는 일어섰다. 무릎에 놓인 일기가 떨어졌다. 그렇다면 나는 살아 있는 사람일 것이다. 목표와 야망을 가진 사람일 터이다. 그중 일부는 달성했을 것이다. 나는 계단을 뛰어

내려갔다.

그게 사실이었나? 오늘 아침 벤은 내게 아무 말도 하지 않았다. 내가 작가라는 것에 대해 한마디도 없었다. 오늘 아침 나는 팔러먼트 힐에 바람을 쐬러 간 대목을 읽었다. 거기서 그는 내가 사고를 당했을 당시 비서로 일하고 있었다고 말했다.

나는 거실 서가를 유심히 살펴보았다. 사전들. 지도 한 개. DIY 안내서. 안 읽은 것 같은 양장본 소설 몇 권. 하지만 내 이름으로 나온 책은 없었다. 소설을 출간했음을 보여주는 것은 없었다. 나는 반 미친 듯이 여기저기를 살펴보았다.

'틀림없어 이곳이야. 분명히 여기야.'

그때 다른 생각이 떠올랐다. 내가 본 환영들은 기억이 아니고 꾸며낸 것이 틀림없다. 곰곰이 생각해볼 진짜 이야기는 없고, 내 마음이 환영을 꾸며낸 것인 모양이었다. 언제나 작가가 되고 싶었기에 잠재의식이 나를 작가로 착각한 모양이었다.

나는 다시 위층으로 뛰어올라 갔다. 서재의 선반은 서류 상자와 컴퓨터 매뉴얼로 가득 차 있었다. 그날 아침 집을 살펴볼 때처럼 침실 두 곳을 다 살펴보아도 책은 없었다. 나는 잠시 서 있었다. 쓰지 않는 검은색 컴퓨터가 내 앞에 있었다. 나는 무엇을 해야 할지 알았다. 하지만 그걸 어떻게 알았는지는 몰랐다. 나는 컴퓨터 전원을 켰다. 책상 밑에 놓인 컴퓨터가 윙윙 돌아가는 소리가 났다. 잠시 후 모니터 화면이 밝아졌다. 모니터 옆에 있는 덜걱거리는 스피커에서 음악이 나오더니 어떤 이미지가 나타났다. 벤과 내 사진이었다. 둘 다 웃고 있었다. 우리 얼굴 가운데에 박스가 있었다. '사용자 이름'이라고 적혀 있었다. 그 밑에도 박스가 있었다. '비밀번호'라고 적혀 있었다.

내가 본 환영 속에서 난 자판을 보지 않고 타이핑하고 있었다. 내 손가락은 마치 본능에 따라 움직이는 것처럼 자판 위에서 춤추고 있었다. 나는 '사용자 이름'이라고 표시된 박스에 깜빡이는 커서를 갖다 놓고 자판에 손을 얹었다. 정말 그랬을까? 내가 타이핑을 배웠단 말인가? 나는 튀어나온 자판 위에 손가락을 얹었다. 손가락은 거의 자동으로 움직였다. 내 작은 손가락들은 다른 키는 무시한 채 치고자 하는 키를 찾아가고 있었다. 나는 눈을 감고 아무 생각 없이 타이핑하기 시작했다. 내 숨소리와 플라스틱 키가 딸그락거리는 소리만 들렸다. 나는 타이핑을 끝내고 방금 타이핑한 것, 박스 안에 적힌 것을 보았다. 나는 터무니없는 말일 거라고 생각했다. 하지만 나는 그 글을 보고 충격을 받았다.

'재빠른 갈색 여우가 굼뜬 개를 덮친다.'

나는 모니터 화면을 보았다. 그것은 사실이었다. 나는 자판을 보지 않고 타이핑을 할 수 있었다. 내가 본 환영은 꾸며낸 것이 아니라 기억인 모양이었다.

내가 소설을 쓰긴 쓴 모양이었다.

나는 침실로 뛰어들어 갔다. 말도 안 되는 소리였다. 한순간 나는 거의 미칠 것 같은 감정에 사로잡혔다. 소설은 존재하는 것 같으면서도 존재하지 않는 것 같았고, 사실 같기도 하면서 허구 같기도 했다. 소설에 대해서는 아무것도 기억나지 않았다. 줄거리나 등장인물도 기억나지 않았다. 소설 제목을 그렇게 붙인 이유도 기억나지 않았다. 그렇지만 내가 소설을 쓴 것은 사실인 것 같았다. 이것은 마치 심장처럼 내 안에서 뛰고 있었다.

그렇다면 벤은 왜 나한테 말해주지 않았을까? 복사본이라도 갖고 있지 않을까? 집 안 어딘가에 감춰둔 게 아닐까? 화장지로 둘둘 말아 박스 안에 넣어 고미다락이나 지하 저장실에 둔 게 아닐까? 왜 그랬을까?

한 가지 설명이 떠올랐다. 벤은 내가 비서로 일했다고 했었다. 그거야

말로 내가 타이핑할 수 있음을 보여주는 이유, 유일한 이유일 것이다.

나는 백에서 전화기를 꺼내 누구한테 거는지도 확실히 모르면서 통화 버튼을 눌렀다. 둘 다 똑같이 내게는 낯선 사람처럼 여겨졌다.

"닥터 내시인가요?" 상대방이 전화를 받자 내가 말했다. "크리스틴이에요." 그가 뭐라고 말하기 시작하자 나는 말을 잘랐다. "이봐요. 내가 뭔가를 썼어요?"

"뭐라고요?" 당황한 듯한 목소리였다. 한순간 나는 큰 실수를 저질렀다는 것을 알았다. 내가 누군지 알면 어쩌지? 그때 그가 말했다. "크리스틴입니까?"

나는 내가 한 말을 되풀이했다. 그러고는 덧붙였다. "방금 뭔가 기억해냈어요. 여러 해 전에 무엇인가 쓰고 있었어요. 벤을 처음 만난 무렵 같아요. 소설이에요. 내가 소설을 쓴 적이 있어요?"

그는 내 말을 알아듣지 못하는 것 같았다. "소설이라고요?"

"네. 어렸을 때 작가가 되고 싶어 한 게 기억나는 것 같아요. 무얼 썼는지 궁금해요. 벤은 내가 비서로 일했다고 말했어요. 하지만 지금 생각해보니…."

"벤이 말해주지 않던가요? 당신은 기억을 잃었을 때 두 번째 소설을 쓰고 있었습니다. 첫 소설은 출간되었습니다. 성공작이었습니다. 베스트셀러는 아니더라도 아무튼 성공작이었습니다."

그 말들이 서로 빙빙 맴돌았다. 소설. 성공작. 출간되었다. 그건 사실이었다. 내 기억이 틀린 것이 아니었다. 나는 무슨 말을 해야 할지, 무슨 생각을 해야 할지 몰랐다.

나는 전화를 끊고 이걸 기록하기 위해 위층으로 올라갔다.

◐◐◐

침대 옆의 시계가 10시 반을 가리키고 있다. 벤이 곧 자러 올 것이라고 생각하면서도 나는 침대 가에 앉아서 글을 쓴다. 나는 저녁을 먹은 후 그에게 말을 걸었다. 나는 오후 내내 초조히 이 방 저 방을 돌아다니며 모든 것을 새로운 눈으로 보았다. 그는 왜 이 변변찮은 성공에 대한 증거조차 깡그리 없애버렸을까? 그건 바보 같은 짓이었다. 그는 무엇을 부끄러워했을까? 무엇 때문에 난처해졌을까? 내가 그에 대해, 그와 같이 산 삶에 대해 썼단 말인가? 이보다 더 고약한 이유라도 있었나? 내가 아직도 알 수 없는, 무엇인가 더 어두운 게 있었나?

그가 집에 왔을 때 나는 다짜고짜 물어보려고 마음먹었다. 그런데 지금은? 이제 그건 불가능한 것처럼 보인다. 나는 그가 거짓말했다고 비난하고 싶었다.

나는 최대한 티를 내지 않고 그에게 말했다. "벤? 나는 무슨 일을 했었죠?" 벤이 신문에서 눈을 뗐다. "무슨 직장에 다녔냐고요?"

"음. 잠시 비서로 일했어. 결혼 직후에 말이야."

나는 최대한 태연하게 말했다. "그래요? 난 소설을 쓰고 싶어 했다는 생각이 드는데요."

그는 신문을 접고 나한테 온통 주의를 집중했다.

"생각이라니?"

"네. 어릴 때 책을 좋아한 게 분명히 기억나요. 작가가 되고 싶다는 막연한 기억도 있는 것 같아요."

그는 식탁 너머로 손을 뻗어 내 손을 잡았다. 그의 눈에 슬픔이 묻어 있는 듯했다. 실망이 묻어 있는 듯했다. '이 무슨 창피람.' 두 눈이 이렇게 말하고 있는 것 같았다. '불행이야. 당신이 작가가 될 것 같지는 않은데.'

"확실해요?" 내가 말을 이었다. "기억나는 것 같은데요…."

그는 내 말을 잘랐다. "크리스틴. 진정해. 당신은 상상하고 있는 거야."

나는 저녁 내내 아무 말도 하지 않았다. 머릿속을 맴도는 생각에만 귀를 기울였다. '그는 왜 그렇게 말할까? 왜 내가 한 단어도 쓴 적이 없는 것처럼 말할까? 그 이유가 뭘까?' 나는 그를 보았다. 가볍게 코를 골며 소파에서 자고 있다. 내가 소설을 썼다는 사실을 안다고 왜 그에게 말하지 않았을까? 사실은 그를 그다지 신뢰하지 않았을까? 하늘이 어두워질 때 서로 껴안고 누워서 사랑을 속삭이던 우리가 어째서 이렇게 되었을까?

그때 나는 높은 선반 뒤나 찬장에서 내 소설 복사본이 나오면 어떻게 될까 하고 상상해보았다. 이렇게 말할 게 뻔했다. '당신이 얼마나 멀리 튕겨 나갔는지 봐. 미끄러운 도로 위를 달리던 차가 당신에게 쓸모없는 것보다 더 나쁜 것을 남겨놓고 모든 것을 앗아가기 전에 당신이 무엇을 할 수 있었는지 봐.'

행복한 순간일 리가 없었다. 나는 히스테리 상태에 빠진 것을 알고 비명을 지르며 울어댔다. 내가 갈망하던 기억 때문에 생긴 히스테리는, 점점 내 상태가 심해지고 있다는 것을 안 오늘 오후보다 훨씬 더 그 정도가 심했다. 그 결과는 끔찍한 것일지도 몰랐다.

벤이 그 사실을 나한테 숨기려고 한 것은 당연했다. 그가 나에게 무슨 말을 할지 결정하기 전에 뒤 베란다에 있는 바비큐용 쇠 그릴에 복사본들을 불태워 없애는 모습을 나는 상상하고 있다. 이것을 견디려면 내 과거를 어떻게 다시 조작해야 좋을까? 앞으로는 무얼 믿고 살아야 할까?

하지만 이제 상황은 끝났다. 나는 진실을, 자신에 대한 진실을 안다. 한 번도 들어보지 못했지만 스스로 기억해낸 것이다. 이제 이것은 기록되어 있다. 기억 속이 아니라 일기에. 그것도 영원히.

지금 쓰고 있는 두 번째 책, 내가 자부심을 느끼고 있는 책이 필요하기도 하지만 위험하기도 하다는 것을 나는 깨닫는다. 이 책은 허구가 아니다. 발견되지 않고 묻혀 있는 것들, 빛과는 거리가 먼 비밀들을 밝혀낼지도 모른다.

지금도 내 펜은 종이 위를 움직인다. 어쨌든 그것들을 써야 한다.

11월 14일 수요일

오늘 아침 식사할 때 나는 벤에게 콧수염을 기른 적이 있냐고 물었다. 나는 여전히 헷갈린다. 무엇이 진실이고 무엇이 거짓인지 알 수 없다. 나는 일찍 일어났다. 여느 날과 달리 아직도 내가 어린아이라고 생각하지도 않았다. 나는 성적으로 어른이라고 느꼈다. 내 머릿속을 맴도는 질문은 '왜 어떤 사내와 침대에 있었냐'는 것이 아니라 '그가 누구이고 우리 둘이서 무엇을 했느냐'는 것이었다. 욕실에서 나는 거울에 비친 내 모습을 보고 깜짝 놀랐다. 그 모습은 진실을 담고 있는 것 같았다. 나는 벤이라는 사내를 보았다. 왠지 낯익은 사람 같았다. 내 나이, 내 결혼. 이런 것들은 내 기억을 되살려주는 것들 같았다. 그리고 처음 듣는 말도 아니었다. 하지만 이런 것들은 묻혀 있다. 비록 깊이 묻히지는 않았지만.

벤이 출근하자마자 닥터 내시가 내게 전화를 걸어 일기에 관한 이야기를 해주었다. 그리고 정밀 검사를 해야 하니 나중에 데리러 가겠다고 했다. 나는 일기를 읽었다. 일기에는 진실이 좀 적혀 있었다. 내가 회상해낼 수 있는 것. 어쩌면 썼던 기억이 나는 글 전부일지도 모른다. 어떤 기억들은 그날 밤 이후에도 살아남은 것처럼 보였다.

그것이 일기에 적힌 내용이 진실이라고 확신하는 이유일 것이다.

"벤. 콧수염 기른 적 있어요?" 그가 바쁘지 않은 틈을 타 그에게 물어 보았다.

"별걸 다 묻네." 그는 커피에 설탕을 타고 신문을 펼쳤다. 나는 멋쩍어 졌다. 말을 더 해야 할지 말아야 할지 알 수 없었다.

"방금 기억이 난 것 같아요."

그는 고개를 들어 나를 쳐다보았다. 표정이 즐거움에서 근심으로 바 뀌었다. 커피 잔의 찻숟가락은 미동도 하지 않았다.

"기억난다고?"

"네. 그런 것 같아요." 콧수염, 알몸, 발기한 거시기를 비롯해 며칠 전 에 쓴 것들과 어제 쓴 것들이 떠올랐다. 우린 둘 다 침대에 있었다. 키스 를 하고 있었다. 그 기억들은 잠시 또렷하게 떠올랐다가 다시 어둠 속 에 가라앉았다. 나는 덜컥 겁이 났다. "방금 당신 모습을 기억해냈는데 콧수염을 기른 것 같아요."

그는 씩 웃더니 다시 신문을 들여다보았다. 나는 기억들이 미끄러져 나가는 것을 느꼈다. 어쩌면 내가 쓴 것들이 죄다 거짓말일지도 모른다. 허구일지도 모른다. '어쨌든 난 소설가이니까.' 적어도 소설가였으니까.

똑같은 논거가 또 떠올랐다. 나는 소설, 허구를 썼다. 따라서 내가 소 설가였다는 주장은 허구일지도 모를 일이었다. 머리가 핑 돌았다.

하지만 그것은 사실인 것 같았다. 나는 소설가였단 말이야. 자판을 안 보고도 타이핑을 할 수 있었어. 적어도 내가 쓸 수 있는 건 썼단 말 이야….

"콧수염을 길렀어요?" 나는 절박한 심정으로 말했다. "그건… 그건 중요해요."

그는 눈을 감고 아랫입술을 지그시 깨물었다. 긴장한 듯했다. "길렀을 지도 모르지. 잠시 말이야. 여러 해 전 일이라 기억 안 나." 그는 고개를 끄덕이기 시작했다. "맞아. 길렀어. 일주일쯤 기른 것 같아. 그것도 오래 전에."

"고마워요." 나는 안도했다. 내가 서 있는 바닥이 좀 더 안전하게 느껴졌다.

"이제 됐어?" 그는 웃으며 말했다. 나는 됐다고 말했다.

오후에 닥터 내시가 날 데리러 왔다. 난 배고프지 않았지만 그는 점심을 좀 먹자고 했다.

"오늘은 제 동료 닥터 팩스턴을 만날 겁니다." 그는 차 안에서 이렇게 말했다. "당신 같은 문제를 가진 환자를 다루는 기능성 뇌 영상 전문가입니다."

"알았어요." 우리는 그의 차에 앉아 있었다. 교통 체증 때문에 차가 꼼짝도 하지 않았다. "내가 어제 전화했나요?"

그는 그렇다고 말했다. "일기를 읽어봤습니까?"

"대부분 읽어봤지만 건너뛴 것도 있어요. 벌써 분량이 꽤 돼요."

그는 흥미롭다는 표정을 지었다. "어떤 대목을 건너뛰었습니까?"

나는 잠시 생각했다. "낯익은 대목들이 있었어요. 내가 알고 있는 것들을 떠올려주는 것 같다고 생각했어요. 이미 기억하고 있는 것들 말이에요."

"잘하셨습니다." 그는 나를 응시하며 말했다. "좋습니다."

나는 기뻤다. "내가 전화로 무슨 말을 했나요? 어제였나요?"

"정말로 소설을 썼는지 알고 싶다고 했습니다."

"소설을 썼지요? 쓴 게 틀림없지요?"

그는 나를 바라보았다. 미소를 짓고 있었다. "예. 썼습니다."

차들이 다시 움직이기 시작했고 우리 차도 앞으로 나아갔다. 나는 안도했다. 내가 썼다는 것이 사실임을 알았다. 나는 홀가분한 마음으로 따라갔다.

닥터 팩스턴은 생각보다 나이가 많았다. 트위드 재킷 차림이었다. 귀밑에도, 코밑에도 허연 수염이 뒤덮여 있었다. 은퇴할 나이가 된 것 같았다.

"빈센트 홀 뇌 영상 센터에 오신 걸 환영합니다." 닥터 내시가 우리 두 사람을 소개하고 나자 닥터 팩스턴이 말했다. 그러고는 나한테서 눈을 떼지 않은 채 악수를 했다. "걱정 안 하셔도 됩니다. 소문만큼 대단한 곳은 아닙니다. 들어가시죠. 제가 보여드리겠습니다."

우리는 건물 안으로 들어갔다.

"우리는 병원과 대학 두 군데에 다 소속되어 있습니다." 우리가 정문을 지나갈 때 닥터 팩스턴이 말했다. "축복이기도 하고 저주이기도 합니다."

나는 그가 무슨 말을 하는지 알지 못한 채 그의 설명을 기다렸다. 하지만 그는 아무 말도 하지 않았다. 나는 미소 지었다.

"그래요?" 내가 말했다. 그는 나를 도와주려고 애썼고, 나는 그의 말에 고분고분 따르려고 했다.

"다들 우리가 뭐든 척척 해내기를 바랍니다." 그는 웃으며 말했다. "눈곱만큼도 보답할 생각은 않고 말입니다."

우리는 대기실로 갔다. 군데군데 빈 의자가 있었다. 집에서 본 것과 같은 잡지인 〈라디오 타임스〉나 〈헬로우!〉, 〈컨트리 라이프〉와 〈마리끌

레르〉 통합을 복사한 것도, 버려진 플라스틱 컵도 있었다. 방금 파티가 끝나고 사람들이 황급히 자리를 뜬 것 같기도 했다.

닥터 팩스턴은 또 다른 방 문 앞에 멈추었다. "제어실을 보시겠습니까?"

"네. 보여주세요."

"fMRI(기능성 자기공명영상-옮긴이)는 꽤나 새로운 기법입니다. 한번 이용해보면 아실 겁니다. MRI란 말 들어보셨습니까?"

우리는 작은 방에 서 있었다. 잔뜩 쌓인 컴퓨터 모니터에서 한 줄기 희미한 빛이 새어 나왔다. 한쪽 벽에는 창문이 있었고, 그 너머에도 방이 있었다. 커다란 원통형 기계가 방을 거의 다 차지하고 있었고, 그 기계 한쪽에는 침대가 마치 혀처럼 튀어나와 있었다. 나는 무서웠다. 이 기계에 대해서는 아는 것이 전혀 없었다. 기억에도 없었다. 어떻게 해야 하나?

"아니요."

그는 웃으며 말했다. "그 두 개는 비슷한 겁니다. MRI는 엑스레이 찍는 것과 좀 비슷합니다. 몸이 어떻게 돌아가는지 실제로 보는 겁니다. 아주 유익한 기능입니다."

그때 닥터 내시가 말했다. "뇌종양이 있으면 머리를 정밀 진단해서 뇌종양이 어디에 있는지, 어디까지 퍼졌는지 알아내야 합니다. MRI를 이용하면 뇌의 구조를 볼 수 있고, fMRI를 이용하면 당신이 어떤 일을 수행할 때 뇌의 어떤 부위가 작동하는지 알 수 있습니다. 우리는 당신의 뇌가 기억을 어떻게 처리하는지 보려고 합니다."

"어느 부위가 밝아지는지 보는 겁니다." 팩스턴이 말했다. "어디에 전류가 흐르는지 보는 거지요."

"그게 도움이 된다고요?" 대답한 사람은 닥터 내시였다.

"그렇게 해서 손상된 부위를 알아내려는 것입니다. 무엇이 잘못됐고

제 기능을 하지 않는지 알아내려는 것입니다."

"그게 기억을 되살리는 데 도움이 된다고요?"

그는 잠시 침묵을 지키다가 말했다. "그러기를 바랍니다."

나는 결혼반지와 귀고리를 빼내 플라스틱 상자에 넣었다.

"가방도 여기 놓아두십시오." 닥터 팩스턴이 이렇게 말하고는 피어싱을 한 적이 있느냐고 물었다. 내가 고개를 가로젓자 그가 말했다. "좀 놀랄 텐데요. 그게 좀 시끄럽거든요. 이걸 끼셔야 합니다." 그는 노란 귀마개를 내밀었다. "준비됐습니까?"

나는 망설였다. "몰라요."

두려움이 스멀스멀 기어 올라오기 시작했다. 방이 오그라들고 어두워지는 것 같았다. 유리 너머로 단층 촬영기가 어렴풋이 보였다. 나는 그것을 본 적이 있다는 걸 알았다. 아니면 그와 비슷한 것임을 알았다.

"이건 잘 몰라요."

그때 닥터 내시가 내게 다가왔다. 그는 손으로 내 팔을 붙들었다.

"하나도 안 아픕니다. 조금 시끄러울 뿐입니다."

"안전해요?"

"장담합니다. 저는 이쪽에 있을 겁니다. 우린 줄곧 당신을 지켜볼 겁니다."

내가 여전히 반신반의하는 것처럼 보인 모양이었다. 닥터 팩스턴이 이렇게 말했기 때문이다. "걱정 마십시오. 안전합니다. 잘못될 일은 없습니다." 내가 바라보자 그는 웃으며 말했다. "머릿속 어딘가에 있는 기억이 사라졌다고 생각하고 싶겠지요. 우리는 잃어버린 기억들이 어디에 있는지 이 기계로 알아내려고 합니다."

담요를 덮었는데도 추웠다. 방 어딘가에서 깜빡거리는 붉은빛밖에 없어 어두웠다. 머리 위 몇 센티미터쯤 되는 높이의 프레임에는 거울이 붙어 있었다. 거울은 어딘가에 있을 컴퓨터 화면의 형상을 보여주게끔 각도가 잡혀 있었다. 나는 귀마개에다 헤드폰까지 끼고 있었다. 그들은 헤드폰을 통해 나한테 말할 거라고 했지만 아직 아무 말도 없었다. 멀리서 윙윙거리는 소리, 거칠고 무거운 내 숨소리, 심장이 쿵쿵 울리는 소리만 들렸다.

나는 공기가 가득 든 비상 호출기를 오른손에 쥐고 있었다.

"말하고 싶을 때는 그걸 꼭 쥐고 말하세요." 닥터 팩스턴이 말했다. "그냥 말하면 우리가 들을 수 없습니다."

나는 말랑말랑한 호출기를 가볍게 쥔 채 기다렸다. 눈을 감고 싶었으나 눈을 뜨고 화면을 보라고 해서 눈을 뜨고 있었다. 머리 쪽의 매트리스 때문에 머리를 움직일 수 없었다. 움직이고 싶어도 꼼짝할 수 없었다. 담요가 수의인 양 내 몸을 덮고 있었다.

잠시 정적이 흐르더니 찰칵 소리가 났다. 소리가 워낙 커서 귀마개를 했는데도 깜짝 놀랐다. 또 찰칵 소리가 나고 이어서 세 번째 찰칵 소리가 났다. 기계 안 또는 내 머릿속 깊은 곳에서 나온 소리였다. 나는 말을 할 수 없었다. 눈만 멀뚱멀뚱 뜨고 있는 둔한 짐승과 다를 바 없었다. 나는 말랑말랑한 호출기를 살짝 쥐었다. 꽉 쥐지 않으리라고 마음먹으면서. 그러자 드릴 소리나 경보음 같은 소리가 연이어 울렸다. 엄청나게 큰 소리였다. 소리가 워낙 커서 그 소리가 날 때마다 온몸이 흔들렸다. 나는 눈을 감았다.

어떤 목소리가 귓전을 울렸다. "크리스틴. 눈을 떠보시겠어요?" 그들이 나를 보고 있는 모양이었다. "걱정 마세요. 다 잘됐습니다."

'잘됐다고? 뭘 보고 잘됐다고 할까? 알지도 못하는 도시의 병원에 누워 내가 만난 적도 없는 사람한테 치료받고 있는 내 처지를 알 리가 있을까? 나는 튼튼한 닻도 없이 그저 바람 부는 대로 떠다니고 있어.'

또 다른 목소리가 들렸다. 닥터 내시의 목소리였다. "저 사진이 보입니까? 저게 무엇인지 생각해보시고 자신한테 말해보세요. 큰 소리로 말하지 않아도 됩니다."

나는 눈을 떴다. 머리 위에 있는 작은 거울에 흑백사진이 차례로 나타났다. 사내. 사다리. 의자. 망치. 나는 사진이 나타나는 대로 하나씩 이름을 말했다. 그러자 '감사합니다! 이제 편히 쉬십시오!'라는 단어들이 거울에 나타났다. 나는 무료함을 달래기 위해 이 말을 나 자신한테도 했다. 이런 기계의 불룩한 허리 부분에 누워 있는 사람더러 어떻게 편히 쉬라는 것인지 나 원 참.

화면에 지시 사항 몇 개가 떴다. '과거의 일을 떠올려 보시오'라고 적혀 있었고, 그 밑에 '파티'라는 단어가 나타났다.

나는 눈을 감았다.

나는 벤이랑 불꽃놀이를 구경했을 때 기억난 파티를 생각해내려고 애썼다. 옥상에서 친구 옆에 서 있는 자신을 그려보려고 애썼고, 아래층에서 나는 왁자지껄한 파티 소리를 들으려고 애썼고, 공중의 불꽃들을 감지하려고 애썼다.

환영들이 나타났다. 하지만 진짜처럼 보이지는 않았다. 그것들을 기억하고 있는 것이 아니라 꾸며냈다고 하는 편이 좋을 터였다.

나는 키이스가 나를 무시한 것을 기억해내고는 그의 모습을 떠올리려고 했다. 하지만 떠오르지 않았다. 그 기억들은 다시 나한테서 사라져버렸다. 적어도 그 기억들이 존재한다는 것, 어딘가에 있다는 것을 알고 있기는 하지만 그 기억들은 영원히 묻혀버렸다.

내 마음은 어린 시절의 파티로 돌아갔다. 생일. 어머니. 이모. 사촌 루시. 트위스터 게임(우리나라 식으로 따지면 '이 콩깍지가 깐 콩깍지냐, 안 깐 콩깍지냐' 식의 말놀이 게임 – 옮긴이). 수건돌리기 놀이. 자리 바꾸기 게임(음악에 맞춰 빙글빙글 돌다가 멈추면서 의자에 앉는 게임 – 옮긴이). 음악 조각상 게임(음악에 맞추어 춤을 추다가 음악이 멈추면 조각상처럼 모든 동작을 멈춰야 하는 게임 – 옮긴이). 상으로 줄 사탕 과자 봉지를 들고 있는 어머니. 빵 껍질을 살짝 벗기고 양념 고기와 어묵을 넣은 샌드위치.

소매에 주름 장식이 있는 흰 드레스, 주름 장식이 있는 양말, 까만 구두도 기억났다. 내 머리카락은 여전히 갈색이었다. 나는 양초 꽂힌 케이크가 놓인 테이블에 앉아 있었다. 나는 숨을 크게 들이쉬고 몸을 숙인 채 초를 훅 불었다. 연기가 공중으로 솟았다.

다른 파티도 기억이 났다. 나는 알몸으로 침실 창밖을 내다보고 있었다. 열일곱 살 무렵이었다. 길에는 소시지 롤(소시지용 고기를 넣어 만든 작고 길쭉한 빵 – 옮긴이), 샌드위치, 아이스 티 병이 놓인 가대(架臺) 식탁이 죽 늘어서 있었다. 도처에 영국 국기가 있었고, 창마다 장식 깃발이 걸려 있었다. 푸른색도 있고, 빨간색도 있고, 흰색도 있었다.

해적, 마법사, 바이킹 따위의 요란한 옷차림을 한 아이들이 있었다. 어른들은 아이들을 몇 명씩 엮어 팀을 만들고 있었다. 숟가락 위에 달걀을 얹고 달리는 게임을 하려는 것이었다. 길 맞은편에는 어머니가 매슈 소퍼의 목에 케이프(어깨에 걸치는 망토 – 옮긴이)를 동여매주고 있었고, 창문 바로 밑에는 아버지가 주스 잔을 든 채 갑판용 접의자에 앉아 있었다.

"침대로 와." 어떤 목소리가 들린다. 나는 돌아선다. 데이브 소퍼가 내 싱글 침대에 앉아 있다. 침대 위에는 더 슬릿츠(영국의 펑크 록 밴드 – 옮긴이) 포스터가 붙어 있다. 그는 피가 묻어 더러워진 흰 시트를 두르고 있다. 나는 첫 경험이라고 그에게 말하지 않았었다.

"안 가. 일어나! 부모님이 돌아오시기 전에 옷 입어!"

그는 웃는다. 정나미 떨어지는 웃음은 아니다. "이리 와!"

나는 진을 입는다. "안 가." 나는 티셔츠를 집어 들며 말한다. "안 일어 날 거야?"

그는 실망한 표정을 짓는다. 나는 그가 무엇을 원하는지 몰랐다. 이런 일이 일어나리라고는 생각도 하지 못했다—그렇다고 이 일이 일어나 기를 원하지 않았다는 뜻은 아니다. 지금 나는 혼자 있고 싶다. 그는 안중에 없다.

"알았어." 그는 이렇게 말하고 나서 일어선다. 허여멀건 살갗에 비쩍 마른 몸이다. 거시기가 우스꽝스럽다. 그가 옷을 입고 있는 동안 나는 창밖을 본다. '이제 내 세상이 달라졌어. 선을 넘어버렸어, 이제 돌아갈 수 없어.'

"잘 있어." 그가 말해도 나는 대꾸하지 않는다. 그가 방을 나갈 때까지 돌아보지도 않는다.

어떤 목소리에 나는 현실로 돌아왔다.

"좋습니다. 사진 몇 장만 더 봅시다, 크리스틴." 닥터 팩스턴이 말했다. "하나씩 보고 그게 무엇인지 또는 누구인지 말하세요. 준비됐습니까?"

나는 침을 꿀꺽 삼켰다. 이 사람들이 무엇을 보여주려는 걸까? 누구 를 보여주려는 걸까? 얼마나 고약한 것일까?

'됐어요.' 나는 마음속으로 생각했다. 우리는 시작했다.

첫 번째 사진은 흑백이었다. 어떤 여자 팔에 안긴 어린아이였다. 네다섯 살 된 계집아이였다. 소녀는 무엇인가를 가리키고 있었고, 여자와 소녀는 둘 다 웃고 있었다. 초점이 맞지 않아 약간 흐릿한 배경에는 호랑이가 늘어지게 기대어 있는 담이 있었다. '엄마와 딸, 동물원이겠지.' 잠시 후 그 어린 소녀가 바로 나고 그 여자가 바로 나의 어머니라는 것을 알고 화들짝 놀랐다. 숨이 목구멍에 꽉 막혔다. 나는 어렸을 때 동물원에 간 기억이 나지 않았다. 하지만 갔다는 증거가 여기 있었다. '나야.' 어머니가 한 말이 기억났다. '엄마.' 나는 화면을 응시했다. 그 사진이 사라지고 다른 사진이 나타났다. 또 어머니 사진이었다. 더 늙어 보였지만 지팡이를 짚어야 할 만큼 늙어보이지는 않았다. 웃고 있었으나 힘이 없어 보였다. 여윈 얼굴에 눈마저 푹 꺼져 있었다. '우리 엄마구나.' 다른 단어가 저절로 떠올랐다. '괴로워하시는구나.' 나는 본능적으로 눈을 감았다. 하지만 다시 눈을 뜨지 않으면 안 되었다. 나는 손에 든 호출기를 쥐었다.

이제 사진들이 빠르게 나타났다. 나는 몇 개밖에 알아보지 못했다. 하나는 기억 속에서 본 적이 있는 친구 사진이었다. 나는 그것을 곧장 알아보고 묘한 흥분에 사로잡혔다. 여자 친구는 내가 상상한 모습 그대로였다. 낡은 청바지와 티셔츠 차림에 담배를 피우고 있었다. 붉은 머리카락은 아무렇게나 헝클어져 있었다. 다른 사진은 짧은 머리를 검게 염색하고 선글라스를 이마 위로 밀어 올린 여자 친구 사진이었다. 또 다른 사진이 나타났다. 아버지 사진이었다. 어릴 때 으레 내게 다가오시던 모습 그대로였다. 행복한 얼굴에 미소를 띠고 있었다. 아버지는 거실에서 신문을 읽고 있었다. 이어서 내가 모르는 커플과 함께 서 있는 나와 벤의 사진이 나왔다.

다른 사진들은 모르는 사람의 사진이었다. 간호사 복장의 흑인 여자도 있었고, 정장 차림으로 책장 앞에 앉아서 심각한 표정으로 반달 모양의 안경 너머를 보고 있는 여자도 있었다. 황갈색 머리카락에 얼굴이 둥그스름한 남자도 있었고, 턱수염을 기른 남자도 있었다. 예닐곱 살 먹은 아이도 있었고, 아이스크림을 먹고 있는 소년도 있었다. 조금 전의 그 소년이 책상에 앉아서 그림을 그리고 있는 사진도 있었다. 대충 줄을 맞춘 사람들이 서서 카메라를 보고 있는 사진도 있었다. 길고 검은 머리카락에 얼굴이 잘생긴 남자도 있었다. 그 사내는 작은 눈과 얼굴 옆의 상처를 가리려는 듯이 검은 테 안경을 끼고 있었다.

팩스턴과 내시는 이런 사진들을 계속 보여주었고, 나는 사진들을 하나하나 다 보았다. 나는 그것들을 식별하려고 노력했다. 이들이 어떻게 내 삶의 태피스트리(색실로 짠 주단—옮긴이)에 짜여 들어왔는지 기억해내려고 노력했다. 나는 팩스턴과 내시가 시키는 대로 했다. 별 탈 없이 잘 해내고 있었지만 두려움이 엄습하는 것을 느꼈다. 기계가 윙윙 도는 게 최고조에 이른 것 같았다. 경고음이 울리기 직전까지 회전 속도가 빨라졌다. 나는 위가 뒤틀려 움직일 수 없었다. 숨도 쉴 수 없었다. 나는 눈을 감았다. 담요 무게가 나를 누르기 시작했다. 대리석 석판만큼 무거워 물에 빠지는 것만 같았다.

나는 오른손을 꽉 쥐었다. 하지만 동그란 주먹이 될 뿐 아무것도 잡히지 않았다. 손톱이 살을 파고들었다. 호출기를 떨어뜨린 것이었다. 나는 소리를 질렀다. 하지만 무언의 절규일 뿐이었다.

"크리스틴." 어떤 목소리가 들렸다.

"크리스틴." 나는 목소리의 주인공이 누군지, 그들이 내게 무엇을 원하는지 알 수 없었다. 나는 또 소리를 질렀고, 담요를 발로 차서 걷어내기 시작했다.

"크리스틴!" 이번에는 더 큰 목소리가 들렸다. 그러더니 사이렌 소리가 멈추고, 문이 쾅 열렸다. 방에서 목소리가 들렸고, 내 몸에 손길이 닿았다. 팔에도, 다리에도, 가슴에도. 나는 눈을 떴다.

"다 됐습니다." 닥터 내시가 말했다. "괜찮습니다. 제가 여기 있어요."

그들은 다 잘될 거라고 하면서 나를 진정시키고는 내 핸드백, 귀고리, 결혼반지를 돌려주었다. 나는 닥터 내시와 카페에 갔다. 복도를 따라 붙어 있는 작은 카페였다. 오렌지색 플라스틱 의자와 포마이카 테이블이 있었다. 퍼스펙스(투명 아크릴 유리 - 옮긴이) 밑에는 강한 불빛에 시들어 가고 있는 파이 껍질과 샌드위치가 있었다. 나는 주머니에 돈이 없어서 닥터 내시한테 커피와 당근 케이크를 사 달라고 했다. 내가 창문 옆에 자리를 잡는 사이에 그가 계산을 하고 그것들을 가지고 왔다. 밖에는 해가 나서 안뜰 풀밭에 긴 그림자가 드리워져 있었고, 잔디밭에는 자줏빛 꽃들이 군데군데 피어 있었다.

닥터 내시가 테이블 밑 의자를 뒤로 조금 뺐다. 그는 훨씬 안정된 모습이었다. 이제 우린 떨어져 있으면서도 함께였다. "들어요." 그는 접시를 내려놓으며 말했다. "잘될 겁니다."

알고 보니 닥터 내시는 차를 주문했다. 그가 테이블 가운데 있는 설탕 통에서 설탕을 떠 차에 넣었다. 티백이 아직도 끈적끈적한 액체에 떠다니고 있었다. 나는 커피를 한 모금 홀짝 마시고는 우거지상을 했다. 쓰고 너무 뜨거웠다.

"맛이 괜찮군요. 고마워요."

"죄송합니다." 잠시 후 그가 말했다. 처음에는 커피 얘기인 줄 알았다. "MRI 촬영하는 걸 그렇게 고통스러워하실 줄 몰랐습니다."

"폐소 공포증을 유발하는 것 같았어요. 시끄럽기도 했고요."

"소리가 나는 건 어쩔 수 없습니다."

"전 비상 호출기를 떨어뜨렸어요."

그는 아무 말 없이 찻잔을 휘젓더니 티백을 꺼내 접시 위에 놓았다.

"이곳으로 오기 전까지는 차를 좋아하지 않았습니다." 그는 차를 훅훅 불고 나서 한 모금 홀짝 마셨다.

"무슨 일 있었어요?"

그는 찻잔을 내려놓고 나를 바라보았다.

"말씀드리기 곤란합니다만 당신은 공포에 사로잡힌 것 같았습니다. 흔히 있는 일이긴 합니다. 말씀하신 대로 MRI 검사를 받으면 왠지 찜찜합니다."

나는 들고 있는 케이크 조각을 내려다보았다. 입에 대지도 않았는데 벌써 좀 퍼석퍼석했다.

"사진에 나온 사람들은 누구죠? 그 사진은 어디서 구했죠?"

"그건 합성 사진입니다. 일부는 당신 진료 기록에서 구한 것입니다. 여러 해 전에 벤이 기증했습니다. 당신이 한 번도 못 본 사람도 있었습니다. 이른바 통제 집단(실험 결과 대조 시 표준으로 삼기 위한 것-옮긴이) 이라는 겁니다. 식구나 학교 친구를 비롯해 당신이 어렸을 때 안 사람, 또는 기억하고 있거나 기억할지 모르는 사람도 있었습니다. 그 밖의 사람들은 당신이 기억을 잃은 후에 만난 사람입니다. 닥터 팩스턴과 저는 당신이 각기 다른 시기의 기억에 어떻게 접근하는지 보려고 합니다. 당신이 가장 강한 반응을 보인 사람은 당연히 남편이었지만 다른 사람한테도 반응을 보였습니다. 과거에 만난 사람을 기억하지는 못해도 신경 자극 패턴은 분명히 있습니다."

"붉은 머리 여자는 누구였죠?"

그는 미소를 지었다. "아마 옛 친구겠죠?"

"그녀 이름을 알아요?"

"죄송하지만 모릅니다. 사진은 당신 서류에 있는 것입니다. 라벨이 붙어 있지는 않습니다."

나는 고개를 끄덕였다. '옛 친구라.' 물론 나는 그녀를 알고 있었다. 내가 알고 싶은 건 이름이었다.

"내가 사진 속 사람들에게 반응을 보였다고 하셨죠?"

"몇몇 사람한테는 반응을 보였습니다."

"그건 좋은 거잖아요."

"결과를 좀 더 분석해봐야 어떤 결론을 내릴지 알 수 있을 겁니다." 나는 고개를 끄덕였다.

"이런 작업은 아주 획기적인 것입니다. 실험적인 작업이에요."

"알았어요." 나는 당근 케이크 한 쪽을 떼어냈다. 케이크는 너무 썼고 아이싱은 너무 달았다. 우리는 커피와 차를 마시며 잠시 말없이 앉아 있었다. 나는 그에게 케이크를 권했다. 그는 손사래를 치고 나서 아랫배를 톡 쳤다.

"이걸 잡아야 합니다!"

하지만 그가 왜 똥배 걱정을 하는지 알 수 없었다. 나중에 올챙이배가 될 것 같기는 했지만 배가 별로 나오지는 않았다. 게다가 그는 한창 때이기도 했다.

나는 내 몸을 생각해보았다. 과체중은 고사하고 뚱뚱한 편도 아니었다. 그런데도 놀라지 않을 수 없었다. 앉을 때 보면 내 몸은 기대와는 딴판이다. 엉덩이가 축 처지고 허벅지 살이 서로 부딪친다. 나는 몸을 숙여 커피 잔을 잡는다. 브래지어 안의 유방이 출렁인다. 마치 그것이 존재함을 일깨워주는 것 같다. 나는 샤워를 한다. 팔 밑의 살이 거의 알아챌 수 없을 만큼 흔들리는 것을 느낀다. 생각보다 살이 붙었구나. 생각보다 공간을 많이 차지하구나. 나는 날씬한 10대 소녀가 아니다. 군더더기 살이 뼈에 붙어 있다. 내 몸은 지방을 켜켜이 쌓기 시작한다.

나는 먹다 만 케이크를 바라보며 앞으로 어떻게 될까 생각한다. 아마 계속 몸이 불 것이다. 통통해지다가 결국은 파티장의 풍선처럼 될 것이다. 어쩌면 지금과 같은 몸집을 유지하겠지만, 이 모습에 익숙해지기는 커녕 얼굴 주름살이 더 깊어지고 손의 살갗이 양파 껍질처럼 얇아지는 것을 볼 것이다. 욕실 거울에 비친 여자처럼 서서히 늙어갈 것이다.

닥터 내시는 고개를 숙이고 머리를 긁어댔다. 머리카락 사이로 허연 머리가 드러났다. 머리의 가운데 부분이 눈에 확 들어왔다. 아직은 머리 가운데가 벗겨지는 것을 눈치채지 못한 모양이지만 언젠가는 눈치챌 거라고 생각했다. 뒤에서 자기 모습을 찍은 사진을 보거나 탈의실에서 자기 모습을 보거나 이발사나 여자 친구가 귀띔해주어서 머리 가운데가 벗겨진 것을 알고 놀랄 것이다. 그가 고개를 들었을 때 나는 나이가 사람을 놀라게 한다고 생각했다.

"아참." 그는 짐짓 명랑한 목소리로 말했다. "당신한테 드리려고 가지고 온 게 있습니다. 선물입니다. 아니, 사실 선물은 아닙니다. 그저 당신이 갖고 싶어 할지도 모르는 것입니다."

그는 몸을 숙이고 바닥에 있는 서류 가방을 끌어당겼다. "아마 당신은 사본을 가지고 있을 겁니다." 그는 가방을 열면서 말했다. 그러고는 꾸러미를 꺼냈다. "여기 있습니다."

나는 꾸러미를 받아들 때 이미 무엇인지 알았다. 보나마나 뻔했다. 묵직하고 단단하게 느껴졌다. 그는 내용물을 싸서 봉투에 넣어 테이프로 봉해놓았다. 검정 마커 펜으로 내 이름이 적혀 있었다. 크리스틴.

"당신 소설입니다. 당신이 쓴 겁니다."

나는 형언할 수 없는 감정에 사로잡혔다. '이건 증거야. 내일 필요할 때 내가 썼다는 것을 보여주는 증거야.'

봉투 안에는 복사본이 한 권 들어 있었다. 나는 책을 꺼냈다. 페이퍼

백으로 새 책은 아니었다. 앞표지에는 고리 모양의 커피 케이크 사진이 있었고, 가장자리는 세월 탓에 누렇게 변색되어 있었다. 닥터 내시는 자기가 가지고 있던 책을 줬을까? 그건 아직 인쇄 중이지 않을까? 책을 들자 며칠 전에 보았던 나 자신의 모습이 또 보였다. 지금보다 젊은 나, 훨씬 젊은 내가 다음 책을 준비하려고 이 소설을 찾고 있는 모습이었다. 어쨌든 나는 찾지 못했다는 것을 알았다. 두 번째 소설은 결코 완성되지 않았다.

"고마워요. 고마워."

그는 미소를 지었다. "천만에요."

나는 책을 코트 안에 찔러 넣었다. 집으로 오는 내내 가슴이 두근거렸다.

◍ ◍ ◍

나는 집에 가자마자 내 소설책을 재빠르게 훑기 시작했다. 벤이 오기 전에 내가 기억하고 있는 것을 가능한 많이 기록해두고 싶었다. 책을 대충 훑어본 나는 책을 들고 아래층으로 내려갔다. 좀 더 자세히 보려고.

나는 책을 뒤집었다. 뒤표지에는 타자기가 놓인 책상 파스텔화가 있었다. 까마귀가 머리를 한쪽으로 숙인 채 캐리지(타자기의 용지 갈아 넣는 부분-옮긴이)에 앉아 있었다. 마치 캐리지를 누비듯 지나가는 종이를 읽고 있는 것 같았다. 까마귀 위에는 내 이름이 적혀 있고 그 위에는 제목이 적혀 있었다.

'아침 새들에게. 크리스틴 루카스'.

책을 펼칠 때 손이 또 떨리기 시작했다. 첫 장은 타이틀 페이지였다. '보고 싶은 아버님께'라는 헌사가 적혀 있었다.

나는 눈을 감았다. 기억이 어른거렸다. 아버지는 환한 조명 아래 침대에 누워 있었다. 피부는 땀으로 번들거렸고, 팔에는 튜브가 꽂혀 있었다. 스탠드에는 맑은 액체 백이 걸려 있었고, 마분지 상자와 알약 통도 보였다. 간호사가 아버지의 맥박과 혈압을 체크하고 있었다. 아버지는 눈을 뜨지 않았다. 침대 옆에 앉아 있는 어머니는 울음을 간신히 참고 있었고, 나는 울음을 막 터뜨리려 하고 있었다.

그때 무슨 냄새가 났다. 잘라낸 꽃과 더러운 흙에서 나는 냄새였다. 향긋하기도 하고 고약하기도 했다. 아버지를 화장(火葬)한 날을 나는 알고 있다. 나는 관례대로 검은 옷을 입었다. 화장(化粧)은 하지 않았다. 어머니는 할머니 옆에 앉아 있다. 휘장이 걷히고 관이 미끄러져 들어간다. 아버지가 한 줌의 재로 된다고 생각하니 눈물이 나온다. 어머니는 내 손을 꼭 잡고 있다. 그러고 나서 우리는 집으로 돌아가 거품이 이는 싸구려 와인을 마시고, 어머니가 희미한 불빛 아래에서 녹인 샌드위치를 먹는다.

나는 한숨을 쉬었다. 환영이 사라졌다. 나는 눈을 떴다. 내 앞에는 내 소설책이 있었다.

나는 목차 페이지를 펴니 내가 쓴 글이 나왔다. '바로 그때 윙윙하는 엔진 소리와 함께 그녀는 오른발로 가속기 페달을 힘껏 밟았다. 그러고는 차에 몸을 맡긴 채 눈을 감았다. 그녀는 무슨 일이 일어날지 알고 있었다. 차가 어디로 갈지 알고 있었다. 그녀가 늘 갔던 곳.'

나는 소설 중간 부분으로 페이지를 획획 넘겼다. 그러고는 중간 부분 한 페이지의 가운데 단락을 읽었다. 그러고 나서 책 끝 부분의 한 페이지를 읽었다.

나는 루라는 여자와 조지라는 사내—아마도 루의 남편일 것이다—에 대한 이야기를 썼다. 소설의 배경은 전쟁인 것 같았다. 나는 실망했다. 내가 바라는 것—자전적 소설일까?—이 무엇인지도 몰랐지만 이 소설이 내게 줄 수 있는 답들은 한정되어 있는 것 같았다.

나는 책을 뒤집어 뒤표지를 보면서 생각했다. 어쨌든 이 소설을 썼고 또 출간까지 했어.

작가 사진이 있을 법한 자리에 사진은 보이지 않고 간단한 프로필만 있었다.

'크리스틴 루카스는 1960년 영국 북부에서 태어났다. 런던의 유니버시티 칼리지에서 영문학을 공부했고, 현재 런던에 살고 있다. 이 소설은 크리스틴의 처녀작이다.'

나는 뿌듯한 자긍심과 행복이 솟는 것을 느끼며 미소를 지었다. 내가 이 소설을 썼단 말이지. 나는 이 책을 읽고 그 비밀들을 드러내고 싶어 하면서도 동시에 그렇게 하고 싶지 않기도 했다. 현실이 내 행복을 빼앗아갈까 봐 두려웠다. 이 소설이 마음에 들어 다음 작품을 쓰지 못하리라는 슬픔에 빠졌거나, 작품에 불만이 많아 내 재능을 꽃피우지 못한 것에 좌절했거나 둘 중 하나일 것이다. 어느 게 맞는지는 말할 수 없다. 하지만 언젠가 나의 유일한 업적이 끌어당기는 힘에 저항하지 못하리라는 것을 알고 있다. 그걸 찾아내고야 말리라.

하지만 오늘은 아니다. 오늘 찾아내야 할 것은 따로 있다. 슬픔보다 더 나쁘고 단순한 좌절보다 더 해롭고 어쩌면 나를 갈가리 찢어놓을지도 모르는 것이다.

책을 봉투에 집어넣으려고 할 때 안에 무엇인가 있다는 것을 알았다. 네 번 접은 종이였다. 가장자리가 빳빳했다. 닥터 내시의 글이 적혀 있었다. '이 책이 당신의 관심을 불러일으키리라고 봅니다!'

나는 종이를 펼쳤다. 인쇄된 종이였다. 신문을 오려낸 것이었다. 맨 위에는 내시가 적어놓은 '스탠더드, 1988'이라는 글자가 있고, 그 밑에는 인쇄된 기사가, 또 그 밑에는 사진이 있었다. 나는 잠시 이것을 보았다. 알고 보니 기사는 내 소설 서평이고 사진의 주인공은 바로 나였다.

종이를 집어들 때 몸이 떨렸다. 나는 그 이유를 알지 못했다. 좋든 나쁘든 이것은 여러 해 전의 것이다. 어떤 영향을 미쳤든지 간에 오래전에 사라지고 이제는 역사가 되었다. 그 파문은 완전히 사라졌다. 그럼에도 나한테는 여전히 중요했다. 당시 내 작품은 어떻게 받아들여졌을까? 성공을 거두었을까?

나는 기사를 대충 훑어보았다. 자세한 내용을 분석하기 전에 그 어조라도 대충 파악하기를 바라면서. 단어들이 간간이 눈에 들어왔다. 대개 긍정적인 것들이었다. '심사숙고한. 예민한. 노련한. 인간애. 잔인한.'

그러고 나서 나는 사진을 보았다. 흑백사진이었다. 나는 책상에 앉아 카메라 쪽을 보고 있었다. 왠지 어색해 보였다. 나를 불편하게 만드는 것이 있었다. 카메라 뒤에 있는 사람 또는 내가 앉아 있는 자리가 아닐까? 그렇지만 나는 웃고 있다. 내 머리카락은 길게 흘러내렸다. 흑백사진이었음에도 내 머리카락은 지금보다 더 검어 보였다. 염색하거나 물에 젖은 것처럼 보였다. 내 뒤에는 미닫이 유리문이 있었고, 그 너머로 나목이 보였다. 사진 밑에는 설명이 붙어 있다. '크리스틴 루카스. 런던 북부의 자택에서.'

닥터 내시와 함께 찾아갔던 집이 틀림없다는 것을 나는 알았다. 한순간 그 집에 돌아가고 싶은 충동에 사로잡혔다. 이 사진을 가지고 가서 스스로를 설득하고 싶었다. 그래, 그때 내가 존재한 건 사실이야. 그게 나였어.

하지만 나는 벌써 알고 있었다. 더는 기억하지 못하지만 주방에 서 있는 사람이 벤, 벤이라는 것이 기억났다. 까딱거리는 거시기도 기억났다.

나는 미소를 짓고는 사진을 잡고 마치 장님인 양 손가락 끝으로 사진을 더듬어 감춰진 실마리를 찾았다. 손가락으로 머리를 더듬고 이어서 얼굴을 찬찬히 더듬었다. 사진 속의 나는 왠지 초조해하는 것 같기도 하고 표정이 밝은 것 같기도 했다. 뭔가 비밀을 간직하고 있고 그 비밀을 매력인 양 갖고 있는 것 같았다. 내 소설이 출간되었어. 하지만 다른 그 무엇, 그 이상의 뭔가가 있었다.

나는 자세히 살펴보았다. 한 팔을 배에 댈 때 헐렁한 드레스 속의 축 처진 가슴이 보였다. 불쑥 기억이 떠오른다. 나는 카메라를 보며 포즈를 취하고 있고, 사진사는 삼각대 뒤에 있고, 방금 나와 작품 토론을 벌인 저널리스트는 주방에서 서성거리고 있다. 그녀는 어떻게 되어 가느냐고 묻는다. 우리 둘은 들뜬 소리로 "좋아요!" 라고 말하고는 웃는다.

"이제 다 됐습니다." 그는 필름을 갈아 끼우며 말한다. 그 사이에 나는 내 뒤 책상에 놓인 커피 잔을 들고 한 모금 마신다. 저널리스트는 한 대 피워도 되느냐고 묻지도 않고 담배에 불을 붙인 후 재떨이가 있냐고 묻는다. 나는 조금 짜증이 났다. 실은 나도 담배 생각이 간절하다. 하지만 임신 사실을 안 후 담배를 끊었다.

나는 사진을 또 보았다. 사진 속의 나는 임신 중이었다.

내 마음은 잠시 멈추었다가 뛰기 시작했다. 제 발에 걸려 넘어지기도 하고, 자각의 날카로운 날에 걸리기도 했다. 주방에 앉아 사진을 찍고 있을 때 나는 아이를 가졌을 뿐만 아니라 임신을 기뻐했다는 사실에 대한 자각이었다.

다 부질없는 짓이었다. 무슨 일이 있었던 거지? 아이는 지금 열여덟 살일까? 열아홉 살일까? 스무 살일까?

'나는 아이가 없다고 생각했는데. 내 아들은 어디 있지?'

내 세계가 또 뒤집히는 것을 느꼈다. '아들'이라는 말. 나는 이 말을 생각했고, 자신한테 분명히 뇌까렸다. 어쨌든 내 안 어딘가 깊은 곳은 내가 가진 아이가 아들임을 알았다.

　나는 책상 가장자리를 잡은 채 진정하려고 애썼다. 그러자 다른 단어가 표면에 솟아올라 폭발했다. '애덤.' 내 안의 세계가 한 리듬에서 또 다른 리듬을 뱉어내는 것을 느꼈다.

　나는 아이를 가졌다. 우리는 그 아이를 애덤이라고 불렀다.

　나는 벌떡 일어났다. 소설책이 든 꾸러미를 바닥에 내동댕이쳤다. 내 마음은 결국은 고장 나 멈춰버린 엔진처럼 달렸고, 내 에너지는 필사적으로 폭발하려는 듯이 내 안을 스쳐 날았다. 애덤은 거실에 있는 내 스크랩북에서 빠져 있었다. 나는 그걸 알았다. 나는 오늘 아침 내 아이의 사진을 훑어봤다는 것을 기억한다. 나는 벤에게 그 아이가 누구냐고 물었다. 나는 이 모든 걸 일기에 적었다. 나는 스크랩들을 모아서 책과 함께 봉투 속에 넣고 위층으로 달려갔다. 욕실 거울 앞에 멈춰 섰다. 얼굴은 보지도 않고 거울 주위의 사진들, 기억이 나지 않을 때의 기억을 되살아나게 해주는 옛 사진들을 보았다.

　나와 벤 둘 다 있는 사진도 있고, 내 독사진도 있고, 벤 독사진도 있었다. 우리 둘에다가 벤의 부모라고 생각되는 나이 많은 부부가 같이 있는 사진도 있었다. 지금보다 훨씬 젊은 내가 스카프를 두른 채 개를 쓰다듬으며 살짝 웃고 있었다. 하지만 애덤은 없었다. 아기는 없었다. 아장아장 걷는 아기 사진은 없었다. 초등학교 입학식 때 찍은 사진도, 운동회 때 찍은 사진도, 방학 때 찍은 사진도 없었다. 모래성을 쌓는 사진도 없었다. 아무것도 없었다.

　부질없는 짓이었다. 이런 것들은 부모라면 누구나 찍는 사진이고 버리지 않는 사진이지 않을까?

　'그런 사진이 여기 분명히 있을 거야.' 나는 사진을 들춘 후 켜켜이 쌓인 역사의 층들인 그 사진들 밑에 테이프로 붙여놓은 다른 사진이 있는지 보았다. 아무것도 없었다. 푸르스름한 타일과 매끈한 거울 유리밖에 없었다. 아무것도 없었다.

애덤. 이 단어가 내 머릿속을 맴돌았다. 나는 눈을 감았다. 더 많은 기억이 났다. 기억들은 서로 세게 부딪쳤고, 잠시 어른거리다가 다음 기억을 향해 사라졌다. 나는 애덤을 보았다. 언젠가 갈색 머리로 바뀔 그의 금발 머리를 보았다. 옷이 작아져서 버릴 때까지 입겠다고 우기던 스파이더맨 티셔츠도 보았다. 유모차에서 새근새근 자고 있는 아기도 보았다. 그야말로 완벽한 아기라고 생각한 기억이 났다. 나는 파란 플라스틱 세발자전거를 타고 있는 아이를 보았다. 생일 선물로 사준 것인데 아이를 데리고 나가려고 하면 무턱대고 그 자전거를 타려고 했던 것이 기억났다. 나는 공원에 있는 아이를 보았다. 머리를 핸들 앞으로 내밀고 씩 웃으며 나를 향해 비탈을 쏜살같이 내려오고 있었다. 눈 깜짝할 사이에 앞으로 넘어지는가 싶더니 자전거가 곤두박질쳤다. 자전거는 길에 있는 무엇인가에 부딪혀 아이의 몸 밑에 깔려 있었다. 나는 우는 아이를 안고 있었다. 얼굴에는 피가 줄줄 흐르고 있었고, 이빨 하나가 아직도 돌고 있는 바퀴 옆에 떨어져 있었다. 나는 아이가 손수 그린 그림을 내게 보여주는 걸 보고 있었다. 하늘은 파란 선으로, 땅은 녹색 선으로 나타냈고, 그 사이에는 작은 집 한 채와 희미한 사람 셋이 있었다. 아이가 어디든 들고 다니는 장난감 토끼도 보았다.

나는 현재로, 내가 서 있는 욕실로 다시 돌아왔다. 하지만 다시 재빨리 눈을 감았다. 나는 초등학생 시절이나 10대 소년 시절의 애덤을 기억해내고 싶었다. 애덤이 나나 그의 아빠와 함께 있는 모습을 그려보고 싶었다. 그러나 기억은 떠오르지 않았다. 끌어내리려고 하면 흩어져서 사라져버렸다. 잡으려고 손을 움직일 때마다 방향을 바꾸는 바람에 날리는 깃털처럼. 그 대신 나는 흘러내리는 아이스크림을 들고 있는 애덤을 보았고, 얼굴에 감초 캔디를 잔뜩 묻힌 애덤을 보았고, 차의 뒷좌석에서 자고 있는 애덤을 보았다. 내가 할 수 있는 것이라곤 이런 기억이 나타났다가 재빨리 사라지는 것을 그저 보고 있는 것뿐이었다.

나는 내 앞의 사진을 찢고 싶은 충동을 간신히 억눌렀다. 사진을 벽에서 떼어내 아들에 대한 증거를 찾고 싶었다. 움직이면 팔다리가 나를 배반할까 봐 나는 거울 앞에 꼼짝도 않고 있었다. 몸의 근육 하나하나가 죄다 긴장하고 있었다.

벽난로 위에는 사진이 없었다. 벽에 팝스타 포스터가 붙어 있는 10대 아이용 침실도 없었다. 세탁물이나 다리미질할 옷 중에도 티셔츠는 없었다. 계단 밑 벽장에 너덜너덜한 운동화라곤 없었다. 그가 말없이 집을 나갔다 하더라도 그가 집에 있었다는 증거는 분명히 아직 남아 있어야 하는 게 아닐까? 흔적은 있어야 하는 게 아닐까?

그러나 흔적은 없었다. 그는 이 집에 없었다. 그가 존재하지 않고 그 이전에도 존재하지 않았다고 생각하자 오싹 소름이 끼쳤다.

그의 부재를 바라보며 그곳에 얼마나 오래 서 있었는지 나는 모른다. 10분? 20분? 한 시간? 키로 현관 문을 따는 소리, 벤이 매트에 발을 터는 소리가 들렸다. 나는 꼼짝도 않고 서서 귀를 기울였다. 벤이 주방으로 들어가는 소리가 들리고, 위층을 향해 아무 일 없느냐고 묻는 소리가 들렸다. 불안하고 초조한 목소리였다. 아침에 나갈 때와는 달리 왠지 초조함이 묻어 있는 목소리였다. 나는 속으로 중얼거렸다. 네, 네, 별일 없어요. 그가 거실에 들어가는 소리가 들리고, 텔레비전 켜는 소리가 들렸다.

시간이 멈추었다. 내 머릿속은 텅 비었다. 내 아들한테 무슨 일이 일어났는지 알고 싶다는 생각 외에는 모든 것이 내가 찾아낼지도 모르는 것에 대한 두려움과 완벽하게 균형을 이루었다.

나는 내 소설책을 옷장 안에 감추고 아래층으로 내려갔다.

나는 거실 문 밖에 서 있었다. 숨을 천천히 쉬려고 했으나 마음과는 달리 뜨거운 헐떡거림으로 바뀌었다. 나는 벤에게 무슨 말을 해야 할지 몰랐다. 애덤을 알고 있다는 사실을 어떻게 말할까? 벤이 무슨 소리냐고 물으면 뭐라고 대답할까?

하지만 그건 중요하지 않았다. 아무래도 좋았다. 내 아들에 대해 알고 있다는 것 외에는 아무것도 중요하지 않았다. 나는 눈을 감고는 최대한 소리 나지 않게 살며시 문을 밀었다. 문이 투박한 카펫을 미끄러져 나가는 것을 느꼈다.

벤은 내가 들어오는 소리를 듣지 못한 듯 먹다 남은 비스킷이 든 접시를 무릎에 얹은 채 소파에 앉아 텔레비전을 보고 있었다. 평온하고 태평스럽게 보였다. 표정은 느긋하고 입에는 웃음을 머금고 있었다. 그는 웃기 시작했다. 나는 달려들어 그를 붙잡고는 그가 사실을 말할 때까지 소리 지르고 싶었다. 왜 내 소설을 숨겨놓았냐고, 왜 내 아들에 대한 증거를 감추었냐고, 내가 잃어버린 것을 깡그리 돌려달라고 말하고 싶었다.

하지만 그래 봐야 소용없으리라는 것을 알고 나는 잠자코 있다가 기침을 했다. 들릴락 말락 한 기침이었다. '당신을 방해하고 싶진 않지만…'이라는 기침이었다.

그는 나를 보더니 미소를 지었다. "여보! 이리 와!"

나는 방 안으로 들어갔다.

"벤." 잔뜩 긴장된 목소리였다. 내가 들어도 낯선 목소리였다. "벤? 할 말이 있어요."

그의 얼굴에 불안이 스쳤다. 그는 접시를 바닥에 밀어놓고 일어서더니 내게로 왔다. "여보, 왜 그래? 괜찮아?"

"아뇨." 그는 내 1미터 쯤 앞에 서더니 어서 안기라는 듯이 두 팔을 벌렸다. 나는 거부했다.

"무슨 일이야?"

나는 남편을 바라보았다. 근심에 차 있으면서도 차분한 눈길로 그의 얼굴을 보았다. 그는 이런 일이 한두 번이 아니라는 것처럼, 이렇게 히스테릭한 순간에 익숙하다는 듯이 자제하고 있었다.

나는 아들 얘기를 꺼내야 할 때라고 생각했다. "애덤은 어디 있어요?" 단어들이 헐떡거림이 되어 나왔다. "애덤 어디 있어요?"

벤의 표정이 일변했다. 놀란 걸까? 쇼크일까? 그는 마른침을 삼켰다.

"말해줘요!"

그는 두 팔로 나를 안았다. 나는 그를 밀쳐내고 싶었지만 그렇게 하지 못했다.

"크리스틴. 제발 진정해. 모든 게 잘돼가고 있어. 모두 설명해줄 수 있어. 그럼 됐지?"

나는 아니요, 문제가 있어요 하고 말하고 싶었지만 아무 말도 못 했다. 나는 얼굴을 돌려 그의 셔츠 주름에다 묻었다.

몸이 부들부들 떨리기 시작했다. "말해줘요. 지금 말해주세요."

우리는 소파에 앉았다. 나는 한쪽 끝에, 그는 다른 쪽 끝에. 내가 원하는 적당한 간격이었다.

우리는 몇 분이고 몇 시간이고 얘기했다. 나는 그가 그 말을 하지 않기를 바랐지만 그는 하고야 말았다.

"애덤은 죽었어."

나는 갑각류처럼 몸이 굳어지는 것을 느꼈다. 그의 말은 면도날처럼 날카로웠다.

할머니 집에서 우리 집으로 돌아가는 길에 본, 방풍 유리에 붙은 파리가 생각났다.

그는 또 말했다. "크리스틴. 미안해."

나는 분노가 치밀었다. 그의 잘못이 아니라는 것을 알면서도 그에게 분노를 느꼈다. '빌어먹을 놈.'

나는 간신히 입을 열었다. "어쩌다 죽었죠?"

그는 한숨을 쉬었다. "애덤은 군복무 중이었어."

몸이 뻣뻣해지는 것 같았다. 모든 것이 빠져나갔다. 남은 것이라곤 고통뿐이었다. 고통. 참으로 이상한 일이었다.

있다는 것조차 몰랐던 아들. 그 아들이 군인이 되었단다. 어떤 생각이 머릿속을 스쳤다. 터무니없는 생각이었다. '엄마는 어떻게 생각하실까?'

벤이 또 말했다. 또박또박 끊듯이.

"그는 영국 해병대였어. 아프가니스탄에 주둔하고 있었는데 작년에 살해됐어."

나는 침을 삼켰다. 목이 말랐던 것이다.

"왜죠? 어쩌다가 살해됐죠?"

"크리스틴⋯."

"전 알고 싶어요. 꼭 알아야겠어요."

그는 손을 뻗어 내 손을 잡았다. 그가 소파에서 한 치도 더 가까이 다가오지 않자 나는 안도하면서 손을 맡겼다.

"꼬치꼬치 다 알 건 없잖아?"

그때 내 안에서 분노가 치밀어 올랐다. 막무가내였다. 분노와 공포.

"애덤은 내 아들이었어요!"

그는 눈길을 돌려 창 쪽을 보았다.

"애덤은 장갑차를 타고 이동 중이었어." 그는 천천히 말했다. 거의 속삭임 같았다. "부대를 호송하는 중이었는데 길가에 폭탄이 있었어. 한 명만 살아남고 애덤과 다른 한 명은 죽었어."

나는 눈을 감았다. 내 목소리도 속삭임처럼 들렸다. "즉사했어요? 고통스럽게 죽었어요?"

벤은 한숨을 쉬었다. "아니." 잠시 후 그가 말했다. "고통받지는 않았어. 금방 숨이 끊어졌을 거래."

나는 그가 앉아 있는 쪽을 보았다. 그는 나를 보고 있지 않았다.

'거짓말이야.'

나는 길가에서 피를 흘리며 죽어가는 애덤을 보았다. 나는 그 생각을 떨쳐내고 아무 생각도 하지 않으려고 했다.

머리가 빙빙 돌기 시작했다. 질문들. 대답을 들으면 죽을까 봐 감히 묻지 못하는 질문들이었다. '소년 시절에는 어떤 아이였고, 10대 때는 어떤 청소년이었고, 다 커서는 어떤 사람이었나요? 우린 사이가 좋았나요, 나빴나요? 그는 행복했나요? 전 좋은 엄마였나요?', '플라스틱 세발자전거를 타던 아이가 어쩌다 이 세상 맞은편 땅에서 죽은 거죠?'

"아프가니스탄에서 무얼 하고 있었어요? 거긴 왜 갔죠?"

벤은 전쟁 중이었다고 말했다. 테러와의 전쟁이었다고 했다. 나는 무슨 뜻인지 알아듣지 못했다. 미국이 공격을 당해, 그것도 끔찍한 공격을 당해 수천 명이 죽었다고 벤은 말했다.

"그런데 왜 내 아들이 아프가니스탄에서 목숨을 잃어야 해요? 이해할 수 없어요."

"말하자면 복잡해. 애덤은 늘 군대에 가고 싶어 했어. 그게 자기 의무라고 생각했어."

"의무라고요? 당신은 그가 할 일이 그거라고 생각했어요? 의무라니요? 왜 그를 달래서 다른 일을 하게 하지 않았어요?"

"크리스틴. 그건 그가 원한 일이었어."

하마터면 웃음이 나올 뻔했다. "남의 손에 죽는 게요? 그게 애덤이 원한 거라고요? 어째서요? 난 그를 알지도 못했어요."

벤은 말이 없었다. 그는 내 손을 꼭 쥐었다. 바로 그때 눈물 한 방울이 얼굴을 타고 흘러내렸다. 시큼하고 뜨끈한 것이었다. 또 한 방울이 흘러내리고 또 한 방울이 흘러내렸다. 나는 눈물을 훔쳤다. 울음을 터뜨리면 결코 멈추지 않을까 봐 더럭 겁이 났다.

나는 마음이 닫히는 것, 비워지는 것, 무(無)로 후퇴하는 것을 느꼈다.

"난 그를 알지도 못했어요."

나는 같은 말을 또 했다. 머릿속에 이 생각뿐이었기 때문이다.

잠시 후 벤이 상자를 가지고 와서 커피 테이블 위에 놓았다.

"이걸 위층에 보관하고 있어. 안전을 위해서 말이야."

'뭘 위해서라고?' 금속으로 된 견고한 회색 상자였다. 돈이나 중요한 서류를 보관하는 상자였다.

뭐가 들어 있든 위험한 것임은 확실했다. 전갈, 뱀, 굶주린 쥐, 독 두꺼비 따위가 생각났다. 더 작은 것, 보이지 않는 바이러스도 생각났고, 방사능도 생각났다.

"안전을 위해서요?"

그는 한숨을 쉬었다. "들으면 기절초풍할 만큼 나쁜 것도 있고, 당신한테 얘기해주는 게 더 나은 것도 있어."

그는 내 옆에 앉아서 상자를 열었다. 종이 꾸러미 외에는 아무것도 없었다.

"이게 아기 때 애덤 모습이야." 그는 사진 몇 장을 꺼내 한 장을 건네주며 말했다.

내 사진이었다. 아기인 애덤을 안은 채 카메라를 향해 걸어오고 있는 모습이었다. 가슴팍에 맨 포대기 속에 있는 애덤은 고개를 돌려 어깨 너머로 사진사를 보고 있었다. 이도 없는 얼굴에 떤 미소는 내 미소와 어쩐지 닮았다.

"이걸 가지고 있었어요?"

벤은 고개를 끄덕였다. 나는 다시 사진을 보았다. 사진은 찢어져 있고 가장자리가 누렜으며, 탈색되어 서서히 하얘져가고 있었다.

나와 아기. 꿈만 같았다. 나는 엄마였어 하고 말하려고 했다.

"언제 건데요?"

벤은 내 어깨 너머를 보았다. "애가 생후 6개월쯤 되었을 때야. 어디 보자. 1987년이 틀림없어."

그때 나는 스물일곱 살이었을 것이다. 오래전 일이다.

내 아들의 생애.

"그는 언제 태어났죠?"

그는 다시 상자 안을 뒤져 종이 한 장을 건네주었다. "1월 달이야."

얇고 누런 종이였다. 출생증명서였다. 나는 말없이 읽어보았다. 그의 이름이 적혀 있었다. 애덤.

"애덤 휠러네요." 나는 큰 소리로 말했다. 나 자신뿐만 아니라 벤도 들으라는 듯이.

"휠러는 내 성이야. 우린 그에게 내 성을 물려주기로 했어."

"당연히 그래야지요." 나는 종이를 코앞에 치켜들었다. 너무 가볍고 너무 보잘것없어서 중요한 내용이 적혀 있다고는 도저히 생각되지 않았다. 나는 숨을 깊이 들이쉬었다. 그것이 나의 일부라도 되는 듯이 종이에 숨을 불어넣고 싶었다,

"이리 줘." 그는 종이를 낚아채서 조심스럽게 접었다. "사진이 더 있어. 보고 싶어?"

내가 고개를 끄덕이자 그는 사진 몇 장을 건네주었다.

"많지는 않아." 내가 사진을 보고 있을 때 그가 말했다. "많이 분실했어."

말투가 마치 기차에 놓아두고 내리거나 낯선 사람에게 맡아달라고 할 때와 똑같았다.

"알고 있어요. 기억나요. 우리 집에 불이 났었다고 했잖아요." 나는 무심코 이렇게 말했다.

그는 뜨악하게 나를 바라보았다. 실눈 같은 눈에 긴장이 감돌았다.

"기억난다고?"

갑자기 나는 확신이 서지 않았다. 그가 오늘 아침에 화재 얘기를 해주었나? 아니면 며칠 전에 해주었나? 아침을 먹은 후에 내가 일기에 있는 화재 얘기를 읽은 걸까?

"네. 당신이 얘기해줬어요."

"내가 얘기해줬다고?"

"네."

"언제?"

언제더라? 어제 아침이었나? 며칠 전이었나? 나는 일기를 떠올렸다. 그가 출근한 후 일기를 읽은 기억이 났다. 그는 며칠 전 팔러먼트 힐에서 화재 얘기를 해주었다.

나는 일기 얘기를 꺼내려고 하다가 말았다. 왠지 불안하고 마음이 뒤숭숭했다. 그는 내가 무엇인가를 기억해내는 것을 달가워하지 않는 것 같았다.

"출근하기 전에 그러지 않았어요? 스크랩북을 보면서 말이에요. 분명히 그렇게 말했어요."

그는 눈살을 찌푸렸다. 그에게 거짓말을 하고 있다고 생각하니 오싹해졌다. 하지만 달리 방법이 없다는 생각이 들었다.

"내가 어떻게 알 수 있겠어요? 당신이 말해주지 않았다면 말이에요."

그는 나를 뚫어지게 바라보았다. "그런 것 같군."

나는 말없이 손에 든 사진만 보고 있었다. 유감스럽게도 사진이 몇 장 안 되었다. 상자 안에도 사진이 별로 없다는 것을 알 수 있었다. 아들의 삶에 대해 알 수 있는 게 고작 이것밖에 없을까?

"불은 어떻게 난 거예요?"

벽난로 위 시계가 울렸다. 그는 그쪽을 바라보았다. "몇 년 전 예전에 살던 집에 불이 났어. 이곳으로 이사 오기 전에 살았던 집 말이야." 내가 보았던 집, 내가 가보았던 집을 말하는 걸까? "우린 많은 걸 잃었어. 책이랑 서류랑 하찮은 것들 말이야."

"어떻게 불이 났어요?"

그는 잠시 말없이 입만 쩍쩍 다시고 나서 말했다. "사고였어. 단순 실화(失火)였어."

그는 무얼 감추려고 하나? 내가 담배꽁초를 끄지 않고 버렸단 말인가? 다리미질을 끝내고 깜빡 플러그를 빼지 않았단 말인가? 무얼 끓이다가 냄비를 다 태워먹었단 말인가? 나는 콘크리트 조리대와 흰색 주방 기구가 있는 부엌, 며칠 전에 서 있었던 부엌에 내가 몇 년 전에 있는 모습을 그려보았다. 나는 얇게 썬 감자가 들어 있는 철사 바구니를 흔들며 지글지글 끓는 프라이팬을 내려다보고 있었다. 감자가 표면을 떠다니다가 천천히 식용유 밑으로 가라앉는 것을 보면서. 나는 전화벨 울리는 소리를 듣고 허리에 두른 앞치마에 손을 훔친 후 복도로 갔다.

그다음에 어떻게 됐지? 전화를 받는 사이에 기름이 불꽃에 옮겨붙었나? 저녁 준비를 하고 있다는 걸 까맣게 잊고 거실로 갔나? 욕실로 갔었나?

나는 모른다. 결코 알 수 없다. 하지만 벤의 발대로 그것은 사고였다. 기억력을 잃은 사람한테 집안일은 숱한 위험을 안겨준다. 다른 남편이 내 실수와 결함을 지적했을지도 모르고, 당연히 갖추어야 할 높은 도덕 수준을 거부할 수 없었을지도 모른다. 나는 그의 팔을 붙잡았다. 그는 미소를 지었다.

나는 사진 몇 장을 대충 훑어보았다. 플라스틱 카우보이모자에 노란 목도리를 한 애덤이 카메라를 든 사람에게 플라스틱 총을 겨누는 사진도 있었고 애덤이 나이를 몇 살 더 먹었을 때의 사진, 얼굴이 더 홀쭉하고 머리카락이 짙어지기 시작할 때의 사진, 목까지 단추를 채운 셔츠에 어린이용 타이를 매고 있는 사진도 있었다.

"이건 학교 다닐 때 찍은 사진이야. 공식 초상화인 셈이지." 벤은 사진을 가리키며 웃었다. "잘 봐. 사진이 형편없어!"

넥타이의 고무 끈이 깃 안에 들어가 있지 않고 흘러나와 있는 것이 보였다. 나는 손으로 사진을 문질러보았다. 형편없지 않아. 완벽해.

나는 아들을 기억해내려고 애썼다. 고무 끈이 있는 타이를 맨 아들 앞에 내가 무릎을 꿇고 있는 모습, 아들 머리를 빗겨주고 있는 모습, 까진 무릎에서 나온 피가 말라붙은 딱지를 떼어내는 모습을 떠올리려고 애썼다.

아무것도 떠오르지 않았다. 사진 속 아이는 나처럼 입이 포동포동하고 할머니 눈을 닮았다는 점을 빼면 닮은 구석이 없었다.

벤이 다른 사진을 꺼내 나에게 주었다. 사진 속의 애덤은 나이가 좀 더 들어보였다. 대여섯 살 무렵일까?

"애덤이 날 닮았다고 생각해?" 벤이 말했다.

애덤은 반바지에 흰 티셔츠 차림으로 축구공을 들고 있었다. 머리카락은 짧았고, 땀에 젖어 있었다. "조금 닮은 것 같아요."

벤은 미소를 지었다. 우리는 다시 함께 사진을 보았다. 나와 애덤이 함께 찍은 사진이 많았고, 애덤의 독사진은 별로 없었다. 애덤 사진은 대부분 벤이 가지고 있을 게 뻔했다. 벤이 친구와 함께 찍은 사진도 몇 장 있었다. 한 커플이 해적 복장에 마분지 칼을 차고 있는 일당에게 벤을 소개하는 사진도 있고, 벤이 검은 강아지를 끌고 가는 사진도 있었다.

사진 틈에 편지 한 통이 끼어져 있었다. 파란 크레용으로 쓴 편지, 산타클로스에게 보내는 편지였다. 마구 갈겨쓴 글씨였다. 자전거나 강아지를 갖고 싶다고도 적혀 있었고, 착한 아이가 되겠다고도 적혀 있었다. 사인도 있었고, 네 살이라고 나이도 적혀 있었다.

편지를 읽고 있자니 왠지 내 세계가 무너지는 것 같았다. 마치 수류탄이 터지듯이 가슴 속에서 슬픔이 터졌다. 나는 마음의 평정을 유지하고 있었다. 행복하지도 않고 체념한 것도 아니지만 마음은 평온했다. 그런데 그 평온함이 순식간에 사라졌다. 마치 증발되어버린 듯했다. 그러자 내 모습이 적나라하게 드러났다.

"미안해요." 나는 꾸러미를 건네주며 말했다. "할 수 없어요. 지금은 안 돼요."

그는 나를 껴안았다. 나는 구역질이 목을 타고 올라오는 것을 느꼈지만 가까스로 삼켰다. 그는 걱정 말라고 했다. 괜찮아질 거라고 했다. 그는 줄곧 나와 함께 있었고 앞으로도 그럴 거라는 것을 상기시켜주었다. 나는 그에게 매달렸다. 우리는 부드럽게 몸을 흔들며 그 자리에 앉았다. 나는 감각이 마비되는 것을 느꼈다. 우리가 앉아 있는 방에서 없어지는 것을 느꼈다. 나는 혼자라는 것을 느끼며 줄곧 흐느끼면서 그가 물 한 잔을 갖다 주는 것과 상자를 닫는 모습을 보았다. 그도 심란해하는 것을 알 수 있었다. 하지만 그의 표정에는 벌써 다른 무엇이 어려 있었다.

체념일 수도 있고 수용일 수도 있지만, 충격은 아니었다.

그가 전에도 이랬다는 것을 알자 나는 오싹해졌다. 그의 슬픔은 새삼스러운 것이 아니다. 그것은 그의 내부에서 잠자리를 마련할 시간을 가지고 있었고, 그의 토대들을 흔들기보다는 그 토대의 일부가 될 시간을 가지고 있었다.

날마다 새로워지는 것은 오직 나의 슬픔이다.

나는 양해를 구하고 위층 침실로 갔다. 옷장에서 일기를 꺼내 쓰기 시작했다.

◎◎◎

나는 이렇게 간신히 짬을 내어 옷장 앞에 무릎을 꿇고 앉거나 침대에 기대어 일기를 쓴다. 몸에 열이 난다. 저절로 막 뿜어져 나온다. 그럼에도 계속 쓴다. 나는 지금 다시 이곳에 있다. 벤은 내가 쉬고 있다고 생각하지만 나는 쉴 수 없다.

나는 글을 쏟아내는 이 모습이 내가 소설을 쓰던 때의 모습과 비슷하지는 않을지 궁금했다. 아니면 더 심사숙고해서 천천히 썼을까? 나는 내가 기억하기를 바랐다.

나는 아래층에 내려가서 둘이 마실 것을 준비했다. 차를 저으면서 채소 퓌레(채소를 삶아 곱게 걸러 만든 수프 음료―옮긴이)나 혼합 주스 같은 먹을 것을 애덤에게 몇 번이나 준비해줬는지 생각해보았다. 나는 차를 벤에게 가지고 갔다.

"난 좋은 엄마였나요?" 차를 건네며 내가 말했다.

"크리스틴."

"난 알아야겠어요. 내가 아이한테 어떻게 해줬는지 말이에요. 그때 그 아이는 매우 어렸을 텐데."

"사고를 당했을 때 말이지?" 그는 고개를 끄덕이며 말했다. "그 아이는 두 살이었어. 당신은 더할 나위 없이 좋은 엄마였어. 그 전에도 그랬고, 그 후에도 그랬어. 음⋯."

그는 말을 끊고는 고개를 돌렸다. 무얼 숨기려 하고 무얼 말해주려는 걸까?

나는 말줄임표를 채울 만큼은 알고 있었다. 그때를 기억 못 할지는 모르지만 상상할 수는 있다. 나는 결혼한 몸이자 아이 엄마라는 것을 하루라도 생각하지 않은 날이 없었다. 남편과 아들이 나를 찾아온다는 말을 들었다. 나는 처음 보는 사람인 듯이 좀 쌀쌀맞게 또는 조금 당황해하며 매일 남편과 아들에게 인사한 것이 생각난다. 나는 우리 모두가 받았을 고통을 알 수 있다.

"됐어요. 알았어요."

"당신은 스스로를 돌볼 수 없었어. 내가 집에서 돌보기 어려울 만큼 당신 증세는 심했어. 단 몇 분도 혼자 있지 못했고, 자기가 한 행동을 곧잘 잊어버렸어. 아무 데나 막 돌아다니곤 했지. 목욕하고 나서 수도꼭지를 안 잠근 게 아닐까, 요리하다 말고 깜빡 잊어버리지는 않을까 걱정을 태산같이 했어. 난 너무 힘들었어. 그래서 직장도 때려치우고 애덤을 돌봤어. 아이 할머니가 도와주셨어. 우린 저녁마다 당신을 보러 갔고."

나는 그의 손을 잡았다. "미안해. 난 그 시절은 생각하기도 싫어." 그가 말했다.

"알아요. 알고 있어요. 친정어머니는 어땠어요? 도와주셨어요? 할머니 노릇 하는 걸 좋아했어요?" 그는 고개를 끄덕였다. 무슨 말을 하려는 듯했다. "친정어머니는 돌아가셨지요?" 내가 말했다.

그는 내 손을 잡았다. "몇 년 전에 돌아가셨어. 안됐지만."

내 기억이 맞았다. 나는 마음이 가라앉기 시작하는 것을 느꼈다. 더는 슬픔을, 엉망진창인 과거를 처리하지 않아도 된다는 듯이. 하지만 나는 내일 눈을 뜨면 까맣게 다 잊어버리고 하나도 기억하지 못하리라는 것을 알고 있었다.

나는 일기를 생각했다. 내일, 모레, 글피까지 기억나도록 하는 것을 쓸 수 없을까?

어떤 모습이 떠올랐다. 머리카락이 붉은 여자가 애덤을 안고 있었다. 불현듯 이름이 생각났다. '클레어는 어떻게 생각할까?'

내 친구 이름이었다. '클레어'.

"클레어는요? 내 친구 클레어는 아직 살아 있어요?"

"클레어라고?" 그는 한참 난처한 표정을 지었다. 이윽고 표정이 바뀌었다. "클레어를 기억하고 있어?"

그는 놀란 표정을 지었다. 나는 옥상 파티에서 클레어를 본 기억이 난다고 며칠 전에 벤에게 말한 것을 떠올렸다.

"네. 우린 친구였어요. 클레어는 어떻게 되었나요?"

벤은 슬픈 표정으로 나를 바라보았다. 한순간 나는 공포로 얼어붙어 버렸다. 그는 천천히 말했다. 다행히 생각만큼 끔찍한 소식은 아니었다.

"이민 갔어. 오래전에. 20년은 됐을 거야. 실은 우리가 결혼한 다음다음 해였어."

"어디로 갔는데요?"

"뉴질랜드로 갔어."

"지금도 연락해요?"

"한동안 연락하다가 말았어."

그럴 리가 없을 것 같다. '세상에 둘도 없는 친구'라고 적혀 있는데….

나는 오늘 클레어를 생각했을 때와 똑같은 친밀감을 느꼈다. 그렇지 않으면 클레어가 무슨 생각을 하든 신경 쓸 일이 없지 않은가?

"우리가 다투었나요?"

벤은 대답을 망설였다. 나는 그가 머리를 굴리고 있다는 것을 눈치 챘다. 벤은 무슨 말을 하면 내가 난처해하는지 알고 있다는 것을 깨달았다. 그는 내게 무슨 말을 해야 하고 무슨 말을 해서는 안 되는지 여러 해 같이 살면서 터득했을 것이다. 어쨌든 그가 이런 대화를 하는 것은 처음이 아니었다. 그는 실습할 기회를 가졌다. 내 삶의 조직을 찢지 않는 법과 나를 엉뚱한 곳에 굴러 떨어지지 않게 하는 법을 배울 기회를 가졌다.

"아니. 난 그렇게 생각하지 않아. 당신은 다투지 않았어. 어쨌든 다투 었다고 말한 적 없어. 사이가 소원해진 것 같아. 그러다가 클레어는 어떤 남자를 만나 결혼하고 이민 가버렸어."

그때 어떤 모습이 떠올랐다. 클레어와 나는 절대로 결혼하지 않을 거라고 농담조로 말하고 있었다. "결혼은 무덤이야." 클레어는 레드 와인 병을 입에 갖다 대며 이렇게 말했었다. 언젠가 나는 클레어의 신부 들러리가 되고 클레어는 내 신부 들러리가 될 줄 알면서도, 나는 클레어의 말에 맞장구를 쳤다. 우리는 오간자(얇고 투명한 실크·레이온 따위의 평직 옷감—옮긴이) 차림으로 누군가 우리 머리를 다듬어주는 동안 옷의 홈 주름에서 샴페인을 꺼내 홀짝이며 호텔 방에 앉아 있곤 했다.

나는 문득 사랑의 감정이 솟는 것을 느꼈다. 함께 지낸 시절도 잘 기억하지 못하고 그것마저 내일이면 사라지겠지만, 우리가 아직 우정을 유지하고 있다는 것과 한때는 클레어가 나의 전부였다는 것을 느꼈다.

"우리, 클레어 결혼식에 갔어요?"

"그럼." 그는 고개를 끄덕이며 무릎 위의 상자를 열어 안을 헤집었다.

"여기 사진이 몇 장 있어."

공식 결혼사진은 아니지만 그래도 결혼식 때 찍은 사진이었다. 이미 추어가 찍은 거라 사진이 흐릿하고 어두웠다. 벤이 찍었을 거야. 나는 첫 번째 사진을 조심스럽게 집어 들었다. 여태까지 나는 클레어를 기억 속에서만 보았다.

클레어는 내가 상상하던 모습 그대로였다. 날씬한 몸매에 키도 컸다. 생각보다 예뻤다. 클레어는 속이 비치는 드레스를 바람에 날리며 벼랑 끝에 서 있었다. 해가 클레어 뒤편의 바다로 떨어지고 있었다. 아름다웠다. 나는 사진을 내려놓고 다른 사진을 집어 들었다. 클레어가 자기 남편—내가 모르는 남자였다—과 같이 있는 사진도 있고, 푸르스름한 실크 옷차림의 내가 끼어 있는 사진도 있었다. 나는 클레어보다 좀 덜 예뻐 보였다. 내가 신부 들러리였다는 것은 분명했다.

"우리 결혼식 사진도 있어요?"

그는 고개를 가로저었다. "다른 앨범에 있었는데. 없어졌어."

물론 화재를 말한다.

나는 사진을 그에게 돌려주었다. 나는 나의 삶이 아니라 다른 사람의 삶을 보고 싶었다. 갑자기 위층에 올라가서 내가 알아낸 것들을 기록해 두고 싶은 생각이 간절했다.

"피곤해요. 쉬어야겠어요."

"그래." 그는 손을 뻗었다. "이리 줘." 그는 사진 꾸러미를 받아 다시 상자에 넣었다.

"안전하게 잘 보관할게." 그는 뚜껑을 덮으며 말했다. 나는 위층으로 올라가서 일기를 꺼내 기록했다.

◉ ◉ ◉

한밤. 나는 홀로 침대에 있다. 오늘 있었던 일들, 오늘 알게 된 일들이 무슨 뜻인지 이해하려고 하면서. 마음대로 될지는 알 수 없다.

나는 저녁을 먹기 전에 목욕을 하기로 했다. 나는 욕실에 들어가 문을 잠근 후 거울 주위에 붙어 있는 사진, 잃어버린 것들을 보여주는 사진들을 물끄러미 바라보았다. 나는 온수 꼭지를 틀었다.

대부분의 날에는 애덤의 기억이 전혀 떠오르지 않았다. 그런데 오늘은 사진 한 장을 보자 대뜸 기억났다. 이 사진들은 내가 잃어버린 것들을 되새기는 일 없이 나를 스스로에게 묶어두려고 골라놓은 걸까?

뜨거운 증기가 욕실에 차기 시작했다. 남편이 있는 아래층에서 소리가 들려왔다. 그는 라디오를 틀어놓았다. 재즈 소리가 여기까지 아련히 들려왔다. 신나게 칼질하는 소리가 재즈 소리에 묻혀 들려왔다. 아차, 식사를 하지 않았구나. 당근이랑 양파랑 고추를 썰고 있는 모양이었다. 오늘이 평일인 듯이 저녁을 준비하고 있는 모양이었다.

그에게는 오늘이 여느 날과 다름없다는 것을 나는 깨달았다. 나는 슬프기 그지없는데 그는 그렇지 않다.

매일 애덤, 친정어머니, 클레어 얘기를 해주지 않는다고 그를 비난하지는 않는다. 그의 처지가 되면 나도 그랬으리라. 이런 것들은 고통스러웠다. 이런 것들을 기억하지 않고 하루를 보내면 나는 덜 슬플 것이고, 그는 그런 기억을 떠오르게 해주는 고통을 덜 것이다. 그는 분명 입을 다물고 싶어 했을 것이다. 내가 언제 어디서나 작은 폭탄 같은 이런 기억의 파편들을 가지고 다니는 것을 알고, 아무 때고 누군가 그 기억의 표면을 찌를 때마다 내가 고통을 겪는 것을 알면, 그의 삶은 분명 힘들 것이다.

나는 천천히 옷을 벗어서 갠 다음 욕조 옆 의자에 살며시 놓았다. 알몸으로 거울 앞에 서서 낯선 내 몸을 바라보았다. 아무리 외면하려 해도 축 늘어진 젖가슴과 피부의 주름이 눈에 들어왔다. '난 자신을 너무 몰라. 나는 내 몸도, 과거도 인식하지 못해.'

나는 거울에 더 가까이 다가갔다. 배에는 온통 주름이 있었고, 엉덩이와 젖가슴에도 주름이 있었다. 엷고 희부연 줄. 들쭉날쭉한 삶의 자국. 이전에는 이런 것들을 보지 못했다. 찾은 적이 없기 때문이었다. 나는 이런 것들이 자라는 것을 기록하고 내 몸이 커짐에 따라 이런 것들이 사라져버리는 것을 상상했다. 이런 것들, 생각나게 해주는 것들이 지금 여기 있어서 나는 기쁘다.

내 기억이 안개 속으로 사라지기 시작했다. '난 행운아야.' 벤이 있어서 다행이야. 집에서 나를 돌봐줄 사람이 있어서 천만다행이야. 하긴 이런 것도 기억 못 하지만…. 나만 고통받고 있지는 않았다. 그는 내가 오늘 겪은 일을 다 겪었다. 그는 내일 또 이런 짓을 되풀이해야 할지도 모른다는 것을 알고 잠자리에 들 것이다. 다른 남편 같으면 못 해먹겠다고 생각하거나 그렇게 할 꿈도 꾸지 않았을 것이다. 나를 버렸을 것이다. 나는 마치 불태워서 뇌 속에 넣으려는 듯이 얼굴을 뚫어지게 바라보았다. 표면 가까이 둬서, 내일 아침 눈뜰 때 그 모습이 덜 낯설어 내가 충격을 덜 받게 하려는 듯이. 그 모습이 완전히 사라지자 나는 몸을 돌려 욕조에 몸을 담갔다. 그러고는 잠이 들었다.

나는 꿈을 꾸지 않았다. 적어도 꿈을 꿨다고 생각하지는 않았다. 하지만 눈을 떴을 때 당황했다. 나는 다른 욕실에 있었다. 물은 아직 뜨뜻했다. 문 두드리는 소리가 났다. 나는 눈을 떴다. 모든 게 생소했다. 장식이 없는 평범한 거울이 파란 타일이 아닌 하얀 타일에 걸려 있고, 머리 위 가로대에는 샤워용 커튼이 쳐져 있었다. 욕조 위 선반에는 잔 두 개가 엎어진 채 놓여 있고, 변기 옆에는 비데가 있었다.

목소리가 들렸다. "갈게요." 나는 내 목소리임을 알았다. 나는 욕조에서 일어나 빗장을 건 문을 바라보았다. 드레싱 가운 두 벌이 맞은편 벽에 걸려 있었다. 둘 다 흰색으로 내 몸에 딱 맞을 듯했고, RGH라는 글자가 박혀 있었다. 나는 일어섰다.

"어서 나와!" 문밖에서 소리가 들려왔다. 벤의 목소리 같기도 하고 아닌 것 같기도 했다. 그 소리는 노래가 되었다. "어서 나와! 어서 나와. 어서 나와. 어서 나와!"

"누구예요?"

그래도 그 소리는 그치지 않았다. 나는 욕조에서 나왔다. 바닥에는 흰 타일과 검은 타일이 대각선 꼴로 깔려 있었다. 타일은 젖어 있었다. 나는 넘어지는 것을 느꼈다. 발이, 다리가 무너져 내렸다. 나는 바닥에 쿵 쓰러졌다. 쓰러지면서 머리 위의 샤워용 커튼을 잡아 당겨 커튼이 내 몸 위에 떨어졌다. 나는 넘어지면서 머리를 세면기에 부딪혔다. 나는 외쳤다. "사람 살려!"

나는 진짜 목소리, 나를 부르는 다른 목소리에 눈을 떴다. "크리스틴! 크리스! 괜찮아?" 나는 벤의 목소리라는 것과 내가 꿈을 꾸고 있었다는 것을 알고 안도하고는 눈을 떴다. 나는 욕조에 누워 있었다. 옷은 내 옆 의자 위에 개켜져 있었다. 내 삶의 사진들이 세면기 위의 파란 타일에 테이프로 붙여져 있었다.

"네. 괜찮아요. 방금 악몽을 꿨나 봐요."

나는 일어나서 저녁을 먹고 침대로 갔다. 내가 알게 된 것들이 사라지기 전에 다 적어두고 싶었지만 벤이 침대로 오기 전에 그렇게 할 수 있을지는 자신이 없었다.

하지만 무얼 할 수 있을까? '오늘은 글을 너무 오래 썼어.' 분명 벤이 의심할 거야. 혼자서 위층에서 뭘 하고 있었는지 의아해할 거야. 나는 피곤해서 쉬어야겠다고 입버릇처럼 말했고, 그는 그 말을 믿었다.

나는 죄책감을 느끼지 않는다고 말할 수 없다. 일기 위에 몸을 구부리고 미친 듯이 써나가면서도 그가 나를 깨우지 않으려고 집 안을 살금살금 돌아다니며 문을 살며시 여닫는 소리를 들었다. 하지만 선택의 여지가 없었다. 이런 것들을 기록해두어야 한다. 기록해두지 않으면 영원히 잃어버릴 터이므로 기록해두는 것이 무엇보다 중요한 것처럼 보인다. 나는 핑계를 대고 다시 일기를 써야만 한다.

"오늘 밤에는 예비 침실에서 잘 거예요." 나는 오늘 밤이라고 말했다. "심란해서요. 이해해주실 거죠?"

그는 그렇고말고 하고 말하겠지. 내일 아침 출근 전에 내가 괜찮은지 한번 체크해보겠다고 말하고는 굿나이트 키스를 해주겠지. 그가 텔레비전을 끄고 현관 문 열쇠를 돌리는 소리가 들린다. 우리를 안에 가둔 채. 종잡을 수 없는 생각을 해봤자 소용없을 거야. 컨디션이 안 좋으니까.

잠시 후 잠들면 내 아들에 대한 것을 깡그리 잊어버릴 거라는 사실이 믿기지 않는다. 아들에 대한 기억들은 정말 생생하게 여겨졌고, 지금도 그렇게 여겨진다. 그럴 리가 없을 것 같은데 벤과 닥터 내시는 자고 일어나면 다 잊어버릴 거라고 말한다.

그들이 잘못 알고 있다고 할 수 있을까? 나는 날이 갈수록 더 많은 것을 기억한다. 눈을 뜰 때마다 내가 누군지에 대해 더 많이 안다. 치료가 순조롭게 되어가는 모양이다. 일기를 쓰는 덕분에 기억이 의식의 표면에나마 되살아나는 모양이다.

어쩌면 오늘은 내가 언젠가 과거를 되돌아보면서 전환점이 된 날이라고 말할 수 있는 날일지도 모른다. 그럴 가능성이 있다.

이제 피곤하다. 그만 쓰고 일기를 감춰야지. 불을 끄고 자야지. 내일 눈뜰 때는 아들을 기억하게 해주십사 기도하면서.

11월 15일 목요일

나는 욕실에 있었다. 이곳에 얼마나 오래 서 있었는지 모른다. 그저 보고만 있었다. 우리 셋이 나와 있어야 할 사진에 나와 벤이 둘이서 다정하게 웃고 있었다. 나는 꼼짝도 않은 채 사진을 뚫어지게 바라보았다. 기어이 애덤의 모습을 떠오르게 하려는 듯이, 애덤을 억지로 불러내려는 듯이. 하지만 애덤의 모습은 떠오르지 않았다. 그는 나타나지 않았다.

나는 애덤에 대한 기억들을 불러내지 못했다. 하나도 불러내지 못했다. 그러면서도 빛나고 마음 설레게 하는 미래의 그 무엇이 모성이라고 여전히 믿고 있었다. 자신의 중년 얼굴을 보고 난 후, 곧 손자를 볼 나이의 아내라는 것을 알게 된 후, 이런 것들 때문에 머리가 어질어질해진 후, 닥터 내시가 전화로 내가 옷장 안에 숨겨놓았다고 한 그 일기를 읽고 난 후에 대한 아무런 준비도 되어 있지 않았다. 나도 어머니라는 사실, 내게도 아이가 있다는 사실을 알게 되리라고는 생각도 하지 못했다.

나는 손에 들고 있는 일기를 읽자마자 그 말이 사실임을 알았다. 내게는 아이가 있었다. 아이가 지금 나와 함께 있는 것 같았다. 내 피부 속에 있는 것처럼 느껴졌다. 나는 일기를 읽고 또 읽었다. 이 사실을 머릿속에 심어두려는 듯이.

나는 계속 읽어나갔다. 아들이 죽었다는 것을 알았다. 사실처럼 여겨지지 않았다. 그럴 리가 없을 것 같았다. 내 마음은 이 사실을 받아들이지 않았다. 사실임을 알면서도 나는 부인하려고 했다. 구역질이 났다. 목에서 쓸개즙이 올라왔다. 그것을 삼키자 방이 헤엄치기 시작했다. 한순간 나는 내 몸이 앞으로 기울어지기 시작하는 것을 느꼈고, 단말마의 비명을 간신히 억누를 때 일기가 내 무릎에서 떨어지는 것을 느꼈다. 나는 일어나서 비틀거리며 침실을 빠져나갔다.

나는 욕실에 들어가서 아들이 당연히 찍혀 있어야 할 사진들을 다시 보았다. 나는 절망했다. 벤이 귀가하면 내가 무슨 짓을 할지 몰랐다. 나는 그가 방에 들어와서 내게 키스해주고 저녁을 준비하는 것을 상상해보았다. 둘이 함께 저녁 식사하는 것을 상상해보았다. 그다음에는 텔레비전을 보거나 저녁이면 둘이서 으레 하는 짓을 할 게 뻔했다. 그동안 아들을 먼저 보냈다는 사실을 모르는 체하고 있어야 할 것이었다. 그러고는 같이 침대에 갈 것이고, 그다음에는….

나는 도저히 참을 수 없었다. 스스로를 억제할 수 없었다. 내가 무슨 짓을 하려는지조차 알지 못했다. 나는 손톱으로 사진을 할퀴기 시작했다. 그러다가 찢어버렸다. 눈 깜짝할 사이의 일이었다. 사진은 여전히 내 손안에 있었다. 나는 사진을 욕실 바닥에 뿌리기도 하고, 변기 속에 던져버리기도 했다.

나는 일기를 가방에 넣고 집을 나섰다. 어디로 가는지도 몰랐다. 닥터 내시를 만나고 싶었다. 하지만 그가 어디에 있는지 몰랐다. 안다 하더라도 어떻게 가야 할지 몰랐다. 나는 절망감을 느꼈다. 혼자였다. 나는 뛰었다.

나는 길에서 왼쪽으로 방향을 틀어 공원으로 향했다. 햇살이 비치는 오후였다. 오렌지빛 햇살이 주차해 있는 차와 아침 폭풍우가 남겨놓은 물웅덩이에 반사되었다. 하지만 날은 추웠다. 뿌연 콧김이 보였다. 나는 코트를 단단히 여미고 스카프로 귀를 가리고 종종걸음 쳤다. 나뭇잎이 떨어졌다. 바람에 날린 낙엽이 배수로에 수북이 쌓여 있었다.

나는 연석(보도나 담 따위의 가장자리에 붙이는 것 – 옮긴이)에서 내려섰다. 브레이크 소리가 들렸다. 차가 끼익 멈추었다. 둔탁한 남자 목소리가 차창 너머로 들려왔다.

"비켜! 망할 년!"

나는 고개를 들었다. 도로 한가운데에 있었다. 내 앞에 차가 멈추어 서 있었고, 운전자가 욕을 마구 퍼부어대고 있었다. 나는 쇳덩어리에 부딪혀 망가진 몸이 차의 보닛 위로 내동댕이쳐졌다가 다시 차 밑으로 굴러 떨어지는 환영을 보았다.

그렇게 간단할 리가 있을까? 두 번째 충돌 때문에 여러 해 전에 일어난 첫 번째 충돌 결과가 없어지는 걸까? 나는 20년간 죽은 사람처럼 살아왔다고 생각하지만 결국 모든 것이 이렇게 끝나는 걸까?

누가 나를 보고 싶어 할까? 남편? 주치의? 어쩌면 주치의일지도 모른다. 하지만 나는 그에게 환자였을 뿐이다. 그뿐이다. 내가 아는 사람들은 정말 나와 가까웠을까? 친구들은 하나씩 나를 버렸을까? 내가 죽으면 얼마나 빨리 잊혀질까?

나는 차 안의 사람을 보았다. 그 또는 그 따위 사람이 나를 이 꼴로 만들었어. 내게서 모든 것을 앗아 갔어. 나 자신마저 앗아 갔어. 하지만 그놈은 여전히 살아 있어.

'아직은 아니야. 아직은 아니야.' 죽는다 하더라도 이런 꼴로 끝내고 싶지는 않았다. 나는 내 소설을 생각했다. 내가 기른 아이를 생각했다. 여러 해 전에 친한 친구와 가졌던 불꽃놀이 파티노 생각했다. 내게는 불러내야 할 기억이 아직 있다. 찾아내야 할 것들이 있다. 찾아내야 할 진실, 나 자신에 대한 진실이 있다.

나는 "미안해요." 하고 말하고는 길 저편으로 달려갔다. 그러고는 문을 지나 공원으로 들어갔다.

풀밭 가운데 오두막이 있었다. 카페였다. 나는 안으로 들어가서 커피를 사고 아무 자리에 앉아서 스티로폼 컵을 손으로 감싸 쥐었다. 맞은편에는 놀이터가 있었다. 미끄럼틀, 그네, 회전목마가 있었다. 작은 사내아이가 무거운 용수철로 땅에 고정시켜 놓은 시트, 고방오리처럼 생긴 시트에 앉아 있었다. 꼬마는 추운데도 한 손에 아이스크림을 든 채 앞뒤로 몸을 흔들고 있었다.

공원에 있는 어린 소녀의 모습과 나 자신의 모습이 머릿속에 떠올랐다. 나는 우리 둘이 철제 계단으로 미끄럼틀 꼭대기에 올라가서 미끄럼틀을 타고 땅에 미끄러져 내려가는 모습을 보았다. 옛날에는 미끄럼틀이 굉장히 높다고 생각했는데 지금 놀이터에서 보니 내 키보다 조금 높을 뿐이었다. 우리는 오렌지색 감자 칩이나 1페니짜리 껌이 든 가방을 꼭 쥐고 집으로 돌아가곤 했고, 옷을 더럽혔다고 각자의 어머니에게 야단을 맞곤 했다.

이것은 기억이었을까? 꾸며낸 것이었을까?

나는 소년을 보았다. 그는 혼자였다. 공원은 텅 빈 것 같았다. 추운 날씨에, 먹구름이 잔뜩 낀 하늘 아래에 우리 둘만 추위에 떨고 있었다. 나는 커피를 홀짝홀짝 마셨다.

"이봐요!" 꼬마가 말했다. "이봐요! 아줌마!"

나는 꼬마를 보고 나서 다시 내 손을 보았다.

"이봐요!" 꼬마가 더 크게 외쳤다. "아줌마! 도와줘요! 회전목마 좀 태워줘요!"

꼬마가 일어나서 회전목마 쪽으로 갔다. "회전목마 태워줘요!" 꼬마는 회전목마를 돌리려고 했다. 하지만 아무리 낑낑대도 꿈쩍도 안 한다는 게 얼굴에 역력하게 나타났다. 꼬마는 포기하고 말았다. 실망한 표정이었다. "돌려줄래요?"

"곧 타게 될 거야."

꼬마는 실망한 듯했다. 나는 커피를 한 모금 마셨다. 나는 꼬마의 어머니가 어디 있든 여기 올 때까지 기다릴 셈이었다. 꼬마한테서 눈을 떼지 않을 작정이었다.

꼬마는 회전목마에 기어 올라가서 간신히 한가운데에 똑바로 섰다.

"회전목마 돌려줘요!"

이번에는 목소리가 더 낮았다. 애원조였다. 괜히 왔네. 내가 여기 안 왔으면 꼬마는 집에 갔을 텐데. 나는 세상에서 버림받은 것 같은 기분이 들었다. 몹시 어색했다. 위험하기도 했다. 벽에서 떼어내 욕실에 마구 뿌려 버린 사진이 생각났다. 마음의 안정을 얻으려고 여기 온 거지 이러려고 온 것은 아니었다.

나는 꼬마를 보았다. 꼬마는 몸을 움직여 다시 회전목마를 돌려보려고 용을 썼지만 다리가 회전목마 발판에서 땅에 좀체 닿지를 않았다. 꼬마는 금방이라도 삐칠 것처럼 보였다. 다른 도리가 없었다. 나는 꼬마에게로 갔다.

"밀어요!" 꼬마가 말했다. 나는 커피 잔을 땅에 내려놓고 씩 웃었다.

"꼭 잡아!" 나는 체중을 살대에 실었다. 회전목마는 엄청 무거웠지만 움직이는 것이 느껴졌다. 내가 회전목마를 밀면서 걷자 속도가 붙었다.

"돌아간다!" 나는 발판 가장자리에 앉았다.

회전목마가 더 빨리 돌자 꼬마는 살대를 꽉 잡고서 씩 웃었다. 추운지 손이 시퍼랬다. 꼬마는 녹색 코트에 청바지 차림이었는데 코트는 너무 얇은 것 같았고, 청바지는 복사뼈에서 걷어붙여져 있었다. 누가 장갑이랑 스카프, 모자를 챙겨주지 않고 이 꼬마를 밖에 내보냈을까?

"엄마는 어디 계시니?" 꼬마는 어깨를 움츠렸다. "아빠는?"

"몰라요. 아빠는 집을 나가버렸다고 엄마가 말했어요. 아빠가 우리를 더는 사랑하지 않는다고 했어요."

나는 꼬마를 보았다. 꼬마는 태연하게 말했다. 고통이나 실망을 드러내지 않았다. 꼬마의 말은 단순한 사실의 진술이었다. 잠시 회전목마가 완전히 멎은 것처럼 느껴졌다. 우리가 세계 안에서 돌고 있는 게 아니라 세계가 우리 두 사람 주위를 돌고 있는 것 같았다.

"하지만 엄마는 분명 널 사랑하잖아?"

꼬마는 잠시 잠자코 있다가 말했다. "어떤 때는요."

"그럼 사랑해주지 않을 때도 있니?"

꼬마는 뜸을 들이다가 이렇게 말했다. "그런 것 같아요." 나는 가슴이 쿵 하는 것을 느꼈다. 무엇인가 뒤집어지는 것 같았다. "엄마는 사랑하지 않는다고 했어요, 때로는요."

"설마 그럴 리가?" 내가 앉아 있었던 벤치가 다가왔다가 멀어져갔다. 우리는 돌고 또 돌았다.

"이름이 뭐니?"

"알피예요."

회전목마 속도가 점점 느려졌다. 세계가 꼬마 머리 뒤에서 멈추고 있었다. 발이 지면에 닿자 나는 땅을 찼다. 우리는 다시 돌았다. 나는 혼잣말처럼 꼬마 이름을 뇌까렸다. '알피.'

"엄마는 가끔 내가 딴 데 가서 살면 자기가 더 행복할 거라고 해요."

나는 애써 미소를 지었다. 내 목소리는 쾌활했다. "분명 농담일 거야. 그렇지?"

꼬마는 어깨를 움츠렸다.

나는 온몸이 긴장되는 것을 느꼈다. 우리 집에 가서 같이 살지 않을래 하고 꼬마에게 묻고 있는 나 자신을 보았다. 꼬마의 얼굴이 얼마나 밝아질까? 하지만 꼬마는 낯선 사람과는 아무 데도 가지 않을 거라고 했다. 나는 '낯선 사람이 아니란다'라고 말하고 싶었다. 꼬마를 번쩍 들어 올려주고 싶었다. 묵직하고 초콜릿처럼 단내가 날 터였다. 꼬마랑 카페에 가고 싶었다. 그러면 '무슨 주스 마실래?'하고 물을 테고 꼬마는 블랙커랜트(과일 차의 한 종류—옮긴이)를 마시고 싶다고 할 거야. 꼬마에게 음료수도 사주고 사탕 과자도 사줄 거야. 그리고 나서 우리는 공원을 나설 거야. 내가 남편과 살고 있는 집으로 걸어서 돌아갈 때 꼬마는 내 손을 잡을 거야. 저녁에는 꼬마에게 고기 요리와 으깬 감자 요리를 만들어줄 거야. 꼬마가 잠옷을 입으면 이야기책을 읽어주고 꼬마가 잠들면 이불을 덮어주고 머리에 키스해줄 거야. 그리고 내일은….

'내일이라니? 내겐 내일이 없어.' 어제가 없는 것처럼 말이다.

"엄마!" 꼬마가 외쳤다. 한순간 나는 꼬마가 날 보고 그러는 줄 알았다. 꼬마는 회전목마에서 풀쩍 뛰어내려 카페로 달려갔다.

"알피!" 나는 소리쳤다.

그때 양손에 플라스틱 컵을 들고 이쪽으로 오고 있는 여자가 보였다.

알피가 다가가자 그녀는 웅크리고 앉았다. "괜찮니, 타이거?"

알피가 여자의 벌린 팔을 향해 달려가자 그녀가 말했다. 그리고는 알피 너머로 나를 보았다. 눈은 째려보고 있었고 얼굴은 굳어 있었다. '해코지 안 했어요!' 나는 소리치고 싶었다. '혼자 있게 놔둬요!'

하지만 나는 아무 말도 않고 눈길을 돌렸다. 그녀가 알피를 데리고 가자 나는 회전목마에서 내렸다. 하늘이 어두워지고 있었다. 섬푸르세 변해가고 있었다. 나는 벤치에 앉았다. 몇 시인지도 몰랐고, 밖에 나온 지 얼마나 오래되었는지도 몰랐다. 아직은 집에 돌아갈 수 없다는 것만 알았다. 나는 벤의 얼굴을 바로 볼 수 없었다. 애덤에 대해 아무것도 모르는 척할 수 없었고, 아이를 가지지 않은 척할 수 없었다. 한순간 벤한 테 모든 것을 말하고 싶었다. 일기에 대해, 닥터 내시에 대해, 모든 것을 털어놓고 싶었다. 하지만 이런 생각을 머리에서 떨쳐버렸다. 나는 집에 가고 싶지 않았다. 하지만 달리 갈 곳이 없었다.

나는 일어나서 하늘이 어두워질 때까지 걷기 시작했다.

집은 어둠에 파묻혀 있었다. 나는 대문을 열고 난 다음에 어떻게 해야 할지 몰랐다. 벤이 나를 기다리고 있으리라. 5시 무렵에는 집에 있을 거라고 말했으니까. 왠지 나는 벤이 거실을 왔다 갔다 하는 모습을 상상했다. 오늘 아침 벤이 담배 피우는 걸 보지 못했음에도 내 상상력은 불붙은 담배를 이 장면에 추가했다. 어쩌면 밖에 나가서 차를 천천히 몰며 나를 찾고 있을지도 모를 일이었다. 나는 경찰과 자원봉사자들이 복사한 내 사진을 들고 이 집 저 집 문을 두드리고 있는 모습을 상상하고는 죄책감을 느꼈다. 기억력은 없을망정 나는 어린애가 아니야, 이런 일이 있어서는 안 돼 하면서 자신을 달래려고 했다. 나는 사과할 작정을 하고 집에 들어갔다.

"벤?" 대답이 없었다. 나는 무엇인가 움직이는 듯한 소리를 들었다. 아니, 들었다고 생각했다. 2층 마루청에서 삐걱거리는 소리가 나는 듯했다. 쥐 죽은 듯이 조용한 집에서 느껴질까 말까 한 변화였다. "벤?" 이번에는 좀 더 큰 소리로 불렀다.

"크리스틴?" 어떤 목소리가 들렸다. 약하고 갈라지는 듯한 목소리였다.

"벤. 나예요. 돌아왔어요."

그는 위층에서 모습을 드러냈다. 계단 꼭대기에 서 있었다. 자다가 나온 사람 같았다. 오늘 아침 출근할 때 입었던 옷을 그대로 입고 있었다. 하지만 주름진 셔츠는 바지 위에 느슨하게 흘러내렸고, 머리카락은 마구 헝클어져 있었고, 표정은 약한 전기에 충격을 받은 듯 멍했다. 어떤 기억이 내 머릿속을 맴돌고 있었다. 과학 시간과 밴더그래프 발전기였다. 하지만 기억이 떠오르지는 않았다.

그는 계단을 내려오기 시작했다. "크리스, 어디 갔다 온 거야?"

"바람 좀 쐬다 왔어요."

"잘했어." 그는 내가 서 있는 곳으로 와서 내 손을 잡고는 꼭 쥐었다, 마치 흔들려는 듯이. 진짜 손인지 확인하려는 듯이. 그러고는 가만히 있었다. "잘했어!" 그는 눈을 크게 뜨고서 나를 바라보았다. 두 눈이 어둠 속에서 반짝였다. 운 것 같았다. 나를 이다지도 사랑하는구나. 죄책감이 나를 더욱 짓눌렀다.

"미안해요. 본의 아니게…."

그가 내 말을 잘랐다. "그런 걱정일랑 접어둬."

그는 내 손을 입술에 가져갔다. 그의 표정이 달라졌다. 기쁨과 행복이 넘쳤다. 걱정한 흔적들이 모두 사라졌다. 그는 나한테 키스했다.

"저어…."

"당신은 돌아왔어. 돌아왔다는 게 중요해." 그는 전등 스위치를 톡 눌렀다. 그러고는 머리카락을 쓸어내려 가지런히 다듬었다. "그만해!" 그는 셔츠를 바지 속으로 쑤셔 넣으며 말했다. "가서 좀 쉬지? 이따가 같이 외출했으면 하는데 어때?"

"내키지 않아요. 나는…."

"크리스틴. 같이 가자. 당신은 기운을 좀 회복해야 할 것 같아!"

"하지만 벤. 내키지 않아요."

"그러지 말고 가자 응?" 그는 다시 내 손을 잡고 부드럽게 쥐었다. "그 럴 만한 이유가 있어." 그는 다른 손도 잡더니 두 손으로 내 손을 감싸 쥐었다. "오늘 아침에 말하지 않은 모양이지. 오늘이 내 생일이라고."

어쩜 좋단 말인가? 외출하고 싶지 않은데. 아니, 아무것도 하고 싶지 않은데. 하지만 나는 시키는 대로 하겠다고 말했다. 외출하면 컨디션이 좀 좋아질지 보겠다고 말했다. 그러고는 위층으로 갔다. 그의 변덕에 나 는 무척 당황했다. 그렇게 걱정하는 것처럼 보이더니 내가 별 탈 없이 돌아온 것을 보자 그 마음이 사라진 것이었다. 그는 진정으로 나를 사 랑했을까? 그는 내 안전에만 관심을 가졌지 어디를 갔다 왔는지에 대해 서는 관심조차 없지 않은가?

나는 욕실로 갔다. 그는 욕실 바닥에 흩어져 있는 사진을 보지 못했 을 거야. 내가 산책 갔다 온 줄로만 알 거야. 내 행적을 덮을 시간, 분노 와 슬픔을 숨길 시간은 아직 충분해.

나는 욕실 문을 닫고 줄을 당겨 불을 켰다. 바닥은 깨끗이 치워져 있 고, 거울 주위에는 사진이 그대로 있었다. 마치 손도 대지 않은 것처럼.

나는 30분쯤 있으면 준비될 거라고 말했다. 나는 욕실에 앉았다. 그 러고는 최대한 빨리 이렇게 썼다.

11월 16일 금요일

그 후에 무슨 일이 있었는지 나는 모른다. 벤이 오늘이 자기 생일이라고 말한 뒤 나는 뭘 했지? 위층으로 간 다음 사진들이 내가 찢어버리기 전에 있었던 자리에 도로 있는 것을 발견하지 않았던가? 나는 모른다. 아마 샤워를 하고 옷을 갈아입은 다음 밖으로 나가서 식사를 하고 영화를 보았을 것이다. 나는 모른다. 기록해두지 않아서 불과 몇 시간 전 일도 기억하지 못한다. 벤에게 묻지 않으면 기억은 완전히 사라진다. 미칠 것만 같다.

오늘 아침 나는 일찍 눈을 떴다. 옆에는 벤이 누워 있었다. 여전히 낯선 사람이었다. 방은 어둡고 고요했다. 나는 내가 누구며 어디에 있는지 몰라 두려움에 몸이 굳어버린 채 누워 있었다. 뛰쳐나가고 싶은 생각, 도망치고 싶은 생각만 들었다. 하지만 꼼짝도 할 수가 없었다. 얼이 빠져나간 듯했고 머릿속이 텅 빈 것 같았다. 그때 단어들이 의식의 표면에 떠올랐다. 벤. 남편. 기억. 사고. 죽음. 아들.

애덤.

이 단어들이 내 앞에 나타났다. 때로는 또렷하게, 때로는 희미하게. 나는 단어들을 연결할 수 없었다. 무슨 뜻인지 알지 못했다. 단어들은 메아리처럼 내 머릿속을 맴돌고 있었다. 그때 꿈, 나를 깨운 것이 틀림없는 꿈이 되살아났다.

꿈에서 나는 어떤 방의 침대에 누워 있었다. 팔로 사내를 안은 채. 사내는 내 위에 올라타고 있었다. 체중은 무거웠고 등짝은 넓었다. 나는 묘하고 야릇한 기분이 들었다. 내 머리는 가볍고 몸은 무거웠다. 방이 내 밑에서 요동쳤다. 눈을 뜨자 천장이 빙빙 돌고 있었다.

나는 사내가 누군지 알 수 없었다. 얼굴이 내 얼굴에 바짝 붙어 있어서 볼 수 없었다. 하지만 모두 느낄 수 있었다. 젖가슴을 거칠게 스치는 사내의 가슴팍 털까지도. 달콤하면서도 끈끈한 감촉이 혀에 느껴졌다. 사내가 나한테 키스를 하고 있었다. 사내는 몹시 거칠게 굴었다. 나는 제지하고 싶었으나 아무 말도 하지 않았다.

"사랑해." 사내가 나직하게 중얼거렸다. 그 말들은 내 목을 흘러내리는 머리카락 안으로 사라졌다. 나는 말하고 싶다는 것을 알았지만 무슨 말을 하고 싶어 하는지 알지 못했다. 나는 어떻게 말해야 할지 알 수 없었다. 입이 뇌와 따로 노는 것 같았다. 그래서 사내가 키스를 하고 내 머리카락에 말을 뱉을 때 난 그냥 누워 있었다. 나는 사내를 원하면서도 한편으로는 제지하고 싶었던 것, 사내가 키스를 시작할 때 섹스는 하지 않으리라고 다짐했던 것을 기억해냈다. 그때 사내의 손이 내 등의 굴곡을 타고 엉덩이로 내려갔다. 나는 가만히 내버려두었다. 사내가 블라우스를 들추고 손을 집어넣을 때도 내버려두었다.

'여기까지는 허락해야지. 지금은 막지 않을 거야. 내가 이걸 즐기고 있으니까. 젖가슴을 움켜쥔 손이 따뜻하게 느껴지니까. 내 몸이 거의 지

각할 수 없을 만큼 잔잔한 쾌락에 반응하고 있으니까. 처음으로 여자가
된 기분이니까. 하지만 섹스는 안 돼. 오늘 밤은 안 돼. 여기까지는 마음
대로 해도 되지만 더는 안 돼.'

사내는 블라우스를 벗기고 브래지어 후크를 끌렀다. 내 젖가슴에 닿
은 것은 사내의 손이 아니라 입이었다. 나는 곧 막아야 한다고 생각했
다. '안 돼'라는 말이 나오려고 하다가 머릿속에서 굳어버렸다. 가까스
로 '안 돼'하고 말했을 때 사내는 나를 침대 한 쪽으로 밀어붙이고 속옷
을 벗기고 있었다. 그러자 신음 소리가 새어 나왔다. 나는 이게 쾌락이
구나 하고 어렴풋이 생각했다.

무릎 사이에 무엇인가 느껴졌다. 딱딱한 것이었다. "사랑해." 사내가
또 말했다. 나는 그것이 사내의 무릎이라는 것을 알았다. 사내가 한쪽
다리로 내 두 다리를 억지로 벌리고 있었던 것이다. 나는 사내를 받아
들이고 싶지 않았으나 받아들일 수밖에 없다는 것을 알았다. 제지하기
에는 너무 늦었다. 내 가능성이 무슨 말을 하면서 사태를 이렇게 만들
어가는 것을 보았다. 이젠 어쩔 수 없다. 사내가 바지 지퍼를 내리고 서
투르게 속옷을 벗었을 때 나는 그것을 원했다. 그러니 지금도 원하고
있는 게 틀림없다. 내 몸이 사내의 몸 밑에 깔려 있으니까.

나는 마음을 느긋하게 가지려고 했다. 사내는 몸을 활 모양으로 구부
리더니 폐부 깊숙이 나오는 신음을 나지막이 토했다. 나는 사내의 얼굴
을 보았다. 꿈속에서는 알아보지 못했는데 이제 알 것 같다. 벤이었다.
"사랑해." 사내가 말했다. 나는 무슨 말을 해야 한다는 것을 알았다. 오
늘 아침 사내를 처음 만난 것처럼 느꼈지만 그가 내 남편이라는 것을
알았다. 나는 그를 막을 수 있었다. 그가 스스로를 제지하리라고 믿을
수 있었다.

"벤, 나는…."

그는 젖은 입으로 내 입을 막았다. 그가 내 몸 안으로 밀고 들어오는 것을 느꼈다. 고통이었다. 아니, 쾌락이었다. 나는 어디서 고통이 끝나고 어디서 쾌락이 시작되는지 알 수 없었다. 나는 땀에 물씬 젖은 그의 등을 꼭 껴안았다. 나는 몸을 활짝 열고 비로소 이 짓을 즐기려고 했다. 하지만 그렇게 할 수 없다는 것을 알고 무시해버리려고 했다. 나는 '이걸 원했어'라고 생각하는 동시에 '이걸 원한 적이 없어'라고 생각했다. 무엇인가를 원하면서 동시에 또 원하지 않는 것이 가능할까? 욕망과 두려움을 함께 느낄 수 있을까?

나는 눈을 감았다. 어떤 얼굴이 떠올랐다. 낯선 사람이었다. 검은 머리카락에 턱수염을 기르고 있었고, 뺨에는 흉터가 있었다. 본 적이 있는 것 같은데 어디서 보았는지는 기억나지 않았다. 내가 바라보자 그의 얼굴에서 미소가 사라졌다. 나는 꿈속에서 울음을 터뜨렸다. 바로 그때 나는 눈을 떴다. 나는 편안한 침대에 있었고 옆에는 벤이 누워 있었다. 나는 내가 있는 곳이 어딘지 알지 못했다.

나는 침대에서 내려왔다. 욕실에 가려고? 달아나려고? 나는 어디로 가야 할지, 무엇을 해야 할지 몰랐다. 어떻게든 일기가 있다는 것을 알았다면 살그머니 옷장 문을 열고 일기가 든 구두 상자를 집어 들었을 것이다. 하지만 난 몰랐다. 닥터 내시는 늦게까지 전화가 없었다. 나는 아래층으로 내려갔다. 현관문은 잠겨 있었다. 푸르스름한 달빛이 서리 낀 유리창으로 새어 들어왔다. 나는 알몸이라는 것을 알았다.

나는 계단 맨 밑에 앉았다. 해가 떴다. 현관이 푸른빛에서 밝은 오렌지빛으로 바뀌었다. 아무것도 의미가 없었다. 적어도 꿈은 의미가 없었다. 꿈이 너무 생생하게 느껴졌다. 나는 만나리라고는 생각하지도 않은 사내 옆에 내가 누워 있는 꿈을 꾼, 바로 그 방에서 눈을 떴다.

일기를 읽으니 어떤 생각이 떠오른다. 그게 기억이었을까? 내가 어젯밤부터 간직하고 있는 기억이었을까?

나는 모른다. 만약 그렇다면 호전되고 있다는 표시일 거야. 하지만 그 것은 벤이 강제로 내 위에 올라탔다는 뜻이기도 하다. 더욱 고약한 것 은 그가 내 몸 위에 있을 때 뺨에 흉터가 있고 턱수염을 기른 낯선 사람 의 모습을 보았다는 것이다. 기억할 수 있는 것들 가운데 이 기억만큼 간직하기에 나쁜 것은 없을 것 같다.

어쩌면 하찮은 걸지도 모른다. 그저 꿈에 지나지 않았다. 악몽일 뿐이 었다. 벤은 나를 사랑하고, 턱수염 기른 낯선 사내는 존재하지 않는다.

하지만 내가 어떻게 확실히 알 수 있을까?

나중에 나는 닥터 내시를 만났다. 우리는 차에 앉아 신호를 기다리고 있었다. 닥터 내시가 핸들 가장자리를 손가락으로 톡톡 쳤다. 그러자 스 테레오에서 음악이 나왔다. 내가 알지도 못하고 좋아하지도 않는 팝송 이었다. 나는 전방을 뚫어져라 응시하고 있었다. 나는 오늘 아침 일기를 읽고 나서, 기억일지도 모르는 꿈에 대한 기록을 읽고 나서 바로 닥터 내시에게 전화를 했었다. 누군가에게 말을 해야만 했다. 내가 엄마였다 는 사실이 내 삶을 집어삼키려는 거센 파도처럼 느껴졌다. 닥터 내시는 이번 주에는 오늘 만나자고 했었다. 나는 사무실에 가서 털어놓기로 하 고, 무슨 문제가 있는지는 말하지 않았다. 하지만 지금은 털어놓을 수 있을지 조차 모른다.

신호등 불이 바뀌었다. 닥터 내시는 손가락을 톡톡 치는 것을 멈추었 다. 차가 갑자기 움직였다.

"왜 벤은 애덤 얘기를 하지 않죠? 이해할 수 없어요. 왜죠?"

닥터 내시는 나를 물끄러미 보기만 하고 말이 없었다. 차는 계속 앞 으로 나아갔다. 앞 차 뒷좌석 뒤쪽의 선반에 플라스틱 개가 놓여 있었다. 머리가 우스꽝스럽게 흔들리고 있었다. 그 너머로 비틀거리며 걷는 사람의 금발 머리가 보였다. 알피가 생각났다.

닥터 내시가 기침을 했다. "무슨 일이 있었는지 말해주세요."

그의 말은 사실이었다. 나의 일부는 내가 말하려고 하는 것을 그가 물어주기를 바라고 있었다. 하지만 애덤이라는 말을 꺼내자마자 그 희망이 얼마나 하찮고 뜬금없는 것인지 깨달았다. 애덤은 내게 생생한 것, 확실한 것처럼 느껴진다. 애덤은 내 안에, 내 의식 속에 존재한다. 다른 누구도 할 수 없는 방식으로 내 의식의 공간을 차지하고 있다. 벤도, 닥터 내시도, 심지어 나 자신도 할 수 없는 방식으로.

나는 화가 치밀었다. 그는 모든 것을 알고 있었다.

"당신은 내 소설책을 줬어요. 근데 왜 애덤 얘기는 해주지 않았어요?"

"크리스틴. 무슨 일이 있었는지 말해줘요."

나는 앞 유리창을 응시했다. "기억나는 게 있어요."

그는 나를 빤히 쳐다보았다. "그래요?"

나는 아무 말도 하지 않았다.

"크리스틴, 저는 도와주려 하고 있습니다."

"며칠 전이었어요. 당신이 소설책을 건네준 후였어요. 당신이 책 속에 끼워 넣어둔 사진을 보았어요. 문득 사진 찍은 날이 기억났어요. 왜 그런지는 말할 수 없어요. 그냥 기억이 떠올랐어요. 내가 아기를 가졌다는 것도 기억났어요."

그는 아무 말도 없었다.

"당신은 그 아이에 대해 알고 있었죠? 애덤에 대해 알고 있었죠?"

그는 천천히 조심스레 입을 열었다.

"예. 알고 있었습니다. 당신 서류 안에 그 내용이 있습니다. 당신이 기억을 잃었을 때 애덤은 몇 살 되지 않았어요." 그는 잠시 말을 끊었다가 다시 덧붙였다. "우리는 전에도 애덤 얘기를 했습니다."

몸이 오싹해지는 것을 느꼈다. 차 안이 따뜻한데도 오들오들 떨렸다. 내가 애덤을 기억하고 있었다는 것은 가능한 일이고 또 있음직한 일임을 알았다. 이런 것들을 이전에도 겪었고, 앞으로도 계속 겪어야 한다는 냉엄한 사실 앞에 나는 부들부들 떨었다.

그는 내가 놀란 것을 눈치챈 모양이었다.

"몇 주 전에 당신은 길에서 어떤 아이를 보았다고 제게 말했습니다. 사내아이 말입니다. 처음에 당신은 아는 아이라고 생각했습니다. 잃어버린 아이가 집에 돌아왔다는 생각에 사로잡혔습니다. 덮어놓고 당신이 그 아이 엄마라고 생각했습니다. 그때 당신은 제정신이 돌아왔습니다. 당신은 그 얘기를 벤에게 했고, 벤은 애덤 얘기를 당신한테 해주었습니다. 그리고 당신은 그날 저녁 늦게 그 얘기를 저한테 했습니다."

나는 이것에 대해 기억나는 것이 없었다. 나는 그가 다른 사람이 아닌 내 얘기를 한다는 것을 알았다.

"하지만 그 후로는 애덤 얘기를 안 했잖아요?"

그는 한숨을 쉬었다. "그렇습니다."

내가 누워서 검사를 받고 있을 때 그들이 보여준 사진들에 대한 기록을 아침에 읽었다는 생각이 문득 났다.

"애덤의 사진이었어요! 내가 검사받을 때 사진이⋯."

"맞습니다. 당신의 파일에서⋯."

"하지만 애덤 얘기를 안 해줬잖아요! 왜죠? 알다가도 모르겠어요."

"크리스틴, 당신을 만날 때마다 저는 알고 당신은 모르는 사실 모두를 당신한테 얘기해줄 수 없다는 점을 이해해야 합니다. 게다가 이걸 얘기해주는 것이 반드시 당신한테 이롭다고도 생각하지 않았습니다."

"나한테 이롭다고요?"

"아니. 아이가 있는데도 그 아이를 까맣게 잊고 있었다는 걸 당신이 알면 몹시 동요할 거라고 생각했습니다. 벤도 몹시 농요할 겁니다."

나는 한동안 말이 없었다. 차가 주차장으로 들어가고 있었다. 부드러운 햇살이 사라지고 칙칙한 형광등 불빛이 비쳤다. 가솔린 냄새와 석유 냄새가 풍겼다. 그는 어떤 점에서 나한테 말해주는 것이 부도덕하다고 생각하는 걸까? 내 머릿속에 있는 폭탄, 째깍거리며 도화선이 타들어가는 폭탄이 언제 터질까?

"다른 아이는요?…."

"없습니다." 그는 내 말을 잘랐다. "당신한테는 애덤뿐이었습니다. 애덤은 외동아들이었습니다."

그는 과거 시제를 사용했다. 그렇다면 애덤이 죽었다는 것도 알고 있을 터였다. 나는 묻고 싶지 않았지만 물어야 한다는 것을 알았다.

"애덤이 살해되었다는 걸 알고 있죠?"

그는 차를 세우고 시동을 껐다. 형광등 불빛뿐인 주차장은 어두컴컴하고 적막했다. 꽝 하고 차 문 닫는 소리와 덜거거리는 엘리베이터 소리만 이따금 들릴 뿐이었다. 아직 기회가 있다고 나는 잠시 생각했다. 어쩌면 내 생각이 틀릴지도 몰랐다. 애덤은 살아 있다. 이렇게 생각하자 머릿속이 환해졌다. 오늘 아침 그에 대한 기록을 읽었을 때 애덤이 내게는 살아 있는 것처럼 느껴졌다. 그가 죽었다는 것은 사실로 다가오지 않았다. 나는 그가 살해되었다는 소식을 듣고 어떻게 느꼈는지 기억해내려고 애썼으나 기억해내지 못했다. 그건 옳지 않은 것 같았다. 정말 슬픔이 나를 덮쳤을까? 하루하루가 끊임없는 고통과 그리움으로 가득 찰 터였다. 나의 일부가 죽고 나는 다시는 온전해지지 못하리라는 생각으로 가득 찰 터였다. 아들에 대한 사랑이 잊어버린 것들을 기억나게 할 만큼 컸을까? 아들이 정말 죽었다면, 분명 슬픔이 기억 상실증보다 더 크게 작용했을 것이다.

나는 남편을 믿지 않는다는 것을 깨달았다. 나는 아들이 죽었다는 사실을 믿지 않았다. 그 순간만큼 나는 행복했다. 그때 닥터 내시가 말했다.

"예. 알고 있습니다."

마치 소형 폭탄 터지듯이 내 안에서 분노가 터져 나왔다가 실망보다 나쁜 것으로 바뀌었다. 폭탄보다 파괴력이 센 고통이 내 몸을 관통했다.

"세상에⋯." 나는 이 말밖에 나오지 않았다.

그는 벤과 똑같은 말을 했다. 애덤이 군복무 중이었는데 길가에서 폭탄이 터졌다는 것이다. 나는 울음을 참으려고 안간힘을 쓰며 듣고 있었다. 그는 말을 끊고 잠시 침묵하더니 내 손을 잡으며 부드럽게 말했다.

"크리스틴. 정말 유감이에요."

나는 무슨 말을 해야 할지 몰라 그를 멍하니 바라보았다. 그는 내 쪽으로 몸을 기울이고 있었다. 나는 십자 모양의 작은 상처투성이인 그의 손, 내 손을 쥐고 있는 그의 손을 내려다보았다. 나중에 나는 집에 있는 그를 보았다. 새끼 고양이와 장난치고 있었다. 강아지였는지도 모른다. 정상적인 생활을 하고 있었다.

"남편은 애덤 얘기는 안 해요. 애덤 사진은 죄다 금속 상자에 넣어서 잠가버렸어요. 나를 보호한답시고 그런대요." 닥터 내시는 아무 말도 하지 않았다. "벤이 왜 그럴까요?"

그는 전방 창밖을 내다보았다. 정면 벽에는 조개(cunt, 여자의 성기를 가리키는 속어 - 옮긴이)라는 글자가 스프레이로 뿌려져 있었다. "같은 질문을 되풀이하겠습니다. 벤이 왜 그런다고 생각합니까?"

나는 잠시 생각했다. 나름대로 온갖 이유를 생각해보았다. 나를 마음대로 주무르려고. 나를 지배하려고. 내가 온전하다고 느낄지도 모르는 이 한 가지를 부정하려고. 나는 그 어느 것도 타당하지 않다는 것을 깨달았다. 평범한 이유만 남겨졌다.

"내가 기억하지 못하니까 말하지 않는 것이 더 편하셨어요."

"어째서 말하지 않는 게 그에게 더 편합니까?"

"말하는 게 곤혹스럽기 때문이겠죠? 내게 아이가 있었을 뿐만 아니라 그 아이가 죽었다는 말을 매일 하는 것은 분명 끔찍한 일일 거예요."

"생각나는 다른 이유라도 있습니까?"

나는 잠자코 있었다. 그리고 깨달았다. "그에게도 힘든 일일 거예요. 그는 애덤의 아버지예요." 그는 어떻게 내 슬픔뿐만 아니라 자신의 슬픔까지 극복할까?

"크리스틴, 이건 당신한테도 어려운 문제입니다만, 벤에게도 어려운 문제임을 명심해야 합니다. 어떤 점에서는 더 어렵습니다. 내가 보기에 그는 당신을 몹시 사랑합니다. 그리고….."

"하지만 전 그가 존재한다는 것조차 기억하지 못해요."

"맞습니다."

나는 한숨을 쉬었다. "한때는 분명 그를 사랑했을 거예요. 결혼한 걸 보면요."

그는 아무 말도 없었다. 나는 그날 아침 함께 일어났던 낯선 사람을 생각했다. 내가 본 사진, 우리 생활 모습을 보여주는 사진도 생각했다. 그날 한밤중에 꾸었던 꿈 또는 기억도 생각하고, 애덤과 알피도 생각했다. 내가 한 행동도 생각했다. 내 안에서 공포가 일었다. 나는 덫에 걸린 기분이었다. 출구가 없는 것처럼 여겨졌다. 내 마음은 자유와 해방을 찾아 이리저리 날아다녔다.

'벤.' 나는 속으로 생각했다. '나는 벤을 의지할 수 있어. 그는 강인한 사람이야.'

"정말 헷갈려요. 갈피를 못 잡겠어요."

그는 나를 빤히 바라보았다. "당신이 부담을 덜도록 무엇인가 해줄 수 있었으면 합니다."

그는 정말로 그렇게 할 것처럼 보였다. 나를 도와주기 위해서는 뭐든 할 수 있기나 한 것처럼. 그의 눈에는 부드러움이 깃들어 있었다. 내 손에 살짝 얹힌 그의 손만큼 부드러운 것이었다. 지하 주차장의 어슴푸레한 빛만큼 부드러운 것이었다. 내 손을 그의 손 위에 얹거나 애무받을 때처럼 입을 벌리고 바라보며 머리를 살짝 기대면 무슨 일이 일어날까 하고 생각하는 나 자신을 발견했다. 그도 나에게 기댈까? 나한테 키스하려고 들까? 그가 내 몸에 들어오려고 하면 나는 받아들일까?

아니면 나를 보고 우스꽝스럽다거나 터무니없다고 생각할까? 나는 오늘 아침에 일어날 때 20대라고 생각했을지도 모른다. 하지만 나는 20대가 아니다. 50줄이 다 되었다. 거의 내시의 어머니뻘이다. 나는 그를 잠시 바라보았다. 그는 꼼짝도 않고 앉아서 나를 보고 있었다. 나를 도와줄 만큼 건장했다. 나를 완전히 가질 만큼 건장했다.

나는 무슨 말을 할지도 모른 채 입을 열고 말을 하려고 했다. 하지만 나직한 전화 벨소리가 방해했다. 닥터 내시는 손을 치우고는 꼼짝도 하지 않았다. 나는 내 전화임에 틀림없다는 것을 알았다.

나는 백에서 전화기를 꺼냈다. 액정 화면에 '벤'이라는 글자가 떴다. 남편이었다. 나는 내가 얼마나 교활한지 깨달았다. 그도 아들을 잃었다. 매일 그 슬픔을 안고 살아야 했다. 나한테 그 말을 하지도 못하고 아내한테 도와달라고 하지도 못한 채 말이다.

그는 나를 사랑하기 때문에 이 모든 것을 해냈다.

그런데 나는 지금 벤이 그 존재조차 모르는 사내와 지하 주차장에 있다. 나는 그날 아침에 본 스크랩북 속의 사진들을 생각했다. 나와 벤 사진뿐이었다. 우리는 웃고 있었고 행복했으며 사랑하고 있었다. 집에 가서 지금 그 사진들을 본다면 여태까지 보지 못한 것만 보려고 할까? 애 덤 말이다. 하지만 사진은 하나같았다. 사진 속의 우리는 마치 이 세상에 다른 사람은 없는 것처럼 서로 바라보고 있었다.

우리가 사랑했다는 것은 분명했다.

"벤한테는 나중에 전화할게요." 닥터 내시는 고개를 끄덕였다. 나는 전화기를 다시 백에 넣었다. '오늘 밤에 벤에게 말해줘야지. 일기 이야기도. 닥터 내시 이야기도. 아니 뭐든지 다.'

닥터 내시가 기침을 했다. "사무실로 올라가야 합니다. 가시죠?"

"네." 나는 그를 보지 않았다.

◉◉◉

닥터 내시가 차로 집에 데려다줄 때 나는 차 안에서 쓰기 시작했다. 내가 쓰고 있는 동안 닥터 내시는 아무 말도 없었다. 적절한 단어나 더 나은 표현을 찾느라고 이따금 고개를 들어 생각에 잠겨 있는 나를 흘낏 보기만 했다. 나는 우리가 그의 사무실을 나올 때 그가 어떤 생각을 한 건지 궁금했다. 그는 한 학회에서 내 케이스에 대해 발표해도 되겠냐고 물었다. "제네바에서 열립니다." 그의 말에서 자부심을 엿볼 수 있었다. 나는 좋다고 말했고 그가 내 일기의 복사본을 받을 수 있는지 묻는 일을 상상했다. '자료 조사를 위해서.'

집에 도착하자 그는 작별 인사를 하고 나서 말했다. "차 안에서 일기를 쓰려고 하다니 대단합니다. 단단히 결심한 모양이군요. 하나도 안 빠뜨리겠네요."

나는 무슨 말인지 알아듣는다. 발악을 하거나 미친 듯이 날뛴다는 말이었다. 필사적으로 죄다 적어두려고 한다는 말이었다.

그의 말이 옳다. 나는 단단히 결심했다. 집에 들어가서 식탁에 앉아

마저 기록하고 일기를 덮은 다음, 감춰두는 곳에 갖다 놓고 천천히 옷을 벗었다. 벤은 전화기에 메시지를 남겨놓았다. '오늘 저녁에 외출하자. 저녁이나 먹자. 금요일이니까….'

나는 아침에 옷장에서 찾아내 입은 감청색 리넨 바지를 벗었다. 그러고 나서 바지와 썩 잘 어울릴 것 같다고 생각하고 입은 엷은 청색 블라우스를 벗었다. 머리가 핑 돌고 어지러웠다. 나는 닥터 내시와 만났을 때 그에게 일기를 주었다. 그가 일기를 봐도 되겠느냐고 묻기에 좋다고 했다. 그가 일기를 읽고 있는 동안 나는 커피를 홀짝이며 앉아 있었다.

"참 잘 썼습니다." 그는 다 읽고 나서 말했다. "대단합니다. 크리스틴, 많이 기억하고 있습니다. 기억이 많이 살아나고 있습니다. 앞으로도 기억이 계속 살아나지 말란 법은 없습니다. 좋은 현상입니다."

하지만 나는 좋은 현상이라고 여겨지지 않았다. 헷갈리기만 했다. 내가 그와 바람을 피웠나? 아니면 그가 나와 바람을 피웠나? 그는 내 손 위에 손을 얹었고 나는 잠자코 있었다. 그가 일기를 돌려주었을 때 나는 고개를 끄덕였다.

"계속 써야 합니다."

나는 그러겠다고 말했다.

지금 나는 침대에 있다. 잘못한 게 없다고 마음을 다잡지만 여전히 죄의식을 느끼고 있다. 그것을 즐겼기 때문이었다. 결합했다는 느낌 때문이었다. 잠시 있었던 모든 일에 작은 쾌락이 있었다. 나는 유혹을 받았다고 느꼈고, 욕망을 느꼈다.

나는 속옷 서랍으로 갔다. 서랍 안쪽에 있는 까만 실크 니커스와 근사한 브래지어를 발견했다. 나는 옷장 안에 감추어져 있는 일기를 생각하면서 이것들을 입었다. 이것들은 내 것이라고 느껴지지는 않지만 내 것임에 틀림없다. 벤이 내 일기를 보면 뭐라고 생각할까? 내가 적어놓은 것, 내가 느낀 것을 그가 다 읽어본다면? 그는 이해할까?

나는 거울 앞에 섰다. 그는 이해해줄 거야. 틀림없이 이해해줄 거야. 나는 눈과 손으로 내 몸을 확인했다. 마치 새로운 것, 선물을 살피듯이 손가락으로 몸의 윤곽과 굴곡을 따라 내려가며 탐험했다. 훑어 내려가면서 무엇인가 알아내기라도 하려는 듯이.

닥터 내시가 나랑 바람을 피우지 않았다는 걸 알고 있지만 그가 나랑 바람피웠다고 생각한 그 짧은 순간만큼은 늙은 여자라는 생각이 들지 않았다. 살아 있는 것처럼 느꼈었다.

거울 앞에 얼마나 오래 서 있었는지 모른다. 내게는 시간이 마냥 늘어나 거의 의미가 없다. 흔적도 남기지 않은 채 여러 해가 나를 통해 빠져나갔다. 분(分)은 아예 존재하지 않는다. 시간마다 울리는 아래층 시계가 시간이 지나가고 있음을 보여줄 뿐이다. 나는 내 몸을 보았다. 엉덩이 살과 허리 살을 보았다. 다리의 털과 겨드랑이 털을 보았다. 나는 욕실에서 면도기를 발견하고 다리에 비누칠을 한 후 차가운 면도날로 밀었다. 이전에도 이 짓을 무수히 한 게 틀림없다. 그런데도 털 깎는 것이 이상한 짓, 좀 우스꽝스러운 짓처럼 여겨졌다. 나는 장딴지를 밀었다. 조금 따끔했다. 부어오른 곳에서 피가 나와 다리를 타고 흘러내렸다. 나는 손가락으로 피를 문지른 다음 입술에 가져갔다. 비누 맛과 따뜻한 금속 맛이 났다. 피는 응고하지 않았다. 나는 피가 부드럽게 흘러내리도록 내버려두었다가 촉촉한 화장지로 닦았다.

나는 침대로 돌아가서 스타킹이랑 타이츠를 신고 검은 드레스를 입었다. 그러고는 화장대 위의 박스에서 금 목걸이와 이에 어울리는 귀고리를 고른 다음 화장대에 앉아서 화장을 하고 머리를 손질했다. 손목에도, 귀 뒤에도 향수를 뿌렸다. 그러는 동안에 어떤 기억이 머릿속에 떠돌고 있었다. 나는 스타킹을 말아 올리고 있는 나, 밴드에 호크를 채우고 있는 나, 브래지어를 채우고 있는 나를 보았다. 그것은 다른 방에 있는 다른 나였다. 방은 조용했고, 음악이 부드럽게 흘러나오고 있었다. 사람들 목소리, 문 여닫는 소리, 멀리서 부릉부릉하는 차 소리가 들렸다. 나는 평온과 행복을 느꼈다. 나는 거울로 되돌아가서 희미한 불빛에 얼굴을 찬찬히 뜯어보았다. '괜찮은 편이군. 형편없지는 않아.'

기억은 떠오르지 않았다. 의식의 표면 밑에서 아른거리기만 했다. 자세히 보고 그 모습, 그 순간을 낚아채려고 했으나 워낙 깊은 곳에 있어 명확히 볼 수도 없고 잡아챌 수도 없었다. 침대 테이블에는 샴페인 한 병과 잔 두 개가 있었고, 침대에는 부케와 카드가 있었다. 사랑하는 남자를 기다리며 호텔 방에 혼자 있는 나를 보았다. 문 두드리는 소리가 났다. 일어서서 문을 열러 가는 나를 보았다. 그때 기억이 끊어졌다. 마치 텔레비전을 보고 있는데 갑자기 방송이 중단되는 것 같았다. 고개를 들어보니 나는 다시 우리 집에 있었다. 거울에 비친 여자는 낯선 사람이었다. 화장을 하고 스프레이를 뿌린 탓인지 여느 때보다 더 낯설어 보였다. 나는 준비가 다 됐다고 느꼈다. 무슨 영문인지 몰라도 준비가 다 됐다고 느꼈다. 나는 아래층에 내려가서 남편을 기다렸다. 내가 결혼한 사람, 내가 사랑하는 사람을 기다렸다.

나는 되뇌었다. '사랑. 내가 사랑하는 사람.'

그가 키로 자물쇠 따는 소리, 문을 쾅 여는 소리, 매트에 발을 터는 소리가 들렸다. 휘파람 소리였나? 둔중하고 무거운 내 숨소리였나?

어떤 목소리가 들렸다. "크리스틴? 크리스틴, 괜찮아?"

"네. 나 여기 있어요."

기침 소리, 방한복 거는 소리, 서류 가방을 내던지는 소리가 들렸다.

"별일 없어? 아까 전화해서 메시지 남겨두었어."

계단 삐걱거리는 소리가 들렸다. 한순간 나는 그가 나부터 보러 오지 않고 곧장 욕실이나 서재로 가리라고 생각했다. 내가 바보 같다는 생각이 들었다. 다른 사람의 옷을 입고 있다는 것을 수년간 알고 있는 남편을 이런 옷차림으로 기다리고 있는 내가 우스꽝스럽게 느껴졌다. 옷을 벗고 화장을 지워버릴까. 나는 스스로를 원래의 여자로 되돌리고 싶었다. 그가 한쪽 구두를 벗고 이어서 다른 한쪽 구두를 벗을 때 뭔가 쿵 하는 소리가 났다. 그가 슬리퍼를 신으려고 앉았다는 것을 알았다. 계단이 삐걱거리는 소리가 또 들리더니 그가 방에 들어왔다.

"여보…." 그는 말을 꺼내다가 말았다. 그의 눈이 내 얼굴을 훑고 내 몸을 훑더니 다시 내 눈과 마주쳤다. 나는 그가 무슨 생각을 하는지 알 수 없었다.

"와우. 마치…." 그는 머리를 흔들었다.

"이 옷들을 찾아냈어요. 조금 치장하고 싶었어요. 금요일 밤, 주말이 잖아요."

"알았어." 그는 문간에 선 채로 말했다. "하지만…."

"어디 가고 싶어요?"

나는 일어나서 그에게로 다가갔다. "키스해줘요."

딱히 그렇게 말하려고 한 것은 아니었지만 그렇게 말하는 것이 옳다고 느꼈다. 나는 팔로 그의 목을 감았다. 그에게서 비누 냄새, 땀 냄새, 일 냄새가 났다. 크레용 냄새처럼 달콤했다. 어떤 기억이 떠올랐다. 바닥에 무릎을 꿇고 앉아서 애덤과 그림을 그리는 것이었다. 그 기억은 곧 사라졌다.

"키스해줘요." 그의 손이 내 허리를 감았다.

입술이 포개졌다. 처음에는 살짝 스쳤다. 굿나이트 키스나 의례적 키스 또는 어머니한테 하는 키스처럼. 나는 팔을 풀지 않았다. 그는 또 내게 키스했다. 똑같은 키스였다.

"키스해줘요, 벤. 진하게요."

"벤. 우린 행복하죠?"

우리는 레스토랑에 앉아 있었다. 전에 온 적이 있는 레스토랑이라고 했지만 나는 기억나지 않았다. 시시한 명사 나부랭이 같은 사람들의 액자 사진이 벽에 군데군데 걸려 있었다. 뒤쪽에는 오븐이 입을 벌린 채 피자를 기다리고 있었다. 나는 앞에 놓인 멜론 접시를 들었다. 그걸 주문하는 방법이 기억나지 않았다.

"저… 우리 결혼한 지 얼마나 됐어요?"

"어디 보자. 22년 됐어."

엄청 긴 시간처럼 여겨졌다. 나는 오후에 외출 채비할 때의 모습을 생각했다. 호텔 방의 꽃들. 나는 그를 기다리기만 했을 뿐이었다.

"우린 행복하죠?"

그는 포크를 내려놓고 주문한 드라이 화이트 와인을 한 모금 마셨다. 한 가족이 들어와서 우리 옆 테이블에 앉았다. 나이 지긋한 부모와 20대 딸이었다. 벤이 말했다.

"우린 사랑하고 있어. 나는 분명히 당신을 사랑하고 있어."

나도 그를 사랑한다고 말하고 싶었다. 남자란 으레 사랑한다고 당당히 말하지만 그 뜻에는 의문을 품게 마련이다.

하지만 무슨 말을 할 수 있을까? 그는 낯선 사람이다. 아무리 그렇게 믿고 싶어도 사랑은 스물네 시간 내에 이루어지지 않는다.

"당신이 날 사랑하지 않는다는 걸 알고 있어."

나는 한순간 흠칫하며 그를 바라보았다.

"걱정 마. 난 당신이 처한 상황, 우리가 처한 상황을 이해해. 당신은 기억을 못 해. 하지만 우린 한때 사랑했어. 더할 나위 없이 완벽하게. 마치 소설처럼 말이야. 로미오와 줄리엣 같았다고 할까."

그는 미소를 지으려고 했다. 왠지 어색한 미소였다.

"난 당신을 사랑했고 당신은 날 사랑했어. 우린 행복했어. 크리스틴, 우린 매우 행복했어."

"내가 사고를 당하기 전까지 말이죠."

그는 내 말에 움찔했다. 내가 말이 너무 많았나? 그가 뺑소니 사고에 대해 말한 건 오늘이었나? 나는 알지 못했다. 하지만 나 같은 처지에 있는 사람이라면 당연히 '사고'라고 생각하리라. 나는 그 걱정은 하지 않기로 했다.

"그래." 그는 슬픈 어조로 말했다. "그때까진 우린 행복했어."

"지금은요?"

"지금은 어떠냐고? 뭔가 좀 달라졌으면 해. 그렇다고 불행하다는 말은 아니야, 크리스. 난 당신을 사랑해. 다른 사람을 원하지는 않아."

'나는요? 나는 불행하나요?' 나는 생각했다.

나는 옆 테이블을 쳐다보았다. 아버지 같아 보이는 사람이 돋보기를 눈에 갖다 댄 채 실눈으로 깨알 같은 메뉴판 글자를 보고 있었다. 그의 아내는 딸의 머리를 만져주고 스카프를 벗겨주고 있었다. 소녀는 입을 살짝 벌린 채 멍한 눈으로 잠자코 있었다. 테이블 밑에 있는 소녀의 오른손이 떨리고 있었다. 턱에는 침이 흘러내리고 있었다. 소녀의 아버지는 내가 보고 있다는 것을 알아챘다. 나는 황급히 남편에게로 눈길을 돌리고 짐짓 쳐다보지 않은 체했다. 그들은 사람들이 쳐다보는 것에 익숙한 게 분명했다. 쳐다보지 않은 체한 것은 한발 늦은 행동이었다.

나는 한숨을 쉬었다. "무슨 일이 있었는지 기억나면 좋겠어요."

"무슨 일이 있었다고? 왜 그래?"

나는 나한테 떠오른 기억들을 빠짐없이 생각해보았다. 하나같이 토막 기억이었다. 이제 사라지고 없었다. 하지만 나는 그것들을 적어두었다. 나는 그것들이 존재했다는 것을 알았다, 어딘가에 여전히 존재했다는 것을 알았다. 그것들은 사라졌을 뿐이었다.

나는 다른 모든 기억들의 비밀을 풀어줄 핵심 기억이 분명히 있다는 것을 깨달았다.

"사고를 기억해낼 수 있으면 다른 것들도 기억할 수 있을 거라고 생각해요. 다는 아닐지 몰라도 많은 걸 기억해낼 거예요. 이를테면 결혼식이나 신혼여행 같은 것 말이에요. 전 이런 것도 기억하지 못해요." 나는 와인을 홀짝 마셨다. 하마터면 '애덤'이라는 말을 꺼낼 뻔했다. "눈을 떴을 때 내가 누군지 기억해내는 것이 중요해요."

벤은 손가락을 깍지 끼고 턱에다 댔다. "그런 일은 없을 거라고 의사들이 말했어."

"그들은 몰라요. 그렇잖아요? 그들이 틀렸을지도 모르잖아요?"

"글쎄."

나는 와인 잔을 내려놓았다. 그가 틀렸다. 그는 모든 게 사라졌다, 내 과거는 깡그리 사라졌다고 생각했다. 어쩌면 지금이 내가 간직하고 있는 기억들에 대해, 닥터 내시에 대해, 모든 것에 대해 말해줘야 할 때일지도 모른다.

"하지만 이따금 기억날 때도 있어요. 기억들이 섬광처럼 되돌아오고 있다고 생각해요."

그는 깍지 낀 손을 풀었다. "그래? 어떤 것들인데?"

"뭐라 말하기 어려워요. 때로는 하찮은 것이에요. 이상한 느낌일 때도 있고, 환영 같은 것도 있고, 꿈 같은 것도 있어요. 하지만 내게는 진짜처럼 느껴져요." 그는 아무 말도 하지 않았다. "그것들도 기억임에 틀림없어요."

나는 기다렸다. 그가 더 얘기해보라고 말하기를. 내가 본 것들을 모두 말해보라고 하기를. 내가 경험한 기억들을 어떻게 알게 되었는지 말해보라고 하기를.

하지만 그는 말하지 않았다. 슬픈 표정으로 나를 바라보기만 했다. 나는 기록해둔 기억들을 생각했다. 우리가 처음 마련한 집 주방에서 그가 와인을 건네준 것도 기억났다.

"당신 모습도 기억나요. 훨씬 젊었을 때 모습 말이에요."

"내가 뭘 하고 있었는데?"

"별거 아니에요. 그냥 주방에 서 있었어요." 나는 조금 떨어진 곳에 앉아 있는 소녀와 그 부모를 생각했다. 내 목소리가 속삭임으로 바뀌었다. "키스해줘요."

그러자 그는 빙긋 웃었다.

"한 가지를 기억해내면 많은 걸 기억해낼 거예요."

그는 손을 테이블 너머로 뻗어 내 손을 잡았다. "중요한 건 내일이면 그런 것들을 기억하지 못한다는 거야. 그게 문제야. 당신은 기억을 쌓아올릴 토대가 없어."

나는 한숨을 쉬었다. 그의 말이 맞다. 앞으로 일어날 일들을 전부 기록할 수도 없고, 매일 그것을 읽을 수도 없다.

나는 옆자리에 앉은 가족들을 쳐다보았다. 소녀는 어머니가 목에 매준 턱받이에 흘리기도 하면서 진한 수프를 서투르게 입에 떠 넣고 있었다. 그들의 생활이 눈에 빤히 보였다. 망가진 집안이었다. 여러 해 전에 끝났으면 하는 보호자 역할로 골탕 먹는 집안이었다.

'우리도 마찬가지일거야.' 나도 숟가락으로 떠먹여줘야 하는 사람이었다. 이들 부모와 소녀처럼 벤도 아무런 대가를 바라지 않고 나를 사랑하고 있다는 것을 깨달았다.

어쩌면 우리는 다를지도 몰랐다. 우리에게는 아직 희망이 있으니까.

"내가 호전되기를 원해요?"

그는 화들짝 놀란 표정을 지었다. "크리스틴. 제발…."

"누군가의 도움을 받을 수 있다면 나아지겠죠? 이를테면 의사처럼."

"예전에 다 해봤어."

"하지만 또 할 수도 있잖아요? 증세는 계속 호전되고 있어요. 또 치료를 받을 수도 있잖아요? 다르게 치료해볼 수도 있잖아요?"

그는 내 손을 꼭 쥐었다. "크리스틴, 없어. 내 말 믿어. 할 만큼 했어."

"뭘, 뭘 했는데요?"

"크리스, 제발 그러지 마."

"뭘, 뭘 했는데요?"

"안 해본 게 없어. 다 해봤어. 당신은 몰라." 그는 심기가 불편한 듯 눈길을 좌우로 던졌다. 마치 주먹이 한 방 날아올 것 같기는 한데 어느 방향에서 날아올지 모르는 것처럼. 나는 그냥 넘어갈 수도 있었지만 그렇게 하지 않았다.

"어떤 건데요, 벤? 난 알아야겠어요. 어떤 건데요?"

그는 아무 말도 없었다.

"말해줘요."

그는 고개를 들더니 침을 꿀꺽 삼켰다. 두려워하는 것 같았다. 얼굴이 빨개지고 눈이 휘둥그레졌다.

"당신은 사경을 헤매고 있었어. 다들 죽을 거라고 생각했어. 하지만 나는 그렇게 생각하지 않았다고. 난 당신이 강인한 사람이라 사경에서 빠져나올 줄 알고 있었어. 나을 거라는 것도 알고 있었어. 어느 날 병원에서 전화로 당신이 깨어났다고 했어. 그들은 기적이라고 했지만 나는 그렇게 생각지 않았지. 나한테 돌아온 것은 당신, 나의 크리스였어. 당신은 얼이 빠져버렸어. 당신이 어디에 있는지도 알지 못했고, 사고에 대해 아무것도 기억하지 못했지. 하지만 나와 장모님은 알아봤어. 하긴 우리가 누군지 실제로 알지는 못했겠지만. 사람들은 그런 큰 사고를 당하면 일시적인 기억 상실에 걸리게 마련이고, 시간이 지나면 괜찮아진다면서 걱정 말라고 했어. 그런데…."

그는 어깨를 움츠리더니 손에 든 냅킨을 내려다보았다. 한순간 나는 그가 말을 다 했나보다 하고 생각했다.

"그런데 어떻게 됐어요?"

"당신은 더 악화되는 것 같았어. 어느 날 내가 들어갔더니 날 몰라 보는 거야. 나를 의사라고 생각하는 것 같았어. 그러더니 당신 자신이 누군지도 잊어버렸어. 이름도 잊어버리고 태어난 해도 잊어버렸지. 아무것도 기억하지 못했어. 의사들은 당신이 새 기억을 형성하지 못한다는 것을 알았더군. 테스트도 하고 정밀 검사도 했어. 할 수 있는 건 다 했어. 하지만 소용없었어. 사고로 기억을 잃어버렸다는 거야. 그것도 평생 그럴 거라는 거야. 치료법도 없고, 그들이 할 수 있는 것도 없대."

"없다고요? 그들은 아무것도 안 했잖아요?"

"안 하긴. 기억이 살아날 수도 있고 안 살아날 수도 있는데, 기억나지 않는 기간이 길면 길수록 살아날 가망이 적다고 했어. 내가 할 수 있는 일은 당신을 돌보는 것뿐이라고 했어. 그래서 이때까지 당신을 줄곧 보살핀 거야." 그는 내 두 손을 잡더니 손가락을 쓰다듬기도 하고 딱딱한 결혼반지를 만지작거리기도 했다.

그는 고개를 숙였다. 그의 머리가 내 머리와 얼마 떨어지지 않았다.

"사랑해." 그가 속삭였다.

나는 대답할 수가 없었다. 우리는 말없이 음식을 마저 비웠다. 나는 속에서 분노가 치미는 것을 느낄 수 있었다. 그는 더는 손쓸 수 없다고 단단히 믿는 모양이었다. 아니 확신하고 있었다. 갑자기 그에게 일기 얘기나 닥터 내시 얘기를 해주고 싶은 마음이 싹 달아나버렸다. 비밀을 좀 더 오래 간직하고 싶어졌다. 그것들이 내 것이라고 말할 수 있는 유일한 것 같이 느껴졌다.

우리는 집에 돌아왔다. 나는 욕실에서 이날 있었던 일을 쓸 수 있는 데까지 쓰고, 옷을 벗고 화장을 지웠다. 그러고는 드레싱 가운을 입었다. 또 하루가 지나가고 있었다. 나는 곧 잠들 것이고 그러면 내 뇌는 모든 것을 지우기 시작할 것이다. 내일 모든 것을 다시 경험할 것이다.

이제는 거창한 꿈도 없다는 것을 깨달았다. 바라는 것이라곤 정상적으로 느끼는 것뿐이었다. 여느 사람들처럼 사는 것, 경험을 토대로 경험을 쌓아가는 것, 하루를 바탕으로 다음 날을 이어가는 것뿐이었다. 나는 점차 성숙해지기를 원한다. 사물을 배우고 싶고 그 사물을 토대로 또 배우고 싶다. 욕실에서 나는 노년기에 대해 생각해보았다. 늙었을 때 내 모습이 어떨지 상상해보려고 했다. 70대나 80대가 되어서도 자신이 젊다고 생각하면서 눈을 뜰까? 뼈가 늙고 관절이 뻣뻣하고 무겁다는 걸 모른 채 일어날까? 죽음을 코앞에 두고 있는데도 이루어놓은 게 하나도 없다는 걸 알면 어떻게 처신할지 상상도 할 수 없다. 회상의 보물 창고도 없고, 쌓아놓은 풍부한 경험도 없고, 전해야 할 지혜도 없다. 거울을 볼 때 할머니 모습이 보이면 어떤 감정이 들까? 나는 모른다. 하지만 지금은 그런 생각을 하고 싶지 않다.

나는 벤이 침실로 들어가는 소리를 들었다. 나는 일기를 옷장 안에 숨길 수 없다는 것을 깨닫고 욕조 옆 의자, 벗어놓은 옷 아래에 두었다. 벤이 잠들면 옮겨야겠다. 나는 불을 끄고 침실로 향했다.

벤은 침대에 앉은 채 나를 바라보았다. 나는 잠자코 침대에 올라가 그의 옆에 앉았다. 알고 보니 그는 알몸이었다.

"사랑해, 크리스틴."

그는 이렇게 말하고 나서 키스를 퍼붓기 시작했다. 목, 뺨, 입술에. 그의 숨결은 뜨거웠고 마늘 냄새를 풍겼다. 나는 그가 키스하는 것을 원치 않았지만 밀쳐내지는 않았다. 난 이걸 원했어. 근사한 옷차림에 화장을 하고 향수를 뿌리고 나서, 외출하기 전에 키스해달라고 했었어.

나는 내키지 않았지만 그에게 키스해주었다. 나는 얼마 전에 산 집에 둘이 함께 있는 모습을 상상해보려고 했다. 침실로 가면서 옷을 거칠게 벗기는 모습, 요리하지 않은 음식이 주방에서 상해가는 모습을 상상해보려고 했다. 그때는 그를 사랑했던 게 틀림없어. 그렇지 않고서야 결혼했을 리가 없지 않은가? 그러니 지금 그를 사랑하지 말라는 법도 없어. 키스는 중요한 거야. 애정의 표시, 고마움의 표시야. 그가 손을 내 젖가슴게로 옮겼을 때 나는 제지하지도 않고 그게 자연스럽고 정상적인 행동이라고 생각했다. 그의 손이 내 사타구니 사이로 들어와 치골을 더듬을 때도 나는 제지하지 않았다. 한참 후 내가 가는 신음을 토하기 시작했을 때에야 비로소 나는 알았다. 그것이 쾌락이 아니라 무서움이라는 것을. 내가 눈을 감았을 때 본 것 때문이었다.

'나는 호텔 방에 있었다. 그날 초저녁 몸단장을 했을 때 본 바로 그 방이었다. 나는 촛불과 샴페인과 꽃을 보았다. 노크 소리에 마시던 잔을 놓고 문을 열어주려고 일어나는 나 자신을 보았다. 나는 흥분되고 설레는 것을 느꼈다. 공기조차 기대로 가득 찼다. 섹스와 구원. 나는 손을 뻗어 문고리를 잡았다. 차갑고 딱딱했다. 나는 심호흡을 했다. 결국엔 일이 잘 풀릴 거야.'

그때 기억에 공백이 생겼다. 텅 비어버렸다. '문이 앞으로 확 밀쳐지면서 열렸다. 하지만 나는 문 뒤에 누가 있는지 알 수 없다.' 나는 다시 남편과 함께 침대에 있었다. 공포가 나를 덮쳤다. 어디서 온 것인지 알 수 없었다.

"벤!"

나는 소리 질렀다. 벤은 동작을 멈추지 않았다. 내 말을 듣고 있는 것 같지도 않았다.

"벤!"

나는 눈을 감고 그에게 매달렸다. 소용돌이 모양으로 과거 속으로 파고들었다.

'그는 방에 있다. 내 뒤에 있다. 이 사내가 감히 어떻게? 나는 돌아선다. 하지만 아무것도 보이지 않는다. 고통과 타는 듯한 뜨거움뿐이다. 목이 졸린다. 숨을 쉴 수 없다. 그는 내 남편이 아니다. 벤이 아니다. 하지만 그의 손은 내 몸 구석구석을 더듬고 있다. 그의 몸이 내 몸을 덮고 있다. 나는 숨을 쉬려고 하지만 쉴 수가 없다. 떨고 있는 내 몸은 흐물흐물해져 무(無)가 된다. 공기와 재가 된다. 나는 눈을 뜬다. 심홍색밖에 보이지 않는다. 이 호텔 방에서 죽는구나. 하느님. 나는 이런 것을 원한 적이 없습니다. 나는 이것을 청하지 않았어요. 누군가 나를 도와주어야 해요. 누군가 와야 합니다. 그래요. 저는 끔찍한 실수를 저질렀습니다. 하지만 이런 벌을 받을 정도는 아니라고요. 나는 죽을 짓을 하지 않았어요.

내가 사라지는 것을 느낀다. 애덤을 보고 싶다. 남편을 보고 싶다. 하지만 둘 다 여기에 없다. 이곳에는 나와 이 사내, 내 목을 조르고 있는 사내밖에 없다.

나는 밑으로, 밑으로 미끄러져 내려간다. 어둠속으로 미끄러져 내려간다. 잠들면 안 된다. 잠들면 안 된다. 나는. 잠들면. 안. 된다.'

끔찍한 빈 공허를 남겨둔 채 기억이 느닷없이 끝나버렸다. 나는 눈을 번쩍 떴다. 다시 우리 집 침대에 있었다. 남편이 내 몸 안에 들어와 있었다.

"벤!"

나는 소리 질렀다. 하지만 너무 늦었다. 그는 나지막한 신음을 토하며 사정했다. 나는 그에게 매달렸다. 힘껏 그를 껴안았다. 잠시 후 그는 내 목에 키스를 하고 재차 사랑한다고 말했다. 그러고는 말했다.

"크리스, 우는 거야?"

주체할 수 없이 눈물이 나왔다.

"왜 그래? 나 때문에 속상한 일이라도 있어?"

그에게 무슨 말을 하랴. 나는 눈앞의 광경을 믿을 수 없었다. 내가 찾고 있는 기억, 다른 기억들의 비밀을 모두 풀어줄 수 있다고 확신하는 그 기억이 틀린 것일까? 그가 말한 뺑소니 사고가 일어나지 않았단 말인가? 내 정신이 눈앞의 사태를 수습하려고 할 때 내 몸은 부들부들 떨렸다. 꽃, 샴페인, 촛불이 있는 호텔 방. 손으로 내 목을 조르고 있는 낯선 사람.

내 소설과 내 아들의 경우도 마찬가지이지만 벤이 내 기억 상실증의 원인에 대해 거짓말을 했단 말인가?

나는 알지 못했다. 할 수 있는 일이라곤 더 큰 소리로 울면서 그를 밀쳐내고 나서 기다리는 것뿐이었다. 그가 잠들기를 기다렸다가 침대에서 기어 나와 모든 걸 적어둘 테다.

토요일, 새벽 2시 7분

　잠이 오지 않는다. 벤은 다시 위층에 올라가 침대에 누워 있고, 나는 주방에서 이 글을 쓰고 있다. 그는 내가 방금 그가 타준 코코아를 마시고 있다고 생각하리라. 내가 곧 침대로 돌아오리라고 생각하리라.

　나는 침대로 갈 것이다. 하지만 그 전에 써야 한다.

　지금 집은 조용하고 컴컴하다. 조금 전까지만 해도 모든 것이 살아 있는 것처럼 보였는데. 나는 우리가 사랑을 나눌 때 보았던 것들을 쓰고 나서 다시 침대에 기어 올라갔다. 하지만 여전히 잠이 오지 않는다. 아래층에서 똑딱거리는 시계 소리가 들렸고, 시간을 알리는 소리도 들렸다. 벤이 부드럽게 코 고는 소리도 들렸다. 누비이불이 가슴을 누르는 것이 느껴졌다. 옆에 있는 자명종의 형광 침밖에 보이지 않았다. 나는 똑바로 누워 눈을 감았다. 내가 볼 수 있는 것이라곤 숨을 쉬지 못하도록 손으로 목을 꽉 누르고 있는 나 자신뿐이었다. 내가 들을 수 있는 것이라곤 메아리치는 나 자신의 목소리뿐이었다. 죽으려나 보다.

나는 일기를 생각했다. 더 쓴다고 도움이 될까? 다시 읽어본다고 도움이 될까? 벤을 깨우지 않고 일기를 숨겨둔 곳에서 꺼낼 수 있을까?

그는 누워 있다. 어둠 속이라 잘 보이지 않는다. '당신은 거짓말 하고 있어.' 사실 그는 내 소설에 대해, 애덤에 대해 거짓말을 하고 있다. 내가 어쩌다가 덫에 걸려 여기 와 있는지에 대해서도 거짓말할 게 뻔하다.

나는 그를 흔들어 깨우고 싶었다. 고함을 지르고 싶었다. '왜? 왜 내가 차에 치었다느니 빙판길에 넘어졌다느니 하는 거야?' 도대체 무엇으로부터 날 보호한단 말인가? 진실은 생각보다 끔찍한 것일지도 모른다.

내가 모르는 것이 뭐란 말인가?

내 생각은 일기로부터 벤이 애덤 사진을 보관하고 있는 금속 상자로 넘어갔다. 거기에 더 많은 답이 있을지도 몰라. 진실을 알게 될지도 몰라.

나는 침대를 빠져나가기로 마음먹고 남편이 깨지 않도록 살며시 누비이불을 걷었다. 그러고는 일기를 들고 맨발로 기어서 층계참으로 갔다. 다른 집처럼 느껴졌다. 푸르스름한 달빛을 받은 집은 얼어붙은 듯이 고요했다.

나는 침실을 나간 다음 문을 닫았다. 나무 문이 카펫을 스치는 소리가 들리더니 문이 완전히 닫혔다. 나는 층계참에서 일기를 잽싸게 훑어보았다. 벤이 내가 차에 치었다고 말한 대목도 읽었고, 소설을 썼다는 것을 부인하는 대목도 읽었고, 아들에 대한 대목도 읽었다.

나는 아들 사진을 봐야만 했다. 하지만 어디서 찾는담? "안전을 위해서 위층에 보관하고 있어." 벤은 이렇게 말했었다. 나는 그의 말을 기록해두었다는 것을 알았다. 하지만 정확히 어디에 있단 말인가? 예비 침실에? 서재에? 본 기억이 없는 것을 무슨 수로 찾는담?

나는 서재에 들어간 다음 문을 닫았다. 달빛이 창으로 들어와 부드러운 잿빛을 뿌리고 있었다. 여기 있다는 걸 벤이 알까 봐 나는 불을 켤 엄두도 내지 못했다. 그가 무얼 찾고 있었냐고 물으면 대꾸할 말이 없을 터였다. 여기 없었다고 아예 시치미 뗄 참이었다. 질문이 쏟아지면 일일이 대답하지도 못할 테니.

회색 금속 상자라고 했지. 나는 책상부터 살폈다. 컴퓨터, 모니터, 펜과 연필이 담긴 머그 컵, 차곡차곡 쌓여 있는 종이, 해마 모양의 도자기 문진이 있었다. 책상 위의 클립보드에는 원형과 별 모양의 컬러 스티커가 붙어 있는 벽걸이형 플래너가, 책상 밑에는 빈 가죽 가방과 쓰레기통이 있고, 그 옆에는 서류함이 있었다.

나는 서류함부터 살폈다. 살그머니 맨 위 서랍을 꺼내니 '집', '직장', '재정' 따위의 라벨이 붙은 서류철이 잔뜩 들어 있었다. 서류철을 대충 넘기니 이름도 모르는 플라스틱 알약 병이 나왔다. 두 번째 서랍에는 메모지첩, 펜, 수정액 따위의 문구류가 가득 들어 있었다. 나는 서랍을 살며시 닫고 몸을 구부려서 맨 밑 서랍을 열었다.

모포가 들어 있었다. 타월일지도 몰랐다. 방이 어두워서 식별할 수 없었다. 나는 모포 한쪽 끝을 들어 올렸다. 차가운 금속이 만져졌다. 모포를 걷어내자 금속 상자가 나타났다. 생각한 것보다 컸다. 서랍을 거의 다 차지하고 있었다. 손으로 상자를 움직여보니 생각보다 무거웠다. 나는 상자를 들어 올리다가 하마터면 떨어뜨릴 뻔했지만, 간신히 바닥에 내려놓았다.

나는 상자 앞에 앉아서 한동안 멍하니 있었다. 열고 싶어 하는지조차 몰랐다. 또 어떤 충격적인 것이 들어 있을까? 기억 그 자체처럼 생각조차 하지 못한 진실이 들어 있을지도 몰랐다. 상상도 하지 못한 꿈들, 예기치 않은 공포가 들어 있을지도 몰랐다. 두려웠다. 하지만 이 진실들이 내가 가지고 있는 전부임을 깨달았다. 이건 내 과거야. 나를 사람답게 만들어주는 거야. 이게 없으면 난 아무것도 아니야. 짐승에 지나지 않아.

나는 심호흡을 하고 눈을 감은 채 뚜껑을 열기 시작했다.

뚜껑은 조금 움직이는가 싶더니 꼼짝도 하지 않았다. 어디 끼었나 보다 생각하고, 나는 다시 열어 보았다. 그때에야 비로소 깨달았다. 잠겨 있었던 것이다. 벤이 잠가놓은 것이었다.

마음을 가라앉히려고 애썼으나 나도 모르게 분노가 치밀었다. 어떤 놈이 이 기억 상자를 잠가놓은 걸까? 내 것도 마음대로 못 하게 하는 놈이 누굴까?

열쇠가 가까이 있을 거야. 나는 서랍 안을 들여다보았다. 모포를 들치고 흔들어보았다. 일어나서 책상 위 머그컵에 든 펜과 연필을 꺼내고 안을 들여다보았다. 아무것도 없었다.

나는 침침한 불빛 속에서 다른 서랍들을 필사적으로 뒤졌지만 열쇠는 없었다. 문득 다른 곳에 있을지도 모른다는 생각이 들었다. 다른 곳에 있어. 나는 무릎을 꿇었다.

무슨 소리가 났다. 삐걱거리는 소리였다. 워낙 나지막한 소리라 내 몸이 움직일 때 나는 소리인 줄 알았다. 이어서 또 소리가 들렸다. 숨소리였다. 아니, 한숨 소리였다.

목소리였다. 벤의 목소리였다. "크리스틴?" 이번엔 좀 더 크게 들렸다. "크리스틴!"

어떻게 하나? 나는 그의 서재에 앉아 있었고, 내 앞 바닥에는 벤이 내가 전혀 기억하지 못하리라 생각하는 금속 상자가 놓여 있었다. 공포가 엄습했다. 문이 열렸다. 층계참 불이 켜지더니 문틈으로 비쳐 들었다. 그가 오고 있었다.

나는 재빨리 움직였다. 상자를 얼른 도로 넣고 소리가 나든 말든 서랍을 꽝 닫았다.

"크리스틴?" 층계참에서 발자국 소리가 났다. "크리스틴? 나야. 벤."

나는 책상 위 머그컵에 펜과 연필을 집어넣고 바닥에 퍼질러 앉았다. 문이 열리기 시작했다.

어떻게 그렇게 했는지는 나도 몰랐다. 직감보다 한 차원 낮은 본능에 따라 행동했을 뿐이었다.

그가 열린 문으로 모습을 나타낼 때 나는 말했다.

"사람 살려!"

층계참 불빛에 그의 그림자가 어른거렸다. 한순간 나는 진짜 공포가 엄습하는 것을 느꼈다.

"사람 살려!"

그는 스위치를 켜고 다가왔다. "크리스틴! 무슨 일이야?" 그가 몸을 숙이기 시작했다.

나는 그를 피해 뒤로 물러나다가 창문 밑 벽에 부딪쳤다.

"누구세요?"

나는 울기 시작했다는 것, 발작적으로 몸을 흔들기 시작했다는 것을 알았다. 나는 내 뒤의 벽을 더듬어 머리 위에 걸려 있는 커튼을 꽉 잡았다. 마치 몸을 일으켜 세우려는 듯이. 벤은 방 저쪽에 우두커니 서 있다가 손을 내밀었다. 마치 내가 위험에 처한 듯이. 내가 야생동물인 듯이.

"나야. 당신 남편이야."

"내 뭐라고요? 나한테 무슨 일이 일어난 거예요?"

"당신은 기억 상실증에 걸렸어. 우린 결혼한 지 오래됐어." 그가 아직 내 앞에 있는 코코아 잔을 내밀었을 때 나는 이미 알고 있는 사실을 그가 처음부터 다시 말하도록 내버려두었다.

11월 18일 일요일

그것은 토요일 아침 일찍 일어난 일이었다. 아니 금요
일 밤이었다. 오늘은 일요일이다. 정오 무렵이다. 아무런 기록도 남기지
못한 채 하루가 다 가버렸다. 스물네 시간을 잃어버렸다. 벤의 말을 듣
느라고 스물네 시간이 가버렸다. 내가 소설을 쓴 적이 없다는 것과 아
들을 가진 적이 없다는 말을 듣느라. 내 과거를 빼앗아 간 것은 다름 아
닌 사고였다는 말을 듣느라.

아마 오늘은 다를 것이다. 닥터 내시는 전화를 하지 않았고, 나는 일
기를 찾지 못했다. 그가 전화를 했어도 나는 일기를 읽지 않기로 했을
것이다. 몸이 오싹 떨린다. 어느 날 그가 다시는 전화를 하지 않기로 하
면 어떻게 하나. 일기를 찾지 못할 것이고 읽지도 않을 것이고 일기가
있다는 사실조차 모를 것이다. 내 과거를 알지 못할 것이다.

그것은 생각도 할 수 없는 일일 것이다. 나는 이제 알고 있다. 내가 기
억을 잃게 된 원인에 대한 남편 이야기와 주치의 이야기가 다르다는 것
을. 내가 할 수 있는 말은 일기 내용이 사실이라는 것뿐이다.

내가 쓴 것. 나는 그것을 기억해야만 한다. 내가 쓴 것을.

나는 오늘 아침 일을 생각한다. 커튼을 뚫고 들어온 햇빛에 눈을 뜬 기억이 난다. 낯선 광경에 눈을 휘둥그레 뜬 채 안절부절못한 기억이 난다. 하지만 특별한 일이 일어나지 않아도 나는 몇 년 전 일뿐만 아니라 오래전 일들을 떠올릴 줄 아는 감각을 가졌다. 아무리 흐릿할지라도 내 어린 시절이 이런 일들에 포함된다는 것을 알았다. 의식을 완전히 회복하기 전에도 내가 어머니였다는 사실을 알았다. 내가 아이를 길렀다는 사실, 기르고 보호해야 할 몸이 내 몸 외에 또 있다는 사실을 알았다.

몸을 돌린 나는 침대에 또 다른 몸이 있다는 것과 어떤 팔이 내 허리를 감고 있음을 알았다. 나는 화들짝 놀라지 않고 안전하다고 느꼈다. 행복했다. 나는 눈을 다 떴다. 모습과 감정이 진실 및 기억과 하나가 되었다. 먼저 내 귀여운 아이를 보았다. 내가 그의 이름 — 애덤 — 을 부르는 모습과 그가 나한테 달려오는 모습을 보았다. 다음에는 남편과 그의 이름이 기억났다. 나는 깊은 사랑을 느끼고 부드럽게 미소 지었다.

평화로운 느낌은 오래가지 않았다. 나는 옆에 있는 사람을 보았다. 모르는 얼굴이었다. 잠시 후 나는 내가 잔 방을 알지 못한다는 것과 어떻게 여기에 왔는지 기억나지 않는다는 것을 알았다. 이윽고 아무것도 또렷하게 기억하지 못한다는 것을 알았다. 띄엄띄엄 순간적으로 나타나는 그것은 내 기억을 대변하는 것이 아니라, 기억들의 합계였다.

물론 벤은 내게 그것을 설명해주었다. 적어도 그 일부는 설명해주었다. 일기는 그 나머지를 설명해주었다. 닥터 내시가 전화해주어서 나는 일기를 찾아냈다. 일기를 다 읽을 시간이 없었다. 나는 머리가 아프다고 둘러대고 전화를 끊었다. 나는 아래층에서 뭔가 움직이는 소리에 귀 기울이는 자신을 발견했다. 벤이 느닷없이 진통제와 물 한 잔을 들고 올라오지는 않을까? 나는 일기를 대충대충 넘겼지만 읽을 만큼 읽었다. 일기는 내가 누군지, 어떻게 여기 왔는지, 내가 무엇을 가지고 있고 무엇을 잃어버렸는지 말해주었다. 모든 것을 잃어버리지는 않았다고 내게 말해주었다. 내 기억들이 천천히 되살아나고 있다고 말해주었다. 닥터 내시는 내가 그를 만난 날 일기를 읽었다고 말했다. '크리스틴, 당신은 많은 것을 기억하고 있습니다. 기억이 계속 살아나지 말라는 법은 없습니다'라고 말했다. 일기는 뺑소니 사고가 거짓말이라고 말해주었다. 내 의식 속 깊은 어딘가는 내가 기억을 잃어버린 날 밤에 일어난 일을 기억하고 있다고 말해주었다. 그것은 차나 빙판길과는 관계없고 호텔 방의 노크 소리와 샴페인, 꽃들과 관계있다고 말해주었다.

문득 어떤 이름이 생각난다. 오늘 아침 눈떴을 때 보리라고 생각한 사람의 이름은 벤이 아니었다.

에드. 나는 눈떴을 때 에드라는 사람 옆에 누워 있으리라 생각했었다.

그때는 에드라는 사내가 누군지 알지 못했다. 그런 사람은 없고 그 이름은 내가 꾸며낸 거라고 생각했던 모양이었다. 아니면 하룻밤 정을 나눈 옛 애인, 내가 완전히 잊지 못하고 있는 옛 애인일까? 하지만 나는 방금 이 일기를 읽었다. 나는 호텔 방에서 폭행당했다는 것을 알았다. 그래서 에드라는 사내가 누군지 안다.

그는 그날 밤 문 맞은편에서 기다리고 있던 사내다. 나를 폭행한 사내다. 내 인생을 빼앗아 간 사내다.

오늘 저녁 나는 남편을 시험해봤다. 그럴 마음도, 계획도 없었지만 하루 종일 고민했다. '그는 왜 내게 거짓말을 했을까? 왜? 매일 그런 거짓말을 했을까? 그가 내게 말해준 과거는 버전이 하나밖에 없을까, 여러 개 있을까?' 난 그를 믿어야 한다. 내겐 다른 사람이 없다.

우리는 양고기를 먹고 있었다. 싸구려 고깃덩이, 기름이 많고 너무 삶은 고기였다. 나는 접시에 담긴 고기를 포크로 찔러서 육즙에 살짝 담갔다가 입에 가져가 밀어 넣었다.

"내가 왜 이 꼴이 되었죠?"

나는 호텔 방 모습을 다시 떠올리려고 안간힘을 썼다. 하지만 쉽게 떠오르지 않았다. 어떤 면에서는 다행이었다.

벤이 접시에서 고개를 들었다. 눈이 휘둥그레졌다. "크리스틴. 난 말하고 싶지 않아."

내가 그의 말을 잘랐다. "난 알아야 해요."

그는 나이프와 포크를 내려놓았다. "알았어."

"나에게 모두 말해줘야 해요. 뭐든지 다요."

그는 실눈을 하고 나를 바라보았다. "정말이야?"

"네." 나는 잠시 망설이다가 바로 말하기로 결심했다. "자세한 내용을 말해주지 않는 편이 더 낫다고 생각하는 사람이 있을지도 몰라요. 특히 날 심란하게 하는 내용일 때는요. 하지만 난 그렇게 생각하지 않아요. 당신이 나에게 빠짐없이 말해주는 게 더 낫다고 생각해요. 내 스스로 감정을 정리할 수 있게끔 말이에요. 아시겠어요?"

"크리스. 무슨 소릴 하는 거야?"

나는 눈길을 외면했다. 내 눈길은 찬장에 놓인 우리 두 사람의 사진에 머물렀다. "몰라요. 내가 늘 이런 꼴은 아니었다는 것을 알고 있어요. 지금처럼 이렇지는 않았단 말이에요. 무슨 일이 있었던 게 틀림없어요. 나쁜 일 말이에요. 난 지금 그걸 알고 있다고 말하는 거예요. 끔찍한 일임에 틀림없다는 걸 알고 있어요. 그렇다 하더라도 무슨 일인지 알고 싶어요. 무슨 일인지 꼭 알아야 해요. 나한테 무슨 일이 일어났죠?"

그는 나이프와 포크를 내려놓았다.

"벤, 제발 솔직하게 말해줘요."

그는 식탁 너머로 손을 뻗어 내 손을 잡았다. "여보, 거짓말은 절대로 안 할게."

그는 말하기 시작했다. "12월이었어. 빙판길…."

나는 잠자코 듣고 있었다. 그가 교통사고 얘기를 꺼내자 나는 두려움이 솟는 것을 느꼈다. 그는 말을 마치자 나이프와 포크를 들고 다시 먹기 시작했다.

"그게 사실이에요?" 사고였다고 확신해요?"

그는 한숨을 쉬었다. "왜 그래?"

나는 말을 얼마나 해야 할지 계산해보려고 했다. 또 적고 있다는 것을 드러내고 싶진 않았지만 최대한 정직하고 싶었다.

"오늘 새벽에 묘한 느낌이 들었어요. 거의 기억 같은 것이었어요. 내가 왜 이 꼴이 되었는지와 관련 있는 것 같았어요."

"어떤 느낌이었는데?"

"몰라요."

"기억이었어?"

"그런 것 같아요."

"있었던 일을 자세히 기억한단 말이지?"

나는 호텔 방이랑 촛불, 꽃들을 생각했다. 꽃은 벤이 사들고 온 것이 아니라는 느낌, 내가 호텔 방에서 기다린 사람은 벤이 아니라는 느낌이 들었다. 나는 그 느낌도 생각했다. 숨을 쉴 수 없었던 느낌이었다.

"어떤 거냐고요?"

"자세한 것까지 기억나? 당신을 친 차가 어떤 차인지? 색깔도 기억나? 운전자가 누군지도?"

나는 그에게 냅다 소리를 지르고 싶었다. '왜 나더러 차에 치었다고 믿으라는 거야? 일어난 것을 믿기보다 그걸 말하는 게 더 쉽다는 거야? 듣기가 더 쉽다는 거야, 말하기가 더 쉽다는 거야?'

이렇게 말하면 그는 어떻게 나올까? '사실은 아니에요. 나는 차에 치었다는 건 기억하지 못해요. 당신 아닌 다른 사람을 기다리며 호텔 방에 있었다는 건 기억해요.'

"아니요. 사실은 아니에요. 막연한 느낌일 뿐이에요."

"막연한 느낌이라니? 무슨 뜻이야?"

그의 목소리가 높아졌다. 화난 것 같은 목소리였다. 나는 더 따지고 싶은 마음이 없었다.

"아무것도 아니에요. 아무것도 아니에요. 그저 묘한 느낌이었어요. 뭔가 나쁜 일이 일어난 것 같은 느낌 말이에요. 고통스럽다는 느낌 말이에요. 자세한 건 기억 안 나요."

그는 한시름 놓은 듯이 보였다. "별거 아니야. 마음이 당신을 속이고 있는 거야. 무시하면 돼."

무시하라고? 어떻게 그런 말을 할 수 있을까? 내가 진실을 기억하는 걸 두려워하나?

얼마든지 그럴 수 있다. 그는 오늘도 내가 차에 치었다고 말했다. 그는 내가 기억할 수 있는 어느 날의 나머지 일에 대해서도 거짓말쟁이로 비치는 걸 원하지 않는다. 더군다나 나를 위해서 거짓말을 하는 거라면. 내가 차에 치었다고 믿는 것이 우리 두 사람한테 더 좋으리라는 것을 나는 알 수 있다. 하지만 어떻게 하면 사건의 진상을 알아낼 수 있을까?

그 방에서 내가 누구를 기다리고 있었는지 알아낼 수 있을까?

"알았어요." 달리 무슨 말을 할 수 있으랴? "당신 말이 맞을 거예요."

우리는 식어버린 양고기를 다시 먹기 시작했다. 문득 다른 생각이 떠올랐다. 끔찍하고 소름 끼치는 생각이었다. '그의 말이 맞다면? 그럼 뺑

손니 사고인가? 내 마음이 호텔 방을 날조한 거라면? 폭행을 날조한 거라면?' 이건 꾸며낸 것일지도 모른다. 기억이 아니라 상상일시도 모른다. 빙판길에서 일어난 단순한 사고라고 받아들이지 못할 이유라도 있는 걸까? 내가 모든 것을 꾸며냈단 말인가?

그렇다면 내 기억은 작동하지 않는다. 옛날 일들이 되살아나지는 않는다. 나는 조금도 호전되지 않았다.

나는 눈에 띄는 백을 침대에 엎어버렸다. 자질구레한 것들이 쏟아져 나왔다. 지갑, 다이어리, 립스틱, 휴대용 콤팩트, 화장지, 휴대전화 두 개가 쏟아져 나오고 박하 통, 동전 몇 개, 노란 메모지 따위도 쏟아져 나왔다.

나는 침대에 앉아서 이것들을 뒤졌다. 맨 먼저 다이어리가 걸려들었다. 뒤표지에 검은 잉크로 닥터 내시라는 이름이 휘갈겨 쓰여 있는 것을 보고 운이 좋다고 생각했다. 이름 밑에는 숫자가 있고, 그 옆에는 괄호 속에 '사무실'이라는 글자가 적혀 있었다. 일요일이라 닥터 내시는 사무실에 없을 터였다.

노란 메모지는 풀칠되어 있는 한쪽 가장자리에 먼지와 머리카락이 들러붙어 있을 뿐 백지였다. 닥터 내시가 내 일기장 앞에 전화번호를 적어둔 것을 읽은 기억이 났을 때, 도대체 전화번호는 왜 알려주었을까 하고 잠시나마 의아해한 적이 있었다. 그는 '심란할 때 전화 주세요'라고 말했다.

나는 전화번호를 발견하고 휴대전화를 둘 다 집어 들었다. 어느 게 닥터 내시가 내게 준 건지 기억나지 않았다. 나는 더 큰 전화기를 살펴보고 나서 모든 전화가 벤한테 걸려온 것이거나 벤에게 건 것임을 알았다. 다른 전화기는 거의 사용되지 않았다. '지금 같은 경우에 전화하라고 번호를 알려준 게 아닐까? 지금이야말로 심란한 때가 아닌가?' 나는 그의 전화번호를 누르고 통화 버튼을 눌렀다.

잠시 아무 소리도 들리지 않더니 곧 신호 가는 소리가 들렸다. 이어서 목소리가 들렸다.

"여보세요?" 졸린 듯한 목소리였다. 하지만 늦은 시각은 아니었다. "누구십니까?"

"닥터 내시." 나는 나직이 말했다. 아래층에서 벤의 소리가 들렸다. 텔레비전 탤런트 쇼 프로그램을 보고 있는 모양이었다. 노랫소리, 웃음소리, 박수갈채가 터져 나왔다. "크리스틴이에요."

잠시 침묵이 흘렀다. 나는 정신을 가다듬었다.

"아. 예. 어떤 일로…."

문득 실망감이 엄습했다. 내 전화를 달가워하지 않는 것 같았다.

"미안해요. 일기에 있는 전화번호를 봤어요."

"그렇군요. 어떻게 지내십니까?" 나는 아무 말도 하지 않았다. "별일 없습니까?"

"죄송하지만 지금 아니면 내일 좀 만났으면 해요. 내일이 좋겠군요. 기억난 게 있어요. 어젯밤. 적어두었어요. 호텔 방. 누군가 문을 두드렸어요. 나는 숨을 쉴 수 없었어요…. 닥터 내시?"

"크리스틴? 찬찬히 말하세요. 무슨 일 있었습니까?"

나는 심호흡을 했다. "기억난 게 있어요. 내가 아무것도 기억하지 못하는 원인과 관련된 게 분명해요. 하지만 소용없어요. 벤은 내가 차에 치였다고 해요."

무엇인가 움직이는 소리가 들렸다. 그가 자리를 바꾸는 모양이었다. 다른 사람의 목소리가 들렸다. 여자 목소리였다.

"신경 쓰지 마세요." 그가 나직이 말했다. 이어서 뭐라고 중얼거렸으나 나는 한 마디도 알아듣지 못했다.

"닥터 내시? 닥터 내시? 내가 차에 치였나요?"

"지금은 뭐라고 말씀드릴 수 없습니다." 나는 안에서 뭔가 끓어오르는 것을 느꼈다. 분노였다. 아니, 공포였다.

"부탁이에요!" 나는 모기만 한 소리로 말했다.

침묵이 흐르다가 그의 목소리가 들렸다. 이번에는 더 크고 단호한 목소리였다.

"죄송합니다. 좀 바쁩니다. 그걸 적어두었습니까?"

나는 대답하지 않았다. '바쁘다고?' 나는 내시와 그의 여자 친구를 생각하면서 두 사람을 방해한 건 아닐까 하고 생각했다. 그는 또 말했다.

"기억나는 것을 적어두었습니까? 꼭 적어두어야 합니다."

"알았어요. 하지만…."

그는 내 말을 잘랐다.

"내일 얘기하기로 합시다. 제가 전화 드리겠습니다. 이 번호로 하면 되죠?"

나는 안도했다. 뭔가 예기치 않은 것이 섞인 안도감이었다. 딱히 뭐라고 말하기 어려운 것이었다. 행복이랄까, 기쁨이랄까?

아니, 그런 것 이상이었다. 일부는 불안이고 일부는 확신이었다. 앞으로 있을 쾌락에 대한 작은 설렘이 섞인 것이었다. 한 시간 남짓 뒤, 지금 이 글을 쓰면서도 나는 그것을 느낀다. 이젠 그게 무엇인지 안다. 이전에는 느낀 적이 없는 것이었다. 바로 기대였다.

하지만 무엇에 대한 기대인가? 내가 알고 싶어 하는 것을 그가 말해 주리라는 기대. 내 기억이 조금씩 되살아나기 시작했다는 것을 그가 확신시켜 주리라는 기대. 치료가 효과를 보고 있다는 기대. 아니면 그 이상인가?

나는 그가 주차장에서 내 손을 잡았을 때 느낀 감정을 생각한다. 남편 전화를 무시하고 무슨 생각을 했는지 생각한다. 어쩌면 진실은 단순한 것일지도 모른다.

"네." 그가 전화하겠다고 말했을 때 내가 말했다. "네. 꼭 전화 주세요."

하지만 전화는 이미 끊어졌다. 나는 여자 목소리를 생각하고는 그들이 침대에 있었다는 것을 깨달았다.

나는 그 생각을 머릿속에서 지워버렸다. 그 생각을 하다가는 미쳐버릴 것이다.

11월 19일 월요일

카페는 손님들로 붐볐다. 체인점 중 하나였다. 비품은 하나같이 녹색 아니면 갈색이었다. 모두 일회용이었지만 벽 군데군데 붙은 포스터에 따르면 환경 친화적인 것이었다. 나는 커다란 종이컵에 든 커피를 홀짝홀짝 마셨다. 닥터 내시는 맞은편 안락의자에 앉아 있었다.

그를 제대로 바라보기는 처음이었다. 적어도 오늘은 처음이었다. 아침에 설거지를 하고 나자 얼마 안 있어 그에게서 전화가 왔다. 한 시간쯤 후 그는 나를 데리러 와서는 내 일기를 거의 다 읽었다. 나는 그가 차를 몰고 카페로 가는 내내 창밖만 뚫어져라 보고 있었다. 당혹스러웠다. 몹시 당혹스러웠다. 오늘 아침 눈을 떴을 때 내 이름조차 분명히 알지 못했고, 내가 중년 여인이며 아들이 죽었다는 것도 몰랐지만 어쨌든 내가 어른이자 엄마라는 것은 알고 있었다. 이제까지의 내 삶은 그야말로 방향 감각을 잃은 것이었다. 쇼크에 쇼크의 연속이었다. 욕실 거울, 스크랩북, 그리고 나중에는 이 일기. 이 쇼크는 내가 남편을 믿지 않는다는 생각에서 극에 달했다. 나는 뭐든 세밀하게 살펴보고 싶은 마음이 없다는 생각이 들었다.

이제 보니 그는 기대와는 딴판인 사람처럼 보였다. 그는 생각보다 젊었다. 그가 자기 몸무게에 대해 걱정할 필요는 없다고 말한 적이 있다고 적어두기는 했지만, 이것이 내가 예상한만큼 그가 말랐음을 의미하지 않는다는 것을 알 수 있었다. 체격도 탄탄했다. 어깨에 걸친 헐렁한 재킷만 봐도 알 수 있었다. 재킷 밖으로 털북숭이 팔뚝이 이따금 드러난 것이었다.

"오늘은 기분이 어떻습니까?" 그가 차분한 어조로 말했다.

나는 흠칫했다. "잘 모르겠어요. 혼란스러운 것 같아요."

그는 고개를 끄덕였다. "계속 말씀하시죠."

청하지도 않았는데 그가 내민 과자를 나는 밀쳐냈다.

"눈을 떴을 때 내가 어른이라는 것은 짐작했어요. 결혼했다는 것은 알지 못했지만 어떤 사람과 같이 침대에 있다는 것을 알고 놀라지는 않았어요."

"좋은 현상입니다만…."

나는 그의 말을 잘랐다. "눈을 떴을 때 내게 남편이 있다는 것을 알았다고 어제 적어두었어요."

"아직도 일기를 쓰고 있습니까?" 나는 고개를 끄덕였다. "오늘 그걸 가지고 왔습니까?"

백에 일기가 있었지만 나는 가지고 오지 않았다고 했다. 그가 읽지 않았으면 하는 내용, 아무도 읽지 않았으면 하는 내용이 들어 있었던 것이다. 사적인 내용이었다. 나의 과거였다. 내가 가진 유일한 과거였다.

내가 그에 대해 쓴 것들이었다.

"깜빡하고 안 가지고 왔어요." 나는 둘러댔다. 그가 실망했는지 아닌지는 알 수 없었다.

"알겠습니다. 아무래도 좋습니다. 어느 날은 무엇인가 기억했다가 다음 날은 잊어버린다면 분명 좌절할 겁니다. 하지만 증세는 계속 호전되고 있습니다. 대체적으로 당신은 예전보다 많이 기억하고 있습니다."

그는 말을 끊고 커피를 한 모금 마셨다. 그의 말이 사실일까? 나는 일기의 첫 부분에 어린 시절, 부모, 가장 친한 친구와의 파티에 대해 썼었다. 나는 젊었을 때 만나 첫사랑에 빠진 남편을 기억하고 있고, 소설을 쓰는 나 자신을 기억하고 있었다. 하지만 그 후로는? 최근에는 잃어버린 아들, 나를 이 꼴로 만든 폭행만 기억했다. 잊어버리는 게 나을 것들이었다.

"벤 때문에 고민이라고 하셨지요? 벤이 당신의 기억 상실증에 대해 한 말 때문에 고민이라고 하셨지요?"

나는 고개를 끄덕였다. 어제 쓴 것이 까마득하고 없어진 것처럼 보였다. 거의 허구 같았다. 자동차 사고. 호텔 침실에서 있었던 폭행. 둘 다 나와 관계없는 것처럼 보였다. 하지만 나는 진실을 기록했다고 믿을 수밖에 없었다. 내가 왜 이 꼴이 되었는지에 대해 벤이 내게 거짓말했다고 믿을 수밖에 없었다.

"계속 말씀하시죠."

나는 일기에 적어둔 내용을 그에게 얘기해주었다. 벤이 사고에 대해 얘기한 것을 비롯해 호텔 방에 대한 내 기억을 얘기해주었다. 하지만 호텔 방에 대한 기억 중에서 우리가 가진 섹스 이야기나 꽃, 촛불, 샴페인 등 낭만적인 얘기는 하지 않았다.

나는 얘기하면서 그를 쳐다보았다. 그는 조심스레 고개를 끄덕이기도 하고 격려의 말을 중얼거리기도 했다. 또 턱을 긁거나 한곳을 째려보기도 했다. 그의 표정에는 놀람보다는 신중함이 묻어 있었다. 사실 놀란 것 같은 표정은 전혀 아니었다.

"이런 사실을 알고 있었지요?" 나는 말을 끝내고 그에게 물었다. "진작 다 알고 있었지요?"

그는 커피를 내려놓았다.

"아닙니다. 정확히 알고 있지는 않습니다. 당신을 이 꼴로 만든 원인이 자동차 사고가 아니라는 것은 알고 있었습니다만 벤이 자동차 사고 때문이라고 말한 줄은 몰랐습니다. 당신이 기억력을 잃던 밤에 분명히 호텔 방에 있었다는 것은 알고 있었습니다. 그 밖의 얘기는 금시초문입니다. 제가 알기로는 당신이 자신에 대해 무엇인가를 기억해낸 것은 이게 처음입니다. 크리스틴, 이건 희소식입니다."

'희소식이라고?' 그는 내가 기뻐하리라고 생각하고 있을까?

"그렇다면 그게 맞죠? 자동차 사고 때문은 아니죠?"

그는 잠시 뜸을 들이다가 말했다. "예. 우리는 그것 때문이라고는 생각하지 않습니다."

"당신은 그렇게 생각하지 않죠?"

"당신이 입은 상해 중 일부는 자동차 사고와 관련이 있습니다만, 전부 그렇지는 않습니다. 절대 그렇지 않습니다."

"그렇다면 그건 뭐죠? 호텔 방에서 무슨 일이 있었어요? 내가 거기서 뭘 하고 있었죠?"

"저도 다는 모릅니다."

"아는 대로 말해주세요."

분노를 띤 어조였다. 하지만 이미 엎질러진 물이었다. 그는 있지도 않은 과자 부스러기를 바지 주머니에서 떨어내고 있었다.

"꼭 알고 싶습니까?"

나는 그가 마지막 기회를 주는 것이라고 생각했다. 그는 '제가 말씀드리려는 것을 몰라도 살아갈 수는 있습니다'라고 말하려는 것처럼 보였다.

그는 잘못 생각하고 있다. 나는 살아갈 수 없었다. 나는 진실을 모른 채 반평생을 살고 있다.

"네."

그의 목소리는 느렸다. 말도 더듬거렸다. 그는 말을 꺼냈으나 몇 마디 하다가 중단했다. 변죽만 울렸다. 카페가 더 낯익은 곳이라는 따위의 쓸데없는 잡담을 해대며 무엇인가 끔찍한 것, 말하지 않는 게 더 나은 것 주위를 맴돌고 있었다.

그는 폭행을 당해 정신없이 헤매고 있는 나, 내가 누군지도 모르고 무슨 일이 있었는지도 모르는 나를 누가 발견해서 운반했다는 것이 사실이라고 했다. 그는 내 뇌가 손상되었다고 말했다. 당시 경찰은 내가 강도한테 습격당한 줄 알았다고도 했다. 그는 한참 있다가, 발견 당시 내가 피 묻은 담요만 걸쳤을 뿐 알몸이나 다름없었다고 했다.

나는 오싹 소름이 끼치는 것을 느꼈다. "날 발견한 사람이 누구죠?"

"저는 모릅니다."

"벤이에요?"

"아니요. 벤은 아닙니다. 가족이라고 생각합니다. 그들은 당신을 진정시키고 구급차를 불렀습니다. 물론 당신은 병원에 가는 데 동의했습니다. 그리고 응급 수술을 받았습니다."

"하지만 내가 누군지 어떻게 알았을까요?" 한순간 나는 그들이 내 신원을 확인하지 못했을 거라고 생각했다. 어쩌면 모든 것, 나의 모든 이력, 심지어 내 이름까지 내가 발견된 날 밝혀졌을지도 모른다. 애덤까지도.

"그건 어렵지 않았습니다. 당신은 당신 이름으로 호텔에 체크인 했고, 벤은 당신이 실종됐다고 벌써 경찰에 신고했었습니다. 당신이 발견되기 전에 말입니다."

나는 호텔 방 문을 두드린 사내, 내가 기다리고 있던 사내를 생각했다.

"벤은 내가 어디 있었는지 몰랐어요?"

"예. 분명히 모르고 있었습니다."

"그럼 난 누구와 있었죠? 누가 날 이 꼴로 만들었지요?"

"모릅니다. 체포된 사람도 없고, 이렇다 할 증거도 거의 없었습니다. 당신은 사건을 수사하는 경찰에 실제로 도움을 줄 수 없었습니다. 당신을 폭행한 놈은 호텔 방을 깨끗이 치우고 당신을 버려둔 채 달아났습니다. 누가 들어가거나 나가는 것을 본 사람은 없었습니다. 그날 밤 호텔은 무척 붐볐던 모양입니다. 한 무도장에서 행사가 있어서 사람이 많이 들락거렸습니다. 당신은 폭행을 당한 후 얼마간 의식을 잃은 것 같습니다. 당신이 아래층으로 내려가서 호텔을 나선 것은 한밤중이었습니다. 당신을 본 사람은 아무도 없었습니다."

나는 한숨을 쉬었다. 여러 해 전에 경찰이 이 사건을 덮어버렸구나. 나를 제외한 모든 사람에게, 심지어는 벤에게도 말이다. 이 사건은 묵은 소식이자 옛 이야기가 되어버렸어. 누가, 왜 날 이 꼴로 만들었는지 알긴 틀렸구나. 내가 기억해내지 않는다면 결코 알지 못하겠구나.

"그때 무슨 일이 있었죠? 내가 병원에 실려 간 다음에 말이에요."

"수술은 잘됐습니다만 부작용이 생겼습니다. 수술 후 당신을 안정시키기가 어려웠습니다. 특히 혈압이 오르락내리락했습니다." 그는 잠시 말을 끊었다. "당신은 한동안 혼수상태에 빠져 있었습니다."

"혼수상태에 빠져 있었다고요?"

"예. 참 아슬아슬했습니다. 운 좋게도 일찍 발견되어 의사들이 적극적으로 치료한 덕분에 의식을 회복했습니다만, 기억을 잃어버렸다는 것이 밝혀졌습니다. 처음에는 일시적일 거라고 생각했습니다. 머리 손상과 산소 결핍이 겹쳤기 때문이라고 생각했습니다. 타당한 가정이었습니다."

"산소 결핍이라니요?" 나는 더듬거리며 무슨 뜻이냐고 물었다.

"산소가 부족한 것을 말합니다."

나는 머리가 빙빙 도는 것을 느꼈다. 모든 것이 줄어들고 일그러지기 시작했다. 모든 것이 더 작아지거나 아니면 내가 더 커지는 것 같았다.

"산소가 부족했다고요?"

"예. 뇌에 산소가 턱없이 부족한 증상이 나타났습니다. 이산화탄소 중독 증상이나 질식 증상 같은 것이었습니다. 하지만 이 둘 중 어느 하나라는 것을 보여주는 증거는 분명 없었습니다. 가장 그럴 듯한 설명은 물에 빠졌다는 것이었습니다."

그는 잠시 말을 끊었다. 나는 그의 말을 곰곰이 되짚어보았다.

"물에 빠진 기억은 안 납니까?"

나는 눈을 감았다. 베개 위에 있는 카드밖에 보이지 않았다. '사랑해'라는 단어가 적힌 카드였다. 나는 고개를 내저었다.

"당신은 회복되었지만 기억은 되살아나지 않았습니다. 당신은 보름 동안 입원해 있었습니다. 중환자실에 있다가 일반 병실로 옮겼고, 움직일 만큼 회복되었을 때 런던의 집으로 돌아갔죠."

물론 런던의 집으로 돌아갔고, 호텔에서 발견되었다. 집을 나가 있었던 게 틀림없었다. 나는 내가 어디서 발견되었냐고 물었다.

"브라이튼에서요. 왜 거기 있었는지 짐작 가십니까? 그곳과 무슨 연관이 있나요?"

나는 휴가에 대해 생각해보려고 했지만 아무것도 떠오르지 않았다.

"아니. 없어요. 내가 알기로는 없어요."

그는 고개를 끄덕였다. "알겠습니다. 하지만 거기 있어야 할 이유가 있었겠지요."

물론 있었을 거야. 깜빡이는 촛불과 장미 다발은 그 이유에 포함되지만, 남편은 포함되지 않을 거야.

"네. 있었을 거예요." 우리 두 사람 중에 한 사람이 '정사'라는 말을 꺼내지 않았을까? 벤은 내가 어디에 있는지, 왜 거기에 있는지 알고 무슨 생각을 했을까?

그때 벤이 내 기억 상실증의 진짜 원인에 대해 말해주지 않은 이유가 생각났다. 왜 벤은 내가 자기 대신 다른 남자를 선택했었다는 것, 그것도 단 한 번 잠시 선택했었다는 것을 나한테 상기시키려고 했을까?

"그때 무슨 일이 있었어요? 벤하고 같이 집으로 돌아갔었나요?"

그는 머리를 가로저었다. "아, 아닙니다. 당신은 몹시 아파서 입원해 있어야 했습니다."

"얼마나 있었어요?"

"처음에는 일반 병동에 있었습니다. 몇 달 동안요."

"다음에는요?"

"옮겨졌습니다." 그는 잠시 말을 끊었다. 내가 어서 말해달라고 할 참이었는데 그가 말했다.

"정신 병동으로요."

그 말을 듣자 몸이 부들부들 떨렸다.

"정신 병동에요?"

나는 울부짖는 사람, 정신 나간 사람들로 가득 찬 끔찍한 곳을 상상했다. 내가 거기에 있었다고 상상할 수 없었다.

"예."

"왜? 왜 거기 있었죠?"

그의 어조는 부드러웠으나 성가심이 묻어 있었다. 전에도 이런 말을 여러 번 했구나 하는 생각이 문득 들었다.

"그게 더 안전했으니까요. 신체 손상은 어지간히 나았습니다만, 기억 손상은 최악의 상태였습니다. 당신은 자신이 누군지, 어디에 있는지조차 몰랐습니다. 과대망상 증세마저 보였습니다. 의사들이 당신한테 음모를 꾸미고 있다고도 하고, 걸핏하면 달아나려고 했습니다." 그는 잠시 말을 끊었다. "당신은 점차 통제 불능이 되었습니다. 다른 사람의 안전뿐만 아니라 당신 자신의 안전을 위해서 옮긴 것입니다."

"다른 사람이요?"

"당신은 다른 사람을 때리려고도 했습니다."

나는 그게 어떤 것일지 상상해보려고 했다. 누군가 매일 나를 깨우는 것을 상상해보았다. 그들이 누군지 모르고 그곳이 어딘지도 모르고 왜 그들이 병원에 있는지 몰라서 당황해 하는 나를 상상해보았다. 답을 구해보았으나 얻지는 못했다. 나는 그들이 알고 있는 것보다 더 많은 답을 알고 있는 사람들에 둘러싸여 있었지만, 그들이 말하지 않으리라는 것을 알았다. 그곳은 지옥임에 틀림없었다.

나는 우리가 나에 대해 이야기하고 있다는 것을 기억했다.

"그다음에는요?"

그는 대답은 않고 눈을 들어 마치 누군가를 기다리고 있는 것처럼 내 뒤의 문을 보았다. 하지만 아무도 없었다. 문은 열리지 않았고 나가는 사람도, 들어오는 사람도 없었다. 그는 사실 이 자리를 피하고 싶어 하는 게 아닐까?

"닥터 내시. 그때 무슨 일이 있었나요?"

"당신은 한동안 거기에 있었습니다." 그의 목소리는 거의 중얼거림에 가까웠다. 이전에도 이런 말을 했구나. 하지만 이번에는 내가 이것을 적어 두리라는 것과 몇 시간 이상 기억하리라는 것을 알고 있다.

"얼마나 오래요?"

그는 아무 말도 없었다. 나는 다시 물었다.

"얼마나 오래 있었죠?"

그는 나를 쳐다보았다. 슬픔과 고통이 섞인 표정이었다.

"7년이요."

그가 계산을 했다. 우리는 카페를 나섰다. 나는 감각이 마비된 듯한 느낌이었다. 무엇을 기대하고 있었는지도 모르고, 병이 위중했을 때 어디서 이겨냈는지도 모른다. 하지만 그곳이 거기라고는 생각하지 않았다. 그런 고통이 있는 곳은 아니었다.

닥터 내시는 걸어가면서 나를 보았다.

"크리스틴. 한 가지 제안이 있습니다."

나는 그의 말이 얼마나 뜬금없는지 알아차렸다. 마치 어떤 디저트를 원하는지 묻는 것 같았다.

"말씀하세요."

"당신이 있었던 병동에 가보는 게 좋을 것 같습니다. 당신이 줄곧 있었던 곳 말입니다."

나는 대뜸 반응을 보였다. 자동적인 반응이었다.

"안 가요! 거길 왜 가요?"

"당신은 기억 훈련을 하고 있습니다. 옛집을 방문했을 때 어떻게 되었는지 생각해보세요. 그건 기록했습니까?" 나는 고개를 끄덕였다. "그때 무엇인가 기억해냈습니다. 또 그렇게 될지도 모릅니다. 더 많은 것을 얻을지도 모릅니다."

"하지만…."

"가야 합니다. 저… 솔직히 말하자면 벌써 그들과 말을 맞춰놓았습니다. 그들은 기꺼이 당신을 환영할 겁니다. 언제 가도 우리를 환영할 겁니다. 가겠다고 전화 한 통만 하면 됩니다. 저도 같이 갈 겁니다. 불편하거나 괴로우면 나오면 됩니다. 분명히 좋은 결과가 있을 겁니다."

"그게 기억을 호전시키는데 도움이 되리라고 생각해요? 정말로요?"

"모릅니다. 하지만 그럴 가능성이 있습니다."

"언제요? 언제 갈 건데요?"

그가 걸음을 멈추었다. 나는 그의 차 옆에 와 있다는 것을 알았다.

"오늘요. 오늘 가야만 할 것 같습니다." 그러고는 알다가도 모를 말을 덧붙였다. "꾸물거릴 시간 없습니다."

◉◉◉

나는 가야 할 이유가 없었다. 닥터 내시도 강요하지는 않았다. 하지만 그렇게 한 것을 기억할 수 없어서, 사실은 대부분 다 기억할 수 없어서 가겠다 라고 한 것이 분명했다.

길이 멀지는 않았다. 우리는 말이 없었다. 나는 아무것도 생각할 수 없었다. 할 말도 생각나지 않았다. 아무것도 느낄 수 없었고, 머릿속이 텅 비어버린 것 같았다. 공허했다. 나는 백에서 일기를 꺼내 기록했다. 아무 생각도 없이 그냥 적기만 했다. 우리는 주차할 때도 말이 없었다. 오래 된 커피 냄새와 갓 칠한 페인트 냄새가 나는 소독된 복도를 걸어갈 때도 말이 없었다. 사람들이 정맥내투여기를 매단 카트를 끌고 지나갔다. 벽에 붙은 포스터들이 너덜거리고 있었고, 머리 위 전등이 깜빡거리며 잉잉 소리를 내고 있었다. 여기서 7년이나 있었다니. 7년이 평생처럼 느껴졌다. 아무것도 기억 못 하는 기간처럼 느껴졌다.

우리는 이중문 앞에서 걸음을 멈추었다. 피셔 병동. 닥터 내시가 벽에 붙어 있는 구내전화 버튼을 누르더니 뭐라고 말했다. 문이 확 열릴 때 나는 생각했다. '그가 틀렸구나. 나는 폭행에서 살아남지 못했어. 호텔

방 문을 연 크리스틴 루카스는 죽었어.'

또 이중문이 나왔다. "괜찮습니까, 크리스틴?" 첫 번째 이중문이 닫히자 그가 말했다. 침묵이 흘렀다. 나는 아무 말도 하지 않았다. "여기는 안전동입니다."

"알고 있어요."

안쪽 문이 열리기 시작했다. 나는 그 문 너머에 무엇이 있는지 알지 못했다. 이전에 여기에 있었다는 것을 믿을 수 없었다.

"마음의 준비는 됐습니까?"

긴 복도였다. 양 옆으로 문들이 열려 있어서 유리 너머로 안이 다 보였다. 방마다 침대가 있었다. 정돈되어 있는 침대도 있고 그렇지 않은 침대도 있었다. 환자가 있는 침대도 있었으나 대개는 비어 있었다.

"이곳 환자들은 갖가지 문제로 고생하고 있습니다." 닥터 내시가 말했다.

"분열정동장애(分裂情動障碍) 환자가 많습니다만 양극성(兩極性) 환자, 급성 불안 환자, 우울증 환자도 있습니다."

나는 유리 너머로 한 병실을 들여다보았다. 어떤 소녀가 벌거벗은 채 침대에 앉아서 텔레비전을 보고 있었다. 다른 침대에는 어떤 사내가 추위를 막으려는 듯이 두 팔로 몸을 감싸 안은 채 몸을 흔들며 앉아 있었다.

"환자들은 감금되어 있나요?"

"정신 건강법에 따라 감금되어 있습니다. 격리되어 있다고 할 수도 있겠죠. 환자 자신을 위해서 강제로 감금되어 있습니다."

"환자를 위해서요?"

"네. 그렇습니다. 이들은 자신에게나 남에게 위험합니다. 그러니 안전하게 지켜주어야 합니다."

우리는 계속 걸어갔다. 어떤 방을 지나갈 때 어떤 여자가 쳐다보았다.

눈길이 마주쳤으나 그녀는 아무 말 없이 자기 몸을 찰싹 때렸다. 내가 흠칫하자 그녀는 또 그랬다. 어떤 모습이 머릿속을 스쳤다. 어릴 때 찾았던 동물원, 호랑이가 우리 안을 왔다 갔다 하는 동물원 광경이었다. 나는 그 모습을 떨쳐버리고 곧장 걸었다. 왼쪽도, 오른쪽도 보지 않기로 하면서.

"왜 나를 이곳에 데려다놓았죠?"

"이곳에 오기 전에 당신은 일반 병동에 있었습니다. 여느 환자들처럼 침대 생활을 했고, 벤과 집에서 주말을 보내기도 했습니다. 하지만 당신을 다루기가 힘들어졌습니다."

"힘들어졌다고요?"

"당신은 걸핏하면 밖을 쏘다녔습니다. 벤은 집 문을 잠가놓을 수밖에 없었죠. 당신은 두어 번 히스테리 증세를 보였습니다. 벤이 해코지한다고 생각하거나 당신 의지와는 반대로 갇혀 있다고 생각했습니다. 병동에 돌아오면 한동안 잠잠했습니다만 또 같은 짓을 되풀이했습니다."

"그래서 나를 가두었단 말이군요."

우리는 보호자 대기실에 이르렀다. 제복 차림의 사내가 책상에 앉아서 컴퓨터에 무엇인가를 입력하고 있었다. 우리가 다가가자 그는 쳐다보더니 의사가 곧 올 거라고 하면서 앉으라고 했다. 나는 혹시 아는 사람인가 해서 그의 얼굴을 찬찬히 뜯어보았다. 굽은 코에 금 귀고리를 하고 있었다. 하지만 모르는 사람이었다. 병동이 온통 낯설어 보였다.

"예. 어쩔 수 없었습니다. 당신은 한 번 실종되기도 했습니다. 네다섯 시간쯤요. 운하 아래쪽에 있는 당신을 경찰이 데리고 왔죠. 파자마와 가운만 걸친 당신을요. 당신이 어떤 간호사와도 같이 가려고 하지 않아서 벤이 직접 경찰서에 가서 당신을 데리고 왔습니다. 그들로서는 달리 방법이 없었습니다."

내시는 벤이 날 정신 병동에서 당장 옮겨달라고 요청했다고 말했다.

"벤은 정신 병동이 당신에게 적합하지 않은 곳이라고 생각했습니다. 사실 그의 생각이 옳았습니다. 당신은 자신에게나 다른 사람에게 위험하지 않았고, 당신보다 병이 위중한 사람들에게 둘러싸여 있으면 병이 더 악화될 수 있었으니까요. 벤은 담당 정신 요법가와 의사들, 병원장에게 편지를 보냈습니다. 하지만 소용이 없었습니다."

그는 계속 말을 이어갔다.

"그 후 급성 뇌타박상 환자를 위한 병동이 오픈했습니다. 벤은 부지런히 로비를 했고, 당신은 심사를 거쳐 적합하다는 판정을 받았습니다. 막판까지 치료비 문제로 실랑이를 벌인 것 같기는 합니다만. 벤은 다른 해결책은 받아들이려고 하지 않고 당신 문제를 언론에 터뜨리겠다고 분명히 못을 박았습니다. 그래서 막판에 치료비 문제가 합의되면서 당신이 수용된 것입니다. 당신이 아픈 동안 기간이 얼마이건 상관없이 말이죠. 당신은 지금으로부터 약 10년 전에 그곳을 떠났습니다"

나는 남편을 생각했다. 편지를 쓰고 탄원하고 협박하는 모습을 그려보려고 했다. 그럴 리가 없을 것 같았다. 그날 아침 내가 만난 그 남자는 겸손하고 공손한 사람 같았다. 정확히 말하자면 줏대가 없는 사람이 아니라 솔직한 사람 같았다. 그는 문제를 일으키는 사람을 좋아하지 않는 것 같았다.

'내가 다친 것 때문에 성격이 바뀐 사람이 나뿐만이 아니야.'

"감호소는 꽤 작았습니다. 방이 몇 개 딸린 재활 센터였죠. 수용된 사람도 별로 없었습니다. 여러 간병인이 당신을 돌보았는데, 거기서 좀 더 독립된 생활을 했습니다. 당신은 안전했습니다. 점점 호전되어갔죠."

"벤과 같이 있지 않았어요?"

"예. 그는 집에서 살았습니다. 일을 해야 했으니까요. 직장에 다니면

217

시 당신을 돌볼 수 없어서 그렇게 한 겁니다."

어떤 기억이 머릿속에 떠올랐다. 나는 갑자기 과거로 끌려갔다. 모든 것이 초점을 벗어난 듯 흐릿했으나, 그 모습들은 눈길을 돌리고 싶을 만큼 선명했다. 나는 이것과 똑같은 복도를 따라 막연하게 내 방으로 알고 있는 방으로 걸어가고 있었다. 실내화에다가 등 위쪽에 끈이 달린 퍼런 옷차림이었다. 옆의 여자는 제복 차림의 흑인이었다.

"다 왔습니다." 그녀가 말했다. "여기서 면회하시면 됩니다!" 그녀는 내 손을 놓아주고 나를 침대로 데리고 갔다.

낯선 사람들이 침대 주위에 앉아서 나를 보고 있다. 머리카락이 검은 사내와 베레모를 쓴 여자가 보이지만 누군지 알 수 없다. '딴 방에 왔어. 뭔가 잘못됐어.' 이렇게 말하고 싶지만 나는 아무 말도 않는다.

침대 가에 앉아 있던 네다섯 살 난 아이가 일어서더니 뛰어오며 '엄마'하고 부른다. 나는 그때에야 비로소 그 아이가 누군지 알아차린다. '애덤'이다. 내가 쭈그리고 앉자 아이는 내 팔에 안겨든다. 나는 아이를 꼭 껴안고 정수리에 입을 맞춘다. 그러고는 몸을 일으킨다.

"당신들 누구예요? 여기서 뭐하는 거예요?"

갑자기 사내가 슬픈 표정을 짓는다.

베레모 쓴 여자가 일어나서 말한다. "크리스, 크리시. 나야. 내가 누군지 몰라?" 그러면서 나한테 온다. 여자도 울고 있다.

"몰라요. 몰라! 나가세요! 나가 달란 말이에요!"

나는 방을 나가려고 몸을 돌린다. 거기에도 어떤 여자가 있다. 내 뒤에 서 있던 여자다. 나는 그녀가 누군지, 어떻게 여기에 와 있는지 모른다. 나는 울기 시작한다. 바닥에 쓰러지기 시작한다. 하지만 거기에도 한 아이가 있다. 아이는 내 무릎에 매달린다. 나는 그 아이가 누군지 모른다. 그 아이는 날 보고 '엄마'하고 부른다. 자꾸 자꾸 부른다. '엄마. 엄

마. 엄마.' 이 아이가 누군지 나는 모른다. 왜 나한테 매달려 있는지.

어떤 손이 내 팔을 붙잡았다. 나는 취한 것처럼 움찔했다. 어떤 목소리가 들린다. "크리스틴? 괜찮습니까? 닥터 윌슨입니다."

나는 눈을 뜨고 주위를 두리번거렸다. 나는 서 있고, 닥터 내시도 서 있었다. 흰 코트 차림의 여자가 앞에 서 있었다.

"닥터 내시군요." 그녀는 닥터 내시와 악수하고 나서 말했다. "크리스틴입니까?"

"네."

"만나서 반갑습니다. 힐러리 윌슨이라고 합니다."

나는 그녀의 손을 잡았다. 나보다 조금 늙어 보이는 여자였다. 머리카락이 희끗희끗해져 가고 있었고, 반달 모양의 안경을 금줄로 목에 드리우고 있었다.

"처음 뵙겠습니다." 그녀가 말했다. 분명히 어디서도 본 적이 없는 여자였다. 그녀는 복도 저쪽을 가리켰다. "가실까요?"

그녀의 사무실은 넓었다. 책이 가지런히 꽂혀 있고 종이가 흘러넘치는 서류 상자가 잔뜩 쌓여 있었다. 그녀는 책상에 앉아서 맞은편 의자 두 개를 가리켰다. 닥터 내시와 나는 의자에 앉았다. 그녀는 책상 위 서류 더미에서 서류를 꺼내 들었다. "자. 어디 한번 봅시다."

그녀의 표정이 굳어졌다. 아는 여자였다. MRI 촬영을 할 때 본 여자였다. 그때는 알아보지 못했는데 이제야 알아보았다. 전에도 여기 왔었어. 그것도 몇 번이나. 지금 앉아 있는 이 의자, 또는 이와 비슷한 의자에 앉아서 그녀가 안경 너머로 서류를 보며 무엇인가 기록하는 것을 본 적이 있어.

"번 저이 있는 분이네요. 기억나요."

닥터 내시가 나를 흘깃 쳐다보더니 곧바로 닥터 윌슨을 바라보았다. 그녀는 고개를 끄덕였다.

"네, 만난 적이 있습니다. 자주 만난 건 아닙니다만." 그녀는 내가 옮겨왔을 때 그곳에서 막 일하기 시작했고 처음에는 내가 그녀 담당도 아니었다고 했다.

"저를 기억하는 것은 분명 고무적인 일이에요. 이곳을 나간 지 오래 되었거든요."

닥터 내시가 몸을 앞으로 기울이면서 내가 살았던 방을 보여주는 게 도움이 될 거라고 말했다. 그녀는 고개를 끄덕이고 나서 실눈으로 서류를 살펴보더니 어느 방인지 모르겠다고 했다.

"방을 여기저기 옮겼을 가능성이 큽니다. 많은 환자들이 그렇게 하니까요. 남편에게 물어봐도 될까요? 서류에는 남편과 당신 아들이 거의 매일 왔다고 되어 있군요."

나는 오늘 아침 애덤에 대한 기록을 읽었다. 애덤의 이름이 언급되는 순간 행복을 느꼈고, 자라는 애덤을 몇 번 본 적이 있다는 안도를 느꼈다. 하지만 나는 고개를 내저었다.

"아뇨. 벤에게 전화하고 싶지 않아요."

그녀는 그 문제는 더 따지지 않고 이렇게 말했다. "클레어라는 친구도 자주 들렀습니다. 클레어에게 물어볼까요?"

나는 고개를 가로저었다. "연락이 끊어졌어요."

"이런, 유감이네요. 하지만 걱정 마세요. 당시 이곳 생활이 어땠는지 당신에게 말해줄 수 있어요." 그녀는 말을 끊고 서류를 뒤적이더니 두 손을 모아 쥐었다. "정신 요법가가 주로 당신 치료를 담당했어요. 당신은 최면 상태에 있었어요. 어떤 성공이 있었더라도 잠시뿐이었고 지속되지 못한 것 같아요." 그녀는 서류를 계속 뒤적이며 말했다. "약물 치료는 많이 받지 않았군요. 밤에 잘 자도록 가끔 진정제는 복용했습니다만. 짐작대로 이곳은 매우 시끄럽습니다."

나는 고개를 끄덕이며 예전에 들었던 울부짖음을 생각했다. 나도 한때 그러지 않았을까? "전 어땠어요? 행복했나요?"

그녀는 미소를 지었다. "대체로 그런 편이었어요. 좋게 봐주는 사람이 많았어요. 당신은 어떤 간호사와 유난히 가깝게 지낸 것 같아요."

"간호사 이름이 뭐였어요?"

그녀는 서류를 뒤적였다. "유감스럽게도 적혀 있지 않네요." 잠시 침묵이 흘렀다. "당신은 솔리테르(혼자서 하는 카드놀이 – 옮긴이)를 즐겨 했어요."

"솔리테르라니요?"

"카드 게임이에요. 닥터 내시가 나중에 설명해 주시겠어요?"

그는 고개를 끄덕였다.

"기록을 보면 당신은 가끔 난폭하게 굴었어요." 그녀는 나를 쳐다보며 말했다. "놀라지 마세요. 당신 같은 환자에게는 흔히 있는 일이니까요. 뇌를 크게 다친 사람은 가끔 난폭한 경향을 보이거든요. 특히 자제력을 관장하는 뇌 부위를 다친 경우에는 더 그래요. 게다가 당신 같은 기억 상실증 환자는 얘기를 꾸며내는 경향이 더러 있어요. 자신과 관련된 일을 기억하지 못하기 때문에 뭔가 꾸며내야 한다고 생각해요. 자신과 주변 사람에 대해, 자신의 병력에 대해, 그리고 이들에게 일어난 일에 대해서 말이죠. 기억의 틈을 메우려는 욕구 때문인 것 같아요. 어떤점에서는 이해가 가요. 기억 상실증 환자는 환상이 상충될 때 난폭한 행동을 보이곤 해요. 그러면 삶의 방향 감각을 잃게 되죠. 특히 누가 찾아왔을 때는 더 그래요."

방문객들. 문득 내 아들을 때리지 않았나 더럭 겁이 났다.

"내가 무슨 짓을 했나요?"

"가끔 직원을 때렸어요."

"애덤은 아니죠? 내 아들 말이에요."

"네. 이 기록에 따르면 아닙니다."

나는 한숨을 쉬었다. 하지만 마음이 완전히 놓이지는 않았다. 그녀는 잠시 말을 끊었다가 다시 말했다.

"당신이 쓴 일기 몇 페이지가 우리한테 있어요. 보시는 게 좋지 않을까요? 당신의 혼란 상태를 더 잘 이해할 수 있을 거예요."

보는 건 위험할 것 같았다. 닥터 내시를 바라보자 그는 고개를 끄덕였다. 그녀는 푸른 종이 한 장을 내게 내밀었다. 나는 받아들었다. 처음에는 보는 것조차 무서웠다.

자세히 보니 마구 갈겨쓴 글자들이었다. 맨 위의 글자들은 인쇄된 줄에 맞춰 제법 반듯하게 적혀 있었으나, 아래로 내려갈수록 글자는 크고 제멋대로 날아갔다. 한 줄에 몇 단어밖에 없었다. 얼마나 끔찍한 내용인지 모르지만 나는 읽기 시작했다.

'오전 8시 15분.' 첫 줄에는 이렇게 적혀 있었다. '나는 눈을 떴다. 벤이 여기 있다.' 다음 줄에는 이렇게 적혀 있었다. '오전 8시 17분. 바로 앞줄은 무시하라. 누군가가 쓴 것이다.' 그다음 줄에는 이렇게 적혀 있었다. '8시 20분. 나는 이제야 눈을 뜬다. 그 전에는 눈을 뜨지 않았다. 벤이 여기 있다.'

내 눈은 계속 아래를 훑어 내려갔다. '9시 45분. 나는 방금 눈을 떴다, 처음으로.' 몇 줄 밑에는 이렇게 적혀 있었다. '10시 7분. 나는 이제야 확실히 눈을 떴다. 앞의 말은 모두 거짓말이다. 나는 이제야 눈을 떴다.'

나는 고개를 들었다. "내가 쓴 거예요?"

"네. 오랫동안 당신은 길고 깊은 잠에서 방금 깨어난 것 같은 감정 상태에 있었던 것 같아요. 여길 보세요."

닥터 윌슨은 내 앞에 놓인 종이의 한 대목을 가리켰다. '나는 오랫동안 잠든 상태였다. 죽은 것 같았다. 나는 방금 눈을 떴다. 비로소 처음으로 다시 볼 수 있다.'

"그들은 과거의 일을 기억해내도록 당신이 느낀 것을 기록하게 했어요. 하지만 당신은 이전에 쓴 것을 모두 다른 사람이 쓴 거라고 확신하고 있었어요. 당신은 이곳 사람들이 당신을 대상으로 실험을 하고 있고, 당신 의사에는 아랑곳없이 가둬두고 있다고 생각하기 시작했어요."

나는 다시 종이를 보았다. 온통 거의 비슷한 내용이었고, 몇 분 간격으로 쓴 것이었다. 몸이 으스스 떨리는 것을 느꼈다.

"내 증세가 이렇게 심했어요?" 내 말들이 머릿속에서 메아리치는 것 같았다.

"한동안 그랬습니다." 닥터 내시가 말했다. "당신은 기억을 몇 초밖에 간직하지 못했습니다. 때로는 1~2분밖에 되지 않았어요. 시간이 지나면서 그 시간이 점점 길어졌죠."

내가 쓴 글이라고 도저히 믿을 수 없었다. 완전히 정신 나간 사람이 쓴 것 같았다. 나는 '죽은 것 같았다'는 말을 다시 보았다.

"죄송하지만 믿을 수 없어요."

닥터 윌슨이 종이를 도로 가져갔다. "알겠습니다. 크리스틴. 속상한 일이죠. 저는…."

공포가 엄습했다. 나는 일어섰다. 방이 빙빙 돌기 시작했다.

"그만 가고 싶어요. 이건 내가 아니에요. 나였을 리가 없어요. 내가 사람을 때리지는 않았을 거예요. 결코 그렇지 않았을 거예요. 난 단지…."

닥터 내시도 일어서고 닥터 윌슨도 일어섰다. 그녀는 발을 앞으로 내

딛다가 책상에 부딪혔다. 서류가 바닥에 떨어졌다. 나는 내려다보았다. 그녀 앞에 펼쳐진 노트에서 사진 한 장이 빠져나왔다.

"세상에….."

그녀는 내려다보더니 몸을 구부리고 다른 종이로 사진을 덮었다. 하지만 나는 이미 다 보았다.

"그게 나예요?" 목소리가 비명처럼 높았다. "나냐고요?"

젊은 여자 사진이었다. 목을 쳐들어서 그런지 머리카락이 잘 보이지 않았다. 처음에는 꼭 핼러윈 마스크를 쓰고 있는 것처럼 보였었다. 한 눈은 치켜뜬 채 카메라를 보고 있었으나 다른 한 눈은 붉으락푸르락한 커다란 멍에 가려져 있었다. 핑크빛 두 입술은 부어터져 있었다. 뺨은 부풀대로 부풀어 얼굴 전체가 기괴해 보였다. 나는 걸쭉한 과일, 썩어 터진 자두가 떠올랐다.

"저게 나예요?" 나는 소리를 질렀다. 부어오르고 일그러진 얼굴이었지만 나라는 것을 알 수 있었다.

내 기억은 거기서 둘로 갈라졌다. 나의 일부는 고요하고 평온했다. 그것은 몸부림치고 비명을 질러 닥터 내시와 닥터 윌슨이 제지하고 있는 다른 일부를 보고 있었다. '이제는 행동에 나서야 합니다. 이것은 당혹스럽습니다'라고 말하는 것 같았다.

하지만 다른 일부가 더 강했다. 그것은 커져서 진짜 내가 되었다. 나는 연거푸 소리를 지르다가 몸을 돌려 문 쪽으로 달려갔다. 닥터 내시가 뒤따라왔다. 나는 문을 와락 열고 뛰어나갔다. 하지만 어디로 가야할지 몰랐다. 빗장을 지른 문. 경보음. 어떤 사내가 나를 뒤쫓아 오고 있었다. 내 아들이 울고 있었다. '전에도 이랬어. 전에도 이랬어.'

내 기억은 텅 비었다.

어쨌든 나를 진정시키고 닥터 내시와 함께 가도록 달랜 것이 분명했다. 그다음에 기억나는 것은 내시가 차를 몰 때 그 옆에 앉아 있었다는 것이다. 하늘에는 구름이 덮이기 시작했고 거리는 잿빛으로, 평평하게 보였다. 평면처럼 보였다. 내시가 무슨 말을 했지만 내 귀에는 들리지 않았다. 나는 환각에 사로잡힌 것 같았다. 다른 무엇인가에 홀려 말귀를 알아들을 수 없었다. 나는 창밖을 보았다. 쇼핑객도 보이고, 개를 데리고 산책 나온 사람도 보이고, 자전거로 유모차를 끄는 사람도 보였다. 이것이, 진실을 찾는 것이, 진정으로 내가 원한 것일까? 그렇다. 이것은 내가 낫게 도와줄지도 모른다. 하지만 얼마나 많은 것을 얻을 수 있을까? 나는 여느 사람처럼 아침에 눈뜰 때 모든 것을 알고 있기를 바라지 않는다. 눈뜰 때 어제 무엇을 했는지, 다음 날 무얼 하려고 하는지, 어떤 길을 거쳐 지금 이곳에 와 있고 지금의 나가 되었는지 알기를 바라지 않는다. 거울을 보고 내 모습에 충격을 받지 않는 것, 벤이라는 남자와 결혼했고 애덤이라는 아들을 잃었다는 것, 소설 복사본을 보지 않고도 내가 소설을 썼다는 사실을 아는 것 정도만 바랄 따름이다.

하지만 그 정도까지 될 것 같지도 않다. 나는 피셔 병동에서 본 것을 생각했다. 광기와 고통. 정신 나간 사람들: '나아지고 있기는커녕 이들과 다를 바 없어. 어쩌면 내 병을 안고 살아가는 법을 배우는 게 나을지도 몰라.' 나는 닥터 내시에게 말할 수 있었다. 다시는 만나고 싶지 않다고. 일기를 태워버리겠다고. 이미 안 진실들을 묻어버리겠다고. 아직 알지 못하는 진실과 함께 그것들을 깡그리 묻어버리겠다고. 나는 과거로부터 달아나고 싶었다. 몇 시간 후면 일기가, 의사가 존재했음을 알지 못하는 것을 유감으로 여기고 싶지 않았다. 그러면 단순하게 살 수 있을 터였다. 연결되지 않은 채로 하루가 다음 날을 뒤이을 것이었다. 그렇다. 때로는 애덤이 기억날 것이었다. 슬픔과 고통으로 하루를 보낼 것이었나. 내가 잃어버린 것을 기억할 것이었다. 하지만 그것은 지속되지 않을 터였다. 머지않아 나는 잠들 것이고 그러면 슬그머니 잊어버릴 터였다. '그게 더 쉬울 텐데. 이것보다 훨씬 더 쉬울 텐데.'

나는 내가 본 사진을 생각했다. 그 모습이 생생히 떠올랐다. '누가 나를 그 꼴로 만들었지? 왜 그랬을까?' 호텔 방이 기억났다. 기억은 아직 의식의 표면 밑에, 닿지 않는 곳에 있었다. 오늘 아침 나는 정사를 나누었다는 기록을 읽었다. 그게 사실이라 하더라도 지금 나는 누구랑 정사를 나누었는지 기억할 수 없다는 것을 깨달았다. 내가 가진 기억이라곤 이름 하나뿐이었다. 나는 며칠 전 아침에 눈을 떴을 때 아무리 원할지라도 그 이상을 기억할 가망이 없다는 것을 알았다.

닥터 내시가 아직도 뭐라고 말하고 있었으나 나는 무슨 말인지 하나도 알아듣지 못했다. 그래서 그의 말을 잘랐다.

"내가 나아지고 있는 건가요?" 심장이 쿵쿵거렸다. 그가 대답하지 않으리라고 생각하고 있는데 그가 말했다.

"당신은 나아지고 있다고 생각하십니까?"

나는 한숨을 푹 쉬었다. 내가 나아졌냐고? 나는 말할 수 없었다.

"몰라요. 네. 그런 것 같아요. 때로는 과거의 일이 기억나요. 섬광처럼 떠올라요. 일기를 읽을 때 나타나요. 그것들은 진짜처럼 느껴져요. 클레어도, 애덤도, 어머니도 기억해요. 하지만 그것들은 잡을 수 없는 실 같아요. 잡기 전에 하늘로 둥실둥실 올라가는 풍선 같아요. 결혼식도 기억 안 나고 애덤이 첫걸음마를 뗀 것도, 처음 한 말도 기억 안 나요. 애덤이 입학한 것도, 졸업한 것도 기억 안 나요. 아무것도 기억 안 나요. 내가 거기에 있었는지조차 몰라요. 어쩌면 벤은 나를 데려가도 소용없다고 생각했을 거예요."

나는 말을 끊었다.

"나는 그가 죽었다는 것, 그를 파묻었다는 것조차 기억나지 않아요." 나는 흐느끼기 시작했다. "미칠 것 같아요. 어떤 때는 그가 죽었다는 것도 생각나지 않아요. 당신은 그걸 믿을 수 있어요? 때로는 벤이 그것뿐만 아니라 모든 것에 대해 내게 거짓말하고 있다고 생각해요."

"모든 것이라고요?"

"네. 내 소설. 폭행. 내가 기억을 잃게 된 이유 등등 모두요."

"벤이 왜 그런다고 생각하십니까?"

어떤 생각이 떠올랐다. "정사를 나누고 있었기 때문일까요? 벤을 신뢰하지 않았기 때문일까요?"

"크리스틴. 그럴 가능성이 없다고는 생각하지 않나요?"

나는 아무 말도 하지 않았다. 물론 그의 말이 옳았다. 그가 오래전에 있었던 일에 앙갚음하려고 거짓말했다고는 믿기지 않았다. 그런 설명은 터무니없는 것처럼 여겨졌다.

"저는 당신이 나아지고 있다고 생각합니다. 당신은 더러 기억하고 있습니다. 우리가 처음 만났을 때보다 더 많이 기억하고 있습니다. 이것은 분명히 호전되고 있다는 표시입니다. 말하자면…."

나는 그를 보았다. "호전이라고요? 이런 걸 호전이라고 해요?" 거의 고함에 가까운 소리였다. 더는 참을 수 없다는 듯이 내 안에서 분노가 터져 나왔다. "이런 게 호전이라면 내가 그걸 바라고 있는지 아닌지도 모르겠어요." 눈물이 걷잡을 수 없이 흘러내렸다. "그따위 호전은 원치 않아요!"

나는 눈을 감고 슬픔에 잠겼다. 차라리 절망적인 게 더 낫다는 생각마저 들었다. 부끄럽다는 생각도 없었다. 닥터 내시는 일이 잘 풀릴 테니 낙담하지 말라고 했다가 이어서 진정하라고 말했다. 나는 그의 말을 무시했다. 마음을 가라앉힐 수도 없었고 그러고 싶지도 않았다.

그가 차를 세우고 시동을 껐다. 나는 눈을 떴다. 큰길을 빠져나와 공원 앞에 와 있었다. 어른거리는 눈물 사이로 아이들이 보였다. 10대 아이들 같았다. 양쪽에 재킷을 수북이 쌓아놓고 그걸 골대 삼아 축구를 하고 있었다. 비가 오기 시작했다. 하지만 아이들은 공차기를 멈추지 않았다. 닥터 내시가 나를 바라보았다.

"크리스틴. 죄송합니다. 오늘은 실수를 했네요. 왜 그랬는지는 모르겠습니다. 다른 기억들을 불러내려고 했는데 제가 잘못 생각했습니다. 사진을 보지 말았어야 했는데….'

"나는 사진인지 아닌지도 몰라요." 이제 흐느끼지는 않았으나 얼굴은 여전히 젖어 있었다. 코에서 점액 같은 것이 흘러나오는 게 느껴졌다. "화장지 있어요?"

그는 손을 뻗어 좌석 앞의 사물함을 뒤졌다.

"그건 중요했어요. 그 사람들을 보니 나도 한때는 저랬었구나 하는 생각이 들었어요. 그리고 일기 말이에요. 내가 그걸 썼다고는 도저히 믿을 수 없어요. 내 증세가 그만큼 심했다고는 믿을 수 없어요."

그는 화장지를 건넸다. "하지만 이제 그 정도는 아닙니다."

나는 화장지를 받아서 코를 풀었다.

"더 나빠졌을지도 몰라요." 나는 나직이 말했다. "나는 죽은 것 같다고 썼어요. 하지만 이건 뭐예요? 더 나쁘잖아요. 이건 죽어가는 거예요. 매일매일 죽는 거예요. 더 나아졌어야 하는데도 말이에요. 이런 꼴이 더 계속되는 건 상상할 수 없어요. 오늘 밤에도 자러 갈 테고, 내일 아침 눈 뜨면 또 아무것도 알지 못하리라는 걸 알고 있어요. 모레도, 글피도 그럴 거고 영원히 그럴 거예요. 그런 건 상상할 수도 없어요. 난 그런 꼴 못 봐요. 이건 사는 게 아니에요. 그저 목숨만 붙어 있는 거지. 과거도 기억하지 못하고 미래에 대한 계획도 없이 한순간에서 다음 순간으로 넘어가는 거예요. 짐승과 다를 바 없어요. 가장 나쁜 것은 내가 모르고 있다는 것조차 모른다는 거예요. 나를 기다리고 있는 고통이 적지 않을 거예요. 내가 아직 꿈에도 생각하지 못한 것들 말이에요."

그가 내 손을 잡았다. 나는 그가 무엇을 원하는지, 내가 무엇을 해야 하는지 알아채고 그의 품에 쓰러졌다. 그는 팔을 벌려 나를 안았고, 나는 그렇게 하도록 내버려두었다.

"괜찮습니다. 괜찮아요."

그의 가슴이 내 뺨 밑에 닿는 것을 느꼈다. 숨을 깊이 들이쉬며 그의 냄새를 빨아들였다. 갓 세탁한 옷 냄새와 알듯 말듯 한 냄새가 났다. 땀 냄새, 섹스 냄새 같았다. 그의 손이 내 등에 닿았다. 나는 그의 손이 움직이는 것을 느꼈다. 내 머리카락과 머리를 만지는 것을 느꼈다. 처음에는 부드러웠으나 내가 또 흐느끼자 손길이 더욱 거세졌다.

"다 잘 풀릴 겁니다." 그가 속삭이듯 말했다. 나는 눈을 감았다.

"폭행당한 날 밤에 무슨 일이 있었는지 기억해내고 싶어요. 이것만 기억해내면 모든 걸 기억할 것 같아요."

그가 부드럽게 말했다. "그렇다는 증거가 없습니다. 터무니없이…."

"난 그렇게 생각해요. 어쨌든 난 알고 있어요."

그는 나를 살짝 껴안았다. 거의 느끼지 못할 만큼 가볍게 껴안았다. 그의 딱딱한 것이 몸에 닿는 것을 느꼈다. 나는 숨을 깊이 들이쉬었다. 그러자 다른 때, 내가 유린당한 때가 생각났다. 다른 기억이 떠올랐다.

'나는 지금처럼 눈을 감고 있었다. 지금과는 달리 다른 사람 몸이 내 몸을 누르고 있다. 이 사람한테 유린당하고 싶지 않다. 그는 나한테 해코지를 하고 있다. 나는 벗어나려고 몸부림친다. 하지만 그는 힘이 더 세다. 나를 놓아주지 않는다. 그가 개 같은 년, 잡년 하고 말한다. 나는 따지고 싶지만 그러지 못한다. 내 얼굴이 그의 셔츠 밑에 눌린다. 닥터 내시와 있을 때처럼 나는 울며 소리를 지른다. 나는 눈을 뜬다. 그의 푸른 셔츠와 문이 보인다. 거울이 세 개인 화장대와 그 위에 걸린 그림, 새 그림이 보인다. 그의 팔이 보인다. 억센 팔이다. 팔을 따라 내려오는 정맥이 보인다. 나는 뭐! 하고 말하고는 머리가 어질어질하여 쓰러진다. 바닥이 나를 만나러 솟아오르는 걸까? 나는 구별하지 못한다. 그는 내 머리카락을 움켜쥐고 나를 문께로 끌고 간다. 나는 고개를 틀어 그의 얼굴을 본다.'

이 대목에서 기억이 끊어진다. 그의 얼굴을 본 기억은 나지만 정작 그의 얼굴은 기억나지 않는다. 그것은 아무런 특색도 없는 빈 석판이다. 이 텅 빈 것을 극복하지 못하는 듯 내 마음은 내가 아는 얼굴 주위를, 터무니없는 것들 주위를 돈다. 나는 닥터 내시를 본다. 닥터 윌슨을 본다. 피셔 병동의 접수계원을 본다. 아버지를 본다. 벤을 본다. 때리려고 주먹을 쳐들고 웃고 있는 나 자신을 본다.

제발. '나는 울부짖는다.' 안 돼. '하지만 천의 얼굴을 가진 공격자는 막무가내로 때린다. 피가 난다. 그는 바닥을 따라 나를 끌고 간다. 나는 욕실의 희고 검은 타일, 차가운 타일 위에 내동댕이쳐진다. 바닥은 물기로 번들거리고, 욕실에는 오렌지 향기가 난다. 나는 얼마나 목욕을 하고 싶어 했는지, 몸매를 아름답게 만들려고 했는지 기억이 났다. 어쩌면 그가 도착했을 때도 욕실에 있었을 거라고 생각한다. 그는 나와 한 몸이 되어 바닥과 옷을 죄다 적시면서 비누 거품 물에서 몸을 흔들며 관계를 맺었구나. 어쨌든 이렇게 헷갈리는 몇 달을 보낸 끝에 마침내 나는 알았다. 이 남자를 사랑하는구나. 비로소 나는 안다. 그를 사랑하는구나.'

'내 머리가 바닥에 쿵쿵쿵 부딪힌다. 내 모습이 흐릿해지고 두 개로 보이다가 다시 하나로 보인다. 귓속이 윙 울린다. 그가 뭐라고 소리 지르지만 나는 무슨 말인지 알아듣지 못한다. 그 소리가 메아리친다. 마치 그 남자가 둘인 것 같다. 두 사람이 나를 붙들고 내 팔을 비튼다. 내 머리카락을 움켜쥐고 무릎으로 내 등을 누른다. 나는 놓아달라고 애원한다. 나도 둘이다. 나는 무엇인가를 삼킨다. 피.'

'내 머리가 다시 홱 비틀어진다. 공포. 나는 무릎 자세로 있다. 물이 보이고, 비누 거품이 보인다. 거품은 벌써 잦아지고 있다. 나는 말을 하려고 용을 쓰지만 말을 할 수 없다. 그의 손이 내 목을 조르고 있다. 숨을 쉴 수 없다. 그는 나를 밑으로, 밑으로 내리누른다. 하도 빨라서 제지할 틈도 없다고 생각한다. 이윽고 내 머리가 물에 잠긴다. 목구멍에서 오렌지 향기가 난다.'

어떤 목소리가 들렸다.

"크리스틴! 크리스틴! 멈춰!"

나는 눈을 떴다. 알고 보니 차 밖에 나와 있었다. 나는 뛰었다. 들판을 가로질러 죽어라고 뛰었다. 닥터 내시가 뒤쫓아 오고 있었다.

우리는 벤치에 앉았다. 앉는 부분만 나무 슬랫(얇고 긴 널빤지-옮긴이)으로 된 딱딱한 콘크리트 벤치였다. 슬랫 하나는 빠져 있었고 나머지는 가운데가 처져 있었다. 목덜미에 햇살이 느껴졌다. 내 그림자가 땅에 길게 드리워졌다. 아이들이 아직도 공을 차고 있었지만 시합은 끝난 모양이었다. 한쪽에서 자는 아이도 있었고, 떠들어대는 아이도 있었다. 골대로 쓰던 재킷 더미 하나도 없어졌다. 닥터 내시가 무슨 일이냐고 물었다.

"뭔가 기억났어요."

"폭행당한 밤에 대한 기억입니까?"

"네. 어떻게 알았죠?"

"당신은 소리를 질렀습니다. '이것 놔. 놓으란 말이야'하면서 계속 소

231

리 질렀습니다."

"거기 있었던 것 같아요. 미안해요."

"미안해하실 것까지는 없습니다. 어떤 것을 보았는지 얘기해 주시겠습니까?"

사실은 보지도 않았었다. 오래된 본능이 이게 내가 가장 잘 보존하고 있는 기억이라고 말하는 것 같았다. 하지만 그의 도움이 필요했다. 나는 그를 신뢰할 수 있다는 것을 알고 그에게 죄다 털어놓았다.

내가 말을 마치자 그는 잠자코 있다가 물었다. "또 없습니까?"

"네. 없는 것 같아요."

"그가 어떻게 생겼는지 기억 안 납니까? 당신을 폭행한 사람이 기억 안 납니까?"

"네. 볼 수가 없었어요."

"이름은요?"

"기억 안 나요. 아무것도 기억 안 나요." 나는 잠시 있다가 다시 말했다. "나를 이 꼴로 만든 사람이 누군지 아는 것, 그를 본 것, 그를 기억하는 것이 도움이 되리라고 생각해요?"

"크리스틴. 그걸 보여주는 직접 증거가 없습니다. 그게 사실임을 말해주는 것은 하나도 없습니다."

"하지만 사실일지도 모르잖아요?"

"그게 가장 깊이 억눌린 기억 가운데 하나인 것 같군요…."

"그럴 가능성이 있단 말이죠?"

그는 잠자코 있다가 말했다. "가보면 도움이 될지도…."

"안 가요. 안 가. 그런 말은 꺼내지도 마세요."

"같이 가면 됩니다. 당신은 분명 호전될 겁니다. 다시 브라이튼에 가보면…."

"안 가요."

"가보면 기억날지도 모르는데요…."

"안 간다니까요!"

"도움이 될지도 모르는데도요?"

나는 내 손을 내려다보았다. 무릎에 가지런히 놓여 있었다.

"거긴 갈 수 없어요. 안 가요."

그는 한숨을 쉬었다. "알겠습니다. 그럼 그 얘긴 다시 해줄 수 있겠죠?"

"아뇨. 못 해요."

"알았습니다. 알았어요."

그는 미소를 짓고 있었으나 실망한 모양이었다. 그에게 무엇인가 주고 싶다는 생각이 들었다. 나를 단념하지 않게끔 하고 싶었다.

"닥터 내시?"

"왜요?"

"나한테 무엇인가 일어났다고 며칠 전에 기록했어요. 그게 관련 있을지도 모르겠어요."

그는 고개를 돌려 나를 보았다. "말해보세요."

우리의 무릎이 닿았다. 그도, 나도 무릎을 떼지 않았다.

"눈을 떴을 때. 어떤 사내와 침대에 있다는 것을 어렴풋이 알았어요. 어떤 이름이 떠올랐지만 벤은 아니었어요. 나랑 정사를 나눈 사람, 나를 폭행한 사람의 이름이 아닐까 생각해요."

"있을 수 있는 일입니다. 억압된 기억이 나타나기 시작하는 것일지도 모릅니다." 그는 잠시 말을 끊었다가 다시 말했다. "이름이 뭔데요?"

그에게 이름을 큰 소리로 말해주고 싶지 않다는 생각이 문득 들었다. 그렇게 하면 그 이름이 진짜가 되고 폭행한 놈이 다시 살아날 것만 같았다. 나는 눈을 감았다.

"에드예요. 에드라는 사람과 같이 잠자리에서 일어난 것 같아요."

침묵이 흘렀다. 영원히 계속될 것 같은 심장 박동 소리만 들렸다.

"크리스틴. 그건 제 이름입니다. 제가 에드입니다. 에드 내시입니다."

한순간 머리가 핑 돌았다. 처음에는 그가 날 폭행했다고 생각했다.

"뭐라고요?" 나는 소스라치게 놀라며 말했다.

그는 되풀이해서 말했다. "그건 제 이름입니다. 전에도 말씀드렸습니다. 제 이름은 에드먼드입니다. 에드입니다."

나는 그가 폭행범일 리가 없다는 것을 깨달았다. 그때 그는 갓 태어났을 것이다.

"하지만…."

"당신이 꾸며낸 것일 겁니다. 닥터 윌슨이 설명하지 않았어요?"

"네. 나는…."

"동명이인한테 폭행당했을지도 모르지 않습니까?"

그는 이렇게 말하고는 분위기를 밝게 하려는 듯이 웃었다. 하지만 그렇게 함으로써 나중에 ―사실 그는 그 후 차로 나를 집에 데려다주었다― 나한테 일어날 일을 이미 알고 있었다는 것을 보여주고 있었다. 그날 아침 눈을 떴을 때 나는 행복했었다. 에드라는 사내와 침대에 같이 있어서 행복했었다. 하지만 그것은 기억이 아니었다. 환상이었다. 나는 에드라는 사내와 같이 잠자리에서 일어난 적이 없었고 ―나는 깨어 있었음에도 그가 누군지 몰랐다― 앞으로 그렇게 해보고 싶을 따름이다. 나는 닥터 내시와 자고 싶다.

그런데 지금 무심코 그에게 말해버렸다. 그에게 품고 있는 감정을 드러내고 말았다. 말할 것도 없이 그는 프로였다. 우리 둘은 일어난 일이 대수롭지 않은 척했으나 그렇게 함으로써 오히려 그것이 얼마나 중요한지 드러내고 말았다. 우리는 다시 차가 있는 곳으로 걸어갔다. 그는 차를 몰고 나를 집으로 데려다주었다. 우리는 시시콜콜한 이야기를 했다. 날씨 이야기도 하고, 벤 이야기도 했다. 우리가 할 수 있는 이야기 주제는 얼마 되지 않았다. 내가 완전히 배제된 경험의 영역이 있었다.

그가 불쑥 말했다. "우리는 오늘 밤 극장에 갈 겁니다."

나는 그가 의도적으로 복수형을 사용한 것에 주목했다. '걱정 마세요, 내가 갈 곳이 어딘지는 알고 있어요'하고 말하고 싶었지만 아무 말도 하지 않았다. 그가 나를 껄끄러운 여자로 여기는 것을 원하지 않았다.

그는 다음번 약속 날짜 이전에 전화하겠다고 말했다.

"치료를 계속 하실 겁니까?"

나는 이제 와서 멈출 수 없다는 것을 알고 있다. 진실을 알 때까지는 중단할 수 없어. 진실을 알아내야 해. 그렇지 않으면 살아도 죽은 거나 다름없어.

"네. 계속할 거예요."

"알겠습니다. 좋습니다. 다음번에는 당신의 과거 어딘가로 방문할 겁니다." 그는 내가 앉아 있는 곳을 보았다. "걱정 마세요. 거긴 아닙니다. 당신이 피셔 병동에서 옮겨 간 감호소에 가보아야 할 것 같습니다. 워링 하우스라는 곳입니다." 나는 아무 말도 하지 않았다. "당신 집에서 그다지 멀지 않습니다. 그들에게 전화할까요?"

나는 가도 될지 잠시 생각했다. 하지만 달리 뾰족한 수가 없다는 것을 알았다. 아무것도 안 하는 것보다 무엇인가를 하는 게 낫다는 것을 알았다.

"네. 전화하세요."

11월 20일 화요일

아침이다. 벤은 나더러 창문을 닦아놓으라고 했다.

"마커 보드에 적어놓았어." 벤은 차에 오르면서 말했다. "부엌 마커 보드에 말이야. 시간 있으면 해."

마커 보드를 보니 정말 '창문 닦아'라고 적혀 있고 물음표가 붙어 있었다. 전에도 이런 것을 보고 내 삶을 통제하려는 것으로 생각하고 분개한 적이 있었지만, 오늘은 나를 차지하려는 욕망 외에 나쁜 뜻은 없을 것으로 생각하고 애정 어린 눈길로 읽었다. 나는 혼자서 미소를 지었다. 그러면서 나랑 같이 사는 것이 얼마나 힘들까 하고 생각했다. 내가 탈 없이 잘 있는지 확인하는 데 신경을 많이 써야 할 거야. 내가 당황해 할까 봐, 혼자서 헤맬까 봐, 상황이 더 나빠질까 봐 끊임없이 신경써야 할 거야. 나는 우리의 과거, 그가 말해준 적이 없는 과거를 대부분 파괴해버린 화재에 대해 읽은 기억이 났다. 어떤 모습이 떠올라서 가물거렸다. 짙은 연기 때문에 잘 보이지 않는 불타는 문, 녹아내리는 소파였다. 그 모습은 기억되기를 거부하고 반쯤 꿈으로 남았다. 그는 다른

236

것들을 용서해준 것처럼 이 화재도 눈감아줬을 거야.

나는 내 얼굴이 비치는 부엌 창으로 밖을 내다보았다. 깎아 다듬은 잔디밭, 잘 손질해둔 화단, 헛간, 담이 보였다. 벤은 분명히 내 외도 사실을 알고 있을 거야. 그전에는 몰라도 내가 브라이튼에서 발견된 후에는 분명히 알았을 거야. 다른 사람과 정사를 나누려고 집을 나갔다가 사고를 당했다는 것을 알면 기억 상실증에 걸린 나를 돌보는 게 얼마나 힘들까. 나는 내가 본 것들을 생각했다. 내가 써둔 일기를 생각했다. 내 마음은 갈기갈기 찢어지고 부서졌다. 다른 사람들은 내가 그 꼴을 당해도 싸다고 생각할지 모르는데 벤은 여전히 내 곁에 있었어.

나는 창에서 눈을 떼고 싱크대 밑을 보았다. 세제, 비누, 파우더 상자, 플라스틱 스프레이 병 따위가 보였다. 붉은 플라스틱 양동이도 있었다. 나는 양동이에 뜨거운 물을 채우고 비누와 식초를 조금 풀었다. '그에게 어떻게 보답을 할까?' 나는 스펀지를 집어 들고 위에서부터 아래로 창문에 비누칠을 했다. 나는 주변을 배회하기도 하고 런던 시내를 돌아다니기도 했어. 의사를 만나기도 하고, 정밀 검사를 하기도 했어. 이전에 살던 집을 찾아가기도 하고 사고 후 치료를 받았던 곳을 찾아가기도 했어. 벤에게 말하지도 않은 채 말이야. 왜 그랬을까? 그를 믿지 못하기 때문일까? 그가 진실을 말해주지 않고 나를 바보로 만들려고 했기 때문일까? 나는 비눗물이 유리창 밑에 고이는 것을 보고 다른 천을 집어 들어 창문이 반들반들해질 때까지 닦았다.

이제 나는 상황이 생각보다 나쁘다는 것을 알고 있다. 오늘 아침 나는 짓누르는 듯한 죄의식과 함께 눈을 떴다. '부끄러워해야 해, 미안한 줄 알아야 해'라는 말이 머릿속을 맴돌았다. 처음에 나는 남편 아닌 남자와 함께 눈을 떴다고 생각했고, 나중에야 진실을 발견했다. 그를 배반했다는 것이었다. 그것도 두 번이나. 몇 년 전에 내 모든 것을 앗아 간 사내와 처음 그 짓을 했고, 지금 또 그 짓을 했다. 나는 나를 도와주려는 의사, 위로해주려는 의사에게 우스꽝스럽게도 반해버렸다. 지금은 떠올릴 수도 없는 의사, 만난 적이 있다는 것도 기억 못 하는 의사, 내가 알기로는 나보다 훨씬 젊고 여자 친구가 있는 의사였다. 그에 대해 품고 있는 내 감정을 드러냈어! 우연한 일이기는 했지만 어쨌든 내뱉고 말았어. 나는 죄책감 이상을 느낀다. 참 바보라는 생각이 든다. 무엇이 나를 이 지경으로 몰고 왔는지 상상할 수조차 없다. 참으로 불쌍하다.

나는 결심한다. 치료가 효과가 있을 것이라는 내 생각에 그가 동의하지 않을지라도 그가 그 기회마저 앗아 가리라고는 믿을 수 없다. 그것이 내가 원한 것이라고는 믿을 수 없다. 나는 어른이고 그는 괴물이 아니다. 그를 진정으로 믿을 수 있을까? 나는 물을 싱크대에 버리고 양동이를 다시 채웠다. 오늘 밤 그에게 말하리라. 그가 집에 오면 말하리라. 이렇게 지낼 수는 없다. 나는 계속 창문을 닦았다.

⊙ ⊙ ⊙

나는 한 시간 전에 그것을 기록했다. 하지만 지금은 그다지 확신하지 못하고 있다. 나는 애덤을 생각한다. 나는 금속 상자 안에 든 사진들에 대해 읽었다. 그러나 애덤 사진은 없다. 하나도 없다. 나는 벤이, 아니 누구라도, 아들을 잃고 나서 집에 있는 그의 흔적들을 모두 없애버렸다고 믿을 수 없다. 그것은 옳은 일 같지도 않고 가능한 일 같지도 않다. 그렇게 할 수 있는 사람을 믿을 수 있을까? 나는 팔러먼트 힐 들판에 앉아서 그에게 직선적으로 물었던 날에 대해 읽은 기억이 났다. 그는 거짓말을 했었다. 나는 지금 일기를 획획 되넘겨 그 대목을 또 읽는다. '우리가 아이를 가지지 않았다고요?', '그럼. 그렇고말고. 우린 아이를 안 가졌어.' 그는 정말 나를 보호하기 위해서 그렇게 말했을까? 그는 진정으로 그게 최선이었다고 믿고 있을까? 자기한테 유리한 것 외에는 아무 것도 말해주지 않았어.

아무튼 교활해. 매일 똑같은 말을 되풀이하는 데 신물이 났을 거야. 그가 설명을 줄이고 말을 바꾸는 것이 나와는 전혀 관계가 없다는 생각이 든다. 어쩌면 같은 말을 끊임없이 되풀이하다가 돌아버릴까 봐 그렇게 했을지도 몰라.

미칠 것만 같다. 세상에 흐르지 않는 것, 변하지 않는 것은 없다. 나는 이렇게 생각하는가 하면, 한순간 후에는 그와 반대되는 생각을 한다. 남편의 말을 죄다 믿는가 하면 금방 믿지 않는다. 그를 신뢰하는가 하면 금방 신뢰하지 않는다. 진짜처럼 여겨지는 것은 하나도 없다. 모든 것이 꾸며낸 것이다. 나 자신조차도.

하나라도 확실히 알고 싶다. 남에게 전해 듣지 않고, 기억하려고 할 필요가 없는 게 하나라도 있었으면 좋겠다.

그날 브라이튼에서 누구와 함께 있었는지 알고 싶다. 누가 나를 이 꼴로 만들었는지 알았으면 좋겠다.

◉◉◉

한참 후. 나는 닥터 내시와 얘기를 막 끝냈다. 전화벨이 울렸을 때 나는 거실에서 졸고 있었다. 텔레비전이 켜져 있었고, 소리가 약하게 났다. 한동안 나는 내가 어디에 있는지, 잠들어 있는지 깨어 있는지조차 구별하지 못했다. 목소리가 들리는 것 같았다. 그 소리는 점점 커졌다. 알고보니 하나는 내 목소리이고 다른 하나는 벤의 목소리였다. 벤이 '갈보 같은 년'하고 말했다. 아니 그보다 더 심한 욕이었다. 나는 소리를 질렀다. 처음에는 분노 때문에, 그다음에는 두려움 때문에. 문이 확 열리고 주먹이 날아들어 유리잔을 깼다. 그때 나는 꿈꾸고 있다는 것을 알았다.

나는 눈을 떴다. 내 앞 테이블에는 이가 빠진 식은 커피 잔이 놓여 있었고, 그 옆에 놓인 전화기가 신경질적으로 울려대고 있었다. 나는 수화기를 들었다.

닥터 내시였다. 낯익은 목소리 같은데도 그는 자신이 누군지 밝혔다. 그러고는 괜찮으냐고 물었다. 나는 잘 있으며 일기도 읽어봤다고 했다.

"우리가 어제 한 말을 알고 있습니까?"

나는 전율이 스치는 것을 느꼈다. 공포였다. 그렇다면 그는 문제를 해결하려고 마음먹은 것이다. 나는 한 가닥 희망을 느꼈다. 사실 그도 나처럼 욕망과 두려움이 섞인 감정을 느꼈을 것이다. 하지만 그 희망은 오래가지 않았다.

"병동을 나온 후 당신이 살았던 곳으로 가보려고 합니다. 워링 하우스 아시죠?"

"네."

"오늘 아침 그곳에 전화했습니다. 좋다고 하더군요. 가기만 하면 됩니다. 편한 때에 오라고 하네요."

미래. 그것은 또 다시 나와 거의 무관한 것처럼 보였다.

"내일모레는 제가 좀 바쁠 것 같고, 목요일에 가는 게 어떻습니까?"

"좋아요."

언제 가든 상관없을 것 같았다. 간다고 도움이 될 것 같지도 않았다.

"좋습니다. 그럼 또 전화드릴게요."

전화를 끊으려고 할 때 내가 자기 전에 썼던 것이 기억났다.

"닥터 내시? 뭐 좀 물어봐도 돼요?"

"뭔데요?"

240

"벤에 대한 거예요."

"물론입니다."

"난 지금 몹시 헷갈려요. 그는 사실을 곧이곧대로 말해주지 않아요. 중요한 얘기는 안 해줘요. 애덤에 대해서도. 내 소설에 대해서도요. 거짓말만 하고 있어요. 나를 이 꼴로 만든 게 사고 때문이라고 해요."

"알고 있습니다." 그는 잠시 말을 끊었다가 다시 말했다. "당신은 그가 왜 그런다고 보십니까?"

그는 '왜'라는 말보다 '당신'이라는 말을 강조했다.

나는 잠시 생각했다. "그는 내가 기록하고 있다는 사실을 몰라요. 내가 다른 사실들을 알고 있다는 것을 몰라요. 그게 그에게 더 잘된 일인지도 모르겠어요."

"그만 그렇다고 봅니까?"

"아니요. 내게도 더 잘된 일인 것 같아요. 적어도 그는 그렇게 생각할 거예요. 하지만 그렇지 않아요. 그건 내가 벤을 신뢰할 수 있는지 없는지조차 모른다는 말이거든요."

"크리스틴, 우리는 끊임없이 사실을 왜곡하고 있습니다. 사태가 쉽게 풀리도록, 사태를 우리 마음에 드는 버전에 맞추려고 이야기를 다시 쓰고 있습니다. 우리는 알게 모르게 그렇게 하고 있습니다. 우리는 아무 생각 없이 기억을 꾸며내고 있습니다. 어떤 일이 일어났었다고 자신에게 몇 번 말하면 그걸 믿기 시작하고, 기억으로 받아들입니다. 벤에 대해서도 마찬가지 아닙니까?"

"그럴지도 모르죠. 난 벤이 나를 이용하고 있다는 생각이 들어요. 내 병을 이용하고 있다는 생각이 들어요. 그는 멋대로 이야기를 다시 쓸 수 있다고 생각해요. 내가 모를 거라고, 내 기억이 되살아나지 않으리라고 생각해요. 하지만 나는 알아요. 그가 무슨 짓을 할지 정확히 알고 있어요. 그래서 그를 믿지 않아요. 그는 결국 나를 몰아낼 거예요. 닥터 내시, 그는 모든 걸 파괴하고 있어요."

"그렇다면 어떻게 할 작정입니까?"

나는 이미 그 답을 알고 있었다. 나는 오늘 아침에 기록한 것을 읽고 또 읽었다. 어떻게 그를 신뢰할 것인지에 대한 것을. 왜 그를 신뢰하지 않는지에 대한 것을. 내가 생각할 수 있는 것은 '이렇게 지낼 수는 없다'는 단어들이었다.

"일기를 쓰고 있다고 그에게 말할 거예요. 당신을 만나고 있다는 것도 말할 거예요."

그는 잠시 말이 없었다. 나는 무슨 답을 기대하고 있는지 모른다. 반대? 그때 그가 말했다. "당신 말이 옳을지도 모르겠습니다."

나는 안도했다. "그렇게 생각하세요?"

"예. 그게 좋겠다고 이틀간 줄곧 생각했습니다. 과거에 대한 벤의 견해가 당신 견해와 그렇게 다를 줄은 몰랐습니다. 그것이 얼마나 당혹스러운 것인지 몰랐습니다. 우리가 이제야 그림을 반쯤 이해했다는 생각이 듭니다. 당신의 말로 미루어 보건대 억눌린 기억의 일부가 나타나기 시작합니다. 벤과 과거 이야기를 하는 것도 도움이 될 것 같습니다. 기억을 되살아나게 하는 데 도움이 될지도 모릅니다."

"그렇게 생각하세요?"

"예. 벤 모르게 우리가 만나서 치료하는 것이 실수였다고 생각합니다. 게다가 오늘 워링 하우스 직원에게 말해버렸습니다. 그곳 사정이 어떻게 돌아가는지 알고 싶어서 당신과 잘 아는 여자에게 말했습니다. 그곳 직원입니다. 이름이 니콜이죠? 그녀는 최근에 그곳에 복귀했다고 하더군요. 당신이 집에 가서 살고 있다는 것을 알고 기뻐했습니다. 벤만큼 당신을 사랑하는 사람은 없을 거라고 했죠. 그는 거의 매일 당신을 보러 왔고, 당신과 함께 방이나 정원에 앉아 있었다고 했습니다. 그는 무슨 일이 있든 쾌활하게 보이려고 애썼다고 하더군요. 직원들도 다 그를 알게 되어 그가 오기를 고대했다고 했습니다."

"당신은 벤을 만난 적이 없나요?"

"없어요. 내가 당신을 만나기 위해 그에게 처음 전화했을 때 간략하게 얘기한 게 다입니다. 잘되진 않았지만⋯."

그게 바로 벤을 데리고 가자고 한 이유였구나 하는 생각이 그때 들었다. 요컨대 그는 벤을 만나고 싶은 것이었다. 그는 어제 같은 어색함이 다시는 되풀이되지 않기를 원하고 있다.

"좋아요. 당신이 그렇게 생각한다면."

그는 그렇게 하겠다고 말했다. 긴 침묵이 흘렀다. 이윽고 그가 말했다. "크리스틴? 일기를 읽었다고 했죠?"

"네." 또다시 침묵이 흘렀다. 이윽고 그가 말했다. "오늘 아침에는 전화를 드리지 않았습니다. 일기가 어디 있는지 말해주지 않았습니다."

나는 그 말이 맞다는 것을 알았다. 그는 전화를 하지 않았다. 옷장 안에서 일기를 찾아낼지 알지도 못한 채 나는 혼자 옷장에 가서 무심코 구두 상자를 열었다. 일기가 거기 있다는 것을 알기라도 하는 것처럼.

"잘하셨습니다."

⬤⬤⬤

나는 침대에서 이 글을 쓰고 있다. 밤이 깊다. 벤은 층계참 건너편 서재에 있다. 그가 일하는 소리, 자판 두드리는 소리와 마우스를 클릭하는 소리가 들린다. 이따금 한숨 소리도 들리고 의자가 삐걱거리는 소리도 들린다. 보나마나 모니터 화면을 째려보며 일에 깊이 몰두하고 있으리라. 그가 자려고 컴퓨터를 끄는 소리가 들리면 일기를 감춰야지. 하루

243

중 그 이느 때보다도 지금은 일기 쓰고 있다는 것을 들키고 싶지 않다.

오늘 저녁 주방에 앉아 있었을 때 나는 그에게 말했다.

"뭐 하나 물어봐도 돼요?" 그는 물끄러미 나를 쳐다보았다. "왜 우린 아이를 가지지 않았죠?"

그의 속을 떠보려는 속셈이었다. 그가 진실을 말해주기를, 내 말을 반박하기를 바랐지만 그는 그러지 않았다.

"차일피일하다가 너무 늦어버렸어."

나는 우리 앞에 놓인 음식 접시를 보았다. 나는 실망했다. 그는 늦게 귀가해서는 집에 들어서며 내 이름을 부르곤 했고, 몸 상태가 어떠냐고 묻곤 했었다.

"어디 있어?" 그가 말했다. 어쩐지 그 말이 비난처럼 들렸다.

나는 부엌에 있다고 큰 소리로 대답했다. 나는 저녁 식사 준비를 하고 있었다. 뜨거운 요리 판에 올리브기름을 붓고는 양파를 튀기려고 썰고 있었다. 그는 문간에 서 있었다. 들어오기를 망설이는 것 같았다. 그는 피곤해 보였다. 불행해 보였다.

"괜찮아요?"

그는 내 손에 들린 식칼을 보며 말했다. "뭐 하고 있어?"

"저녁 준비를 하고 있어요." 나는 미소를 지어 보였지만 그는 화답하지 않았다. "냉장고에 계란과 버섯이 있기에 오믈렛을 좀 만들어볼까 해요. 감자 있죠? 어디 있는지 못 찾겠어요. 난…."

"돼지갈비 요리가 먹고 싶은데. 어제 좀 사놨어. 돼지갈비 요리를 만들 수 있을 거야."

"미안해요. 난…."

"괜찮아. 오믈렛도 좋아. 당신이 원한다면."

나는 대화가 원치 않는 쪽으로 흘러가고 있음을 느낄 수 있었다. 그는 도마를 응시하고 있었다. 식칼을 쥔 내 손이 도마 위에서 신나게 춤추고 있었다.

"아니에요." 나는 웃었다. 하지만 그는 따라서 웃지 않았다. "상관없어요. 난 뭘 하고 있는지도 몰라요. 난 늘…."

"당신은 지금 양파를 썰고 있어." 맥 빠진 말이었다. 무미건조한 사실의 진술이었다.

"알고 있어요. 하지만… 돼지갈비 요리도 괜찮잖아요?"

"마음대로 해." 그는 주방 안으로 들어왔다. "상은 내가 차릴게."

나는 대답하지 않았다. 나는 무슨 짓을 했는지 알지 못했다. 나는 다시 양파를 썰었다.

우리는 마주 앉아 잠자코 먹기만 했다. 맛있냐고 물었더니 그는 어깨를 으쓱하며 그렇다고 하기는 했다. "참 긴 하루였어." 이 말 한 마디뿐이었다. 내가 무슨 말이냐고 물어도 "아, 직장 얘기야."라고만 했다. 대화는 시작도 하기 전에 막혀버렸다. 차라리 일기 얘기, 닥터 내시 얘기를 하는 게 더 낫겠다는 생각이 들었다. 나는 하루하루가 괴롭겠구나 하고 속으로 생각하며 성가시게 하지 않으려고 음식을 집어 들었다. 하지만 왠지 불안했다. 나는 말할 기회가 사라지는 것을 느낄 수 있었다. 내일 아침에 이게 잘한 짓이라는 확신을 가지고 눈뜰지 알지 못했다.

나는 더는 참지 못하고 나이프와 포크를 내려놓았다.

"우린 아이를 원했잖아요?"

그는 한숨을 쉬었다. "크리스틴, 꼭 얘기해야 돼?"

"미안해요."

나는 무슨 말을 하려는지도 여전히 모르고 있었다. 말하는 것이 나을지도 모른다고만 생각하고 있었다. 하지만 나는 말할 수 없다는 것을 깨달았다.

"오늘 정말 이상한 일이 있었어요." 나는 내가 느끼지 못한 훈훈함, 쾌활함을 내 목소리에 담으려고 애썼다. "무엇인가 기억난 것 같아요."

"뭔데?"

"그건 잘 모르겠어요."

"얘기해봐." 그는 몸을 앞으로 숙였다. 갑자기 진지해졌다. "뭐가 기억나는데?"

내 눈이 그의 뒤에 있는 벽에 고정되었다. 벽에는 그림이 걸려 있었다. 아니, 사진이었다. 아직 물방울이 묻어 있는 꽃잎을 클로즈업해서 찍은 흑백사진이었다. 싸구려 같았다. 가정집이 아니라 백화점에 걸어두면 알맞을 것 같았다.

"아이를 가졌었다는 기억이 나요."

그는 의자 뒤로 엉덩이를 빼더니 눈을 크게 떴다가 질끈 감아버렸다. 그러고는 숨을 쭉 들이쉬었다가 한숨과 함께 토해냈다.

"사실이에요? 아이를 가졌었죠?"

'그가 거짓말하면 어떻게 하지?' 따질 거야. 그에게 죄다 털어놓을 거야. 길건 말건 막 퍼부을 테야. 질리건 말건 쏘아붙일 테야. 하지만 그는 거짓말하지 않았다. 그는 눈을 뜨고 나를 바라보았다.

"맞아. 사실이야."

그는 애덤 이야기를 했다. 나는 안도했다. 하지만 고통이 섞인 안도였다. 애덤과 같이 있었던 날들이 영원히 사라졌구나. 내가 기억하지 못하는 그 모든 순간들, 다시는 되찾지 못할 그런 순간들이 영원히 사라졌구나. 나는 그리움이 솟구치는 것을 느꼈다. 그것이 점점 커져 나를 삼킬지도 모른다고 느꼈다. 그는 애덤의 출생, 어린 시절, 삶에 대한 이야기를 했다. 애덤이 다닌 학교, 재학 중에 한 성탄극, 축구 실력과 달리기

실력, 시험 성적에 대한 낙담 같은 이야기를 했다. 여자 친구 이야기도 하고, 말아 피우는 담배를 마리화나로 착각한 이야기도 했다. 나는 질문하고 그는 대답했다. 그는 기억에서 깡그리 지워진 감정들이 되살아나는지 아들 이야기를 하면서 행복해하는 것 같았다.

그가 말하는 동안 나는 눈을 감고 있었다. 모습들이 떠올랐다. 애덤의 모습, 내 모습, 벤의 모습이었다. 하지만 그게 기억인지 환영인지 말할 수 없다는 것을 알았다. 그가 말을 마치자 나는 눈을 떴다. 나는 내 앞에 앉아 있는 사람을 보고 한순간 충격을 받았다. 늙은 모습에 충격을 받았다. 내가 상상하는 젊은 아버지의 모습과 얼마나 다른지 알고 충격을 받았다.

"하지만 애덤 사진이 없어요. 어디에도 없어요."

그는 마뜩잖은 표정을 지었다. "알고 있어. 또 짜증 내는군."

"짜증 낸다고요?"

그는 아무 말도 하지 않았다. 애덤의 죽음에 대한 얘기는 할 힘도 없을 거야. 어쨌든 그는 낭패한 듯이 보였다. 기진맥진한 듯이 보였다. 나는 매일 그에게 한 행동 때문에 죄책감을 느꼈다.

"아무렇지도 않아요. 난 애덤이 죽었다는 걸 알고 있어요."

그는 놀란 듯했다. 안절부절못하는 표정이었다.

"당신이… 알고 있다고?"

"네."

나는 일기 이야기를 하려다가 말았다. 그가 이전에 말해준 것을 모두 적어놓았다고 털어놓으려고 했으나 그렇게 하지 못했다. 그의 기분이 좋지 않은 것 같았고, 분위기도 어색한 것 같았다. 다음 기회를 노려야 할 것 같았다.

"그런 생각이 들어요."

그는 고개를 끄덕였다. "그럴 테지, 전에 그 얘기를 해줬으니까."

물론 그의 말은 사실이었다. 그는 그 얘기도 해주었다. 애덤의 삶 얘기를 해주었듯이. 그런데도 하나는 실감이 나고 다른 하나는 실감나지 않은 것처럼 느껴진다는 것을 알았다. 나는 아들이 죽었다는 사실을 여전히 받아들일 수 없다는 것을 마음속 깊이 깨달았다.

"다시 말해줘요."

그는 전쟁과 길가의 폭탄 이야기를 했다. 나는 잠자코 앉아 있었다. 그는 장례식 이야기도 했다. 관 위로 쏘아 올린 예포 이야기도 하고, 관을 덮은 유니언잭 이야기도 했다. 나는 기억, 이런 끔찍한 기억을 떠올리려고 애를 썼으나 하나도 떠오르지 않았다.

"거기에 가보고 싶어요. 아들 무덤을 보고 싶어요."

"크리스. 난 잘 모르겠어…."

나는 아들이 죽었다는 증거를 보든가 아들이 죽지 않았다는 희망을 영원히 품든가 해야 함을 깨달았다.

"가보고 싶어요. 가봐야 해요."

안 된다고 하진 않을까? 좋은 생각이 아니라고 하거나 나를 너무 혼란스럽게 만들지도 모른다고 하지나 않을까? 그럼 어떻게 하지? 어떻게 하면 가게 할 수 있을까?

하지만 그는 안 된다고 말하지 않았다. "주말에 가자. 약속할게."

나는 안도감과 두려움에 얼어붙은 듯했다.

우리는 설거지를 했다. 나는 싱크대에 서서 그가 건네준 접시를 뜨거운 비눗물에 담그고 문지른 다음, 그릇을 건조시키도록 다시 넘겨주었다. 그러면서 얼굴이 싱크대 위 창문에 비치지 않게 했다. 나는 억지로 애덤의 장례식을 생각했다. 흐린 날 흙무더기 옆 풀밭에 서서 구덩이 속의 관을 보고 있는 내 모습을 상상했다. 가족들과 그의 친구들이 말 없이 흐느끼는 가운데 울려 퍼지는 예포 소리와 나팔 소리를 그려보려 고 했다.

하지만 마음대로 되지 않았다. 오래전 일이 아니었는데도 나는 아무 것도 보지 못했다. 나는 어떤 감정이었는지 상상해보려고 애썼다. 그날 아침 나는 내가 엄마라는 것조차 알지 못한 채 눈을 떴을 것이다. 벤은 나한테 아들이 있었다고 한 다음, 그날 오후에 아들을 묻어야 한다고 말했을 것이다. 나는 공포가 아닌 무감각, 불신, 황당함을 느낀다. 어느 누구도 감당하기 어려운 것들이었다. 나만이 아니라 그 누구도 극복하 지 못할 것이 분명했다. 사람들이 무슨 옷을 입어야 한다고 말하고는 나를 집에서 대기 중인 차로 데리고 가서 뒷자리에 앉히는 모습을 상상 했다. 나는 차를 타고 가면서 누구 장례식에 가는지 의아해했을 것이다. 어쩌면 내 장례식에 가는 것처럼 느꼈을 것이다.

나는 벤을 보았다. 그는 슬픔이 극에 달했을 텐데도 이런 것들을 극 복해냈을 것이다. 나를 장례식에 데리고 가지 않았다면 그의 슬픔이 좀 덜했을지도 모른다. 그가 정말 그렇게 했을까 하는 생각이 들자 나는 오싹해졌다.

나는 닥터 내시 이야기를 해야 할지 말아야 할지 아직도 몰랐다. 그 는 또 피곤해 보였다. 우울해 보였고, 자주 한숨을 쉬었다. 내가 눈을 마 주치고 미소를 지어 보일 때만 그도 미소를 지었다. 나중에 나는 내가 모르는 더 나은 시절이 있었을지도 모른다고 생각했다. 나는 내가 한 짓을 통해서든 아니든 그의 기분을 이렇게 만든 것에 책임이 있다고 느 끼지 않을 수 없었다. 내가 이 남자를 얼마나 좋아하는지 깨달았다. 나 는 이 남자를 사랑하는지 아닌지 말할 수 없었고, 지금도 말할 수 없다. 사랑이 무엇인지 사실 알지 못하기 때문이었다. 흐릿하고 어렴풋한 기억이긴 했지만 나는 그를 가졌었다. 나는 애덤에 대한 사랑을 느낀다. 그를 보호해주고 싶다는 본능, 그에게 모든 것을 주고 싶다는 욕구, 그가 나의 일부이고 그가 없으면 내가 불완전하다는 것을 느낀다. 어머니에 대해서도 마찬가지다. 어머니를 생각하면 나는 다른 사랑을 느낀다. 그것은 경고와 조건이 붙은 복잡한 유대다. 내가 충분히 이해하지 못하는 것이다. 하지만 벤에 대해서는? 나는 그가 매력 있는 남자임을 안다. 나한테 거짓말을 하기는 했지만 마음속 깊이 나만 생각하고 있음을 안다. 나는 그를 신뢰한다. 하지만 어렴풋이나마 그를 알게 된 것이 몇 시간밖에 안 되는데 사랑한다고 말할 수 있을까?

그렇다고 말할 수 없었다. 하지만 그가 행복하기를 바랐다. 어떤 점에서는 그를 행복하게 해주는 사람이 되고 싶었다는 것을 알았다. 나는 더 많이 노력하기로 결심했다. 자제하기로 결심했다. 이 일기는 내 삶이 아니라 우리 두 사람의 삶을 더 낫게 해주는 도구가 될 수 있을 것이다.

나는 그 일이 일어났을 때 그가 무슨 생각을 했는지 물어볼 참이었다. 그가 접시를 잡기 전에 내가 놓아버린 모양이었다. 접시가 쨍그랑하며 바닥에 떨어져 산산조각 나버렸다.

"제기랄!" 벤이 투덜거렸다.

"미안해요!" 하지만 벤은 나를 보고 있지 않았다. 바닥에 주저앉아 뭐라고 중얼거리고 있었다. "내가 할게요."

하지만 그는 내 말을 무시하고 큰 조각들을 주워 오른손에 모으기 시작했다.

"미안해요. 너무 서툴러서!"

내가 뭘 기대했는지 모른다. 용서해주거나 대수로운 일이 아니라고 위로해주기를 바랐을지도 모른다. 하지만 벤은 "빌어먹을!" 이라고 했다. 그는 접시 조각들을 놓고 왼손 엄지손가락을 빨기 시작했다. 핏방울이 리놀륨 장판에 떨어졌다.

"괜찮아요?"

그는 나를 쳐다보았다. "응. 괜찮아. 손가락을 베었을 뿐이야. 빌어먹을…."

"어디 봐요."

"괜찮대도." 그는 일어섰다.

"좀 봐요." 나는 그의 손을 잡았다. "붕대나 반창고 가져 와야겠어요."

"관둬!" 그는 내 손을 뿌리치며 말했다. "그만두란 말이야! 알았어?"

나는 멍하니 서 있었다. 깊이 베인 게 보였다. 피가 손가락 끝에서 흘러나와 손목을 타고 가늘게 흘러내렸다. 나는 어찌해야 할지, 무슨 말을 해야 할지 몰랐다. 그는 고함치지는 않았지만 짜증을 감추려고 하지도 않았다. 우리는 물끄러미 서로 얼굴만 쳐다보았다. 일촉즉발의 상황이었다. 서로 상대방이 말을 걸기를 기다리고 있었다. 무슨 일이 일어났는지, 이 순간이 얼마나 중요한지 둘 다 모르고 있었다.

나는 견딜 수 없었다. "미안해요." 하지만 나의 일부는 이렇게 말하는 데 분개하고 있었다.

그의 얼굴이 누그러졌다. "괜찮아. 나도 미안해." 그는 말을 끊었다. "좀 긴장한 것 같아. 정말 긴 하루였어."

나는 종이 타월을 뜯어 그에게 건넸다.

"닦아요."

"고마워." 그는 종이 타월을 받아들었다. 그러고는 손목과 손가락에 묻은 피를 닦았다. "위층에 가서 샤워할게." 그는 몸을 앞으로 구부리고 내게 키스했다.

내가 고개를 끄덕이자 그는 몸을 돌려 방을 나갔다.

욕실 문이 닫히는 소리와 수도꼭지를 트는 소리가 들렸다. 내 옆에 있는 보일러가 돌아갔다. 나는 접시 조각을 모아서 종이에 싼 다음 쓰레기통에 넣고, 잔조각들을 걸레로 훔치고 나서 마지막으로 피를 닦았다. 그러고 나서 거실로 갔다.

백에 넣어둔 전화기가 울렸다. 나는 전화기를 꺼냈다. 닥터 내시였다.

나는 얼른 전화를 받았다. 텔레비전은 아직 켜져 있었고, 위층에서 벤이 이 방 저 방 돌아다니는지 마루청 울리는 소리가 들렸다. 나는 벤이 모르는 전화기로 통화하는 것을 들키고 싶지 않아서 나직이 속삭였다.

"여보세요?"

"크리스틴. 에드예요. 닥터 내시요. 통화 괜찮아요?"

오후에는 그의 목소리가 차분했는데 지금은 절박하고 급했다. 나는 더럭 겁부터 났다.

"네." 나는 기어드는 목소리로 말했다. "무슨 일이에요?"

"벤에게 벌써 얘기했습니까?"

"네. 조금요. 왜요? 무슨 일 있어요?"

"벤에게 일기 얘기를 했다고요? 제 얘기도? 벤에게 워링 하우스에 같이 가자고 했습니까?"

"아니요. 말할 참이었어요. 벤은 위층에 있어요. 난… 여보세요? 무슨 일이에요?"

그의 한숨 소리가 들렸다. "아니요. 걱정할 것 없습니다. 방금 워링 하우스 직원한테서 전화를 받았습니다. 오늘 아침에 말한 그녀 아시죠? 니콜 말입니다. 니콜이 제게 전화번호를 알려주겠다고 했습니다. 당신 친구 클레어한테서 당신을 만나보고 싶다는 전화가 왔다고 하면서 전화번호를 알려주었습니다."

나는 바짝 긴장했다. 화장실 물 내리는 소리, 물이 싱크대로 흘러들어가는 소리가 났다.

"잘 모르겠어요. 최근 일이에요?"

"아닙니다. 워링 하우스를 떠나 벤과 함께 산 지 몇 주 후일 겁니다. 당신이 없을 때 그녀가 벤의 전화번호를 알아 갔고, 나중에 다시 전화했지만 그와 통화는 못 했다고 합니다. 그녀가 당신 주소를 알려줄 수 없냐고 묻기에 그들은 그렇게 할 수 없다고 했답니다. 그러면서 당신이나 벤한테서 전화가 올지 모르니 전화번호는 남겨줘도 된다고 했답니다. 오늘 아침 우리가 얘기한 후 니콜이 당신 서류에서 메모를 발견해 전화로 제게 번호를 알려주었습니다."

나는 납득할 수 없었다. "왜 나나 벤한테 부쳐주지 않았어요?"

"니콜은 부쳐주었지만 당신이나 벤한테서 답을 받지 못했다고 했습니다."

"벤이 우편물을 관리해요. 그가 아침에 가져와요. 오늘도 그랬고, 그런데…."

"벤이 클레어 전화번호를 알려줬나요?"

"아니요. 몇 년간 서로 연락이 없다고 하던데요. 우리가 결혼한 지 얼마 안 돼서 클레어가 뉴질랜드로 이민 가버렸다고 했어요."

"알겠습니다. 크리스틴? 전에도 제게 그 얘기를 해줬지만… 음… 그건 국제 전화번호가 아니었습니다."

나는 공포가 엄습하는 것을 느꼈다. 하지만 왜 그런지 이유를 말할 수 없었다.

"그렇다면 클레어가 되돌아 왔다는 말이네요?"

"니콜은 클레어가 워링 하우스로 당신을 자주 찾아왔다고 했습니다. 거의 벤만큼 찾아 왔습니다. 니콜은 클레어가 이민 갔다는 말을 들은 적이 없습니다. 뉴질랜드로 갔다는 말도 못 들었고 다른 어디로 갔다는 말도 못 들었습니다."

갑자기 모든 것이 사라지는 것처럼 느껴졌다. 사건들이 너무 빨리 전개돼서 도무지 따라잡을 수가 없었다. 위층에서 벤의 소리가 들렸다. 샤워 소리도 멈췄고, 보일러 돌아가는 소리도 멈췄다. 조용했다. 합리적으로 설명할 수 있는 것이 분명히 있을 거야. 있고말고. 내가 할 수 있는 것이라곤 사건 전개 속도를 늦춰, 그걸 따라잡고 그게 무엇인지 이해하는 것뿐이었다. 일단 그의 말을 중단시키고 그가 한 말이 무슨 뜻인지 이해하고 싶었지만 그는 말을 멈추지 않았다.

"뭔가가 있습니다. 미안합니다만 크리스틴. 당신이 어떻게 지내냐고 니콜이 묻기에 아는 대로 말해주었습니다. 당신이 다시 벤과 함께 산다는 말에 화들짝 놀라더군요. 그래서 왜 그렇게 놀라느냐고 물었습니다."

"알았어요." 나는 숨을 깊게 들이쉬었다. "계속 말해주세요."

"죄송하지만 크리스틴. 잘 들으세요. 니콜은 당신과 벤이 이혼했다고 하더군요."

방이 기울어지는 것 같았다. 나는 균형을 잡으려는 듯이 의자 팔을 꽉 붙잡았다. 얼토당토않은 말이었다. 텔레비전에서 금발의 여자가 나이 지긋한 남자에게 밉다고 소리를 지르고 있었다. 나도 소리를 지르고 싶었다.

"뭐라고요?"

"당신과 벤이 갈라섰다고 했습니다. 당신이 워링 하우스로 옮기고 2년 뒤에 벤이 당신을 버렸다고 했습니다."

"갈라섰다고요?" 방이 뒤로 물러나며 작아지는 것 같았다. 사라지는 것 같았다. "확실해요?"

"예. 확실합니다. 니콜이 그렇게 말했습니다. 클레어 때문일지도 모른다고 했지만 그 이상은 말하지 않았습니다."

"클레어 때문이라고요?"

"예."

나도 헷갈렸지만 그가 대화를 이어나가기가 얼마나 어려울지 짐작이 갔다. 그는 망설이며 무슨 말을 해야 좋을지 고심하고 있었다.

"벤이 왜 당신한테 모든 것을 말해주지 않는지 모르겠습니다. 자기가 하는 행동이 옳다고 생각하는 것 같습니다. 당신을 보호한다고 생각하는 것 같습니다. 그런데 지금은요? 클레어가 이민 가지 않았다는 사실, 당신과 이혼했다는 사실을 왜 당신한테 말해주지 않는지 모르겠습니다. 이건 옳지 않은 것 같습니다."

나는 잠자코 있었다. 그는 계속 말했다.

"클레어한테 물어보세요. 클레어는 답을 알고 있을지도 모릅니다. 벤에게는 벌써 얘기했을지도 모릅니다." 그는 잠시 말을 끊었다. "크리스틴? 펜 있습니까? 전화번호 알려드릴까요?"

나는 침을 꿀꺽 삼켰다. "네. 좀 알려주세요."

나는 커피 테이블 위의 신문 귀퉁이로 손을 뻗어 그 옆에 놓인 펜을 들고 그가 불러주는 전화번호를 적었다. 욕실 문고리가 돌아가는 소리가 들렸다. 벤이 층계참으로 나왔다.

"크리스틴?" 닥터 내시가 말했다. "내일 전화 드리겠습니다. 벤에게는 아무 말도 하지 마세요. 사태가 어떻게 돌아갈지 알 때까지 말해서는 안 됩니다. 아셨죠?"

나는 알았다고 하고 작별 인사를 했다. 그는 자러 가기 전에 잊지 말고 일기를 꼭 쓰라고 말했다. 나는 그러겠다고 말하고는 전화번호 옆에 '클레어'라고 적었다. 무엇을 해야 할지 여전히 모르고 있었다. 나는 신문지를 찢어서 백에 넣었다.

벤이 아래층에 내려왔을 때 나는 아무 말도 하지 않았다. 소파 맞은 편에 앉았을 때도 아무 말 없이 텔레비전만 보고 있었다. 심해에 서식하는 생물을 다룬 다큐멘터리였다. 리모컨으로 작동하는 수중 장비가 이리저리 움직이며 해구(海溝)를 샅샅이 뒤지고 있었다. 램프 두 개가 빛이라곤 모르는 곳을 비추었다. 심해의 괴물들을 비추었다.

나는 지금도 클레어와 연락이 되는지 벤에게 묻고 싶었다. 하지만 또 다른 거짓말을 듣고 싶지는 않았다. 커다란 오징어가 어두컴컴한 곳에 매달려 있었다. 부드러운 조류에 몸을 맡긴 채 가만히 있었다. 전자 음악에 맞추어서 해설자가 카메라에 처음 잡힌 오징어라고 말했다.

"괜찮아?"

나는 화면에서 눈을 떼지 않은 채 고개만 끄덕였다. 그가 일어섰다.

"할 일이 있어. 위층에 갈게. 잠자리에서 볼 수 있겠지?"

나는 비로소 그를 쳐다보았다. 나는 그가 누군지 몰랐다.

"네. 좀 있다가 봐요."

11월 21일 수요일

나는 아침 내내 일기를 읽었다. 그렇지만 다 읽지는 못했다. 어떤 페이지는 건너뛰었고, 어떤 페이지는 읽고 또 읽었다. 몇 번이고 읽었다. 그 내용을 믿으려고 애쓰면서, 머릿속에 넣어두려고 애쓰면서. 지금 나는 침실 창가에 앉아서 쓰고 있다.

나는 전화기를 무릎 사이에 놓는다. 클레어한테 전화 걸기가 왜 이리 어려울까? 신경이 곤두서고 살이 막 떨린다. 복잡한 것도 아니고 어려운 일도 아닌데 펜을 들고 쓰는 게 훨씬 쉽게 느껴진다.

오늘 아침 나는 주방에 갔었다. 내 삶은 유사 위에 세워진 것 같아. 그 것은 어느 한 날에서 다음 날로 이동한다. 내가 알고 있다고 생각하는 것들은 틀린 것이다. 내가 확신하고 있는 것들, 내 인생과 나 자신에 대 한 사실들은 오래전 일이다. 내 이야기는 소설 같다. 닥터 내시도. 벤도. 애덤도. 이제는 클레어까지도. 이들은 존재한다. 하지만 어둠 속의 그림 자처럼 존재한다. 낯선 사람으로서 내 인생에 열십자 모양으로 붙었다 가 떨어졌다가 한다. 붙잡기 어려운 공기 같고 유령 같다.

이들뿐만이 아니다. 모든 게 다 꾸며진 것이다. 무(無)에서 만들어진 것이다. 나는 견고한 땅을 갈망한다. 생생한 것, 잠든 사이에 사라져버리지 않는 것을 갈망한다. 나 자신을 단단히 붙들어야 해.

나는 쓰레기통 뚜껑을 딸깍 열었다. 더운 기운이 확 끼쳤다. 부패되어 분해되면서 나는 열이었다. 냄새에 머리가 어질어질했다. 음식 썩는 고약한 냄새였다. 안에는 신문도 들어 있었다. 크로스워드 칸이 적혀 있었다. 티백이 신문지를 서서히 갈색으로 물들이고 있었다. 나는 숨을 깊이 들이쉬고 바닥에 무릎을 꿇었다.

신문지 안에는 접시 조각, 빵 부스러기, 흰 가루가 있고 그 밑에는 매듭이 묶인 비닐봉지가 있었다. 나는 더러운 냅킨이라도 들어 있나 나중에 열어보기로 하면서 봉지를 꺼냈다. 그 밑에는 케첩이 다 흘러나와 텅 빈 플라스틱 병과 감자 껍질이 있었다. 나는 그것들을 옆으로 치웠다.

계란 껍데기 네다섯 개. 얇은 양파 껍질 한 줌. 씨 없는 피망 찌꺼기. 반쯤 썩은 커다란 버섯.

나는 만족해하면서 쓰레기를 다시 통에 넣고 뚜껑을 닫았다. 과연 사실이었다. 어젯밤 우리는 오믈렛을 먹었다. 접시 하나가 박살났었다. 나는 냉장고 안을 들여다보았다. 폴리스티렌 접시에 있는 돼지갈비 두 점이 녹아 흐물흐물해져 있었다. 현관을 보니 맨 아래 계단에 벤의 슬리퍼가 놓여 있었다. 모든 것이 내가 적어둔 대로 제자리에 있었다. 나는 꾸며내지 않았다. 모두 사실이었다.

그렇다면 그 번호가 클레어의 전화번호라는 말이구나. 닥터 내시는 정말로 내게 전화를 했고 벤과 나는 이혼했구나.

나는 지금 그에게 전화를 하고 싶다. 어떻게 해야 할지 묻고 싶다. 아니, 나를 위해 그렇게 해달라고 부탁하고 싶다. 하지만 언제까지나 내 인생의 손님으로 살 수는 없지 않은가? 수동적으로만 살 수는 없지 않은가? 자신의 주인이 되어야 한다. 다시는 닥터 내시를 못 볼지도 모른다는 생각이 머리를 스쳤다. 닥터 내시에게 그런 말을 한 것은 아니지만 그렇게 되도록 내버려두어서는 안 된다. 어쨌든 내가 직접 클레어한테 물어봐야 한다.

뭐라고 말할까? 할 얘기가 많은 것 같기도 하고 별로 없는 것 같기도 하다. 우리 사이에는 많은 이야기가 있다. 하지만 나는 그 어느 것도 모르고 있다.

벤과 내가 이혼한 것에 대해서 닥터 내시가 한 말이 생각났다. '클레어 때문일지도 모른다.'

그럴지도 모른다. 여러 해 전 그를 절실히 필요로 했을 때, 그를 거의 이해하지 못했던 때 남편은 나와 이혼했다. 그리고 지금 우리는 다시 같이 살고 있다. 남편은 이런 일이 일어나기 전에 내 절친한 친구가 지구 반대편으로 이민 가버렸다고 한다.

그래서 클레어에게 전화하지 못하는 걸까? 클레어가 감추어야 할 것이 내가 생각한 것보다 많을지도 모르기 때문일까? 그래서 벤은 내가 더 많이 기억하기를 원치 않는 걸까? 내가 기억들을 연결해 진실을 알게 될까 봐 어떤 치료도 효과가 없다고 말하는 걸까?

그럴 리가 없어. 그럴 사람은 없어. 터무니없는 짓이니까. 병원에서 내가 한 말이라며 닥터 내시가 한 말이 생각난다. '당신은 의사들이 당신에게 불리한 음모를 꾸미고 있다고 했습니다. 피해망상 증세를 보였습니다.'

지금 또 그 짓을 되풀이하고 있는 걸까?

갑자기 어떤 기억이 떠올랐다. 그것은 텅 빈 내 과거에서 나타나 나를 까무러치게 할 만큼 강타한 후 재빨리 사라졌다. 클레어와 나는 또 다른 파티장에 있었다. 클레이가 말한다. "맙소사! 진짜 짜증 나네. 내 생각이 틀렸다고 보니? 다들 섹스라면 환장해. 그건 짐승 교미와 다를 바 없어. 춤이고 치장이고 다 필요 없어. 중요한 건 섹스야."

내가 지옥의 구렁텅이에 빠져 있을 때 벤과 클레어는 서로 위안을 찾고 있었을까?

나는 눈길을 아래로 돌렸다. 전화기가 무릎에 그대로 놓여 있다. 나는 벤이 매일 아침 집을 나가서 어디에 가는지 모른다. 의심에 의심이 꼬리를 물어 사실과 사실이 연결될 기회도 없다. 클레어와 벤이 침대에 있는 것을 발견하더라도 다음 날이면 내가 본 것을 잊어버릴 터였다. 나는 갖고 놀기 딱 좋은 사람이야. 클레어와 벤은 지금도 만날 거야. 난 이미 그들의 관계를 발견했지만, 잊어버렸을지도 모른다.

이렇게 생각하면서도 한편으로는 이렇게 생각하지 않는다. 나는 벤을 신뢰하기도 하지만 신뢰하지 않기도 한다. 머릿속에 정반대되는 관점이 동시에 존재하면서 둘 사이를 오가는 것은 얼마든지 가능하다.

그는 왜 거짓말하려고 할까? '그는 자기 행동이 옳다고 생각해.' 나는 이 말을 자꾸만 되새긴다. '그는 나를 보호하고 있어. 내가 알 필요가 없는 것으로부터 나를 보호하고 있어.'

물론 나는 전화를 걸었다. 달리 방법이 없었다. 전화벨이 잠시 울리고 딸깍하더니 목소리가 들렸다.

"안녕하세요. 메시지를 남겨주시기 바랍니다."

나는 목소리를 대뜸 알아들었다. 클레어의 목소리였다. 틀림없었다.

나는 메시지를 남겼다. "전화 줘. 크리스틴이야."

나는 아래층으로 내려갔다. 내가 할 수 있는 일은 다 했다.

나는 기다렸다. 두 가지 일을 하면서 한 시간 동안 기다렸다. 일기를 쓰면서 기다려도 전화가 오지 않아 샌드위치를 만들어 거실에서 먹었다. 주방에서 조리대를 치우고 음식물 찌꺼기를 손바닥에 담아 싱크대에 버리려고 할 때 초인종이 울렸다. 나는 그 소리에 화들짝 놀랐다. 나는 스펀지를 내려놓고 오븐 손잡이에 걸려 있는 행주에 손을 닦은 다음 누군지 보러 갔다.

서리 낀 유리 너머로 남자 형체가 보였다. 제복 차림은 아니었다. 정장에다 타이를 맨 것 같았다. '벤일까?' 아직도 일하고 있을 텐데 하고 생각할 겨를도 없이 나는 문을 열었다.

닥터 내시였다. 나는 그를 알아보았다. 다른 사람일 리가 없기 때문이었다. 하지만 부분적인 기억이었다. 오늘 아침 그에 대한 글을 읽었지만 난 그를 떠올릴 수 없었고, 남편이 누군지 들었지만 나는 남편이 낯설었다. 하지만 난 그를 알아보았다. 짧은 머리는 단정히 빗질했으나 타이는 느슨하고 단정치 못했고, 재킷은 점퍼와 어울리지 않았다.

그는 내 얼굴에서 놀란 표정을 읽은 게 틀림없다. "크리스틴입니까?"

"네." 나는 문을 조금만 열었다.

"접니다. 에드요. 에드 내시입니다. 닥터 내시 아시죠?"

"알아요. 나는…."

"일기 읽었습니까?"

"네. 하지만…."

"별일 없습니까?"

"네. 잘 지내요."

그가 목소리를 낮추었다. "집에 벤 있습니까?"

"아니. 없어요. 괜찮아요. 당신이리라 생각하지 않았어요. 만나기로 약속했던가요?"

그는 잠시 말을 끊었다. 1초도 안 되었지만 말의 리듬을 깨기에는 충분했다. 나는 약속하지 않았음을 알았다. 적어도 약속에 대해 쓴 적이 없었다.

"예. 적어두지 않았습니까?"

나는 적어두지 않았었다. 하지만 아무 말도 않았다. 내가 아직 우리 집이라고 생각하지 않는 집의 문을 사이에 두고 우리는 서로 쳐다보며 서 있었다. 이윽고 그가 말했다. "들어가도 됩니까?"

나는 처음에는 대답하지 않았다. 들어오라고 하고 싶은지 확신이 서지 않았다. 어쨌든 그것은 잘못된 일, 배신처럼 여겨졌다.

하지만 무슨 배신일까? 벤의 신뢰에 대한 배신? 나는 그것이 내게 얼마나 중요한지 몰랐다. 그의 거짓말 때문이 아니었다. 내가 아침 대부분을 일기를 읽으며 보냈다는 거짓말 때문이었다.

"네." 나는 문을 열었다. 그는 고개를 끄덕이면서 발을 들여 놓더니 좌우를 흘깃 보았다. 나는 코트를 받아 내 것임에 틀림없다고 생각하는 레인코트 옆에 걸었다.

"안으로 드세요." 거실을 가리키며 말하자 그는 거실로 들어왔다.

나는 마실 것을 두 잔 준비해서 한 잔을 그에게 내밀고 마주 보고 앉았다. 그는 입을 열지 않았다. 나는 천천히 음료수를 마셨다. 그도 그렇게 마시기를 기다리면서. 이윽고 그가 우리 사이에 놓인 커피 테이블에 컵을 내려놓았다.

"들러달라고 한 기억이 안 납니까?"

"예. 언제 그랬어요?"

"오늘 아침. 전화로 일기 있는 곳을 알려줄 때요."

그의 말에 나는 오싹해졌다. 오늘 아침에 그의 전화를 받았다는 기억이 나지 않았다. 지금도 기억이 나지 않는다.

나는 내가 적어둔 그 밖의 것들을 생각했다. '주문한 기억이 없는 멜론 한 접시. 요청하지 않은 쿠키.'

"기억 안 나는데요." 내 안에서 공포가 엄습하기 시작했다.

근심이 그의 얼굴을 스쳤다. "오늘 잠은 좀 잤나요?"

"아니요. 안 잤어요. 기억 안 나요. 언제 전화했죠? 언제?"

"크리스틴. 진정해요. 괜찮습니다."

"하지만 기억 안 나는데…."

"크리스틴. 괜찮습니다. 그냥 잊어버린 것뿐입니다. 누구나 잊어버릴 때가 있습니다."

"모든 대화를요? 불과 두 시간 전에 걸 말이에요!"

"예." 그는 나를 진정시키려고 부드럽게 말했다. 하지만 앉은 자리에서 꼼짝도 않았다. "당신은 최근에 많은 걸 경험했습니다. 당신 기억은 늘 왔다 갔다 했습니다. 하나를 잊어버렸다고 해서 악화되고 있다, 좋아지지 않는다는 뜻은 아닙니다. 아시겠죠?"

그의 말을 필사적으로 믿으려고 하면서 나는 고개를 끄덕였다.

"당신은 클레어에 대해 할 말이 있다면서 저더러 와달라고 했습니다. 하지만 전 당신이 클레어와 얘기할 수 있을지 확신이 서지 않았습니다. 또…." 그는 숨을 깊이 들이쉬었다. "당신은 제가 당신 대신 벤에게 얘기해주기를 바랐습니다."

"내가 그랬어요?"

"예. 혼자선 할 수 없다고 했습니다."

나는 그를 바라보며 내가 적어둔 것들을 생각했다. 나는 그를 신뢰하지 않는다는 것을 깨달았다. 오늘 우리 집에 오라고 청하지도 않았어. 그가 벤과 얘기하는 것도 원하지 않았어. 내가 벤에게 아무 말도 않기로 한 마당에 그가 벤하고 얘기할 이유가 있을까? 내가 클레어에게 전화해서 메시지를 남긴 마당에 내가 클레어에게 얘기하도록 도와달라고 할 이유가 있을까?

'뻔한 거짓말이야.' 그가 우리 집에 와야 할 다른 이유라도 있는 걸까. 내게 말할 수 없다고 생각하는 것이라도 있는 걸까.

나는 기억은 못 하지만 바보는 아니다.

"우리 집에 온 진짜 이유가 뭐예요?"

그는 자세를 고쳐 앉았다. 내가 사는 곳 내부를 보고 싶은 걸까? 내가 벤에게 얘기하기 전에 나를 한 번 더 보고 싶은 걸까?

"내가 벤에게 우리 두 사람 관계를 말하면 벤이 내가 당신을 만나는 걸 막을까 봐 겁나는 거죠?"

"아니, 천만의 말씀입니다. 당신이 오라고 해서 온 겁니다. 더구나 저를 만난다는 말을 벤에게 하지 않겠다고 했습니다. 클레어에게 말하기 전까지는 말하지 않겠다고 했습니다. 기억해요?"

나는 고개를 가로저었다. 한동안 기억이 나지 않았다. 그가 무슨 소리를 하는지 알지 못했다.

"클레어는 내 남편과 성관계를 맺고 있어요."

그는 충격을 받은 듯했다. "크리스틴, 저는…."

"그는 내가 바보인줄 알고 속이고 있어요. 내게는 뭐든지 다 거짓말해요. 하지만 전 바보가 아니에요."

"믿어지지 않습니다. 왜 그런 생각을…?"

"두 사람은 몇 년간 성관계를 맺어왔어요. 그게 모든 걸 말해줘요. 벤은 왜 클레어가 이민 갔다고 말했을까요? 가장 친한 친구인데도 왜 나

264

는 클레어를 만나지 못했을까요?"

"크리스틴, 잘못 생각하는 겁니다." 그가 다가와서 소파 내 옆자리에 앉았다. "벤은 당신을 사랑합니다. 제가 벤과 얘기한 것 기억해요? 1~2년쯤 전일 겁니다. 제가 당신한테 얘기하지 않았을지도 모릅니다만. 당신을 만나게 해달라고 그를 설득하고 싶었답니다. 그는 정말 신실했습니다. 정말로요. 그는 당신을 한 번 잃어본 터라 다시는 잃어버리고 싶지 않다고 했습니다. 사람들이 당신을 치료하려고 애쓸 때마다 당신이 고통받는 것을 본 그는 당신이 괴로워하는 것을 못 보겠다고 했습니다. 그가 당신을 사랑한다는 건 분명합니다. 그는 당신을 보호하려고 애쓰고 있습니다."

나는 오늘 아침에 읽은 내용이 생각났다. 이혼에 대한 것이었다.

"벤은 나를 떠났어요. 클레어와 함께하려고."

"크리스틴. 잘못 생각하고 있습니다. 그게 사실이라면 당신을 왜 집으로 데려갔을까요? 워링 하우스에 내버려둘 수도 있었을 텐데 그렇게 하지 않았습니다. 그는 당신을 돌봅니다. 그것도 매일 말입니다."

나는 무너져 내릴 것 같은 몸을 가까스로 추슬렀다. 그의 말은 이해할 수 있는 것 같기고 하고 이해할 수 없는 것 같기도 했다. 나는 그의 몸에서 열기를 느꼈고, 그의 눈에서 친절함을 보았다. 내가 바라보자 그는 미소를 지었다. 그는 더 커진 것처럼 보였다. 보이는 것이라곤 그의 몸뿐이고 들리는 것이라곤 그의 숨소리뿐이었다. 그가 뭐라고 했으나 나는 잘 알아듣지 못했다. 딱 한 마디만 들렸다. '사랑.'

그건 내가 의도한 바가 아니었다. 나는 그럴 생각이 없었다. 우연히 일어난 일이었다. 잠시 후 내가 느낀 것이라곤 내 입술이 그의 입술과 포개어져 있다는 것과 내 팔이 그의 목을 두르고 있다는 것뿐이었다. 그의 머리카락은 축축했다. 왜 그런지 이해할 수도 없었고 신경 쓰고 싶지도 않았다. 나는 말을 하고 싶었다. 그에게 내 감정을 밀해주고 싶었다. 하지만 아무 말도 하지 않았다. 말을 하면 그가 키스를 못 할 테니까. 영원히 지속되기를 바라는 순간이 끝나버릴 테니까. 비로소 여자가 된 기분이었다. 길들여지는 느낌이 들었다. 나는 남편 이외의 사람과 키스한 적이 없다고 적어둔 것이 기억났다.

얼마나 오래 키스를 했는지 모른다. 어쩌다가 키스했는지도 모른다. 소파에서 그의 옆에 앉아 있다가 사라지는 게 아닐까 할 만큼 점점 작아지다가 어떻게 그와 키스하게 되었는지 나는 모른다. 키스하려고 했다는 기억도 나지 않는다. 그렇다고 키스를 원했다는 기억이 나지 않는다는 말은 아니다. 어떻게 키스가 시작되었는지도 기억나지 않는다. 기억나는 것이라곤 의식적 생각이나 결정 없이 중간 상태를 거치지 않고, 한 상태에서 다른 상태로 옮겨갔다는 것뿐이다.

그는 나를 사납게 밀쳐내지 않았다. 부드러운 사람이었다. 적어도 나를 부드럽게 밀쳐냈다. 무슨 짓이냐고 물으면서 나를 모욕하는 행동은 하지 않았다. 내 행동을 어떻게 '생각하냐'고 묻지도 않았다. 그는 입술을 내 입술에서 떼고 나서 그의 어깨에 얹힌 내 손을 내린 다음 부드럽게 말했다.

"안 돼."

정신이 아찔했다. 내가 무슨 짓을 했는가? 그의 반응은 또 어떻고? 나는 말할 수 없다. 나는 다른 어딘가에 있고 또 하나의 크리스틴이 내 안으로 들어와서 나를 몽땅 차지하더니 나를 남겨둔 채 사라졌다는 것만 느꼈다. 하지만 무섭지는 않았다. 낙담하지도 않았다. 나는 기뻤다. 새 여자 때문에. 일어난 일 때문에.

그는 나를 보며 말했다. "미안해요."

나는 그가 무슨 생각을 하는지 읽어낼 수 없었다. 분노? 연민? 후회?

그 어느 것도 가능했다. 내가 본 그의 얼굴 표정에는 이 셋이 다 섞여 있었다. 그는 아직 내 손을 잡고 있었다. 이윽고 내 손을 무릎에 내려놓고는 손을 뗐다.

"미안합니다, 크리스틴." 그는 같은 말을 되풀이했다.

나는 무슨 말을 해야 할지 몰랐다. 어떻게 해야 할지도 몰랐다. 나는 잠자코 있었다. 자신에게 변명을 늘어놓을 참이었다.

"에드, 사랑해요."

그는 눈은 감은 채 침을 삼켰다. "크리스틴, 저는….'

"가만. 사랑을 느끼지 않는다고 말하지 마세요." 그는 얼굴을 찡그렸다. "당신은 날 사랑한다는 걸 알고 있어요."

"크리스틴. 당신은… 당신은….'

"어떻다는 거예요? 미치기라도 했나요?"

그는 나를 똑바로 바라보았다. "아니요. 갈팡질팡하고 있습니다. 당신은 갈팡질팡하고 있어요."

나는 웃었다. "갈팡질팡한다고요?"

"예. 당신은 날 사랑하지 않습니다. 우리가 작화증(마음속으로 이야기를 지어내는 행위 또는 그런 이야기 - 옮긴이)에 대해 얘기한 거 기억납니까? 당신 같은 사람에게 흔히 있는 일입니다."

"아. 알고 있어요. 기억을 잃어버린 사람 말이죠. 이게 당신이 생각하는 거예요?"

"가능합니다. 얼마든지 가능합니다."

나는 한순간 그를 미워했다. 그는 모든 걸 알고 있어. 내가 나 자신을 아는 것보다 나를 더 잘 알고 있어. 그가 실제로 알고 있는 것은 내 증세였다.

"난 바보가 아니에요."

"알고 있습니다. 잘 알고 있습니다, 크리스틴. 당신이 바보라고 생각 지는 않습니다. 저는…."

"당신은 분명 날 사랑하고 있어요."

그는 한숨을 쉬었다. 나는 그를 난감하게 만들고 있었다. 그의 인내력 을 고갈시키고 있었다.

"하지만…." 그가 말하려고 했다.

"당신은 벤과 내가 이혼했다는 말을 해주지 않았어요. 왜죠? 왜 말해 주지 않았죠?"

"몰랐습니다. 다른 이유는 없습니다. 그런 말은 당신 서류에 없었고 벤도 저한테 말해주지 않았습니다. 몰랐다니까요!"

나는 잠자코 있었다. 그는 또 내 손을 잡으려는 듯이 손을 내밀다가 말고 이마를 긁었다. "알았다면 말해줬을 겁니다."

"말해줬을 거라고요? 애덤 얘기를 해준 것처럼?"

그는 기분이 상한 듯했다. "크리스틴, 제발."

"왜 벤을 나한테서 떼어놓으려고 했죠? 당신은 벤만큼 나빠요!"

"이런, 크리스틴. 우린 다 알고 있습니다. 전 최선을 다했습니다. 벤은 당신에게 애덤 얘기를 해주지 않았습니다. 전 해줄 수 없었고요. 그건 잘못된 일일 겁니다. 도덕적으로 옳지 않을 겁니다."

나는 웃었다. 공허한 코웃음이었다. "잘못된 일이라고요? 벤을 나한 테서 떼어놓은 건 잘한 일이고요?"

"당신한테 애덤 얘기를 해주고 않고는 벤이 결정할 문제입니다. 제가 결정할 문제가 아니란 말입니다. 전 당신한테 일기를 쓰라고 했어요. 당 신이 알고 있는 걸 기록해놓게끔 말입니다. 전 그게 최선이라고 생각했 습니다."

"그럼 그 폭행은요? 내가 뺑소니 사고를 당했다고 생각하는 걸로 만족하잖아요!"

"크리스틴, 아닙니다. 그렇지 않습니다. 그 말은 벤이 했습니다. 벤이 그런 말을 한 줄도 몰랐습니다. 어찌 알겠습니까?"

나는 내가 본 것들을 생각했다. 오렌지 냄새가 나는 욕실, 내 목을 조르는 손. 숨을 쉴 수 없었다는 느낌. 한 번도 본 적 없는 사람. 나는 울기 시작했다.

"그럼 대체 왜 나한테 말해준 거예요?"

그는 부드럽게 말했다. 하지만 내 마음을 움직이지는 못했다.

"말하지 않았습니다. 당신이 폭행당했다고 말한 적 없습니다. 그건 당신도 기억하잖아요?" 물론 맞는 말이었다. 하지만 나는 분노를 느꼈다. "크리스틴, 저는….."

"이제 가주세요. 제발."

나는 계속 울고 있었다. 하지만 이상하게도 살아 있다는 느낌을 받았다. 나는 방금 무슨 일이 있었는지 알지 못했다. 무슨 말이 오갔는지 거의 기억하지 못했다. 하지만 끔찍한 것이 걷혔다. 내 안의 둑이 마침내 무너졌다는 느낌을 받았다.

"가주세요. 제발."

나는 그가 반박해주기를 바랐다. 있게 해달라고 간청하기를 기대했다. 그가 애원하기를 기대했다. 하지만 그는 그러지 않았다.

"진심입니까?"

나는 고개를 끄덕이며 나직이 말했다. "네."

나는 그를 외면하고 눈길을 창으로 돌렸다. 다시는 그를 보지 않으리라 생각하면서. 오늘은 보지 않으리라 생각했다. 내게 오늘은, 다시는 그를 못 볼지도 모르는 내일을 뜻했다. 그는 일어나서 문 쪽으로 갔다.

"전화 드리겠습니다. 내일로 잡을까요? 치료 날짜를. 전….."

"어서 가세요."

그는 고개를 끄덕였다. 그리고 아무 말도 없었다. 그가 나가고 문이
살짝 닫히는 소리가 들렸다.

나는 잠시 그 자리에 앉아 있었다. 몇 분? 몇 시간? 모른다. 심장이 팔
딱거렸다. 허전하고 혼자라는 생각이 들었다. 이윽고 나는 위층으로 올
라갔다. 욕실에서 사진을 바라보았다. 남편 벤 사진이었다. '내가 무슨
짓을 했지?' 내게는 아무것도 없다. 아무도 믿을 수 없다. 마음이 미친
듯이 날뛰었다. 나는 닥터 내시가 한 말을 줄곧 생각하고 있었다. '벤은
당신을 사랑합니다. 당신을 보호하려고 애쓰고 있습니다.'

하지만 무엇으로부터 날 보호한다는 걸까? 진실로부터? 나는 무엇보
다도 진실이 중요하다고 생각했다. 어쩌면 내 생각이 틀릴지도 모른다.

나는 서재에 들어갔다. 그는 그렇게도 거짓말을 해댔어. 그의 말 중에
믿을 수 있는 건 없어. 하나도 없어.

나는 무엇을 해야 했는지 알았다. 알아야 했다. 이 한 가지 점에 대해
서는 그를 믿을 수 있다는 걸 안다.

상자는 내가 짐작한 곳에 있었다. 예상대로 잠겨 있었다. 나는 당황하
지 않았다.

나는 열쇠를 기어이 찾아내겠다고 생각하면서 주위를 두리번거리기
시작했다. 나는 서재부터 뒤졌다. 서랍을 뒤지고 책상을 살폈다. 천천
히, 꼼꼼히 살폈다. 있을 만한 곳은 다 뒤졌다. 나는 서재를 다 뒤지고
나서 침실로 갔다. 나는 옷장을 살펴보고 그의 속옷, 깔끔하게 다려놓은
손수건, 조끼, 티셔츠 밑을 뒤져보았다. 아무것도 없었다. 내 옷장 안에
도 아무것도 없었다.

침대 테이블에도 서랍이 있었다. 나는 벤의 잠자리에 가까운 쪽 서랍

부터 하나하나 살펴보기로 하고 맨 위 서랍을 연 후 내용물을 파헤쳤다. 펜들, 고장 난 손목시계, 내가 모르는 블리스터 팩(상품이나 정제 따위의 내용물이 보이도록 투명 플라스틱 커버로 씌운 포장—옮긴이)이 들어 있었다.

처음에는 서랍이 비어 있을 거라고 생각했다. 나는 살그머니 서랍을 닫았다. 그래도 삐걱거리는 소리, 금속이 나무에 부딪치는 소리가 살짝 났다. 나는 다른 서랍을 열었다. 심장이 벌써 콩닥거리고 있었다.

열쇠였다.

나는 바닥에 앉아서 상자를 열었다. 뭐가 잔뜩 들어 있었다. 대개 사진이었다. 애덤 사진과 내 사진. 그가 전에 보여준 것인지도 모를 낯익은 사진도 있었지만 처음 보는 사진이 많았다. 애덤의 출생증명서도 있고, 애덤이 산타클로스에게 쓴 편지도 있었다. 커가는 모습을 보여주는 아기 때 사진도 더러 있었다. 방글 웃으며 카메라 쪽으로 기어가는 모습, 내 품에 안겨 젖을 빠는 모습, 녹색 담요에 싸여 잠든 모습 사진이었다. 카우보이 차림 사진도 있고, 학생 때 사진도 있고, 세발자전거를 타고 찍은 사진도 있었다. 이것들이 모두 여기 있었구나. 출생증명서도 여기 있었구나. 내가 기록한 것과 똑같았다.

나는 모두 꺼내 바닥에 펼쳐 놓고 하나하나 살펴보았다. 벤 사진과 내 사진도 있었다. 그중에는 국회의사당 앞에서 포즈를 취한 사진도 있었다. 둘 다 웃고 있기는 했지만 어색하게 서 있었다. 마치 서로 상대의 존재를 모르는 것처럼. 다른 하나는 결혼사진이었다. 우리는 흐린 하늘 아래 교회 앞에 서 있다. 이상하게도 둘 다 행복한 것처럼 보인다. 나중에, 신혼여행 때 찍은 것이 분명한 사진에서는 더욱 행복한 것처럼 보인다. 우리는 식당에서 반쯤 먹다 남은 음식을 웃는 얼굴로 바라보고 있다. 사랑 때문에, 햇빛 때문에 얼굴이 발그스름했다.

나는 이 사진을 유심히 보았다. 안도감이 밀려왔다. 예언할 수도 없고 예언하고 싶지도 않은 미래를 꿈꾸며 새 남편과 함께 식당에 앉아 있는 여자를 보며 나는 이 여자와 공통점이 얼마나 많은지 생각해보았다. 닮은 구석이라곤 물리적인 것뿐이었다. 세포와 조직, DNA, 화학 기호, 그것뿐이었다. 이 여자는 낯선 사람이다. 이 여자와 나를 연결해주는 것도 없고, 내 길을 이 여자의 길로 이어주는 길도 없다.

그럼에도 이 여자는 나고 나는 이 여자다. 나는 이 여자가 벤, 이 여자랑 갓 결혼한 사람, 나랑 매일 잠자리에서 같이 눈뜨는 사람과 사랑에 빠져 있는 것을 볼 수 있었다. 그는 맨체스터의 작은 교회에서 그날 한 서약을 어기지 않았다. 나를 실망시키지 않았다. 나는 이 사진을 들여다보았다. 사랑이 다시 내 안에서 샘솟았다.

하지만 곧 잠잠해졌다. 나는 사진을 내려놓고 하염없이 봤다. 나는 무엇을 찾아내려고 하는지, 무엇을 찾아낼까 봐 두려워하는지 알고 있었다. 남편이 내게 거짓말하고 있지 않다는 것, 내게 아들이 있었다는 것을 증명해주지는 못하더라도 남편이 있었음을 증명해주는 것이었다.

그것이 상자 밑, 봉투 안에 있었다. 신문 기사를 복사한 사진이었다. 그것은 접혀 있었고, 가장자리가 빳빳했다. 나는 펴보기도 전에 그게 무엇인지 알았다. 그런데도 읽어 내려가다가 충격을 받았다. '국방성이 아프가니스탄의 헬만드 주에서 병력을 호송하다가 죽은 영국군 병사 이름을 밝혔다. 애덤 휠러. 19세. 런던 태생…' 이 기사에 사진이 곁들여져 있었다. 꽃이 놓인 무덤 사진이었다. 묘비에는 '애덤 휠러. 1987~2006'이라고 적혀 있었다.

문득 슬픔이, 처음 맛보는 것 같은 크디큰 슬픔이 밀려왔다. 나는 신문지를 떨어뜨렸다. 고통이 배가 되었다. 너무 고통스러워서 울음도 안 나왔다. 상처를 입고 굶어 죽어가는 짐승이 죽기 직전에 내지르는 울음 소리 같은 소리가 터져 나왔다. 나는 눈을 감았다. 그때 섬광이 번쩍했다. 어떤 모습이 내 앞에 어렴풋이 아른거렸다. 검은 벨벳으로 싼 박스에 넣어 나한테 보낸 메달이었다. 관, 깃발. 나는 다시는 되돌아오지 않게 해달라고 기도하면서 그 모습에서 눈을 뗐다. 없는 게 더 나은 기억들이 있다. 영원히 잃어버리는 게 더 나은 것들이 있다.

나는 신문지를 원래대로 접어두었다. '어쨌든 그를 믿었어야 했어.' 마주치기에는 너무 고통스러운 것들, 매일 새로운 고통을 가져다주는 것들로부터 그가 나를 보호해주고 있었다는 것을 믿었어야 했어. 그의 행동은 모두 이것, 이 끔찍한 진실로부터 나를 구해내려는 것이었어. 나는 사진, 신문지, 그 밖에 내가 상자에서 발견한 것들을 조심스레 제자리에 갖다놓았다. 나는 뿌듯함을 느끼며 열쇠를 서랍 안에 넣고 상자를 서류함에 다시 넣었다. '이젠 보고 싶을 때는 언제든지, 얼마든지 볼 수 있어.'

아직도 해야 할 일이 하나 있었다. 벤이 나를 버린 이유를 알아야 했다. 그 무렵에 내가 브라이튼에서 무슨 짓을 하고 있었는지 알아야 했다. 나를 이 꼴로 만든 사람이 누군지 알아야 했다. 나는 한 번 더 시도해야 했다.

나는 클레어에게 전화를 걸었다.

아무 소리도 들리지 않았다. 그러더니 두 가지 톤으로 신호가 갔다. 클레어는 전화를 안 받을 거야. 내 메시지에 답을 하지 않았으니까. 감추고 싶은 것, 나한테 알리고 싶지 않은 것이 있는 모양이야.

나는 은근히 기뻤다. 전화 통화는 이론상으로만 하고 싶은 대화였다. 나는 통화가 얼마나 고통을 가져다줄지 알 수 없었다. 나는 또 무덤덤한 초대 메시지를 남길 준비를 하고 있었다.

딸깍하는 소리가 나더니 녹소리가 돌렸다. "여보세요?"

클레어였다. 나는 바로 알아챘다. 클레어의 목소리는 내 목소리만큼 낯익은 것 같았다. "여보세요?" 클레어가 재차 말했다.

나는 아무 말도 하지 않았다. 환영들이 섬광처럼 나타났다. 나는 클레어의 얼굴을 보았다. 짧은 머리에 베레모를 쓴 채 웃고 있었다. 나는 결혼식장에서 클레어를 봤다. 내 결혼식 때일 거야. 하지만 에메랄드빛 옷차림으로 샴페인을 홀짝이고 있었는지는 알 수 없어. 나는 클레어가 아이를 데리고 갔다가 다시 내게 데려다주며 '저녁 식사 시간이야!'하고 말하는 것을 봤다. 클레어가 침대 가에 앉아서 그 옆에 누워 있는 사람한테 말을 하고 있는 것도 봤다. 알고 보니 그 사람은 나였다.

"클레어?"

"네. 여보세요? 누구세요?"

나는 그 후로 무슨 일이 있었던지 간에 우리가 한때 가장 친한 친구였다는 것을 새삼 강조하려고 했다. 클레어가 보드카 병을 쥔 채 내 침대에 누워서 낄낄거리는 모습, 남자들이 섹스하는 꼴은 참 우스꽝스럽다고 말하는 모습이 떠올랐다.

"클레어? 나 크리스틴이야."

침묵이 흘렀다. 영원히 지속될 것 같았다. 처음에는 클레어가 말하지 않으리라고 생각했다. 나를 까맣게 잊었거나 나하고 얘기하고 싶지 않을 것으로 생각했다. 나는 눈을 감았다.

"크리시!" 폭발하는 듯한 목소리였다. 클레어가 침을 삼키는 소리가 들렸다. 뭘 먹고 있기라도 하듯이. "크리시! 맙소사. 정말 크리스틴 맞아?"

나는 눈을 떴다. 눈물이 낯선 내 얼굴 윤곽을 따라 천천히 흘러내리기 시작했다.

"클레어? 그래. 나야. 크리스틴이야."

"세상에." 클레어가 또 말했다. "세상에." 나지막한 목소리였다. "로저! 록! 크리시야! 전화 왔어!" 갑자기 목소리가 커졌다. "잘 있었니? 어디야? 로저!"

"집이야."

"집이라고?"

"그래."

"벤하고 같이 있어?"

나는 갑자기 움찔했다 "응. 같이 있어. 내 메시지 받았지?"

숨을 들이쉬는 소리가 들렸다. 놀란 걸까? 담배 피우고 있는 걸까?

"응. 내가 다시 전화하려고 했는데, 이게 휴대전화가 아닌 일반 전화라 네 번호가 안 남겨. 너도 전화번호를 남기지 않았고."

클레어가 잠시 말을 끊었다. 클레어가 내게 전화하지 않은 다른 이유가 있지 않을까? 클레어가 다시 말했다.

"아무튼 잘 지내니? 네 목소리를 들으니까 정말 반갑구나!"

나는 무슨 말을 해야 할지 몰랐다. 내가 잠자코 있자 클레어가 말했다. "어디서 살고 있니?"

"정확히는 몰라." 나는 기쁨이 밀려오는 것을 느꼈다. 이 질문은 클레어가 벤을 만나고 있지 않다는 것을 의미한다고 확신했다. 하지만 내가 진실을 의심하지 않게끔 그냥 그렇게 물어보는 것일지도 모른다는 것을 금방 깨달았다. 나는 클레어를 믿고 싶었다. 벤이 클레어한테서 발견한 그 무엇 때문에 나를 버리지 않았다는 것을 알고 싶었다. 그래야 남편도 신뢰할 수 있을 테니까. "크라우치 엔드 알지?"

"그럼. 그건 그렇고 잘 지내니? 별일 없어?"

"응. 내가 섹스한 걸 기억하지 못한다는 거 알고 있니?"

둘 다 웃음을 터뜨렸다. 슬픔이 아닌 감정이 폭발하는 건 좋은 일이었다. 하지만 웃음은 오래가지 않았나. 바로 침묵이 뒤따랐다.

"잘 지내는 것 같구나. 진짜 잘 지내는 모양이야." 이윽고 클레어가 말했다. 나는 다시 글을 쓰고 있다고 말했다. "정말이야? 와우! 잘됐다. 뭘 쓰는데? 소설이야?"

"아냐. 하루하루 일어난 일을 기억하지 못하는 한 소설 쓰기는 좀 어려울 것 같아." 다시 침묵이 흘렀다. "내게 일어난 일을 적어두고 있어."

"알았어."

나는 오싹해지는 것을 느꼈다. 클레어가 내 상황을 다 이해하지는 못할 거야. 우리가 마지막으로 만난 후 일이 어떻게 돌아갔을까?

"그럼 너한테 무슨 일이 있는 거니?"

뭐라고 해야 하나? 클레어한테 일기를 보여주고 싶은 충동, 직접 일기를 다 읽어보라고 하고 싶은 충동이 일었지만 물론 그렇게 하지는 못했다. 아무튼 아직은 안 돼. 말하고 싶은 것, 알고 싶은 것이 너무 많은 것 같았다. 어쩌면 내 인생 전부일지도 모를 일이었다.

"몰라. 그건 말하기 곤란한데…."

내 목소리에 당황함이 묻어 있는 모양이었다. 클레어가 이렇게 말하는 걸 보니. "크리시, 무슨 일 있어?"

"아무것도 아니야. 난 잘 지내고 있어. 단지…." 나는 말끝을 흐렸다.

"애, 무슨 일인데?"

"몰라." 나는 닥터 내시를 생각했다. 그에게 한 말을 생각했다. 내시가 벤에게 말하지 않으리라고 장담할 수 있을까? "단지 좀 혼란스러워. 바보짓을 했다는 생각도 들고."

"뭐, 그럴 리가 있을라고." 또 다시 침묵이 흘렀다. 머리를 굴리고 있는 걸까? 이윽고 클레어가 말했다. "벤 좀 바꿔줄래?"

"집에 없어." 나는 대화가 구체적 사실로 옮겨가는 것 같아 안도했다.

"근무 중이야."

"알았어." 또 다시 침묵이 흘렀다. 갑자기 대화가 다른 길로 빠지는 것 같이 느껴졌다.

"널 꼭 만나야겠어."

"꼭 만나야 한다고? 만나고 싶은 게 아니고?"

"그래. 꼭 만나고 싶어…."

"걱정 마. 크리시, 나도 널 보고 싶어. 보고 싶어 죽겠어."

나는 안도했다. 나는 대화가 중단될지도 모르고 공손한 작별 인사로 끝날지도 모르며, 또 통화하자는 빈말로 끝날지도 모른다고 생각했다. 그래서 나의 과거로 통하는 또 다른 길이 영원히 막혀버릴지도 모른다고 생각했다.

"고마워. 정말 고마워."

"크리시. 정말 보고 싶었어. 하루도 이놈의 전화를 기다리지 않은 날이 없어. 네 전화이기를 바라면서 말이야." 클레어가 말을 끊었다. "근데… 네 기억력은 어때? 얼마만큼 기억해?"

"몰라. 이전보다 좋아진 것 같지만 아직 많이 기억하지는 못해."

나는 내가 기록해둔 것들을 생각했다. 나와 클레어에 관계된 것 모두를 생각했다.

"어떤 파티가 기억나. 옥상에서 본 불꽃놀이도 기억나고. 넌 그림을 그리고 난 공부를 했어. 그다음은 하나도 기억 안 나. 정말이야."

"아, 그날 밤 말이야. 까마득한 옛날 일 같아. 네게 할 말이 참 많아. 많고말고."

무슨 말일까? 하지만 나는 묻지 않았다. 좀 더 두고 봐야지. 내겐 알아야 할 더 중요한 것들이 있어.

나는 숨을 깊이 들이쉬었다. "외국에 간 적 있어?"

클레어는 웃었다. "응. 있어. 여섯 달쯤 있었어. 몇 년 전에 그 자자를 만났는데 그건 끔찍한 불행이었어."

"어디? 어디에 갔었는데?"

"바르셀로나. 왜?"

"음. 별것 아냐." 나는 움찔했다. 친구가 어떻게 사는지 속속들이 알지 못하는 자책감에 갑자기 속이 뜨끔했다. "누가 네가 뉴질랜드에 갔다더라. 사람들이 잘못 안 모양이야."

"뉴질랜드?" 클레어가 웃으며 말했다. "아냐. 거긴 간 적 없어. 절대로."

그렇다면 벤이 이것에 대해서도 거짓말을 했구나. 나는 여전히 이유를 알 수 없었다. 도대체 벤은 왜 내 삶에서 클레어를 완전히 배제하려고 하는 걸까? 이것도 여느 거짓말과 똑같은 걸까? 나한테 말하지 않기로 한 것 중 하나에 지나지 않을까? 나한테 이로운 걸까?

그것은 벤과 얘기하게 될 때, 내가 알고 있는 것과 어떻게 그것을 알게 되었는지 벤한테 모두 말해줄 때 내가 꼭 물어보고 싶은 말이었다.

우리는 좀 더 통화를 했다. 대화는 머뭇거리기도 하고, 끊기기도 하고, 미친 듯이 쏟아져 나오기도 했다. 클레어는 결혼했다가 이혼하고 지금은 로저와 살고 있다고 했다.

"그는 교수야. 심리학자야. 나랑 결혼하고 싶어 하지만 내가 뜸을 들이고 있어. 하지만 나도 그를 사랑하고 있어."

클레어와 얘기하고 그 목소리를 들으니 기분이 좋았다. 푸근하고 친근한 게 마치 집에 온 듯한 기분이었다. 클레어는 까다롭게 굴지 않았다. 내가 줄 게 별로 없다는 것을 이해하는 듯했다. 이윽고 클레어가 말을 끊었다. 숨을 깊이 들이쉬었다가 얇게 한숨을 토해내는 소리가 들렸다. 전화를 끊으려는 걸까? 나는 둘 다 애덤 이야기를 꺼내지 않았다는 것을 알았다.

"그럼." 클레어는 전화를 끊기는커녕 이렇게 말했다. "벤 얘기를 해줘. 같이 산 지 얼마나 되니?"

"언제 재결합했냐고? 몰라. 난 우리가 헤어졌다는 사실조차 몰라."

"벤한테 전화를 몇 번이나 했다고." 나는 왠지 바짝 긴장되었다.

"언제?"

"오늘 오후에 네 전화를 받고 나서야. 벤이 내 전화번호를 너한테 알려준 게 틀림없다고 생각했어. 벤은 전화를 받지 않았어. 그때에야 옛날 직장 번호라는 걸 알았어. 퇴사했대."

두려움이 스멀스멀 기어오르는 것 같았다. 나는 침실을 둘러보았다. 낯설었다. 문득 클레어가 거짓말하고 있다는 생각이 들었다.

"벤과 가끔 통화했니?"

"아니. 최근에는 못 했어."

클레어가 말을 끊었다. 목소리 톤이 달라져 있었다. 잠잠하고 망설이는 듯한 목소리였다. 내가 싫어하는 목소리였다.

"몇 년간 못 했어." 또 말을 끊었다. "난 줄곧 네 걱정을 했어."

나는 덜컥 두려움을 느꼈다. 내가 벤한테 말하기도 전에 나한테서 전화가 왔었다고 클레어가 벤에게 말할까 봐 두려웠다.

"벤한테 전화하면 안 돼. 내가 너한테 전화했다고 벤한테 말하지 마."

"크리시! 도대체 왜 못 하게 하는 거야?"

"안 했으면 좋겠어."

클레어가 한숨을 푹 쉬더니 시무룩한 목소리로 말했다. "얘. 도대체 무슨 일인데?"

"말하기 곤란해."

"해봐."

애덤 얘기는 하지 못했지만 닥터 내시, 내 기억력, 호텔 방에 대해서는 얘기했고, 벤이 어째서 내가 교통사고를 당했다고 하는지에 대해서도 얘기했다.

"나를 난처하게 만들까 봐 벤이 나한테 진실을 털어놓지 않는 것 같아." 클레어는 대답이 없었다. "클레어? 내가 브라이튼에서 뭘 했니?"

둘 사이에 한참 침묵이 흘렀다. 이윽고 클레어가 말했다.

"크리시, 네가 꼭 알고 싶으면 말해줄게. 내가 아는 데까지 말이야. 하지만 전화상으로는 안 돼. 만나서 얘기해줄게."

진실. 그것은 빤짝거리며 내 앞에 걸려 있었다. 손을 뻗으면 잡을 수 있을 만큼 가까이 있었다.

"언제 우리 집에 올래? 오늘? 오늘 밤?"

"너네 집에는 안 갈 거야. 굳이 고집 부리지는 않겠지?"

"왜 그래?"

"그냥 뭐… 딴 데서 만나는 게 더 좋을 거 같아. 커피 한잔할래?"

목소리가 명랑했지만 억지인 것 같았다. 짐짓 그런 척하는 것 같았다. 클레어가 두려워하는 건 아닐까?

"그럴까?"

"알렉산드라 팰리스 어때? 크라우치 엔드에서 쉽게 올 수 있을 거야."

"좋아."

"그럼, 금요일 어때? 11시에 만나자. 오케이?"

나는 좋다고 했다. 괜찮을 것 같았다.

"좋아."

우리는 몇 분 더 수다를 떨고 나서 전화를 끊었다. 나는 일기를 꺼내 적기 시작했다.

"벤?" 벤이 집에 돌아온 후 내가 말했다. 벤은 거실 안락의자에 앉아서 신문을 보고 있었다. 피곤해 보이는구나. 잠을 잘 자지 못한 모양이야. "당신 날 믿어요?"

벤이 고개를 들었다. 눈은 생기와 애정으로 빛나고 있었지만 다른 무엇, 두려움 비슷한 것도 비치고 있었다. 그럴 법도 해. 신뢰가 깨진 것을 확인하기 전에 으레 묻는 질문을 받았으니까. 벤은 이마의 머리카락을 쓸어 넘기고 내 머리 위 창문으로 쏟아져 들어오는 햇빛을 실눈으로 바라보았다.

"물론." 벤은 나한테 다가와 의자 팔걸이에 걸터앉더니 두 손으로 내 손을 꼭 쥐었다. "두말하면 잔소리지."

나는 더 말해야 할지 말아야 할지 확신이 서지 않아 잠시 입을 다물고 있다가 말했다. "클레어와 연락해요?"

벤이 잠시 내 눈을 빤히 쳐다보았다. "클레어라고? 클레어를 기억하고 있어?"

나는 최근까지, 사실은 불꽃놀이 파티가 기억날 때까지, 클레어가 나한테는 전혀 존재하지 않았다는 사실을 잊고 있었다.

"어렴풋이요."

벤은 벽난로 위 시계 쪽으로 눈길을 돌렸다. "아니. 이민 간 걸로 알고 있어. 오래전에."

마치 고통스럽다는 듯이 나는 움찔했다. 나는 벤이 귀가하기 전에 일기를 다시 읽었다. 적어도 그 일부는. 그래서 클레어가 이민 가지 않았다는 사실을 알고 있었다.

"정말이에요?"

벤이 지금도 거짓말하고 있다고 믿을 수는 없었다. 다른 것도 아니고 이걸 가지고 거짓말하는 것은 더욱 나쁜 것처럼 보였다. 있는 그대로 말하기가 그다지 어렵지도 않을 텐데…. 클레어가 가까이 있다고 내가 고통스러워할 이유도 없고. 어쩌면, 내가 클레어를 만난다면, 내 기억이 호전될지도 모른다. 그렇다면 벤이 거짓말하는 이유가 뭘까? 불길한 생각, 검은 의혹이 머릿속을 스쳤지만 나는 그런 생각을 떨쳐버렸다.

"확실해요? 클레어는 어디 갔어요?"

'말해봐. 아직도 늦지 않아'하고 나는 생각했다.

벤은 내 손을 꼭 쥐었다. "사실은 기억 안 나." 그러고는 내가 앉은 자리를 바라보았다. "뉴질랜드 아니면 호주일 거야."

나는 희망이 가물가물해지는 것을 느꼈다. 하지만 무엇을 해야 할지 알았다. "확실해요?" 이제 이판사판이었다. "클레어가 바르셀로나에 잠시 갈 생각이라고 말한 것이 기억나요. 분명 오래전 일이에요."

벤은 아무 말도 없었다.

"바르셀로나가 아니라고 확신해요?"

"그걸 기억하고 있어? 언제 일인데?"

"몰라요. 그저 막연한 느낌일 뿐이에요."

위로한다는 뜻으로 그는 내 손을 꼭 쥐었다. "아마 상상이겠지."

"꼭 사실 같아요. 바르셀로나가 아니라고 확신해요?"

벤이 한숨을 쉬었다. "그럼. 바르셀로나는 아니야. 분명히 호주야. 애들레이드일 거야. 오래전 일이라 확실치는 않아." 그는 고개를 가로저었다. "클레어를 잊은 지 오래됐어. 오랫동안 생각하지 않았어." 벤이 웃으며 말했다.

나는 눈을 감고 숨을 깊이 들이쉬었다. 눈을 뜨자 벤이 씩 웃고 있었다. 얼빠진 사람처럼 보였다. 불쌍했다. 한 대 때려주고 싶었다.

"벤. 클레어와 통화했어요." 나는 모기만 한 소리로 말했다.

나는 벤이 어떻게 나올지 몰랐다. 마치 내 말을 듣지 못한 것처럼 벤은 한참 말이 없었다. 그때 벤의 두 눈에 불꽃이 너울거렸다.

"언제?" 벤의 목소리는 굳어 있었다.

나는 벤한테 진실을 털어놓을 수 있었다. 매일 있었던 일을 기록해 왔다고 고백할 수 있었다. "오늘 오후에요. 클레어가 전화했어요."

"클레어가 당신한테 전화를 했다고? 무슨 소리야? 클레이가 어떻게 당신한테 전화를 했지?"

나는 거짓말하기로 했다.

"당신이 내 전화번호를 알려줬다고 클레어가 말했어요."

"누구 전화번호라고? 말도 안 돼. 내가 어떻게 알려줄 수 있어? 클레어 맞긴 맞아?"

"클레어는 당신과 가끔 통화했다고 했어요. 최근까지 말이에요."

벤이 내 손을 놓았다. 벤의 손이 내 무릎에 떨어졌다. 천 근같이 무겁게 느껴졌다. 벤이 일어서더니 몸을 돌려 나를 보았다.

"클레어가 뭐라고 했는데?"

"당신과 연락을 주고받았다고 했어요."

벤이 몸을 바짝 붙였다. 벤의 숨결에서 커피 냄새가 났다. "그년이 난데없이 당신한테 전화했단 말이야? 클레어 맞아?"

나는 한숨을 쉬며 눈을 굴렸다.

"벤! 클레어 맞아요."

나는 미소 지었다. 나는 이 대화가 쉬울 것으로 생각하지는 않았다. 내가 싫어하는 심각함이 섞여 있는 것 같았다.

벤은 어깨를 움찔했다.

"당신은 몰라. 예전에도 당신과 통화하려고 한 사람이 많았어. 기자들과 저널리스트들 말이야. 낭신에 대한 기사나 사건 ㅂ 도를 읽고 당신 편을 들려고 한 사람도 있었고, 꼬치꼬치 캐물으려는 사람도 있었고, 당신이 실제로 얼마나 불쌍한지 알고 싶어 하는 사람도 있었고, 당신이 얼마나 달라졌는지 보려는 사람도 있었어. 이 사람들은 당신과 통화하려고 다른 사람으로 가장했었어. 의사들도 있었어. 동종 요법이니 대체 요법이니 하면서 당신을 도와줄 수 있다고 생각한 돌팔이 의사들 말이야. 심지어는 주술사도 있었어."

"벤. 클레어는 오랫동안 내 가장 친한 친구였어요. 난 클레어의 목소리를 알아요."

벤의 얼굴이 시무룩해졌다. 곤혹스러운 표정이었다.

"당신은 클레어와 계속 통화해왔죠?"

벤은 한참 동안 말이 없었다. 오른손을 쥐락펴락하여 주먹을 만들었다가 풀었다가 했다.

"벤?"

벤이 고개를 들었다. 얼굴은 벌겋고 눈은 젖어 있었다.

"그래. 그랬어. 클레어와 계속 통화했어. 클레어는 당신 상태를 알고 싶다고 하면서 당신과 통화하게 해달라고 했어. 우린 몇 달에 한 번씩 통화했어. 그것도 짤막하게."

"왜 나한테 말하지 않았죠?" 벤은 묵묵부답이었다. "벤. 왜 그랬죠?"

벤은 꿀 먹은 벙어리처럼 말이 없었다.

"클레어와 나를 떼어놓는 게 좋다고 생각한 거죠? 클레어가 이민 간 것처럼 해서요? 그렇죠? 내가 소설을 안 쓴 것처럼 가장하는 것과 똑같이요?"

"크리스. 무슨 소릴 하는 거야?"

"이건 부당해요, 벤. 이런 것들을 당신 혼자 간직할 권리는 없어요. 당신한테 편하다고 나에게 거짓말하는 건 옳지 않아요."

벤은 곧추섰다. "나한테 편하다고?" 벤의 목소리가 높아졌다. "나한테 편하다고? 그 이유 때문에 클레어가 외국에 살고 있다고 말했다고 생각해? 크리스틴, 당신은 잘못 생각하고 있어. 내가 편할 건 없어. 하나도 없어. 당신이 또 다른 소설을 얼마나 쓰고 싶어 하는지 기억하는 걸 참을 수 없어서, 또 당신이 소설을 결코 완성하지 못하리라는 것을 깨달을 때 느끼는 고통을 보는 걸 참을 수 없어서 당신이 소설을 썼다는 말을 하지 않았어. 클레어가 당신을 거기에 버렸다는 것, 다른 것들과 마찬가지로 거기서 썩어가게 내버려뒀다는 걸 당신이 깨달았을 때, 당신의 그 괴로워하는 목소리를 들을 수 없어서 클레어가 다른 나라에 살고 있다고 말했어."

벤은 말을 끊고 반응을 기다렸다. "클레어가 당신한테 그런 말을 해주던가?"

나는 생각했다. '아니, 아니에요. 클레어는 그런 말 하지 않았어요. 사실은 클레어가 줄곧 나를 찾아왔다는 것을 오늘 일기에서 읽었어요.'

벤은 같은 말을 되풀이했다.

"클레어가 당신한테 그런 말을 해주던가? 자기가 떠난 지 15분 후에 당신이 클레어의 존재조차 기억하지 못한다는 것을 알고는 찾아오는 일을 중단했다고 말하던가? 당신이 어떻게 지내는지 궁금해서 클레어가 크리스마스 때 전화를 한 건 맞아. 하지만 그때 당신 곁에 있었던 사람은 바로 나야, 크리스. 매일 당신을 찾아간 건 나란 말이야. 거기 있었던 사람, 집으로 데려갈 수 있을 만큼 낫기를 기도하면서 기다린 사람, 당신을 집으로 데려와 안전하게 살게 한 사람은 나야. 나란 말이야. 나 편하자고 당신한테 거짓말하지 않았어. 내가 그랬다고 잘못 생각하지 마. 다신 그런 생각 하지 마!"

나는 닥터 내시가 한 말을 읽은 기억이 났다. 나는 벤의 눈을 빤히 쳐다보았다. '그럴 리가 없어. 당신은 내 옆에 서 있지 않았어.'

"당신이 나와 이혼했다고 클레어가 말했어요."

벤의 표정이 굳어졌다. 그러더니 한 대 얻어맞은 것처럼 흠칫 물러섰다. 입을 벌렸다가 다물었다. 그 꼴이 우스꽝스러웠다. 이윽고 한마디가 튀어나왔다.

"망할 년."

벤의 얼굴이 분노로 일그러졌다. 나는 한순간 벤이 나를 때릴 것으로 생각했지만 개의치 않는다는 것을 알았다.

"당신 나와 이혼했어요? 사실이에요?"

"여보…."

나는 일어섰다. "말해봐요. 말해봐요!"

우리는 서로 마주 보고 섰다. 나는 벤이 어떻게 나올지 몰랐다. 벤이 어떻게 해주기를 바라는지도 몰랐다. 정직하기를 바란다는 것만 알았다. 더는 내게 거짓말하지 않기를 바랐다.

"나는 진실을 알고 싶을 뿐이에요."

벤은 한 걸음 다가와 내 앞에 무릎을 꿇더니 내 손을 잡았다.

"여보…."

"당신 나와 이혼했어요? 그렇죠, 벤? 말해봐요!"

벤은 고개를 푹 숙였다가 나를 바라보았다. 치켜뜬 눈은 두려움에 젖어 있었다.

"벤!"

벤은 흐느끼기 시작했다.

"벤. 클레어는 애덤 얘기도 해줬어요. 우리한테 아들이 있었는데 죽었다고요."

"미안. 미안해. 난 그렇게 하는 게 최선이라고 생각했어." 벤은 가볍게 흐느끼면서 죄다 털어놓겠다고 말했다.

햇빛이 완전히 사라지고 어스름이 어둠으로 바뀌었다. 벤이 등을 켰다. 우리는 불그스름한 불빛을 받으며 식탁을 가운데 두고 마주 앉아 있었다. 식탁 위에는 사진이 수북이 있었다. 이전에 본 바로 그 사진이었다. 벤이 출처를 밝히면서 사진을 한 장씩 건네줄 때 나는 짐짓 놀라는 척했다. 벤은 결혼식 사진을 들고 망설이다가 결혼식 날이 얼마나 화창했는지, 얼마나 특별한 결혼식이었는지, 내가 얼마나 예뻤는지 말했다. 그러더니 당황하기 시작했다.

"크리스틴, 난 당신을 사랑하지 않은 적이 없어. 내 말 믿어줘. 그건 당신 병 때문이었어. 당신은 거기 가야만 했어. 난… 난 그걸 견딜 수 없었어. 난 당신을 따라가려고 했고, 그다음에는 당신을 집으로 데려오려고 온갖 수를 썼어. 하지만 그들이… 그들이 막무가내로… 나는 당신을 만날 수 없었어…. 그들은 그게 가장 좋다고…."

"누구예요? 누가 그 따위 소릴 했어요?" 벤은 대꾸하지 않았다. "의사들이에요?"

벤은 나를 쳐다보았다. 울고 있었다. 눈자위가 붉었다.

"응. 그래. 의사 놈들이야. 놈들은 그게 가장 좋다고 했어. 그게 유일한 방법이라고…." 그는 눈물을 훔쳤다. "난 시키는 대로 했어. 그러면 안 되는데. 당신을 위해 싸웠어야 하는데. 내가 소심하고 멍청했어."

벤이 말을 끊었다. 목소리가 모기 소리만 해졌다.

"난 당신 만나는 걸 그만뒀어. 사실이야. 당신을 위해서였어. 당신을 못 만나게 돼서 거의 죽을 만큼 괴로웠지만 당신을 위해서 그렇게 했어. 크리스틴. 내 말 믿어줘. 당신과 우리 아들을 위해서였어. 하지만 당신하고 이혼하지는 않았어. 결코 그런 적 없어. 결혼이 깨진 적은 없어."

벤이 몸을 숙이고 내 손을 잡더니 셔츠에 갖다 댔다.

"우린 여기서 늘 함께 살았어."

땀에 젖은 면의 따뜻한 촉감이 느껴졌다. 벤의 심장이 쿵쿵 뛰고 있었다. 나는 사랑을 느꼈다.

'정말 어리석었어.' 벤이 사랑 때문에 그런 짓을 했다고 말할 때, 나를 해치기 위해 그렇게 했다고 믿으려고 했어. 벤을 비난할 게 아니라 이해하려고 해야 했어. 거실의 시계가 울렸다.

"당신을 용서해요." 나는 벤을 용서했다.

11월 22일 목요일

오늘 눈을 떴을 때 벤은 이미 침대에 없었다. 나는 눈을 휘둥그레 떴다. 벤은 침실 의자에 앉아 있었다. 꼼짝도 않고 앉아서 나를 보며 기다리고 있었다.

나는 무섭지 않았다. 그가 누군지 몰랐지만 무섭지 않았다. 나의 일부는 모든 것이 정상이라는 것을 알고 있었다. 그가 그곳에 있을 권리가 있다는 것을 알고 있었다.

"누구세요? 내가 어떻게 여기 있죠?"

나는 두려움도, 불신감도 느끼지 않았다. 나는 이해했다. 나는 욕실로 가서 내 모습을 보았다. 마치 오랫동안 잊고 있던 친척 또는 어머니의 혼령을 보는 듯했다. 나는 유심히 살폈다. 낯설었다. 나는 옷을 입었다. 내 몸의 새로운 특징과 뜻밖의 행동들에 서서히 익숙해졌다. 그러고 나서 아침을 먹었다. 나는 한때 식탁에 의자가 세 개 있었을지도 모른다는 것을 어렴풋이 깨달았다. 나는 남편한테 작별 키스를 했다. 그렇게 하는 것이 나쁘게 여겨지지 않았다. 나는 무심코 옷장의 구두 상자를 열었다가 일기를 발견했다. 그게 무엇인지 금세 알았다. 내가 찾고 있던 것이었다.

나를 이 꼴로 만든 진짜 원인이 이제 표면 가까이에 있다. 눈떴을 때 그걸 이미 알고 있는 날도 언젠가 오리라. 사건의 진상이 드러나기 시작하리라. 그때에도 나는 결코 정상적인 사람이 되지 못하리라는 것을 알고 있다. 내 이야기는 아직 끝나지 않았다. 여러 해가 흔적도 없이 사라졌다. 아무도 나에게 말해주지 않는 것, 나 자신에 대한 것, 나의 과거에 대한 것들이 있다. 닥터 내시에 대한 것도 아니고, 벤에 대한 것도 아니다. 닥터 내시는 내가 말해준 것과 내 서류에 적힌 것을 통해서만 나를 알 뿐이야. 내가 그를 만나기 전에 있었던 일들. 내가 그를 만난 후 일어났지만 내가 공유하지 않기로 한 것들. 비밀들.

하지만 모르는 사람이 한 명 있다. 나머지 진실을 나한테 말해줄지도 모르는 사람이 한 명 있다. 내가 브라이튼에서 줄곧 봤던 사람이다. 가장 친했던 친구가 내 인생에서 사라진 진짜 이유를 알고 있는 사람이다.

나는 이 일기를 읽었다. 나는 내일 클레어를 만난다는 것을 알고 있다.

11월 23일 금요일

　　나는 집에서 이 글을 쓴다. 이제 우리 집이라고 알고 있는 곳이다. 나는 이 일기를 다 읽었다. 나는 클레어를 만났다. 그들은 내가 알아야 할 것들을 모두 말해주었다. 클레어는 다시 내 삶으로 돌아왔으니 다시는 떠나지 않겠다고 약속했다. 앞면에 내 이름이 적힌 낡은 봉투가 내 앞에 있다. 나를 완전하게 해주는 것이다. 이제야 내 과거는 의미를 가진다.

　　곧 남편이 귀가할 것이다. 나는 그를 만나기를 고대하고 있다. 나는 그를 사랑한다. 이제 그것을 안다.

　　나는 이 이야기를 기록할 것이다. 그러면 우리는 함께 모든 것을 더 낫게 만들 수 있을 것이다.

　　버스에서 내렸을 때 날은 개어 있었다. 햇빛은 겨울의 푸른 차가움으로 가득했고 땅은 굳어 있었다. 클레어는 언덕 꼭대기의 '팰리스에 이르는 계단에서' 기다리겠다고 말했다. 그래서 나는 그녀가 가르쳐준 길

이 적힌 종이쪽지를 들고 공원을 빙 두르는 완만한 비탈을 오르기 시작
했다. 생각보다 시간이 많이 걸렸고 내 몸 상태로는 좀 버거워서 꼭대
기 근처에서 쉬어야만 했다. 한때는 날씬했어. 아무튼 지금보다는 날씬
했어. 운동을 좀 해야겠구나.

곱게 깎은 넓은 공원 잔디밭에는 타맥(tarmac) 포장길이 열십자로 나
있고, 군데군데 쓰레기통이 있었다. 유모차를 미는 여자들이 드문드문
보였다. 나는 왠지 초조하다는 것을 깨달았다. 무엇을 기대하는지 몰랐
다. 어떻게 대해야 할까? 내가 기억하기로 클레어는 검은 옷을 즐겨 입
었어. 진과 티셔츠를 즐겨 입었어. 나는 트렌치코트 차림에 무거운 부츠
를 신은 클레어를 그려본다. 아니면 얇고 가벼운 천으로 홀치기염색을
한 긴치마를 입고 있을까? 나는 클레어의 지금 모습도 상상할 수 없고,
우리가 성인이 되었을 때의 모습도 그릴 수 없다. 무엇 때문에 그렇게
되었는지도 모른다.

나는 시계를 봤다. 내가 좀 일찍 왔다. 문득 클레어가 걸핏하면 늦게
온다는 생각이 났다. 불현듯 이게 어떻게 생각났을까, 어떤 기억 부위가
이걸 생각나게 했을까 하는 생각이 들었다. 의식의 표면 바로 밑에 많
은 것이 있구나. 얕은 개울 속의 은빛 피라미처럼 쏜살같이 떠오르는
기억이 더러 있구나. 나는 벤치에 앉아서 기다리기로 했다.

잔디밭에는 긴 그늘이 한가롭게 드리워져 있었다. 저 멀리 나무 너머
로 집들이 다닥다닥 붙어 있었다. 저 집들 가운데 내가 지금 살고 있는
집, 여느 집과 구별이 안 되는 우리 집이 있다는 생각이 문득 들었다.

나는 담배에 불을 붙이고 초조하게 한 모금 깊이 빨아들이는 모습을
상상하며 일어나서 서성거리고 싶은 유혹을 물리쳤다. 왠지 초조했다.
하지만 그럴 이유가 없었다. 클레어는 내 친구였다. 그것도 가장 친한
친구였다. 걱정해야 할 이유가 없었다. 나는 안심했다.

군데군데 벤치의 페인트가 너덜거리고 있었다. 페인트 조각을 뜯어 내자 눅진한 나무가 드러났다. 누군가 페인트를 뜯어내는 방법으로 내가 앉아 있는 옆자리에 이니셜 두 개를 적어 놓고 둘레에 하트 모양을 만들고, 그 옆에 날짜를 적어놓았다. 나는 눈을 감았다. 내가 살아온 세월들에 대한 증거를 보면 충격을 받지 않을까? 나는 숨을 깊이 들이쉬었다. 축축한 풀, 톡 쏘는 듯한 핫도그 냄새, 휘발유 냄새가 났다.

얼굴에 그늘이 드리워져서 나는 눈을 떴다. 어떤 여자가 내 옆에 서 있었다. 키가 크고 늘씬한 몸에 연한 적갈색 머리카락이었다. 바지와 양가죽 재킷을 입고 있었다. 한쪽 팔에 플라스틱 축구공을 안고 있는 어린 소년이 그녀의 손을 잡고 있었다.

"죄송해요."

나는 이렇게 말하며 그들이 옆에 앉을 수 있도록 자리를 내주었다. 그러자 그녀는 미소를 지었다.

"크리시!" 클레어의 목소리였다. 틀림없었다. "크리시, 나야."

나는 아이한테서 눈길을 떼고 그녀의 얼굴을 보았다. 한때 매끈했을 얼굴에 주름이 있었다. 이마에 내가 상상하지 못한 주름이 있기는 했지만 클레어의 얼굴이었다. 의심할 여지가 없었다.

"세상에. 네 걱정을 얼마나 했다고." 그녀는 소년을 내게 떼밀었다. "토비야."

소년은 잠자코 나를 바라보았다.

"어서 인사드려." 그녀가 말했다.

한순간 나는 클레어가 나한테 말하고 있다고 생각했다. 소년이 한 걸음 다가왔다. 나는 미소를 지었다. 그럴 리가 없는 줄 알면서도 '이 애가 애덤일까' 하는 생각뿐이었다.

"안녕?" 내가 말했다. 소년—토비—은 발을 이리저리 움직이며 뭐라고 중얼거렸으나 나는 알아듣지 못했다.

소년이 그녀를 보며 말했다. "이제 가서 놀아도 돼요?"

그녀는 고개를 끄덕였다. "하지만 멀리 가면 안 돼. 알았지?" 그러고 는 소년의 머리를 쓰다듬었다. 소년은 공원으로 달려갔다.

나는 일어서서 그녀의 얼굴을 보았다. 한순간 몸을 돌려 달아나는 것 이 더 좋지 않을까 하는 생각이 들었다. 그만큼 우리 사이의 틈이 컸었 다. 그때 그녀가 두 팔을 내뻗었다.

"크리시." 손목에 걸려 있는 플라스틱 팔찌가 달그락거렸다. "보고 싶 었어. 얼마나 보고 싶었다고."

나를 내리누르는 그 무엇이 사라졌다. 나는 흐느끼며 그녀의 팔에 무 너져 내렸다.

아주 잠깐 동안 나는 그녀에 대한 모든 것과 나 자신에 대한 모든 것 을 알고 있는 것처럼 느꼈다. 태양보다 더 밝은 빛이 내 영혼 가운데에 앉아 있는 공허, 무(無)를 비추는 것 같았다. 과거―내 과거―가 내 앞 에 번쩍 스쳤다. 하지만 워낙 빨라 붙잡을 수 없었다.

"네가 기억나." 내가 말했다. "네가 기억나." 그때 빛이 사라지고 다시 어둠이 내 영혼을 덮었다.

우리는 벤치에 앉아서 다른 아이들과 공을 차고 있는 토비를 말없이 한참 바라보았다. 나는 내가 모르는 과거와 연결되어 있어서 행복했다. 하지만 우리 사이에는 깰 수 없는 어색함이 있었다. '클레어와 관련이 있는 거야'라는 말이 내 머릿속을 자꾸만 맴돌았다.

"잘 지내니?" 이윽고 내가 말했다. 그녀는 미소를 지었다.

"끔찍해." 그녀는 백을 열고 담배를 꺼냈다. "아직 재출발하지 못했 니?" 그녀가 담배를 권하며 말했다. 나는 머리를 가로저었다. 나보다 그녀가 나를 더 잘 안다는 것을 새삼 깨달았다.

"무슨 일 있니?" 내가 물었다.

그녀는 아들 쪽을 보며 고개를 끄덕이더니 담배를 말기 시작했다.

"그거 알아? 토비는 ADHD(주의력결핍과잉행동장애 – 옮긴이)가 있어. 애가 밤새 잠을 못 자는 바람에 나도 잠을 못 잤어."

"ADHD라니?"

그녀는 미소를 지었다. "미안. 최근에 생긴 말일 거야. 토비는 너무 민 감해. 토비에게 리탈린(Ritalin, 주의력결핍과잉행동장애 치료제 – 옮긴이)을 먹이고 있는데 진저리가 나. 하지만 이 방법밖에 없어. 우린 온갖 방법을 다 썼어. 토비는 리탈린이 없으면 짐승처럼 예민해져. 끔찍해."

나는 멀리서 뛰놀고 있는 토비를 바라보았다. 몸은 멀쩡한데 뇌에 이상이 있다니….

"하지만 멀쩡한데?"

"그래 보이는 거야." 그녀는 한숨을 쉬며 말하고 나서 무릎 끝에 놓인 담배 마는 종이를 고르게 펴더니 담배를 담기 시작했다. "때로는 너무 천방지축이야. 언제 철부지 딱지를 뗄지…."

나는 미소를 지었다. 그 말뜻을 알아듣기는 했지만 이론적으로만 알 뿐이었다. 애덤이 토비만 하거나 이보다 어렸을 때 애덤이 어땠는지에 대한 기억도 없고, 아는 것도 없었다.

"토비가 생각보다 어린데." 내가 말하자 그녀는 웃음을 터뜨렸다.

"내가 늙었다는 말이네!" 그녀는 담배 마는 종이를 핥았다. "그래. 난 토비를 늦게 가졌어. 아이를 안 가지려고 했는데 어쩌다가…."

"그래?"

그녀는 웃음을 터뜨렸다. "원하지 않는 아이였다는 말이 아니라 뜻밖의 아이라는 말이야." 그녀는 담배를 입에 물었다. 한참 침묵이 흘렀다.

"애덤 기억하니?"

나는 그녀를 바라보았다. 라이터 불이 바람에 꺼지지 않도록 고개를 돌리고 있어서 그녀의 표정도 볼 수 없었고, 나를 외면하려고 일부러 그러는지 아닌지도 알 수 없었다. 나는 다시 토비 쪽을 보았다.

"아니야. 나한테 아들이 있었다는 게 몇 주 전에 기억났어. 그걸 기록해둔 후로는 무거운 돌이 얹힌 것처럼 가슴이 늘 답답해. 하지만 기억은 안 나. 애덤에 대한 건 하나도 기억 안 나."

그녀는 푸르스름한 담배 연기를 하늘로 내뿜으며 숨을 푹 내쉬었다.

"안됐어. 정말 유감이야. 하지만 벤이 네게 사진을 보여줬잖아? 그걸 봐도 기억 안 나?"

무슨 말을 해야 할까? 벤과 클레어는 연락을 주고받아온 것 같았다. 친구로 지내고 있는 것 같았다. 나는 조심해야 했다. 그러면서도 진실을 들어야 할뿐만 아니라 말하기도 해야 한다는 압박감을 점점 더 느꼈다.

"사진을 보여주기는 했지만 집에 두고 있지는 않아. 내가 보면 심란해진다고 하면서 감춰놓고 있어."

나는 하마터면 '어딘가에 감춰놓고 잠가둬'라고 말할 뻔했다.

그녀는 놀란 것 같았다. "감춰둔다고? 정말?"

"응. 그는 내가 애덤 사진을 보면 너무 심란해질 거라고 생각해."

그녀는 고개를 끄덕였다.

"애덤을 알아보지 못하는 모양이지? 애덤이 누군지 알아?"

"안다고 생각해."

그녀는 고개를 끄덕였다. "그럴지도 모르지." 그녀는 한참 망설이다가 또 말했다. "떠났으니까."

'떠났다고?' 그녀는 애덤이 몇 시간 외출한 얘기를 하듯이, 여자 친구를 데리고 극장에 가거나 여자 친구와 새 구두를 사러 쇼핑하러 간 애기를 하듯이 그 말을 했다. 하지만 나는 이해했다. 우리가 애덤이 세상을 떠난 것에 대해 말하고 싶어 하지 않는다는 무언의 합의를 이해했다. 클레어도 나를 보호하려고 한다는 것을 이해했다.

나는 아무 말도 하지 않았다. 그 대신 하루하루가 그 전날과 분리되기 전에 '매일'이라는 말이 어떤 의미를 가진다면, 매일 내 아이를 보는 게 어떤 것일지 상상해보려고 했다. 나는 매일 아침 눈뜰 때 그가 누군지 아는 것, 크리스마스와 그의 생일을 고대하며 계획을 세우는 것을 상상해보려고 했다.

'정말 한심해. 애덤의 생일조차 모르고 있으니….'

"애덤을 보고 싶지 않니?"

내 가슴이 뛰었다. "사진 갖고 있니? 한번 봤으면…."

그녀는 놀란 표정을 지었다. "물론! 많아! 집에 있어."

"보고 싶어."

"알았어. 하지만…."

"좀 보여줘. 나한테는 소중한 것이 될 거야."

그녀는 내 손을 잡았다.

"보여주고말고. 다음에 가지고 올게. 하지만…."

멀리서 들려오는 울음소리 때문에 그녀는 말을 중단했다. 나는 공원 저쪽을 보았다. 토비가 울면서 우리 쪽으로 달려오고 있었고, 다른 아이들은 여전히 공을 차고 있었다.

"젠장." 클레어가 나직이 말하더니 일어나서 소리쳤다. "토비! 토비! 무슨 일이야?" 토비는 대답은 않고 달려오기만 했다. "젠장. 가서 토비를 달래고 올게."

그녀는 아들한테 가서 몸을 숙이고 무슨 일이냐고 물었다. 나는 발앞 땅을 내려다보았다. 길은 이끼로 덮여 있었고, 타맥을 뚫고 나온 풀잎이 햇빛을 향해 몸부림치고 있었다. 나는 기뻤다. 클레어가 애덤 사진을 보여주겠다고 했을 뿐만 아니라 다음에 만날 때 가지고 오겠다고 말했기 때문이었다. 우리는 더 자주 볼 거야. 만날 때마다 처음 만나는 것 같을 거야. 내가 기억력이 없다는 것을 곧잘 잊는다는 사실은 아이러니였다.

그녀가 벤에 대해 말하는 어투에 불만이 묻어 있는 것을 알고, 나는 벤과 클레어가 성관계를 가졌다고 생각하는 게 터무니없다는 것도 깨달았다.

그녀가 되돌아왔다.

"아무 일도 아니야." 그녀는 담배꽁초를 땅에 휙 던지고 나서 발뒤꿈치로 문질러 껐다. "공 주인이 누군지를 놓고 오해가 좀 있었어. 우리 좀 걸을까?"

나는 고개를 끄덕였다. 그녀는 토비를 보고 말했다.

"토비! 아이스크림 사줄까?"

토비가 먹고 싶다고 대답했다. 우리는 팰리스 쪽으로 걸어가기 시작했다. 토비는 클레어의 손을 잡고 있었다. 어쩜 이렇게 판박이일까. 두 사람 눈에 똑같은 불꽃이 타오르고 있어.

"난 여기 올라오는 걸 좋아해." 클레어가 말했다. "경치 한번 끝내줘. 안 그래?"

나는 녹색이 드문드문 섞여 있는 회색 집들을 보았다. "그런 것 같아. 넌 아직 그림 그리니?"

"거의 못 그려. 그리다가 말다가 했으니 맛만 본 셈이야. 우리 집 벽은 내 그림으로 가득 찼어. 유감스럽게도 아무도 안 사."

나는 미소를 지었다. 클레어가 내 소설을 읽었는지, 읽었다면 어떻게 생각하는지 묻고 싶었지만 소설 얘기는 꺼내지 않았다.

"그럼 지금 뭘 하는데?"

"토비 돌봐주느라 바빠. 토비는 집에서 공부해."

"그렇구나."

"선택의 여지가 없었어. 어떤 학교도 토비를 받아주지 않아. 너무 말썽을 부린다고 하면서 말이야. 토비를 다룰 수 없다는 거야."

나는 같이 걸어가고 있는 토비를 바라보았다. 엄마 손을 잡고 잠자코 걸어가고 있었다. 아이스크림 사줄 거냐고 토비가 묻자 클레어는 곧 사줄 거라고 말했다. 다루기 힘든 아이 같지는 않은데….

"애덤은 어땠는데?"

"어릴 때 말이니?" 나는 고개를 끄덕였다. "착한 아이였어. 매우 공손하고 행실도 바르고."

"나는 좋은 엄마였어? 애덤은 행복했어?"

"오, 크리시. 그럼. 그렇고말고. 애덤만큼 사랑을 듬뿍 받은 아이는 없어. 기억 안 나? 넌 아이를 가지려고 무척 노력했어. 유산도 한 번 하고 그다음에는 자궁 외 임신을 했어. 다신 아이를 가지지 않으려고 한 것 같은데, 그러다가 애덤을 가졌어. 너희 둘은 행복했어. 넌 아이 갖는 걸 좋아했지만 난 몹시 싫어했어. 남산만 한 배. 지긋지긋한 입덧. 끔찍해. 하지만 넌 달랐어. 넌 임신을 좋아했어. 아이를 가진 내내 얼굴에 기쁨이 넘쳤어. 넌 방에 들어갈 때도 불을 켰어. 크리시."

나는 걸어가면서도 눈을 감았다. 처음에는 임신한 것을 기억해내려고 했고 이어서 임신한 모습을 상상해보려고 했다. 어느 것도 뜻대로 되지 않았다. 나는 클레어를 보았다.

"그 후에는?"

"집에서 애덤을 낳았어. 나도 있었고, 물론 벤도 있었어. 내가 본 것 중에서 가장 놀라운 광경이었어. 상상도 못 할 만큼 고통이 따르기는 했지만 해냈어."

그녀는 걸음을 멈추고 나를 쳐다보았다.

"크리시, 넌 참 훌륭한 엄마였어. 정말 훌륭했어. 애덤은 행복했어. 사랑과 애정을 듬뿍 받았어. 어떤 아이도 더 바랄 수는 없었을 거야."

나는 내가 어머니였던 때와 애덤이 어릴 때를 기억해내려고 했지만 전혀 기억이 나지 않았다.

"벤은?"

그녀는 잠시 잠자코 있다가 말했다.

"벤은 훌륭한 아버지였어. 언제나. 벤은 애덤을 사랑했어. 애덤을 보려고 매일 저녁 직장에서 집으로 뛰어오곤 했어. 애덤이 처음 말을 했을 때 벤은 아는 사람들한테 전화해서 막 자랑했어. 애덤이 처음 기거나 첫걸음마를 뗄 때도 그랬어. 애덤이 걷게 되자마자 벤은 애덤을 공원에 데리고 갔어, 공을 가지고 말이야. 크리스마스 때는 장난감도 많이 사줬어! 너와 벤이 다툰 건 장난감이 너무 많다고 네가 툴툴거릴 때가 처음이지 싶어. 벤은 애덤을 위해서라면 뭐든지 사줬고, 넌 아이 버릇을 망친다고 걱정했지."

나는 자책감에 사로잡혔다. 애덤한테 뭐든지 해주는 것에 반대한 것을 사과하고픈 충동을 느꼈다.

"지금 같으면 애덤이 원하는 것은 뭐든지 해줬을 거야. 그렇게 할 수만 있다면…"

그녀는 슬픈 표정으로 나를 바라보았다. "그래. 그래. 하지만 애덤이 너한테 아무것도 요구하지 않았다는 걸 알면 행복할 거야."

우리는 계속 걸었다. 길가에 세워져 있는 소형 밴에서 아이스크림을 팔고 있었다. 우리는 그쪽으로 갔다. 토비가 엄마 팔을 잡아당기기 시작했다. 그녀는 몸을 구부리고 지갑에서 지폐 한 장을 꺼내 토비에게 주고는, 토비를 밴 있는 곳으로 보냈다.

"하나만 사!" 그녀는 토비 뒤에다 대고 소리쳤다. "딱 하나만 사! 거스름돈 받고."

나는 토비가 밴으로 달려가는 것을 보았다.

"클레어. 내가 기억을 잃어버렸을 때 애덤이 몇 살이었지?"

그녀는 미소 지었다. "세 살이었을 거야. 네 살일지도 모르지만."

나는 숨을 깊이 들이쉬었다. 새 땅, 위험에 발을 들여놓은 느낌이 들었다. 하지만 그곳은 내가 가야 할 곳이었다. 내가 찾아내야 할 진실이 있는 곳이었다.

"의사는 내가 폭행당했다고 했어."

그녀는 대답이 없었다.

"브라이튼에서 말이야. 내가 왜 거기 있었지?"

긴 침묵이 흘렀다. 나는 클레어를 보았다. 얼굴을 유심히 살폈다. 무엇인가 결단을 내리고 있는 것 같았다. 중대한 선택, 무엇인가 결심하고 있는 것 같았다.

"잘 몰라. 아무도 몰라."

그녀는 말을 끊었다. 우리 둘은 한참 토비를 보았다. 토비는 아이스크림 포장지를 벗기고 있었다. 잔뜩 긴장한 얼굴이었다. 침묵이 내 앞에 펼쳐졌다. '내가 무슨 말을 하지 않으면 이 침묵이 영원히 지속될 거야.'

"내가 바람을 피웠지?"

아무 반응이 없었다. 숨소리도, 화들짝 놀라며 부정하는 말도, 놀란 표정도 없었다. 클레어는 나를 빤히 쳐다보기만 했다.

"그래. 넌 벤을 속였어."

그녀의 목소리에는 감정이 없었다. 나를 어떻게 생각할까? 그때는 어떻게 생각했고, 지금은 어떻게 생각할까?

"말해줘."

"알았어. 우선 어디 가서 좀 앉자. 난 커피 한잔하고 싶어."

나는 고개를 끄덕였다. 우리는 메인 빌딩으로 걸어갔다.

카페테리아는 바도 겸하고 있었다. 의자는 철제였고, 테이블은 견고했다. 야자수가 빙 둘러가며 드문드문 놓여 있었다. 손님이 문을 열고 들어올 때마다 밀려드는 찬바람을 조금이라도 막아보려고 갖다놓은 것 같았다. 우리는 테이블을 사이에 두고 마주 앉아서 커피가 가득 담긴 잔을 감싼 채 손을 녹이고 있었다.

"무슨 일 있었어?" 나는 다시 물었다. "꼭 좀 알아야겠어."

"말하기 곤란한 일이야."

클레어는 마치 거친 지형을 조심조심 헤쳐 나가듯이 천천히 말했다.

"애덤을 낳은 지 얼마 안 되었을 때 같아. 일이 지독히 꼬이는 힘든 시기가 있었어. 내가 보기엔 산후 우울증에 걸린 것 같았어. 물론 당시에는 아무도 말하지 않았어." 그녀는 잠시 말을 멈추었다. "네가 무슨 일을 한창 겪고 있을 때 무슨 일이 있었는지 알기는 어렵겠지? 우린 그저 나중에 짐작할 뿐이야."

나는 고개를 끄덕이면서도 이해할 수 없었다. 그다음 추측은 내가 생각지도 못하는 것이었다. 그녀는 계속 말했다.

"넌 엄청 울었어. 아이와 유대가 끊어질까 봐 겁내고 있었어. 벤과 나는 할 수 있는 일을 다 했어. 네 어머니도 같이 있을 때는 그렇게 했어. 하지만 너무 힘들었어. 가장 힘든 고비를 넘긴 후에도 넌 어렵다는 생각이 들었어. 넌 직장에 복귀할 수 없었어. 한낮에도 나를 찾아오곤 했어. 안절부절못하면서 말이야. 넌 스스로를 실패자라고 생각했어. 애덤이 얼마나 행복한지는 아니까, 어머니로서 실패자가 아니라 작가로서 실패자라면서. 넌 다시는 소설을 쓸 수 없을 거라고 생각했어. 난 널 보러 자주 들렀는데 그때마다 넌 혼란에 빠져 있었어. 작품 생각을 하면서 울고 있었어."

그녀는 한숨을 쉬고 나서 한참 입을 다물고 있었다. 나는 다음 말이 궁금했다. 상황이 얼마나 나빠졌는지 궁금했다. 이윽고 그녀가 다시 말했다.

"너와 벤은 또 말다툼을 했어. 넌 벤이 무심하다며 화를 냈어. 벤은 유모를 두자고 했고. 하지만, 음…."

"그래서?"

"넌 뭐든 돈으로 해결하려는 게 벤의 고질병이라고 했어. 아픈 데를 찌르기는 했지만… 다 맞는 말은 아니었어."

그럴 리가 없다고 생각했다. 그 이야기는 우리에게 돈이 있어야 했다는 생각을 떨쳐버리지 못하도록 했다. 내가 기억을 잃어버린 후 갖고 있던 만큼보다도, 우리가 지금 갖고 있으리라 추측하는 만큼보다도 더. 내 병이야말로 돈을 잡아먹는 가장 큰 원인이었을 거다.

나는 벤과 말다툼하는 모습, 아이를 돌보는 모습, 글을 쓰려고 애쓰는 모습을 그려 보려고 했다. 나는 우유병, 젖을 빨고 있는 애덤, 더러운 기저귀를 상상했다. 아침에는 나와 애덤이 배불리 먹는 것이 내가 합리적으로 가질 수 있는 유일한 꿈이었고, 내가 지쳐 떨어지는 오후에는 잘 시간이 멀었는데도 푹 자는 것이 유일한 소원이었다. 그러다 보니 소설을 써야 한다는 생각은 달아나고 없었다. 나는 이런 것들을 볼 수 있었다. 분노가 서서히 타오르는 것을 느꼈다.

하지만 그게 전부였다. 이미지뿐이었다. 아무것도 기억나지 않았다. 클레어의 말을 듣고 보니 그것들이 나와 무관한 것처럼 느껴졌다.

"그래서 내가 다른 사람과 놀았니?"

그녀는 나를 쳐다보았다. "난 자유로운 몸이었고 그때 그림을 그리고 있었어. 네가 소설을 쓸 수 있도록 일주일에 두 번 오후에 애덤을 돌봐 주겠다고 했어." 그녀는 내 손을 잡았다. "크리시, 내가 카페에 가보면 어떻겠냐고 한 게 잘못이었어."

"카페라니?"

"집에만 틀어박혀 있지 말고 네 일을 해보라고 했어. 일주일에 몇 시 간만이라도 자질구레한 집안일에서 해방되라고 말이야. 몇 주 지나니 까 한결 나은 것처럼 보였어. 너는 이전보다 행복했고, 네 입으로 일도 그럭저럭 잘되고 있다고 했어. 넌 거의 매일 카페로 출근했어. 내가 애 덤을 돌봐주지 못할 때는 애덤을 데리고 갔어. 그때 네 옷이 최고급 옷 으로 바뀌는 걸 눈치챘지만 그게 무얼 의미하는지 깨닫지는 못했어. 그 냥 네가 한결 좋아졌기 때문이라고 생각했어. 아니 그렇게 확신했어. 그 무렵 어느 날 저녁에 벤이 날 찾아왔어. 술에 잔뜩 취해 가지고 말이야. 예전과 달리 억지를 부리는데 어찌해야 할지 모르겠다고 했어. 넌 벤과 잠자리도 같이 하지 않았어. 아기 때문에 그럴지도 모르니 걱정 안 해 도 될 거라고 말하기는 했다만…."

내가 말을 잘랐다. "난 어떤 사람을 만나고 있었어."

"네게 물었더니 넌 처음에는 아니라고 오리발을 내밀었어. 그래서 나 도, 벤도 바보가 아니라고 했어. 우리가 증거를 들이대자 비로소 진실을 털어놓았어."

진실. 화려한 것도 아니고 마음을 들뜨게 하는 것도 아니었다. 그저 적나라한 사실이었다. 나는 생활 방식을 바꿨고, 카페에서 만난 사람과 성관계를 맺고 있었다. 가장 친한 친구가 아기를 봐주고 내가 남편 아 닌 다른 사람에게 잘 보이려고 입는 옷과 속옷 값을 버느라 남편이 일 하고 있는 동안에 말이다. 나는 비밀 전화번호, 예기치 못한 일이 일어나서 수포로 돌아간 계획, 우리가 같이 만난 날, 일시적으로 남편보다 더 근사한—재미있는? 매력적인? 부유한? 좋은?—사람이라고 생각되는 남자와 침대에서 보낸 더럽고 참담한 오후를 생각했다. 그 남자가 내가 호텔 방에서 기다리던 사람이었을까? 나를 폭행한 사람이었을까? 나에게 과거도 미래도 남겨주지 않으려고 한 사람이었을까?

나는 눈을 감았다. 기억이 번쩍 스쳤다. 내 머리카락을 움켜쥔 손, 내 목을 조르는 손이었다. 내 머리는 물에 처박혀 있었고 나는 숨을 헐떡이며 울고 있었다. 내가 무슨 생각을 하고 있었는지 기억이 났다. '나는 마지막으로 한 번만이라도 아들을 보고 싶어 한다. 남편을 보고 싶어 한다. 남편에게 이런 짓을 해서는 안 되는데. 그놈 때문에 남편을 배신해서는 안 되는데. 나는 남편에게 미안하다는 말을 결코 하지 못할 것이다. 절대로 하지 못할 것이다.'

나는 안도하며 눈을 떴다. 그놈이 누구였든지 간에 벤은 아니었다. 클레어가 내 손을 꼭 쥐고 있었다.

"괜찮니?"

"말해줘."

"난 잘 몰라."

"제발. 말해줘. 그놈이 누구였지?"

그녀는 한숨을 쉬었다.

"넌 카페에 곧잘 들르는 사람과 만났다고 했어. 근사한 사람이라고도 했어. 매력적인 사람이라고도 했어. 넌 자제하려고 했지만 스스로를 이기지 못했어."

"그놈 이름이 뭐야?"

"몰라."

"넌 분명히 알고 있어! 적어도 이름 정도는 알고 있어! 나를 이 꼴로 만든 놈이 누구야?"

그녀는 내 눈을 들여다보았다. "크리시." 착 가라앉은 목소리였다. "넌 그놈 이름조차 내게 말해주지 않았어. 카페에서 만난 사람이라고만 했어. 내가 더 자세히 알기를 네가 원치 않는다고 생각했어. 내가 최소한 알아야 할 것도 알기를 원치 않는 것 같았어."

나는 또 다른 한 가닥의 희망이 사라지는 것, 개울을 따라 강으로 내려가는 것을 느꼈다. 누가 나를 이 꼴로 만들었는지 결코 알지 못할 것 같았다.

"무슨 일이 있었던 거야?"

"난 참 바보 같다고 네게 말했어. 네게는 애덤도 있고 벤도 있었어. 난 네가 그 짓을 그만두어야 한다고, 그놈을 이제 그만 만나야 한다고 생각했어."

"하지만 내가 말을 안 들으려고 했겠지?"

"그래. 적어도 처음에는 그랬어. 우린 싸웠어. 난 네가 나를 궁지에 빠뜨리고 있다고 말했어. 벤은 내 친구이기도 했어. 넌 나더러 너한테는 물론 벤한테도 거짓말하라고 했어."

"뭐라고? 얼마나 오래 그랬는데?"

그녀는 잠시 잠자코 있다가 말했다. "몰라. 어느 날, 몇 주 뒤였을 거야. 넌 다 끝났다고 선언했어. 넌 그놈에게 이제 끝내자고, 네가 못된 짓을 했다고 말했어. 넌 자신이 어리석었다고, 미쳤다고 말했어."

"내가 거짓말을 하고 있었니?"

"몰라. 그렇다고 생각하지는 않아. 너와 난 서로 거짓말을 못 했어. 우린 거짓말 안 했어." 그녀는 커피를 후 불었다. "몇 주 뒤 넌 브라이튼에서 발견됐어. 그때 무슨 일이 있었는지는 나도 몰라."

내가 어떻게 폭행당했는지 모를 거라는 생각을 날려버린 것은 바로 이 말, '그때 무슨 일이 있었는지는 나도 몰라'라는 말이었다. 갑자기 어떤 소리가 내게서 달아났다. 나는 그것을 붙들어두려고 했으나 실패했다. 헐떡임 같기도 하고 울부짖음 같기도 했다. 고통스러워하는 짐승의 소리였다. 토비가 색칠 그림책을 보다 말고 나를 바라보았다. 카페에 있는 사람들이 일제히 몸을 돌려 나를 바라보았다. 기억력을 잃어버린 이 미친 여자를 바라보았다. 클레어가 내 팔을 붙들었다.

"크리시! 왜 그래?"

나는 몸을 요동치고 숨을 헐떡이며 흐느끼고 있었다. 잃어버린 나날들 때문에, 죽는 날까지 계속 잃게 될 그 나날들 때문에 울고 있었다. 클레어가 나의 외도, 내 결혼, 내 아들에 대해 입을 여는 것이 아무리 어려워도 내일 또 모두 말해줄 것이기 때문에 울고 있었다. 한편으로는 이 모든 것을 내가 자초했기 때문에 울고 있었다.

"미안. 미안해."

클레어가 일어나서 테이블을 돌아 나한테로 오더니 내 옆에 웅크리고 앉아 팔로 내 어깨를 감싸 안았다. 나는 클레어의 머리에 내 머리를 기댔다.

"자, 그만. 그만해." 내가 흐느끼자 클레어가 말했다. "괜찮아, 크리시. 내가 있잖아, 내가 곁에 있잖아."

우리는 카페를 나섰다. 토비가 나가기 싫은 듯이 내 울음에 뒤이어 한바탕 소란을 피웠다. 색칠 그림책과 플라스틱 주스 컵을 바닥에 내동댕이친 것이었다. 클레어는 말끔히 치우고 나서 말했다. "바람 좀 쐬고 싶어. 같이 갈래?" 나는 안도하며 고개를 끄덕였다.

우리는 공원이 내려다보이는 벤치에 무릎을 붙인 채 앉아 있었다. 클레어는 마치 내 손이 차갑기라도 한 것처럼 내 손을 잡고 이따금 손을 쓰다듬었다.

"내가 외도를 많이 한 편이었니?" 나는 물었다.

클레어는 고개를 저으며 말했다. "아니. 아니야. 우리는 즐거운 대학 시절을 보냈어, 너도 알지? 하지만 그게 다였지. 네가 처음 벤을 만났을 때 방탕은 끝났어. 넌 벤에게 항상 충실했어."

나는 카페에서 만난 남자가 나에게 왜 그리 특별하게 다가왔는지 의아했다. 클레어는 그가 멋지고 매력적이라고 내가 말했다 한다. 그게 다일까? 내가 그렇게 얄팍한 사람이었던가?

벤도 그 매력들을 갖고 있다고 생각했다. 만약 내가 갖고 있는 것에 만족했더라면.

"내가 바람피운다는 걸 벤이 알았어?"

"처음에는 몰랐어. 전혀 모르고 있었어. 네가 그 꼴로 발견된 것은 벤에게는 끔찍한 충격이었어. 우리한테도 마찬가지였고. 처음에는 살아 있는 것처럼 보이지도 않았어. 벤은 네가 왜 브라이튼에 와 있는지 아냐고 물었어. 나는 벤에게 말해줬어. 그럴 수밖에 없었어. 내가 알고 있는 사실을 이미 경찰에 죄다 말했으니까 벤에게도 말해줄 수밖에 없었어."

내 아들의 아빠인 남편이, 죽어가는 아내가 왜 집에서 수 킬로미터 떨어진 곳에서 발견되었는지 그 이유를 밝혀내려고 애쓰는 모습을 생각하자 나는 또 죄책감에 사로잡혔다. 이걸 벤한테 어떻게 설명할까?

"하지만 벤은 널 용서했어. 우린 그걸 가지고 너를 나무란 적이 없어. 벤은 네가 살아나는 것, 회복되는 것에만 신경 썼어. 벤은 너를 위해서라면 모든 걸 다 줬을 거야. 다른 건 중요하지 않았어."

나는 남편에 대한 사랑이 샘솟는 것을 느꼈다. 진정한 사랑, 마음에서 우러난 사랑이었다. 벤은 만사 다 제쳐두고 나를 받아들이고 보살폈어.

"너 벤한테 말할 거지?" 내가 말하자 그녀는 미소 지었다.

"물론! 하지만 무슨 얘기를 할까?"

"벤은 내게 진실을 말해주지 않아. 아니. 늘 진실을 말해주지 않았어. 벤은 나를 보호하려고 해. 내가 극복할 수 있다고 생각하는 것, 내가 듣고 싶다고 생각하는 것만 말해줘."

"그럴 리가? 벤은 널 사랑하고 있어. 언제나 널 사랑했어."

"벤은… 내가 알고 있는 것을 몰라. 내가 일어난 일들을 기록하고 있다는 걸 몰라. 벤은 애덤 얘기도 안 하고, 나와 헤어졌다는 얘기도 안 해. 네가 세상 반대편에 살고 있다는 얘기는 하면서 말이야. 벤은 내가 이 상황을 극복할 수 있다고 생각하지 않아. 날 포기했어, 클레어. 어쨌든 벤은 날 포기했어. 내가 더 나아질 것으로 보지 않기 때문에 내가 의사 만나는 것도 달가워하지 않아. 하지만 클레어, 난 닥터 내시라는 의사를 몰래 만나고 있어. 벤한테는 말할 수 없어."

클레어가 고개를 숙였다. 내게 실망한 모양이었다. "그건 옳지 않아. 벤한테 말해야 해. 벤은 널 사랑하고 있어. 널 신뢰하고 있어."

"그럴 수 없어. 어제 벤은 너와 연락하고 지냈다는 사실도 부인했어."

그녀의 표정이 바뀌었다. 그녀가 놀랐다는 것을 처음으로 알 수 있었다.

"크리시!"

"사실이야." 나는 숨을 깊이 들이쉬었다. "벤이 날 사랑한다는 건 알고 있어. 하지만 내게 정직해줬으면 좋겠어. 모든 것에 대해서 말이야. 난 내 과거를 몰라. 벤이 나를 도와주면 좋으련만. 난 벤이 날 도와주기를 원해."

"그러면 벤한테 말해야 해. 벤을 믿어봐."

"하지만 어떻게?" 나한텐 죄다 거짓말을 하는데 어떻게 믿어?"

그녀는 내 손을 꼭 쥐었다. "크리시, 벤은 널 사랑해. 너도 그건 알잖

아. 벤은 널 자기 목숨보다 사랑해. 벤은 언제나 널 사랑했어."

"그래도…." 내가 말을 꺼내자 그녀는 내 말을 잘랐다.

"넌 벤을 믿어야 해. 내 말 들어. 모든 게 잘 해결될 거야. 하지만 벤한테 진실을 말해야 해. 벤한테 닥터 내시 얘기를 해. 네가 기록하고 있다는 것도 말해. 그게 유일한 방법이야."

나는 클레어의 말이 옳다는 것을 마음속 깊이 느꼈지만 일기 얘기를 벤한테 해야 할지는 여전히 확신이 서지 않았다.

"내가 적어둔 것을 보자고 할지도 모르잖아."

그녀는 눈을 가늘게 떴다. "벤한테 보여주지 못할 건 없잖아."

나는 잠자코 있었다.

"안 그래? 크리시?"

나는 눈길을 외면했다. 우리는 말없이 한참 앉아 있었다. 이윽고 그녀가 백을 열었다.

"크리시. 줄 게 있어. 벤이 너와 헤어지기로 했을 때 내게 준 거야."

그녀는 봉투를 꺼내 내게 주었다. 봉투는 접혀져 있었지만 여전히 봉해져 있었다.

"벤은 이게 모든 걸 설명해줄 거라고 했어."

나는 봉투를 유심히 바라보았다. 앞면에는 내 이름이 대문자로 가지런히 적혀 있었다.

"벤은 네가 이걸 읽어도 될 만큼 회복되었다고 판단할 때 이걸 전해주라고 했어."

나는 그녀를 바라보았다. 온갖 감정이 한꺼번에 밀려들었다. 흥분. 두려움.

"마침내 네가 이걸 읽어봐야 할 때가 왔다고 생각해."

나는 봉투를 받아 백에 넣었다. 왜 그런지 몰라도 클레어 앞에서는 읽고 싶지 않았다. 읽고 난 후의 얼굴 표정을 그녀에게 들킬까 봐 두려웠고 그 내용이 이제는 내 것이 아닐까 봐 두려웠기 때문이었을 것이다.

"고마워." 내가 말했지만 그녀는 미소를 짓지 않았다.

"크리시." 그녀는 눈을 내리깐 채 손을 보고 있었다. "벤이 내가 이민 갔다고 네게 말한 이유가 있어."

침묵이 흘렀다. 어떤 방식인지는 아직 분명하지 않았으나 내 세계가 바뀌기 시작한 것을 느꼈다.

"네게 할 말이 있어. 우리가 왜 연락을 못 하게 되었는지에 대한 얘기야."

그때 나는 알았다. 클레어가 아무 말 안 해도 나는 알았다. 잃어버린 퍼즐 조각, 즉 벤이 나를 버린 이유, 가장 친한 친구가 내 인생에서 사라진 이유, 남편이 친구가 사라진 사실에 대해 거짓말을 한 이유를 알았다. 내가 옳았다. 어쨌든 내가 옳았다.

"맞아. 맙소사. 그게 사실이라니. 넌 벤과 줄곧 만나고 있어. 내 남편과 자고 있어."

그녀는 나를 바라보았다. 겁에 질린 눈이었다. "아냐! 아니야!"

나는 어떤 확신에 사로잡혔다. '거짓말쟁이!'하고 소리 지르고 싶었으나 참았다. 그녀가 눈에서 무엇인가 닦아냈을 때 그녀가 하고 싶은 말이 무엇인지 물을 참이었다. 눈물일까? 나는 모른다.

"지금은 아니야." 그녀는 나직이 말하고는 다시 무릎에 놓은 손을 보았다. "딱 한 번이었어."

내가 기대했던 감정 가운데 안도는 없었다. 하지만 내가 안도했다는 것은 사실이었다. 클레어가 정직했기 때문일까? 이제 내가 모든 것, 내가 믿을 수 있는 것들을 설명할 수 있기 때문일까? 확실히 알 수는 없다. 그러나 내가 느꼈을지도 모르는 분노는 거기에 없었다. 고통도 없었다. 내가 남편을 사랑했었다는 구체적 증거 때문에 질투심이 약간 이는 것을 느끼고 행복해한 모양이었다. 남편도 나처럼 바람을 피웠으니 피차 마찬가지여서 안도했을지도 모른다.

"말해봐." 내가 나직이 말했다.

클레어는 고개를 들지 않았다. "우린 늘 가까운 사이였어." 클레어도 나직이 말했다. "내 말은 우리 셋, 즉 너와 나 그리고 벤은 사이가 가까웠다는 뜻이야. 그러나 나와 벤 사이에는 무슨 일이 없었어. 내 말 믿어줘. 절대로 없었어."

나는 클레어에게 계속 얘기하라고 했다.

"네가 사고를 당한 후 난 온갖 방법을 써서 도와주려고 했어. 그 때문에 벤이 얼마나 힘들었는지 넌 짐작할 수 있을 거야. 다른 건 차치하고 실생활만 봐도 말이야. 애덤을 돌봐야 했으니… 나는 내 능력껏 했어. 우린 많은 시간을 같이 보냈어. 하지만 잠자리를 같이 하지는 않았어. 그때는 그랬어. 맹세할 수 있어, 크리시."

"그럼 그때가 언젠데? 언제 같이 잤어?"

"네가 워링 하우스로 옮기기 직전이었어. 넌 최악의 상태였어. 애덤도 힘들었고. 상황이 아주 어려웠어." 클레어는 딴 곳을 보며 말했다. "벤은 술을 마셔댔어. 많이 마셨다고는 할 수 없지만 그래도 웬만큼. 벤은 견디지 못했어. 너를 만나고 오는 어느 날 밤이었어. 나는 애덤을 침대에 내려놓았어. 벤은 거실에서 울고 있었고. '견디지 못하겠어.' 벤은 이 말을 되풀이했어. '더는 이러고 있을 수 없어. 난 크리시를 사랑해. 그것 때문에 괴로워 죽겠어.'"

클레어는 말을 끊었다. 바람이 언덕 위로 몰아쳤다. 살을 에는 듯이 추웠다. 나는 코트로 몸을 감쌌다. 클레어가 다시 말했다.

"난 벤 옆에 앉아 있었어. 그러고는…."

또 말이 끊어졌다. 하지만 난 모두 알 수 있었다. 클레어가 내 어깨에 손을 얹더니 이내 나를 껴안았다. 사태가 더 이상 나아가서는 안 된다는 확신 그리고 죄책감이, 사태를 멈출 수 없다는 확신과 욕망에 자리를 양보하자 서로를 찾고 있던 입에는 눈물이 흘러내리고 있었다.

그러고는? 한 바탕 섹스를 벌였겠구나. 소파에서 했니? 바닥에서 했니? 나는 알고 싶지 않았다.

"그러고는?"

"미안해. 난 그걸 결코 원치 않았어. 딱 한 번뿐이었어. 나는 몹시 나쁜 짓이라고 생각했어. 정말 나쁜 짓이었어. 우린 공범이었어."

"그 짓을 얼마나 오래 했니?"

"뭐라고?"

"얼마나 오래 했냐니깐?"

클레어는 잠시 망설이더니 말했다. "몰라. 오래는 아니었어. 몇 주쯤일 거야. 우린… 우리가 섹스한 건 몇 번 되지 않아. 나쁜 짓이라고 느꼈어. 그 후에도 우린 둘 다 그게 나쁜 짓이라고 생각했어."

"무슨 일 있었어?" 내가 말했다. "누가 관계를 끝내자고 했어?"

그녀는 어깨를 움츠리더니 나직이 말했다. "둘 다야. 우린 얘기했어. 이 관계가 오래갈 수는 없다고. 그때부터 너와 벤하고 거리를 두기로 했어. 그건 죄악이었어."

나는 섬뜩한 생각이 들었다.

"벤은 언제 나를 버리기로 결심했지?"

"크리시, 그런 게 아냐." 클레어가 잽싸게 말했다. "그런 생각 마. 벤도 끔찍하다고 느꼈어. 하지만 벤은 나 때문에 널 버리지 못했어."

'그게 아닐 거야. 직접 말하지는 못하겠지만 그건 벤이 널 얼마나 그

리워하고 있었는지 보여주는 거야.'

나는 클레어를 보았다. 아직은 화가 나지 않았다. 화를 낼 수가 없었다. 클레어가 아직도 벤과 잠자리를 같이 한다고 말했다면 달리 느꼈을지도 모르지만 클레어는 그렇게 말하지 않았다. 클레어의 말을 듣고 나니 그 사건이 다른 시대에 있었던 것처럼 느껴졌다. 이를테면 선사 시대 말이다. 나는 그 사건이 나와 관계가 있다고 믿기 어려움을 알았다.

클레어가 나를 쳐다보았다.

"하지만 크리시, 난 안 가볼 수 없었어. 그럴 수 없었어. 난 그 후에도 워링 하우스로 널 찾아 갔어. 처음에는 몇 주에 한 번씩, 그다음에는 두 달에 한 번씩 말이야. 하지만 그게 너를 혼란스럽게 만들었어. 몹시 혼란스럽게 만들었어. 난 내가 이기적이라는 것을 알고 있어. 하지만 널 거기에 버려둘 수 없었어. 널 위해서 난 계속 찾아갔어. 네가 잘 있는지 확인하려고."

"벤은 그 사실을 알고 있었니?"

"아니야. 난 벤한테 말하지 않았어. 우린 연락도 안 했어."

"그래서 최근에는 날 찾아오지 않은 거야? 우리 집에 오지 않은 거야? 벤을 보고 싶지 않으니까?"

"아니야. 꼭 그렇지는 않아. 한번은 널 찾아 가니까 그곳 사람들이 네가 떠나버렸다고 했어. 넌 벤하고 살려고 집으로 돌아갔어. 난 벤이 이사 간 걸 알았어. 그 사람들한테 네 주소를 알려달라고 했지만 가르쳐주지 않았어. 비밀 위반이라고 하면서 말이야. 네게 편지를 보내고 싶으면 편지는 부쳐줄 수 있다고 했어."

"그래서 편지를 했니?"

"벤에게 편지를 썼어. 미안하다고, 그 일을 후회한다고 말했어. 널 보게 해달라고 부탁했어."

"벤은 네가 날 볼 수 없다고 했잖아?"

"아냐. 크리시, 답장은 네가 했어. 넌 많이 좋아진 것 같다고 했어. 벤이랑 있어서 행복하다고 했어." 클레어는 공원 저쪽으로 눈길을 돌렸다. "넌 날 보고 싶지 않다고 했어. 내가 널 배신했다고 하면서 말이야." 클레어는 눈물을 훔쳤다. "넌 다시는 가까이 오지 말라고 했어. 날 잊는 게 더 좋겠다고 하면서 말이야."

나는 몸이 와들와들 떨리는 것을 느꼈다. 그런 편지를 썼을 때 느꼈어야 할 분노를 상상해보려고 애썼다. 그러면서 다른 한편으로는 어쩌면 전혀 분노를 느끼지 않았을지도 모른다는 것을 깨달았다. 내게는 클레어가 거의 존재하지 않았을 것이다. 우리 사이의 우정은 까맣게 잊혀졌을 것이다.

"미안해." 나는 그녀의 배신을 기억하는 모습을 상상할 수 없었다. 벤은 내가 편지 쓰는 것을 도와줘야 했다.

클레어는 미소를 지었다. "아냐. 사과하지 않아도 돼. 네가 옳았어. 하지만 난 네가 마음을 바꾸기를 줄곧 바랐어. 그래서 워링 하우스에 찾아가 내 전화번호를 남겨둔 거야. 난 널 보고 싶었어. 너한테 직접 진실을 말해주고 싶었어."

나는 잠자코 있었다.

"정말 미안해. 날 용서해줄 수 있지?"

나는 클레어의 손을 잡았다. 클레어에게 어떻게 화를 낼 수 있을까? 벤에게 어떻게 화를 낼 수 있을까? 내 병은 우리 모두에게 엄청난 짐이었다.

"그럼. 그럼. 용서해주고말고."

우리는 곧 돌아갔다. 비탈 아래에서 클레어가 몸을 돌려 나를 보았다.

"또 볼 수 있겠지?"

나는 미소를 지었다. "그랬으면 좋겠어."

클레어는 안도하는 것 같았다. "크리시, 넌 모르겠지만 난 네가 정말 보고 싶었어."

클레어의 말은 사실이었다. 나는 몰랐지만 내 인생에 클레어가 있으면, 이 일기가 있으면 살 만한 가치가 있는 삶을 다시 살 기회가 있을 것이다. 나는 백에 든 편지를 생각했다. 과거로부터의 메시지. 마지막 퍼즐 조각. 내게 필요한 답.

"전화할게. 다음 주 초에. 괜찮지?"

"응."

클레어가 나를 껴안았다. 내 목소리는 클레어의 머릿결에 파묻혀버렸다.

클레어는 나의 유일한 친구처럼 느껴졌다. 벤과 함께 내가 의지할 수 있는 유일한 사람인 것처럼 느껴졌다. 여동생처럼 느껴졌다. 나는 클레어의 손을 꼭 쥐었다.

"진실을 말해줘서 고마워. 모든 걸 말해줘서 고마워. 사랑해."

헤어질 때 보니 우리 둘 다 울고 있었다.

나는 집에서 벤의 편지를 읽으며 앉아 있었다. 이 편지는 내가 알고 싶은 것을 말해줄까? 벤이 나를 버린 이유를 알게 될까? 하고 생각하니 초조했다. 그러면서 한편으로는 들떴다. 나는 그러리라고 확신했다. 이 편지가 있고 벤과 클레어가 있으면 내게 필요한 모든 것을 가지게 될 거라고 확신했다.

편지 내용은 다음과 같았다.

크리스틴, 이건 내가 쓴 편지 중에 가장 쓰기 힘들었던 편지야. 내가 한 일 중에 가장 힘든 일인 것 같기도 해. 판에 박은 말 따위는 벌써 포기했어. 알다시피 난 작가가 아니야―작가는 바로 당신이야! 그래서 유감스러워. 하지만 최선을 다해 쓸 거야.

이 편지를 읽을 무렵에는 당신이 그 이유를 알게 될 거라고, 이해할 거라고 생각해. 크리스틴, 난 당신을 버리기로 결심했어. 이런 말을 하는 것. 이런 편지를 쓰는 것, 또는 이런 생각을 하는 것조차 견딜 수 없지만 난 당신을 버리지 않을 수 없어. 다른 방법을 찾으려고 무척 노력했어. 내 말 믿어줘.

내가 당신을 사랑한다는 것을 알아야 해. 난 당신을 사랑하지 않은 적이 없어. 무슨 일이 있든, 이유가 무엇이든 당신을 사랑하지 않은 적이 없어. 이것은 복수도 아니고 그 비슷한 것도 아니야. 당신이 혼수상태에 빠졌을 때 당신이 나한테 얼마나 소중한 존재인지 알았어. 당신을 볼 때마다 나의 일부가 죽어가는 것 같았어. 그리고 당신이 그날 밤 브라이튼에서 한 짓 따위는 안중에도 없다는 것을 깨달았어. 난 당신이 내게 돌아오기만을 바랐어.

당신은 내게 돌아왔어. 그래서 난 행복했어. 사람들이 당신이 위험에서 벗어났다고, 죽지는 않을 거라고 말한 날 내가 얼마나 행복했는지 당신은 모를 거야. 난 당신이 더 좋아지기까지 우리가 해야 할 일이 많다는 것을 알았어. 당신은 나, 아니 우리 곁을 떠나려고 하지 않았어. 애덤이 어렸다는 것은 알지? 나는 그가 이해하리라고 생각했어.

우리가 당신이 기억을 잃어버렸다는 것을 알았을 때, 난 오히려 다행이라고 생각했어. 믿기지 않지? 지금은 무척 부끄럽게 생각하지만 난 잘됐다고 생각했어. 하지만 그 후 당신이 다른 것도 잊고 있다는 것을 알았어. 계속, 시간이 갈수록. 처음에는 옆 침대에 누운 사람들이나 의사들, 간호사들 이름을 기억 못 하는 정도였어. 하지만 점점 나빠졌지. 당신은 왜 병원에 와 있는지, 왜 나와 함께 집으로 돌아가는 게 허락되지 않는지도 잊어버렸어. 당신은 의사들이 당신을 실험 대상으로 여기고 있다고 믿고 있었어. 내가 당신을 집으로 데리고 와서 일주일 동안 있었을 때 당신은 길도 우리 집도 기억하지 못했어. 당신 사촌이 당신을 보러 왔지만, 당신은 그녀가 누군지 몰랐어. 우리는 당신을 다시 병원으로 데려갔고 그때도 당신은 어디로 가고 있는지 알지 못했지.

그 무렵에 상황이 어려워지기 시작한 것 같아. 당신은 애덤을 무척 사랑했어. 그건 분명해. 내가 애덤을 데리고 가면 당신 눈은 애덤에 대한 애정으로 빛났어. 애덤은 당신한테 달려가서 팔에 안기곤 했고, 당신은 애덤을 번쩍 들어 올리고 누군지 금방 알아채곤 했어. 하지만 그 무렵에, 크리스, 마음 아프지만 이 말을 하지 않을 수 없어. 당신은 애덤이 어렸을 때 애덤을 빼앗겼었다고 생각하기 시작했어. 애덤을 볼 때마다 당신은 애덤이 생후 몇 개월 된 후 처음 보는 것이라고 생각했어. 나는 애덤에게 지난번에 당신을 본 게 언제인지 당신에게 말해주라고 했어. 애덤은 "엄마, 어제 봤잖아." 또는 "지난주에 봤어." 라고 말했어. 하지만 당신은 그 말을 믿지 않았어. 당신이 애덤에게 뭐라고 했는지 알아? 당신은 "거짓말이야." 라고 말하곤 했어. 당신은 내가 당신을 가둬둔다고 비난하기 시작했어. 내가 외도한다고 생각했어. 당신이 병원에 있는 동안 다른 여자가 애덤을 제 자식처럼 키운다고 생각했어.

한번은 내가 병원에 갔는데 당신은 날 알아보지 못했어. 당신은 점점 히스테릭해졌지. 내가 보고 있지 않을 때 당신은 애덤을 가로채고는 문으로 달려갔어. 당신이 애덤을 구해내 달아나려고 하는 것 같았어. 애덤은 막무가내로 울기 시작했어. 그는 당신이 왜 그러는지 이해하지 못했어. 애덤을 집으로 데려와서 설명해주려고 했지만 그는 이해하지 못했어. 애덤은 당신을 정말로 무서워하기 시작했지.

그런 상태가 이어졌고, 상황은 더욱 심각해졌어. 어느 날 병원에 전화를 걸어 내가 없을 때, 애덤이 없을 때 당신이 어떻게 지내는지 물어봤어. "지금 상태를 말해주세요." 라고 말했어. 그들은 당신이 평온하고 행복하다고 말했어. 당신은 침대 옆 의자에 앉아 있었어. "뭐 하고 있어요?" 라고 내가 물으니 그들은 당신이 다른 환자와 얘기하고 있다고 했어. 안 지 여러 해 되는 친구였어. 때때로 당신은 카드놀이를 하기도 했어.

"카드놀이를 했다고?" 나는 믿을 수가 없었어. 그들은 그렇다고 했어. 당신은 카드를 잘 쳤지. 그걸 즐겼어. 그들은 매일 당신한테 규칙을 설명해주어야 했어. 당신은 누구든 이길 수 있었어.

"크리스는 행복해요?" 내가 물었어.

"예. 언제나 행복합니다." 그들이 말했어.

"나를 기억하나요? 애덤을 기억하나요?" 내가 말했어.

"당신이 여기 없으면 기억 못 합니다." 그들이 말했어.

어느 날 나는 언젠가 당신을 떠나야 하리라는 것을 깨달았어. 나는 당신이 필요할 때까지 살 수 있는 곳을 찾아줬어. 당신이 행복해질 수 있는 곳 말이야. 나와 애덤이 없으면 당신은 행복할 테니까. 당신은 우리를 알지 못하니 그리워하지도 않을 거야.

크리시, 난 당신을 정말 사랑해. 이 점 분명히 이해해줘. 나는 그 어떤 것보다도 당신을 사랑해. 당신을 처음 본 순간부터 사랑했어. 하지만 아들이 인간답게 살도록 해주어야 했어. 이제 곧 애덤은 무슨 일이 있었는지 이해할 만한 나이가 될 거야. 나는 그의 어머니인 당신에 대한 행복한 기억과 함께 애덤을 데리고 갈 거야. 크리스, 나는 애덤한테 거짓말하지 않을 거야. 애덤이 철이 들면 모든 걸 말해줄 거야. 내가 한 선택에 대해서도 설명해줄 거야. 애덤이 당신을 몹시 보고 싶어 하지만 그게 매우 가슴 아픈 일이 될 거라는 것을 말해줄 거야. 애덤이 나를 미워할지도 모르겠어. 어쩌면 비난할지도 모르겠어. 난 그렇지 않기를 바랄 뿐이야. 나는 애덤이 행복하기를 바라고 있고, 당신도 행복하기를 바라고 있어. 당신이 내가 없어야만 그 행복을 발견할 수 있다 하더라도 말이야. 당신은 지금 워링 하우스에서 얼마간 지내고 있어. 안정을 되찾았고 많이 좋아졌어. 이제는 공황 상태에서 벗어나 평상시 감정을 되찾았어. 다행이야. 내가 바란 것도 이거야. 이제 내가 갈 때야.

나는 이 편지를 클레어한테 맡기려고 해. 이걸 보관하고 있다가 당신이 이 편지를 읽을 만큼, 이해할 만큼 나았을 때 보여주라고 할 거야. 나는 이 편지를 가지고 있을 수 없어. 이걸 가지고 있으면 다음 주, 다음 달, 아니면 내년에 이 편지를 당신한테 건네주고 싶은 유혹을 물리칠 수 없을 테니까. 그건 너무 일러.
언젠가 우리가 다시 합칠 수 있다는 것을 바라지 않는 척하지는 않겠어. 당신이 다 나으면 우리 셋만의 가정을 꾸릴 거야. 이런 희망마저 없으면 나는 슬퍼서 죽게 될 거야.
크리스, 나는 당신을 버리지 않아. 결코 버리지 않을 거야. 당신을 너무 사랑해.

믿어줘. 이게 옳은 일이고, 내가 할 수 있는 유일한 일이야.

날 미워하지 마. 당신을 사랑해.

벤
X

나는 편지를 한 번 더 읽고 나서 접었다. 마치 어제 쓴 것처럼 편지지는 새것처럼 빠닥빠닥했다. 하지만 편지 봉투는 낡아 가장자리가 닳아 빠졌고, 향수 비슷한 냄새가 났다. 이걸 어디에다 보관했을까? 클레어가 백 한쪽 구석에 구겨 넣고 가지고 다녔을까? 아니면 서랍 안쪽의 잘 보이지 않는 곳에 넣어두고 한시도 잊지 않은 걸까? 편지는 적절한 때 읽히기를 기다리며 수년간 거기 처박혀 있었을 것이다. 남편이 누군지는 고사하고 내가 누군지도 모른 채 보낸 그 수년간 말이다. 우리 사이의 간극을 결코 메울 수 없는 그 수년간 말이다. 나는 그 간극이 존재한다는 것을 결코 알지 못했으니까.

나는 봉투를 무릎 사이에 꼭 끼웠다. 나는 울면서 이 글을 쓰고 있다. 하지만 불행하다고 느끼지는 않는다. 이제야 모든 게 이해된다. 왜 벤이 나를 버렸는지, 왜 내게 줄곧 거짓말을 해왔는지 이해된다.

벤이 나한테 줄곧 거짓말을 해왔기 때문이다. 벤은 내가 다른 소설을 쓰지 못하리라는 사실을 알면 절망할까 봐 내 소설 얘기는 하지 않았다. 자신과 클레어가 나를 한 번 배신했다는 사실로부터 나를 보호하기 위해 내 가장 친한 친구가 이민 갔다고 말했다. 왜냐하면 벤은 내가 두 사람을 용서해줄 만큼 사랑한다고 믿지 않았기 때문이다. 내가 폭행당했다는 사실, 나한테 일어난 일이 사고가 아니라 지독한 증오에서 나온 고의적인 행동의 결과라는 것을 내가 알까 봐 줄곧 벤은 내가 차에 치

321

었고 이것은 우연한 사고였다고 말해왔다. 내 아들이 죽었다는 사실을 알까 봐 그리고 그 때문에 내가 나날이 슬픔으로 무너질까 봐 벤은 우리가 아이를 가진 적이 없다고 말해왔다. 우리 가족이 함께 살 수 있는 방법을 수년간 찾다가, 마침내 우리가 함께 살 수 없다는 결론을 내리고 딴 곳에서 행복을 찾기 위해 아들을 데리고 떠났다고 말하지는 않았다.

벤은 이 편지를 쓸 때 우리의 이별이 영원할 것이라고 생각한 게 틀림없었다. 하지만 그렇지 않기를 바란 것도 틀림없었다. 그렇지 않으면 왜 편지를 썼을까? 한때 우리 집이었던 게 분명한 그 집에 앉아서 무슨 생각으로 펜을 들고, 나를 버릴 수밖에 없는 이유를 이해하지도 못할 사람한테 설명하려고 했을까? 벤은 작가가 아니라고 했다. 그럼에도 그의 글은 아름다웠고 깊이가 있었고 감동을 주기까지 했다. 그 글은 마치 그가 누군가에게 말하는 것 같았다. 하지만 나의 깊은 곳, 뼈와 살 밑 깊은 곳은 알고 있다. 그가 누군가 다른 이에게 말하는 게 아니라는 것을. 벤은 나, 크리스틴 루카스에 대해서 말하고 있고 또 나한테, 그의 망가진 아내한테 말하고 있다.

그러나 그것은 영원히 지속되지 않았다. 벤이 바랐던 일이 일어났다. 어쨌든 내 병은 호전되었다. 벤은 나와 헤어지는 게 생각보다 훨씬 어렵다는 것을 알고 나를 위해 돌아왔다.

이제 모든 것이 다르게 보인다. 내가 앉아 있는 이 방은 오늘 아침 눈을 떠서 부엌을 찾으려고, 물 한 잔을 마시려고, 간밤에 있었던 일들을 주워 모으려고 안간힘을 쓰며 좌충우돌하던 그 방만큼 낯설어 보인다. 그럼에도 이 방은 이제 고통과 슬픔이 묻어 있는 것 같지 않다. 더는 내가 살아 있다고 생각할 수 없는 삶을 상징하는 것 같지 않다. 내 어깨 높이에 있는 시계가 째깍거리는 소리는 이제 단순히 시간만 나타내지 않는다. 시계는 나한테 '안심해도 된다'고 말한다. '안심해도 돼, 다가올 일을 받아들여'라고 말한다.

내가 잘못 생각했다. 실수를 했다. 그것도 연거푸. 몇 번인지는 아무도 모른다. 그렇다. 남편은 나를 보호할 뿐만 아니라 사랑한다. 이제 나는 그를 사랑함을 깨닫는다. 나는 언제나 그를 사랑했다. 다시 매일 그를 사랑하는 법을 배워야 한다면 그때도 마찬가지일 것이다. 내가 하려는 것은 바로 이것이다.

곧 벤이 귀가할 것이다. 나는 그가 오는 것을 느낄 수 있다. 그가 돌아오면 다 털어놓고 말할 테야. 클레어를 만났다고 할 테야. 닥터 내시 얘기도 하고, 닥터 팩스턴 얘기도 할 테야. 당신 편지를 읽었다고 말할 테야. 내가 이해하고 있는 것을 말할 테야. 그때 왜 당신이 그렇게 행동했는지, 왜 나를 버렸는지 이해한다고, 당신을 용서한다고 말할 테야. 당신이 왜 지금 이렇게 행동하고 있는지 이해한다고, 당신을 용서한다고 말할 테야. 그 폭행에 대해 알고 있지만 이제는 알 필요도 없고 누가 나한테 그 짓을 했는지 신경 쓰지 않는다고 말할 테야.

애덤에 대해서도 알고 있다고 말할 테야. 나는 애덤에게 무슨 일이 일어났는지 알고 있다. 매일 그것을 마주쳐야 한다고 생각하면 소름이 끼치지만 그건 내가 해야 할 일이다. 아들에 대한 기억은 아무리 고통을 가져다줄지라도 우리 집에, 그리고 내 마음속에 있어야 한다.

일기 얘기도 할 테야. 이제 내 삶을 설명할 수 있다고 말할 테야. 그가 원하면 일기를 보여줄 테야. 그리고 내 이야기, 내 전기를 말하기 위해 앞으로도 일기를 계속 이용할 테다. 무(無)에서 나 자신을 창조하기 위해.

"이제 비밀은 없어." 이렇게 남편한테 말할 거야. "하나도 없어. 벤, 당신을 사랑해. 앞으로도 영원히 사랑할 거야. 우린 둘 다 부정을 저질렀어. 내가 당신을 용서해주는 것처럼 당신도 날 용서해줘. 미안해. 그 여러 해 동안 당신을 떠나 있어서. 단 하룻밤, 모르는 사람과 잠자리를 같이 해서. 그 후 여러 해 동안 해결책을 찾지 못해서 미안해. 누구랑, 왜 그 호텔 방에 갔는지 기억하지 못하기 때문이야. 거기서 무엇을 발견했는지 기억하지 못하기 때문이야. 하지만 미안하다는 건 알고 있어. 당신과 화해하기로 마음먹은 건 알고 있어."

우리 사이에 사랑만 있으면, 우리는 진정으로 함께 살 수 있는 길을 발견할 수 있다.

나는 닥터 내시한테 전화를 걸었다.

"한 번 더 만났으면 해요. 내 일기를 봐줬으면 해요."

그가 놀라리라고 생각했지만 그는 선뜻 동의했다.

"언제요?"

"다음 주에요. 다음 주에 오세요."

그는 화요일에 들르겠다고 말했다.

Part 3

오늘

나는 페이지를 넘겼다. 마지막 장이었다. 이야기는 거기서 끝났다. 나는 몇 시간 동안 읽었다.

몸이 후들후들 떨린다. 숨도 제대로 쉴 수 없다. 지난 몇 시간 동안 내 인생 전부를 살았을 뿐만 아니라 내가 달라졌음을 느낀다. 나는 오늘 아침에 닥터 내시를 만난 그 사람, 앉아서 일기를 읽은 그 사람이 아니다. 이제 나는 과거를 가지고 있다. 나 자신도 지각한다. 무엇을 잃어버렸고 무엇을 가지고 있는지 안다. 나는 내가 울고 있다는 걸 깨닫는다.

나는 일기를 덮고 간신히 마음을 가라앉힌다. 현재가 서서히 자신을 재확인하기 시작한다. 내가 앉아 있는 방이 어두워진다. 밖에서는 아직도 드릴 돌아가는 소리가 들리고, 내 발 앞에는 빈 커피 잔이 놓여 있다.

옆에 있는 시계를 보고 가슴이 철렁 내려앉는다. 나는 비로소 깨닫는다. 이 시계는 내가 읽은 일기 속에 나오는 바로 그 시계임을, 이 거실이 바로 그 거실임을, 내가 바로 그 사람임을. 내가 읽은 이야기가 내 이야기임을 이제야 온전히 깨닫는다.

나는 일기를 들고 주방에 간다. 벽에는 내가 아침에 본 마커 보드가 그대로 있다. 해야 할 일 목록이 대문자로 적혀 있고, 내가 직접 덧붙인 메모가 그대로 있다. '오늘 밤을 위해 백을 챙겨라?'

나는 메모를 보고 나서 숨을 깊이 들이쉬었다. 그 내용이 두려웠지만 그 이유를 알 수 없다.

나는 벤을 생각한다. 그의 삶은 얼마나 힘들었을까? 그것도 그 많은 해를. 누구와 잠자리에서 일어났는지도 모르고, 내가 얼마만큼 기억하고 있는지도 모르고, 내가 그를 얼마나 사랑할 수 있는지도 모른 채 그 많은 해를 살았으니 말이다.

그런데 지금은? 이제 나는 이해한다. 우리 둘이 재결합하기로 한 것을 안다. 내가 마음먹었던 내용을 그와 나눴을까? 분명히 그렇게 했을 것이다. 그게 옳은 일이라고 확신했지만 나는 그걸 기록해두지 않았다. 나는 그와 대화할 기회를 가지기 전에 닥터 내시에게 일기를 보여줬을 것이다. 어쩌면 벤과 그것을 공유하고 있었기 때문에 일기에 기록할 필요를 느끼지 못했을지도 모른다.

나는 다시 일기 앞을 보았다. 내 이름 밑에 파란 잉크로 세 단어가 적혀 있었다.

벤을 믿지 마라.

나는 펜을 들어 세 단어에 줄을 그었다. 나는 다시 거실로 돌아가서 방 안을 둘러보다가 내 앞 테이블에 있는 스크랩북을 보았다. 여전히 애덤 사진은 없었다. 그는 오늘 아침에도 애덤 얘기를 하지 않았다. 나는 아직도 금속 상자 안에 무엇이 들어 있는지 보지 못했다.

나는 내 소설—아침 새들에게—에 대해 생각한 후 들고 있는 일기를 본다. '내가 이 모든 것을 꾸며냈으면 어떡하지'하는 생각이 불현듯 스쳤다.

나는 일어섰다. 증거가 필요하다. 내가 읽은 것과 지금 현재의 내 삶을 이어주는 연결 고리가 필요하다. 내가 읽어온 과거가 꾸며낸 과거가 아니라는 증거가 필요하다.

나는 거실을 나간다. 맨 밑 계단 슬리퍼 옆에 코트 걸이가 있다. 위층에 가면 서재에 있는 서류함을 찾을 수 있을까? 맨 아래 서랍에 있는, 타월 밑에 감춰져 있는 회색 금속 상자를 찾을 수 있을까? 침대 옆 맨 아래 서랍에 열쇠가 있을까?

그렇다면 아들을 찾을 수 있을까?

나는 꼭 알아야 한다. 나는 한 번에 두 계단씩 올라갔다.

서재는 생각보다 작고 깨끗했다. 암회색 서류함이 있었다.

맨 아래 서랍에는 타월이 있었고, 그 밑에 상자가 있었다. 나는 상자를 잡고 꺼내려고 했다. 문득 바보 같다는 생각이 들었다. 상자가 잠겨 있거나 비어 있을 거라는 생각이 들었다.

상자는 잠겨 있지도, 비어 있지도 않다. 그 안에 내 소설이 들어 있다. 닥터 내시가 나한테 준 복사판이 아니다. 앞표지에 고리 모양의 커피 케이크도 없고, 종이도 새것처럼 보였다. 내가 이 책을 다시 소유할 만큼 기억력이 돌아오기를 기다리며 벤이 혼자 보관해온 책이 분명했다.

나는 소설책을 꺼낸다. 책 밑에 사진이 한 장 있다. 나와 벤 사진이었다. 둘은 웃으며 카메라를 보고 있었지만 왠지 슬퍼 보였다. 최근에 찍은 사진 같았다. 내 얼굴은 내가 거울을 보고 인식한 그 얼굴이고, 벤의 얼굴은 오늘 아침 출근할 때 그 얼굴 같다. 배경에는 집이랑 자갈길, 선홍색 제라늄 화분이 있다. 뒷면에는 누군가 '워링 하우스'라고 적어놓았다. 벤이 나를 집에 데리고 온 날 찍은 사진이 틀림없었다.

하지만 그것뿐이다. 다른 사진은 없다. 애덤 사진도 없고, 전에 여기서 본 사진들도 없다.

한 가지 설명은 가능하구나. 이유가 있을 것이다. 나는 책상 위에 쌓여 있는 서류들을 본다. 잡지, 컴퓨터 소프트웨어를 광고하는 카탈로그, 몇몇 칸이 노란색 형광펜으로 칠해져 있는 시간표. 나는 충동적으로 봉해져 있는 봉투를 집어 들었다. 하지만 거기에도 애덤의 사진은 없었다.

나는 아래층으로 가서 차를 한 잔 마신다. 끓는 물, 티백. 차를 너무 오래 끓여서는 안 돼. 스푼 뒷면으로 티백을 눌러서도 안 돼. 그렇게 하면 타닌산(酸)이 너무 많이 나와 차 맛이 써. 이런 건 기억하면서 왜 아이 낳은 건 기억하지 못할까? 거실에서 전화벨이 울린다. 나는 백에서 전화기—플립형이 아닌, 남편이 나에게 준—를 꺼내 전화를 받는다. 벤이다.

"크리스틴? 괜찮아? 집에 있어?"

"네. 집에 있어요."

"오늘 외출했었어?"

그의 목소리는 낮익었지만 왠지 차갑게 느껴졌다. 지난번에 얘기하던 때가 생각난다. 닥터 내시와의 약속이 있다고 내가 말했다는 걸 벤이 언급했던 게 나는 기억나지 않는다. 벤도 모를 거야. 그렇지 않으면 내가 자기한테 말하는지 않는지 보려고 테스트하는 걸 거야. 나는 그 약속 옆에 '벤을 믿지 마라'라고 적혀 있었던 것을 생각한다. 내가 그를 믿을 수 있다는 것을 알기 전에 일기를 써야 한다.

나는 그를 믿고 싶다. 더 이상 거짓말은 없다.

"네. 의사를 만나고 왔어요." 한참 침묵이 흐른다. "벤?"

"미안. 듣고 있어." 나는 그가 놀란 것을 느꼈다. 그렇다면 그때 그는 내가 닥터 내시를 만났다는 걸 알고 있었다. "차가 많이 막혀 짜증 나. 짐 꾸리는 걸 기억하고 있는지 확인 차 전화한 거야."

"네. 그날을 손꼽아 기다리고 있어요!" 나는 정말로 고대하고 있다는 것을 깨닫는다. 훌쩍 떠나는 것이 우리 둘에게 도움이 될 거야. 새 출발이 될 수도 있어.

"곧 집에 도착할 거야. 가방 좀 꾸려볼래? 도착하면 도와줄게. 일찍 출발하는 게 좋을 거야."

"해볼게요."

"예비 침실 옷장 안에 가방이 있어. 그걸 써."

"알았어요."

"사랑해."

그가 전화를 끊은 지 한참 후에 나도 사랑한다고 말했다.

나는 욕실에 간다. 난 여자야. 어른이야. 내겐 남편이 있어. 내가 사랑하는 남편 말이야. 나는 내가 읽은 것을 다시 생각한다. 섹스에 대해 생각한다. 나와 관계를 맺은 그를 생각한다. 나는 섹스를 즐긴 것을 기록하지 않았었다.

나는 섹스를 즐길 수 있을까? 이것조차 모른다. 나는 변기 물을 내리고 바지랑 타이츠, 팬티를 벗고는 욕조 가에 걸터앉는다. 내 몸이 낯설다. 너무 낯설다. 다른 사람한테 몸을 내준다는 사실조차 모르면서 몸을 내주면 행복할까?

나는 욕실 문을 잠그고 가랑이를 벌린다. 처음에는 살짝 벌렸다가 곧이어 활짝 벌린다. 나는 블라우스를 벗고 아랫도리를 내려다본다. 애덤을 기억해낸 날 봤던 튼 살이 보인다. 곱슬곱슬한 거웃이 보인다. 자의든 남편의 뜻이든 거웃을 밀어버리면 어떨까? 그냥 놔둘까? 거웃 따위는 중요하지 않아. 지금은 중요하지 않아.

나는 손을 오므려서 음부에 갖다 댄다. 손가락을 음순에 갖다 대고 살짝 벌린다. 음핵 끝을 문지르고 가볍게 누른다. 손가락이 부드럽게 움직이면서 벌써 짜릿함을 느낀다. 감각 자체라기보다 감각에 대한 기대다.

나중에 무슨 일이 일어날지 나는 궁금했다.

그가 말한 대로 가방은 예비 침실에 있다. 작고 튼튼한 가방이다. 나는 가방을 들고 오늘 아침 눈을 뜬 침실로 가서 침대 위에 놓았다. 나는 맨 위 서랍을 열었다. 벤의 속옷 옆에 내 속옷이 있었다.

나는 우리 둘이 입을 옷과 그의 양말과 내 타이츠를 골랐다. 우리가 섹스를 나누었던 밤에 대해 읽은 기억이 난다. 스타킹과 밴드도 어딘가에 분명히 있을 거야. 그걸 찾아 신고 가면 좋을 텐데…. 우리 둘한테 좋을 거야.

나는 옷장으로 갔다. 나는 드레스와 셔츠를 고른다. 바지와 청바지도 고른다. 우리가 휴일에 외출하면 어떤 커플처럼 보일까? 레스토랑에서 저녁을 보내든가 아늑한 술집에 앉아 있든가 벌건 진짜 불 옆에서 휴식을 취하고 있든가 하겠지. 산책을 하든가 마을과 그 주변을 돌아다니든가 택시를 타고 고르고 고른 이벤트에 가든가 하겠지. 하지만 아직도 내가 모르는 것들이 많다. 내가 앞으로 평생 찾아내야 할 것들이다. 즐기는 것이다.

나는 내키는 대로 우리 둘이 입을 옷을 골라서 잘 갠 다음, 여행 가방에 조심스레 넣었다. 그러자 에너지가 솟는 것 같다. 나는 눈을 감는다. 환영이 보인다. 밝으면서도 어슴푸레하다. 처음에는 초점을 벗어난 듯이 흔들리면서 불확실해 보였다. 그러나 내가 마음을 열려고 하자 다가왔다.

나는 여행 가방 앞에 서 있다. 낡고 부드러운 가죽 가방이다. 나는 흥분한 것을 느낀다. 다시 젊어진 것 같다. 소풍 준비를 하며 들떠 있는 어린애처럼 느껴진다. 어떤 데이트가 될까, 자기 집에 가자고 할까, 관계를 맺을까 궁금해하며 데이트를 준비하는 10대 소녀가 된 것 같은 기분이다. 새로움, 설렘이 그것을 맛보는 것을 느낀다. 나는 그것을 혀 위에 굴리며 맛본다. 그것이 지속되지 않는다는 것을 알기 때문이다. 이제 나는 내 서랍을 열고 블라우스, 스타킹, 속옷을 고른다. 왠지 흥분된다. 성적 충동을 느낀다. 속옷은 벗겨지기를 바라는 마음에서 입는 것이다. 나는 신고 있는 플랫 슈즈 위에 하이힐을 신어보고는 도로 벗었다가 또 신어본다. 하이힐을 좋아하지는 않지만 오늘 밤은 꿈 같은 밤을 보낼 테니 평소와는 달리 잘 꾸며야 할 거야. 그때야 비로소 나는 내게 필요한 것, 실용적인 것에 관심을 가진다. 나는 누빈 선홍색 가죽 세면도구 가방을 챙기고, 향수랑 샤워 젤, 치약을 챙긴다. 나는 오늘 밤 사랑하는 남자, 놓치기에는 아까운 남자를 위해 예쁘게 보이고 싶다. 나는 배스 솔트(목욕물에 타는 분말 용제―옮긴이)와 오렌지 블로섬(진에 오렌지 주스와 얼음을 넣어 만든 칵테일―옮긴이)도 챙긴다. 나는 짐을 꾸려 브라이튼으로 갔던 밤이 기억나는 것을 깨닫는다.

기억이 사라진다. 나는 눈을 뜬다. 나의 모든 것을 빼앗아 간 남자를 위해 가방을 챙기고 있다는 것조차 알지 못한다.

나는 내가 아직도 소유하고 있는 남자를 위해 계속 짐을 꾸린다.

밖에서 차가 다가와 천천히 멈추는 소리가 들린다. 엔진이 꺼진다. 잠시 후 차 문이 열리고 살짝 닫히는 소리가 들린다. 열쇠로 문을 잠그는 소리가 들린다. 벤이 왔다.

초조해진다. 두렵다. 나는 오늘 아침 그가 떠날 때의 사람이 아니다.

나 자신의 이야기를 알았다. 나 자신을 발견했다. 그는 나를 보면 어떻게 생각할까? 무슨 말을 할까?

내 일기에 대해 알고 있는지 물어볼 테다. 일기를 읽어봤다면 어떻게 생각하는지 물어볼 테다.

그는 문을 닫으면서 큰 소리로 말한다. "크리스틴? 크리스? 나 왔어."

목소리에 기쁨이 넘치지 않고 피곤함이 묻어 있는 것 같다. 나는 침실에 있다고 대답한다.

그가 발을 딛자 맨 아래 계단이 삐걱거린다. 그가 한숨을 푹 쉬며 한쪽 신발을 벗는 소리가 들린다. 이어서 다른 쪽 신발을 벗는 소리도 들린다. 이제 슬리퍼를 신고 나를 보러 올 테지. 그의 판에 박은 행동을 알자 기쁨이 솟는 것을 느낀다. 비록 내 기억은 그렇지 못하지만 일기 덕분에 나는 그의 판에 박은 행동을 알 수 있다. 그러나 그가 계단을 올라오자 다른 감정이 엄습한다. 두려움이다. 일기 앞에 적힌 글이 생각난다. '벤을 믿지 마라.'

그는 침실 문을 열며 "여보!" 하고 부른다. 나는 침대 가에 걸터앉은 채 꼼짝도 하지 않는다. 내 뒤에 있는 여행 가방이 열려 있다. 그는 내가 일어나서 팔을 벌릴 때까지 문간에 서 있다가 다가와서 키스한다.

"오늘 어땠어요?"

그는 타이를 푼다. "에이. 그런 얘긴 그만두자. 이제부터 휴일이잖아!" 피로에 젖은 듯한 목소리다.

그는 셔츠의 단추를 풀기 시작한다. 그가 남편이고 내가 그를 사랑하고 있다는 사실을 떠올리며, 나는 눈길을 외면하려는 본능과 싸운다.

"가방을 꾸려놓았어요. 제대로 꾸렸는지 모르겠어요. 당신이 뭘 가져가고 싶어 하는지 몰라서요."

그는 바지를 벗어 조심스레 갠 다음 옷장에 걸어둔다. "잘했을 거야."

"어디로 가는지 몰라서 뭘 챙겨야 할지 몰랐어요."

그가 몸을 돌린다. 그의 눈에서 짜증을 읽어낼 수 있을까?

"내가 점검해보고 나서 차에 실으면 돼. 잘됐어. 출발해도 되겠어."

그는 화장대 의자에 앉아서 빛바랜 청바지를 꺼낸다. 앞부분의 똑바른 다림질 선이 눈에 띈다. 내 안의 20대 풋내기가 그를 우스꽝스럽게 보게끔 하는 충동과 싸운다.

"벤? 오늘 내가 어디 갔다 왔는지 알아요?"

그는 나를 바라본다. "그럼. 알고말고."

"닥터 내시에 대해 알아요?"

그는 몸을 돌린다. "그럼. 당신이 말해줬잖아."

화장대 거울에 그의 모습이 비친다. 내가 결혼한 남자, 내가 사랑하는 남자의 세 가지 버전이다.

"다 알고 있어. 당신이 말해줬으니까 다 알지."

"신경 안 쓰여요? 내가 그를 만나는 게?"

그는 돌아보지도 않고 말했다. "당신이 내게 말해주길 바랐어. 하지만 아니었지. 괜찮아. 난 신경 안 써."

"내 일기는요? 내 일기에 대해서도 알아요?"

"그럼. 당신이 얘기해줬어. 나에게 도와달라고 말이야."

문득 생각이 들었다. "읽어봤나요?"

"아니." 그가 말했다. "당신은 사적인 거라고 했어. 난 당신의 사적인 것들을 절대 본 적이 없어."

"애덤에 대해서도요? 내가 애덤에 대해 알고 있다는 것도 알아요?"

그는 움찔한다. 마치 내 말이 그를 강타한 것처럼. 나는 놀랐다. 나는 그가 더 행복해지기를 바라고 있었다. 그가 나에게 죽음에 대해 반복해서 얘기하는 일 없이 행복해지기를.

그는 몸을 돌려 나를 바라본다.

"그럼."

"사진은 하나도 없어요." 그는 무슨 소리냐고 묻는다. "사진은 많은데 애덤 사진은 하나도 없어요."

그는 일어서더니 내가 앉아 있는 곳으로 다가와서 침대 내 옆자리에 앉는다. 그는 내 손을 잡는다. 진실이 나를 깨뜨리기라도 하는 것처럼 그가 나를 조심스레 다루어주기를 원하는 건 아니다.

"난 당신을 깜짝 놀라게 해주고 싶었어." 그는 침대 밑에 손을 넣어 스크랩북을 꺼낸다. "여기 넣어놓았어."

그는 스크랩북을 건넨다. 묵직하고 검다. 검은 가죽 같은 것으로 제본되어 있는데 알고보니 검은 가죽은 아니다. 나는 표지를 연다. 안에는 사진이 잔뜩 들어 있다.

"사진을 잘 보관해두었어. 오늘 밤 당신한테 선물하려고 말이야. 여태까지 그럴 기회가 없었어. 미안해."

나는 사진들을 훑어보았다. 사진은 아무렇게나 꽂혀 있었다. 애덤 사진들이었다. 아기 때 사진, 소년 때 사진이 있었다. 금속 상자에 있던 것들이 틀림없다. 청년인 애덤은 어떤 여자 옆에 앉아 있었다.

"여자 친구예요?"

"여자 친구 중 하나야. 가장 오래 사귄 여자 친구야."

짧은 금발 머리에 예쁘장한 여자다. 클레어를 생각나게 하는 여자다. 사진 속의 애덤은 웃으며 카메라를 똑바로 쳐다보고 있고, 여자는 기쁨과 불만이 뒤섞인 표정으로 애덤을 살짝 쳐다보고 있다. 마치 렌즈 뒤에 누가 있느냐에 대해 은밀히 농담을 주고받는 것처럼 보인다. 행복한 한 쌍이야. 이렇게 생각하자 기뻤다.

"이 여자 이름이 뭐예요?"

벤은 잠시 머뭇거리다가 말한다. "헬렌. 헬렌이야."

나는 과거의 그녀 모습을 생각한다는 것, 그녀도 죽었을 거라고 생각한다는 것을 깨닫고 움찔한다. 그녀가 죽었으면 어떡하나? 나는 그 생각이 자리 잡기 전에 얼른 지운다.

"애덤이 죽을 때도 두 사람은 친구 사이였어요?"

"그럼. 약혼할 생각까지 하고 있었어."

그녀는 젊고 야심만만한 것처럼 보인다. 눈은 장밋빛 희망으로 가득 차 있다. 그녀는 앞으로 부닥칠 엄청난 고통을 아직 모르고 있다.

"이 여자를 만나보고 싶어요."

벤은 사진을 뺏어 가며 한숨을 쉰다. "연락이 안 돼."

그럴 리가 없는 것 같다.

"왜요?"

나는 이전에 아무도 없는 곳에서 우리가 서로 버팀목이 될 거라고 생각했다. 서로를 위해서는 아닐지라도 적어도 애덤을 위해서는 무엇인가를 공유하리라고, 서로 이해해줄 거라고, 다른 것들을 죄다 무색하게 해버리는 사랑을 할 거라고 생각했었다.

"다툼이 있었어. 어려운 문제였어."

나는 그를 본다. 나랑 말하고 싶어 하지 않는 것이 뻔히 보인다. 그 편지를 쓴 남자, 나를 부양하고 돌봐준 남자, 나를 한 번 차버리고도 다시 결합할 만큼 나를 사랑한 남자는 사라져버린 듯했다.

"벤?"

"다퉜다니까."

"애덤이 죽기 전에요, 죽은 후에요?"

"둘 다."

버팀목이라는 생각은 사라지고 역겨운 감정이 그 자리를 차지했다.

애덤과 내가 말다툼을 했다면 어떻게 되었을까? 애덤은 여자 친구 편을 들었을까, 엄마 편을 들었을까?

"애덤과 나는 사이가 좋았어요?"

"좋다마다. 당신이 병원에 가기 전까지, 기억을 잃기 전까지는 좋았어. 물론 그때에도 사이가 가깝기는 했지만 말이야. 당신 나름대로는 가까이 하려고 했어."

그의 말이 나를 강타한다. 내가 기억을 잃었을 때 애덤은 아장아장 걸어 다니는 아이였다는 것을 나는 안다. 물론 아들의 약혼녀를 알지 못했고, 매일 그를 볼 때마다 마치 처음 보는 것 같기는 했었다.

나는 스크랩북을 덮는다.

"스크랩북을 가져도 돼요? 나중에 보고 싶어요."

그는 고개를 끄덕인다. "물론."

여행 채비를 끝내고 차에 오르기 전에 우리는 벤이 주방에서 마련한 차 한 잔을 마신다. 벤은 여행 가방을 살펴보고 나서 내가 그를 위해 챙긴 것들을 더러 빼내고 자기가 고른 것들을 넣는다. 그는 가방을 하나 더 챙긴다. 오늘 아침에 가지고 나간 가죽 손가방이다. 그러고는 옷장 뒤에서 부츠 두 켤레를 꺼내 챙긴다. 그가 짐을 트렁크에 실을 때 나는 문 옆에 서 있었다. 그가 문과 창문이 잠겼는지 확인하는 동안에도 잠자코 있었다. 나는 여행이 얼마나 오래 걸리냐고 묻는다.

그는 어깨를 움찔한다. "차가 막히냐 안 막히냐에 달렸어. 런던을 빠져나가기만 하면 그다지 오래 걸리지는 않을 거야."

대답하는 척하면서 사실은 대답을 거부한 것이었다. 이것이 그가 즐겨 써먹는 수법이 아닐까? 나한테 똑같은 얘기를 수년간 하다보니 물려서 이젠 아무 말도 하고 싶지 않은 게 아닐까?

그는 조심스러운 운전자다. 차를 천천히 몰고 자주 백미러를 보며 조금이라도 위험이 예상되면 속도를 늦춘다.

애덤도 차를 몰았을까? 군복무를 했다니 차를 몰았을 거야. 휴가 때도 차를 몰았을까? 기억 상실증 환자인 어머니를 태우고 내가 가고 싶어 하는 곳을 여행했을까? 아니면 그 무렵 내가 누렸을지도 모르는 즐거움은 따뜻한 지붕에서 녹아내리는 눈처럼 하룻밤 사이에 없어져버리는 것이라고 생각하고 말았을까?

우리는 자동차 전용 도로를 타고 시내를 빠져나가고 있었다. 비가 뿌리기 시작했다. 앞 유리에 떨어진 굵은 빗방울이 잠시 동그란 모양을 만들었다가 잽싸게 밑으로 흘러내렸다. 멀리 도시의 불빛들이 콘크리트와 유리를 오렌지빛으로 물들이고 있다. 아름답고도 무서운 광경이다. 내 마음은 싸우고 있다. 아들을 좀 더 또렷하게 기억해내고 싶어도 구체적 기억이 없어서 안 된다. 내 마음은 의지할 수 있는 것, 구체적인 것에 생각을 집중하려고 하면서 소용돌이친다. 하지만 아무것도 없다. 애덤은 진짜 있었을 거야. 하지만 나는 애덤을 기억하지 못한다. 기억할 수 없으니 입증할 수 없다. 나는 애덤을 기억하지 못한다는 한 가지 사실만 늘 확인한다. 그러니 애덤은 존재하지 않았을지도 몰라.

나는 눈을 감는다. 오늘 오후 아들에 대해 읽은 것을 다시 생각한다. 문득 어떤 모습이 떠오른다. 아장아장 걸을 무렵의 애덤이 파란 세발자전거를 타고 있는 모습이다. 나는 그 모습에 놀라면서도 그것이 진짜가 아니라는 것을 안다. 나는 일어난 일을 기억하지 못한다는 것, 오늘 오후에 어떤 일에 대해 읽었을 때 마음속에 형성된 이미지만 기억한다는 것, 그것조차 이전 기억을 재수집한 것에 지나지 않는다는 것을 알고 있다. 기억 중의 기억이다. 대부분 사람들은 몇 년 전, 10여 년 전의 일을 기억하지만 나는 몇 시간 전 것밖에 기억하지 못한다.

아들을 기억하지 못하기 때문에 나는 차선책을 강구한다. 마음을 진정시키는 것이다. 나는 아무 생각도 하지 않는다. 전혀 하지 않는다.

역겨운 휘발유 냄새가 확 끼쳐 온다. 목이 따끔거려 나는 눈을 뜬다. 내 숨결로 흐릿해진 앞 유리를 뚫어져라 본다. 유리 너머로 멀리 희미한 불빛이 보인다. 아차, 깜빡 졸았구나. 나는 머리를 부자연스럽게 젖혀 차창에 기댄다. 차가 조용하다. 엔진이 꺼졌다. 나는 어깨 너머를 본다.

벤은 깬 채로 내 옆에 앉아 차창 밖을 보고 있다. 꼼짝도 하지 않는다. 내가 눈을 떴다는 것조차 모르는 것 같다. 어두워서 확실히 알 수는 없지만 멍한 표정으로 줄곧 전방만 주시하고 있다. 나도 몸을 돌려 그쪽을 본다.

비에 젖은 앞 유리 너머로 차의 보닛이 보이고, 그 너머로 나지막한 나무 울타리가 가로등 불빛에 희미하게 빛나고 있다. 울타리 너머에는 아무것도 보이지 않는다. 거대하고 신비한 어둠뿐이고, 그 어둠 한가운데에 보름달이 낮게 걸려 있다.

"난 바다를 좋아해." 벤이 나를 쳐다보지도 않고 말한다. 알고보니 차가 해변에서 멀리 떨어진 벼랑 끝에 있다.

"당신은?" 벤이 나를 쳐다보며 말한다. 그의 눈은 몹시 슬퍼 보인다. "당신도 바다를 좋아했지, 크리시?"

"네." 내가 말한다. "좋아하죠."

그는 우리가 바닷가에 간 적이 없다는 듯이, 같이 휴가를 즐긴 적이 없다는 듯이 무덤덤하게 말한다. 마음속에서 두려움이 불타오르기 시작하지만 나는 그것에 저항한다. 나는 남편과 함께 지금 여기에 있고자 애쓴다. 오늘 오후에 일기를 읽고 안 것을 모두 기억해내려고 애쓴다.

"여보, 그것도 알고 있군." 그는 한숨을 쉰다. "당신이 늘 그랬다는 건 알고 있어. 하지만 이제는 모르겠어. 당신은 달라졌어. 수년 사이에 말이야. 그 일을 당한 뒤부터 말이야. 어떤 때는 당신이 누군지 모르겠어. 나는 매일 아침 눈뜰 때마다 당신이 어떻게 달라질지 걱정해."

나는 잠자코 있다. 무슨 말을 해야 좋을지 생각나지 않는다. 내가 자신을 변명하는 것, 그가 나빴다고 말하는 것이 얼마나 어리석은지 우리 둘은 알고 있다. 또한 내가 하루하루 얼마나 달라지고 있는지 모른다는 것을 알고 있다.

"미안해요."

그는 나를 바라본다. "괜찮아. 미안해할 것 없어. 당신 잘못이 아니란 걸 알아. 어느 것도 당신 잘못이 아니야. 나 자신을 돌이켜보니 내가 나빴던 것 같아."

그는 다시 고개를 돌려 바다를 본다. 멀리서 불빛이 깜빡거린다. 파도에 떠다니는 보트. 깜깜한 바다에 깜빡이는 불빛. 벤이 말한다.

"우린 사이가 좋아질 거야. 그렇지, 크리시?"

"그럼요. 분명 좋아질 거예요. 이건 우리의 새 출발을 의미해요. 나한테는 일기가 있고, 닥터 내시가 도와줄 거예요. 벤, 나는 좋아지고 있어요. 좋아지고 있다는 걸 알고 있어요. 조만간 다시 소설을 쓸 거예요. 못쓸 이유가 없어요. 난 틀림없이 나을 거예요. 그리고 지금 클레어와 연락하고 있어요, 클레어도 날 도와줄 거예요."

문득 어떤 생각이 내 머릿속에 떠오른다.

"우리 세 사람 사이는 좋아질 거예요. 그렇죠? 옛날처럼 말이에요. 대학 시절처럼 말이에요. 우리 세 사람하고 또 클레어의 남편하고 말이에요. 클레어가 남편이 있다고 말한 것 같아요. 네 사람이 함께 모여 시간을 보낼 수 있어요. 근사할 거예요."

내 생각은 내가 읽은 거짓말, 아무리 애써도 벤을 믿을 수 없다는 것에 고정되었지만 나는 그 생각을 애써 떨쳐버렸다. 그건 다 해결됐어. 이젠 내가 강해질 차례야. 긍정적으로 생각해야 할 차례야.

"서로에게 늘 정직하기만 하면 다 잘 풀릴 거예요."

그는 고개를 돌려 나를 본다. "당신 정말 날 사랑해?"

"그럼요. 사랑하고말고요."

"그럼 날 용서해주는 거지? 당신을 버린 걸 용서해주는 거지? 나도 그러고 싶진 않았어. 달리 방법이 없었어. 미안해."

나는 벤의 손을 잡는다. 차가우면서도 따뜻하고 약간 축축한 손이다. 나는 두 손으로 그의 손을 꼭 쥐려고 한다. 그는 나의 행동을 도와주지도 않고 거부하지도 않는다. 그의 손은 미동도 없이 무릎 위에 놓여 있다. 나는 그의 손을 꼭 쥔다. 비로소 그는 내가 그의 손을 쥐고 있다는 것을 알아차린 것처럼 보인다.

"벤. 이해해요. 당신을 용서해요." 나는 그의 눈을 들여다본다. 극복할 수 없는 공포를 본 것처럼 멍한 눈이다.

"벤, 사랑해요."

그는 속삭이듯 말한다. "키스해줘."

나는 그가 원하는 대로 키스를 해준다. 내가 입술을 떼자 그는 다시 나직이 말한다. "한 번 더. 또 키스해줘."

나는 또 그에게 키스를 해준다. 하지만 그가 요구해도 세 번째 키스는 할 수 없다. 우리는 앉아서 저 멀리 바다를, 바다에 비치는 달빛을 바라본다. 지나가는 차의 노란 헤드라이트 불빛에 반사된, 차 앞 유리의 빗방울을 바라본다. 손을 꼭 쥔 채. 함께.

우리는 여전히 앉아 있다. 마치 몇 시간이나 흐른 듯하다. 벤은 내 옆에 앉아서 바다를 바라보고 있다. 무표정한 얼굴로 무엇인가를 찾는 듯이, 어둠 속에서 답을 구하는 듯이 말없이 바다를 바라보고 있다. 왜 나를 여기 데리고 왔을까? 무엇을 찾으려고 하는 걸까?

"오늘이 정말 기념일이에요?" 대답이 없다. 내 말을 못 들은 것 같아 재차 묻는다.

"그래." 그가 나직이 대답한다.

"우리 결혼기념일이란 말이죠?"

"아니. 우리가 처음 만난 날 밤 기념일이야."

나는 우리가 축하하러 왔는지 묻고 싶다. 축하는 고사하고 매우 잔인한 짓처럼 느껴진다고 말하고 싶다.

우리 뒤의 붐비는 도로가 잠잠해지고, 달이 밤하늘에 높이 떠오른다. 이러다가 비를 맞으며 밤새도록 바다를 보지 않을까 은근히 걱정되기 시작한다. 하품이 나오려고 한다.

"졸려요. 호텔로 가요. 네?"

그는 시계를 본다. "그래. 가자." 그는 차 시동을 건다. "당장 갈 거야."

나는 안도했다. 졸려 죽을 지경이고 또 무서워 죽을 지경이다.

차는 울퉁불퉁한 해안 길을 따라 마을 모퉁이를 돈다. 더 큰 마을의 불빛이 더 가까이 다가와 젖은 유리창에 비친다. 도로에 차가 점점 많아진다. 정박한 보트와 매점, 나이트클럽이 있는 계선장이 나타난다. 이윽고 우리는 마을에 이른다. 오른편 건물은 모두 호텔인 것 같다. 빈 방 있음이라고 적힌 흰 표지판이 바람에 날린다. 길거리는 붐빈다. 생각만큼 늦은 시간이 아닌 모양이다. 어쩌면 시간 따위에는 아랑곳하지 않는 마을일지도 모른다.

나는 멀리 바다를 본다. 바다 쪽으로 튀어나와 있는 부두 끝에는 놀이 공원 불빛이 휘황찬란하다. 돔 모양의 정자, 롤러코스터, 나선형 미끄럼틀이 보인다. 롤러코스터가 칠흑 같은 바다 위를 도는지, 타고 있는 사람들이 지르는 비명과 외침이 아스라이 들린다.

뭐라고 말할 수 없는 불안감이 내 마음속에 형성되기 시작한다.

"여기가 어디죠?"

부두 입구의 무슨 글자가 밝은 흰빛에 드러났지만, 앞 유리가 비에 젖어 있어 식별할 수 없다.

"다 왔어."

벤이 내 질문을 못 들은 건지, 대답하기 않기로 한 건지 알 수가 없다. 우리는 골목을 돌아서 테라스가 딸린 집 앞에 멈춘다. 문 위 차양에 '리알토 여관'이라고 적혀 있다.

건물을 집과 분리시키는 담장과 현관으로 나 있는 계단이 보인다. 문 옆에는 한때 시럽을 담아두었겠지만 지금은 비어 있는 금이 간 작은 단지가 있다. 문득 나는 심한 공포에 사로잡힌다.

"여기 와본 적이 있나요?" 벤이 고개를 끄덕인다. "그렇죠? 낯익은 곳 같아요."

"그럼. 이 근처 어딘가에서 묵었을지도 몰라. 이것도 기억하나 보네."

나는 고개를 끄덕이며 마음을 가라앉히려고 애쓴다. 우리는 차에서 내린다. 여관 옆에는 바가 있었는데, 바의 큰 창을 통해서 술 마시는 사람들과 무도장 뒤쪽에서 춤추는 사람들이 보인다. 쿵짝거리는 음악 소리는 유리 때문에 약하게 들린다.

"체크인 하고 짐 가지고 올게, 알았지?"

나는 코트를 단단히 여민다. 바람도 차고 비도 억수같이 퍼붓는다. 나는 계단을 후다닥 뛰어올라 현관문을 연다. 유리에 테이프로 붙여 놓은 게시문이 있다. '빈 방 없음.' 나는 문을 열고 로비로 들어간다.

"예약은 했어요?" 벤이 오자 내가 묻는다. 우리는 현관에 서 있다. 저 아래에 문이 조금 열려 있고, 문 뒤에서 나지막한 텔레비전 소리가 들려온다. 접수 데스크는 없고, 벨이 붙어 있는 작은 테이블이 하나 있다. 벨 옆에는 용무가 있으면 벨을 누르시오 하고 적힌 안내문이 있다.

"물론. 걱정 안 해도 돼." 그는 벨을 누른다.

잠시 아무 일도 일어나지 않는다. 이윽고 젊은 남자가 뒤편 방에서 나온다. 후리후리한 키에 꼴사나운 남자다. 키는 크지만 그다지 뚱뚱하지 않은 몸집이라 셔츠가 헐렁헐렁하다. 그는 기다리고 있었다는 듯이 인사를 한다. 하지만 그다지 싹싹하지 않다. 나는 벤과 그가 수속을 마칠 때까지 기다린다.

그들이 수속을 밟는 동안 나는 현관을 살펴본다. 이전보다 장사가 잘된다는 것은 분명하다. 카펫은 군데군데 해졌고, 출입구의 페인트도 벗겨져 있다. 맞은편 문에는 '식당'이라고 적혀 있고, 그 외에도 문이 몇개 있다. 주방이나 여관 주인의 사실(私室)인 모양이다.

벤과 수속을 마치자 키 큰 사내가 "방으로 모실까요?" 라고 묻는다. 나는 사내가 나한테 하는 말임을 알아차린다. 벤은 다시 밖으로 나가고 있다. 가방을 가지러 가는 모양이다.

"네. 고마워요."

사내가 열쇠를 건네준다. 우리는 계단을 올라간다. 첫 번째 층계참에 이르자 침실이 몇 개 보인다. 우리는 침실을 지나 또 계단을 올라간다. 높이 올라갈수록 집이 작아지는 것처럼 보인다. 천장은 더 낮아지고 벽은 더 가까워진다. 우리는 또 다른 침실들을 지나 또 다른 계단 맨 밑에서 있다. 맨 위층으로 이어진 계단임에 틀림없다.

"저 위의 방입니다. 저 방 하나뿐입니다." 사내가 위쪽을 가리키며 말한다.

내가 고맙다고 하자 사내는 몸을 돌려 계단을 내려간다. 나는 우리

방으로 올라간다.

나는 문을 연다. 꼭대기 방은 어둡고 생각보다 크다. 맞은편에 창문이 보인다. 창문으로 희미한 회색빛이 들어오고 있다. 화장대, 침대, 테이블, 안락의자의 윤곽이 드러난다. 옆 문쪽의 클럽에서 들리는 쿵쿵거리는 음악 소리가 난다. 둔탁한 저음이다.

나는 그대로 서 있다. 다시 공포가 나를 사로잡는다. 여관 밖에서 내가 경험한 것과 똑같은 공포인데 이번 것이 더 심하다. 나는 오싹해진다. 무엇인가 잘못되었다. 하지만 무엇인지 말할 수 없다. 나는 숨을 깊이 들이쉬어보지만 공기가 폐 깊숙이 들어가지 않는다. 질식할 것 같은 느낌이 든다.

나는 방이 내가 들어올 때와 달라지기를 바라면서 눈을 감는다. 하지만 방은 달라지지 않는다. 나는 불을 켤 때 일어날 일에 대한 압도적인 공포감에 사로잡힌다. 불을 켜기만 하면 모든 것이 끝장날 재앙을 초래할 것 같은 공포다.

컴컴한 방을 나가 아래 계단으로 되돌아가면 무슨 일이 일어날까? 키 큰 사내를 슬쩍 지나서 복도를 빠져나간 다음, 필요하다면 벤도 지나서 밖으로 걸어 나갈 수 있을 것이다.

보나마나 그들은 나를 미친 사람으로 여기고 찾아내 데리고 올 거야. 그러면 뭐라고 말하지? 아무것도 기억하지 못하는 여자가 '왠지 들어가고 싶지 않았다'라고 말할 수 있을까? 나를 정신 나간 사람으로 여길 거야.

나는 남편과 같이 있다. 그와 화해하러 여기 왔다. 나는 벤과 함께 있으면 안전하다.

그래서 나는 불을 켠다.

한순간 불이 번쩍 켜진다. 내 눈은 불빛에 적응한다. 방은 깨끗하고 수수하다. 무서운 것은 없다. 카펫은 회색이고, 커튼과 벽지에 둘 다 꽃무늬가 있는데 어울리지는 않는다. 화장대에는 거울 세 개가 있고, 그 위에는 빛바랜 새 그림이 있다. 안락의자에도 꽃무늬가 있고, 침대에는 다이아몬드 무늬의 오렌지색 침대 커버가 있다.

휴가를 보내려고 예약한 사람에게 이 방이 얼마나 실망을 안겨줄지 나는 알 수 있다. 하지만 벤이 우리를 위해 이 방을 예약했음에도 내가 느끼는 감정은 실망이 아니다. 이유를 말할 수는 없지만 무엇인가 잘못되었다는 공포가 여전히 나를 짓누른다.

나는 잠시 머뭇거리다가 방에 들어가서 문을 닫는다. 그러고는 마음을 가라앉히려고 애쓴다. 나는 바보 같다. 편집광이다. 나는 바빠야만 한다. 무엇인가 해야 한다.

방이 좀 춥다. 커튼으로 외풍이 들어오고 창문이 열려 있다. 나는 창문을 닫으러 갔다가 바깥부터 살펴본다. 방은 높은 곳에 있다. 가로등이 저 아래 있다. 갈매기들이 가로등 위에 죽은 듯이 앉아 있다. 나는 지붕 너머를 본다. 차가운 달이 하늘에 걸려 있고, 멀리 바다가 보인다. 나는 부두, 나선형 미끄럼틀, 반짝이는 불빛을 구분할 수 있다.

이제는 부두 입구의 글자가 또렷이 보인다.

브라이튼 부두.

추워서 떨리는데도 이마에 땀방울이 맺힌 것을 느낀다. 이윽고 모든 것이 분명해진다. 벤은 나를 이곳 브라이튼으로 데리고 왔어. 이유가 뭘까? 내 삶을 송두리째 앗아 간 마을에 가보면 과거의 일을 더 잘 기억하리라고 생각한 걸까? 누가 나를 이 꼴로 만들었는지 기억해내리라고 생각하는 걸까?

나는 닥터 내시가 이곳에 한번 가보자고 할 때 싫다고 했던 것을 읽은 기억이 난다.

계단에서 발걸음 소리와 목소리가 들린다. 키 큰 사내가 벤을 데리고 오는 모양이다. 그들은 함께 짐을 들고 계단을 올라와서 층계참에 이를 것이다. 벤이 곧 나타날 것이다.

벤한테 뭐라고 해야 하나? 그의 생각이 틀렸다고 말해야 하나? 여긴 별로 도움이 안 된다고 말해야 하나? 집에 가고 싶다고 말해야 하나?

벤이 도와주려고 하면 거절할 수 있을까?

나는 다시 문으로 간다. 가방을 들고 오는 것을 도와주고 짐을 정돈해야지. 그러고 나면 우리는 잘 것이고, 내일은….

내일이 되면 또 아무것도 모를 거라는 생각이 난다. 벤의 손가방에는 사진과 스크랩북이 분명히 들어 있을 거야. 벤은 모든 것을 이용해서 자기가 누구이며, 우리가 어디 있는지를 거듭 설명할 거야.

나는 일기를 가지고 왔는지 궁금해한다. 일기를 싸서 속옷과 함께 챙겨 가지고 온 기억이 난다. 나는 마음을 가라앉히려고 애쓴다. 오늘 밤 일기를 베개 밑에 넣어두고 내일 꺼내 읽어야지. 모든 게 잘 풀릴 거야.

벤이 문 밖에 와 있다. 벤이 층계참에서 키 큰 사내와 얘기하는 소리가 들린다. 아침 식사 얘기를 하고 있다.

"우리 방에는 그걸 시킬 거요." 벤이 말하는 소리가 들린다. 창문 밖으로 갈매기 우는 소리가 들린다. 나는 깜짝 놀란다.

나는 문으로 가다가 오른쪽에 있는 욕실을 본다. 문이 열려 있다. 욕조, 변기, 세면기가 보인다. 하지만 내 눈길을 끈 것은 다름 아닌 바닥이다. 그걸 보자 나는 공포에 사로잡힌다. 바닥 타일 모양이 특이하다. 검은 타일과 흰 타일이 대각선으로 교차되어 있다.

턱이 벌어지고 온몸에 한기가 돈다. 나는 비명을 지르고 있다고 생각한다.

비로소 나는 타일 모양을 알아본다.

내 잠재의식이 발동한 것은 브라이튼뿐만이 아니다.

나는 이곳에, 이 방에 온 적이 있다.

문이 열린다. 벤이 들어와도 나는 아무 말도 하지 않는다. 머리가 빙빙 돈다. 이 방이 내가 폭행당한 곳인가? 벤은 왜 나를 여기 데리고 왔을까? 왜 그 이유를 말해주지 않을까? 내가 폭행당한 사실을 말하고 싶어 하지 않던 사람이 어째서 폭행이 있었던 방으로 나를 데리고 온 사람으로 바뀌었을까?

키 큰 사내가 문 밖에 서 있는 것이 보인다. 그에게 여기 있어 달라고 말하고 싶다. 하지만 그 사내는 몸을 돌려 가버리고 벤이 문을 닫는다. 이제 우리 두 사람뿐이다.

벤이 나를 바라본다. "여보, 괜찮아?"

나는 고개를 끄덕인다. "네."

하지만 그 말이 왠지 부자연스럽게 느껴진다. 마지못해 나온 말인 것 같다. 쥐어짜낸 말 같은 느낌이 든다. 속에서 증오가 꿈틀거리는 것을 느낀다.

벤이 내 팔을 잡더니 조금 세게 움켜쥔다. 아프다고 말할 정도는 아니지만 눈치채지 못할 정도도 아니다.

"괜찮아?"

"네."

벤이 왜 이러는 걸까? 그는 우리가 어디에 있고 이것이 무엇을 의미하는지 알고 있는 게 틀림없다. 의도적으로 이렇게 하고 있는 게 틀림없다.

"네. 조금 피곤하지만 괜찮아요."

문득 닥터 내시가 생각난다. 내시는 이 일과 관련이 있다. 그렇지 않으면 수년간 나를 여기 데리고 올 수 있었는데도 데리고 오지 않던 벤이 왜 지금 나를 이곳에 데리고 왔을까?

벤과 내시는 분명히 연락을 주고받고 있다. 내가 닥터 내시와 만난이야기를 벤한테 해준 후, 벤이 내시에게 전화를 한 모양이다. 주중에, 내가 아무것도 모르는 상태인 어느 날 계획을 짠 모양이다.

"앉지 그래?"

"앉으려던 참이었어요." 나는 몸을 돌려 침대 쪽으로 간다. 벤과 내시는 줄곧 연락을 주고받았을까? 닥터 내시가 모든 것에 대해 거짓말하고 있을지도 몰라. 내시가 나한테 작별 인사를 하고 나서 벤에게 전화를 걸어 내 병세가 호전되고 있는지 아닌지 죄다 말해주는 모습을 나는 그려보았다.

"옳지, 그래야지. 샴페인 좀 사 올게. 근처에 가게가 있을 거야." 벤이 미소를 짓는다. "곧 올게."

내가 쳐다보자 벤은 내게 키스한다. 지금 여기서. 키스는 꽤 오래 이어진다. 그는 입술을 내 입술에 문지르고 손으로 내 머리카락을 쓰다듬고 내 등을 어루만진다. 나는 밀쳐내고 싶은 충동과 싸운다. 그의 손이 등을 따라 밑으로 내려가 엉덩이에 닿는다. 나는 침을 꿀꺽 삼킨다.

아무도 믿을 수 없다. 남편도 믿을 수 없다. 입만 열면 도와주겠다고 하던 사람도 믿을 수 없다. 그들은 한통속이었다. 과거의 끔찍한 경험을 또다시 맛보여주기로 결정한 바로 이날까지 그들은 공모해왔다.

'어떻게 감히 그들이? 어떻게 감히 그들이?'

"알았어요." 나는 고개를 살짝 돌리고 그를 가볍게 밀어낸다. 그가 내게서 떨어지도록.

그는 몸을 돌려 방을 나간다. "문 잠가줄게." 벤이 이렇게 말하며 문을 닫는다. "걱정 안 해도 돼."

열쇠가 딸깍거리는 소리가 들린다. 나는 공포에 사로잡힌다. 그는 정말 샴페인을 사러 간 것일까? 아니면 닥터 내시를 만나러 간 것일까? 그가 나한테 말해주지 않고 이 방으로 나를 데리고 왔다고 믿을 수 없다. 다른 거짓말과 상통하는 또 다른 거짓말이다. 그가 계단을 내려가는 소리가 들린다.

나는 침대 가에 앉아 손을 깍지 낀다. 마음을 가라앉힐 수 없다. 한 가지 생각에 집중할 수 없다. 내 마음은 날뛰기 시작한다. 마치 기억이 없는 마음처럼. 한 가지 생각이 너무 큰 자리를 차지한 채 꼼짝도 않다가 불꽃의 소나기 속에서 다른 생각과 충돌해 나름대로 공간을 확보한다.

나는 일어선다. 분노가 치민다. 말이 안 나온다. 그가 돌아와 샴페인을 터뜨린 후 나와 함께 잠자리에 드는 것을 생각할 수 없다. 그의 살갗이 내 살갗에 닿는다는 것, 어둠 속에서 그가 내 손을 잡고 있다는 것, 나를 만지며 껴안고 몸을 허락해달라고 조르는 것을 생각할 수 없다. 줄 몸이 없는데 어떻게 줄 수 있으랴?

'뭐든지 할 거야. 그것만 빼고는 뭐든지 할 거야.'

나는 이곳, 내 삶이 결딴나고 내 모든 것을 빼앗긴 이곳에 있을 수 없다. 내게 주어진 시간이 얼마일까? 10분? 5분? 나는 그의 여행 가방이 있는 데로 가서 가방을 연다. 이유는 모른다. 왜나 어떻게 따위는 생각도 하지 않는다. 그가 자리를 비운 틈에, 상황이 돌변해 내가 이곳에 갇히기 전에 빠져나가야 한다는 생각뿐이다. 차 키를 찾은 다음 문을 억지로라도 열고 계단을 내려가 빗속을 헤치고, 차가 있는 데로 뛰어가야 한다는 생각뿐이다. 차를 몰 수 있다는 자신도 없으면서 차에 올라탄 다음 멀리멀리 달아나야 한다는 생각뿐이다.

그게 아니면 애덤 사진을 빼내려고 하는 것이리라. 나는 애덤 사진이 가방에 들어 있다는 것을 알고 있다. 딱 한 장만 들고 방을 빠져나갈 생각이다. 달리고 또 달릴 것이다. 더 이상 달릴 수 없게 되면 클레어나 니콜 또는 아무한테나 전화를 걸어 더는 견딜 수 없으니 도와달라고 말할 참이다.

나는 가방 깊숙이 손을 넣는다. 금속, 플라스틱, 무엇인가 부드러운 것이 만져진다. 그다음엔 봉투가 만져진다. 집에서 내가 찾은 사진이 그 안에 있을 거라고 생각한 나는 봉투를 꺼낸다. 나는 꺼낸 표시가 나지 않게 그걸 다시 봉해 벤의 가방에 그대로 넣어야 한다. 뒤집어 보니 앞에 '친전'이라고 쓰여 있다. 생각할 새도 없이, 나는 봉투를 열어 안에 있는 내용물을 꺼낸다.

종이. 나는 종이들을 알아본다. 희미한 푸른 줄에 붉은 여백이 있다. 내가 일기를 썼던 것과 똑같은 종이다.

내 글씨가 보인다. 나는 비로소 이해한다.

나는 내 일기 전부를 읽은 것이 아니었다. 일기가 더 있었다. 몇 페이지 더 있었다.

나는 일기를 꺼낸다. 알고 보니 내가 쓴 일기 마지막 페이지 뒤의 한 부분이 몽땅 뜯겨져 있다. 일기 끝 부분이 면도날이나 메스로 일기장의 등을 따라 감쪽같이 잘려 나갔다.

벤이 자른 것이었다.

나는 바닥에 앉는다. 일기의 마지막 페이지들이 내 앞에 놓여 있다. 나는 나머지 부분을 읽는다.

첫 줄에 날짜가 적혀 있다. '11월 23일 금요일.' 내가 클레어를 만난 날이다. 벤에게 그 이야기를 한 후 그날 저녁에 그 내용을 적어둔 게 틀림없다고 생각한다. 어쨌든 우리는 내가 예상한 대화를 나눴을 것이었다. 그 내용은 이렇게 시작된다.

나는 여러 해 동안 매일 아침에 눈뜬 곳이라고 생각되는 집의 욕실 바닥에 앉아 있다. 앞에는 일기가 있고, 손에는 펜이 들려 있다. 나는 쓴다. 그게 내가 할 수 있는 유일한 일이니까.

눈물과 피로 범벅이 된 화장지 뭉치가 내 주위에 흩어져 있다. 눈을 깜빡이자 모든 게 벌겋게 보인다. 피는 훔쳐내기 바쁘게 눈에 들어온다.

거울을 보니 입술과 눈 위 살갗이 찢어져 있다. 침을 삼키자 피의 쇠 맛이 난다.

자고 싶다. 어딘가 안전한 곳을 찾아서 눈을 감고 쉬고 싶다. 한 마리 짐승처럼.

그게 나다. 나는 지금 짐승이다. 한 마리의 짐승이다. 내가 사는 이 세상을 이해하려고 하면서 한순간 한순간, 하루하루 살아가는 짐승이다.

심장이 마구 뛴다. 나는 이 구절을 반복해서 읽는다. 내 눈은 피라는 단어에 자꾸 박힌다. 무슨 일이 있었나?

나는 빨리 읽기 시작한다. 내 마음은 단어에서 단어로, 행에서 행으로 마구 건너뛴다. 나는 그가 언제 돌아올지도 알지 못하고, 일기를 마저 읽기도 전에 그가 빼앗아 가는 것을 막을 수도 없다. 이것은 한 번뿐인 기회일지도 모른다.

나는 저녁 식사 후에 벤한테 말하는 게 가장 좋겠다고 생각했다. 우리는 방에서 접시를 무릎에 올려놓고 소시지와 으깬 감자 요리를 먹었다. 식사를 마치자 나는 텔레비전을 좀 꺼달라고 했다. 그는 마뜩잖은 표정을 지었다.

"할 말이 좀 있어요."

방이 너무 조용한 것 같았다. 시계가 똑딱거리는 소리와 멀리 마을에서 왁자지껄한 소리만 들렸다. 그리고 공허하고 빈 듯한 내 목소리가 있었다.

"여보." 벤이 접시를 우리 사이에 있는 커피 테이블에 놓으며 말한다. 먹다 만 고깃덩어리가 접시 가에 놓여 있고, 완두콩이 멀건 육즙에 떠 있다.

"괜찮아?"

"네. 괜찮아요."

어떻게 말을 풀어나가야 할지 난감하다. 그는 눈을 휘둥그레 뜬 채 나를 보며 내 말을 기다린다.

"당신 날 사랑하죠? 그렇죠?" 나는 나중에 있을 어떤 반대를 방지하기 위해 증거를 모으고 있다고 느꼈다.

"그럼. 사랑하고말고. 무슨 얘긴데? 무슨 일 있어?"

"벤." 나는 숨을 깊이 들이쉬었다. "나도 당신을 사랑해요. 당신이 이제까지 그렇게 행동해온 이유를 이해해요. 하지만 당신은 줄곧 나를 속였어요."

이 말이 끝남과 동시에 말 꺼낸 것을 후회했다. 하지만 이미 늦었다. 나는 그가 움찔하는 것을 보았다. 그는 나를 보았다. 입술은 무슨 말을 하려는 듯했다. 그는 눈을 치켜떴다.

"여보, 무슨 소릴 하는 거야?"

나는 계속 밀어붙여야 했다. 발을 들여놓은 냇물에서 빠져나올 방법이 없었다.

"당신이 나를 보호하기 위해 그렇게 해왔다는 건 알아요. 진실을 말해주지 않았다는 걸 알아요. 하지만 앞으로는 안 돼요. 난 진실을 알아야 해요."

"무슨 소리야? 난 당신한테 거짓말한 적 없어."

나는 분노가 치미는 것을 느꼈다. "벤. 난 애덤에 대해 알고 있어요."

그의 안색이 달라졌다. 그는 침을 삼키고 나서 고개를 방구석 쪽으로 돌리더니 풀오버 스웨터 팔에서 무엇인가를 털어냈다.

"뭐라고?"

"애덤 말이에요. 우리한테 아들이 있었다는 걸 난 알아요."

나는 어떻게 알았냐고 그가 물으리라 예상했다. 그러나 이런 대화를 한두 번 한 게 아니라는 것을 깨달았다. 우리는 이곳에 여러 번 온 게 틀림없었다. 내가 내 소설을 발견한 날이나 애덤을 기억했던 날에도 분명히 여기에 왔을 터였다.

나는 그가 말하려고 한다는 것을 알았다. 하지만 더는 거짓말을 듣고 싶지 않았다.

"애덤이 아프가니스탄에서 죽었다는 것을 알고 있어요."

그는 입을 앙다물었다가 다시 폈다. 우스꽝스럽기 짝이 없었다.

"그걸 어떻게 알았어?"

"당신이 말해줬어요. 몇 주 전에요. 당신은 쿠키를 먹고 있었고, 나는 욕실에 있었어요. 나는 아래층에 가서 당신에게 우리한테 아들이 있었다는 것도 기억나고 아들 이름도 기억난다고 말했어요. 자리를 잡고 앉자 당신은 애덤이 죽은 이유를 말해줬어요. 위층에서 사진을 몇 장 가져와 보여주기도 했어요. 나와 애덤의 사진과 애덤이 산타클로스에게 쓴 편지를 보여줬어요."

나는 슬픔에 북받쳐 더는 말이 나오지 않았다.

벤은 나를 빤히 쳐다보고 있었다. "그걸 기억해? 어떻게?"

"지난 일들을 적어뒀어요. 몇 주 동안. 기억나는 데까지요."

"어디에?" 그의 목소리가 높아지기 시작했다. 화가 난 듯했다. 하지만 나는 왜 화를 내는지 이해할 수 없었다. "지난 일들을 어디에 적어뒀는데? 금시초문인데. 크리스틴. 어디에 적어뒀어?"

"노트에 적었어요."

"노트에?" 내 말을 대수롭지 않게 여기는 말투였다. 쇼핑 목록을 작성하거나 전화번호를 적어두는 노트를 생각하는 것 같았다.

"일기요. 일기 말이에요."

그는 의자를 바짝 잡아당겼다. 일어설 듯했으나 일어서지는 않았다. "일기라고? 얼마나 오래 썼는데?"

"정확히는 몰라요. 몇 주쯤?"

"봐도 돼?"

나는 잠자코 있었다. 화가 치밀었다. 그에게 일기를 보여주지 않기로 마음먹었다.

"안 돼요. 아직은 안 돼요."

그는 화가 난 듯했다. "어디 있는데? 보여줘."

"벤, 그건 사적인 거예요."

그는 그 말을 되받았다. "사적인 거라니 무슨 말이야?"

"비밀이란 뜻이에요. 당신이 그걸 읽으면 마음이 편치 않을 것 같아요."

"왜? 나에 대해 썼어?"

"물론이에요."

"뭐라고 썼는데? 뭐라고 했는데?"

뭐라고 대답해야 하나? 나는 그를 속여온 갖가지 방법을 생각했다. 닥터 내시에게 한 말을 모두 생각하고, 닥터 내시에 대해서도 생각했다. 내가 남편을 불신해온 것들을 생각하고, 그가 나를 속인 것들을 생각했다. 내가 말한 거짓말을 생각하고, 닥터 내시와 클레어를 만나고도 벤에게 말하지 않은 날들을 생각했다.

"이것저것 적어뒀어요, 벤. 이것저것요."

"도대체 그런 짓은 왜 했어?"

나는 벤이 이런 질문을 하리라고 생각하지도 못했다.

"진실을 알고 싶어요. 내 삶의 의미를 알고 싶어요. 당신처럼, 그리고 여느 사람처럼 하루를 그 다음 날과 연결할 수 있기를 원해요."

"왜 그런 짓을 해? 당신 행복하지 않아? 이젠 날 사랑하지 않는 거야? 나랑 여기 있고 싶지 않은 거야?"

나는 이 질문에 충격을 받았다. 왜 그는 망가진 삶의 의미를 이해하려고 하는 것을 어떻게든 삐딱하게 받아들이려고 할까?

"몰라요. 뭐가 행복이에요? 나는 아침에 눈뜰 때 행복한 것 같아요. 어리둥절해하는 가운데 지나가버리기는 하지만요. 거울을 보고 스무 살이나 더 늙어 보인다는 것을 알 때, 머리가 허옇고 눈가에 잔주름이 진 것을 알 때는 행복하지 않아요. 지난날을 송두리째 잃어버렸다, 빼앗겼다는 것을 깨달을 때는 불행해요. 그런 점에서 불행한 날이 많았다고 생각해요. 하지만 그건 당신 잘못이 아니에요. 나는 당신과 함께 있어서 행복해요. 난 당신을 사랑해요. 당신이 없으면 안 돼요."

벤이 다가와서 내 옆에 앉았다. 그의 목소리가 한결 부드러워졌다. "유감이야. 그놈의 자동차 사고 때문에 모든 것이 망가졌다고 생각하면 나도 견딜 수 없어."

나는 분노가 치미는 것을 느꼈지만 억눌렀다. 나는 그에게 화낼 권리가 없었다. 그는 내가 무엇을 알고 있고 무엇을 알지 못하는지 모르고 있었다.

"벤. 나는 무슨 일이 있었는지 알고 있어요. 그건 자동차 사고가 아니었어요. 나는 폭행당했어요."

침묵의 순간이 이어졌다. 그는 꼼짝도 하지 않았다. 나를 멍하니 바라보기만 했다. 한순간 그가 내 말을 듣고 있지 않고 있다는 생각이 들었다.

이윽고 그가 말했다. "폭행이라니?"

나는 목소리를 높였다. "벤! 그만해요!"

난 참을 수 없었다. 나는 일기를 쓰고 있으며 내 과거를 속속들이 알고 있다고 말했다. 그는 내가 진실을 알고 있는 것이 분명한데도 여전히 나한테 거짓말을 하고 있었다.

"거짓말 그만해요! 자동차 사고가 없었다는 걸 알고 있어요. 나한테 무슨 일이 일어났는지 알고 있단 말이에요. 있었던 사실 이외의 다른 것이었다고 둘러대도 소용없어요. 부인해봤자 소용없어요. 나한테 거짓말 그만해요!"

그는 일어섰다. 갑자기 그가 거대하게 보였다. 내 머리 위로 우뚝 솟아서 내 시야를 가로막았다.

"누가 그러는데? 누구야? 그 망할 년 클레어야? 그년이 그 더러운 주둥이를 마구 놀렸어? 쓸데없이 끼어들었어?"

"벤…." 내가 말을 꺼내자 그는 내 말을 잘랐다.

"그년은 언제나 날 미워했어. 당신과 나 사이를 이간질하기 위해서라면 무슨 짓이라도 할 년이야! 그년이 거짓말하고 있어. 크리시, 그년이 거짓말하는 거야. 내 말 믿어!"

"클레어가 아니에요." 나는 고개를 숙였다. 그의 눈을 쳐다볼 수 없었다. "다른 사람이에요."

"누구야?" 그는 소리를 질렀다. "누구냐니까?"

"난 의사를 줄곧 만났어요." 나는 나직이 말했다. "우리는 줄곧 얘기했어요. 그가 나한테 말해줬어요."

그는 한동안 말이 없었다. 내 옆에 앉아서 오른손 엄지손가락으로 왼손 엄지손가락에 천천히 원을 그리기만 할 뿐 꼼짝도 하지 않았다. 나는 그의 체온을 느낄 수 있었다. 천천히 들이쉬는 숨소리도 들을 수 있었고, 내쉬는 숨소리도 들을 수 있었다. 그가 말할 때 목소리가 너무 작아서 무슨 말인지 알아듣기 위해 신경을 곤두세워야 했다.

"의사라니?"

이제는 그에게 진실을 말할 수밖에 없었다.

"닥터 내시라는 의사예요. 그는 몇 주 전에 나한테 연락했어요." 이 말을 할 때도 나 자신의 얘기를 하는 게 아니라 다른 사람 얘기를 하는 것 같이 느껴졌다.

"그놈이 뭐라고 했는데?"

나는 잠시 생각했다. 우리의 첫 대화를 적어두었나?

"몰라요. 그가 한 말을 적어두지 않은 것 같아요."

"그렇다면 닥터 내시라는 작자하고 줄곧 얘기를 해왔단 말이야? 있었던 일을 적어두라고 한 놈이 바로 그놈이야?"

"네."

"이유가 뭐야?"

"벤, 난 낫고 싶어요."

"그게 약발이 듣던가? 당신 무슨 짓을 해왔어? 그놈이 당신한테 약을 줬어?"

"아뇨. 우린 테스트도 하고, 훈련도 했어요. 나는 정밀 검사를 받고…"

그의 엄지손가락이 멈췄다. 그는 고개를 돌려 나를 보았다.

"정밀 검사를 받았다고?" 그의 목소리가 다시 커졌다.

"네. MRI요. 그는 그게 도움이 될 거라고 했어요. 내가 기억을 잃어버린 초기에는 그런 것도 없었어요."

"어디야? 어디서 정밀 검사를 받았어? 어디서 그 따위 검사를 받았는지 말해!"

나는 당황하기 시작했다. "그의 사무실에서요. 런던에서요. 정밀 검사는 거기서도 받았어요. 정확한 건 기억 안 나요."

"거긴 어떻게 갔어? 당신 같은 사람이 의사 사무실에 어떻게 갔어?" 그의 목소리는 초조하고 다급했다. "어떻게 갔냔 말이야!"

나는 대화가 엉뚱한 방향으로 새지 않게 차분히 말하려고 애썼다. "그는 사무실에서 전화한 후 차로 날 데리고 갔어요…"

그의 얼굴에 실망스러운 기색이 나타났다가 곧이어 분노한 기색이 나타났다. 나는 그가 무슨 짓을 할지 몰랐다. 나는 대화가 이런 식으로 나가는 것도, 대화가 꼬이는 것도 원치 않았다.

나는 사정을 설명해야 할 필요성을 느꼈다. "벤."

그때 예기치 않은 일이 일어났다. 벤의 목 깊숙한 곳에서 둔중한 신음 소리가 흘러나왔다. 그러더니 참다가 참다가 더는 참을 수 없다는 듯이 손톱으로 유리 긁는 소리 같은 끔찍한 소리를 냈다.

"벤? 벤! 왜 그래요?"

그는 비틀거리며 몸을 돌려서 나를 외면했다. 한순간 그가 모종의 공격을 가하지 않을까 두려웠다. 나는 일어서서 그를 잡으려고 손을 뻗었다.

"벤!"

하지만 그는 내 팔을 뿌리치고 꼼짝도 하지 않았다. 이윽고 그가 고개를 돌렸다. 얼굴은 벌겋고 눈은 치켜뜨고 있었다. 입가에는 거품이 묻어 있었다. 한순간 내가 알고 있는 얼굴과는 딴판인 기괴한 얼굴처럼 보였다.

"멍청한 년!" 그는 이렇게 말하며 나한테 다가왔다. 나는 움찔했다. 그의 얼굴이 내 코앞에 있었다. "그놈과 얼마나 오래 만났어?"

"벤, 나는…."

"말해. 말하라니까. 이 멍청아. 얼마나 오래됐어?"

"아무 일도 없었어요!" 나는 더럭 겁이 났다. 그 두려움은 천천히 표면까지 올라왔다가 다시 밑으로 가라앉았다. "아무 일도 없었어요." 나는 다시 말했다.

그의 입에서 음식 냄새가 났다. 고기 냄새. 양파 냄새. 침이 내 얼굴과 입술에 튀었다. 나는 그의 따뜻하고도 젖은 분노를 맛볼 수 있었다.

"당신은 그놈과 잤어. 거짓말 마."

내 무릎 안쪽이 소파 가장자리를 눌렀다. 나는 소파를 따라 움직여 그에게서 벗어나려고 했다. 하지만 그가 내 어깨를 붙잡고 흔들었다.

"당신은 늘 그놈과 같이 있었어. 거짓말쟁이 년 같으니라고. 뭣 때문에 당신이 딴 여자로 변해버렸는지 모르겠어. 도대체 무슨 짓을 했어? 내가 일하고 있을 때 그놈과 놀아났지? 아니면 이 근처에서 그놈과 관계를 가졌어? 아니면 허허벌판에 차를 세워놓고 차 안에서 그 짓을 했어?"

나는 그의 손에 힘이 들어가는 것을 느꼈다. 그의 손가락과 손톱이 내 면 블라우스를 헤집고 내 살갗을 파고드는 것을 느꼈다.

"당신은 나를 해치고 있어!" 나는 충격을 줘서 그가 사로잡힌 분노에서 빠져나오기를 바라며 소리를 질렀다.

"벤! 그만해!"

그는 흔드는 것을 멈추고 손을 느슨하게 풀었다. 나는 무슨 일이 일어났는지, 왜 이 지경에 이르게 됐는지 몰랐다. 분노와 증오에 찬 얼굴로 내 어깨를 잡고 있는 사람이, 클레어가 내게 건네준 편지를 쓴 그 사람이라고는 도저히 믿을 수 없었다. 어쩌다가 우리는 이러한 불신의 지경에 이르게 되었을까? 우리 사이에는 얼마나 많은 오해가 있는 걸까?

"내시와 같이 자지 않았어요. 그는 나를 도와주고 있어요. 내가 회복해서 정상적인 생활을 할 수 있도록 도와주고 있어요. 여기서 당신과 함께 살도록 말이에요. 벤, 당신은 그걸 원하지 않나요?"

그는 방을 두리번두리번 살피기 시작했다.

"벤? 말로 해요!"

그의 표정은 굳어져 있었다.

"당신은 내가 낫기를 바라지 않아요? 당신이 늘 원하는 것, 늘 바라는 게 그것 아니었나요?"

그는 고개를 절레절레 흔들기 시작했다.

"난 그런 줄 알고 있었어요. 당신이 줄곧 원한 게 바로 내가 낫는 것인 줄 알고 있었어요."

나는 울기 시작했다. 뜨거운 눈물이 뺨을 타고 흘러내렸다. 나는 눈물을 훔치며 말했다. 내 목소리는 흐느낌으로 변해가고 있었다. 그는 여전히 나를 붙잡고 있었다. 하지만 아까보다는 한결 약했다. 나는 그의 손을 잡는다.

"클레어를 만났어요. 클레어가 당신 편지를 전해줘서 그걸 읽었어요. 벤. 요 몇 년간 있었던 일을 적은 편지를 읽었어요."

종이에 얼룩이 있다. 잉크와 물이 섞인 별 모양의 얼룩이다. 눈물을 흘리며 이 글을 쓴 게 틀림없어. 나는 계속 읽는다.

내가 무슨 일이 일어나기를 기대했는지 모른다. 어쩌면 그가 안도의 눈물을 흘리며 내 팔에 안겨들기를 기대했는지도 모른다. 마음이 가라앉을 때까지 말없이 서로 껴안고 서 있기를 기대했는지도 모른다. 그러고는 앉아서 차분히 얘기하기를 기대했는지도 모른다. 어쩌면 내가 위층에 올라가서 클레어가 준 편지를 가지고 온 다음, 둘이서 같이 읽고 진실을 바탕으로 삶을 천천히 재건하는 방법을 모색하기를 기대했는지도 모른다.

내 기대와는 달리 한동안 침묵이 흘렀다. 움직이는 것이라고는 하나도 없고 모든 것이 조용했다. 숨소리도 들리지 않았고, 도로의 차 소리도 들리지 않았다. 시계가 째깍거리는 소리조차 들리지 않았다. 삶이 한 상태에서 다음 상태를 오락가락하기만 할 뿐 나아가지는 않는 것 같았다.

갑자기 정적이 깨졌다. 벤이 한 걸음 물러서며 몸을 뺐다. 순간 나는 벤이 키스해주는 줄 알았다. 기대와는 달리 나는 눈에서 불이 번쩍하는 것을 느꼈다. 한순간 후, 머리가 한쪽으로 기울어지고 턱이 깨지는 듯이 아픈 것을 느꼈다. 나는 쓰러졌다. 소파가 내게 다가오고 있었다. 바로 그때 단단하고 날카로운 것이 뒤통수를 쳤다. 나는 비명을 질렀다. 다른 충격이, 또 다른 충격이 왔다. 나는 눈을 감고 그다음 일을 기다렸다. 하지만 아무 일도 일어나지 않았다. 대신 멀어져가는 발자국 소리와 문이 쾅 닫히는 소리만 들릴 뿐이었다.

나는 눈을 떴다. 그러고는 분노의 숨을 힘겹게 들이쉬었다. 카펫이 내게서 멀어져갔다. 아래로 멀어져갔다. 박살 난 접시가 머리 근처에 있었고, 피가 바닥에 줄줄 흘러내려 카펫을 적시고 있었다. 깔개에 떨어진 완두콩과 씹다 만 소시지가 발에 밟히는 소리가 들렸다. 문이 휙 열리는 소리, 쾅 닫히는 소리가 들렸다. 멀어져가는 발걸음 소리가 들렸다. 벤은 떠났다.

나는 숨을 내쉬었다. 눈을 감았다. 나는 잠들지 않은 게 틀림없다고 생각했다. 잠들었을 리 없다고 생각했다.

나는 다시 눈을 떴다. 멀리서 어둠과 살 냄새가 소용돌이치고 있었다. 나는 침을 삼켰다. 피 냄새가 났다.

'내가 무슨 짓을 했지? 내가 무엇을 했지?'

나는 위층으로 가서 일기를 찾았다. 찢어진 입술에서 피가 나와 카펫에 뚝뚝 떨어졌다. 무슨 일이 일어났는지 모른다. 남편이 어디 있는지 모른다. 남편이 돌아올지 안 돌아올지도 모른다. 심지어는 남편이 돌아오기를 원하는지 원하지 않는지조차 모른다.

하지만 남편이 꼭 돌아오기를 바란다. 그가 없으면 살 수 없다.

나는 두렵다. 클레어가 보고 싶다.

잠시 후 나는 읽기를 멈추고 손을 이마에 가져갔다. 좀 아픈 것 같다. 오늘 아침에 본 상처다. 화장해서 가린 상처다. 벤이 때려서 생긴 상처였다. 나는 날짜를 되짚어본다. '11월 23일 금요일.' 일주일 전의 일이었다. 모든 게 잘 풀려간다고 믿고 있던 때였다.

나는 일어나서 거울을 본다. 퍼런 멍이 보인다. 일기 내용이 사실이라는 증거다. 내 상처를 설명하기 위해 나는 어떤 거짓말을 했을까? 그는 내게 어떤 거짓말을 했을까?

하지만 난 이제 진실을 안다. 나는 손에 있는 일기를 읽는다. 그것이 나에게 뭔가를 일깨워준다. '그는 내가 그것들을 찾기를 원하고 있어. 내가 만약 그것들을 읽는다고 해도, 내일 전부 잊어버릴 거라는 걸 그는 알고 있어.'

갑자기 벤이 계단을 올라오는 소리가 들린다. 나는 비로소 벤과 함께, 나를 때린 사람과 함께 이 호텔 방에 있음을 깨닫는다. 그가 열쇠로 자물쇠를 따는 소리가 들린다.

나는 무슨 일이 일어났는지 알아야 한다. 나는 일기를 베개 밑에 밀어 넣고 침대에 눕는다. 그가 방으로 들어오자 나는 눈을 감는다.

"여보, 괜찮아?" 그가 부드럽게 말한다. "아직 안 자지?"

나는 눈을 뜬다. 그는 병을 든 채 문간에 서 있다.

"카바밖에 못 구했어. 괜찮지?"

나는 말없이 고개만 끄덕인다. 그는 병을 화장대 위에 놓고 내게 키스한다.

"샤워 좀 해야겠어."

그는 나직이 말하고는 욕실로 가서 수도꼭지를 튼다.

그가 문을 닫자 나는 또 읽는다. 시간이 많지 않다. 샤워하는 데 5분도 채 안 걸릴 테니까. 그러니 최대한 빨리 읽어야 한다. 나는 눈으로 일기를 훑어 내려간다. 단어를 하나하나 읽지는 않지만 뜻은 충분히 알수 있다.

몇 시간 전의 일이었다. 나는 한 손에는 종이를 들고 다른 손에는 전화기를 든 채 빈 집의 어두컴컴한 현관에 앉아 있었다. 종이에 잉크가 번져 있어 번호가 잘 보이지 않았다. 신호가 계속 가는데도 대답이 없다. 나는 그녀가 응답기를 껐는지 아니면 테이프가 꽉 찬 건지 궁금했다. 나는 이전에도 이곳에 왔었다. 내 시간은 돌고 돈다. 클레어는 나를 도와주러 이곳에 와 있지 않다.

나는 백에서 닥터 내시가 알려준 전화번호를 발견했다. 그는 집으로는 전화하지 말고 사무실로 전화하라고 말했다. 때가 너무 늦다. 그는 사무실에 있지 않을 것이다. 여자 친구와 같이 저녁이면 으레 하는 짓, 보통 사람이 으레 하는 짓을 하고 있을 것이다. 나는 그게 무엇인지 모른다.

그의 집 전화번호가 일기 앞에 적혀 있었다. 나는 전화를 걸었지만 신호가 가지 않았다. 에러가 생겼으니 전화번호를 확인하고 다시 걸어보라는 녹음된 목소리만 들렸다. 하지만 다시 전화를 걸어도 마찬가지였다. 이제 내가 알고 있는 연락처라곤 사무실 전화번호뿐이었다.

나는 잠시 그 자리에 앉아 있었다. 자포자기한 심정으로. 나는 문을 보고 있었다. 한편으로는 벤의 희미한 모습이 흐릿한 유리창에 나타나 열쇠를 자물쇠에 꽂기를 바라면서도, 다른 한편으로는 그걸 두려워했다.

이제 더는 기다릴 수 없었다. 나는 위층에 올라가서 옷을 벗고 침대에 기어들어 가 이 글을 썼다. 집은 여전히 비어 있다. 잠시 후면 일기를 덮고 베개 밑에 밀어 넣고는 불을 끄고 잘 것이다.

그러면 나는 또 잊어버릴 것이고, 남는 것이라곤 이 일기뿐일 것이다.

나는 빈 페이지일까 두려워하면서 다음 페이지를 본다. 다행히 빈 페이지는 아니다.

11월 26일 월요일.

그는 금요일에 나를 때렸다. 이틀이 지났는데도 나는 아무것도 적어두지 않았다. 그동안 일이 잘 풀릴 거라고 생각한 게 틀림없다. 하지만 그는 내게 뭐라고 했던가? 내 얼굴은 타박상을 입어 쑤신다. 무엇인가 잘못되었다는 것을 나는 분명히 알았을까?

오늘 그는 내가 넘어졌다고 말했다. 이것은 일기에 자주 나오는 말이다. 나는 이 말을 믿었다. 어찌 믿지 않을 수 있으랴? 그는 내가 누군지, 자기가 누군지, 내가 생각한 것보다 수십 년도 더 전에 내가 어떻게 낯선 집에서 눈을 떴는지 이미 설명해주었는데, 내 눈이 멍들고 입술이 터진 이유를 어떻게 그에게 물을 수 있으랴? 그래서 나는 나의 날과 함께 나아갔다. 나는 그가 출근할 때 그에게 키스해주었다. 그러고는 아침 설거지를 하고 목욕을 했다.

그리고 나서 이곳에 와서 이 일기를 발견했고, 진실을 알았다.

잠시 후 나는 닥터 내시는 언급하지 않았다고 생각한다. 그는 나를 버렸을까? 그의 도움이 없었다면 일기를 발견했겠는가?

아니면 내가 일기를 숨기는 것을 그만두었던가? 나는 계속 읽었다.

나중에 나는 클레어한테 전화를 했다. 벤이 준 전화기를 썼지만 작동하지 않았다. 아마 배터리가 닳았나 보다. 그래서 닥터 내시가 준 전화기를 사용했다. 클레어가 전화를 안 받아서 나는 거실에 앉아 안절부절못하고 있었다. 잡지를 집어 들었다가 도로 내려놓기도 하고 텔레비전을 켜놓고 30분이나 멍하니 화면을 바라보기도 했다. 내용은 아랑곳하지도 않았다. 나는 일기를 바라보았다. 집중할 수 없었고, 쓸 수도 없었다. 나는 또 클레어한테 전화를 걸었다. 거듭 몇 번이나 걸었다. 매번 전화번호를 남겨달라는 똑같은 메시지가 들려왔다. 점심시간이 지나서야 클레어가 전화를 받았다.

"크리시. 잘 지내니?" 클레어 뒤에서 장난치고 있는 토비의 말이 들려왔다.

"응." 하지만 나는 잘 지내지 못했다.

"안 그래도 전화하려던 참이었어. 지옥 같아. 게다가 월요일이야!"

월요일. 요일은 내게 중요하지 않았다. 하루하루가 녹아 없어졌다. 그날이 그날이었다.

"무슨 일 있어?"

"꼭 좀 만나야겠어. 우리 집에 와줄래?"

클레어는 화들짝 놀라는 듯했다. "너네 집으로?"

"그래. 좀 와줘. 할 말이 있어."

"괜찮니, 크리시? 그 편지 읽어봤니?"

나는 숨을 깊이 들이쉬고 나서 나직이 말했다. "벤이 나를 때렸어." 클레어가 숨을 들이쉬는 소리가 들렸다.

"뭐라고?"

"그저께 밤이었어. 난 타박상을 입었어. 그는 내가 넘어졌다고 말했지만 일기에는 그가 나를 때렸다고 적혀 있어."

"크리시, 벤이 널 때렸을 리가 없어. 절대로 없어. 그는 그럴 사람이 아니야."

의구심이 밀려들었다. 내가 이 모든 것을 꾸며냈단 말인가?

"하지만 일기에 그렇게 적혀 있어."

클레어는 잠시 말이 없었다. "왜 그가 널 때렸다고 생각하니?"

나는 손으로 얼굴을 만져보았다. 눈자위가 부어 있었다. 분노가 치밀었다. 클레어가 나를 믿지 않는 게 분명했다.

나는 일기 내용을 되짚어보았다.

"나는 일기 같은 것을 써왔다고 벤에게 털어놓았고, 너와 닥터 내시를 만났다고 했어. 애덤에 대해 알고 있다고도 말했어. 네가 벤이 쓴 편지를 줘서 읽었다고 했더니 벤이 나를 때렸어."

"때리기만 하던?"

나는 그가 나를 뭐라고 불렀는지, 뭐라고 하면서 나를 비난했는지 죄다 생각했다.

"나더러 망할 년이라고 했어." 나는 가슴속에서 흐느낌이 올라오는 것을 느꼈다. "그는… 그는 내가 닥터 내시와 잤다고 비난했어. 난 그런 적 없다고 했어. 그랬더니…."

"그랬더니?"

"날 때렸어."

침묵이 흘렀다.

"이전에도 널 때린 적이 있니?"

나는 잠자코 있었다. 알 길이 없었다. 아마 때렸을 것이다. 클레어가 벤을 폭력을 휘두를 사람으로 보지 않으리라는 것은 분명했다. 하지만 벤과 내가 욕을 주고받았을 가능성은 있었다. 집에서 만든 플래카드—'여성의 권리, 가정 폭력은 노'라고 적혀 있었다—를 들고 행진하는 클레어와 나의 모습이 머릿속을 스쳤다. 얻어맞고도 남편과 같이 살고 있는 여자들을 불쌍히 여기면서도 한편으로는 경멸했던 기억이 났다. 나는 맞고 사는 아내들이 왜 남편과 갈라서지 않는지 실제로는 이해하지 못했다. 힘이 없고 미련하기 때문이라고만 생각했다.

나도 이런 여자들이 걸려든 덫에 걸려든 것일까?

"몰라."

클레어는 잠시 아무 말도 없었다.

"벤이 해코지했다고 생각하기는 힘들어. 하지만 그러지 말란 법도 없어. 그는 내가 죄책감을 느끼도록 만들곤 했어. 기억나?"

"아니. 기억 안 나. 하나도 안 나."

"빌어먹을. 미안. 내가 깜빡했어. 벤이 폭력을 휘두르리라고는 생각하기 어렵겠지? 그는 물고기도 인간만큼이나 생명에 대한 권리를 가지고 있다고 주장하던 위인이야. 거미 한 마리도 죽이지 못할 사람이야!"

방의 커튼이 바람에 크게 흔들렸다. 멀리서 기차 소리가 들리고, 부두에서 내지르는 고함이 들렸다. 길거리에서 누군가가 "꺼져!"라고 외치는 소리가 들렸다. 유리가 깨지는 소리도 들렸다. 나는 내키지 않았지만 마저 읽어야 한다는 것을 알고 있다.

나는 오싹해지는 것을 느꼈다. "벤이 채식주의자였어?"

"절대 채식주의자야. 오리발 내밀지는 못하겠지?" 클레어가 웃으며 말했다.

나는 그가 나를 때린 밤을 생각했다. '고깃덩어리, 묽은 육즙에 떠 있는 완두콩'이라고 나는 적어뒀었다.

나는 일어나서 창문께로 갔다.

"벤은 고기를 먹어. 채식주의자가 아니야. 어쨌든 지금은 아니야. 사람이 변한 걸까?"

긴 침묵이 흘렀다.

"클레어?" 클레어는 아무 대답이 없었다. "클레어? 듣고 있니?"

"듣고 있어." 클레어는 화가 난 것 같았다. "내가 벤한테 전화해볼 게. 이 문제를 해결해볼게. 벤 어디 있어?"

생각할 겨를도 없이 나는 바로 말했다.

"학교에 있을 거야. 5시 넘어서 돌아올 거라고 했어."

"학교라니? 그가 지금 강의하고 있는 대학 말이니?"

뭐라고 말할 수 없는 두려움이 내 안에서 꿈틀대기 시작했다.

"아니. 그는 이 근처 학교에서 근무하고 있어. 학교 이름은 기억 안 나."

"거기서 무슨 일을 하는데?"

"교사야. 화학과 주임 교사라고 한 것 같아." 남편 직업이 무엇인 지 몰라서, 남편이 가족을 먹여 살리기 위해 무슨 일을 하는지 기 억하지 못해서 나는 죄책감을 느꼈다. "기억 안 나."

나는 고개를 들었다. 퉁퉁 부어오른 얼굴이 유리창에 비쳤다. 죄 책감이 사라졌다.

"무슨 학교?"

"몰라. 말해주지 않은 것 같아."

"뭐라고? 전혀?"

"오늘 아침까지도 말해주지 않았어. 들은 기억이 없어."

클레어가 한숨을 쉬었다. "미안해, 크리시. 널 헷갈리게 하려는 건 아니야. 그저…."

나는 생각이 달라지는 것을 느꼈다. 한 문장이 빠진 것 같았다.

"그 학교 이름 알아낼 수 있겠니?"

나는 위층 서재를 생각했다. "알아낼 수 있을 것 같아. 그건 왜?"

"벤한테 전화하려고. 할 얘기가 좀 있어. 오늘 오후 너희 집에 갈 때 벤이 집에 와 있을지 확인하고 싶어. 헛걸음하고 싶지는 않아!"

나는 클레어의 목소리에 담긴 유머를 눈치챘지만 입 밖에 내지는 않았다. 도무지 갈피를 잡을 수 없었다. 어떻게 하는 것이 가장 좋을지, 뭘 해야 할지 알 수 없었다. 그래서 친구 말을 따르기로 했다. "찾아볼게."

나는 전화기를 조심스럽게 놓고 위층에 갔다. 서재는 깔끔했고, 책상 위에는 서류가 가지런히 정돈되어 있었다. 찾고 있는 서류, 학부모 면담 날짜를 알려주는 옛날 편지를 찾는 데는 시간이 오래 걸리지 않았다.

"세인트 앤즈 학교야." 나는 다시 아래층으로 가서 말했다. "번호 알려줄까?" 클레어는 전화번호를 찾았다고 말했다.

"또 전화할게. 알았지?" 클레어가 말했다.

또 공포가 엄습했다. "벤한테 무슨 말을 하려고 그래?"

"이 문제를 해결야지. 날 믿어, 크리시. 무슨 해결책이든 틀림없이 있을 거야. 알았지?"

"알았어." 나는 이렇게 말하고 나서 전화를 끊었다.

다음에 무슨 일이 일어날지 몰랐다. 나는 갈팡질팡했다. 갑자기 두려웠다. 첫 예감이 맞으면 어떻게 하지? 벤과 클레어가 여전히 잠자리를 같이 하고 있으면 어떻게 하지? 지금쯤 클레어는 벤한테 전화를 걸어 조심하라고 경고하고 있을지도 몰라.

나는 이전에 읽은 일기 내용이 기억났다. 닥터 내시는 내가 편집증 증세를 보인 적이 있다고 말했고, 의사들이 나를 실험 대상으로 삼고 있는 것으로 생각한다고 말했다. 닥터 윌슨은 내가 가끔 작화하는 경향, 사건을 꾸며내는 경향이 있다고 말했다.

이런 일이 다시 일어나면 어떡하지? 내가 이런 것들을 꾸미고 있으면 어떡하지? 일기에 적힌 것들은 환상일지도 모른다. 편집증의 결과일지도 모른다.

나는 닥터 내시가 병동에 대해 한 말과 벤이 편지에 써놓은 말을 생각했다. '당신은 가끔 과격한 행동을 했어.' 문득 어젯밤 싸움을 유발한 사람이 나일지도 모른다는 생각이 들었다. 벤을 몰아세운 사람이 나일지도 모른다는 생각이 들었다. 어쩌면 벤은 되받아치고 나서 위층 욕실로 가고, 나는 펜을 들고 이 모든 것을 허구로 설명했을지도 모른다.

일기 내용이 내 병세가 더 악화되고 있다는 뜻이면 어떡하지? 내가 머지않아 다시 워링 하우스로 돌아가야 한다는 뜻이 아닐까?

나는 오싹해졌다. 닥터 내시가 나를 거기로 데려가고 싶어 하는 이유가 바로 이것임을 문득 깨달았다. 나를 워링 하우스로 다시 돌려보낼 준비를 하는 것임을 깨달았다.

이제 클레어한테서 전화가 오기를 기다리는 수밖에 없었다.

또다시 한참 후 나는 앞으로 그렇게 될까 하고 생각한다. 그는 나를 워링 하우스로 돌려보내려고 할까? 나는 욕실 문을 바라본다. 그를 들여보내지 않으리라. 하지만 무슨 수로 못 들어오게 한담?

그날 늦게 쓴 마지막 대목이 있다. '11월 26일 월요일'이라고 시작된다. '오후 6시 55분'이라고 시간까지 적혀 있다.

30분도 채 안 되어 클레어한테서 전화가 왔다. 나는 갈피를 잡지 못한다. 이렇게 할까 하고 생각하다가도 저렇게 해야지 하고 생각한다. 생각이 한쪽에서 다른 쪽으로 갔다가 반대로 되돌아간다. '나는 무얼 해야 할지 안다. 나는 무얼 해야 할지 모른다. 나는 무얼 해야 할지 안다.' 어쩌면 두 생각 사이를 오간다고 하기보다는 세 번째 생각 주위를 맴돈다고 말하는 것이 더 정확하리라. 나는 위험에 처해 있다는 사실을 알고는 두려움에 떤다.

나는 벤을 믿지 말라고 적어두려고 벌써 일기를 펴놓고 있다. 하지만 거기에는 이 말이 이미 적혀 있었다.

나는 이 말을 적은 기억이 나지 않는다. 그렇다면 나는 아무것도 기억하지 못하는 셈이다.

간격이 있고, 일기는 이어졌다.

클레어는 전화기 너머로 머뭇거리며 말했다.

"크리시. 잘 들어봐." 무서운 말투였다.

나는 앉았다. "뭔데?"

"벤에게 전화했어. 학교로."

나는 침을 꿀꺽 삼켰다. 제어할 수 없는 여행을 하고 있다는 감정, 항해할 수 없는 바다에 있는 것 같은 감정에 사로잡혔다.

"뭐라고 했는데?"

"딴 얘기는 안 했어. 거기서 근무하는지만 알고 싶었어."

"왜? 벤을 믿지 않니?"

"그는 다른 것들에 대해서 거짓말했어."

나는 그 말에 동의하지 않을 수 없었다. 하지만 이렇게 말했다.

"왜 그런 일에 대해 거짓말을 했을까? 왜 실제로 근무하지도 않는 곳에서 일한다고 했을까? 넌 왜 그걸 확인했어?"

"그가 학교에서 근무한다는 말을 듣고 깜짝 놀랐어. 알다시피 그는 건축가 교육을 받았잖아? 지난번에 만났을 때 개인 사무실을 낼 거라고 했는데 학교에서 근무한다니 좀 이상하다는 생각이 들었어."

"그들이 뭐라고 했는데?"

"그를 방해할 수 없다고 했어. 수업 중이라 바쁘다고 하면서 말이야."

나는 안도했다. 적어도 그 사실에 대해서는 거짓말하지 않았구나.

"직업에 대한 생각을 바꾼 게 틀림없어."

"크리시? 그에게 몇 가지 서류와 편지를 보내고 싶다고 그들에게 말했어. 그의 공식 직함이 뭔지 물어봤어."

"그랬더니?"

"그는 화학과 주임 교사도 아니고 과학 교사도 아니야. 아무것도 아니야. 실험실 조수라고 하던데."

나는 경련이 이는 것을 느꼈다. 숨이 콱 막혔을지도 모른다. 기억이 나지 않는다.

"확실해?"

나는 나름대로 이유를 생각해내려고 바삐 머리를 굴렸다. 그는 당황했을까? 잘나가는 건축가에서 지방 학교의 실험실 조수로 전락한 걸 내가 알면 어쩌나 하고 두려워한 것일까? 그는 자기가 생계를 꾸려나가기 위해 무슨 일을 하든, 내가 그에게 매달릴 수밖에 없을 정도의 천박한 사람으로 나를 생각하는 것일까?

갑자기 모든 게 분명해졌다.

"맙소사. 그건 내 잘못이야!"

"아냐. 네 잘못이 아니야!"

"내 잘못이야! 나를 돌보기 위한 필사적인 몸부림이야. 밤낮없이 일하는 거야. 그는 심신이 다 지친 게 분명해. 어쩌면 무엇이 옳고 무엇이 그른지도 모를 거야." 나는 흐느끼기 시작했다. "분명히 견디기 힘든 일일 거야. 그는 매일 그 모든 슬픔을 감내해야 해."

침묵이 흘렀다. "슬픔이라니? 무슨 슬픔인데?"

나는 클레어가 순진하고도 둔하다고 생각했다. 내가 잃어버린 것을 다시 떠올렸다는 것을 잊은 모양이었다.

"애덤 말이야."

나는 애덤 이름을 꺼내는 것만으로도 가슴이 아팠다.

"애덤이 어쨌다고?"

이 말이 내 가슴을 쩡하게 울렸다.

'맙소사. 클레어가 모르고 있구나. 벤은 클레어한테 말해주지 않았구나.'

"애덤은 죽었어." 내가 말했다.

클레어가 가쁜 숨을 몰아쉬었다. "죽다니? 언제? 어쩌다가?"

"언젠지는 나도 정확히 몰라. 애덤이 작년에 죽었다고 벤이 말한 것 같아. 전사했대."

"전사라니? 무슨 전쟁에서?"

"아프가니스탄 전쟁이라나?"

"크리시, 애덤이 아프가니스탄에서 뭘 했대?" 클레어의 목소리가 이상해졌다. 마치 기뻐하는 듯한 목소리였다.

"군인이었어."

나는 이렇게 말하면서도 내가 무슨 말을 하는지 의심이 들기 시작했다. 그것은 내가 알고 있었던 모든 것에 직면하는 일 같았다.

클레어가 씩씩거리는 소리가 들렸다. 뭔가 재밌는 것을 발견하기라도 한 것 같았다.

"크리시. 크리시. 애덤은 군복무를 한 적이 없어. 아프가니스탄에 간 적도 없어. 애덤은 헬렌이라는 여자와 함께 버밍엄에 살아. 그는 컴퓨터 관련 일을 해. 애덤은 나와 벤 사이에서 일어난 일에 대해 날 용서하고 있지 않지만, 난 가끔 아직도 그에게 전화해. 그는 아마 바라지 않겠지만, 그래도 내가 애덤의 대모잖아, 기억하지?"

나는 클레어가 왜 현재 시제를 사용하는지 그 이유를 금방 알아차렸다. 내가 말할 때도 클레어는 현재 시제를 사용했었다.

"지난주에도 애덤과 얘기했어." 이제 클레어는 거의 웃고 있었다. "애덤이 없어서 헬렌이랑 통화했어. 헬렌이 애덤에게 나한테 다시 전화할 건지 물어봐주겠대. 애덤은 살아 있어."

나는 읽기를 중단한다. 나는 빛을 느낀다. 머리가 텅 빈 것 같다. 뒤로 넘어지거나 붕붕 떠다닐지도 모른다고 느낀다. 이 말을 믿어도 될까? 믿고 싶어 하는가? 나는 화장대에 몸을 기댄 채 또 읽는다. 벤이 샤워하는 소리가 이제 들리지 않는다는 것을 어렴풋이 깨달으면서.

비틀거리다가 간신히 의자를 붙잡은 게 분명하다. 나는 바닥이 다가오는 것, 벽이 가까이 다가와 나를 짓뭉개는 것을 느꼈다.

"애덤이 살아 있다고?"

"그럼. 그럼."

"하지만… 하지만… 난 신문을 스크랩해둔 걸 봤어. 살해되었다고 나와 있던데…."

"그럴 리가 없어, 크리시. 그럴 리가 없어. 애덤은 살아 있어."

나는 말을 하려고 했다. 그때 모든 것이 한꺼번에 나를 덮쳤다. 감정 하나하나가 다른 감정들과 한 덩어리가 되었다. 기쁨이었다. 나는 기쁨이라고 기억한다. 애덤이 살아 있다는 것을 알자 야릇한 기쁨이 내 혀에 맴돌았다. 하지만 그 기쁨은 두려움과 고통이라는 쓰디쓴 맛과 섞여 있었다. 왜 벤은 이 일에 대해 거짓말을 했을까? 일부러 나를 괴롭힌 걸까? 나는 상처를 생각했다. 그가 나를 괴롭히려고 휘둘렀던 그 무지막지한 폭력을 생각했다. 그가 휘두른 폭력은 물리적인 것뿐만이 아니었을지도 모른다. 내가 괴로워하는 모습을 보려고 아들이 죽었다고 말하면서 그는 쾌감을 맛보기도 했을 것이다. 내가 임신했다는 것과 아이를 낳았다는 것을 기억하고 있을 때에 애덤이 이사 갔다느니, 해외에 살고 있다느니, 시내 반대편에 살고 있다느니 하고 말하는 게 가능할까?

만약 그렇다면 나는 그가 나를 먹여 살린 것에 대해서는 왜 하나도 적어두지 않았을까?

생각들, 애덤의 현재 모습일 것으로 짐작되는 이미지들, 내가 잃어버렸을지도 모른다고 생각한 장면의 조각들이 내 머릿속에 떠올랐다. 하지만 하나도 잡을 수 없었다. 생각들은 하나씩 머릿속을 빠져나가 사라져버렸다. 내가 생각할 수 있는 것은 애덤이 살아 있다는 것뿐이었다. 살아 있다. 내 아들이 살아 있다. 그를 만날 수 있다.

"애덤은 어디 있어? 어디 있냔 말이야? 만나보고 싶어."

나는 다시 움직이기 시작했다. 일어나기 시작했다. 하지만 어디에 가고 싶은지 알지 못했다.

클레어가 얼른 말했다. "크리시, 진정해."

"하지만…."

"크리시!" 클레어가 내 말을 잘랐다. 클레어의 어조가 달라졌다. 공포가 묻어 있었다. "곧 갈게. 꼼짝 말고 있어."

"클레어, 애덤이 어디 있는지 말해!"

"크리시, 정말 네가 걱정돼. 제발…."

"하지만…."

클레어가 목소리를 높였다. "크리시, 진정해!"

그때 혼란의 안개를 뚫고 한 가지 생각이 떠올랐다. 내가 이성을 잃고 있다는 것이었다. 클레어가 말하기 시작하자 나는 심호흡을 하면서 마음을 가라앉히려고 했다.

"애덤은 버밍엄에 살아."

"애덤은 내가 지금 어디에 있는지 알거야. 왜 날 보러 오지 않는 거지?"

"크리시."

"왜? 왜 오지 않는 거야? 벤이랑 짠 거야? 그래서 나랑 떨어져 있는 거야?"

"크리시, 버밍엄은 멀리 떨어져 있어. 애덤은 바쁘게 살고 있고…."

"그러니까 네 말은…."

"애덤이 런던에 자주 올 수 없다면?"

"하지만…."

"크리시, 넌 애덤이 오지 않는다고 생각하고 있어. 하지만 난 그걸 믿을 수 없어. 그는 사정이 허락하는 한 올 거야."

나는 침묵했다. 이해할 수 있는 게 하나도 없었다. 클레어의 말이 맞다. 나는 일기를 쓴 지 몇 주밖에 안 됐어. 그 전에 어떤 일이든 지 일어날 수 있었을 거야.

"애덤을 만나봐야겠어. 꼭 만나고 싶어. 그래줄 수 있겠지?"

"못 할 것도 없지. 하지만 벤이 너에게 정말 애덤이 죽었다고 얘기 한다면, 벤한테 먼저 얘기해야 돼."

물론 그래야겠지. 벤은 뭐라고 말할까? 아직도 내가 그의 거짓말 을 감쪽같이 믿고 있다고 생각할 텐데.

"벤은 곧 돌아올 거야. 너 좀 와줄래? 이 문제를 해결하도록 도와 줄래?"

"그럼. 물론이지. 일이 어떻게 돌아갈지는 모르지만 벤한테 말은 꺼내볼게. 약속해. 지금 갈게."

"지금?"

"그래. 크리시 네가 걱정돼. 뭔가 잘못됐어."

클레어의 말에 나는 당황했지만 한편으로는 안도했다. 곧 아들을 만날지도 모른다는 생각에 마음이 들떴다. 문득 아들이 보고 싶어 졌다. 당장 그의 사진을 보고 싶었다. 아들 사진이 별로 없고 그나 마 있는 것도 벤이 감추어놓았다는 기억이 났다. 어떤 생각이 떠 올랐다.

"클레어. 우리 집에 불이 났었어?"

클레어는 당황하는 듯했다. "불이라니?"

"응. 우리 집에는 애덤 사진도 없고, 결혼사진도 없어. 하나도 없 어. 불이 나서 다 타버렸대."

"불이라니? 무슨 불 말이야?"

"예전 집에 불이 나서 많은 것이 없어졌다고 벤이 말했어."

"언제?"

"몰라. 몇 해 전일 거야."

"그래서 애덤 사진이 없단 말이지?"

나는 짜증이 나는 것을 느꼈다.

"몇 장밖에 없어. 많지는 않아. 거의 아기일 때 사진밖에 없어. 결혼사진, 신혼여행 사진도 없고 크리스마스 때 찍은 사진도 없어. 그런 건 하나도 없어."

"크리시." 클레어의 목소리는 차분했다. 나는 그 목소리에서 무엇인가를 탐지했다고 생각했다. 두려움이었다. "벤이 어떻게 생겼는지 말해줘."

"뭐라고?"

"벤이 어떻게 생겼는지 말해보란 말이야."

"불은 어떻게 난 거야? 불 얘기부터 해줘."

"불은 나지 않았어."

"하지만 화재가 기억난다고 기록해 두었는걸. 칩팬(주방 기구의 일종 – 옮긴이)으로 요리하고 있는데 전화벨이 울렸…."

"얘가 상상하고 있는 모양이네."

"하지만…."

나는 클레어가 화를 내고 있다는 것을 눈치챘다.

"크리시! 불은 나지 않았어. 그랬으면 벤이 나한테 말해줬을 거야. 자, 이제 벤이 어떻게 생겼는지 말해봐. 어떻게 생겼어? 키가 크니?"

"별로 안 커."

"흑발이야?"

머릿속이 텅 비어버렸다. 오늘 아침 그를 봤는데도 그의 이미지는 사라지고 없었다. 마치 관념으로만 존재하는 것 같았다.

"응. 아냐. 모르겠어. 머리도 희끗희끗해지기 시작하고 똥배도 나온 것 같아. 어쩌면 아닐지도 몰라." 나는 일어났다. "그의 사진을 봐야겠어."

나는 위층으로 올라갔다. 핀으로 꽂아놓은 사진이 거울 주위에 있었다. 나와 남편 사진이었다. 둘 다 행복한 듯이 웃고 있었다.

"머리카락은 약간 갈색이야." 집 밖에서 차 멈추는 소리가 들렸다.

"확실해?"

"응." 엔진이 꺼지고 차 문이 꽝 닫혔다. 경적이 크게 울렸다. 나는 목소리를 낮춰 말했다. "벤이 온 것 같아."

"젠장. 빨리 대답해. 그 사람 흉터가 있니?"

"흉터라니? 어디?"

"얼굴에 나 있어. 크리시. 한쪽 뺨에 흉터가 있어. 암벽 등반을 하다가 다친 자국이야."

나는 사진을 하나하나 살펴보았다. 드레싱 가운 차림으로 식탁에 앉아 있는 나와 남편 사진을 마침내 찾았다. 사진 속의 그는 행복하게 웃고 있었다. 하지만 수염만 있을 뿐 뺨에는 흉터가 없었다.

두려움이 나를 덮친다.

현관문 열리는 소리가 들린다. 그의 목소리가 들린다.

"크리스틴! 여보! 나 왔어!"

"아냐. 없어. 흉터는 없어."

헐떡임 같기도 하고 한숨 같기도 한 소리가 들린다.

"네가 같이 살고 있는 사람, 누군지 모르지만 벤은 아니야."

머리가 핑 돈다. 공포가 밀려든다. 변기 물 내리는 소리가 들린다. 하지만 계속 읽는 수밖에 없다.

나는 그때 무슨 일이 일어났는지 모른다. 기억을 주워 모을 수 없다. 클레어가 거의 외치다시피 말하기 시작했다.

"염병할!"

클레어가 몇 번이고 이 말을 되풀이했지만 내 귀에는 제대로 들어오지 않았다. 내 머리는 공포 때문에 빙빙 돌고 있었다. 현관문이 탁 닫히는 소리, 자물쇠가 찰칵하는 소리가 들렸다. 어떻게 해야 하나? 나는 남편이라고 생각했던 사람한테 소리쳤다.

"나 욕실에 있어요." 날카롭고도 절박한 목소리였다. "곧 내려갈 거예요."

"곧 갈게." 클레어가 말했다. "널 구해줄게."

"아무 일 없지, 여보?" 벤이 아닌 그 사람이 소리쳤다.

계단을 올라오는 발걸음 소리가 들렸다. 나는 욕실 문을 잠그지 않았다는 것을 깨달았다. 나는 목소리를 낮췄다.

"안 돼. 그가 여기 있어. 내일 와. 그가 근무 중일 때 와. 짐을 챙겨 놓고 전화할게."

"젠장. 알았어. 일기에 적어놔. 될 수 있는 대로 빨리 적어놔. 잊으면 안 돼."

나는 옷장 속에 숨겨놓은 일기를 생각했다. '조용히 있어야 해. 아무 일도 없는 것처럼. 내가 일기를 손에 넣고, 내가 처한 위험을 쓸 수 있을 때까지.'

"도와줘. 도와줘." 내가 말했다.

통화를 끝내자 그가 욕실 문을 열었다.

기록은 여기서 끝난다. 미칠 것만 같다. 나는 남은 페이지를 훑어본다. 그것으로 끝이다. 공란이다. 희미한 푸른 줄 20여 개가 그어져 있을 뿐이다. 남은 내 이야기를 기대하지만 그 이상은 없다. 벤이 일기를 찾아 그 페이지들을 없앴다. 클레어는 날 위해 오지 않았다. 닥터 내시가 일기를 모았을 때—화요일, 아마 화요일일 것이다—나는 뭐가 잘못된 것인지 하나도 알지 못했다.

나는 일기를 재빨리 훑고 나서 주방의 마커 보드를 보았을 때 당황했던 이유를 깨닫는다. 필체가 깔끔했다. 대문자조차 클레어가 준 그 편지의 휘갈겨 쓴 필체와는 완전히 달랐다. 내 마음 어딘가가 깊이 내려앉는다. 나는 비로소 같은 사람이 쓴 글씨가 아님을 알았다.

나는 고개를 든다. 벤, 아니 벤 행세를 하는 사람이 샤워를 마치고 나온다. 그는 이전과 같은 옷차림으로 내 앞에 서서 나를 바라본다. 나는 그가 얼마나 오래 거기 서서 내가 읽고 있는 것을 봤는지 모른다. 하지만 그의 눈에는 아무 표정이 없다. 내가 보고 있는 것에 관심이 없다는 듯이, 그것이 관심을 끌지 못한다는 듯이 멍한 눈이다.

나는 숨을 헐떡인다. 종이들이 떨어져 아무렇게나 바닥에 나뒹군다.

"당신! 누구야?"

그는 아무 말도 없다. 그는 내 앞의 종이들을 보고 있다.

"누구냐니까!"

내 목소리에는 내가 느끼지 못하는 권위가 묻어 있다. 그의 정체를 알아내느라 내 머리가 어질어질하다. 워링 하우스에서 온 사람일까? 환자일까? 도통 감이 잡히지 않는다. 딴생각이 생기다가 사라지면서 공포가 엄습하는 것을 느낀다.

그때 그가 나를 쳐다본다. "벤이야." 내가 확실히 알아듣게 하려는 듯이 그는 천천히 말한다. "당신 남편 벤이야."

나는 바닥을 따라 뒤로 물러나 그에게서 떨어진다. 나는 내가 읽은 것, 내가 알고 있는 것을 기억해내려고 애쓴다.

"아니야." 나는 더 큰 소리로 또 말한다. "아니야!"

그는 앞으로 다가온다. "크리시, 벤이야. 벤이라니까."

두려움이 엄습한다. 공포가 나를 들어 올려 잠시 붙들고 있더니, 다시 자신 속에 처넣는다. 클레어의 말이 다시 떠오른다. '그 사람은 벤이 아니야.' 그때 이상한 일이 일어난다. 클레어가 이런 말을 했다는 것을 읽은 기억은 나지 않고 사건 자체만 기억한다는 것을 나는 깨닫는다. 클레어가 뭐라고 말하기 전에 '젠장'하고 말할 때와 '그 사람 벤이 아니야'하고 재차 말할 때, 그 목소리에 묻은 공포만 기억난다.

나는 기억하고 있다.

"당신은 벤이 아니야. 벤이 아니라고 클레어가 말했어. 당신 누구야?"

"크리스틴, 거울 주위에 있는 사진들 기억나? 봐, 당신한테 보여주려고 사진을 가져왔어."

그는 한 걸음 다가오더니 아직도 침대에 놓여 있는 가방을 집어 든다. 그리고 구겨진 사진 몇 장을 꺼낸다.

"봐!" 그가 첫 번째 사진을 들이밀 때 나는 고개를 가로저으면서도 곁눈질로 얼핏 본다.

"우리 사진이야. 봐. 당신하고 나잖아."

우리 두 사람 사진이다. 우리는 강―운하일지도 모른다― 위 보트에 앉아 있다. 우리 뒤에는 우중충한 물이 있고, 물 뒤에는 갈대가 마구 우거져 있다. 두 사람 다 젊어 보인다. 피부는 탱탱하고 눈가에는 주름도 없다. 크게 뜬 눈에는 행복이 넘쳐흐른다.

"이게 안 보여? 봐! 여러 해 전의 당신하고 나야. 우리는 오랫동안 같이 살았어. 크리시, 여러 해 동안 같이 살았어."

나는 사진을 유심히 본다. 어떤 모습이 떠오른다. 우리 두 사람의 모습. 화창한 오후. 우리는 어딘가에서 보트를 빌렸다. 하지만 어딘지 기억나지 않는다.

그는 다른 사진을 집어 든다. 두 사람은 더욱 늙어 보인다. 찍은 지 얼마 안 되는 사진인 것 같다. 우리는 교회 밖에 서 있다. 흐린 날이다. 그는 정장 차림으로 또 다른 정장 차림의 사내와 악수를 하고 있다. 나는 구하기 힘든 것 같은 모자를 쓰고 있다. 바람에 날아갈세라 손으로 잡고 있다. 나는 카메라를 보고 있지 않다.

"지난주에 찍은 사진이야. 어떤 친구가 딸 결혼식에 우릴 초대했어. 기억나?"

"안 나요." 나는 화난 어조로 말한다. "기억 안 나요!"

"화창한 날이었어." 그는 사진을 되가져 가서 보며 말한다. "화창한 날…."

내가 애덤의 죽음과 관련된 신문 기사를 발견했다고 말했을 때 클레어가 내게 한 말을 일기에서 읽은 기억이 난다. '진짜일 리가 없어.'

"애덤 사진을 보여줘요. 어서요! 애덤 사진을 보여달란 말이에요."

"애덤은 죽었어. 군인의 고결한 죽음. 그는 영웅으로 죽었어…."

나는 소리 질렀다. "애덤의 사진을 아직도 갖고 있잖아요! 보여줘요!"

그는 애덤과 헬렌 사진을 꺼낸다. 본 적이 있는 사진이다. 안에서 분노가 치민다. "당신과 애덤 사진을 한 장 보여달란 말이에요. 딱 한 장만. 당신이 애덤의 아버지라면 분명히 그런 사진을 갖고 있겠지요?"

그는 잠자코 손에 든 사진들을 바라본다. 두 사람 사진을 꺼내는 걸까 했지만 기대와는 달리 그는 팔짱을 낀다.

"안 가지고 왔어. 분명 집에 있을 거야."

"애덤의 아버지가 아니죠? 아무리 사이가 안 좋더라도 아들과 찍은 사진이 없는 아비가 어디 있어요?"

그는 화난 듯이 눈을 치켜뜬다. 하지만 나는 계속 퍼붓는다.

"아들이 죽지 않았는데도 죽었다고 아내한테 말하는 아비가 어디 있어요? 안 그래요? 당신은 애덤의 아버지가 아니에요! 벤이 애덤의 아버지예요."

벤이라는 이름을 말할 때 어떤 모습이 떠올랐다. 검은 머리카락에 가느다란 검은 테 안경을 쓴 남자였다. '벤.' 나는 또 그의 이름을 말한다. 마치 그 모습을 마음속에 붙들어두려는 듯이.

"벤."

벤이라는 이름이 내 앞에 서 있는 사내한테 영향을 미친다. 그가 뭐라고 말하지만 소리가 너무 작아 거의 알아들을 수 없다. 그래서 나는 다시 말하라고 한다.

"당신한텐 애덤이 필요 없어."

"뭐라고요?"

그는 내 눈을 빤히 쳐다보면서 더욱 단호한 어조로 말한다.

"당신한텐 애덤이 필요 없어. 이제 내가 있잖아. 우린 함께 있어. 당신한텐 애덤이 필요 없어. 벤도 필요 없고."

이 말을 듣자 온몸의 힘이 빠져나가는 것 같다. 하지만 그는 회복한 것처럼 보인다. 나는 바닥으로 가라앉는다. 그가 웃는다.

"당황할 것 없어." 그는 쾌활한 어조로 말한다. "그게 뭐가 중요해? 난 당신을 사랑해. 중요한 건 바로 이거야. 안 그래? 난 당신을 사랑하고, 당신은 날 사랑해."

그는 웅크리고 앉아 두 손을 내게 내민다. 그러고는 웃으며 잽싸게 고개를 끄덕인다. 마치 구덩이에 빠진 짐승을 끄내려는 것처럼.

"이리 와. 나한테 와."

나는 엉덩이걸음으로 뒤로 물러났다. 그러다가 무엇인가 단단한 것에 부딪혔다. 따뜻한 방열기 같았다. 나는 한쪽 끝 창문 밑에 있다는 것을 알았다. 그는 천천히 내게 다가온다.

"당신 누구야?" 나는 애써 침착한 어조로 또 말한다. "원하는 게 뭐야?"

그는 멈칫하더니 내 앞에 웅크리고 앉는다. 손을 뻗어 내 발과 무릎을 잡으려는 모양이다. 그가 더 가까이 오면 발로 차버릴 생각이었다. 발이 닿을지 확실치 않았지만 맨발이라도 그렇게 할 생각이었다.

"뭘 원하냐고? 딱히 원하는 건 없어. 크리시, 난 우리가 행복하기를 원해. 이전처럼. 기억나?"

또 그 놈의 기억나냐는 말이다. 한순간 나는 그가 빈정대고 있다고 생각한다.

"난 당신이 누군지 몰라." 나는 거의 히스테릭한 어조로 말한다. "그러니 기억날 리가 없지. 난 당신을 만난 적 없어!"

그때 그의 미소가 사라진다. 그의 얼굴이 고통으로 일그러진다. 한순간 팽팽한 긴장이 감돈다. 힘의 저울추가 그에게서 나에게로 이동해 극히 짧은 동안이나마 우리 둘 사이에 힘의 균형이 이루어진 것 같다.

그는 다시 활기를 띤다. "당신이 날 사랑한다는 걸 알고 있어. 당신 일기에서 읽었어. 당신은 날 사랑한다고 했어. 당신이 나랑 살기를 원한다는 걸 알고 있어. 왜 그걸 기억 못 하지?"

"내 일기라고!"

그는 내 일기에 대해 알고 있는 게 틀림없다. 어떻게 중요한 페이지들을 없앴을까? 나는 그가 일기를 죽 읽어왔다는 사실을 깨달았다. 적어도 일주일 전에 나는 그에게 일기 얘기를 해줬다.

"얼마나 오랫동안 일기를 읽은 거지?"

그는 내 말을 듣고 있지 않는 것처럼 의기양양하게 목소리를 높여 말한다. "날 사랑하지 않는다고 말해봐."

나는 아무 말도 하지 않는다.

"거봐? 그런 말 못 하지? 날 사랑하지 않는다는 말 못 하지. 날 사랑하니까 그렇지. 당신은 기억하지 못하지만 날 사랑하고 있어. 크리시, 당신은 언제나 날 사랑했어. 늘 사랑했어."

그는 엉덩이걸음으로 조금 뒤로 물러난다. 우리 두 사람은 서로 마주 보며 바닥에 앉아 있다.

"난 우리가 처음 만난 때를 기억해."

그가 말한다. 그가 대학 도서관에서 커피를 엎질렀을 때 한 말이 생각났다.

"당신은 무슨 일을 하고 있었어. 매일 똑같은 카페에 들러 늘 창가 자리에 앉곤 했어. 아이를 데리고 올 때도 있었지만 대개는 데리고 오지 않았어. 공책을 펴놓고 뭘 쓰거나 창밖을 멍하니 내다보곤 했지. 난 당신이 참 예쁘다고 생각했어. 난 매일 당신 앞을 지나쳐서 버스를 타러 갔어. 그러다가 당신을 보기 위해 아예 걸어서 귀가하기로 했어. 난 당신이 무슨 옷을 입고 있는지, 머리를 뒤로 묶었는지 그냥 생머리인지, 스낵을 먹는지 케이크나 샌드위치를 먹는지 상상해보곤 했어. 당신은 브라우니를 앞에 두고 있었을 때도 있었고 달랑 빵 한 조각을 앞에 두고 있었을 때도 있었고, 그냥 차만 앞에 두고 있었을 때도 있었지."

그러고는 웃더니 머리를 슬프게 흔든다. 나는 클레어가 그 카페 이야기를 해준 것이 기억난다. 그가 거짓말하고 있지 않다는 것을 안다.

"난 매일 똑같은 시간에 당신 앞을 지나가곤 했어. 아무리 애써도 당신이 언제 스낵을 먹기로 결정하는지 알아낼 도리가 없었어. 처음에는 요일과 관련이 있나 보다 하고 생각했지. 하지만 그런 것 같지는 않았어. 그래서 날짜와 관련이 있나 보다 하고 생각했어. 하지만 그것도 아닌 것 같았어. 언제 스낵을 주문하는지 정말 궁금했어. 어쩌면 카페에 오는 시간과 관련 있을지도 모른다고 생각하고 일을 좀 일찍 마치고 당신이 카페에 오는 것을 보기 위해 뛰어가기 시작했어. 그런데 어느 날 당신이 없었어. 나는 당신이 올 때까지 기다렸어. 얼마 후 당신은 유모차를 밀면서 왔어. 카페 입구에 이르러 유모차를 밀어 넣느라고 낑낑대는 것 같았어. 당신이 곤경에 처한 것 같았어. 그래서 난 얼른 가서 문을 잡아줬지. 당신은 나를 보고 웃으며 '고마워요'라고 말했어. 그 자리에서 바로 키스하고 싶을 만큼 당신은 무척 아름다워 보였어, 크리시. 하지만 그렇게 하지 못했어. 당신을 도와주려고 일부러 길을 건너왔다고 생각하기를 원치 않았기 때문이었어. 그래서 나도 카페에 들어가 당신 뒤에 줄을 섰어. 줄 서 있는 동안 당신이 말을 걸었어. '바쁘지 않으세요?'라고 말이야. 나는 그 시간에 그다지 바쁘지 않았지만 '좀 바쁩니다'라고 말했어. 나는 오로지 대화를 계속 나누고 싶은 마음에 차를 시키고 당신이 주문한 것과 똑같은 케이크를 주문했어. 자리를 같이 해도 될까 하고 물어보려고 잠시 생각했지만 내 커피가 나왔을 때 당신은 카페 종업원이라고 생각되는 사람과 얘기하고 있었어. 그래서 할 수 없이 구석 자리에 앉았어."

그는 말을 계속 이었다.

"그 후로 난 거의 매일 카페에 들렀어. 당신이 한 번 한 일을 따라 하기는 쉬웠어. 어떤 때는 내가 먼저 가 있겠구나 하고 생각한 적도 있고, 어떤 때는 당신이 먼저 와 있겠구나 하고 생각한 적도 있어. 아무튼 어떤 경우든 카페에 갔어. 당신은 날 알아보았어. 나도 그걸 알았고. 당신은 인사를 하거나 날씨 얘기를 건네기 시작했어. 한번은 내가 좀 늦게 도착하자 당신은 '오늘은 좀 늦었군요!'라고 말했어. 내가 차와 머핀을 들고 걸어 지나가자 당신은 빈 테이블이 없는 것을 보고 당신 테이블 맞은편 자리를 가리키며 '여기 앉으시죠?'라고 말했어. 그날은 아기가 없기에 '앉아도 되겠습니까?'라고 말했어. 그러고는 아차 잘못 말했구나 하고 생각했어. 사실은 당신이 괜찮다고 할까 봐 걱정했어. 다시 생각해보니 당신을 방해할 것 같다는 생각이 들었으니까. 당신은 '괜찮아요. 솔직히 말해서 일이 잘 안 풀려요. 오히려 기분 전환이 될 것 같은데요'라고 말했어. 그래서 내가 혼자 앉아서 말없이 차를 마시고 케이크를 먹는 것보다 당신한테 말을 걸어주기를 바라고 있다는 것을 알게 됐어. 기억나?"

나는 고개를 가로저었다. 그가 말하도록 내버려두기로 하면서. 그가 하려는 말을 죄다 알아내고 싶었으니까.

"그래서 나는 앉았고, 우린 얘기를 주고받았어. 당신은 작가라고 했어. 소설 한 권을 출간했고 두 번째 소설을 쓰느라 고군분투하고 있다고 했어. 무슨 소설이냐고 물었지만 당신은 말해주지 않으려고 했어. '소설이에요'라고만 했어. 그러고는 '아마도'라고 덧붙였어. 문득 당신 표정이 몹시 슬퍼 보여서 내가 커피 한 잔을 사겠다고 했어. 당신은 좋다고 했어. 당신은 내게 커피 한 잔을 사줄 돈도 가지고 있지 않았어. '여기 올 땐 지갑을 가지고 오지 않아요'라고 말했어. '커피 한 잔과 스낵 하나 시킬 돈만 가지고 와요. 그래야 많이 먹지 않게 되거든요'라고 말했어. 나는 참 이상하다고 생각했어. 얼마나 많이 먹는지에 대해 전혀 걱정하지 않아도 되는 사람처럼 보였으니까. 당신은 언제나 날씬했어. 아무튼 나는 기뻤어. 그건 당신이 나와 얘기하고 싶어 한다는 뜻이었고, 당신이 내게 커피 한 잔을 빚지고 있어서 또다시 만나야 했으니까. 나는 나한테 돈을 갚는다거나 커피 한 잔을 사는 것은 중요하지 않다고 말했어. 그러고는 커피를 한 잔 더 시켰어. 그 후로 우린 정기적으로 만나기 시작했어."

나는 그의 말을 모두 알아차리기 시작한다. 비록 기억은 못 하지만 이런 일들이 어떻게 생긴 것인지는 안다. 우연한 만남, 커피 한 잔, 낯선 사람, 금방 가타부타 판단하거나 편들 수 없는 사람한테 말을 거는 것, 점차 신뢰하게 되는 것. 그다음은 뭐더라?

물론 그의 말은 사실이다. 나는 우리 두 사람 사진을 봤다. 몇 년 전에 찍은 사진도 있고, 최근에 찍은 사진도 있다. 분명히 우리 두 사람은 행복하다. 어떤 때는 앉아서 글을 쓰다가도 카페에 갈 때 무슨 옷을 입을까, 향수를 뿌릴까 곰곰이 생각하면서 문을 유심히 바라보기도 한 게 틀림없었다. 그러다가 어느 날 누가 먼저 산책이나 하자, 술 한잔하자, 영화 보러 가자고 말을 꺼냈을 게 뻔하고, 그러다가 우정이 선을 넘어 위태로운 관계로 발전했을 게 뻔하다.

나는 눈을 감고 그 모습을 그려보기 시작한다. 거듭 그렇게 하자 기억이 나기 시작한다. 우리 두 사람은 알몸으로 침대에 누워 있다. 배에 묻은 정액과 머리카락에 묻은 정액이 말라간다. 내가 몸을 돌리자 그는 웃으며 또 키스를 한다. "마이크! 그만해! 난 곧 가야 해. 오늘은 벤이 늦게 와서 애덤을 데리러 가야 해. 그만하라니깐!" 하지만 그는 막무가내로 콧수염 난 얼굴을 내 얼굴에 비빈다. 우리는 모든 것을 잊고 또 키스를 한다. 내 남편도, 내 아이도 잊은 채.

그 일에 대한 기억이 나는 것을 깨닫고 구역질이 났다. 그날, 나는 남편과 함께 살았던 집의 부엌에 있었다. 나는 내 남편이 아닌 내 애인을 생각하고 있었다. 남편이 일 나갔을 때 나와 섹스를 나눈 사내였다. 그게 바로 그가 그날 떠났어야 했던 이유였다. 기차를 놓치지 않기 위해서가 아니라, 나와 결혼한 남자가 돌아오기 때문에.

나는 눈을 뜬다. 나는 호텔 방에 있고, 그는 여전히 내 앞에 웅크리고 있다.

"마이크. 당신 이름은 마이크야."

"용케 기억해냈군!" 그는 만족해한다. "크리시! 기억해냈어!"

내 마음속에서 증오가 끓어오른다. "당신 이름이 기억났어. 다른 건 기억 안 나고 이름만 기억나."

"우리가 얼마나 사랑했는지 기억 안 나?"

"안 나. 당신을 사랑한 적이 있다고 생각하지 않는데 더 이상 뭐가 기억나겠어?"

나는 그를 괴롭히려고 그렇게 말한다. 하지만 그의 반응은 나를 놀라게 한다.

"하지만 당신은 벤을 기억하지 못해. 그렇지? 벤을 사랑했을 리가 없어. 애덤도 마찬가지고."

"꼴도 보기 싫어. 어떻게 그런 말을 해? 물론 난 그를 사랑했어! 그는 내 아들이었어!"

"아들이지. 당신 아들이야. 하지만 지금 그가 걸어 들어와도 알아보지 못하잖아? 그게 사랑이라고 생각해? 애덤은 어디 있어? 벤은 어디 있고? 그들은 당신 곁을 떠났어, 크리스틴. 둘 다 말이야. 변함없이 당신을 사랑한 사람은 나뿐이야. 당신이 날 버려도 난 당신을 사랑할 거야."

바로 그때, 그가 어떻게 이 방에 대해서 알고 내 과거에 대해서 그렇게 많이 알까 하는 생각이 문득 들었다.

"맙소사. 그건 네놈이었어. 바로 네놈이었어!"

"뭐가 나란 말이야? 크리시, 여보. 뭐가 나란 말이야?"

"여보라고 하지 마. 미친놈, 죽일 놈! 나를 이 꼴로 만든 건 네놈이었어! 나를 폭행한 건 바로 네놈이었어!"

그는 내게 다가와 나를 껴안으려는 듯이 팔로 감싸고는 머리카락을 쓰다듬기 시작한다.

나는 그를 밀쳐내려고 해보지만 끄덕도 않는다. 그는 나를 더 세게 껴안는다.

"놔! 놓으라니깐!" 내 말은 그의 셔츠 주름에 파묻힌다.

"자기야." 그는 아기 달래듯이 나를 흔들기 시작한다. "내 사랑. 내 애인. 자기야. 당신은 날 버리는 게 아니야. 그것도 몰라? 당신이 날 버리지 않으면 이런 일은 일어나지 않을 거야."

기억이 다시 떠오른다.

우리는 차 안에 앉아 있다. 나는 울고 있고, 그는 말없이 창밖을 내다보고 있다.

"뭐라고 말해봐요. 무슨 말이든지 해봐요, 마이크?"

"이제 그만하지."

"미안해요. 난 벤을 사랑해요. 우리한텐 문제가 있어요. 난 벤을 사랑해요. 내가 함께하고 싶은 사람은 벤이에요. 미안해요."

나는 그가 이해하도록 사태를 단순화하고 있다는 것을 깨닫는다. 마이크와 지낸 몇 달 동안 나는 이런 식으로 문제를 푸는 게 더 낫다는 것을 깨달았다. 그는 복잡한 것을 싫어한다. 나도 미주알고주알 따지고 싶지는 않다.

"그건 다 내가 당신 집에 왔기 때문이 아닌가? 미안해, 크리시. 다시는 안 그럴게. 그저 당신이 보고 싶었을 뿐이야. 나는 당신 남편한테…."

나는 그의 말을 자른다. "벤이에요. 남편 이름을 불러도 좋아요. 그는 벤이에요."

"벤이라." 그는 마치 이 말을 처음 입에 담는 것처럼 말한다. 마음에 들지 않는 이름인 것처럼 말한다. "나는 벤한테 사정을 설명해주고 싶어. 그에게 진실을 말해주고 싶어."

"무슨 진실 말이에요?"

"당신이 이젠 벤을 사랑하지 않는다는 것. 이제 당신은 나를 사랑한다는 것. 당신이 나와 함께 있고 싶어 한다는 것. 내가 말하고 싶은 것은 이 말뿐이야."

나는 한숨을 쉰다. "그렇지 않아요. 설령 그렇다고 하더라도 그에게 그런 말을 해야 할 사람은 당신이 아니란 걸 몰라요? 당신은 우리 집에 나타날 권리가 없어요."

나는 이렇게 말하면서 도망칠 구멍을 생각한다. 벤은 샤워를 하고 있고 애덤은 주방에서 놀고 있다. 나는 벤이나 애덤이 당신이 온 걸 눈치채기 전에 돌아가야 한다고 설득할 수 있었다. 내가 최종적으로 관계를 끝내리라고 마음먹은 것은 그날 밤이었다.

"난 이제 가야 해요." 나는 차 문을 열고 자갈길에 발을 내디디며 말한다. "미안해요."

그는 몸을 내밀고 나를 쳐다본다. 나는 그가 여전히 매력적인 사람이라고 생각한다. 그가 어린 시절에 상처를 덜 입었더라면 내 결혼 생활에 진짜 문제가 생겼을지도 모른다고 생각한다.

"또 만날 수 있겠지?"

"안 돼. 다시는 안 돼요."

나는 그것으로 끝났다고 생각했다. 하지만 여러 해가 지난 지금 우리는 여기에 있다. 그는 다시 나를 껴안고 있다. 내가 그를 얼마나 무서워하는지 비로소 깨닫는다. 나는 비명을 막 질러댄다.

"여보. 진정해." 그는 손을 내 입에 댄다. 나는 더 크게 소리 지른다. "진정하라니깐! 누가 들을라!"

내 머리가 뒤로 젖혀져 방열기에 꽝 부딪힌다.

옆방의 클럽에서 들리는 소리에는 변화가 없다. 만약 지금보다 작아진다면…. '그럴 리가 없지.' 나는 생각한다. '내 소리가 들릴 리가 없어.' 나는 다시 소리 지른다.

"그만해!"

나는 그가 나를 때렸거나 흔들었다고 생각한다. 나는 공포에 사로잡히기 시작한다.

"그만해!"

내 머리는 다시 따뜻한 금속에 부딪힌다. 나는 멍해져 아무 말도 못한다. 나는 흐느끼기 시작한다.

"놔줘." 나는 애원조로 말한다. "제발…."

그는 좀 느슨하게 나를 잡고 있지만 내가 몸부림치기에는 역부족이다.

"어떻게 날 찾았어? 이때까지 한 짓으로 충분하지 않았어? 어떻게 날 찾은 거야?"

"널 찾아?" 그가 말했다. "난 널 잃은 적이 없어."

이해할 수 없는 상황에 내 마음은 소용돌이쳤다.

"난 널 살펴봤어. 항상. 널 지켜줬어."

"날 보러 왔다고? 병원으로? 워링 하우스로? 하지만…."

그는 한숨을 쉬었다. "항상은 아냐. 그들은 날 들여보내주려고 하지 않았어. 하지만 누군가를 면회 왔다고 둘러대거나 자원봉사자인 것처럼 꾸며댔지. 당신을 보려고, 당신이 괜찮다는 것을 확인하려고 말이야. 마지막으로 있었던 곳은 들어가기가 좀 쉬웠어. 그곳엔 창문이…."

나는 얼어붙었다. "날 살펴봤어?"

"난 당신이 잘 있는지 알아야 했어. 당신을 지켜야 했어."

"그들이 내가 당신과 살게 내버려뒀단 말이야?" 말도 안 되는 소리였다. "그들은 내가 낯선 사람과 살게 내버려두지 않았을 거야!"

그는 아무 말이 없다. 이놈이 나를 데리고 가려고 그들에게 거짓말을 한 게 뻔해. 문득 닥터 내시가 워링 하우스의 여직원에 대해 말한 것을 읽은 기억이 난다. '내가 집에 돌아가서 벤과 함께 사는 것을 알고 그녀는 매우 행복해했어.' 이미지가 형성된다. 기억이 난다. 마이크에게 들려 확인서에 서명하고 있는 내 손. 책상 뒤의 여자는 나를 향해 웃었다. "당신을 그리워할 거예요, 크리스틴. 하지만 당신은 집에서 행복하게 살겠죠." 그녀는 마이크를 바라보았다. "남편과 함께."

나는 그녀의 눈을 따라갔다. 나는 누구의 손을 잡고 있는 건지 알지 못했다. 하지만 그가 나와 결혼한 사람이라는 것을 알았다. 그 사람이 틀림없다. 그는 자기가 내 남편이라고 했다.

"이런 죽일 놈! 벤 행세를 얼마나 오래 해온 거야?"

그는 화들짝 놀란 표정을 짓는다. "벤 행세를 하다니?"

"맞아. 벤 행세를 하고 있어. 내 남편 행세를 하고 있단 말이야."

그는 곤혹스러운 표정을 짓는다. 자기가 벤이 아니라는 걸 잊어버린 걸까? 그는 고개를 떨어뜨린다. 당황해 하는 것 같다.

"내가 그러고 싶어서 그런 줄 알아? 어쩔 수 없었어. 달리 방법이 없었어."

그의 팔이 조금 느슨해진다. 이상한 일이 일어난다. 머리가 빙빙 돌지 않는다. 나는 두려움에 사로잡혀 있음에도 이상하게도 한순간 더할 나위 없이 평온한 감정을 느낀다. 그 평온함은 의식 밑 어딘가에 있는 감정 같다. 나는 공포가 이 상황에서 나를 구해내지 못하리라는 것을 깨달았다. 어떤 생각이 떠오른다. '이놈을 때려눕히고 달아나야 해. 그래야만 해.'

"마이크. 난 이해해. 그건 분명 어려웠을 거야."

그는 나를 쳐다본다. "이해한다고?"

"물론. 이해해. 나를 위해 와준 걸 고맙게 생각해. 나한테 집을 마련해 주려고, 나를 돌봐주려고 와준 걸 고맙게 생각해."

"정말이야?"

"그럼. 정말이야. 그렇지 않았으면 내가 어디 있었을지 생각해봐. 난 그걸 견딜 수 없었어."

나는 그의 마음이 누그러진 것을 느낀다. 내 팔과 어깨에 가해진 힘이 약해져 쓰다듬는다는 미묘하고도 분명한 감각으로 바뀐다. 나는 쓰다듬는 것이 더 불쾌하게 느껴지지만 내가 달아나기에 더 좋다는 것을 안다. 지금으로서는 달아날 생각밖에 없으니까. 갑자기 모든 것이 분명해진다. 이제 다 이해할 것 같다. 그가 욕실에 있는 동안 바닥에 앉아서 그가 내 일기에서 떼어낸 부분을 읽었던 것은 정말 어리석은 짓이었어. 일기를 가지고 달아났어야 하는 건데…. 일기 끝 대목을 읽고 나서야 내가 얼마나 큰 위험에 처해 있는지 알았다는 기억이 난다. 아까 들은 나지막한 목소리가 또 들려온다. '난 달아날 거야. 내게는 만난 기억이 없는 아들이 있어. 난 달아날 거야.' 나는 고개를 돌려 그를 바라보며 내 어깨에 얹힌 그의 손등을 쓰다듬기 시작한다.

"이거 놓고 앞으로 어떻게 할 건지 얘기 좀 하는 게 어때?"

"클레어는 어떻게 할 건데? 클레어는 내가 벤이 아니라는 걸 알고 있어. 당신이 말해버렸어."

"그런 건 기억하고 있지 않을 거야." 나는 절박한 심정으로 말한다. 그는 웃는다. 공허하고 질식할 듯한 웃음이다.

"날 바보 취급하지 마. 당신은 늘 나를 바보로 여겼어. 난 바보가 아냐. 알았어? 난 무슨 일이 일어날지 알고 있어! 당신은 클레어에게 말해버렸어. 당신이 모든 걸 망쳐놓았어!"

"아니야." 나는 재빨리 말한다. "아냐. 클레어한테 전화해서 내가 헷갈렸다고 말할 수 있어. 당신이 누군지 잊어버렸다고 말할 수 있어. 당신이 벤이라고, 내가 잘못 알고 있었다고 말할 수 있어."

나는 그가 속아 넘어갈 거라고 거의 믿고 있다. 하지만 그는 이렇게 말한다. "클레어는 당신 말을 믿지 않을 거야."

"믿을 거야." 나는 클레어가 믿지 않으리라는 것을 알면서도, 이렇게 말한다. "장담해."

그는 한숨을 쉰다. "왜 클레어한테 전화했어?" 그의 얼굴에 분노의 먹구름이 낀다. 그의 손이 나를 더 세게 움켜잡기 시작한다. "왜? 왜 그랬어? 크리시. 그때까지만 해도 우린 아무 문제 없었어. 만사가 순조로웠어."

그는 다시 나를 흔들기 시작한다. 내 머리가 앞뒤로 흔들리다가 내 뒤의 벽에 쿵 부딪힌다.

"왜?" 그가 소리친다. "왜 그랬어?"

"벤. 당신은 나를 해치고 있어."

그가 나를 때린다. 손으로 내 얼굴 때리는 소리가 들린다. 아픔이 느껴진다. 내 머리는 빙빙 돌려지다가 내 뒤의 벽에 쾅 부딪힌다. 아래턱에 금이 간 듯 몹시 아프다.

"다신 날 그 이름으로 부르지 마."

"마이크." 나는 잽싸게 말한다. 마치 실수를 덮으려는 듯이. 하지만 이미 늦었다. "마이크⋯."

그는 들은 척도 않는다.

"벤 행세하기도 지겨워. 이제부턴 마이크라고 불러. 알았지? 마이크야. 우리가 여기 온 이유는 모든 걸 정리하기 위해서야. 넌 네 일기에 이곳에서 무슨 일이 일어났는지 기억할 수 있다면 지난 기억을 다시 되찾을 수 있을 거라고 적었어. 우린 지금 여기에 있어. 내가 다 기억나게 해줄게. 크리스, 그러니까 기억해봐!"

나는 믿을 수가 없었다. "내가 기억하기를 원해?"

"그래! 물론이지! 당신을 사랑해, 크리스틴. 당신이 나를 얼마나 사랑하는지 기억하길 바라. 우리가 다시 함께하기를 원해. 우리가 늘 그랬던 것처럼 말이야." 그는 말을 멈췄다. 그는 목소리를 죽여 속삭이듯 말했다. "더 이상 벤 행세는 하지 않겠어."

"하지만…."

그는 뒤돌아 나를 봤다. "내일 집으로 돌아가면 날 마이크라고 불러."

그는 또 나를 흔든다. 그의 얼굴이 바로 내 코앞에 있다.

"알았어?"

그의 숨결에서 시큼한 냄새도 나고 또 다른 냄새도 난다. 그가 술을 마신 게 아닐까?

"우리 사이는 좋아질 거야. 안 그래? 크리시. 우린 관계를 계속 유지할 거야."

"계속 유지한다고?"

나는 그것을 견딜 수 없다. 머리가 빠개질 듯하고 코에서 뭐가 흘러나온다. 피라고 생각하지만 확실하지 않다. 평온함이 사라진다. 나는 목소리를 높여 마구 소리 지른다.

"내가 집으로 돌아가기를 원한다고? 관계를 계속 유지한다고? 완전히 돌았어?"

그는 손으로 내 입을 막는다. 나는 한쪽 팔이 자유로워졌다는 것을 깨닫는다. 나는 그의 뺨을 때리고 나서 힘껏 꼬집는다. 하지만 힘이 약하다. 그는 화들짝 놀라며 물러선다. 그 바람에 다른 팔도 자유로워진다.

나는 비틀거리면서 간신히 일어선다.

"망할 년!"

나는 발을 내디뎌 그를 지나 문 쪽으로 간다.

간신히 세 걸음을 옮겼는데 그가 내 발목을 잡는다. 나는 넘어진다. 탑처럼 무너져 내리다가 화장대 밑의 의자 모서리에 머리를 부딪힌다.

다행히 패드가 덧대어진 의자였다. 하지만 의자에 부딪히는 바람에 바닥에 넘어질 때 몸이 몹시 뒤틀린다. 등과 목에 통증이 느껴진다. 한순간 나는 둘 중 하나, 아니면 둘 다 부러졌다고 생각한다. 나는 문 쪽으로 기어가기 시작한다. 그러나 그가 아직도 내 발목을 잡고 있다. 그는 나를 확 끌어당긴다. 그의 체중이 내 몸에 실린다. 그의 입술이 내 귀에 닿을 듯 말 듯하다.

"마이크." 나는 흐느낀다. "마이크⋯."

내 앞에는 애덤과 헬런의 사진이 놓여 있다. 그는 사진을 바닥에 떨어뜨렸었다. 나는 그가 어떻게 사진을 입수했을까 생각했다. 나는 금방 알아챘다. 내가 워링 하우스에 있을 때 애덤이 내게 사진을 보냈고, 마이크가 그걸 가져갔다. 나에게 온 다른 모든 사진들도 함께.

"멍청한 년."

그는 내 귀에다 대고 말한다. 한 손은 내 목을 쥐고 있고 다른 한 손은 내 머리카락을 움켜쥐고 있다. 그는 내 머리를 뒤로 밀치고 목을 세게 비튼다.

"왜 그 따위 짓을 했어?"

"미안해."

나는 흐느낀다. 꼼짝할 수가 없다. 한 손은 몸 밑에 깔려 있고 다른 한 손은 내 허리와 그의 다리 사이에 끼워져 있다.

"어딜 가려고?"

그는 고함을 지른다. 짐승이다. 증오 같은 것이 그의 몸에서 뿜어져 나온다.

"미안해."

나는 또 이렇게 말한다. 내가 할 수 있는 말이라곤 이 말뿐이기 때문이다.

"미안해."

이 말이 언제나 먹혀들던 때, 내가 처한 곤경에서 빠져나오게 하는데 충분했던 때가 기억난다.

"그놈의 미안하다는 말 집어치워."

내 머리가 뒤로 젖혔다가 앞으로 꽝 처박힌다. 이마와 코와 입이 모두 바닥에 부딪힌다. 우두둑 소리가 나고 텁텁한 담배 냄새가 난다. 나는 울음을 터뜨린다. 입에 피가 고여 있다. 나는 혀를 깨물었다.

"어딜 달아나려고? 운전도 못 하면서. 넌 아는 사람이 없어. 자기가 누구인지도 모르고. 갈 데도 없어. 불쌍한 년."

나는 울기 시작한다. 그의 말이 맞기 때문이다. 나는 불쌍한 년이다. 클레어는 오지 않았고, 이제는 내가 어디 있는지조차 모른다. 나 혼자뿐이다. 나에게 몹쓸 짓을 하는 사내에게 전적으로 몸을 맡기고 있다. 내일 아침이면, 만약 살아남는다면 이것조차 잊어버릴 것이다.

'살아남는다면.' 이 말이 내 안에 메아리친다. 나는 이 사내가 무슨 짓을 할지 모른다는 것, 이번에는 살아서 이 방을 빠져나갈 수 없을지도 모른다는 것을 비로소 알아차린다. 공포가 엄습한다. 문득 나지막한 목소리가 또 들린다. '여긴 네가 죽을 곳이 아니다. 이 사내 때문에 죽지는 않는다. 지금은 죽지 않는다. 아무튼 그렇게 되지는 않는다.'

나는 간신히 등을 활처럼 구부려 가까스로 팔을 빼낸 다음 몸을 앞으로 내밀면서 의자 다리를 잡는다. 왜 그러는지, 뭘 하려고 그러는지는 모른다. 무슨 짓이라도 하고 싶은데 내가 잡을 수 있는 것은 의자뿐이다. 의자는 무겁고 내 몸의 자세도 의자를 들기에는 부적절하다. 하지만 나는 힘겹게 몸을 비틀어 머리 위로 의자를 들어 올린다. 날 공격하는 놈의 머리가 있다고 생각되는 곳이다. 의자는 딱 소리와 함께 무엇인가를 때린다. 헐떡거리는 소리가 들리더니 내 머리카락을 쥔 손이 풀린다.

나는 주위를 살핀다. 그는 손을 이마에 얹은 채 뒤로 비틀거린다. 손가락 사이로 피가 흘러내리기 시작한다. 그는 멍한 눈으로 나를 올려다본다.

나중에 나는 그때 무슨 수를 써서라도 그를 한 번 더 때렸어야 하는데 하고 생각할 것이다. 의자로든, 맨손으로든, 또는 아무거나 닥치는 대로 들고 때렸어야 했다고 생각할 것이다. 나는 그를 옴짝달싹 못하게 했다고 확신했어야 했을 것이다. 그놈한테서 빠져나가 계단을 내려간 다음, 문을 열고 도와달라고 소리칠 수 있을 만큼 멀리 달아날 수 있다고 확신했어야 했을 것이다.

하지만 나는 그렇게 하지 않는다. 몸을 일으킨 후 내 앞 바닥에 널브러져 있는 그를 보며 한참 서 있다. 내가 무슨 짓을 하든지 그가 이겼다고 생각한다. 그는 늘 이길 거야. 나는 몸을 돌려 문으로 가기 시작한다.

무서운 고함과 함께 그는 나를 덮친다. 그의 온몸이 내 몸에 부딪힌다. 우리는 한 덩어리가 되어 화장대에 부딪혔다가 문 쪽으로 나가떨어진다.

"크리시! 크리시! 날 버리지 마!"

나는 손을 내뻗는다. 문을 열면 누군가 소리를 듣고 달려올까?

그는 내 허리에 매달린다. 머리가 둘인 기괴한 짐승처럼 우리는 한 덩어리가 되어 조금씩 앞으로 나아간다. 내가 그를 끄는 셈이다.

"크리시! 당신을 사랑해!"

그는 울부짖는다. 이 울부짖음과 그의 황당한 말에 나는 고무된다. 이제 문에 거의 다 왔다.

문득 여러 해 전 그날 밤이 기억난다. 나는 이 방, 바로 이 자리에 서 있었다. 나는 그때 그 문과 똑같은 문을 향해 손을 뻗고 있다. 나는 행복하다. 이상하게도 행복하다. 벽에는 내가 도착했을 때 방 군데군데 켜져 있던 오렌지빛 촛불이 어른거리고, 공기에는 침대 위 꽃다발의 장미가 풍긴 향긋한 냄새가 묻어 있다. '여보, 7시쯤 위층에 갈게.' 꽃다발에 꽂혀 있는 메모지에는 이렇게 적혀 있었다. 나는 벤이 아래층에서 무얼 할까 잠시 생각하다가 그가 오기 전 나 혼자 가진 몇 분을 즐긴다. 그것은 나에게 생각을 가다듬을 기회를 주었다. 하마터면 그를 잃을 뻔했다는 것, 마이크와 관계를 끝내는 게 얼마나 큰 위안인지, 벤과 내가 이견을 해소하고 새로운 길에 들어선 것이 얼마나 다행인지 생각할 기회를 주었다. 비록 잠깐 동안이지만 마이크와 지내고 싶다는 생각을 어떻게 하게 되었을까? 마이크는 결코 벤처럼 나를 대해주지 않을 것이었다. 벤은 나와 바닷가 호텔에서 황홀한 밤을 보냈고, 우리 집으로 꽃다발을 보냈다. 나를 얼마나 사랑하는지 보여주는 편지, 우리 사이에 최근에 문제가 있었음에도 그 사랑은 변하지 않을 것이라고 쓴 달콤한 편지를 보냈다. 또 그날 밤을 마음껏 즐기도록 아기 돌보는 사람을 준비해둘 테니 나는 호텔에 와서 체크인만 하면 된다며 그날 일을 마무리하는 대로 나와 합류하겠다고 한 편지를 보냈다. 마이크는 그렇게 하기에는 너무 내성적이라는 것을 나는 알았다. 마이크에게는 모든 것이 테스트였다. 사랑도 저울에 달았다. 받은 것과 준 것의 무게를 쟀다. 그 저울은 종종 그를 실망시켰다.

나는 문손잡이를 잡고 돌린 다음 잡아당긴다. 벤은 애덤을 부모님께 맡겼다. 우리는 아무 걱정 없이 둘이서 주말을 보냈다.

"여보."

나는 말을 하려고 하지만 말이 목구멍에 걸린다. 벤이 아니라 마이크가 서 있다. 그가 무얼 하려고 하는지—무슨 권리로 나를 꼬드겨서 이 방으로 데리고 왔는지—무엇을 얻으려고 하는지 물으려고 할 찰나에 그는 나를 밀치고 방에 들어온다. 나는 생각한다. '교활한 놈. 어떻게 감

히 남편 행세를 한다 말인가. 쥐꼬리만 한 자존심도 없어?'

나는 집에 있는 벤과 애덤을 생각했다. 벤은 지금 내가 어디 있는지 궁금해할 것이다. 아마 그는 곧 경찰에 연락할 것이다. 아무에게 얘기도 하지 않고 그 기차를 타고 여기 오다니. 어쩜 그리 바보 같을 수가 있지? 내가 좋아하는 향수가 뿌려져 있는 노트가 남편이 보낸 거라고 믿다니 어쩜 그리 바보 같을 수가 있지?

"나를 만나려고 했던 걸 알았으면, 나한테 와야 할 거 아냐?" 마이크가 묻는다.

나는 비웃는다. "물론 아니야! 모두 끝났어! 내가 전에 얘기했을 텐데."

나는 그의 손에 든 꽃과 샴페인 병을 보았다. 낭만과 유혹의 냄새를 풍기는 것들이었다.

"맙소사! 여기서도 나를 유혹할 수 있다고 생각해? 꽃과 샴페인을 주면 될 거라고 생각해? 내가 당신 팔에 안기고 모든 것이 예전처럼 돌아갈 거라고 생각해? 미쳤군. 마이크, 미쳤어. 난 가야 해. 남편과 아들한테 돌아가야 해."

나는 더는 기억하고 싶지 않다. 그가 나를 처음 때린 것은 그때가 틀림없다고 생각한다. 그 후에 무슨 일이 일어났는지, 어떻게 병원으로 보내졌는지 나는 모른다. 지금 나는 다시 이곳, 이 방에 있다. 우리는 제자리에 돌아왔다. 나로서는 그 사이의 날들을 모두 빼앗기고 내가 떠나지 않은 것처럼 보이기는 하지만.

나는 문에 이를 수 없다. 그는 몸을 벌떡 일으킨다. 나는 소리 지르기 시작한다.

"사람 살려! 사람 살려!"

"조용히 해!" 그는 말한다. "입 다물어!"

나는 더 크게 소리 지른다. 그는 나를 한 바퀴 빙 돌리더니 뒤로 밀친

다. 나는 쓰러진다. 천장과 그의 얼굴이 마치 커튼 떨어지듯이 내 앞에
미끄러져 내려온다. 내 머리가 무엇인가에 세게 부딪힌다. 나는 그가 나
를 욕실에 떠밀어 넣었음을 알아차린다. 내 머리가 비틀어진다. 타일 바
닥이랑 변기 바닥, 욕실 가장자리가 내게서 멀어져가는 것이 보인다. 바
닥에는 비누가 하나 있다. 끈적끈적하고 곤죽처럼 되어버린 비누다.

"마이크! 안 돼…"

그는 내 위로 몸을 구부리고 손으로 목을 조른다.

"닥쳐!" 그는 이 말을 되풀이한다. 내가 이제 말은 않고 울기만 하는
데도. 나는 숨을 헐떡인다. 내 눈과 입은 피와 눈물로 범벅이 되어 있다.
나는 이것밖에 모른다.

"마이크…"

나는 숨을 헐떡인다. 숨을 쉴 수 없다. 옛 기억이 밀려든다. 수년간 기
억나지 않은 것들이 갑자기 쇄도해 한꺼번에 나를 덮친다. 그가 내 머
리를 물속에 집어넣은 기억이 난다. 환자복 차림으로 하얀 침대에서 일
어난 것과 벤, 내가 결혼한 진짜 벤이 옆에 앉아 있는 것이 기억난다. 여
자 경찰관이 내가 대답할 수 없는 질문을 한 기억이 난다. 푸르스름한
파자마 차림의 사내가 병원 침대 가에 앉아서 웃으며 내가 마치 처음 보
는 것처럼 그에게 매일 인사를 한다고 말한 것이 기억난다. 금발머리에
이가 하나 빠진 어린아이가 나를 보고 엄마라고 부른 기억이 난다. 그
모습들이 차례로 떠올라 내 안에 넘쳐난다. 그 결과는 폭력의 하나다.
나는 그것을 지우려고 머리를 흔든다. 하지만 마이크는 나를 더 세게
움켜잡는다. 그의 머리가 내 머리 위에 있다. 내 목을 조르면서도 그는
눈 하나 깜빡하지 않는다. 이 방에서 똑같은 일을 당했다는 기억이 난
다. 나는 눈을 감는다.

"네년이 감히?"

지금 여기서 말하는 사람이 마이크인지, 내 기억 속에만 존재하는 마이크인지 알 수 없다. 그 아이는 우리의 새 출발이 될 터였다.

아이도, 나도 살아남지 못했다.

나는 의식을 잃은 게 틀림없었다. 정신을 차리고보니 의자에 앉아 있다. 손을 움직일 수 없고, 입안에 털 같은 것이 느껴진다. 나는 눈을 뜬다. 방이 침침하다. 펼쳐진 커튼을 통해 들어오는 달빛과 누르스름하게 반사된 가로등 불빛만 비친다. 마이크는 침대의 맞은편 가에 앉아 있다. 손에 무엇인가를 들고 있다.

말해보려고 하지만 말이 나오지 않는다. 나는 입안에 무엇인가 가득 차 있다는 것을 알아차린다. 양말이거나 그보다 더 고약한 것이겠지. 어쨌든 뭔지는 몰라도 입안에 꽉 끼어 있다. 나는 손목과 발목도 묶여 있다는 것을 알아차린다.

이게 결국 그가 원한 것이로구나. 말도 못 하게 하고 꼼짝도 못하게 하는 것. 나는 발악을 한다. 그는 내가 정신을 차렸다는 것을 알아채고는 고개를 든다. 얼굴은 고통과 슬픔으로 일그러져 있다. 그는 내 눈을 똑바로 바라본다. 나는 증오심밖에 일지 않는다.

"크리시, 깨어났구나."

그는 이렇게 말하고는 입을 다문다. 달리 말할 것이 있을까?

"이러고 싶지는 않았어. 이렇게 할 마음은 정말 없었어. 여기 오면 당신 기억을 되살리는 데 도움이 될지도 모른다고 생각했어. 무슨 기억이든지 말이야. 그러면 우리는 얘기할 수 있었을 거고 나는 여러 해 전에 이곳에서 무슨 일이 있었는지 당신한테 말해줄 수 있었을 거야. 크리시, 정말 이렇게 하고 싶지는 않았어. 나는 가끔 머리가 돌아버려. 나도 어쩔 수 없어. 미안해. 난 당신을 해치고 싶은 마음은 없었어. 내가 모든 걸 망쳤어."

그는 눈을 내리깔고 무릎을 본다. 울려고 하는 것일까, 계속 말하려는 것일까? 나는 알고 싶은 것이 너무 많다. 하지만 기진맥진해 있고 또 너무 늦어버렸다. 눈을 감으면 자신뿐만 아니라 모든 것을 잊을 수 있을 것만 같다.

오늘 밤은 자고 싶지 않다. 꼭 자야 한다면 내일은 눈을 뜨고 싶지 않다.

"당신이 아이를 가졌다고 말한 때였어." 그가 고개를 들지 않은 채 옷주름에다 대고 나직이 말하는 바람에 나는 바짝 긴장해서 들었다. "그때 난 어쩔 줄 몰랐어. 아이를 가지리라고는 생각도 못 했거든. 결코 한 적 없어. 모두들 말했어…."

마음을 바꾼 듯이 그는 말을 끊는다. 어떤 것은 얘기하지 않는 것이 더 낫다고 생각한 듯이.

"당신은 내 아이가 아닐지도 모른다고 했지만 나는 내 아이라는 걸 알았어. 당신이 나를 버리려고 한다는 생각, 내 아이를 가지고 가버릴 거라는 생각, 다시는 당신을 보지 못할지도 모른다는 생각을 떨칠 수 없었어, 크리시."

나는 그가 나한테서 무엇을 원하는지 모른다.

"내가 미안해하지 않을 거라고 생각해? 내가 한 짓에 대해서는 미안하게 생각해. 그것도 매일. 나는 당신이 갈피를 못 잡고 있고 불행하다는 것을 알아. 때때로 나는 저기 침대에 누워. 나는 당신이 일어나는 소리를 들어. 당신은 나를 봐. 나는 당신이 내가 누군지 모른다는 것을 알아. 그래서 실망감과 모욕감을 느끼기도 해. 그게 당신한테 상처를 준 거야. 당신에게 선택권이 있다면 이제 나와는 자려고 하지 않는다는 것을 알고 있어. 그러고 나서 당신은 침대를 빠져나와 욕실에 가. 나는 몇 분 후에 당신이 돌아오리라는 것과 당신이 갈피를 못 잡고 매우 불행하고 매우 고통스러워한다는 것을 알아."

그는 멈췄다가 다시 말한다.

"난 우리 관계가 이제 곧 끝날 거라는 걸 알고 있어. 난 당신 일기를 읽었어. 지금쯤 닥터 내시가 손을 쓰거나 곧 손쓸 거라는 걸 알고 있어. 클레어도 그럴 거고. 그들이 곧 나한테 올 거라는 것도 알고 있어." 그는 나를 바라본다. "그들은 당신을 나한테서 데리고 가려고 할 거야. 하지만 벤은 당신을 데리고 가기를 원치 않아. 난 아니야. 난 당신을 돌봐주고 싶어. 크리스, 당신이 나를 얼마나 사랑하는지 기억해봐. 그러면 나와 함께 있고 싶다고 그들에게 말할 수 있어."

그는 바닥에 흩어져 있는 일기의 끝 부분 몇 페이지를 가리킨다. "당신은 나를 용서해줬다고 그들에게 말할 수 있어. 그러면 우리는 함께 있을 수 있어."

나는 머리를 가로젓는다. 그가 내 기억이 살아나기를 원한다고 믿을 수 없어. 자기가 한 짓을 내가 알아주기를 원하고 있어.

그는 미소를 짓는다. "알다시피 난 당신이 그날 밤에 죽었더라면 더 좋았을 텐데 하고 가끔 생각하기도 해. 우리 두 사람한테 더 좋았을 거라고 말이야." 그는 창밖을 내다본다. "크리스, 당신이 원하면 당신과 같이 있고 싶어." 그는 다시 바닥을 내려다본다. "그건 어려운 일이 아니야. 당신이 먼저 가면 내가 뒤따라갈게. 당신은 날 믿잖아?"

그는 기대하는 눈빛으로 나를 본다. "그러고 싶지 않아? 어렵지 않은 일이야."

나는 머리를 흔든다. 무슨 말을 하려고 하지만 끝내 하지 못한다. 눈이 화끈거리고 숨도 제대로 쉴 수 없다.

"싫어?" 그는 실망한 표정으로 나를 본다. "그럴 리가 없어. 어쨌거나 살아 있는 건 죽는 것보다 나아. 그렇고말고. 어쩌면 당신 생각이 맞아."

나는 울기 시작한다. 그는 머리를 흔든다. "크리스, 잘될 거야. 당신도 알지? 이 일기가 문제야." 그는 내 일기를 집어 든다.

"당신이 일기를 쓰기 전에 우린 행복했어. 어쨌든 나름대로 행복했어. 그만하면 행복한 거 아냐? 이 일기부터 없애야 해. 그러고는 정신이 나갔었다고 그들에게 말하는 거야. 그러면 우린 이전 상태로 돌아갈 수 있어. 당분간만이라도 말이야."

그는 일어나서 화장대 밑의 금속 상자로 가더니 깔판을 꺼내 내팽개친다. "어렵지 않아."

그는 두 다리 사이의 바닥에 상자를 놓는다. "쉬워."

그는 내 일기를 상자에 넣고 나서 아직도 바닥에 흩어져 있는 일기의 끝 부분 몇 페이지를 주워 모아서 또 상자에 넣는다.

"우린 이놈의 일기를 없애야 해. 깡그리 그리고 영원히 없애야 해."

그는 주머니에서 성냥을 꺼내 불을 붙인 다음 상자에서 일기 한 장을 꺼낸다.

나는 겁에 질린 표정으로 그를 본다.

"안 돼!"

나는 말을 하려고 하지만 끙끙 소리밖에 나오지 않는다. 그는 나를 보지도 않고 일기 한 장에 불을 붙여 상자에 넣는다.

"안 돼!"

나는 다시 말하지만 이번에는 머릿속에서 맴돌 뿐이다. 나는 내 이야기가 불에 타서 재가 되고 내 기억들이 탄소로 바뀌는 것을 본다. '저 일기가 없으면 난 아무것도 아니야. 아무것도 아니야. 그가 이겼어.'

나는 다음에 무엇을 해야 할지 계획을 세우지 않는다. 그것은 본능적인 것이고 필요한 것이다. 피할 수 없는 것이다. 나는 몸을 상자 쪽으로 날린다. 두 손이 묶여 있어 충돌을 면할 수 없다. 쿵 소리와 함께 나는 상자에 부딪힌다. 팔에 통증이 느껴진다. 실신할 줄 알았지만 그렇지는 않다. 상자가 넘어져서 불타고 있는 종이가 바닥에 흩어진다.

마이크가 소리를 지르며—외마디 비명이다—무릎을 꿇는다. 그는 바닥을 탁탁 쳐서 불을 끄려고 한다. 나는 불붙은 종잇조각이 침대 밑에 들어가는 것을 보지만 마이크는 이것을 보지 못한다. 불꽃이 침대 커버 가장자리를 핥기 시작한다. 하지만 나는 손이 닿지도 않고 소리를 지르지도 못한다. 누운 채 침대 커버에 불이 붙는 것을 바라보기만 할 뿐이다. 연기가 나기 시작한다. 나는 눈을 감는다. 방이 불탈 거야. 마이크도 불탈 거고, 나도 불탈 거야. 여기, 이 방에서 무슨 일이 일어났는지 아무도 모를 거야. 여러 해 전에 여기서 무슨 일이 일어났는지 아무도 모르는 것처럼. 내 역사는 재가 되고 억측이 대체할 것이다.

지금 나는 숨을 쉴 수 없다. 목구멍 안에까지 박힌 양말 때문에 구역질이 나서 기침만 해댄다. 나는 질식하기 시작한다. 나는 아들을 생각한다. 이제 아들을 보지 못할 것이다. 하지만 나는 적어도 내게 아들이 있다는 것과, 그 아들이 살아 있으며 행복하다는 것을 안 채 죽을 것이다. 그래서 나는 기쁘다. 나는 벤을 생각한다. 내가 결혼한 사람, 잊어버린 사람이다. 벤이 보고 싶다. 이제야 기억난다고 벤한테 말해주고 싶다. 옥상 파티에서 벤을 만난 것, 시내가 내려다보이는 언덕에서 벤이 나한테 프러포즈 한 것이 기억난다. 맨체스터의 한 교회에서 그와 결혼을 하고 빗속에서 사진을 찍은 것이 기억난다.

그렇다. 벤을 사랑한 기억이 난다. 정말 그를 사랑했고 언제나 그를 사랑했다는 것을 나는 안다.

주위가 어두워진다. 나는 숨을 쉴 수 없다. 불꽃이 날름거리는 소리가 들린다. 입술과 눈에 뜨거움이 느껴진다.

나는 결코 행복한 죽음을 맞지 못할 것을 안다. 당연하다.

당연하다.

나는 누워 있다. 소음, 차 소리, 경적 소리가 들린다. 경적 소리는 높
아지지도 않고 낮아지지도 않는다. 한결같다. 내 입 위에 뭔가가 있다.
나는 똘똘 뭉친 양말을 생각한다. 하지만 나는 숨 쉴 수 있다는 것을 알
아챈다. 나는 너무 무서워서 눈을 뜨지 못한다. 나는 무슨 일이 벌어질
지 알지 못한다.

그러나 알아야 한다. 눈앞에 어떤 일이 벌어질지라도 그것과 맞닥뜨
려야 한다.

불빛이 밝다. 낮은 천장에 기다란 형광등이 있고, 그것과 나란히 금속
살대 두 개가 있다. 사방에 벽들이 가까이 있다. 벽들은 단단하고 금속과
퍼스펙스로 빛난다. 병들과 소포 꾸러미들이 들어 있는 서랍과 선반이
눈에 띈다. 불빛이 깜빡거리는 기계도 보인다. 내가 누워 있는 침대를
비롯해 모든 것이 조금씩 움직이며 진동하고 있다는 것을 깨닫는다.

내 뒤 어딘가에서 내 머리 위로 남자의 얼굴이 나타난다. 녹색 셔츠
차림이다. 나는 그를 알아보지 못한다.

"여러분, 깨어났습니다."

그 남자가 이렇게 말하자 더 많은 얼굴이 나타난다. 나는 재빨리 그
들을 살핀다. 그들 중에 마이크는 없다. 나는 조금 안도한다.

"크리스틴." 어떤 목소리가 들린다. "크리스틴, 나야."

내가 아는 여자의 목소리다.

"크리시, 우린 병원으로 가고 있어. 넌 쇄골이 부러졌어. 하지만 괜찮
을 거야. 다 잘 풀릴 거야. 그는 죽었어. 그 남자는 죽었어. 더 이상 널

해지치 않을 거야"

나는 말하고 있는 사람을 본다. 그녀는 내 손을 잡은 채 미소를 짓고 있다. 클레어다. 눈뜨고 난 직후에 보리라고 기대한 젊은 클레어가 아니라, 그저께 본 바로 그 클레어다. 귀고리를 보니 지난번에 만났을 때 끼고 있던 바로 그 귀고리다.

"클레어라고?"

그녀는 내 말을 자른다. "말하지 마. 푹 쉬어."

클레어는 내 손을 지그시 잡더니 몸을 숙인다. 그러고 나서 내 머리카락을 쓰다듬으며 귀에다가 뭐라고 속삭인다. 나는 무슨 말인지 알아듣지 못한다. '미안해'라고 말하는 것 같다.

"기억나. 기억이 나." 내가 말한다.

그녀는 웃으며 뒤로 물러나고, 젊은 남자가 그 자리에 들어선다. 갸름한 얼굴에 테가 굵은 안경을 끼고 있다. 한순간 나는 그가 벤일 것으로 생각하다가 벤은 내 또래라는 것을 곧 깨닫는다.

"엄마? 엄마?"

나는 마음이 푹 놓인다. 헬렌과 함께 찍은 사진 속의 그 젊은이 같다. 나는 그도 기억난다는 것을 깨닫는다.

"애덤이니?"

더는 말이 나오지 않는다. 애덤이 나를 껴안자 말들이 목구멍에 걸린 것이다.

"엄마. 아빠가 오고 있어. 곧 도착해."

나는 애덤을 끌어당겨 내 아이의 냄새를 맡는다. 나는 행복하다.

나는 더 기다릴 수 없다. 이제 자야 할 시간이다. 나는 개인 병실에 있어 병원의 엄격한 관례를 지키지 않아도 된다. 하지만 나는 기진맥진해 있다. 눈이 벌써 감기기 시작한다. 자야 할 때다.

나는 벤, 즉 내가 실제로 결혼한 남자와 얘기했다. 몇 시간 얘기한 것 같은데 사실은 몇 분밖에 안 될 것이다. 그는 경찰의 연락을 받자마자 바로 비행기를 타고 왔다고 했다.

"경찰이요?"

"응." 그가 말했다. "경찰은 당신이 그 사람, 그러니까 워링 하우스 직원들이 당연히 당신과 같이 살고 있을 것으로 생각한 사람과 같이 살고 있지 않다는 것을 알자 나를 찾았어. 어떻게 추적했는지는 몰라. 옛 주소를 가지고 거기서부터 추적한 것 같아."

"그럼 당신은 어디 있었어요?"

그는 콧마루에 걸린 안경을 밀어 올렸다.

"나는 몇 달간 이탈리아에 있었어. 거기서 일했어." 그는 말을 끊었다. "난 당신이 무사할 거라고 생각했어." 그는 내 손을 쥐었다. "미안해…."

"당신은 모를 거예요." 내가 말했다.

그는 내 눈길을 외면했다. "난 당신을 버렸어, 크리시."

"알아요. 다 알고 있어요. 클레어가 말해줬어요. 당신이 쓴 편지도 읽었어요."

"난 그게 최선이라고 생각했어." 그가 말했다. "그래서 그렇게 했어. 그게 도움이 될 거라고 생각했어. 당신에게도, 애덤에게도. 나는 성공하려고 노력했어. 그래서 그렇게 했어." 그는 머뭇거렸다. "당신과 이혼해야 성공할 수 있다고 생각했어. 이혼하면 자유로워질 거라고 생각했어. 당신은 이런 사실을 알지 못하고, 나와 결혼했다는 것도 기억하지 못할 거라고 애덤에게 얘기했지만 애덤은 이해하지 못했어."

"그랬어요?" 내가 말했다. "그게 새 출발하는 데 도움이 되었어요?"

그는 내게로 몸을 돌렸다. "난 당신에게 거짓말하지 않을 거야, 크리시. 다른 여자들도 있었어. 많지는 않지만 몇 명 있었어. 벌써 여러 해 전 일이야. 처음에는 심각한 관계로 발전하지 않았어. 그러나 2년 전에 어떤 여자를 만나 같이 살게 됐지. 하지만….”

“하지만?”

“음. 끝나버렸어. 그녀는 내가 자기를 사랑하지 않는다고 했어. 내가 여전히 당신을 사랑한다고 했어.”

“그녀 말이 맞았어요?”

그는 대답하지 않았다. 나는 그의 대답이 두려워서 이렇게 말했다. “그럼 지금은 어떻게 살고 있어요? 앞으로는 어떻게 살 거예요? 날 다시 워링 하우스로 보낼 거예요?”

그는 나를 바라보았다.

“아니야. 그녀 말이 맞았어. 난 당신을 사랑하지 않은 적이 없어. 다신 당신을 거기 보내지 않을 거야. 내일 당신을 집에 데려가고 싶어.”

나는 그를 본다. 그는 내 옆 의자에 앉아 있다. 그는 머리를 삐딱하게 수그린 채 벌써 코를 골고 있지만 여전히 내 손을 잡고 있다. 나는 그의 안경과 뺨을 가로지른 흉터를 식별할 수 있다. 내 아들은 여자 친구한 테 전화해서 배 속 딸아이한테 잘 자라고 인사하기 위해 방금 방을 나 갔고, 내 가장 친한 친구는 밖에서 담배를 피우고 있다. 나는 내가 사랑 하는 사람들한테 둘러싸여 있다.

조금 전부터 나는 닥터 내시와 얘기를 나누었다. 그는 내가 약 2년 전, 마이크가 벤을 가장하여 방문하기 시작한 지 얼마 안 되어 감호소 를 떠났다고 말했다. 나는 자신을 해방시켰고, 사무 절차에 모두 서명했 다. 나는 제 발로 떠났다. 그들은 나름대로 막아야 할 이유가 있었지만 나를 막지는 못했다. 나는 그때까지 가지고 있던 개인 소지품과 사진 몇 장을 가지고 떠났다.

"그래서 마이크가 그 사진들을 갖게 된 거예요?" 내가 말했다. "내 사진과 애덤 사진 말이에요. 그래서 마이크가 애덤이 산타클로스에게 쓴 편지를 갖게 된 거예요? 애덤의 출생증명서도요?"

"그렇습니다." 닥터 내시가 말했다. "당신이 워링 하우스에 있을 땐 그것들도 거기 있었습니다만 당신이 떠나면서 가지고 갔습니다. 언젠가 마이크가 당신이 벤과 함께 있는 사진을 다 없애버린 게 분명합니다. 어쩌면 당신이 워링 하우스를 떠나기 전일지도 모릅니다. 직원들 이동이 심해서 그들은 실제로 당신 남편이 어떤 사람인지 알지 못했습니다."

"하지만 마이크가 어떻게 사진이 있는 곳을 알았을까요?"

"사진은 당신 방 서랍 안의 스크랩북에 있었습니다. 마이크가 당신을 찾아오기 시작했다면 사진을 손에 넣기는 어렵지 않았을 겁니다. 마이크는 자기 사진 몇 장을 슬쩍 끼워 넣었을지도 모릅니다. 마이크는 당신과 그가 지난 2년간 만나는 동안 두 사람이 찍은 사진을 분명히 가지고 있었을 겁니다. 워링 하우스 직원들은 당신을 찾아오는 사내가 스크랩북에 있는 사람과 같은 사람이라고 확신했습니다."

"그렇다면 내가 내 사진들을 마이크의 집에 가져갔고, 그가 금속 상자에 감춰두었단 말이네요? 그러고는 사진이 그렇게 적은 이유를 설명하기 위해 불이 났다고 둘러댄 거네요?"

"예."

그는 지쳐 보였고, 죄지은 표정을 하고 있었다. 그는 일어난 일에 대해 자책하고 있을까? 나는 그가 그러지 않기를 바랐다. 어쨌든 그는 나를 도와줬다. 나를 구해줬다. 그는 나를 살렸다. 나는 그가 내 병력에 대한 보고서를 쓰고, 발표할 수 있기를 바랐다. 나는 그가 날 위해 어떤 일을 해왔는지 인지하고 있기를 바랐다. 그가 없었다면 난….

나는 내가 어디에 있었는지에 대해 생각하고 싶지 않다.

"날 어떻게 찾았어요?"

그는 우리가 얘기하고 난 후 클레어가 몹시 걱정하면서 다음 날 내가 전화해주기를 기다렸다고 했다.

"마이크가 그날 밤 당신 일기 몇 페이지를 뜯어간 게 분명합니다. 그래서 당신이 화요일에 저한테 준 일기에 아무 문제도 없다고 생각한 겁니다. 당신이 클레어한테 전화하지 않자 클레어가 당신한테 전화하려고 했습니다. 하지만 클레어는 제가 당신한테 준 휴대전화의 번호만 가지고 있었고, 마이크도 그 번호를 가지고 있었습니다. 오늘 아침 제가 그 번호로 당신한테 전화해서 당신이 받지 않았을 때, 무엇인가 잘못되었다는 것을 알아야 했습니다. 하지만 저는 그 생각을 못 했습니다. 그래서 당신이 가지고 있는 다른 번호로 전화한 겁니다…." 그는 머리를 흔들었다.

"알겠어요." 내가 말했다. "계속 말씀…."

"마이크가 적어도 마지막 한 주 동안, 아니면 그보다 더 오랫동안 당신 일기를 읽어왔다고 봐야 합니다. 처음에 클레어는 애덤과 연락이 되지 않아서 벤의 전화번호를 몰랐습니다. 그래서 워링 하우스에 전화한 겁니다. 그곳 직원들은 전화번호 하나만 알고 있었습니다. 물론 벤의 전화번호라고 생각하고 있었지만 사실은 마이크의 전화번호였습니다. 클레어는 제 전화번호를 몰랐습니다. 클레어는 마이크가 근무하는 학교에 전화해서 그의 주소와 전화번호를 알려달라고 설득했습니다. 하지만 주소도, 전화번호도 다 엉터리였습니다. 클레어는 난감해했습니다."

나는 내 일기를 찾아 매일 읽은 그놈에 대해 생각한다. 왜 그놈이 일기를 없애지 않았을까?

내가 그놈을 사랑한다고 적었기 때문이었다. 또 내가 계속 속아주기를 그가 바랐기 때문이었다.

"클레어가 경찰에 전화하지 않았어요?"

"했습니다." 그는 고개를 끄덕였다. "그러나 경찰은 며칠 전에야 이 사건을 본격적으로 수사했습니다. 그 사이에 클레어는 애덤과 연락했고 그는 벤이 해외에 나가 있다고 말했습니다. 애덤은 당신이 워링 하우스에 있다고 생각했습니다. 클레어는 워링 하우스에 연락했지만 더 이상 그들은 당신 집 주소를 그녀에게 알려주지 않았습니다. 마침내 그들은 고지식하게 굴지 않고 애덤에게 제 전화번호를 알려줬습니다. 클레어는 오늘 오후에야 저와 통화를 했습니다."

"오늘 오후에요?"

"예. 클레어는 뭔가 잘못되었다고 저한테 말했고, 애덤이 살아 있다는 것을 안다는 게 이를 뒷받침했습니다. 우리는 당신을 만나러 집으로 갔습니다만 당신은 이미 브라이튼으로 떠나고 없었어요."

"거기서 날 찾을 거라는 걸 어떻게 알았죠?"

"당신은 오늘 아침에 벤, 아니 미안해요, 마이크가 주말에 여행을 떠나자 했다고 말해줬습니다. 그가 당신에게 해변으로 갈 거라 했다고 말하더군요. 클레어가 어떤 일이 일어나고 있는지 제게 얘기해준 적이 있고, 전 그가 당신을 어디로 데려갔을지 추측했죠."

나는 다시 누웠다. 피곤했다. 기진맥진했다. 자고 싶을 뿐이었다. 하지만 자기가 두려웠다. 잊어버릴지도 모른다는 것이 두려웠다.

"하지만 당신은 애덤이 죽었다고 했어요. 살해되었다고 했어요. 주차장에서 당신은 그놈이 한 말과 똑같은 말을 했어요. 화재도요. 당신은 내게 불이 났었다고 얘기했어요."

그는 미소를 지었다. 슬픔이 묻어 있는 미소였다.

"당신이 그렇게 말해줬기 때문입니다."

나는 이해가 안 된다고 말했다.

"우리가 처음 만난 지 몇 주 후 어느 날 당신은 애덤이 죽었다고 했습니다. 요컨대 마이크가 한 말을 곧이곧대로 믿고 저한테 말해준 겁니다. 당신이 주차장에서 물었을 때 저는 그 말을 사실로 믿고 있었기 때문에 당신한테 그대로 말한 겁니다. 화재 얘기도 마찬가지고요. 당신이 말해준 대로 믿고 있었습니다."

"하지만 애덤의 장례식이 기억나는데요. 그의 관이…."

그는 미소를 지었다. 슬픔이 묻어 있는 미소였다. "당신 상상이…."

"사진을 봤어요. 그놈. 그놈이 우리 두 사람이 함께 있는 사진, 결혼식 사진을 보여줬어요. 묘비 사진도 봤어요. 애덤 이름이 적혀 있었어요."

"그놈이 사진을 조작한 겁니다."

"사진을 조작했다고요?"

"그렇습니다. 컴퓨터로요. 요즘 사진 조작하기는 식은 죽 먹기예요. 당신이 진실을 의심할 것으로 보고, 당신이 사진을 발견했다고 하는 곳에 사진을 뒀을 게 뻔합니다."

나는 마이크가 사무실에 있었다, 일하고 있었다고 기록한 때들을 생각했다. 그놈이 그 따위 짓이나 하고 있었단 말인가? 그놈이 나를 감쪽같이 속였구나.

"괜찮습니까?"

나는 미소 지었다. "네. 괜찮은 것 같아요."

나는 그를 바라보고는 한결 짧은 머리에 다른 양복을 입은 그를 그려볼 수 있다는 것을 깨닫는다.

"나는 지난 일들을 기억할 수 있어요."

그의 표정은 변함이 없었다. "어떤 것들 말입니까?"

"당신 헤어스타일이 지금과 다른 걸 기억해요. 벤도 알아봤고요. 구급

차에 있던 애덤과 클레어도요. 그저께 클레어를 만난 것도 기억나요. 우린 알렉산드라 팰리스에 있는 카페에 갔어요. 우리는 커피를 마셨어요. 클레어한테는 토비라는 아이가 있어요."

그는 미소를 짓는다. 슬픔이 묻어 있는 미소였다.

"오늘 당신 일기를 읽어봤습니까?"

"네. 내가 적어두지 않은 것들도 기억할 수 있다는 걸 몰라요? 클레어가 끼고 있는 귀고리도 기억해요. 클레어가 지금 끼고 있는 것과 같은 것이에요. 클레어에게 물어봤더니 맞다고 했어요. 토비가 파란 파카를 입고 있었다는 것, 그의 양말에 만화 그림이 있다는 것, 토비가 블랙커랜트 주스를 먹고 싶어 하는 데 사과와 오렌지밖에 없어서 토비가 토라졌다는 것도 기억나요. 내가 이런 것들을 적어두지 않았다는 걸 몰라요? 난 이것들을 기억할 수 있어요."

그는 기뻐하면서도 여전히 신중을 기하는 것 같았다.

"닥터 팩스턴은 당신의 기억 상실증 원인이 어떤 기관의 이상에 있다는 것을 발견하지 못했다고 했습니다. 신체적 외상 외에도 적어도 부분적으로는 당신이 겪은 정서적 트라우마 때문에 기억 상실증에 걸린 것처럼 보인다고 했습니다. 저는 또 다른 트라우마를 경험하면 적어도 어느 정도까지는 기억이 되살아날 수 있다고 봅니다."

나는 그의 말에 기뻐서 펄쩍 뛰었다. "그러면 나을 수도 있다는 말이죠?"

그는 나를 유심히 바라보았다. 무슨 말을 해야 할지, 내가 얼마만큼 진실을 감당할 수 있을지 가늠하고 있는 것 같았다.

"그럴 것 같지 않다는 말씀을 드릴 수밖에 없습니다. 지난 몇 주 사이에 많이 좋아지긴 했지만 기억이 완전히 되살아나지는 않았습니다. 그러나 가능하긴 합니다."

나는 기쁨이 밀려드는 것을 느꼈다. "일주일 전의 일을 기억하는 걸 보면 기억이 되살아난다고 볼 수 있지 않을까요? 새 기억들을 다시 형성할 수 있을까요? 유지할 수 있을까요?"

그는 머뭇거리며 말했다. "그렇다고 볼 수 있습니다. 하지만 크리스틴, 그 효과가 일시적인 것임을 유념하시기 바랍니다. 내일이 돼봐야 알 수 있을 겁니다."

"내가 눈뜰 때 말이에요?"

"그렇습니다. 오늘 밤 잠든 후 오늘 가진 기억들이 모두 사라져버릴 수도 있습니다. 새 기억들도, 옛 기억들도 모두 사라져버릴 수 있어요."

"오늘 아침 눈뜰 때와 똑같아질지도 모르겠네요?"

"예. 그럴 수도 있습니다."

나는 한숨을 쉬었다. 눈을 뜨면 애덤과 벤을 기억하지 못할지도 모른다고 생각하니 견딜 수 없었다. 살아 있어도 죽은 것과 마찬가지라고 느껴졌다.

"하지만…."

"일기를 써요, 크리스틴. 아직 일기 가지고 있죠?" 나는 고개를 가로저었다. "그놈이 태워버렸어요. 그래서 불이 났어요."

닥터 내시는 실망한 것 같았다.

"유감입니다. 하지만 그건 사실 중요하지 않습니다. 크리스틴. 당신은 나을 겁니다. 당신은 다시 시작할 수 있습니다. 당신을 사랑하는 사람들이 다시 당신에게 돌아왔습니다."

"나도 그들에게 되돌아가고 싶어요. 진심이에요." 내가 말했다. "다시 돌아가고 싶어요."

우리는 좀 더 얘기를 나누었다. 그는 나를 가족에게 맡기고 싶어 했다. 나는 그가 최악의 경우, 즉 내일 눈뜰 때 내가 어디 있는지, 내 옆에 앉아 있는 사람이 누구인지, 내 아들이라고 주장하는 사람이 누구인지도 모를 경우를 대비하기 위한 것임을 나는 안다. 하지만 그의 말이 틀렸다고 믿어야만 한다. 기억이 되살아난다는 것을 믿어야만 한다.

나는 남편을 바라본다. 방이 어두워서 형체만 보인다. 나는 우리의 만남, 파티가 있던 밤, 클레어와 함께 옥상에서 불꽃놀이를 본 밤을 기억한다. 베로나에서 휴가를 보낼 때 그가 나한테 청혼한 것, 내가 '예스'라고 말할 때 느낀 흥분을 기억한다. 결혼식도 기억나고, 우리의 결혼 생활도 기억나고, 우리의 삶도 기억난다. 나는 미소 짓는다.

"당신을 사랑해요."

나는 이렇게 속삭이고 나서 눈을 감는다. 그러고는 잠든다.

〈끝〉

작가의 말

　　나는 어느 날 읽은 부고에서 힌트를 얻어 이 소설을 썼다. 파버 아카데미(Faber Academy, 작가 지망생들을 위한 아카데미 – 옮긴이) 강좌가 코앞에 다가올 무렵 나는 참신한 프로젝트를 구상하고 새 아이디어를 찾고 있었는데, 우연히 헨리 구스타프 몰라이슨(Henry Gustav Molaison)에 대한 짤막한 기사를 읽었다. 죽을 때까지 '환자 H. M.'이라고만 알려진 사람이었다. 그는 1953년에 간질 수술을 받은 후 새 기억을 형성하지 못해 줄곧 과거 속에서만 살다가 2008년 세상을 떠났다. 그의 부고를 읽은 후 나는 몰라이슨이 주치의를 정기적으로 만나면서 장기간 치료를 받았음에도, 만날 때마다 주치의에게 자신을 소개했다는 것을 알았다. 나는 매일 아침 눈뜰 때마다 1953년인 줄 아는 사람의 심정이 어떤 것인지 궁금했다. 낯선 집 욕실 거울을 보며 거울에 비친 자신이 10대 소녀가 아니라 중년 여자임을 알게 된 여자, 낯선 집이 자기 집임을 알게 된 정신병자의 모습을 떠올리고는 섬뜩함에 사로잡혔다.

　　그때 나는 소설 주제를 잡았다고 생각했다. 크리스틴이라는 주인공이 바로 떠올랐다. 하루만 지나면 아무것도 기억하지 못하는 사람의 관점으로 소설을 풀어나가기가 기술적으로 어렵다 해도, 이 주제에 걸맞은 정서적 긴장을 유지하려면 일인칭 시점으로 써야 한다는 것을 절감했다. 나는 기억 문제만 다루어서는 안 된다고 생각했다. 정체성과 자아 감각, 곧 현재의 우리를 있게 한 것들을 탐구하고 또 여자의 관점에서 본 결혼과 가정생활을 탐구하고 싶어서 크리스틴을 남편과 한집에서 사는 여자로 설정하기로 했다. 특히 크리스틴이 단순한 희생양이 되지 않도록 신경을 썼다. 나는 크리스틴을 성격이 복잡한 인물로 만들었다. 또한 독자들이 크리스틴의 과거와 성격을 있는 그대로 파악해주기를 바라는 마음에서 크리스틴이 집을 나와 주치의를 만나러 가는 것으로, 그것도 남편 몰래 가는 것으로 설정하기로 했다.

나는 소설의 골격에 최대한 적게 손대고 싶었다. 이야기가 유기적으로 전개되고 등장인물들이 알아서 이야기를 전개하도록 했다.

소설 첫머리는 파버 아카데미 강좌 동료들에게 많은 도움을 받았다. 이들은 소설에 깔린 사상을 매우 좋게 보았고, 내가 택한 방향에 열광했다. 나는 기억과 기억 상실증에 대한 조사에 착수했다. 무엇보다도 1985년 바이러스 때문에 심한 기억 상실증에 걸린 영국의 지휘자이자 음악가인 클라이브 웨어링(Clive Wearing) 이야기에 충격을 받았다. 기억 상실이 사람을 얼마나 무력하게 만드는지, 경험을 불러내는 능력이 자아 감각에 얼마나 중요한지, 자신의 과거를 알지 못하고 시간에 붙들려 있는 것이 얼마나 곤혹스러운 일인지 알고 거듭 충격을 받았다. 나는 주제가 녹록지 않음을 알았지만 기억 상실로 끔찍한 고통을 겪고 있는 사람을 위해서라도 최선을 다해 써야 한다는 것을 절실히 느꼈다. 집필한 지 몇 주 지나지 않아 나는 비로소 깨달았다. 이 소설이 기억에 대한 기록에 그쳐서는 안 된다는 것을. 이야기를 전개할 강력한 엔진이 있어야 한다는 것도 함께.

책상에 앉아서 스토리 전개를 구상하고 있을 때 뜻밖에도 소설의 결말 부분이 곧바로 떠올랐다. 스토리를 따라가노라면 깜짝 놀랄 대목도 있고, 등장인물들이 택한 기묘한 꼬임과 반전도 있다. 이런 것을 따라가는 것도 소설을 쓰는 큰 즐거움 중 하나가 될 것이다. 나는 파버 아카데미 동료들의 도움과 통찰에 큰 도움을 받았다. 이들은 꽤 긴 대목들을 읽고 비평해주었고, 플롯이 복잡하여 소설이 실패작으로 끝날 위험이 있을 때 키의 손잡이를 꽉 붙들도록 도와주었다. 덕분에 6개월짜리 파버 강좌가 끝날 무렵 나는 예상보다 빨리 초고를 완성할 것 같다고 확신했다. 나는 등장인물들, 특히 크리스틴과 함께했다. 얼마 전에 영국 언론에서 크리스틴과 비슷한 증세를 가진 여자를 대서특필한 것을 보고 기억 상실증으로 고생하는 사람이 많다는 것과 이 소설에서 다루는 이슈가 현실과 동떨어진 게 아니라 깜짝 놀랄 만한 이슈가 되리라는 것을 새삼 절감했다.

옮긴이의 말

　　주인공 크리스틴은 기억 상실증 환자다. 자고 일어나면 어제 있었던 일을 기억하지 못한다. 그날이 그날인 삶을 다람쥐 쳇바퀴 돌듯이 산다. 자신을 폭행하고 가짜 남편 행세하는 사내와 자신의 기억 상실증을 치료하려고 애쓰는 젊은 의사의 말만 믿고 상반된 삶의 버전 틈바구니에서 하루하루 일기를 써가며 자신이 누군지 알아내려고, 기억을 되찾으려고 안간힘을 쓴다. 그러다가 가짜 남편한테서 똑같은 장소에서 폭행을 한 번 더 당하고 나서야 비로소 기억을 되찾는다.

　곰곰이 생각해보니 이 소설의 가장 큰 특징은 심리 소설과 스릴러물의 결합이라는 데 있다. 주인공 크리스틴이 기억을 되찾는 과정에서 겪는 좌절과 불안, 공포와 절망을 빼어나게 묘사했고 가짜 남편의 이중적 행동도 잘 묘사했다. 어떻게 보면 마치 한편의 심리 드라마를 보는 것 같다. 그래서 그런지 책이 출간되기도 전에 벌써 이 소설을 영화로 만들기로 했다는 소식이 들린다.

　그다음 특징은 교차되는 시점으로 스토리를 전개했다는 데 있다. 무엇보다도 주요 인물인 크리스틴, 가짜 남편, 닥터 내시의 시점을 교차시킴으로써 스토리를 유기적으로 전개한 점이 돋보인다. 모든 사정을 알고 이를 악용하는 가짜 남편, 사태를 일반인의 입장에서 있는 그대로밖에 이해하지 못하는 닥터 내시, 기억을 잃은 채 이 두 사람 틈바구니에서 갈팡질팡하는 크리스틴. 작가는 이들의 시점을 교차시킴으로써 복선을 치밀하게 깔고 스토리를 흥미진진하게 전개한다. 이 흐름을 따라 소설을 읽어나가는 재미도 쏠쏠할 것이다. 특히 말미의 반전은 압권이다. 데뷔작 같지 않게 플롯을 과감하게 짰다는 점이 다른 사소한 단점들을 상쇄하고도 남는다.

마지막 특징은 삶의 본질적 문제도 다루었다는 데 있다. 겉으로는 기억 상실증에 걸린 여자가 기억을 되찾는 것을 내용으로 하지만, 그 이면에는 인생의 손님으로 살지 않고 주인으로 사는 문제, 기억 상실증에 걸린 여자를 통해서 본 사랑과 성 문제를 다루고 있다. 독자들은 이 책을 읽으면서 자신의 거울 앞에 서서 인생을 한 번 더 돌아보게 될 것이다.

이 작품은 데뷔작임에도 대단한 성공을 거두고 있다. 역자는 이 책에 유달리 애착이 간다. 유난히 길고 추웠던 이번 겨울 내내 노모를 간병하느라 역자도 크리스틴만큼이나 불안하고 초조한 가운데 주로 병원에서 번역을 했고 싹 트고 꽃 피는 봄에 어머니를 그 먼 나라로 보내드리고 난 뒤에 번역을 끝내서 그런지 이 책을 보면 어머니의 마지막 나날들 모습이 다시 떠오를 것만 같기 때문이다. 책이 나오면 푹푹 찌는 날 시원한 계곡 물에 발을 담그거나 매미 소리 들리는 나무 그늘에 누워 어머니를 생각하며 한 번 더 읽어봐야겠다. 이제는 내 기억 속에만 살아 계실 어머니, 그 어머니를 또다시 불러내야겠다.

'벤을 믿지 말란 말이야. 나 자신도 믿지 못하는데 누굴 믿는담? 세상에 믿을 사람 아무도 없어.' 크리스틴의 애절한 말이 아직도 귓전을 울린다.

2011년 여름

옮긴이 김하락

427

내가 잠들기 전에

1판 1쇄 발행 2011년 8월 8일
1판 16쇄 발행 2020년 3월 26일

지은이 S. J. 왓슨
옮긴이 김하락

발행인 양원석
편집장 김건희
영업마케팅 조아라, 신예은, 안민규
펴낸 곳 ㈜알에이치코리아
주소 서울시 금천구 가산디지털2로 53, 20층 (가산동, 한라시그마밸리)
편집문의 02-6443-8902   **도서문의** 02-6443-8800
홈페이지 http://rhk.co.kr
등록 2004년 1월 15일 제2-3726호

ISBN 978-89-255-4387-1 (03840)